福建師範大學文學院百年學術論叢　第八輯

鯤洋探驪
——臺灣詩詞賦文全編述論

許俊雅　著

第八輯
總序

　　甲辰春和，歲律肇新。纘述古今之論，弘通文史之思。

　　《福建師範大學文學院百年學術論叢》第八輯，以嶄新的面貌，在臺北萬卷樓圖書公司出版發行，甚可喜也。此輯所涉作者及專著，凡十有五，略列其目如次：

　　　　蔡英杰《說文解字的闡釋體系及其說解得失研究》。
　　　　陳　瑤《徽州方言音韻研究》。
　　　　　　　　以上文字音韻學二種。
　　　　林安梧《道家思想與存有三態論》。
　　　　賴貴三《韓國朝鮮王朝《易》學研究》。
　　　　　　　　以上哲學二種。
　　　　劉紅娟《西秦戲研究》。
　　　　李連生《戲曲藝術形態與理論研究》。
　　　　陳益源《元明中篇傳奇小說與中越漢文小說之研究》。
　　　　傅修海《中國左翼文學現場研究》。
　　　　雷文學《老莊與中國現代文學》。
　　　　徐秀慧《光復初期臺灣的文化場域與文學思潮》。
　　　　王炳中《現代散文理論的個性說研究》。
　　　　顏桂堤《文化研究的變奏：理論旅行與本土化實踐》。
　　　　許俊雅《鯤洋探驪——臺灣詩詞賦文全編述論》。
　　　　　　　　以上文學九種。
　　　　林清華《水袖光影集》。
　　　　　　　　以上影視學一種。

　　　林文寶《歷代啟蒙教材初探與朗誦研究》。

　　以上蒙學一種。

　　　知者覽觀此目，倘將本輯與前七輯相為比較，不難發現：本輯的規模，頗呈新貌。約而言之，此輯面貌之「新」處，略可見諸兩端：

一曰，內容豐富而廣篇幅。

　　　如上所列，本輯所收論著十五種，較先前諸輯各收十種者，已增多百分之五十的分量，內容篇幅之豐廣不言而喻。復就諸論之類別觀之，各作品大致包括文字音韻學、哲學、文學、影視學、蒙學等五方面的研究，而文學之中，又含有戲曲、小說、詩詞賦文、現代散文、左翼文學各節目的探討，以及較廣義之文化場域、文藝理論、文學思潮諸領域的闡述，可謂春華競放，異彩紛呈！是為本輯「新貌」之一。

二曰，作者增益而兼兩岸。

　　　倘從作者情況分析，前七輯各論著的作者，均為服務於福建師範大學的大陸學者。本輯作者十五位乃頗不同：其中十位屬福建師範大學文學院，另五位則為臺灣各高校教授，分別服務於成功大學中國文學系、臺灣師範大學國文系、臺東大學兒童文學研究所、東華大學哲學系等高教部門。增益五位臺灣學者，不僅是作者群體的更新，更是學術融合的拓展，可謂文壇春暖，鴻論爭鳴！是為本輯「新貌」之二。

　　　惟本輯較之前七輯，雖別呈新氣象，然於弘揚優秀中華文化，促進兩岸學者交流的本恉，與夫注重學術品質，考據細密嚴謹之特色，卻毫無二致。縱觀第八輯中的十五書，無論是研究古典文史的著述，還是探索現當代文學的論說，其縱筆抒墨，平章群言，或尋文心內涵，或覓哲理規律，有宏觀鋪敘，有微觀研求，有跨域比較，有本土衍索，均充分體現了厚實純真的學術根底，創新卓異的學術追求。

「苟非其人，道不虛行」，高雅的著作，基於優秀學人的「任道」情愫。這是純正學者的學術本能，也是兩岸學界俊英值得珍惜的專業初心。唯其貞循本能，不忘初心，遂足以全面發揮學術研究的創造性，足以不斷增強研究成果的生命力。於是乎本輯十五種專著，與前七輯的七十種作品，同樣具備了堪經歷史檢驗而宜當傳世的學術質量，而本校文學院「百年學術論叢」的十載經營，十載傳播，亦將因之彰顯出重大的學術意義！每思及此，我深感欣慰，以諸位作者對叢書作出的種種貢獻引為自豪。至若臺北萬卷樓圖書公司各同道多年竭力協謀，辛勤工作，確保了叢書順利而高品格地出版發行，我始終懷抱兄弟般的感荷之情！

　　中華文化，源遠流長。歷代學人對中國悠久傳統文化的研討，代代相承，綿綿不絕，形成了千百年來象徵華夏民族國魂的文化「道統」。《易》曰：「觀乎人文，以化成天下。」即言聖人深切注重中華文明的雄厚積澱，期盼以此垂教天下後世，以使全社會呈現「崇經嚮道」的美善教化。嘗讀《晦庵集》，朱子〈春日〉詩云：「勝日尋芳泗水濱，無邊光景一時新。等閒識得東風面，萬紫千紅總是春。」又有〈春日偶作〉云：「聞道西園春色深，急穿芒屩去登臨。千葩萬蕊爭紅紫，誰識乾坤造化心？」此二詩暢詠春日勝景。我想，只要兩岸學者心存華夏優秀道統，持續合力協作，密切溝通交流，我們共同丕揚五千年中華文化的「春天」必然永在，朱子所謂「萬紫千紅」、「千葩萬蕊」的春芳必然永在。願《福建師範大學文學院百年學術論叢》的學術光華，永遠沁溢於兩岸文化學術交融互通的春日文苑！

汪文頂

謹撰於閩都福州

二○二三年十二月一日

目次

卷四　作家全集

圖目次

緒論

一　關於總集、別集與全集的編纂

　　「集」字，本是集結若干作品成為一編的常用通稱。許慎《說文解字》:「雧，群鳥在木上也。」三隹（鳥）在樹木上，正是多數集結之意。後來將作品集結成編，遂有某某之集，「別集」，是表明個別作者的集子，以與後來總收許多作者作品的「總集」相區分。總集所收或是一代之作，或是精選眾作之英，或是某種形式內容之作。傳統圖書分類先是甲、乙、丙、丁四部，直到唐人編《隋書》〈經籍志〉，才標示經、史、子、集四部，「集部」正式成為中國學術的四大門類之一，集部有總集與別集兩大類。雖然集部所收作品多為文學，但其中表奏、書記、碑誄之類，與純文學有異，屬應用文字，因此集部所收內容並不限於文學，經史子類文辭優美者亦會收入集部，如《古文觀止》即收有取自《左傳》、《國語》、《禮記》、《戰國策》文章，從今日文學觀點來看，集部所收文章有一些是溢出文學範圍之外，這與中國傳統所謂「文學」的意義較寬廣有關。《楚辭》是戰國西漢楚賦總集，但楚語、楚聲、楚物自有特色，自《隋志》起便不收入集部「總集」，《詩經》是周代詩歌總集，但既是經部，也不重入集部[1]。《文選》、《玉臺新詠》則是被文獻學家譽為早期總集中的「上乘」之作[2]。直至西洋文學傳入中國，文學觀念、文體分類更是多元紛繁。

1　逯欽立《先秦漢魏晉南北朝詩》即不收《詩經》、《楚辭》。

2　現存最早的詩文總集《昭明文選》，選錄了先秦至梁代近八百年的各類詩文，收錄詩歌434篇，辭賦99篇，散文219篇，按文體分為38類，所選作家129人。

　　關於古典文學總集的編纂，在南宋時已有不加選擇地彙編一個時期的全部作品為一帙的設想，洪邁《萬首唐人絕句》、趙孟奎《分門纂類唐歌詩》即是此類著作的最早實踐。復經明清學者的努力，以欽定《全唐詩》為標誌，此類「全」字頭大書得到學者普遍重視。這種將一個或多個朝代某一種體裁的作品全部匯集起來的總集，提供瞭解一定時期內某一體裁的全部原始文獻，其參考價值無庸置疑。清代繼之的總集編纂有郭元紆編《全金詩增補中州集》七十二卷，李調元《全五代詩》一百卷，董誥、阮元、孫星衍、徐松等《全唐文》一千卷，嚴可均《全上古三代秦漢三國六朝文》七百四十六卷，清末民初有丁福保《全漢三國晉南北朝詩》五十四卷[3]，雖成就和評價各有不同，但能匯聚文獻造福學林。而最近三十年，中國大陸尤重視古籍整理，是重點資助的項目，以鼓勵大型文學總集的編纂，如北京大學古文獻研究所編纂的《全宋詩》、四川大學古籍研究所編纂《全宋文》等，在高校古籍整理工作委員會的支援下，一時曾有號稱「七全一海」的八大項目上馬，雖然編纂進展和學術水準仍難免參差，但從已經出版的《全宋詩》、《全宋文》、《全元文》等書來看，基本達到了匯聚一代文獻的目標，出版後受到學者普遍的歡迎，同時也引發為各書輯佚補訂的熱潮[4]。

　　而別集的編選主要是能夠代表作者最高水準的典型性作品，是以作者為中心的編選理念，目的在於全面地展示和流傳作者的作品，有些文集雖未以全集命名，但在當下也有求全的用心，不過有時編撰者站在只選精品的立場。總集編選標準由編者決定，材料的選取要以符

3　逯欽立所編《先秦漢魏晉南北朝詩》針對丁氏《全漢三國晉南北朝詩》之疵病，重
　　新蒐羅爬梳，考證各書的異文，版本差異，編成135卷，其書取材廣博，資料翔
　　實，註明出處，進可覆按，異文周備，校訂精要，考辨詳審，編次得當，大有取代
　　丁書之勢。
4　參陳尚君：《星垂平野闊》（北京市：商務印書館，2017年），頁181。

合編者設定的標準為原則。可見別集和總集雖同為作品的結集，但二者編輯目的和編選標準上有很大的不同。因而，別集主導的編輯思想在於其傳世意識，而總集則集中反映在主導其個性化選錄標準的編者之志上。魯迅曾言：「選本所顯示的，往往並非作者的本色，倒是選者的眼光。」至於文學作家個別的文集，不論是傳統文人還是現代作家，進入民國之後，因印刷傳媒的發達，出版數量一日千里，不過臺灣作家在日本殖民統治下，個人文集仍舊鮮少。而現代中國一直處於動盪之中，許多作家或者備受迫害，或者顛沛流離，抗戰期間的生活更是不安定，即使相對於過去或臺灣而言，出版數量相對較多，但他們的作品沒有及時編輯成書的屢見不鮮，日子一久，不免有所散失遺忘。遑論當時能出版全集的更是稀少。中國現代文學史上最早題名「全集」之作，可能是一九二七年上海創造社出版部出版《達夫全集》，從一九二七年至一九三三年陸續編了七卷：《寒灰集》、《雞肋集》、《過去集》、《奇零集》、《敝帚集》、《薇蕨集》和《斷殘集》。但當時郁達夫年僅三十，他說：

> 他在《〈達夫全集〉自序》中交代了出版緣由：在未死之前，出什麼全集，說來原有點可笑，但是自家卻覺得是應該把過去的生活結一個總帳的時候了。自家的精神生活，以後能不能再繼續過去？只有天能知道，不過縱使死灰有復燃的時候，我想它的燃法，一定是和從前要大異自家的作品，自家沒有一篇是滿意的。藏拙刪煩，本來是有良心的藝術家的最上法門，可是老牛舐犢，也是人之常情，所以這全集裡，又把我過去的作品全部收起來了。[5]

5　郁達夫：〈自序〉，《達夫全集》（上海市：上海創造社出版部，1927年），頁1。

　　全集第一卷在一九二七年出版後，其他出版社也開始仿效，一九三〇年上海合成書店出版《冰心女士全集》，一九三〇年現代書局出版《沫若詩全集》，一九三一年上海新文藝書店出版《蔣光慈小說全集》等。這是作家某時段某類作品的彙整，與真正意義上的全集有別。一九二八年，上海北新書局出版的《曼殊全集》，是在蘇曼殊於一九一八年去世後十年所編，柳亞子的蒐羅整理較為齊備，但現代文學研究者較忽略其新文學成就。魯迅過世後，胡愈之、許廣平編《魯迅全集》，終於在一九三八年八月面世，一九四八年上海開明書店出版《聞一多全集》，但這些都有諸多作品未能收入，不能算真正嚴格意義上的全集。新中國成立後，作家全集標示著身分和層次，更是不易，根據學者的研究：

> 進入20世紀80年代以來，關於作家出版全集的等級限令逐步放開，現代作家陸續出版了多部全集。據筆者統計，自1981年《魯迅全集》出版後，出過全集的現代文學作家依次為郭沫若、茅盾、巴金、朱自清、歐陽予倩、艾青、聞一多、冰心、宗白華、曹禺、張愛玲、俞平伯、鄭振鐸、胡風、老舍、馮至、田漢、何其芳、趙樹理、丁玲、沈從文、聶紺弩、胡適、孫犁、師陀、穆時英、蕭乾、徐志摩、郁達夫、蕭軍、王統照、葉君健、高長虹、李廣田、施蟄存、蕭紅、邱東平、李佶人、林徽因、艾蕪等人。[6]

　　進入二十一世紀後，不論中國或臺灣在全集的出版數量上幾乎是一日千里，蓬勃發展。至於臺灣古典文學總集的編纂，二〇〇一年由

6　王應平：《人文社現代作家集編選研究（1951-1966）》（北京市：中國書籍出版社，2021年），頁37。

文資中心籌備處委託施懿琳擔任「《全臺詩》蒐集、整理、編輯、出版計畫」主持人，結合國內許多臺灣古典文學研究學者一同投入。《全臺詩》匯集了鄭氏、清領到日治時期的古典詩作在二〇〇四年首批第一至五冊出版之後，持續將成果出版面世，至二〇二二年已經累積到七十五冊之多。其後個人主持《全臺賦》、《全臺詞》計畫，裒集臺灣戰前諸文詞，校勘考證異文及各版本差異。但就蒐編經驗而言，總集、全集天生自帶不可能總收、全收的宿命，因此從前代以來，所編諸書就不斷有補遺、補佚、續編、重編、再補、再編等各種名目出現，可見總集、全集的編纂任務是相當繁重卻極具意義的重大學術工程。

二　臺灣文學總集與全集編纂考察之溯源

　　臺灣文學總集與全集編纂起始，不過是戰後一、二十年來艱苦展開的工作，這原因自然在於國民政府在很長時間壓抑了臺灣文學的發展，大約進入一九九〇年代各縣市文化局開始有了作家全集的編纂，文資中心籌備處成立也陸續規劃了作家全集及古典文學的整理。作家全集在臺灣五、六十年代不多，渡海來臺的覃子豪於一九六三年逝世，由友人出版《覃子豪全集》三大冊，一九七六年十一月，張良澤主編了《鍾理和全集》八冊，一九七七年《七等生小說全集》十冊出版，一九七九年張良澤又編了《王詩琅全集》十一冊。同年葉石濤、鍾肇政主編《光復前臺灣文學全集》十二冊、李南衡編《賴和先生全集》。一九八一年張良澤蒐編出版了《吳新榮全集》、一九八〇年《李敖全集》、一九八三年《古丁全集》，一九八五年洪範書店委由歸人主持編輯《楊喚全集》、一九九三年十二月，前衛版「台灣作家全集」五十冊完成，是當時文壇盛事。一九九五年聯合文學出版社《呂赫若小說全集》，一九九八年《張深切全集》、《鄭清文短篇小說全集》出

版，一九九八年《無名氏全集》（至2001年），二〇〇〇年《賴和全集》、《柏楊全集》出版，二〇〇二年彭瑞金主編《李榮春全集》、《李魁賢文集》[7]，二〇〇三年張光正主編《張我軍全集》，二〇一三年黃毓婷編譯《破曉集：翁鬧作品全集》，二〇二一年有《星雲大師全集》等。總集有二〇〇七年文听閣出版黃哲永、吳福助主編的《全臺文》（75冊），二〇〇八年文听閣又出版吳福助主編的《日治時期臺灣小說彙編》。可見初時作家全集以及總集的整理出版多由民間出版社主導。

由於一九八二年起各縣市成立文化中心（後改為文化局），後來陸續出版了許多作家全集。一九九七年新竹市立文化中心出版《陳秀喜全集》，一九九八年彰化縣立文化中心出版《林亨泰全集》、《張純甫全集》，一九九九年桃園縣文化局出版《鍾肇政全集》，二〇〇〇年苗栗縣立文化中心出版《李喬短篇小說全集》，二〇〇一年彰化縣文化局出版《洪醒夫全集》，二〇〇三年臺中市文化局出版《陳千武詩全集》，二〇〇四年臺北縣文化局出版《王昶雄全集》，二〇〇六年臺中縣立文化中心出版《張文環全集》，二〇〇八年高雄市文化局與臺文館合作出版《葉石濤全集》，二〇〇九年高雄縣文化中心出版《新版鍾理和全集》，二〇一〇年臺南縣文化局出版《劉吶鷗全集》，二〇一五年又出版《劉吶鷗全集增補集》。

一九九七年八月，文化資產保存研究中心籌備處成立，負責籌備「文化資產保存研究中心」及「臺灣文學館」。次年通過獨立設置。

7　另有《李魁賢詩集》，屬於文類編輯上有全編之意味。其時有些作品雖非冠「全集」，但有編全集之意，如《陳垂映集》、《子敏作品集》、《林海音作品集》等。有趣的是冠上作家「全集」的，有時是選本性質的，這在一九三〇年代的中國出版界常見，如一九三〇年上海合成書店出版的《冰心女士全集》、一九三一年上海新文化書局出版的《沫若全集》、一九三五年上海文化進步社出版的《飲冰室全集》和由上海文化書局出版的《飲冰室全集》及一九三六年上海出版的《梁任公全集》，均是作家作品選集。

　二〇〇三年十月十七日成立臺灣文學館。文資中心籌備處甫成立即委託中央研究院文哲所彭小妍主持《楊逵全集》之編輯與翻譯事宜。二〇〇〇年時文化資產保存研究中心籌備處提出「臺灣文學史料充實計畫」，除了《楊逵全集》列入外，尚有《龍瑛宗全集》、《李魁賢文集》，之後復有「黃得時、楊雲萍、葉石濤」三位作家全集，優先辦理的專案有：《全臺詩》與《臺灣文學辭典》的編輯。此後作家全集及古典文學總集多由臺灣文學館推動完成。

　　《楊逵全集》從一九九八年起先後完成《戲劇卷》二冊、《翻譯卷》一冊、《小說卷》五冊、《詩文卷》二冊、《謠諺卷》一冊、《書信卷》一冊、《未定稿卷》一冊、《資料卷》一冊，總共十四。每冊正文前有文資中心籌備處兩任主任林金悔與楊宣勤〈序〉、彭小妍〈編者序〉、〈體例說明〉，並有楊逵影像數幀。一九九七年至二〇〇〇年間，文資中心籌備處委託陳萬益主持「《龍瑛宗全集》蒐集整理翻譯計畫」，龍瑛宗哲嗣劉知甫於一九九七年捐贈大批珍貴文學史料與文物予文資中心典藏（後移交臺灣文學館），促進全集編纂更為便利。全集之《中文卷》在二〇〇六年出版，分為《小說集》四冊、《評論集》一冊、《詩‧劇本‧隨筆集（1）》一冊、《隨筆集（2）》一冊、《文獻集》一冊。二〇〇五年《張秀亞全集》出版，二〇〇七年出版了《葉笛全集》。《龍瑛宗全集》《日文卷》則在二〇〇八年出版，分為《小說集》三冊、《評論集》一冊、《詩‧劇本‧隨筆集》一冊、《文獻集》一冊。中日文合計共十四冊。二〇〇八年是頗熱鬧的一年，四月二十七日，由臺灣文學館、高雄市政府文化局以及文學台灣基金會完成的《葉石濤全集》舉行新書發表會。六月十六日，臺灣文學館舉辦《龍瑛宗全集》日文卷及《吳新榮日記全集》新書發布會。二〇一〇年出版《錦連全集》，二〇一一年出版《楊雲萍全集》，二〇一二年出版《黃得時全集》，二〇一六年出版《林鍾隆全集》，二〇二一年出版《趙天儀全集》，二〇二二年出版《鄭清文全集》等。其他

日治時期臺灣文人的全集，尚有《魏清德全集》、《周定山全集》。近一、二十年出版界不景氣，也形成臺灣作家全集的出版愈到晚近愈需由政府單位出資協助出版與推動，尤其對於日治作家全集的出版，大量的日文翻譯工作繁重，所需翻譯費亦極為可觀，坊間出版社要獨立完成，恐需相當資金籌措。而臺文館累積二十幾年的蒐編經驗，使得全集編纂在編輯體例及分類上，更加有系統，編輯也更嚴謹。

　　臺灣文學館在總集的蒐編出版，尤其無法忽略。從二〇〇一年由文資中心籌備處委託施懿琳擔任《全臺詩》主持人以來，迄二〇二二年已累積出版七十五冊之多，目前仍持續進行在臺日本漢詩人作品的蒐編校勘。而個人於二〇〇六年主編出版《全臺賦》（吳福助合編）及《全臺賦影像集》三冊，二〇一四年再出版《全臺賦校訂》、《全臺賦補遺》（簡宗梧合編）及《全臺賦補遺影像集》，二〇一七年出版《全臺詞》，無不希望藉由總集的整理出版，促進臺灣古典詩詞文的研究，有更多元而豐富的面向。蒐集、整理和編輯史料本身就是一項學術研究活動，至少也是學術研究的基礎或有機組成部分，其重要性絕不可等閒視之。文學史料的整理關乎文學研究的深度，臺灣文學的研究能漸有拓展，即與史料之編選日趨完備有相當的關係，它為當前的研究者提供了翔實的原初資料，節省了研究者蒐尋史料的精力與時間，得以有更為充分的時間展開研究。

一

《全臺詩》整理編纂過程及相關問題探討

一　前言

　　由於「古典詩」在臺灣文學發展史上占有重要地位，而其作品數量非常龐大又散佚各處，長期以來缺乏全面的編輯整理，臺灣文化資產保存研究中心籌備處遂於二○○一年與成大中文系正式啟動合作進行的計畫，由施懿琳教授擔任「《全臺詩》蒐集、整理、編輯、出版計畫」主持人，筆者擔任協同主持人，同時結合國內多位古典文學研究者吳福助、江寶釵、余美玲、黃美娥、黃哲永、廖振富、楊永智等共同進行《全臺詩》編纂、出版工作。持續迄今又有多位青壯輩學者加入，藉此全面蒐集明鄭到日治時期臺灣所有已出版、未出版的古典詩作品（包括總集、別集、選集，乃至詩社課題、擊鉢作品以及報紙雜誌所刊古典詩），精校精勘，追索作者身分背景，使散落各典籍、報刊雜誌之詩，得以彙整呈現，有利於詩學之研究推廣，及呈現臺灣文學之豐富內涵。

　　《全臺詩》在內容編輯上，採取「以人繫詩」為原則，以詩人作為貫串、統整詩篇之依據。書中所謂臺灣古典詩，包括臺灣本地文人創作的漢詩，以及非臺灣本地文人而有臺灣經驗者的詩作（包括其在臺所寫以及離開後與臺灣相關的作品）。二○○四年二月，「全臺詩蒐集整理編輯出版計畫」先以明鄭時期至清咸豐元年（1661-1850）的詩

作為第一階段成果，出版《全臺詩》一至五冊，共約八十萬字。[1]二〇
〇八年四月《全臺詩》六至十二冊出版，蒐錄一八六〇年以前出生的
一百八十六位詩人作品，約一百二十萬字，此後，學術界普遍運用這
些資料。二〇一一年十月，出版第十三冊至第二十一冊，蒐錄一八七
三年以前出生的一百〇一位詩人作品，約一百六十萬字；二〇一二年
十二月出版第二十二冊至第二十六冊，蒐錄一八七五年以前出生的十
八位詩人之作，約一百〇三萬字。之後，每年出版五至七冊，二〇一
八年十一月出版至第五十五冊，合計「1100多萬字，11萬2千多首
詩，900多位詩人」（資料由施懿琳提供），雖計畫龐大，執行人力極
有限，但持續每年穩定出版，至二〇二二年出版至第七十五冊。

　　《全臺詩》計畫啟動二十年餘，由編者群通力合作，經過漫長時
間的蒐集、校對、編輯、出版，系統性保存臺灣文學文獻，提供讀者
快速檢索、閱讀與參考、研究。此基礎性文學史料之建構完備，使得
臺灣古典文學的研究和推廣得以向前邁進一大步。與之相關的是為活
化此珍貴文學資產並增進流通閱讀，臺灣文學館於二〇〇五年推出
「智慧型全臺詩知識庫」（http:// cls.hs.yzu.edu.tw/TWP/）網路資訊平
臺，其內容以「全臺詩」成果為主，讓使用者可以在各地快速檢索資
料、進行互動學習，使得臺灣古典詩的賞讀與研究更為便捷。古詩文
整理的原則與方法，對於日後相關古籍的整理有借鑒的意義，同時為
使研究者能更便利應用《全臺詩》，以下對其整理編纂過程及相關問
題予以說明。

1　臺北市，行政院文化建設委員會發行，臺灣文學館出版，遠流出版事業公司印行、
　　發售，定價每本新臺幣伍佰元，共計五冊。發行、出版、印售，分屬三個單位，是
　　盛舉、也是出版界的創舉。

二　整理編纂過程

　　《全臺詩》啟動的前數年，筆者擔任協同主持人，之後又長期擔任編校（不再擔任協同主持人），因此對於《全臺詩》編輯概況略有瞭解，因謹陳所知於下。《全臺詩》前五冊剛出版之際，學界多誤以為全臺詩僅此五冊，多所質疑。《全臺詩》整理編輯的難度並不低，因為很多基礎工作未做，個別詩文集、總集、合集以及報刊都散落各處，文獻資料不足、獲取不便，報刊文獻又多有舛誤，不可信據。詩人字型大小筆名繁多、難以編次，詩作文字多異、真偽難辨。編纂《全臺詩》，首先面對的即是必須竭澤而漁，掌握充足的文獻資料。而蒐尋文獻的視野必須擴展至海外，對於一些已佚而海內外存有的文獻典籍，千方百計聯絡海內外學術友人代為查詢、複印，並將查詢結果抄錄、寄示。剛啟動時，研究小組即赴福建尋找詩稿，獲致如林樹梅《歗雲山人詩鈔》、林爾嘉菽莊唱和的作品、蘇大山的資料等等。

（一）臺灣詩作分布情況及相關版本略述

　　《全臺詩》所收詩作[2]，係指臺灣本地人士創作的所有詩作及非臺灣本地人士，而到過臺灣者，有關臺灣的詩作。匯輯詩作時間範圍，從明鄭（1661-1683年）起始，經歷清領（1684-1895年），到日治（1895-1945年）時期，前後將近三百年。戰後詩作僅匯輯少數跨越兩代，不易割切的重要作家作品。因此詩作蒐羅從明末、清領、日治迄戰後初期之文獻報刊為主，分布情況略述之。

　　明清時期臺灣古典文學文獻，主要集中在臺灣銀行經濟研究室輯成出版的《臺灣文獻叢刊》三百〇九種，及少量已刊別集，詩則雜錄

2　收古體詩、近體詩、雜體詩及樂府詩，詞、曲、賦、銘不收。《全唐詩》有收詞。臺灣文學館另有《全臺賦》、《全臺賦補遺》、《全臺詞》編纂計畫，由筆者執行，分別於2006、2014、2017年完成出版。

於其中部分府志、縣志的藝文志和文人別集。戰後，臺灣省文獻會於一九七一年、一九八五年先後刊行《臺灣省通志》、《重修臺灣省通志》，其中《藝文志》、《學藝志》亦收錄清代以至戰後部分古典詩詞作品。現今所見臺灣清代時期的詩，因清代臺灣方志、詩文集而得流傳。《臺灣文獻叢刊》尤其集中在高拱乾《臺灣府志》、余文儀《續修臺灣府志》、謝金鑾《續修臺灣縣志》三部志書的「藝文」部分。三部志書中「藝文」部分往往為當時士人作品，且詩人亦往往即修志之人。戰後方志部分，則見於臺灣省文獻委員會主編《臺灣省通志》（1971年）、《重修臺灣省通志》（1985年）兩志文學篇。不過版本多粗疏，時見訛誤。

　　晚近因學術研究需求，日治間臺灣文獻史料原件大量被整理、複印。其中如一九七七年《三六九小報》，二〇〇一年《風月・風月報・南方・南方詩集》，二〇〇七年《詩報》、二〇〇九年《臺南新報》等，因彙整重印，得見間雜其上的日治時期臺灣詩，而臺灣圖書館的「日治期刊全文影像資料庫」亦可見日治期刊刊詩者。載有臺灣詩作刊物，主要在《臺灣日日新報》、《臺南新報》、《臺灣文藝叢誌》、《臺灣詩薈》、《臺灣民報》、《臺灣新民報》、《鯤洋文藝社報》、《三六九小報》、《詩報》、《南雅文藝》、《風月》、《風月報》、《南方》、《南方詩集》、《孔教報》、《崇聖道德報》、《南瀛佛教》、《南瀛新報》、《昭和新報》、《臺灣詩報》、《詩報》、《南雅文藝旬刊》、《興南新聞》、《感應錄》、《鷗社藝苑》、《臺灣藝苑》、《鯤島詩鈔》、《藻香文藝》、《臺灣新聞》（部分）、《新學叢志》、《鯤洋文藝》、《新高新報》、《鷺江報》、《臺法月報》、《臺灣新民報》、《臺灣經世新報》等。報刊詩作的整理是以前編輯總集未見的，因報刊興起於近一、二世紀，而此部分的難度也較高[3]。此外，是作家作品集、詩社合集、晚近各縣

3　如某位清代出生的詩人，可能到日治時期仍活躍，甚至創作延續到戰後。整理者必
　　須陸陸續續尋找其詩。如果這些日治乃至戰後刊有詩作的報刊尚未全面處理好就出

市政府主編的地方文學作品集。別集系統性整理出版方面，豐富而重要者，為龍文版《臺灣先賢詩文集彙刊》九輯（都百餘冊），選錄稿本、抄本、刊本，蔚成一部匯合從清代到日治間百餘位詩人別集及吟社作品合集的叢書，有不少罕見難得的珍本。但《臺灣先賢詩文集彙刊》所出各集，率皆原版本影印重刊，而早期出版品質不一，或文人已故，後人整理不濟，或手抄汗漫，或手民排印誤植而闌入、漏脫，文本上存在一些問題。此外，臺灣報刊多有轉刊中國境內報刊事情，亦需留意，如《南雅》所刊詩詞多以《虞社》一九三一至一九三三年為主。與臺灣相關詩作刊《虞社》者，有王良有〈癸酉小春作客臺灣自題小照應神戶莊櫻癡君之索〉、〈乙亥元旦：時客臺灣〉、〈閱臺灣新聞感賦〉、〈留別臺灣二律〉，陸孟芙〈詞錄：浪淘沙：和臺灣李少菴四十書懷〉，李友泉〈奉懷臺灣施梅樵前輩〉，這些詩人與虞社、南雅的交流情況，值得進一步追索。《臺灣文藝叢誌》轉登《迪化》念衣〈鬥蟋蟀〉、〈和李晴生白燕〉、〈竹簟歌〉等詩。甚者是汪政權以「復興中華文化」自命，任用一些深邃於舊學的文人，如周作人、龍榆生、陳柱尊、李宣倜、錢仲聯等掌管文化教育機構，並出版《同聲》、《新亞》、《國藝》、《中國詩刊》等刊物，其上之詩頗多刊於《風月報》、《南方》、《詩報》。吾人以此可理解整理編輯《全臺詩》，涉外資料絕不可輕忽。

（二）編校過程略述

如何編校臺灣詩？全臺詩編纂格式如何？作為匯聚臺灣詩作的總集，其內容架構分為「提要」、「作品」兩部分。「提要」內文分兩段，

版，很可能馬上又發現漏收詩作。日治時期出版的雜誌《風月報》與《三六九小報》新近完成資料庫並提供試用，下載PDF檔。資料庫名稱：《臺灣詩詞庫：風月報南方詩集》典藏版、《臺灣詩詞庫：三六九小報》藏版。資料庫用詞，在中國大陸使用「資料庫」。

兩段間空一行，「提要」第一段概述生平，依序是1.生卒年用西元（阿拉伯數字），不標月日，中間用「～」。2.依名、字、號排列，若有許多號，以呈現三個為原則。3.籍貫：比較重要者，標注現在的地名。4.以下敘生平重要事蹟，盡量扣住與「臺灣」有關者。5.先依當時在臺統治者之紀年，用國字書寫。後加括弧，用阿拉伯數字標注西元紀年。第二段交代重要作品之內容、特色及價值，及使用的版本。6.介紹其作品，舉比較重要的評語。7.使用的版本。其中版本對照，以重要的、早期的版本為主：不是很重要，或比較後期的資料不必據以校對，比如陳漢光的《臺灣詩錄》，除非沒有其他對照的版本，否則不以之為校勘。謹以手冊所列施士洁為例，圖示以清眉目（見圖一）：

　　《全臺詩》提要的詩人生平因資料的多寡，有時僅數行交代，有時材料較多，無法硬性規定兩段落處理，但多數遵守生平及作品敘述兩部分。這兩部分文字在一頁內處理，看似簡單，卻也透露一些問題。比如詩人生平，尤其明末清初的詩人是否曾來臺或留下相關詩作，這都將影響收入與否的判斷。以如徐孚遠為例，他可能於「克臺之歲」即「從入東都」嗎？編校者廖振富也意識到此問題的複雜，於提要云：「以下所收徐氏詩作，以作於臺灣者為限，唯判斷不易，仍有待進一步確認。」復於注腳曰：

　　　　關於徐孚遠晚年行蹤，包括是否曾入臺灣，及去世之地點，都有不同說法。綜合各項資料，推測他應該曾來臺灣，但停留時間不長，因此最後病故的地點也不在臺灣，而以廣東饒平之說較可信。由於留臺的時間不長，因此相關詩作可清楚看出作於臺灣者數量甚少。再者，臺灣各種方志有明末諸入臺遺老小傳，但獨缺徐孚遠，這也是他留臺時間甚短的旁證。參考《徐闇公先生年譜》之考證。

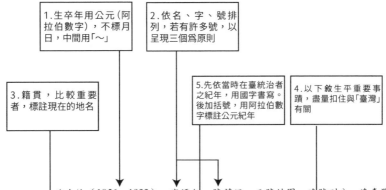

1.生卒年用公元(阿拉伯數字)，不標月日，中間用「～」

2.依名、字、號排列，若有許多號，以呈現三個為原則

3.籍貫，比較重要者，標註現在的地名

5.先依當時在臺統治者之紀年，用國字書寫。後加括號，用阿拉伯數字標註公元紀年

4.以下敘生平重要事蹟，盡量扣住與「臺灣」有關

施士洁（1856～1922），字澐舫，號芸況，又號喆園，晚號耐公。清臺灣縣治（今臺南市）人，為進士施瓊芳之次子。未冠補博士弟子員，縣、府、院三試均名列第一。光緒二年（1876）中舉，次年（1877）捷成進士，授內閣中書。生性放誕，不喜仕進。返臺後曾先後任教彰化白沙書院、臺南崇文、道學、海東書院。與丘逢甲、許南英三位並稱為清季三大詩人。當時臺灣兵備道唐景崧因仰慕其才，曾再三敦請士洁參與政事，始應允與之訂文字交。及唐景崧任臺灣巡撫，又招其入幕，以諮詢政務並切磋文藝。乙未割臺，施氏攜眷內渡，寓居於晉江西岑，時往來於廈門、福州間。和林爾嘉、鄭毓臣等臺灣內渡文士，流連詩酒。在當地詩社「菽莊吟社」裡，被推為祭酒。一九一一年出任同安馬巷廳長，一九一七年入閩修志局，既而寄居廈門。一九二二年五月病逝於鼓浪嶼。

施士洁為臺灣史上極富文名的進士，王松《臺陽詩話》、連橫《臺灣詩乘》都給他極高的評價。其古體詩雄深雅健似蘇歐，近體則取法范陸，得其沉鬱深婉之旨。著作有《日記》一冊、《鄉談聲律啟蒙》一冊、《喆園吟草》四冊、《後蘇龕詩鈔》十一冊、《後蘇龕詞草》一冊。後三種皆端楷謄寫，近人黃典權認為應是施士洁仔細校定的手稿。施士洁遺稿原藏於黃典權處，因蠹蝕過甚，故龍文出版社重印時，乃據《臺灣文獻叢刊》排印本影印，茲亦據臺灣文獻叢刊本為底本進行編校。

7.使用版本

6.介紹其作品，舉比較重要的評語

圖一　《全臺詩》編校小組手冊・施士洁體例

　　可見詩人及詩作之收入，需墊基在周延的生平考證，不然極可能誤收或漏收。但從臺灣古典詩研究現況來看，多數個案詩人的研究並未建立，這自然對蒐編工作極具挑戰性。以之延伸出來的問題，便是對作品詩文集的刊行、典藏的掌握，如徐孚遠《釣璜堂存稿》、《交行摘稿》，多涉及南明與鄭成功史事，書可見國家圖書館館藏一九二六年

姚光懷舊樓刊本。如以臺灣銀行編印的「臺灣文獻叢刊」徐孚遠的
《交行摘稿》詩作一卷、《臺灣詩鈔》收徐孚遠詩作五十一首、連橫
《臺灣詩乘》卷一論徐孚遠詩十首為校勘依據，恐不如依據一九二六
年姚光懷舊樓刊本。唯《釣璜堂存稿》歷來不行於世，當時使用不
便，今已可見郭秋顯、賴麗娟主編《清代宦臺文人文獻選編》（龍文出
版社，2012年9月），《釣璜堂存稿》詩歌共二十卷，計收有古今體詩
二七七五首。二十卷後錄有徐孚遠之《交行摘稿》，共有三十九題，
五十九首。版本選定直接影響到校勘的精陋，另於校勘處再論。回到
詩人的選取上，目前《全臺詩》可以再回頭補足漏收的詩人，如謝章鋌
有詩，聞臺有警紀臺灣事，還有贈林天齡來臺的詩作等等。在「聚紅樹
詞社」社員中，與臺灣有關者，尚有徐一鶚、梁鳴謙、林天齡諸人。

　　至於詩人生卒年亦有更正之必要。如汪毅夫之考證，《全臺詩》
及多種著作認為章甫生於一七六〇年，而根據《半崧集》諸多佐證，
認為章甫當生於一七五三年。又如黃宗鼎的生年一般訂為一八六五
年，汪毅夫依據查考所得和所據的史料，《清代鄉會朱卷齒錄匯存》、
《清光緒朝中日外交史料》、《黃紛山先生畫記》、《明清進士題名碑錄
索引》、《北京市文史研究館館員錄》、《民國福建省地方政權機構沿革
資料一、《詩畸》以及黃紛山《松鶴圖》照片，謂其生年當為一八六
四年[4]。汪毅夫在〈文學的周邊文化關係——談臺灣文學史研究的幾
個問題〉一文，又強調了周邊各問題需深入研究、細細考辨（如科舉
制度冒籍、改籍問題），自承：

　　　　在「臺灣的職官和臺灣的文學」方面，我曾誤「臺灣府學訓
　　　　導」為「臺灣府學教諭」、誤以「兵備道」為武職，記臺灣

4　汪毅夫：〈臺灣文學研究：選題與史料的查考和使用——以《詩畸》為中心的討論〉，
　　《閩台文化交流》2007年3期，頁24。

「提督學政」一職的輪流兼理亦曾有誤；也曾有相對準確的論述。……主持院試本是各省「提督學政」的職責。從1684年到1895年，臺灣的「提督學政」，先後由分巡臺廈兵備道（1684-1721）、分巡臺廈道（1721-1727）、巡臺御史（1727-1751）、分巡臺灣兵備道（1752-1874）、福建巡撫（1875-1877）、分巡臺灣兵備道（1878-1888）、臺灣巡撫（1888.10-1895）兼理。光緒丁丑之歲（1872）正是福建巡撫主持臺灣學政的年頭，丘逢甲這才有了「丁歲遇丁公」的機會。[5]

僅以生平為例，涉及科舉制度下冒籍、改籍諸問題，即知《全臺詩》作業，紛紜諸端，千頭萬緒，眾人精進向上，努力求全，但仍不免異說、真偽並存。

再者，關於在臺日本詩人的漢詩亦收入《全臺詩》，其凡例云：「本書所謂臺灣古典詩，係指：（1）臺灣本地文人創作的所有詩作。（2）非臺灣本地人士而到過臺灣者，有關臺灣的詩作。」因此日本人士的漢詩亦不少。日本漢詩是中國詩歌東漸日本的文化結晶，深受中國古典詩歌的影響，是東亞漢字文化圈最大的海外支脈。在漫長的中日文化交流史上，日本漢詩在共同的漢字基礎上，隨著對漢詩的不斷受容與揚棄，逐漸將域外文化與自身的民族性相融合，走向了自己的審美情趣與文學傳統，同時在文字、內容題材上創新求變，最終完成了漢詩的本土化嬗變，使日本漢詩具有不同於中國詩歌的異質性，成為源於漢詩而又異於中國詩歌的「日本漢詩」。到了殖民統治時期，日本漢詩反而逆輸入臺灣，而臺灣本來就有綿延不絕的中國漢詩影響，從文化交流雙向互動的視點出發，日本統治時期的臺日漢詩現

5　汪毅夫：〈文學的周邊文化關係──談臺灣文學史研究的幾個問題〉，《福建師範大學學報（哲學社會科學版）》2004年第1期，頁75。按：引文中的引號改作臺灣通行的標點符號。

象，更可以揭示東亞漢文學史上罕為人知的一個側面，提供一個重新認識的嶄新視角。

　　當時兒玉源太郎（1852-1906）任總督，邀請漢詩人吟詠談燕，籠絡人心。一八九八年七月，舉辦「饗老典」，越明年，復舉辦「揚文會」，廩生以上具科名者，都在招邀之列，極盡懷柔之能事，化解治臺之阻力，以利日後之箝制。除此之外，日人亦弘獎詩社活動，期藉聯吟活動，潛行思想滲透，推動日本文學，把握民心趨向[6]，以造成日人「禮賢下士」之假象。從日治初期的臺灣文壇看來，雖然當時日本早已步入近代文學的階段，但來臺的日本官員，以具有漢學背景，善寫漢詩者居多，在政策考慮下，日本並未貿然強勢引介帝國的近代文學來臺，而是刻意沿用漢文、漢詩以與臺灣文人交流，這使得臺灣漢文不致貿然消失無蹤，得以延遲到一九三七年中日蘆溝橋事變爆發，漢文生存空間逼仄的形勢才強烈呈顯，但當時《詩報》仍持續刊行古典詩很長一段時間。收錄的日本漢詩人、詩作有加藤重任《雪窗遺稿》、宇阿坊《臺灣睡氣差魔詩》、持地六三郎《臺灣遊草》、阪本銊之助《臺島詩程》、青山尚文《臺灣雜詠》、小野田成美《小野田三徑遺集》、國分青厓《青厓詩存》，合集內田嘉吉編《南熏集》，久保得二《秋碧吟廬詩鈔》、《閩中遊草》、《澎湖遊草》、《琉球遊草》、乃木希典《乃木將軍詩歌集》，水野遵《大路水野遵先生》，鷹取田一郎《岳陽百疊韻詩》，石川戈足《裨海槎程》，籾山衣洲等等，日本詩人在臺的經驗、交遊及其對臺灣文壇的影響不小，臺日漢詩的交流、相互影響是一值得研究的課題。

6　種村保三郎《臺灣小史》云：「兒玉總督構築南菜園的真正目地，是欲以南菜園為媒介，企圖接觸島民之真正姿態，而把握民心。」（頁319）參考毛一波：〈臺灣文學史談〉一文，《臺北文物》第7卷第3期。水野大路詩云：「由來王道在懷柔。」藉文教，謀親民，斷絕臺胞思漢之心。

（三）如何整理、編排作品？

　　《全臺詩》「作品」編排方式，依據凡例七「凡據總集、別集錄入者，仍其舊例，或按體裁分類，或按主題分類，或按創作先後編排，不求劃一。個別增補較多者，則依實際需要予以重編，惟盡量按創作先後排列為原則。」因之如《臺陽詩話》、《瑞桃齋詩話》收入眾多詩人之詩，或如筆者所校勘之《興賢吟社百期詩集》、《大城漢文研究會課題》、《大冶吟社課題》，梅村長光編《梅村先生壽詩彙編》，館森子漸、宇野秋皋編《竹風蘭雨集》，住江敬義編《江瀨軒唱和集》，吉川治郎編《西篁薤露集》，館森鴻、尾崎秀真《鳥松閣唱和集》，原田春境編《采詩集》，工作人員皆需拆檔到各個詩人檔案，需等待全部蒐羅完備，各檔案拆散後，方能聚集為一位詩人作品[7]，之後，再辨識內容以排序先後及校勘種種工作。這看似簡單，實則相當繁複。以拆檔為例，一首詩可能會有不同的版本來源，工作人員會將這首詩所有出處全部呈現，經過比對不同版本的詩作，刪除「重出詩」，撰寫「編校語」，依體例排序，再做整體總校訂，始完成一位詩人的作品編輯。遇到出現「次韻」、「疊前韻」、「又一首」、「又」、「又題」、「同」，則需複製詩題，以便將來拆檔。詩作均注明來源出處，凡一詩數見者，則據最早出現的版本收錄，加注說明此詩又載於何處。另有些詩作並無題目，比如郁永河《裨海記遊》之詩、《臺灣詩乘》臺灣報刊等一些詩話引詩時，未必有題目，因此由編者代作者擬題，然

7　主編施懿琳在《《全臺詩》搜集、整理、編輯、出版計畫第八年度期末報告（修訂稿）》說：「我們還是繼續會整理報章雜誌，但可能會鎖住跟那個詩人關係更密切的期刊雜誌，譬如說我們最近發現《臺灣教育會雜誌》，可能在一九○幾年就出版了，好多詩人的詩作都發表在那裡，我們之前根本沒有注意到這套雜誌，下個年度我們就會提前進行這個部分。」頁19。見http://ir.lib.ncku.edu.tw/bitstream/987654321/139994/2/.pdf（檢索日期2018年11月15日）《全臺詩》搜集、整理、編輯幾乎都是在毫無依傍的既有成果情況下，首次進行搜編工作，可以想見其難度。

後在注釋的地方說明，這是編者代擬。此一代擬詩題的作法是否得
當？自然也是利弊得失皆有，但以上種種實都與日後進行數位化的檢
索系統有關。[8]

　　作品彙整的其一困難，主要是資料散佚及詩人筆名、字型大小的
確認、歸屬具一定難度。如筆者編輯《全臺詞》時，有《南雅文藝》
刊載天放《霜天曉角・吊江灣戰區》詞，初時以為是「東墩吟社」成
員蔡天放，經過出處追索，得知自《虞社》轉載，作者應是陸天放
（約1876-？），原名文明，字安欽，別署憶梅，江蘇崑山人。虞社社
員。已任職《全臺詩》編纂十餘年的王雅儀，相當熟稔臺灣古典詩，
以其遍閱各詩集報刊的深刻經驗撰寫了〈縱然相見未相識──隱身在
《臺灣文藝叢誌》內的詩人們〉[9]，對《臺灣文藝叢誌》眾多未識其
名者比對，發現頗多擊缽詩的作者其實多為「櫟社」成員，同一詩題
內，多見詩人使用數個異名發表詩作。她將《臺灣文藝叢誌》、《東寧
擊缽吟前集》、《東寧擊缽吟後集》、「杜香國文書」，與各詩人的別集
交叉比對，藉以得知傅錫祺、陳瑚、陳貫、莊嵩、林資銓、林資修、
林載釗、黃炎盛等「櫟社」詩人，以及社外的林玉書、蘇孝德、王則
修等人，在《臺灣文藝叢誌》內所使用的別號或筆名，這些考證工作
如不是長期的閱讀累積無法完成。這不僅對於閱讀《臺灣文藝叢誌》
及認識詩人有其說明，對每一位詩人詩作的彙整，都有相當的幫助。
略舉其研究成果可知：

　　　　把傅錫祺《鶴亭詩集》拿來與《臺灣文藝叢誌》相比對的話，
　　　　即可發現，「允明」、「天聞」、「大樗」、「鴻留」等別號，都是
　　　　傅錫祺曾使用的筆名。

8　《全臺詩》從啟動伊始即考慮將來數位化，方便提供研究、檢索、參考之用，因此
　　版面一律採用橫式編排。

9　《東海大學圖書館館訊》第148期（2014年1月），頁48-72。

林資銓（1877-1940），字仲衡，號壺隱、蜻蛉、蜻蛉洲客，晚號孤山客。

莊嵩（1880-1938），字伊若，號太岳、松陵，晚號劣存。「夢華」、「蔗園」、「烏溪漁父」、「碧山樵夫」、「碧山樵」、「茄荖山人」、「草鞋墩客」、「草鞋墩芻塵」等名發表。

林資修（1880-1939），字幼春，號南強、老秋、「蹈刃」也是林幼春的別號之一。「蹈刃」之名有時被誤刊為「踏刃」。

陳貫（1882-1936），字聯玉，號豁軒、璉若，「雅軒」和「爾爾」皆是陳貫使用的別號。

林載釗（1885-1928），或作載昭，字望洋，「補牢」正是林載釗的別號之一。

魏清德（1886-1964），號潤庵，筆名有雲、雲嵐、佁儗子、潤庵生、尺寸園主人等。「鳳毛」可能就是魏清德當時所用的筆名。

林玉書（1882-1964），……《臥雲吟草》初集內有《荀卿》、《木筆花》等詩刊於《臺灣文藝叢誌》，並署名「筱玉」，可見「筱玉」正是林玉書。林玉書亦曾以次子「啟榮」、三子「啟芳」之名發表詩作和詩鐘。

王則修（1867-1952），……經常使用其子「王欽明」、「王欽炎」、其弟「王貴」，與「楊肇嘉」之名發表作品。王則修的次子王茂（字如松，號攀雲），能詩。三子王欽明、四子王欽炎、與其弟王貴應該沒有寫詩。例如《子產》一詩收在《東寧擊缽吟前集》，作者署名為「新化王則修」，不過《臺灣文藝叢誌》則署名「臺南王欽明」。

「瀛社」詩人劉克明在擔任《臺灣教育會雜誌》（後改名為《臺灣教育》）和《專賣通信》的編輯時，常常一人分飾多角，在同一份刊物內，使用各個不同的筆名來發表詩作、文章，並下評語。劉克明在《臺灣教育會雜誌》內，曾使用「篁

村」、「寄園」、「無悔」、「竹外」、「香蕈」、「蓬川」等多個別號
和筆名。這些名號之後還可以再加上「生」、「道人」、「散人」
等字，加以組合變化，如「篁村生」、「無悔道人」、「竹外散
人」等，這樣就產生了更多看起來不太相似的名字。其目的有
可能是為了讓版面看起來更豐富，不至於被讀者一眼看穿，其
實整份刊物多出於編輯一人之手。

　　由於她經年累月綜觀臺灣報刊、手稿、詩文集，經手眾多詩作，
始能多方連結，加以辨析，無數筆名、別號的歸屬因之得到確認，也
因此「以人繫詩」得以更周延收納原無法歸類的詩作。此外，王雅儀
〈創作或抄錄？──《窗下唾餘編》手稿再探〉一文更透露出「《窗下
唾餘編》的作者需要再進一步的考證，王炳南可能僅是這份手稿的抄
寫者或收藏者，手稿所描述的經歷亦非等於王炳南的生平寫照。」[10]
詩人作品之考證極其繁瑣，但即使如此精益求精，史料文獻的繁複屚
雜，仍須待機緣，何況千位詩人的整理，每一位都需花費相當多的時
間考辨。筆者對此亦有深刻體驗，筆者於二〇一四年及二〇一七年分
別出版了文獻整理之總集：《全臺詞》、《全臺賦》。雖極盡心力蒐羅文
獻史料，仍有疏漏。如《全臺詞》附錄所收，《友聲日報》詞有東園
〈水調歌頭・彭公少芝為余述生平游跡，王仲宣不能專美於前，宗少
文不能誇張於後，賦以美之〉、〈浣紗溪・濡須口下釣魚臺〉、丁介石
〈攤破浣溪紗・寄懷〉等；賦有定洋〈招寶山望海賦〉、東園〈秋月
賦〉等。這兩篇賦在二〇一四年時，筆者仍未尋得出處，經過三年，
所閱資料漸多，方能補正。至於《迪化叢刊》詞有醉樵〈江城梅花
引・新秋〉、〈秋宵吟・秋感，用白石韻〉，春駒〈浣溪紗・偶成〉，靈
峯〈滿江紅・春閨〉，漚盧〈浪淘沙・採蓮〉等。出版不久，即看到

---

10 《東海大學圖書館館刊》第8期，頁19。

　　《迪化》第四集漚盧〈浪淘沙・採蓮〉詞，經前後檢核刊物，證實漚盧是俞鷗侶，《全臺詞》則誤識為李維源。《全臺詞》作者「辭樵」，確定為陸醉樵，有待日後再版時更正。另《臺灣文藝叢誌》所署「冬菠」、《臺灣文藝旬報》所署「冬菱」，實皆為吳東園，所署「介石」為丁介石，並非新竹文人謝介石，二位悉為大陸文士，但作品俱載臺灣刊物上，未標示轉錄出處，全刊亦未對此著墨說明。因此詩人詩作的歸納，牽涉到對「涉外」資料的辨識，難度又加一層。雖然民國報刊索引資料庫日漸擴充，但前述所論尚無法自資料庫尋得，何況臺灣報刊經常變更篇題、作者（甚有冒名現象），除非全文呈現的資料庫，否則仍一時無法解決。

　　如作者生年可確定，可依作者生年先後為序編排先後，而生年難以確考者，「或參以卒年，或參以就學、登第、仕宦之年，或參以親屬、交遊有關之年，或參以歷史事件發生之年，從而略推其所屬時間，據以編次。」（凡例五）從前五冊可看出詩人生卒年幾乎都不詳，在此情況下，確實只能先暫依各種情況推估排定，在動輒數百人生卒年不詳情況下[11]，每位詩人的先後排序真是煞費腦筋，而這部分也留下給後人再繼續追蹤、考證的空間，或許他日文獻使用日趨方便，生平方面的問題自然迎刃而解。不過，《全臺詩》並非全部完工再出版，而是根據合併檔完成狀態，盡可能依據生年先後出版，這與每年需出版研究成果的壓力有關，以致第十一冊施家珍（1851-1890）、賴國華（1851-1895）、杜淑雅（1851-1896）、呂汝玉（1851-1925）、賴世良（1852-1876）、周錫恩（1852-1900）、陳季同（1852-1907）、謝道隆（1852-1915）、陳紹年（1852-1915）、林紓（1852-1924）、林特

11　粗步統計，《全臺詩》第一冊41人生卒年不詳，第二冊114位生年不詳，113位卒年不詳，第三冊107位生卒年不詳，第四冊137位生年不詳，135位卒年不詳，第五冊53位生年不詳，51位卒年不詳。第六冊之後生卒年漸有文獻可稽，但為數還是不少，大約要到第十二、三冊，詩人生卒年才多能確認，時序已是一八五〇年前後。

如（1852-？）、徐德欽（1853-1889）、陳望曾（1853-1929）、賴世陳
（1854-1877）、王藍石（1854-？）、陳浚芝（1855-1901）、許南英
（1855-1917）、鄭兆璜（1855-1921）、呂汝修（1855-1889）、陳衍
（1856-1937）、李種玉（1856-1942）、高選鋒（1856-1944）、莊士勳
（1856-1918）、第十二冊施士洁（1856-1922）、林人文（1857-1910）、
賴世觀（1857-1918）、張元榮（1857-1943）、陳百川（1857-？）、劉
育英（1857-1938）、賴世貞（1858-1890）、施仁思（1858-1897）、郭
欽沐（1858-1909）、沈瑜慶（1858-1918）、易順鼎（1858-1920）、曾
逢辰（1858-1929）、陳梅峰（1858-1937）、呂汝誠（1860-1929）之
後，到第十三冊另有一批詩人從一八五〇年（黃玉階，1850-1918）
到一八六〇年（林登庸，1860-？）。第十四冊蔡鳳儀（1862-1910）
直到二十一冊張德明（1873-1922）所收即一八六二年至一八七三年
生者，到二十二冊又從一八六四年收入（邱錫熙，1864-1928）直到
第二十六冊一八七三年（連城璧，1873-1958）。第二十六冊徐傑夫
（1873-1959）到陳瑚（1875-1922），但第二十七冊又回到一八七三、
一八七四年，收梁啟超（1873-1929）、黃鴻藻（1874-1911）詩。從以
上所述，可見《全臺詩》以人繫詩，而文獻紛紜，整理、拆檔都相當
不易，在出版壓力下，只能先將已整理完成的檔案先行出版，提供學
界使用。這種情況愈到後面愈少，自第二十七冊起多依生年排序[12]。
相信從出版後所見的各種問題，都可以於再版時重新修正。為完善這
些問題，線上版的智慧型全臺詩知識庫，則可以隨時訂正補充資料。

---

12 二〇一八年十二月出版的《全臺詩》第五十一冊增補一八六七年出生的戴珠光，一
　八七四年出生的杜伯榮，一八七五年出生的吳蔭培諸詩人，據主持人施懿琳《編者
　序》所言，乃是詩人後代陸續捐贈資料給臺灣文學館，及全臺詩團隊田野調查所
　得，因此增補了一八六〇至一八七〇年代出生的詩人作品。（頁8、9）

（四）關於詩作之校勘

1　《全臺詩》校勘細則

《全臺詩》詩作排定之後，即是重頭大戲的「校勘」。《全臺詩‧凡例》九：

> 運用對校、本校、他校、理校的校勘方法，審慎寫定，盡量呈現作品原貌。校勘細則如下：（1）作品抄本、刊本缺字，無從考證補足者，用「□」標示，其有不能確定所缺字數者，於附注中說明。（2）作品抄本、刊本有缺角、殘行、破洞等情況，致使字跡無法辨識者，用「○」標示。（3）作品抄本、刊本用字或繁體或簡體，或正體或異體，前後不一者，原則上依目前社會慣用字體予以統一。其有較為特殊者，則盡量保留作品原貌，以便利考察作者的遣詞用字習慣。（4）為便於觀覽，校勘採取當頁注方式呈現。（5）校勘盡量羅列可供比勘的資料，提供讀者判斷取捨參考。其有以意改動正文、以意取捨異文者，加注說明根據及理由。

《全臺詩》校勘觸及「正誤」、「校異」、「補脫」、「存疑」、「刪復」等事項，文本文字有異文或內容有疑義者可以出校，若版本、書證、理據三者有其二，通常可以校改。校語如下：

> （1）有版本依據，書證理據兼具或有其一者，可為改字，校語作：「某」，原作「某」，據某本改。
>
> （2）無版本依據，書證理據兼具者，可為改字，校語作：「某」，原作「某」。

（3）無版本依據，書證理據尚不足以支援改字者，校語作：
　　　「某」，疑當作「某」。

（4）底本文字不通，有疑誤而無法推斷者，校語作：「某」，
　　　疑誤。

（5）校本有異文，不須改字僅出校者，校語作：「某」，某本
　　　作「某」。（僅出校異文，不須論斷校本正誤。）

（6）缺字依所缺字數，正文作□，校記作：按：此（數）字
　　　原缺。

　　筆者執行的《全臺賦》、《全臺詞》參考《全臺詩》做法，並有所調整，尤其詞、賦句式標斷較詩作複雜，又因詞、賦作品較少，兩三冊即見全貌概略，與詩之龐雜數量不能比，因此有所更正校改時，則徵引書證、敘明理由。由於臺灣古典文學他本可校情形較單純，故以理校為常。以《全臺詩》陳曉怡編校的「陳子敏」為例，氏於「提要」作：

　　陳子敏（1887-1948）詩作輯為《挹香山館詩草》。此手稿影本由林翠鳳提供。稿本封面題作《挹香山館詩草》，內頁題作《挹香山館勉之吟草》，未刊行。以下詩作輯錄自《臺灣日日新報》、《臺南新報》、《詩報》、《孔教報》、《風月報》、《挹香山館詩草》等報刊詩集，依發表或寫作時間排序，時間未詳者置於末。

〈謹次辜菽盧秀才留別瑤韻〉一詩之校勘，編校者於注腳曰：

　　編者按：《挹香山館詩草》題作〈次辜捷恩廣文留別原玉〉。

「騁懷也足遣離憂」一句，作：

編者按：「遣」，《孔教報》誤作「遊」，據《挹香山館詩草》
改。又：「足」，《挹香山館詩草》作「亦」。

可見〈謹次辜菽盧秀才留別瑤韻〉第二首「騁懷也足遊離憂」之
「遊」字有問題，因此正文呈現正確文字「遣」，並於注腳直摘「遣」，
誤作「遊」，且有版本根據。從以上之例，亦可見不同版本可以提供編
校者判讀，因此版本的蒐羅及底本的依據，對校勘甚有幫助。

2　《全臺詩》校勘與版本問題

《全臺詩》自然非常注重蒐羅詩集文獻，所據底本及參校本，力
求網羅海內外相關孤本、珍本、善本，也取得一定成果，以林占梅詩
為例，他是《全臺詩》當中唯一跨越兩冊的詩人，所收諸多版本如下：

據臺灣分館藏《潛園琴餘草》為底本，並參照下列對校本編
校：李清河藏《潛園琴餘草》（以下簡稱李本）、李清河藏《潛
園詩抄》（以下簡稱李抄本）、連雅堂《臺灣詩薈》（以下簡稱
薈本）、臺灣文獻叢刊《潛園琴餘草簡編》（以下簡稱臺銀
本）、《新竹文獻會通訊》（以下簡稱文獻本）、陳培桂《淡水廳
志》、林維丞《滄海拾遺》、蔡振豐《苑裡志》、鄭鵬雲《師友
風義錄》、連橫《臺灣詩乘》、王松《臺陽詩話續編》、林欽賜
《瀛洲詩集》、賴子清《臺灣詩醇》、曾笑雲《東寧擊缽吟後
集》、彭國棟《廣臺灣詩乘》、蛻萒老人《大屯山房譚薈》。

林占梅之《潛園琴餘草》，因其生前未曾刊刻全集，故後世所流
傳者，或為手抄本，或為刊刻不全之選本，研究者徐慧鈺廣蒐各版
本，《全臺詩》特別請她編校林占梅詩，主編施懿琳在期末報告審查

會裡亦對此有所說明。[13]陳維英詩之編校亦是，提要云：「《偷閒錄》
稿本亦已佚失，在民間有多家抄本，如：新莊陳舜漁抄本（1930）、
五股陳燦寶抄本（1931）、陳繞綠抄本（1934）、李見金抄本
（1934）、吳朝綸抄本（1934）、新竹鄭神寶抄本（1935）。民國四十
二年（1953）八月，臺北縣文獻會曾從某氏手中取得最完善之珍藏抄
本，計古今體詩七百二十六首，由廖漢臣重新加以整理並略加注釋刊
於《臺北文物》，以下所收錄的陳維英《偷閒錄》詩作即以此為底
本。至於，《太古巢聯集》由田大熊、陳鐵厚編輯，何茂松發行。（黃
哲永、施懿琳撰）」[14]此類例子極多，足見《全臺詩》在編校上之努力
及引發之影響，但畢竟典籍分散各處，難免有未經眼者，因此在其出
版後，也總能獲得其他不同意見的指正或補充，筆者認為《全臺詩》
大醇小疵，能獲得斧正是美事一樁，提供了日後版本得以更完善。

　　首以「夏之芳」《臺灣紀巡詩》五十八首為例，陳漢光《臺灣詩
錄》題作《臺灣雜詠百首》，由於《全臺詩》「夏之芳」收在第貳冊，
出版時間二〇〇四年二月（編校完成時間應在2002年），當時未見夏
之芳《臺陽紀遊百韻》全貌，該詩收《臺灣文獻匯刊》第四輯第十八
冊（陳支平主編、九州出版社和廈門大學出版），二〇〇四年出版，
至二〇〇九年，尹全海等人整理、九州出版社又出版《清代巡臺御史
巡臺文獻》，第四編第一卷「詩文」收入了標點整理的全本《臺陽紀

---

13 主編施懿琳的報告：「因為她（徐慧鈺）對林占梅非常地熟悉，版本也掌握得很齊
　　全，她也很高興能來負責這個部分。這次的林占梅版本呈現得非常非常詳細，我們
　　一般看到的是臺灣文獻叢刊的《潛園琴餘草》的簡編而已，這次不僅有臺灣分館藏
　　的潛園琴餘草的完整版本，另外還有一個李清河的校對本可以來參照，此外，還有
　　徐慧鈺自己本身找到的其他版本，我想這是一個校對起來比較精詳的成果。」見
　　《《全臺詩》搜集、整理、編輯、出版計畫第八年度期末報告（修訂稿）》。

14 當時工作人員許惠玟撰述博士論文《道咸同時期（1821-1874）臺灣本土文人詩作研
　　究》，亦謂：「陳維英《偷閒集》所使用版本對照除《臺北文物》上刊行的版本外，
　　另有藏於中央圖書館臺灣分館，由曉綠先生手抄的版本共三冊、國家圖書館民國抄
　　本一冊，以及陳鐵厚、田大熊編，無聊齋發行的陳維英《太古巢聯集》。」

遊百韻〉。之後，方亮〈巡臺御史夏之芳考論——關於家世、生平及其宦臺詩〉對夏之芳著述存世情況做了調查，關於其宦臺詩指出：1.《東寧雜詠》、《臺陽紀遊百韻》、《西遊小稿》各一卷，中國科學院圖書館藏光緒間刻本。2.柯愈春《清人詩文集總目提要》：「此三集雍正間即有合刻本，乾隆五十九年夏長源覆刻，嘉慶十年修版。其玄孫夏銘孫於光緒元年三刻。」3.南京圖書館藏有《東寧雜詠》、《臺游紀遊百韻》清合刻本。確實如其所言「在很長一段時間裡，臺灣學者對大陸史籍保存狀況不夠瞭解，大陸學界中臺灣史更非顯學，使得《臺陽紀遊百韻》難以全本示人。」[15]不過此一情況，由於科技進步加持及兩岸交流日益頻繁，文獻資料的流通使用已有相當的開拓。

　　除夏之芳外，蔡廷蘭、黃鶴齡為其例二、三。柯榮三〈「開澎進士」蔡廷蘭與閩臺名流詩家的交往——以《香祖詩集》所見為主要考察範圍〉[16]，作者發現中央研究院臺灣史研究所藏有陳瑾堂（1894-？）於一九二〇年代寄贈連橫之「蔡廷蘭遺稿」《香祖詩集》抄本，共錄詩五十六題一百一十五首，較諸《全臺詩》（2004）所收十四題十五首增加很多詩[17]。柯榮三〈《全臺詩》蔡廷蘭《請急賑歌》之商榷——以版本及典故為主的考述〉「摘要」云：

> 編者《全臺詩·凡例》，嚴謹地寫下十七條校記，但其中卻有多處仍待商榷。首要原因在於編校《請急賑歌》所據底本欠妥，故而「將錯就錯」。其次，《請急賑歌》編校時也有漏校，例如《請急賑歌》第四十九聯「救荒如救災」，禍比燃眉慘」，

---

15 刊《揚州教育學院學報》2013年第2期，頁9。

16 刊《泉州師範學院學報》2015年第5期。

17 《香祖詩集》校錄稿已編為《蔡廷蘭集》的附錄。陳益源、柯榮三〈發現蔡廷蘭《香祖詩集》抄本及關於《海南雜著》的新史料〉，許婉婷編輯《澎湖研究第十二屆學術研討會論文輯：澎湖地方知識的探索與建構》（馬公市：澎湖縣政府文化局，2013年9月），頁87-96。

實為「救荒如救『焚』，禍比燃眉甚」。[18]

　　《全臺詩》蔡廷蘭詩編校之疏誤，其因即在於編校《請急賑歌》時所根據的底本，乃是一九六一年八月出版的臺銀本《澎湖續編》，而此版本乃依據臺分館抄本《澎湖續編》排印而來，不意臺銀本《澎湖續編》並非精勘精校之善本，以之為底本又忽略對校抄本，致失去校訂機會。戰後一九五八年至一九七二年間，臺灣銀行經濟研究室在周憲文的全力推動下，展開《臺灣文獻叢刊》的編輯與刊印工作，成為數十年來臺灣文史研究者最重要的文獻彙編。但這套《臺灣文獻叢刊》在文獻史料的取捨及整理缺失之處，早期使用者自覺意識尚不足，此套叢書除文字多有疏誤未校出，文字亦時有竄易，如日本年號改作民國，詞、賦之標點則多有訛誤。由於《全臺詩》蔡廷蘭詩編校者沒有親見覆核臺分館的抄本《澎湖續編》，遂以臺銀本《澎湖續編》為依據，致多沿襲錯誤。

　　黃鶴齡一例亦如是，《全臺詩》僅錄黃氏詩歌四首，而作為莫友棠弟子、丁紹儀之師、劉家謀友人的黃鶴齡，曾來臺襄幕十年，其詩歌對清代道光、咸豐年間臺灣當地氣候、地理、風俗社會生活等方面多有描寫，相關詩作如〈渡海歌〉、〈守風〉、〈海外元日〉、〈九月二十六日颶風達旦悸不能寐走筆作此〉、〈游安平紅毛舊城慨然有作六月十九日〉、〈赤嵌雜詠〉、〈海醮詞有引〉、〈赤嵌行效元白體〉、〈募勇詞〉、〈赤嵌樓一名紅毛樓〉、〈十月朔夜半地震不寐賦此〉等等，其重要性不言可喻。然而《不暇懶齋詩鈔》屬未刊稿，長期典藏於圖書館中而不被重視，以致《臺灣文獻叢刊》、《臺灣文獻匯刊》、《全臺詩》，均未收錄，直至二〇一四年劉榮平、江卉點校《黃鶴齡集》（廈門大學出版），黃氏及其詩作方展開研究，但實際研究情況亦不容樂觀，

18　《臺灣研究集刊》2006年第2期（總92期），頁89。

迄今亦僅見劉榮平、趙瑞華二文[19]，實大有開展空間。

　　四以陳季同為例。陳季同詩收入《全臺詩》第十一冊，未出版前提要云」著有《三乘槎客詩文集》十卷、《廬溝吟》一卷、《黔遊集》一卷及法文書數種。陳季同有吊臺灣七律四首，見連橫《臺灣詩乘》，今據以移錄。（吳福助撰）〈吊臺灣四首〉注腳：「此詩收於連橫《臺灣詩乘》，又載陳漢光《臺灣詩錄》、賴子清《臺灣詩海》。」此時未見《學賈吟》，臺灣版本的〈吊臺灣四首〉與之差異的有：其一有「桃源天地付雲封」、「邊氛後此正洶洶」句，其二有「一島居然付劫灰」、「卻教鎖鑰委塵埃」、「聚鐵可憐真鑄錯，天時人事兩難猜」句（第二首詩又載王松《臺陽詩話》），其三有「莫保屏藩空守舊」、「江山觸目囚同泣，桑梓傷心鬼與鄰」、「寄語赤崁諸故老，海桑歷劫亦前因」句。其四有「壺嶠居然成弱水」句。《學賈吟》版本另作「桃源天地看雲封」、「邊氛從此正洶洶」、「一島如何付劫灰」、「忍將鎖鑰委塵埃」、「似念兵勞許休息，將臺作偃伯靈臺」、「莫保河山空守舊」、「蓬蒿滿目囚同泣，桑梓驚心鬼與鄰」、「寄語赤崁諸父老，朝秦暮楚亦前因」句。其四有「壺嶠而今成弱水」。其內容及差異處之討論，見錢南秀〈賈生不作長沙哭，鎮日行吟手一篇——陳季同《學賈吟》手稿影印本前言〉、沈岩〈心聲百感交集心畫神采奕奕——陳季同《學賈吟》書藝略評〉[20]。《全臺詩》出版之際，看到了《學賈

19　請參劉榮平：〈從黃鶴齡《不暇懶齋詩鈔》看道咸年間臺灣社會之狀況〉，《臺灣研究集刊》2012年第1期（總119期），頁55-63。據劉榮平統計，從《不暇懶齋詩鈔》中可輯錄1086首詩增入《全臺詩》。另見趙瑞華《清代臺灣研究資料整理的新成果——評劉榮平、江卉點校《黃鶴齡集》》，《湖北科技學院學報》第34卷第6期（2014年第6期），頁223-224。

20　收入陳季同著，錢南秀整理：《學賈吟》（上海市：上海古籍出版社，2005年），頁6-7、166。沈岩所云為是，唯容或有商榷處，如「桃源天地看雲封」句，謂「看」在這裡是仄聲，實則「看」字在詩詞多作平聲（如杜詩「閨中只獨看」、「卻看妻子愁何在」），以第三字仄聲改作平聲「天」，第五字原仄聲，乃改作平聲「看」，「付」字確實不如「看」字，亦可能如氏所言，避免與「付劫灰」之「付」重出。愚意此與

吟》,〈吊臺灣四首〉有重校,且提要改作「近年發現陳季同詩稿《學
賈吟》手抄本,卷尾附錄有甲午(1894)戰爭後於臺灣所作詩三題六
首,今據以校錄。」但「智慧型全臺詩知識庫」卻保留了未以《學賈
吟》校勘的原貌。其因可能是「智慧型全臺詩知識庫」並非由《全臺
詩》小組主導,提供的早期資料未及更正,在詩人生卒年上也依舊保
留一八五一～一九〇五年,而非《學賈吟》、《全臺詩》釐定的一八五
二～一九〇七年[21]。

　　五以易順鼎(1858-1920)為例。清光緒二十一年(1895)中日
馬關條約簽訂後,易氏曾兩次上書都察院,力陳不可割地賠款。割臺
議定後,更自動請命。該年五月、七月間兩度攜軍餉赴臺灣,協助劉
永福、黎景嵩抗拒日軍之接收。著作《魂南記》以日記形式記錄抗日
經過,《魂南集》為當時經各地吟詠所作。平生詩作近萬首,結集成
冊者有二十餘種,其中《四魂集》共分五卷,含《魂北集》、《魂東
集》、《魂南集》、《歸魂集》、《魂南記》等。《臺灣文獻叢刊》將《魂
南記》、《魂南集》合併為一冊發行。《全臺詩》收易順鼎詩,其時
《魂海集》尚未得見,二〇一〇年十二月,上海古籍出版社出版《清
代詩文集彙編》[22],得以將《魂海集》與別集所收臺籍詩人唱和易順

「傷心地」既用,下首「傷心」改作「驚心」意同,「屏藩」改作「河山」,下句「江
山觸目」遂改作「蓬蒿滿目」,自然有避重複之考慮。不過此四首字面重複的仍不
少,如「臺」、「海」、「山」(海上、海天,河山、湖山,樓臺、伯靈臺),提及臺灣
山河故土,確實某些文字難以全迴避,而字面重出也未必不可,李商隱巴山夜雨即
是。沈文又云「卻教鎖鑰」改為「忍將鎖鑰」,「教」改為「將」是平仄需要,是則
二字俱作平聲,如林爾嘉「卻教兩度歲華新」,「卻教」使用極多,教字作平聲。

21　錢南秀:《賈生不作長沙哭,鎮日行吟手一篇——陳季同《學賈吟》手稿影印本前
　　言》注一對其生卒年說明,從李華川《晚清一個外交官的文化歷程》(北京市:北
　　京大學出版社,2004年)之說,依據《福建通志》,訂為一八五二年,據繆荃蓀
　　《藝風老人日記》定其卒年為1907年。陳俊啟《晚清現代性開展中首開風氣的先
　　鋒:陳季同(1852-1907)》(《成大中文學報》第36期〔2012年3月〕,頁75-106)亦
　　作1852-1907。生年1951及1952年之異,宜是舊曆年底關係。

22　《清代詩文集彙編》(上海市:上海古籍出版社,2010年),影印清光緒二十二年

鼎《寓臺詠懷》諸作予以比較，與各個別集的作品呈現或多少或少的差異。[23]據曾蘊華研究指出其差異現象，如「詩題的刪改」，《魂海集》所收詩題之名較為直接，看得出詩作創作的背景與唱和的對象。「詩作內容的異動」，如林鶴年《福雅堂詩鈔》收〈次易實甫見贈原韻〉，詩云：

> 亞洲風會黨維新，塗炭衣冠敝帚珍。（臺民不願改裝易服。）曲庇遼金終禍宋，舊盟安息已通秦。綱常扶植惟忠孝，時局艱難孰主臣。我亦依劉舊王粲，南陽置驛盛通賓。

《魂海集》作：

> 塗炭衣冠敝帚珍，亞洲風會黨維新。綱常扶植惟忠孝，時局艱難孰主臣。
> 曲庇遼金終禍宋，舊盟安息已通秦。因君重抱依劉感，置驛南陽忝舊賓。

可見《福雅堂詩鈔》與《魂海集》之差異，並見字句的更換改易，透露出詩人創作與修改時迥然有別的心境。另《魂海集》提供了葺補的功能。易順鼎向有隨身攜帶活字版的習慣，隨集隨刻，《魂海

（1896）刻本。易順鼎著，陳松青校點：《易順鼎詩文集》，長沙：湖南人民出版社，2010年12月。臺灣和詩者有趙少雲《和易順鼎寓臺詠懷韻六首》，《三六九小報》第33號，昭和5年（1930）12月26日，頁4。《三六九小報》第36號，昭和6年（1931）1月9日，頁4。吳季籛〈和易順鼎詠懷六首〉《三六九小報》第48號，昭和6年（1931）1月13日，頁4。許南英〈和易順鼎詠懷〉《三六九小報》第48號，昭和6年（1931）2月19日，頁4。許南英〈和易順鼎寓臺詠懷韻六首〉《三六九小報》第52號，昭和6年（1931）3月3日，頁4。

23 曾蘊華：《易順鼎生平與詩學活動考論》，臺灣師範大學國文學系博士論文，2014年6月。指導教授：許俊雅。

集》正是在臺事結束後易順鼎刻行同人的唱和之作，因此這部書保留當時唱和的原貌，提供別於詩人別集的異文，也使許多詩作保留至今。施士洁的《後蘇龕詩鈔》收寓臺一系列唱和詩作多為缺字，如〈和哭庵續寓臺詠懷韻〉之一：

> 強著相如犢鼻褌，□□□□□□□。碎□□□□邊海，抉目羞懸□□□。
> □□□□□□□，□□□□□□兒村。蠻花犵鳥□□□，□□啼痕與淚痕。

《魂海集》詩題作《鷺門客感即和實甫觀察同年續寓臺詠懷六首元韻》，之一：

> 一著相如犢鼻褌，相逢逆旅看王孫。碎身甘蹈窮邊海，抉目羞言故郭門。
> 帆影淒涼毗舍國，簫聲嗚咽乞兒邨。蠻花犵鳥今成夢，幻作潮痕與淚痕。

可據以補足□□處，並得見異文。甚可據此加以分析改動之處的背後意涵。〈和哭庵續寓臺詠懷韻〉之五：

> 枉誇萬劍□□□，□□□□□□□。泣涕□□東□誼，瘡痍無□□□□。
> □□□□雄□盡，□□□□□疂多。撥一未鋤□□□，□□□剪恨如何。

《魂海集》詩題作〈鷺門客感即和實甫觀察同年續寓臺詠懷六首

元韻〉之五：

> 枉誇萬劍昔橫磨，劉秩能當曳落河。泣涕有書陳賈誼，瘡痍無
> 術起華佗。
> 草雞讖緯雄圖盡，荷鬼腥膻舊跡多。揆一未鋤非種去，延平九
> 地恨如何。

徵文考獻，每須旁蒐博采[24]，有些時候，似乎又總是得依靠某種
機緣，機緣成熟了，文獻也就得以裒而集之。文物有靈，或許就是最
佳的說明吧。

三　《全臺詩》附加產品及其研究應用

二〇〇五年臺灣文學館委託元智大學羅鳳珠教授將二〇〇四年第
一波出版的五冊《全臺詩》建置為「智慧型全臺詩知識庫」，該網站彙
集明鄭、清領至日治時期各階段臺灣所有傳統漢詩，加以重新標點、
校勘、編輯，方便現代研究者參考使用。包括「詩作」、「詩人」、「詩
社」的索引檢索 http://xdcm.nmtl.gov.tw/twp/。最新版智慧型全臺詩知
識庫系統的檢索可分為四方面：全臺詩全文索引區、全臺詩檢索區、
臺灣詩社資料庫、時空資訊系統。包含作品索引、出處索引、全文檢
索、注文檢索、作者資料全文檢索、詩社名稱索引、詩社創始人索引
等查詢方式（如圖一），提供全臺詩資料的蒐索，亦為全臺詩的欣賞
研究與交流分享，提供方便的學術平臺。

---

24 在《臺灣日日新報》四四三四號（1912年10月4日）刊有哭盫〈將剪髮詩二十三
韻〉，如有所校勘，則可知此詩作者哭庵（盫）是易順鼎，此詩並非寫於臺灣，內
容亦與臺灣無關（雖然當時也在推動剪辮），但刊於臺灣報刊，選錄與否的問題與
清代眾多甲午、乙未詩的情況一樣，顯得較複雜。

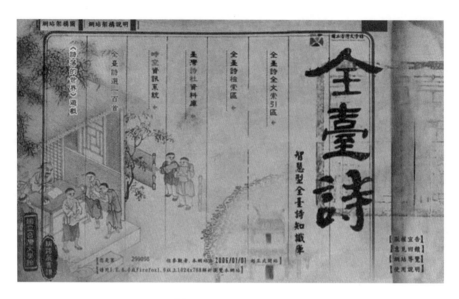

圖二　智慧型全臺詩知識庫首頁版面

　　智慧型全臺詩知識庫方便《全臺詩》出版後補遺修正，與《全臺詩》不完全相同。此外，另有「數位全臺詩」，由臺灣文學館向科技部提出計畫：「知識庫開發與人文數位工具應用對臺灣古典詩主題研究的加值與創新」計畫（執行期程104年8月1日-107年7月31日），結合人文學者及資訊學者共同合作[25]，經由資料分析、資料統計，探討鄭氏到日治時期三百年來臺灣古典詩的多元面貌。以《全臺詩》目前已整理的八百多位詩人，近一千萬字為範圍。根據其計畫書所云：子計畫一「臺灣古典詩的作者群像、社群網路與空間分布」；子計畫二「延伸應用」計有歷史事件繫聯、詩詠的物類聯想、文人的休閒娛樂；子計畫三「史料分析系統建置與加值運用」。尤其子計畫三由資訊方面的學者進行資料庫架設、資料匯入及運用加值。」參考 CBDB 系統建置「全

---

25 據網上資料，其總計畫及子計畫一，臺灣文學館：洪彩鳳、林佩蓉、吳禹中；成功大學：施懿琳、王雅儀、謝宜珊。子計畫二，臺中科技大學：許明珠、李佩慈、張雅婷。子計畫三，成大資工系：陳培殷、楊永平、李政憲、張育誠；成大工設系：劉說芳、張瀞分、連以娟。

臺詩詩人權威檔」，利用 GIS 系統繪製古典詩人移動、活動路線，統計古典詩人及其作品與社會網路的連結、地理分布、空間的移動以及文學結盟的情形、文壇位置等發展概況。此外參考現代「百科全書」，重新為全臺詩作主題分類及檢索系統，而後透過詩作中事件、物類、娛樂三主題，進行資料庫延伸應用，掌握巨量的資料而後進行微觀的探討。」據此可開發頗多值得研究的課題，如詩人生平經歷交遊與社會網路分析、臺灣古典詩人的籍貫分布與空間移動、臺灣古典詩社的空間分布與歷時性變化、詩社團體成員及活動的時空變化、文人的休閒娛樂等等[26]。其研究方法之啟示，沾溉後人頗多，如可針對《全臺詩》中的「和詩」作品進行用韻、體裁、題材、典故、用途等類別進行研究，得出臺灣詩人們之間的互動、交遊網路。或者以陶淵明、杜甫、白居易、陸游等關鍵字，勾稽臺灣詩對前人、前朝詩的接受情況，探討受哪些詩人的影響？是在什麼大環境下或個人性情所衷而接受？臺灣傳統文人的接受對象，與中國本土相比，是否具特殊性，亦或是淵源於福建為多？主編施懿琳曾舉其功能一二，如「詩人資料庫參考清代官職表」，可以觀察到：

> 1.想要瞭解同一位文人，在不同時間，擔任不同職務，所寫的詩有甚麼差異？比如楊廷理多次來臺任職，詩作又多有繫年，就是很好的考察對象。2.想要瞭解晚清統治臺灣最後一年有哪些官員任職？他們是否有割臺的相關詩文？

從詩人生平資料表可以問：

> 官臺文人中以中國哪一省分的文人最多？哪一位文人來臺次數

26　出自其計畫中文摘要，網址如下：https://mocfile.moc.gov.tw/files/201611/e3ec40fd-8f
　　1d-49a2-b1de-7472bc0a2eb3.pdf，檢索日期2018年11月10日。

最多，時間最久？有甚麼相關著作？臺灣文人前往中國任官職
的有哪些文人？主要擔任甚麼職務？任職最久的是誰？臺灣文
人裡哪位詩友最多？是否有助於他在詩壇的領導角色[27]？

本計畫完成後，採全面開放、資源分享的方式，一般讀者、研究者可
各取所需，這將使全臺詩在臺灣文學發展中的位置與價值更為明確。

　　至於「漢詩數位典藏」及「全臺詩博覽資料庫」（大陸用語「數
據庫」），雖亦以臺灣詩為主，但作品並未校勘，此外，詩人、詩作之
彙整，因對筆名、字型大小掌握不充分，因此無法全面掌握到詩人的
所有詩作。雖然《全臺詩》僅選錄少數最具代表性的詩鐘、聯句，但
收錄來源仍然較多。不過這兩個資料庫所收亦不少，仍為尚未全部出
版齊全的《全臺詩》提供相當的便利性，其中「漢詩數位典藏」（架構
在「臺灣好文學網」http://www.literaturetaiwan.idv.tw/）無償使用。「全
臺詩博覽資料庫」則需購買，比較方便學界使用。

　　《全臺詩》陸續出版，引發後續推廣、研究工作，文建會在二
〇〇九年推動「大家來讀古典詩」，二〇一一年轉由臺灣文學館承
辦，此外專著及學位論文不斷出現，除碩博士論文以之參考外，從中
發掘不少題目，如海洋山川、歷史事件、飲食物產、災難民變、文化
地理、區域城市、節慶民俗等。同時臺灣文學館針對臺灣古典作家出
版了三十八冊精選集的套書，以及《全臺詩分類主題詮釋暨編纂出版
計畫》六巨冊的《臺灣古典詩選注》（區域與城市、海洋與山川、飲食
與物產、災異與戰爭篇、歲時與風土、遊覽與感懷）、《臺灣文學史長
編》套書三十三冊、《臺灣漢語傳統文學書目新編》上下兩冊，其中網

27　以上參見另施懿琳：「一位臺灣古典詩研究者對數字人文的想像和運用PPT」（2016
　　年12月1日），「知識庫開發與人文數位工具應用對臺灣古典詩主題研究的加值與創
　　新」計畫編號MOST　104-2420-H-025 -003 -MY3 2015.08 - 2018.07。林佩蓉《數位
　　人文：從土地到雲端》，刊《臺灣文學館通訊》第50期（2016年3月），頁92-95。

羅了詳盡的臺灣古典詩史料與詩注。主編施懿琳自謂運用《全臺詩》另一個具體的成果是與廖美玉於二○○八年共同編纂《臺灣古典文學大事年表・明清篇》工具書，使用了大量的《全臺詩》歷年成果[28]。在「數位全臺詩」一○七年七月底執行期限結束，臺灣文學館續提出：「臺灣古典詩雲建置計畫——從《全臺詩》探勘十七至二十世紀古典詩人行跡及詩作圖層」（研究期程2018年8月1日至2019年7月31日），據摘要所云其核心工作乃在：

> 完成詩人「行跡圖」與詩作「圖層」，前者攸關詩人的生平經歷、學問養成、創作歷程，後者則需要精讀與深入分析，彌補現有文獻未能呈現的地點，透過標記前述生平等行跡，綜合所被標注的地點，推敲可能性的位置。最終經由運算後所得的資料，將可成為探勘古典文學發展脈絡。[29]

相信日後運用數位化檢索分析臺灣古典詩，新研究方法的觸類旁通，將可擬定各種有趣的題目，不僅可以瞭解臺灣早期景象，也可以認識古典文學的藝術美感，對臺灣古典文學的研究應有積極的意義[30]。

---

28 施懿琳〈《全臺詩》的過去現在與未來〉，《臺灣文學館通訊》第34期（2012年3月），頁10-13。

29 參見https://www.nmtl.gov.tw/informationlist_213_1829_1.html。檢索日期2018年11月18日。

30 本文完成後，於2018年12月底收到《全臺詩》第51至55冊。主持人施懿琳教授編者序，亦提及這幾個資料庫，並補充由臺灣文學館連續舉辦七年「大家來讀臺灣古典詩」網路部落格競賽，以及2018年臺文館進行「臺灣古典詩精選詮釋計畫」，選出最具代表性的臺詩三百首。（寫於10月16日）見全臺詩編輯小組編輯，《全臺詩》第55冊（臺南市：臺灣文學館，2018年），頁10。

四　結語

　　本文主要針對《全臺詩》的編輯概況及相關問題，探索、總結其整理的原則與方法。尤其對留存的文獻史料扮演的意義，對於日後文學古籍的整理工作，應該有其參考意義。漢詩在臺灣一直有著蓬勃的發展，詩人、詩社也極多，那是最耀眼特殊的文化形態。尤其清光緒（1875）以後，下迄日治結束（1945）的七十年間，臺灣詩家密集出現，在甲午敗績，乙未割臺，臺海不但輿圖易主，臺灣詩壇的花果也於焉漸繁，可謂臺灣詩壇的全盛時期。藉由臺灣詩篇章的整理，不僅提供瞭解臺灣早期景象，也可以認識臺灣古典文學的藝術美感。臺灣特殊的地理風物，對於以中原文化為主體的文人而言，亦是一種新的客觀的史地知識與經驗，呈現在文學的審美機制中，清代臺灣詩人是以何種態度與方式來認識與呈現這樣一個內容範疇？而臺灣割讓日本之後，作為被殖民的島國文人，又如何看待殖民母國？如何應變世局的變化，與當下的時空環境對話？漢詩作為東亞漢字文化圈的共同紐帶，彼此間相互滲透、互動，或同場競技、一爭短長，都是值得我輩認識、理解的，臺灣漢詩的整理有其必要性。

　　《全臺詩》從二〇〇一年開始著手，二〇〇四年先出版五冊，迄今又過十九年多時間，這期間又出現了很多史料，資料庫也漸增加，對於臺灣文學史料的蒐集自然有很多方便之處，較諸二〇〇四年不可同日而語。但也因詩人詩作數量的龐雜，《全臺詩》必須周延考慮，有所取捨，方能盡速如期出版，因此面對《全臺詩》，並不需以「全」來苛求，何況所有的「全集」，從來就不曾有過真正的「全」[31]。檢討

31 《全臺詩》首要標準是「全」，但「全」是有原則的「全」，符合定義下的作品方錄入，不清楚的寧可闕而不錄，以保證《全臺詩》的純粹性和學術品質。後來因數量實在太龐雜，又時有文獻出現，主編不得不有所調整，「先前已處理但尚未搜集完整的日治（1895）後出生的詩人，暫不在現階段編列的範圍」，因為「如果要將這些報

《全臺詩》，容或有其舛誤疏漏，未及博覽廣檢群書，遺漏詩人作品；考訂不精，誤收他人詩歌；作品編次不當，詩人小傳不確、小注錯訛；版本不精，校勘失範，訛字奪字等現象，但無可置疑的是，編輯小組一直以來稟持著一絲不苟的工作態度，以地毯式蒐羅海內外各報刊詩集，遍覽數以萬計的詩作，逐首流覽採錄，建檔輸入，拆檔合併工程耗大，且進行了認真而細緻的辨析，覆核參稽，時有灼見，《全臺詩》修訂之細節、成書之經過、改編之繁難、定稿之艱辛等諸多困難，從本文討論中不難體會，幸賴主編帶領工作人員以堅韌的學術毅力和嚴謹的學術精神，篳路藍縷，遂得出版七十五巨冊，日後還將繼續出版。同時《全臺詩》也奠定臺灣古典文學《全臺賦》、《全臺詞》整理的原則與方法。與《全臺詩》關係密切的數位資料庫的建置，也有助於提升研究的能量，更加快了研究的速度。

刊雜誌的漢詩全部打字再拆至各個詩人檔，所拉的戰線太長，工作量將無法評估」。同注27，頁13。每一部全集的出版都預留了補遺的工作，有待後來者繼續補闕。

二
日本時期臺灣古典詩歌發展背景之述論

一　古典詩歌與詩社林立現象

　　臺灣傳統詩社之林立，在日治時期達到高峰，其緣由大抵有以下數點：

（一）臺灣文人廣創詩社以延續斯文

　　甲午戰後，臺灣淪為日本的殖民地，臺灣志士雖曾接二連三武裝抗日，但是內乏餉械，外罕支持，犧牲慘重。日本統治者雖籠絡文士，廣開聯吟，然於臺灣書房，則極力摧抑，為了使臺人「具備帝國臣民應有之資質與品性」（臺灣總督府諭告第一號），改造臺人為日本天皇的臣民，因而逐步地破壞其傳統文化。他們認為唯有消滅漢文化，才能將臺人的思想源頭完全杜塞。為了廢除漢文，普及日語，日本當局漸次禁止漢文，取締私塾（書房）。明治四十四年（1911），臺灣公學校規則第三條說：「依土地之情況，得闕漢文、唱歌、裁縫及家事之一科目或數科目」，漢文降至與家事、裁縫同等地位，其蓄意滅絕漢文之居心可見。次年又有「禁止官方命令文告附漢文」令。至於「書房」向來是華胄文化之命脈，具有宣揚傳統文化、維繫民族精神的功能。乙未巨變之後三年，由於兵戈紛擾，日本當局未暇及此，亦不敢遽然取締，但一統語文，既是日本國語政策既定的工作，而臺灣的漢文與日本的國語政策是相對立的，遂於明治三十一年（1898）

發布「書房塾義規則」，開始限制書房之設立，企圖由質變引起量變。除了要求私塾老師增授日語、算術等課程外，且印發日本書籍漢譯本以為教材，禁止使用中國出版的教科書，同時書房之學歷亦不予承認。後藤新平在一九〇一年「學事諮詢會議」中曰：「（臺灣之）教育方針雖尚待研究，而公學校乃肯定有目地而設立者，其目地即推行國語（日語）也。」以日語施教，是日人治臺以來始終不易的政策，觀日人「臺灣教育令」第二、五條「臺灣總督府諭告」第一號即可知。前者曰：

> 教育基於教育敕語之旨趣，以育成「忠良國民」為本義。（第二條）普通教育以注意身體之發達，施行德育，傳授普通知識技能，涵養「國民之性格」，普及國語（日語）為目的。（第五條）

後者曰：

> 要之，臺灣之教育，在於觀察現時世界人文發達之程度，啟發島民順應之智慧，涵養德性，普及國語（日語），使之具備帝國臣民應有之資質與品性。（臺灣總督府諭告第一號）

李友邦〈為什麼組識臺灣少年團〉一文，益明白指出其奴化教育、愚民政策：

> 日本帝國主義在臺實施的教育，他主要宗旨是在於消滅民族意識，而代以奴隸意識。他們麻醉兒童，蒙蔽兒童，使他們只知道日本帝國是世界上唯一的國家，日本天皇是世界上唯一的神聖的權威者，效忠天皇，效忠大日本帝國是臺灣同胞唯一的任

務。他們所能認識的日本文字，所能讀的，是日本帝國主義御用學者們所編的一些課本。[1]

「育成忠良之日本國民」、「普及日語」，即當時日人教育臺民之政策。星亭楊阿珍《八十自述》曰：

> 十載芸窗志未灰，方期所立竭吾才。乾坤板蕩將沉陸，和局成時報割臺。三百萬民入版圖，首先蠻語教吾徒。思量局蹐駒轅下，無奈隨人學步趨。(《涉趣園詩稿》)

自注：「日本據臺後，即設日語傳習所速成科，肄業兩個月。」可知乙未之變纔生，日文日語受日本當局重視之程度。一九三七年起皇民化運動，掀起燎原之勢如火如荼推動，禁止各報刊雜誌行漢文版，在各地設立「國語講習所」，以普及日語。黃春潮〈龍峒詠〉詩有二句如是說：「念此詩書為糞土，此伊耕織事王孫。」自注：「日人欲滅我國文字，先令廢止漢文日刊報紙，繼則嚴重取締設帳授徒者，不准宣揚國學，當是時寒士之欲得一噉飯處，則非拋棄詩書，徑學日文日語不可，以故公子王孫之流而為耕織者，到處皆是，亦時勢使然也。」[2]到了昭和十八年（1943）日本當局宣布「廢止書房教育」，全面禁止書房的講授。

　　臺灣文士面對此一文化劫難，紛紛將維繫斯文的重任轉向日本政

1　王曉波編：《臺胞抗日文獻選編》（臺北市：帕米爾書店，1985年），頁190。

2　參黃水沛：〈大龍峒小志〉，刊《臺北文物》第2卷第2期。氏又言：「此詩作於日軍敗戰瞬間，日本刑事之倒行逆施，同社友或死於莫須有之獄，或無罪而久困於縲絏之中，毀或四體，萬恨填胸，而不敢明言，惟自覺其音之哀也。然境既不外乎龍峒，詩又句句寫實，藉此以為說明大龍峒，似無不可，謂之詩史能免誇大之誚乎？」《臺北市志》卷十雜錄文微篇亦著錄此詩，其義不變，唯文字略有出入。見臺北市文獻會編，1962年，頁48。

府採取寬容態度的組織：詩社。這是傳統文士領導臺民突破時代逆境的應變措施，也是臺灣詩社蓬勃於日據時期的原因。連雅堂《臺灣詩乘》，自序說：「輿圖易色，民氣飄搖；侘傺不平、悲歌慷慨，發揚蹈厲，陵轢前人，臺灣之詩，今日之盛者，時也，亦勢也。」足見日治時期，臺灣詩壇，盛極一時，而臺灣詩人之多，真是不可勝數。《東寧擊缽吟後集》有一千二百人以上，《臺灣詩醇》兩冊，也有七百多人，當時較有名的詩人如連雅堂、洪棄生、林幼春、林癡仙、莊太岳、施梅樵、許夢青、林湘沅、吳德功、黃春潮、許天奎、胡南溟、傅鶴亭、趙一山諸氏，他們的詩流露了對同胞人溺己溺的關懷，富有家國之痛，身世之感。

　　黃得時〈臺灣詩學之演變〉一文說：「（詩社）對於發揚民族精神，貢獻極大。首先可以藉作詩的機會，把對於日人的不滿不平，或對於家國淒涼之情感，用悲痛的詩句，或隱或現，吐露出來，使得鬱積於胸中的憤懣，可以排洩無遺，使人人心情暢快。其次，這種詩會，雖然表面上是「以文會友，以友輔仁」，其實，是利用詩人集合的機會，對於日人的暴政，互相交換意見，作徹底的批評，激發民族意識。」黃師樵〈聚奎吟社〉一文也說：「藉組織詩社為名，宣揚孔道、維護國文，……表面上雖是切蹉詩學，事實上是要保持我們的固有文化，並且藉以文會友的機會，來宣傳灌注抗日思想。」[3]而藉作詩以為讀書、識字之津梁，更是當時重要的理念。詩社的崛起、發展、聚散，本存在著歷史發展的必然性，也與時代緊密相關，當日人嚴峻控制漢文、大肆摧毀書房之際，詩社成長數目便與日俱增。詩社的數量最多時曾高達三百多社，成立這麼多的詩社，除了是以詩文排遣精神之積鬱外，也是傳統文士的覺醒、自我的要求。當時臺北有瀛社、臺中有櫟社、臺南有南社，鼎足並峙，而為臺灣三大詩社。櫟社

3　黃師樵：〈聚奎吟社〉，《臺北文物・臺北市詩社專號》第4卷第4期（1956年2月），
　　頁69-72。

甄選社員，要求綦嚴，社員多深具民族精神，多方振興斯文，可說是臺灣詩教的中堅，當時中臺文士深受其影響，因此詩人、詩作之翹楚，泰半出自臺中、彰化。

日治時期臺灣各地詩社的活動的大同小異，他們定期集會，聚會時有課題吟詩，及唱詩鐘、擊缽吟的活動。但詩鐘則做得較少，擊缽吟的創作則較多。此二項，訂規均極嚴，拈題之後，即限時為詩，各逞才思，競捷爭巧。當時擊缽之風甚興，時有二、三詩社，定期舉行聯吟，或開全島詩人大會，以互通聲氣，交換意見。明治三十六年（1903）新竹鄭鵬雲編《師友風義錄》，自序中就說過：「嗚呼！士生今日，亦何所取而言詩也耶？然士生今日，亦何所取而必不言詩也耶？」連雅堂於《櫟社第一集》序上說：「海桑之後，士不得志於時者，競逃於詩，以寫其侘傺無聊之感。一唱百和，南北競起，其奔走而疏附者，社以十數。」又說：「臺灣詩學之盛，為開創以來所未有。」明治四十四年（1911）梁任公遊臺灣後也說：「滄桑後，遺老侘傺無所適，相率以詩自晦，所至有詩社。」誠然，詩社亦絕非只是排愁解悶，爭奇鬥勝，甚至沽名釣譽、詩酒風流的歡宴，在漢文化備受摧殘的年代，擊缽吟在有識之士的眼中，實肩負著延斯文於一線，勵志節於千秋的莊嚴使命。所以施讓甫詩說：「莫此尋常詩酒會，斯文一線繫非輕。」

日本殖民臺灣五十年中，臺灣人民得免被日本同化的噩運，詩社與有功焉，尤其櫟社社員對民族意識的宣揚，厥功甚偉。雖然，臺灣眾多詩社中，確有一些詩人，藉此趨炎附勢，又由於日本官方政治力量的介入，使得詩社及詩社成員染上政治色彩而形象負面，為新文學運動者詬病不已，但揆其創社苦心，及在往後發表中文作品幾不可能的環境下，詩社保存漢文、漢詩，亦發揮一些功效。連雅堂說：「三十年來，漢學衰頹，至今已極，使非各吟社為之維持，則已不堪設想。」

（二）日本當局在民間詩社方面的懷柔政策

　　日本當局為了求臺人歸順，一方面繼續其血腥統治，一方面則籠絡文士，安撫遺老。樺山於「始政式」（臺灣人稱為「死政式」）之後，即發布「租稅蠲免的諭示」和「賊徒寬典」。前者表示「我大皇帝至仁至德，軫念爾等民瘼」，所以除海關各稅和官租外，各地民間錢糧及各租本年全免」，欲臺灣老百姓「一體知悉，恭奉聖旨，勵精盡瘁，以圖報效。」後者則表示「反抗皇軍，其情可憫」故特以寬典，俾便臺灣老百姓在日軍未到之前，先投軍門，輸誠歸順，免究一切前非。日人深知領有臺灣之後，影響最大的莫若士大夫階級，他們經此巨大的轉變，青雲壯志成空，過去所學的頓失作用，因此在領臺之次年（1896年），總督桂太郎制訂「頒發紳章制度」，規定凡臺灣住民具有學識資望，頒發紳章，以示禮遇。其諭告通知說：

　　　　本島人民今日之境遇，不論賢愚良否，概未享得相當之待遇，甚至具有一定之見識，或資望者，尚且須與愚夫愚民為伍，實不忍睹。如斯，實不獨非待良民之道，復於島民之撫育之關係不尟。因此，茲特創設優遇具有學識資望者之途，俾能均沾皇化，惟此乃最必要之事也。[4]

到兒玉源太郎任總督時，此授章之令更是發揮作用。緣此，他構築南菜園，邀請漢詩人至此吟詠談燕，以籠絡人心。種村保三郎《臺灣小史》說：「持有舊政府時代之學位——舉人、貢生、秀才等等者，全島尚存不少。渠輩費多年努力，而獲得之學位。在新生臺灣等於一片

4　王詩琅《日據初期的籠絡政策》，刊《臺灣文獻》第26卷第4期、第27卷第1期合刊。復收入氏著：《日本殖民地體制下的臺灣》一書（臺北市：眾文圖書公司，1980年），頁17。

廢紙而成無何價值，故其不平不滿，實有難於掩蔽者。渠輩概為地方
指導者，具有相當勢力，漠然置之不理，洵為不可輕視之一大問題
也。」[5] 在紳章的領受者中，乙未變興之後，千方百計讒諂日本當局
者，固不乏其人，但此輩亦廣為民間鄙斥，甚至有〈紳章制度撤廢論〉
出現。日語敬詞需冠「御」字於稱謂，因謂領受紳章者為「御紳士」，
臺人則諷之為「御用紳士」。[6] 如果鋪觀中村、內田、玉山吟社宴記之
言，即可知其用心。中村櫻溪〈上兒玉總督乞留籾山衣洲書〉曰：

> ……閣下若處之一閒地，委以翻譯編輯之事，其及有賓客饗宴
> 之時，則使筆話助歡，詩賦唱酬，則內以和鄉紳巨室之心，而
> 外使鄰邦人悅服；於閣下政教，未必無所裨益[7]

又臺灣詩社大會記引述內田嘉吉總督之言曰：

> 曩者，餘宦臺灣，亦曾與本島詩人相唱和，今茲重來，更望列
> 位提倡風雅，並有補於本島之統治，……[8]

〈玉山吟社會宴記〉亦曰：

---

5 引文見廖漢臣〈揚文會〉一文，刊《臺北文物》第2卷第4期（1954年1月），頁77。

6 其行徑常為觀念較新的知識分子所痛惡，因此對御用紳士動加譴責嘲諷。如《臺灣
民報》諸君子對此輩極為不滿，時刊詩文，加以譏評諷刺。下列三詩即其例證：「折
腰憐池送迎忙，搔香風塵漫自傷。評議員兼街長職，土人到此有榮光。（其七）」「襟
前佩得一紳章，擺擺搖搖上會場。對著臺灣民眾道，官廠恩德不應忘。（其十二）」
「曾將有力自稱揚，老朽相邀聚一堂，欲為官廳來擁護，不容議會設臺陽。（其二
十四）」

7 郭嘯舟〈淪陷當時寓北日文士〉，《臺北文物》第4卷第1期（1955年5月）引，頁79。

8 連橫：〈臺灣詩社大會記〉，《臺灣詩薈》第4號（臺北市：成文出版社，1966年），頁
267。

（穀）餚陳酒至，二校書周旋於其間，獻酬交錯，談笑互發，
及宴酣興旺，杯盤狼藉，謳吟琅鏘，或為偓偓之舞，或成玉山
之傾，善謔不為虐，善飲不伐德，彼我相忘，新舊不間，人人
既醉，不復知為天涯千里之客；而斯土人士亦忘其為新版圖之
氓也。……若失徒飲食醉飽，而貪一旦之娛樂而已，則雖春華
爛漫，秋草離披，與培塿煙霧俱崩而俱消矣・恐非所以設吟社
之意也。[9]

無可諱言的，當時確有一些阿諛投機的御用士紳，為了保障，鞏固既
得的利益，成為日本帝國主義的應聲蟲。但是仍有不少臺灣人士，義
揮如椽之筆，賦詩撰文，誅伐其政，如鹿港詩人許夢青（劍漁）〈蠹
魚二首〉[10]。即屬針對日本當局收攬民心，佞諂文人靦顏酬唱，所發
之諷諭之作；臺中櫟社諸君子此方面之作，尤特多[11]。

（三）報刊的興起

　　十九世紀末，日本殖民臺灣，引進現代性媒體報刊，輿論、資

9　中村櫻溪：《涉濤集》（自印本，1903年），頁3-4。
10　同為鹿港人士莊嵩詩題作〈蠹魚〉，此為一九二八年全島聯吟大會詩題。許詩詩題
　　原作〈罵蠹魚〉，詠物詩不可能詩題直說罵之情，「罵」，衍字，宜刪。
11　臺灣淪陷日本之初，詩歌多反映對馬關條約之傷感、對臺灣民主國之失望，對清廷
　　割臺之悲恨。所以黃贊鈞〈民主國〉說：「絕類一場新傀儡，卻教下吏作優伶」，洪
　　棄生〈感懷〉詩：「嗟嗟中土難乾淨，書卷蕭條且閉扉。」乃至抗日失敗，劫墮紅
　　羊，詩人之處境則倍覺尷尬，亡國遺民的處境是那樣苦苦的折磨人，他們隱居衡
　　門，飲酒賦詩，然而酒不愁人人自愁，淪亡的哀傷是怎樣揮也揮不去的陰霾，因而
　　這時期的詩作漫漶著一股化解不開的愁緒，以及生不逢辰的悲慨和半籌莫展的神
　　傷。然而他們也深深感受到「河山萬里悲烽火，著作千秋寄死生」的萬古常存，詩
　　人可以即有限而去掌握自己的真生命。因而對民族意識的宣揚，控訴日軍的蠻橫無
　　理，及刻畫時代的苦難，莫不指陳歷歷，令人義憤填膺。櫟社詩人林仲衡曾借春耕
　　詩以諷刺日本人，「水牛當路狰獰甚，一步何妨讓你行」，以示對日人統治的不滿。
　　林幼春亦有〈題群鴉噪鳳圖〉詩諷刺逢迎拍馬日本總督的臺灣詩人。

訊、文學創作，莫不以即時有效的滾輪速度向前跑，同時也改變文學觀念及發表型態。近年學界亦對報刊作品抱持濃厚興趣，對報刊展開研究之作不乏其人，以《臺灣日日新報》、《臺南新報》、《三六九小報》、《風月報》、《臺灣文藝叢誌》、《臺灣教育雜誌》等報刊為研究對象、研究素材者不少，也獲致一定成果。現代報刊未普及之前，中國文物典籍流傳到周邊的朝鮮、日本、越南，促進了東亞地區漢文創作的興盛。這與漢語漢文學習的旺盛需求有著密切的關係，在吸收和改編中國文學作品的過程中，儘管使用的是漢文，但表達的是他們自己的思想和情感，有其自身的特殊性，逐漸形成各自的本土文化特色。

　　然而當現代報刊興起之後，漢文化文學的傳播就不再侷限於典籍，更多的是透過報刊的轉錄，當時很多作品都是先登報刊再出版，報刊的興起對近代文學影響實不可小覷。尤其日本明治維新之後，報刊以滾輪般的快速度刊登各類作品，不再是過往接受中國的影響，而是以中心輻射到東亞地去。臺灣在日本殖民統治時期，正是近代社會的風雲變幻和西潮新潮的山風海雨交織成的巨大時空。

　　報刊的興起，特別是文藝期刊和報刊文藝欄的出現，使得傳統文人重新找到可發揮的舞臺。他們具有較深的文化積累，又任職於近代商業社會的文化再生產和傳播的報刊工作，然而由於殖民的統治及新舊思想文化駁雜的文學較勁時期，臺灣文學的發展較諸過去有著翻天覆地的變化。臺灣近代知識階層首先是來自傳統科舉出身的舊文人，但若干文人很快接受新式教育，進入國語（日語）學校，後來成為當時報刊的主要生力軍，他們中有不少人任職於報刊，由於漢文漢詩的存在，有著殖民統治的國策考慮，他們對舊文化也表現出相當的精神留戀，在這樣的背景下，報刊持續刊登漢詩，臺灣詩作等文學作品，遂得綿綿不絕刊登於報紙上，成為感情聯繫絕佳管道，各詩社的作品也經常見諸報刊，甚而成為日人利用的媒體載具，這在日治前後期都

可以看到，《詩報》以「悼東鄉平八郎元帥薨去」為題[12]，鄭金柱藉
「島內官民共舉皇道精神昂揚，民族文化蘇生益盛之秋，亦躍起鼓吹
東洋文學漢詩復興普及動向」，以「文風」為題[13]，又提倡「宣揚國
威，振興皇道，兼蘇生民族文化，同維國風藝術，使一般起忠君愛國
之觀念」，發起全島徵詩[14]，甚或《風月報》亦刊登〈日本吟詩〉、〈國
語讀詩法〉、〈詩吟法〉及〈千人針〉、〈日軍守城圖〉、〈日軍入城寫
真〉插圖並題詩之際，或者像謝雪漁的《奎府樓詩話》、《蓬萊角樓詩
話》選入極多日人詩作品評，即使如此，漢詩不必全然如是，亦有不
少延斯文於一線之作。當時臺灣三大報均各有重要文人任職報刊，形
成北中南三方鼎立局面，而與櫟社關聯密切的報刊，則為《臺灣新
聞》，雖然今日《臺灣新聞》多已佚失，但從現有的文獻，仍可看到
若干重要文學文化論戰，如鄉土文學論戰、林幼春與李石鯨諸氏因吳
虞非孝論的論戰、楊逵《臺灣新文學》與《臺灣文藝》的論戰。

二　新文學運動下的傳統詩社

隨著政治、文化、社會等錯綜複雜的變遷，文學的內在發展亦不
得不變，新文學運動適逢其會，日漸蓬勃，且有深刻的社會文化運動
的意義。當新文學蓬勃推動之際，舊文學遂成被攻擊之對象。尤其對
詩社、傳統詩歌之抨擊，多方嚴厲批判。一九二四年是一重要的年
代，舊文學出現了前所未有的危機[15]。當時，張我軍的批評確實針對

---

12 《詩報》85號，昭和9年（1934）7月15日，頁1。另參見《詩報》93號，昭和9年
　（1934）11月15日，頁3。
13 《詩報》137號，昭和11年（1936）9月17日，頁1。
14 《風月報》第62期4月號下卷，昭和13年（1938）4月15日，頁18。續見《詩報》184
　號，昭和14年（1939）9月1日，頁24。
15 大正13年（1924）臺灣全島詩人於大稻埕江山樓聚會吟詩，正式宣布成立全臺聯吟
　會。然而張我軍也因之愈見其弊，在這年撰文攻擊舊文學。

現實問題，擊中臺灣漢詩界的要害。一九二五年一月張我軍又發表
〈絕無僅有的擊缽吟的意義〉[16]批評臺灣文壇所盛行的擊缽吟為「詩
界的妖魔」，引發新舊文學論戰。然而漢詩與擊缽吟之盛行，實由於
臺人保存漢文的特殊要求。事實上，臺灣有識之士，反對擊缽吟的亦
不少，這是當時不得不爾的措施。所以提倡擊缽的林癡仙就說：「特
借是為讀書識字之楔子耳。」施讓甫詩說：「莫此尋常詩酒會，斯文
一線繫非輕。」張我軍當時攻擊以連雅堂為主的一批舊文人，然而連
雅堂在一九〇六年時即曾反對擊缽吟，以為擊缽吟非詩也，並與陳瑚
筆戰，在張氏發表文章之後，相隔半年時間，連雅堂在一九二五年七
月十五日的《臺灣詩薈‧餘墨》上似乎是有意表明自己對擊缽吟的看
法，因此說「二十餘年前，余曾以臺灣詩界革新論，登諸南報，則反
對擊缽吟之非詩也」又說「夫詩界何以革新？則余所反對者為擊缽
吟。擊缽吟者一種之遊戲也，可偶為之而不可數，數則詩格自卑，雖
工藻繢（疑為「繪」），僅成土苴，故余謂作詩當於大處著筆，而後可
歌可誦。」[17]然而終日治之世，擊缽吟之風氣終究是不絕如縷，實由
於當時臺灣特殊政情使然。張我軍在〈絕無僅有的擊缽吟的意義〉裡
說：「擊缽吟也有幾種：一種是例會，一種是小集，還有一種大會等
等。但無論哪一種都有如上面所說的限制。沒有一種有意思的（細看
前面說的話便明白）。所以我說擊缽吟是無意義的東西——如詩社的
詩的課題，也是這類的無意義的東西。」張氏因集中火力猛烈攻擊舊
文學的關係，對擊缽吟、課題等等與舊詩關聯的全然否定，然而觀諸
當時實際情況，實不能一概而論，尤其是對櫟社諸君的詩會活動來
看，怎麼會全是沒意思、無意義的呢？

　　日本官方對臺灣傳統文人結集詩社有一定的的戒心，尤其像櫟社

---

16 原載《臺灣民報》3卷2號，1925年1月11日，作於1924年12月24日。

17 見《臺灣詩薈‧餘墨》（下冊）（臺北市：成文出版社，1977年），頁460。原發行卷
　期19號，發行日期1925年7月15日。

諸君是臺灣當時的知識分子，統治者對知識菁英總是不放心。據傅氏
在《櫟社沿革志略》中記載：「此會除社員十六人，詩友六人參加外，
另有臺中廳長，及其部屬鷹取、山田兩人，和通譯一人與會。日本官
員與會的表面理由是「願加盟為社友」，其實是行監視、探察之實，此
在另一櫟社成員張麗俊的日記中亦有生動的記載。[18]而傅錫祺在一首寫
於一九二二年的詩中，也曾自注云：「往時集會，當局監查頗嚴，者番
表面頗與自由。」[19]到了一九四〇年代，林獻堂欲重振櫟社，當他開
始發起漢詩習作，及邀人加入櫟社時，負責監視林獻堂的特務即到林
宅問林獻堂是否還要以一新會為名義再活動，以聯絡臺灣之青年？[20]
可見日本官方對櫟社的結社活動，較其他詩社的監控嚴密。

　　日治中、晚期後，老成之士，先後凋零，如林癡仙卒於一九一五
年，賴悔之卒於一九一七年，陳瑚卒於一九二二年，林湘沅卒於一九
二三年，王友竹、王學潛、林載釗、蔡惠如分別卒於一九二六、一九
二七、一九二八、一九二九年，鄭玉田、胡南溟同卒於一九三三年；
陳錫金、趙雲石、林耀亭、陳貫、莊太岳、張玉書、林幼春、林仲
衡、陳懷澄自一九三五年至一九四〇年亦先後相繼仙逝……。後起年
輕的詩人距離烽火的歲月漸遠，而日本當局又有意破壞漢文提倡日
文，因此反映時事、抨擊經政的詩作較前期為少。雖然，對於皇民化
時期日本當局的強令臺人改日式姓名、易祀日本的大麻明神、及箝制
言論、強徵軍夫等，仍有為數不少的詩歌加以記載。但在臺灣總督府
籠絡政策與皇民化運動下，舊文學也不免淪為協贊殖地政策的阿諛
者，對統治者頻送秋波。昭和十四年（1939）傳統詩壇出現《愛國詩

18　參張麗俊日記1911年12月16日記載：「晴天在家閒遊田畔，……特務新屆氏奉支廳
　　長之命，來查我櫟社友支廳管內幾人？……詢罷回去。」

19　見《鶴亭詩集》，頁106，〈中嘉南聯合吟會第一回大會賦呈會友諸公，時壬戌元夜
　　也〉。

20　《灌園先生日記》1941年2月28日。

選集》，為皇軍協戰，瀛社社長謝汝銓為序頌之，又賦〈皇軍破徐州喜賦〉五古一首，而集內如〈祝皇軍南京入城〉等作，皆極盡諂媚歌頌之能事。昭和十七年（1942）《詩報》所載各吟社課題亦多以回應聖戰、謳歌大和魂、大東亞共榮圈為題，如碧澤吟社〈新春捷報〉（264號）、大同吟社〈共榮圈〉（267號）、以文社〈祝新嘉坡占領〉、高雄州聯會〈南京戰捷〉、瀛社及大成吟社〈祝新嘉坡陷落〉（皆269號）、聚萍吟社、雄州聯吟課題〈對出征將士感謝〉（277號）等等徵詩課題皆屬媚悅之作，另有一些人復以詩文為應酬、頌揚的工具，如鉛本撰〈祝新嘉坡陷〉一詩，隨即有多人以之和韻[21]。這些現象都是臺灣淪為日本殖民地所產生的永遠的傷痕。

自從新舊文學論戰之後，張我軍的影響力固然不小，可是從現實層面來看，舊文學並未全然敗下陣來，其時詩社有增無減，傳統文士仍舊喜歡寫作古典詩文，甚至連文化運動的主要角色也不例外。《南音》本為新文學雜誌，但第五號仍刊載林幼春先生所寫的舊詩，誠如其〈編輯後語〉所說：「南音所排斥的舊詩，是排斥無生命的詩，換句話說：就是不歡迎無病呻吟和那御馳走主義的詩，並不是排除可以激動情感的詩，如果新詩中，也有無內容的詩，南音當然也要摒棄！」這段話說明了新舊文學之爭，雙方至少有一共識，即：摒棄「缺乏真精神、真情感的詩」。

其實，當時雅壇新文學者，如賴和、陳虛谷、楊守愚、陳逢源、周定山、吳濁流等人，莫不熟諳古近體詩歌，所以陳逸雄先生在〈我對父親的回憶〉一文裡說：「父親的文學活動，始於舊詩，終於舊詩，在殖民地體制下坎坷的文學環境裡，這不僅是他個人走的路。亦是懶

---

21 日治時期臺灣詩社的發展，自始至終的發展都有日人推波助瀾，甚至在大東亞戰爭發生後，日本當局還頻頻希望漢詩為日本政府宣揚國策，當然也有一些人士久而久之習於日人的統治，站在日本人立場發言，與日治初期若干臺灣詩社，企圖藉詩社保存漢學，維護漢文化，實在大異其趣，足見當時詩社、漢詩存在著複雜的面貌。

雲、守愚、一吼等人走的路，可能亦是其它更多的中國新文學從事者
所走的路。」今天談日治時期臺灣的傳統詩歌，這點值得我們警惕，
不能誤以為新舊文學是水火不容、壁壘相對立的。陳逢源、陳虛谷諸
人都創作了為數不少的傳統詩歌，也執筆批判了舊詩的弊病，但他們
冷嘲熱罵的是那些沽名釣譽，不能做平易率真之詩的墮落詩人，對於
傳統詩歌的功能，他們很清楚而且真能掌握的。一般說來，新舊知識
分子之詩文風格仍有些差異。舊式詩人之詩擅於用典使事，文字雅潔，
新文學作家的舊詩大多風貌質樸、字詞淺白，另有平淡雋永之味。

　　綜言之，那是一個非常特別的時代，全臺詩社活動的熱烈蓬勃發
展，詩社之多，令人詫異，也是臺灣文學史上特殊的現象。

巻二
全臺詞

三
臺灣詞之整理編纂
──《全臺詞》導言與研究述要

一　前言：詞之填製、研習者少

　　在臺灣文學發展史上，古典文學實占有極大的分量。從明鄭迄清領（1661-1894），乃至日本統治臺灣的前二十五年（1895-1920），文學的發展以古典文學為主。雖然一九二〇年代之後，新文學逐漸抬頭，然而不容否認的，古典文學依舊細水長流，始終未歇，具有一定的時代意義與文學價值。而臺灣古典文學以詩為主，文次之，詞、賦又次之。詞在臺灣的發展，不及詩遠甚。尤其日本統治時期，臺灣詩人輩出、詩社林立，詞則相對地少。其時謝道隆、蔡啟運、莊龍、王學潛、張麗俊、林朝崧、林資銓、王石鵬、連橫、林幼春、林獻堂、蔡子昭等數十人，詩之質量俱佳，遠近皆知，然以詩相酬酢者多，以詞相唱和者少。這從《全臺詩》、《全臺詞》之冊數，亦可覘知。而填詞在臺灣之所以未受青睞，殆有數因：

　　一者，如四庫全書總目提要所言，謂詞乃在文章技藝之間，作者弗貴，特才華之士，以綺語相高耳，故目之為薄技，為文苑之附庸。詞產生於沉醉浪漫的歌筵酒席之間，供南國嬋娟香豔美麗之歌詞，詞之為物，一向為大雅君子所鄙視，視之為小道末技。南唐、兩宋為宰相而作小詞的，頗有其人，但人們心中不免有惑。北宋魏泰《東軒筆錄》卷五載王安石為相後，人問之：「為宰相而作小詞，可乎？」[1]南

1　魏泰：《東軒筆錄》（揚州市：江蘇廣陵古籍刻印社，1984年），卷5。

宋初年胡寅題向子諲《酒邊詞》說:「然文章豪放之士鮮不寄意於此,隨亦自掃其跡,曰謔浪遊戲而已。」以「謔浪遊戲」而「自掃其跡」,確是一般詞人否定詞之創作的自歉心理。直到南宋陸游自題〈長短句自序〉,尚自我辯解:「少時汨於世俗,頗有所為,晚而悔之。」然「念舊作終不可捐,因書其首,以識吾過。」[2]同時代人王灼《碧雞漫志》序言亦云:「顧將老矣,方悔少年之非⋯⋯成此亦無用。」「但一時醉墨,未忍焚棄耳。」趙以夫〈《虛齋樂府》自序〉仍謂:「文章,小技耳,況長短句哉!」即是認為長短句(詞)更是不如「文章」的「小技」。詞地位低下,士人不願填詞,文集中亦常不收入詞。宋人將詞與詩相提並論時,亦認為詞不如詩。胡寅《酒邊集・序》云:「詞曲者,古樂府之末造也。古樂府者,詩之旁行也。」將詞當作詩之衍生文體,是詩之「傍行」和「末造」。而詞在蘇軾「自是一家」或李清照「別是一家」之諛揚,即是對時人過分鄙視詞體觀念之矯正。他們努力將詞與詩並提,正是說明詞的地位低下。可見填詞一直讓人有「究竟有何價值與意義」之困惑。

　　再者,理學家更認為詞是文藝中地位最為低下者,劉克莊《黃孝邁長短句・跋》云:「為洛學者皆崇性理而抑文藝,詞尤藝文之下者也。」清領時期臺灣詞家多與閩地有關,而閩地自朱熹推振理學以來,至有清一代,「閩學漸昌」,而閩人無暇及詞,自輕填詞,致使「倚聲視為小道,顧曲遂少專家」,閩詞漸衰,詞學遂不振,甚而有批評《閩詞鈔》乃丟落「遺珠」,《賭棋山莊詞話》不免「碎錦」等語辭。然則晚清閩中詞學卻也在葉申薌、謝章鋌、林葆恆等人努力下,喚醒了閩人治詞之熱情與信心,葉申薌《天籟軒詞譜》、《天籟軒詞選》別具特色,前者將詞譜與詞選結合在一起,後者針對當時詞壇選詞弊病,融合蘇辛周柳為一爐。謝章鋌組建聚紅榭詞社,將閩中詞學

2　陸游:《陸游集》(北京市:中華書局,1976年),第5冊,頁2101。

推向繁榮與高潮；其《賭棋山莊詞話》規模宏大，詞學思想介於浙西與常州二派之間，時有新論。林葆恆《閩詞徵》為閩中詞人詞作品最完整之整理彙編，其《詞綜補遺》對清詞綜系列予以完善補充。然而，近代閩中詞學卻因地域界限、缺乏鮮明綱領、詞社影響力不足等因素，始終侷限於閩地，未能走出東南一隅。在這樣背景下，臺灣詞人不如詩人之多，可以推知。

　　二者，詞之格律甚嚴，須按詞調填字，使之合於音節、聲律，一般士人，寧願作詩為文，而不喜填詞。王安石曾將詞體與詩體相比較，用儒家詩教批評詞體者：「古之歌者皆先有詞，後有聲，故曰：『詩言志，歌永言，聲依永，律和聲。』如今先撰腔子後填詞，卻是永依聲也。」以創作角度指出詩、詞截然不同。前人亦曾舉「平蕪盡處是春山，行人更在春山外」詞例，言楊慎以擬石延年「水盡天不盡，人在天盡頭」，未免河漢。「蓋意近而工拙懸殊，不啻天壤。且此等入詞為本色，入詩即失古雅，可與知者道耳。」[3]蓋詞之句法語彙偏清靈曼妙，古樸典重字面多避而不用，表現方法華飾多於素描，幽微多於醒豁，隱約含蓄，託興深婉；詩偏重直接敘寫，感慨發揚之美，與詞頗有不同，其寫詩時之心理狀態與詞亦不同。而臺灣經荷蘭、明鄭、滿清、日本此消彼長的統治，生於斯、長於斯之先民飽受憂患，承受各種殖民掠奪之苦痛，素具抗爭之民族性格，表現於詩文，自然孕育出反對壓迫、宰制之內容，此一抗爭精神，似更適合表現於詩，施之於詞，則失其溫婉之風。鹿港詩人洪繻之詞，顯然充滿憤懣之氣，〈淒涼調〉、〈醜奴兒慢〉二闋記日本之侵略，日本當局稅政之苛，人民苦痛之情，其口吻即頗不類詞，純是發揚蹈厲之詩風。

　　三者，臺灣為一移墾社會，締造百業，尤需剽悍驍勇之性格，在荒地漸墾，經濟漸富的情況下，本地人士方有富而求貴之心態，遂多

3　王士禎：《花草蒙拾》，《詞話叢編》（北京市：中華書局，1986年），頁679。

延聘博學碩儒以授子弟，欲透過科舉以求取功名。科舉取士以詩文為主，詞固非敲門磚，研習此道者宜較少，填詞自然不如作詩。許地山〈窺園先生詩傳〉謂其父許南英《窺園詞》：「詞道，先生自以為非所長，所以存底少。」[4]就詩詞數量言，確實臺籍詩人多，而詞人少，鮮以詞顯於世。有名詞客，如林癡仙、陳貫等人，皆是附帶為詞。

　　臺灣文學史上，詞之研究及其開展遠不如詩，又不如賦，其中原因亦與詞之文獻整理不足有關。葉石濤《臺灣文學史綱》、劉登翰《臺灣文學史》在古典詩、文之外，鮮論及詞。學術專著、學位論文中，以臺灣之詞為主要探討課題者，屈指可數。目前見知臺灣詞之專題研究或著述，如楊雲萍〈陳季同的詩詞〉，南史〈郭藻臣先生之詩詞〉，毛一波〈臺灣詞話〉，鷺村生〈巧社〉，賴子清〈臺北市詩詞聯話〉，關綠茵〈許南英先生及其詩詞〉，筆者主持之「櫟社詩人的詞作蒐編、註解與研究」及〈櫟社詩人林癡仙及其詞作研探〉、《無悶草堂詩餘校釋》、《梁任公遊臺作品校釋》（內有遊臺詞）、王幼華〈丁紹儀《聽秋聲館詞話》試析〉、〈清末張景祁的宦臺詞作〉、〈試論豁軒詞中的感時憂國精神〉，向麗頻〈施士洁《後蘇龕詞草》研究〉，李遠志〈林朝崧無悶詞析論〉、〈日治前後的臺灣詞壇〉，蘇淑芬〈清領時期游宦人士張景祁筆下的臺灣——以張景祁臺灣詩詞為例〉、〈日治時代臺灣詞社初探〉、〈日治時代《臺灣日日新報》所刊載之詞研究〉、〈戰後題襟亭填詞會與鷗社詞作研究〉、〈臺灣閨秀詩人——汪李如月及其傷悼詩研究〉、〈日治時代臺灣醫生廖煥章在上海的焦慮書寫——以詩詞為例〉，李名媛〈臺灣傳統文人林玉書之詞作探析〉，王偉勇〈析論清領、日治時期臺灣文人填詞之若干問題〉，許博〈試論晚清臺灣詞的文學意義及文化意義〉。學位論文涉及詞者有楊明珠《許南英及其詩詞研究》、賴筱萍《許南英及其窺園留草研究》、顏育潔《石中英、

4　許地山該文，見許南英：《窺園留草》，《臺灣歷史文獻叢刊》（南投市：臺灣省文獻委員會，1993年），頁247。

呂伯雄其人其詩探究》、許薰文《日治時期櫟社四家詞析論——林癡仙、陳貫、陳懷澄、蔡惠如》、向麗頻《施士洁及其文學研究》、林素霞《賴惠川《悶紅詞草》研究》、潘美芝《日治時期及戰後初期嘉義文人詞作新論》、簡嘉《交流與互動——民國詞與臺灣報刊研究》。專書兼及部分詞者，如龔顯宗《臺灣文學家列傳》。綜合相關研究成果，觸及的研究對象較偏重於張景祁、施士洁、許南英、洪繻、林朝崧、廖煥章、石中英、林玉書及梁啟超訪臺諸作等，臺灣詞仍屬學者較少關注探討的區塊。

二　臺灣詞收錄及出版情況略述

雖然學界普遍以新舊文學論戰的一九二〇年代為臺灣古典文學的式微[5]，但日治間二世文人的古典文學創作，卻一直延續至戰後。未幾國府遷臺，大量中國大陸文人隨之渡海來寓，其中亦不乏熱衷於詞之創作者。考量中國大陸文人的學養背景及作品中的地域呈現，本書在時間的斷限，以二戰結束的一九四五年為界，割捨戰後來臺的中國大陸文人作品，而日治文人跨越戰後者，為保全其面貌的完整，仍全面蒐集，因此蒐羅來源以清領迄二戰結束之文獻報刊為主，詞之收錄情況略述如下：

（一）清代臺灣文獻、方志及戰後修纂的《臺灣省通志》

明清時期臺灣古典文學文獻，主要集中在臺灣銀行經濟研究室輯成出版的《臺灣文獻叢刊》三〇九種，及少量已刊別集，詞則雜錄於其中部分府志、縣志的藝文志和文人別集。戰後，臺灣省文獻會於一九七一年、一九八五年先後刊行《臺灣省通志》、《重修臺灣省通

5　學者翁聖峰不認為臺灣新文學在一九二〇年代後取得優勢，《日據時期臺灣新舊文學論爭新探》（臺北市：五南出版社，2007年）。

志》，其中〈藝文志〉、〈學藝志〉亦收錄清代以至戰後部分古典詩詞
作品。現今所見臺灣清代時期的詞，因清代臺灣方志、詩文集而得以
流傳。《臺灣文獻叢刊》尤其集中在高拱乾《臺灣府志》、余文儀《續
修臺灣府志》、謝金鑾《續修臺灣縣志》三部志書的「藝文」部分。
三部志書中「藝文」部分往往為當時士人作品，且詞人亦往往即修志
之人。如《臺灣府志》（高志）錄張僎客之詞，張僎客即曾參與分訂
該志；《續修臺灣縣志》錄韓必昌之詞，韓必昌亦即該志分纂。以其
親訂，故載錄之詞文本，自然無誤；而後周憲文據其原刻本輯錄，親
董斠刊，法度嚴謹，實為善本。

又如《使署閒情》是乾隆間巡臺御史六十七，於乾隆十二年
（1747）編修《重修臺灣府志》（范志）之後集成。據當時道臺莊年
所作序文，謂六十七「同修臺郡志，廣徵詩文……有未及纂者。公嗜
才若渴，不及銓次其爵秩、篇目之序，隨所入，錄付梓人」。集中
詩、詞、文、賦兼收，從沈光文起，作者包括明鄭流寓、清前期至當
時宦遊及臺灣當地文人。詞則收有六十七本人及太學生施枚作品。
《臺灣文獻叢刊》重印時的底本，為楊氏習靜樓收藏的乾隆年間原刊
本，亦稱善本。《海東札記》收在《臺灣文獻叢刊》第十九種，是乾
隆間臺灣海防同知、北路理番同知朱景英在臺期間聞見雜著。據其
〈海東札記目次〉所記，成書在乾隆壬辰（三十七年，1772），計分
四卷；末卷〈記叢璅〉收錄詩、詞，以是保存了朱氏在臺之詞。另江
蘇廣陵書社《中國風土志叢刊》亦收此《海東札記》，係據清代謝義
寫刻本影印，與臺銀本略有異文，得相互參校。《臺灣日記與稟啟》
是前清胡傳自光緒十八年（1892）至二十一年（1895）間擔任全臺營
務巡總起，至陞知臺東直隸州任內的日記與稟啟，書中存錄自己和友
人部分之詞作品。原稿本乃其哲嗣胡適珍藏，胡適曾於一九五一年詳
加刪削，並經毛一波勘訂，臺灣省文獻委員會據以刊行，名為《臺灣
紀錄兩種》。其後，胡適加以合編，一九五八年再次勘訂，成為一九

五九年《臺灣文獻叢刊》版本。此書雖經胡適刪勘、合編，已非原貌，然而先人手澤，出自學術大家的編纂，一勘再勘，雖有刪削，但從其〈疏簾淡月・雁〉原作、改作並存的周詳，後人得窺創作過程究竟，可見成書之嚴謹。

　　戰後方志部分，則見於張炳楠《臺灣省通志》（1971）、劉顔寧纂修《重修臺灣省通志》（1985）兩志文學篇。《臺灣省通志》中之詞作品，收清代方志、書、記諸作，大致沿襲《臺灣文獻叢刊》資料。又象徵性添收晚清至日治間詞人如許南英、林朝崧、蔡惠如、梁啟超等八人部分之詞，聊備一格。版本粗疏，各詞一例通排到底，不分片；且間出訛誤、別字，易誤導讀者，僅適合作詞目覈對，內文宜求證於他本。《重修臺灣省通志》大致襲用《臺灣省通志》所收清及日治作品，唯短收六十七兩闋。另收錄陳考華、關照祺等八位戰後寓臺內地人士從民國四十餘年至六十餘年間之詞。版本亦粗疏，其雙調詞有分片者，有通排到底不分者；且時見訛誤、別字，缺失一如《臺灣省通志》。如詞牌誤作「鵲橋仙」。又《臺灣省通志》、《重修臺灣省通志》題作「竹西小築詞」，考丁紹儀所謂「出竹西小築詞屬為校正，余有獻替，應時改定」義，「竹西小築詞」應為唐熏詞集名，並非詞題。

（二）日治間在臺發行的報紙、期刊

　　晚近因學術研究需求，因而日治間臺灣文獻史料原件大量被整理、影印。其中如一九七七年《三六九小報》、二〇〇一年《風月・風月報・南方・南方詩集》、二〇〇七年《詩報》、二〇〇九年《臺南新報》等，因彙整重印，得見間雜其間的日治時期臺灣詞，而臺灣圖書館的「日治期刊全文影像資料庫」亦可見日治期刊或有刊詞者。載有臺灣之詞者，主要在《臺灣日日新報》、《臺南新報》、《臺灣文藝叢誌》、《臺灣詩薈》、《臺灣民報》、《臺灣新民報》、《三六九小報》、《詩報》、《南雅文藝》、《風月》、《風月報》、《南方》、《南方詩集》、《鷗盟》、《崇聖道德報》等。

1　報紙

　　臺灣報業發行，限於日治「六三法」（1896）中「臺灣出版規則」、「臺灣新聞條令」禁令，一九三〇年以前，僅由日人發刊日文報紙，其後漸有臺人興辦。日治間臺灣先後各報，皆存在「副刊」性質的「漢文欄」、「漢文部」，刊載漢文文藝作品。如一八九八年日文報紙《臺灣日日新報》首設「漢文欄」，由章炳麟主編；又如連橫於一九〇四年起曾任《臺南新報》「漢文部」主筆，一九〇八年轉臺中《臺灣新聞》「漢文部」主筆。其後，如《臺灣時報》（1909-1919）、《臺灣民報》（1923.4-1932.4）、《三六九小報》（1930-1936）、《臺灣新民報》（1932.4.15-5.31）等陸續出刊，文藝性作品亦得隨之發表，當中亦時而可見詞之作品。報紙資料，今見部分以影印原件方式出版，如《臺灣民報》（臺北市：東方文化，1974）[6]、《三六九小報》（臺北市：成文，1977）、《臺南新報》（1921-1937，臺南市：臺灣歷史博物館、臺南市立圖書館，2009）；部分以原件複製影像電子資料，如《臺灣日日新報》（臺北市：漢珍數位圖書及大鐸）、《臺灣新民報》（1932.4.15-5.31，臺南市：臺灣文學館，2001）、《臺灣時報》（1898-1945，臺北市：漢珍數位圖書，2004），資料繁多。

　　（1）《臺灣日日新報》，係由日人守屋善兵衛併購《臺灣新報》與《臺灣日報》而成，於明治三十一年（1898）五月六日開始發行。創刊初期為六版，明治四十三年（1910）增為八版，通常有兩版是漢文。為因應當時臺灣讀者的需求，該報社於明治三十八年（1905）將漢文版擴充，獨立發行為《漢文臺灣日日新報》，每日六個版面，幾與日文版相當，直至明治四十四年（1911）止。《臺灣日日新報》為日治時期臺灣發行量最大、發行時間最長的報紙，記錄了當時臺灣的法令規章、時事新聞、文藝活動、社會現象等，是研究日治時期臺灣

6　《臺灣民報》系列已有電子資料庫，合併於中國近代報刊資料庫。

總督府施政及臺灣發展軌跡的重要史料。今可見《臺灣日日新報》從一八九八年至一九四〇年收二百二十六闋詞，詞人有許梓桑、王少濤、李黃海、林朝崧、陳懷澄、蔡景福、黃潛淵、熊田翰、汪李如月、郭瓊玖、高重熙、駱香林、謝國文、林述三、趙一山、蔡惠如、陳貫、賴惠川、廖煥章、蔡子昭、莊幼岳、黃福林等。

（2）《臺南新報》，原名《臺澎日報》，為明治三十二年（1899）由日人富地近思所創辦，以臺南為根據地發行。後因與當地報紙《新聞臺灣》相互競爭，經營不利，富地近思斟酌後，決定將兩報合併，於明治三十六年（1903）進行公司改組，並更名為《臺南新報》。其藉著地緣之利穩定發展，成為僅次於《臺灣日日新報》的第二大報，扮演著南臺灣訊息傳遞的角色。報刊內容包羅萬象，有官方法令規章、各類新聞報導、文學雜談，及大量宗教、民俗、音樂、戲曲、遊藝等活動訊息，是研究當時臺灣社會與庶民生活的重要史料。由於一九二一年之前的報刊已佚，今可見從一九二一年至一九三四年收詞八十一闋，以吳冬家十一闋最多，作者有林珠浦、施梅樵、達順居、陳慶盪、鄭壬麟、古董子、陳慶蘭、陳松榮、周玉隣、萬青軒、鄭樂天、瑞山（多為竹友吟會社員）、楊宜綠、黃拱五、林述三、蔡三恩、魏國楨、梁父、陳雪滄、鄭坤五、周鴻濤、王開運、洪坤益、趙劍泉、予非、李警函、吳冬家、佳客、邱水、陳春林、李炳煌、譚康英、蔡大樹、蔡旨禪、高震添、林鬧長、吳紉秋、蔡月華、彭啟明、蕭子星、盧承基、彭啟默等人。其中較有文名者多為《臺南新報》、《三六九小報》之記者、編輯，如楊宜綠、黃拱五、王開運、洪坤益、趙劍泉、譚康英。亦有北中部文人詞稿，如林述三。

（3）《臺灣民報》，前身為《臺灣青年》、《臺灣》月刊。大正十二年（1923）四月十五日創刊於日本東京，全版皆為漢文。昭和二年（1927）八月一日，以增加日文版的條件遷入臺灣，每週發行。昭和五年（1930）三月增資改組，易名為《臺灣新民報》。昭和七年

（1932）四月十五日，正式獲准發行日刊，廣受臺灣民眾喜愛。為方
便民眾閱讀，臺灣文化協會並在各地成立讀報社。昭和十二年
（1937）六月，《臺灣新民報》被迫廢止漢文版。昭和十六年
（1941）二月，更名為《興南新聞》。昭和十九年（1944）四月，日
本政府將島上較具規模的六家報紙併為《臺灣新報》，此報二十五年
的歷史正式結束。《臺灣民報》以「啟發我島的文化，振起同胞的元
氣，以謀臺灣的幸福」為宗旨，扮演著批評時政、反映民怨、介紹新
知、提升文化的角色，對臺灣議會設置請願運動等政治社會運動亦熱
烈支持，有「臺灣人唯一的言論機關」之譽。從一九二四年至一九三
三年收詞四十一闋，以蔡惠如十二闋最多，餘如楊雲萍、黃師樵、黃
傳心、黃祝蕖、黃竹堂、了塵禪師等。

　　（4）《三六九小報》，由臺南南社與春鶯吟社的成員創辦，趙雅
福擔任編輯發行人，昭和五年（1930）九月九日開始刊行，迄於昭和
十年（1935）九月六日，期間因經費等問題而停刊兩次，共計發行四
百七十九號。每逢三、六、九日發刊，故以此命名，每月共發行九
次。又因當時臺灣大報林立，議論堂皇，特以「小」為標榜，做出區
別，旨在「託意於詼諧語中，諷刺於荒唐言外」。每號有四版，第一
版以版權、廣告為主，其餘三版則為筆記小說、聯吟詩詞、摭談趣
語、騷壇記事等各式專欄，白話、文言兼有。收詞二十闋，作者有陳
雪滄、王開運、譚康英、黃拱五、洪坤益、林闇長、陳懷澄、許丙丁
等。其中，沈纕、孫雲鳳之作殆出自一九一二年《婦女時報》，王蘊
章之作疑出自一九一三年《華僑雜誌》，距離一九三二、一九三四年
已有二十年時間。

2　期刊雜誌

　　（1）《臺灣文藝叢誌》（1919-1924），創刊於大正八年（1919）
一月一日，大正十三（1924）十一月十五日停刊。創刊初期為月刊，

大正十一年（1922）七月改為旬刊，並易名為《臺灣文藝旬報》。翌年（1923）一月，改回月刊，復名《臺灣文藝叢誌》。大正十三年（1924）二月，再次更名為《臺灣文藝月刊》，仍以月刊型態發行。除《臺灣文藝叢誌》第一年第十號、《臺灣文藝旬報》第十七號因故未刊外，共發行六十三號。據陳瑚〈文藝叢誌發刊序〉所揭，該誌旨趣在「探求經史精奧，發為文學光華」、「維持漢學不墜，抑且發揚光大」。臺灣文社成員多櫟社要角，如林幼春、蔡惠如、林獻堂、傅錫祺、陳懷澄等飽學之士，該誌是日治間臺灣最早的漢文文學雜誌，對臺灣古典文學文獻揄揚存留貢獻頗多，且版本精當，少有謬誤。當中不乏當時文人別集未收的詩餘作品，尤其曾為林朝崧闢「無悶草堂詩餘」專欄，分期連載其詞，多有他本所未見者，深具補遺、校讎價值。共收一百二十八闋詞，以林朝崧詞最多，餘如駱香林、林旭初、丘逢甲、蔡子昭、陳懷澄、陳貫、蔡惠如、傅錫祺、許天奎等，另轉刊中國大陸文人之作，相關詞人可考者如王承霖、王蘊章、范君博、趙尊嶽、陸寶樹、厲鶚、毛乃庸、沈鼻清、余天遂、夏震武諸氏。

（2）《臺灣詩薈》（1924-1925），共二十二號，由連橫在臺北發行並主筆。其中刊載時人（包括內地）詩、詞、文鈔及詩話、詞話、文論；也局部收存先賢作品。至於所載詞話鄭文焯〈鶴道人論詞書〉，文末有連橫跋文，謂「今臺灣詩學雖盛，詞學未興，為載於此，藉作指南，願與騷壇一研求之」，大有揄揚詞學用心。《詩薈》內容多樣，材料豐富之外，所刊文本的精確度，常為他本所未及；所收之詞，也往往他本所未見。雖然作品總量不多，但具有校勘、補遺價值。

（3）《臺灣詩報》（1924-1925），月刊，大正十三年（1924）二月由臺北星社創刊發行，主筆人有張純甫、黃水沛、林佛國等，以存古起衰，保存固有文化精粹，陶冶民族性情為宗旨。刊有詩、詞、文、詩鐘、詩話、聯語、謎語、小說等各體作品，其中「閨秀詩壇」一欄，專載女性作者的作品。除白話小說《偵探鴛鴦》外，均以文言

寫成。與連橫的《臺灣詩薈》併為提倡漢學的重要刊物。從一九二四年十二月至一九二五年四月，合計收四十七闋。詞人有洪坤益、駱香林、陳懷澄、林述三、丁文蔚、謝琯樵、許鈞龍、禱過山人、楊淩、李炳煌、張貞、王香禪、任瑞堯、李騰嶽、周士衡、張李德和等，另有中國大陸何振岱、金鶴翔、熊希齡、陳世宜、龐樹柏、王闓運諸氏作品。個別詞多為一闋至兩三闋。

（4）《詩報》（1930-1944），由桃園街吟稿合刊詩報社刊行的半月刊，內容以刊載傳統漢詩為主，並逐期登載詩社活動、人物動態、擊鉢吟作品。也包括時人傳統散文、小說、燈謎、聯語等，並闢有「詩餘」專欄，內容多樣而豐富。二〇〇七年，龍文出版社據黃哲永收藏原件，自一九三〇年十月三十日創刊號起，至一九四四年九月五日止，計三百一十九號，採原件影印出版，吾人得窺日治後期臺灣文壇及出版盛況。就中自創刊號至三一七號間有關詩餘作品的刊載情況，可推知時人詩餘創作歷時近十四年不衰。其間初步檢出詞人七十餘人，詞三百一十六闋；其個別詞少則一、二闋，多則六、七十闋，有勝於前述別集所刊者。且橫向聯繫，不乏詞人間以詞唱和、聯吟的情形，隱現當時之詞創作漸興，詞人集團聚結的面貌。對臺灣詞文輯錄、詞學發展脈絡抽繹、文學發展史中領域的拓展，具有一定的貢獻。詞人有陳雪滄、朱芾亭、杜香國、高震添、蔡景福、蔡子聘、黃福林、吳冬家、賴炳煌、賴献瑞、林嵩壽、王養源、廖煥章、譚康英、張李德和、賴柏舟、賴惠川、莊幼岳諸氏，以王霽雯作品最多。《詩報》同時亦轉刊不少中國大陸人士之詩文，詞方面有靳志、陳方恪、胡適、楊錫章、劉麟生、迂隱、項鴻祚、金蓉鏡、潘飛聲、楊杏佛、王豫臚、陳配德、朱祖謀、況周頤、沈宗畸、陳洵、王蘊章、徐珂、崔今嬰、傅熊湘、黃鈞、陳家英、陳家慶、曾傳軺、陸更存、徐天嘯、黃深明、李賢等人。這些轉刊作品經查多出自《國聞週報》、《申報》、《枕戈》、《臺灣新民報》、《漢文臺灣日日新報》、《佛學半月

刊》、《海潮音》、《詩經》、《三六九小報》、《藝骰》、《風月報》等，除了中國報刊外，也轉載臺灣本地的報刊，同時也可觀知《詩報》有些作品復為《南雅文藝》、《大同》所轉刊。

（5）《南雅》（1933-1934），全名《南雅文藝雜誌》，為基隆網珊吟之社員李春霖創辦，南雅社（又稱南雅文藝社）發行。自昭和八年（1933）八月五日開始發行，每旬一刊，迄於昭和九年（1934）三月十五日，總計十六號。第一號至十五號由創刊人李春霖編輯，第十六號則改由李淳水擔任編輯。旨在闡揚漢學、洞察時弊、雅俗並用、言文同俎。所錄作品種類多元，有詩詞、小說、遊記、燈謎、文學評論等。收詞四十四闋，詞人除賴金龍外（實自《詩報》轉載），多為中國大陸文士之作，詞人有楊圻、沈世德、花景福、朱鎧、高毓澎、俞可師、許瘦蝶、金心齋、陸孟芙、錢定一、錢小山、姚勁秋、程葆楨、鄒萍倩、陸醉樵、陸天放、沈德英等人。多轉刊《虞社》一九三一至一九三三年之作，如高淞荃〈花犯〉，姚勁秋〈疏影・花影，用玉田梅影原韻〉，楊圻〈醉落魄〉、〈相見歡〉、〈虞美人・故都雪下憶江南梅訊〉，朱鎧〈虞美人〉、〈浣溪紗〉七闋，陸天放〈霜天曉角・弔江灣戰區〉，許瘦蝶〈滿江紅・感事〉。

（6）《風月、風月報、南方、南方詩集》（1935.5-1936.2、1937.7-1941.6、1941.7-1944.1、1944.2-1944.3），二○○一年由臺北南天出版社據原件影印輯成。《風月》、《風月報》、《南方》、《南方詩集》是同一出版主體，刊物先後的名稱。其發行組織，雖隨外在因素而名稱迭變，從「風月俱樂部」而「風月報俱樂部」、「南方雜誌社」，實即臺北大稻埕一帶之傳統文人集團。處在官方禁斷漢文政策下發行的全漢文刊物，如何以「發行旨趣」與內容，換得統治者的許可，故蒙上親日色彩；加上發行量外在客觀因素，使得此刊物不斷的調整經營模式，內涵也因而時有更張。然前後不變的，即文藝提倡。從《風月》第二號「啟事」所云：「本部旨趣，在維持風雅，鼓吹藝

術」，至四十五號《風月報》復刊「章程」所揭「研究文藝」，其後六十九號條列「風月報主旨」其四「研究文藝，詩、詞、歌、賦、新舊小說」，下逮《南方》、《南方詩集》，其文藝性不改，唯藝術與通俗、文言與白話比重上的逐漸傾斜。所刊之詞五十二闋，具有文獻補強功能，同時有早期臺灣期刊文化考察的價值。詞人有林清月、黃福林、賴獻瑞、陳雪滄、黃福林、王養源、廖居仁、譚康英、賴柏舟諸氏。該刊亦轉載中國《新東亞》、《國藝》上的詞人作品，如陳耐充、王蘊章、陳方恪。

（7）《鷗盟》（1936-1937），嘉義詩社「鷗社」之刊物，昭和十一年（1936）二月十八日開始發行，翌年（1937）二月停刊，編輯有朱芾亭、方輝龍等，冀能「以情性為經，靈為綸，堅詩壘於千秋，方稱豹變；更復以筆為箭，墨為彈，下書城於片刻，六振鴻圖」。全刊皆為漢文，所錄以詩為主，間有詞、詩話等。詞收錄情況：陳雪滄二闋，譚康英二闋，張綰英（附錄）一闋。

（8）《崇聖道德報》（1939-1945），崇聖會刊物，昭和十四年（1939）三月創刊，至昭和二十年（1945）一月停刊，共發行七十一號。編輯人有黃贊鈞、辜捷恩、李金柯、許廷魁、林松、施教堂等。所刊作品皆採用文言文，有詩歌頌辭、長短篇小說、箴銘規訓等體裁，或言善惡因果，或記聖賢行述，旨在闡明儒學思想，感化世人，有濃厚的宗教色彩。詞不多，目前得見八闋，作者有林松、陳源來、黃贊鈞、李友泉，其中黃贊鈞有四闋，所占比例為二分一。

（9）《虞社》（1920-1937），為江蘇常熟「虞社」社刊。民國九年（1920）六月創刊，至民國二十六年（1937）十一月停刊，總計發行二百二十八期。《虞社》以「提倡國學，交換智識」為宗旨，收錄虞社社員聯誼唱酬的作品。《南雅》所轉刊作品多以《虞社》一九三一至一九三三年為主，可見二者關係。

（10）《南社》（1912-1923），民國初年（1912）於上海創刊，由

文學團體「南社」不定期發行，迄民國十二年（1923）止，共二十二期。編輯人員有陳去病、高旭、龐樹柏、柳亞子等。所錄分為文、詩、詞三大類，兼輯有南社社員個人的作品集及南社歷屆雅集攝影。臺灣報刊載有不少南社詞人之作。

　　（11）《華國月刊》（1923-1926），為華國月刊社所編輯發行的刊物，一九二三年九月十五日創刊於上海，至一九二六年出版第三卷第十四期後停刊。該刊取材嚴謹，體裁廣泛，內容綜合文史，包括古今名家書畫、通論雜著、學術研究、文苑小說、記事通訊、國內外大事記等。汪東、王闓運、俞慶曾之詞多為《臺灣詩報》所轉載，汪東有〈高陽臺〉之作，王闓運有〈摸魚兒・洞庭舟望，用稼軒韻〉、〈宴清都・和盧蒲江〉、〈夢芙蓉・為王夢湘題匡山戴笠圖〉。俞慶曾有〈木蘭花慢・和瑟庵韻〉、〈南鄉子・繡罷偶作〉。

3　作家作品集、詩社合集、晚近各縣市政府主編的地方文學作品集

　　日治期間，文人別集中收錄詞者，亦不乏其數。別集系統性的整理出版，數量豐富而重要者，為龍文版《臺灣先賢詩文集彙刊》。該彙刊已出版九輯，都百餘冊，蔚成一部匯合從清代到日治間百餘位詩人別集及吟社作品合集的叢書。此時期文人的大部分詞作品，即常以附於集後的形式收錄其中。晚近，區域性文學史、文學作品集頗見纂集，當中亦偶見該區域文人之詞。

　　其中，《臺灣先賢詩文集彙刊》第一輯收詞者有：李騰嶽《李騰嶽鷺村翁詩存》、林景仁《林小眉三草》、林朝崧《無悶草堂詩存》、施士洁《後蘇龕合集》、張李德和《琳瑯山閣吟草》、許南英《窺園留草》、駱香林《駱香林全集》。第二輯有：呂伯雄《竹筠軒伯雄吟草》、林玉書《臥雲吟草》、王松《友竹行窩遺稿》、石中英《芸香閣儷玉吟草》、陳貫《豁軒詩草》、傅錫祺《鶴亭詩集》、謝國文《省盧

遺稿》。第三輯有：呂敦禮《厚菴遺草》、林緝熙《荻洲吟草》、邱坤
土《靜廬吟草》、蔡旨禪《旨禪詩畫集》。第四輯有：王隆遜《槐園
集》、施性湍《雪濤齋詩集》、高文淵《晛未齋吟草》、陳懷澄《沁園
詩存》、賴惠川《悶紅館全集》。第五輯有：黃洪炎編《瀛海詩集》
（上、下）、賴柏舟編《詩詞合鈔》。第六輯有：王開運《杏庵詩
集》、林玉書《臥雲吟草續集》、林純卿《曙村詩草》、許天奎《鐵峰
山房唱和集》、陳其寅《懷德樓詩草》、陳錫如《留鴻軒詩文集》、黃
拱五《拾零集》、楊嘯霞《網溪詩文集》。第七輯有：張李德和《羅山
題襟集》、陳藻芬《南村唱和集》、壽峰詩社《壽峰詩社詩集》、《壽峰
詩社續集》、賴柏舟《鷗社藝苑三集》、《鷗社藝苑四集》、《鷗社藝苑
次集》、《鷗社藝苑初集》。第八輯有：王亞南《王亞南遊臺詩文集》、
張李德和《張李德和詩文補遺四種》、許丙丁《蓮心集》、蔡如生《漁
笙吟草》。第九輯有：李如月《團卿詩集》、張達修《漱齋詩草》、莊
幼岳《紅梅山館詩草續集》、黃鑑塘《臺灣一週遊記吟草》。其犖犖
者，如施士洁《後蘇龕合集》、許南英《窺園留草》、林朝崧《無悶草
堂詩存》等，皆存錄其人豐富詞作品。另如陳懷澄《沁園詩存》，除
收錄其詞，同時也以「詞鈔」方式，鈔錄其詩友如陳貫、蔡惠如、蘇
鏡潭等之詞。甚且，因雅愛而大量抄錄林朝崧作品，以《無悶草堂詩
餘》專題附於集後，其中多有林朝崧《無悶草堂詩存》本未收的作
品，彌足珍貴。

　　《臺灣先賢詩文集彙刊》所出各集，率皆原版本影印重刊。早期
出版品質不一，或文人已故，後人整理不濟，或手抄汗漫，或手民排
印誤植而闌入、漏脫，文本上的問題頗多。如陳懷澄《沁園詩存》前
無刊本，龍文唯蒐得「民國十年手抄本」，遂據以影印。該本行間隨
手塗改且誤字連篇，「枉」字作「往」、「派」字換「沠」、以「仁」為
「仨」，馬融「西第頌」作「門第頌」，不一而足；其中分片、斷句等
體例問題，又字字費人疑猜。陳貫於昭和五年（1930）曾手訂自作

《豁軒詩集》，卒後子弟重為抄錄，於民國五十九年（1970）排印，龍文即據以影印重刊。其中篇數與集外所見，明顯短少；以連橫《臺灣詩薈》校之，文字又多錯誤；且以〈長亭怨・送蔡伯毅之大陸〉下片脫漏末三句為最著。雖然，亦有版本頗善者。如林朝崧《無悶草堂詩存》據「昭和八年排印本」影印，該本係櫟社傅錫祺、陳懷澄、陳貫等詩友輯成，從弟林獻堂總成。全卷除〈探春慢・溪曲抱村〉下片第八句漏缺第三字外，他無錯誤衍漏；分闋、分片體例清楚，可視為善本。唯一不足者，未能輯全而已。以上所述，略見此《臺灣先賢詩文集彙刊》收錄良窳互見之一斑。

　　合集方面，主要有賴柏舟《詩詞合鈔》、《鷗社藝苑》一至四集、張李德和《羅山題襟集》等，收錄吟侶間酬和或同題聯吟等作品。這些作品，部分重出詞人別集之中，部分則詞人別集所未見，具有校訂、補遺功能。

　　其餘別集存臺灣詞者，如梁啟超《飲冰室文集》、《飲冰室合集》，連橫《劍花室詩集》、《雅堂先生集外集》，吳鍾善《守硯庵詩稿荷華生詞合刻》等。西元一九一一年春，梁啟超應林獻堂邀請，自日本神戶來抵基隆，作客霧峰萊園，會晤櫟社諸君子，盤桓月餘而去。來臺舟中及在臺、晤櫟社諸子、離臺前夕，皆有詩詞，一時競相傳抄。作品皆收錄在其《飲冰室文集》、《飲冰室合集・遊臺灣書牘》中，且偶見異文，可相為參校。梁氏《文集》在詞錄之末附當年四月初一所作〈後記〉云：「三年不填詞，游臺灣根觸舊恨，輒復曼吟，手寫數闋寄仲策，自謂不在古人下。儻亦勞者之歌，發於性情，故爾入人耶？」可見此番作品，在臺灣文學史中，彌足珍貴。連橫長於文史，而詞不多，嘗云：「顧自弱冠後，雖學倚聲，而筆硯塵勞，心思粗劣，未能為纏綿悱惻之音，以是舍棄，潛修文史。」其《劍花室詩集》以詩為主，附錄詞數闋，為遊內地時作；而《雅堂先生集外集》亦稍有所見。吳鍾善，福建人，一九一八年來臺任林氏西席，有《荷

華生詞》二卷，計九十五闋，有序云：「戊午（1928）渡臺，二三朋好花間酒邊，行謠坐嘯……歲月既多，簡牘遂繁」，可知此集多在臺之作。詞集見收在陳支平主編《臺灣文獻匯刊》第四輯，據原本影印，楷體工整，《集》前有蘇鏡潭〈序〉、目次，《集》中分片清晰，唯無句讀。

三　整理成果及編校過程所見現象略述

本書分正文、附錄兩部分，共收錄詞人四百二十四位，正文為三百十九位（包含闕名十位），附錄一百○五位。總計二六○二闋詞，正文有二三六六闋，鸞詞三十九闋，附錄一百九十七闋。其中，詞作品較多者，正文為賴惠川一百七十六闋、黃鑑塘一百二十一闋（多為戰後詞）、洪繻一百一十九闋、石中英八十三闋、林朝崧八十一闋、王箖雯七十六闋。附錄最多者則為徐珂二十三闋。

另據整理成果資料統計，女詞人有二十五位：石中英、汪李如月、鄭張寶釵、張李德和、陳荷莊、高雲娥、王香禪、蔡旨禪、蔡月華、許韻梅、王吟香、洪月嬌、包尾莊人、黃凝香、王劍香、沈纕、孫雲鳳、張縉英、俞慶曾、吳絳珠、陳家英、陳家慶、張汝釗、鄒萍倩、王秀明，尚有四位不確定：釋慶妙、陳慶蘭、周玉隣、蔡杏芳。

日本詞人共七位：毛受真一郎，號綠軒，東京人。奧田抱生，名一夫，字式齋，號抱生野客、飯沙山農、紫燕樓主人、百朋齋等，名古屋人。館森鴻，本名萬平，字子漸，號袖海，宮城縣人。市村藏雪，奧州人。曾任《臺灣日日新報》漢文記者。森川鍵，通稱森川鍵藏，字雲卿，號竹磎，又號鬢絲禪侶、聽秋仙館主人等，東京人。熊田翰，號晉香，本籍不詳。細野申三，號燕臺，石川人。

最常被使用的詞牌為憶江南（別名江南好、春去也、望江南、夢江南、夢江口，總計86次），其次為浪淘沙（別名賣花聲、過龍門，

總計83次）、蝶戀花（別名鵲踏枝、鳳棲梧、一籮金，總計82次）。以上這些數字，可能因新材料出現而變動不居，然大抵呈現了現階段整理成果，可獲致一定的認識價值。

　　本書所列附錄，或建議存目即可，唯考量僅存原刊原作，恐滋後人疑竇。以其刊登臺灣報刊時，並未註明轉載，作者署名亦多筆名，初時難以辨識原作者身分，唯有透過初步的研究，追索原刊，方能尋得蛛絲馬跡，比如《南雅文藝》刊有臺籍人士賴金龍詞，亦刊有一凡之詞，但生平不詳，無法進一步確認究是臺人或中國文士。而署「勁秋」、「野王」、「子夷」、「醉樵」、「天放」、「瘦蝶」、「憩園」、「幼石」、「孟芙」、「葆楨」、「偶非」、「湘孫」、「鑄淚詞人」、「小山」、「萍倩」、「病鶴」、「定一」，甚或僅署「淞」者，因其詞多半出自《虞社》，不僅可據以參校，亦能肯定為中國文人之詞。

　　事實上，《臺灣文藝叢誌》系列所刊詞，除櫟社詩人的詞作品外，也刊登清人厲鶚、靈峯（夏震武）、清末民初漚廬、小柳（陶牧）、劍客（毛乃庸）、醉樵（陸寶樹）、睫公（王承霖）、絳珠女史（吳絳珠）、耳公（沈舉清）、鄭澤、疢儂（余天遂）、宋一鴻、蓴農（王蘊章）、劍華（俞鍔）、范君博、謝介子、趙尊嶽、春駒（朱幻），此外尚有許多難以追查的筆名，在身分歸屬上有其困難，比如「冬垣」、「問花館主」、「覺庵」、「當圓」，真實姓名依舊無解，而「禱過山人」之作〈霜天曉角‧登旗山舊礮壘〉，因有旗山地名，大致可歸正文。綜言之，附錄所附為日治臺灣刊物所刊中國文人之作，其人其作可能與臺灣無涉，未曾來臺，內容亦與臺灣無關，但刊登臺灣報刊，如未初步追索身分，極可能視為臺灣文人之作，此情形在小說、詩文之作的研究中，已經出現多次失誤，本書整理之際，首當其衝便是分辨作者身分，為免滋疑，遂有近兩百闋之附錄，特此說明。再者，列正文者，若干身分難辨，他日或有資料新發掘，自然也有再調整的空間。

　　需說明的是本書之「編校」，旨在勘正文本、斷句合宜；平仄、押韻諸端，或者各憑方音語腔：在漳、泉，「魚」字分稱 hi^2、hu^2，「宇」字讀若 yi^4、wu^4，究竟三部、四部，因其人之鄉音而異。語音入詞，宋人如此，何況漢學斷續之時？故本書避忌直指前人「此韻不叶」，或留予後之研究者空間。

　　其他說明略敘述如下：

（一）創作風氣

　　自清領初期至光緒中期，臺灣詩社林立，詩壇一向活躍，相對於詞壇則一片沉寂。日治間，詞社興起，詞人相互倡導，詞的創作開始活絡，詞人間唱和也逐漸增多，於是亦有設立詞社者。詞社的組織，如施士洁詞〈氐州第一·帆影〉二闋，其序謂：「林兵爪碧山詞社題」，可見板橋林鶴壽曾組「碧山詞社」；賴子清敘「小題吟會」始末，略云：

> 昭和二十年（1945）秋，社員興起，集合在張李德和的題襟亭，重整期鼓，繼續填詞集會，後改名曰「題襟亭填詞會」，專為填詞，不課律絕，仍由柏舟逐期油印，詞譜，分發各會員。民國四十年（1951），乃告中止。

可見日治期間，南北皆有詞社存在，唯文獻無多，深究無由；但對於詞藝的重視和創作，可稍見一斑。

　　臺灣士人在詞壇活力的呈現，確乎肇始於日治期間。這種活力的呈現，明顯的由士人間的酬答唱和，從過去全面以詩，轉化為一部分以詞。如晉江詩人吳鍾善敘其在臺詞背景云：「戊午（1928）渡臺，二三朋好，花間酒邊，行謠坐嘯，導揚幽晦，藻暢襟靈，時一為之」，說明詞得創作仍僅及「時一為之」，但是從「二三朋好，花間酒

邊」，足以推知唱和切磋的情境。日治間詞客唱和的事例頗多，如施士洁集中和作詞凡十二例二十七闋，詞牌十一調，和作不同對象九人；與沈琇瑩慢詞〈金縷曲〉一調，往返唱和，竟達十一疊韻，曾自嘲「填詞和韻至於十疊，千古所未有也」，誠詞壇盛事。傅錫祺存詞六闋，和作占其中四闋，分和林朝崧、陳澄懷各二闋。林朝崧存詞八十闋，和作二十一闋，用調十一，主要和、答陳貫、梁啟超。陳貫存詞二十七闋，和作五闋，分和五人。上述四例往往和作今存而原作未見，除可知部分詞人作品散佚之外，亦可推知當時隱然若干詞人集團之間的頻繁互動。

　　除詞社活動和詞人相互頻繁唱和外，文藝雜誌闢設「詞鈔」，刊載詞學理論，對詞壇活絡，亦有推波助瀾之功。自一九二四年二月起，至一九二五年十月止，連橫主筆《臺灣詩薈》雜誌歷時一年十個月，發行二十二期。雖名為「詩薈」，除收錄各家「詩鈔」、「詩錄」、「詩稿」之外，還刊出「文鈔」、「詞鈔」。有關詞學挖揚，除第一、第四、第六、第八、第十六號以外，其餘十七期均刊出「詞鈔」部分，收錄作品以臺灣為主，兼及部分內地詞人，以供觀摩。尤其在第三號（1924年4月）「詞話」部分，摘刊鄭文焯〈鶴道人論詞書〉，蓋節錄鄭氏《大鶴山人詞話》部分詞學入門理論，連橫跋於文後，謂：「今臺灣詩學雖盛，詞學未興，為載於此，藉作指南。願與騷壇一研求之」，用意在推廣臺灣詞學甚明，而臺灣詞壇的創作風氣，至此稱盛。

（二）詞牌誤用

　　臺人填詞，偶有詞牌誤用現象，如程師愷〈滿江紅·登赤嵌樓懷古〉，《臺灣省通志》、《重修臺灣省通志》誤作「念奴嬌」。李喬〈風蝶令·春夢〉詞牌誤作「夢蝶令」。蔡啟運〈惜分飛·消夏閨詞〉誤作「攜春飛」。許南英〈臨江仙慢·春宵〉，收《窺園詞》，題作「臨江仙引」，然據柳永《樂章集》，此作較近似「臨江仙慢」。此下直接

書其誤作，呂鷹揚〈西江月·慶饗老典詞〉誤作「西湖月」。洪繻〈剔銀燈·秋夜聽雨〉誤作「聽銀燈」。林朝崧〈西地錦·詩囊〉誤作「西第錦」。蔡景福〈浪淘沙·板橋即事〉誤作「滿庭芳」。江有慶〈鷓鴣天〉誤作「漁家傲」。陳懷澄〈離別難·送蔡北崙先生歸國〉誤作「別離難」。林述三〈江南好·踏青〉誤作「江南春」。陳渭川〈鳳凰臺上憶吹簫·余友張斗南由廈寄詩筒來，乃填此以答之〉誤作「鳳凰樓上憶吹簫」。黃潛淵〈念奴嬌·送兒山詞伯歸內地〉誤作「采桑子」。黃鴻翔〈浣溪沙·祝樸雅吟社創立十週年紀念大會〉誤作「蝶戀花」。陳貫〈霜花腴·立冬三日宜園賞菊〉誤作「霜華腴」。廖煥章〈蒼梧謠〉誤作「蒼梧春」。林清月〈訴衷情·色不迷人人自迷〉誤作「訴情衷」。吳文龍〈秋風清·樓中吟〉誤作「風入松」。洪坤益〈念奴嬌·題葬花圖〉誤作「惜紅衣」。張李德和〈秋風清·樓中吟〉誤作「風入松」。駱香林〈水龍吟·調夢周〉誤作「水龍第一體」。吳冬家〈搗練子·雨夜〉誤作「搗煉子」。王養源〈點絳脣·催妝詞〉誤作「點縫脣」。葉熊祈〈浣溪紗〉誤作「攤破浣溪紗」。〈雨霖鈴·秋夜鹿港日茂庭坐月聞簫〉誤作「雨淋零」。高震添〈西江月·林園夜歸〉誤作「浪陶沙」。王霽雯〈高山流水·中秋〉誤作〈丁香結〉。賴柏舟〈明月逐人來·太子樓〉誤作「明月逐日來」。黃鑑塘〈漢宮春·春遊陽明山〉誤作「漢春」。許成章〈蝶戀花·梅雨〉誤作「步蟾宮」。鸞詞〈西江月〉誤作〈杏花村〉。

　　因形近而致誤詞牌，如唐壎〈鵲橋仙〉，《臺灣省通志》、《重修臺灣省通志》詞牌誤作「鵑橋仙」。張景祁〈慶清朝·吳中久不得仲英書，賦此寄懷，兼訂後游〉誤作「慶清明」。許南英〈明月櫂孤舟·幽居〉誤作「明月擢孤舟」。蔡惠如〈東風齊著力·送獻堂總理東上〉誤作「東方齊著力」。汪李如月〈東風齊著力·櫻花〉誤作「東風齊著刀」。陳懷澄〈四園竹·題林母羅太夫人墓石〉誤作「四圍竹」。廖煥章〈買陂塘〉誤作「買陂唐」。〈木蘭花慢·秋感〉誤作

「木蘭花慢」。〈蝶戀花〉誤作「蝶懲花」。陳雪滄〈倦尋芳‧暮秋寄聯玉宗兄〉誤作「倦尋茶」。劉穩順〈賀聖朝〉，《臺灣愛國婦人》誤作「賀聖明」。〈夏初臨〉誤作「夏物臨」。〈摘得新‧秋雨〉，《荻洲吟草》誤作「滴得新」。〈小闌干‧癸酉人日感舊〉誤作「小蘭干」。王坤泰〈踏莎行‧書感〉誤作「踏沙行」。高震添〈浪淘沙‧林園曉旅〉誤作「浪陶沙」。吳紉秋〈柳梢青‧有所贈〉誤作「柳稍青」。闕名〈踏莎行‧婦女乘自轉車〉誤作「踏紗行」。楊圻〈醉落魄〉誤作〈醉葉魄〉。梅夫〈醉花陰〉誤作〈辭花陰〉。〈醉桃源‧頌廣善堂詞〉誤作「醉桃園」。

　　另有未題詞牌詞調者，考其體例、字句、韻腳，補正為〈離亭燕‧訪幽谷子於簪東路中即事〉、〈一七令‧示兒〉、〈閑中好‧元宵滄〉。特殊詞牌，如〈鶯啼序‧悶紅小草序〉，作二百三十四字，與諸體不合，且句式、韻位亦各參差，得視為變體者。

（三）收錄小說中的詞

　　本書審委劉少雄教授曾表示《全宋詞》收錄有話本中之詞，本書亦比照，收錄小說之詞。今可見之小說詞，或出諸臺灣文人之手，或是報刊轉載中國小說之作，其間且有臺人冒名之現象，不可不辨。如許泰川〈張于湖傳〉原刊於《南雅文藝》第十號至第十二號、第十四號至第十五號，昭和八年十二月五、十五、二十五日，昭和九年一月十五日，二月十五日。描述張于湖晉升金陵建康府尹，往赴上任途中，曾借宿女貞觀。觀中有一道姑陳妙常，丰姿伶俐，通詩文，曉音律。于湖為之驚豔，以詞調戲妙常，妙常雖作詞回拒，卻從此凡心動搖。後于湖之故友潘必正住於觀中，與妙常私通情洽，礙於妙常之身分而不能公開。于湖時任府尹，聞訊後為撮合兩人，乃捏造必正及妙常係指腹為婚，因兵火離散，判令妙常還俗，必正與妙常終得結為夫妻。然此文實出自（明）吳敬所，《國色天香‧卷之十》，為許泰川所

冒名。本篇有詞兩闋，是小說中常見的詩詞入文的現象，詞文如下：

又有一篇〈南鄉子〉詞，單道日間雲雨。詞曰：

> 情興兩和諧，摟定香肩臉貼腮。手摸酥胸軟似綿，美奇哉，褪
> 了袴兒脫繡鞋。　　玉體著郎懷，舌送丁香口便開。倒鳳顛鸞
> 雲雨罷，多情今夜千萬早些來。

雲雨罷，妙常起，帶了冠子，問曰：「還是帶冠子好，不帶冠子
好？」必正遂作〈鷓鴣天〉一闋云：

> 卸下星冠睹玉容，宛如神女下巫峰。霎時雲雨歡樂罷，無限恩
> 情兩意濃。　　輕摟抱，款相從，時間一度一春風。若還得遂
> 平生願，盡在今宵一夢中。

《三六九小報》創刊號（1930年9月9日）載恤紅生（譚康英）
小說〈蝶夢痕〉，其中云：「上面這首〈賀新郎〉詞，是詞章家某君所
作。著者以其這首詞，和本書立意略有相似之處，信手抄錄出來，做
一首現成的開場詩。」其作原文如下：

> 琴劍歸來日。笑頻年、天南地北，游蹤歷歷。總是難除兒女
> 態，潦倒顛狂似昔。又存問、春花消息。可喜這般真罕見，慰
> 生平、半點風流癖。留下了，行雲跡。　　美人心事深堆積。
> 感雙蛾、長吁短歎，眼眶微赤。見問無言先有淚，背著短檠偷
> 滴。且前去、慇懃憐惜。畢意痴憨嬌娜慣，訴衷情、便似傾囊
> 出。初見也，如相識。

另《臺灣日日新報》六一○○號（1917年6月22日）刊有小說〈香草

淚〉，其中〈摸魚兒〉詞疑是據一九一〇年上海《小說月報》連載之李洽《丁壬煙語》所改寫。

> 甚西風、情根寸寸，等閒吹墜塵土。悄無人候誰孤賞，脈脈芳心私許。年莫駐。早悟徹、靈因夙蒂含愁吐。問花不語。記雨過淒晨，月來悲夕，總是淚零處。漫回首，夢好空尋憑據。光陰三過飛絮。仙山海上分明在，隔斷蓉城千樹。且遲佇。最怕聽、鮑家詩唱斜陽暮。痴魂一縷。認玉珮歸來，幽燐自照，寒食墓門路。

《臺灣愛國婦人》七十七號（1915年3月25日）載有陳百川〈香雲畫扇記〉，內容記述有客遺畫扇於酒肆，為酒肆主人所得，有秀才四、五人借觀把玩，並仿畫中人語，各譜一闋。百川援筆記此事，然「秀才姓名，強半不記已」。所譜之詞有〈大江東去·擬葬花即事〉、〈月底修簫譜·擬弔花塚〉、〈貂裘換酒·擬題圖〉、〈鵲踏枝·擬題圖〉、〈木蘭花慢·擬葬花後悟而有作〉，一九三六年《彰化崇文社貳拾週年紀念詩文續集》復轉刊。

　　除小說中的詞外，亦有讀小說後之心得抒發，如廖煥章〈金縷曲·讀新路小說，填數闋寄作者萬秋〉，作者崔萬秋所著《新路》，一九三三年十一月上海四社出版部初版，分前篇後篇，扉頁上由蔡元培題寫書名。內收小說十一篇，如〈旅伴〉、〈爛熟的妖星〉、〈櫻花時節〉、〈中年人的苦悶〉、〈追求〉、〈九一八在日本〉、〈海濱邂逅〉、〈情殺〉、〈兩條路線〉、〈如夢初覺〉，描寫十里洋場各式各樣的愛情，吟頌兩性間最為崇高的精神境界，及小說主人公心力交瘁、頹廢的情態。煥章時寓上海，遂有寄贈作者之舉，於此亦可見臺人移居域外之作，及其漢文知識養成之背景。詞文反映了小說內容及其讀後感受：

鶴唳風聲裡。卻憐他、有情花落，無情流水。情海愛河原浩
蕩，何必強分彼此。況三角、戀單情事。縱是嘔心傾熱血，怎
追求、也不成連理。能拔腳，為佳耳。　　　連宵雨暴風狂矣。
最難堪、花嬌命薄，落紅殘翠。一霎飄飄墮涸土，漫說多情是
汝。不識有、人間羞恥。洩憤銷愁云錯覺，實芳心、自暴自輕
棄。僥倖者，有徐子。

（四）收錄鸞書中的詞

　　扶乩扶鸞是古老的方術，魏晉即已非常盛行。所謂扶鸞的儀式又
稱為扶乩、飛鸞，是一種神人交通的方式。由正鸞生經過請鸞的儀式
後，仙佛神靈降附於人身推動筆，或以桃枝在沙盤中寫字，經由旁邊
的唱鸞生逐字報出，再由錄鸞生寫成篇章。民間鸞賦基本上是仙佛神
靈對民眾的啟示書，其作用主要有二：一為闡明天道真理、二為啟悟
人心歸正。作者幾乎都是古人（如漢昭烈帝、李太白）及神明（如李
鐵拐、如來尊佛、南宮孚祐帝君呂、指南宮張祖師等等）。清中葉
後，鸞堂尤其蓬勃發展，中國大陸各地均有鸞堂出現，至道光庚子年
（1840），更由於「救劫論」的宗教思想出現，使得鸞堂蓬勃發展，
復因印刷技術的改善進步，鸞書大量問世，形成一個全國性的宗教熱
潮，這股持續不斷的熱潮，使得梁啟超以「乩壇盈城」稱之。過去筆
者整理《全臺賦》時，特別強調了鸞書賦篇中內容題材的特殊性。詞
則數量較少，且詞牌多有誤用現象。

　　日治時期，詩社、書房、鸞堂在漢文的存續上，發揮了延斯文於
一線的影響力。宣講善德、教化民眾、研習漢文等等，成為經常性的
活動。彼時鸞堂、孔廟、書院、書房、詩社中人的身分經常是流動性
的，紳士文人儒生也往往與鸞生身分重疊，鸞堂運作亦常在這些地方
舉行。這些經過扶鸞寫下的乩文，累積至一定的量，可編印出版，本
書所選之詞有部分即是這些鸞書所見。鸞書錄有詞者有《覺悟選新・

卷四木部》、《覺悟選新‧卷五石部》、《覺悟選新‧卷七絲部》，及《覺世金篇‧卷一文部》、《七支因果‧元卷》、《清心寶鏡‧卷一》、《玉冊金篇‧卷一》、《喚醒金鐘‧卷一孝部》。

　　《覺悟選新》所載之詞，其降筆神明有「辛天君」（又稱辛元帥，道教雷神）、「玄天上帝」、「福德正神」、「靈應侯」（古神醫，堯時人，能給人治病，因立廟祀之）、「走堂使者」、「慈濟真君」（係祀許遜。許遜始仕官途，後學醫施惠眾民，其在生前，善行尤多，死後，建廟祀之），《覺世金篇》為「啟竅星君」、「哪吒太子」，《清心寶鏡》為「鍾離」、「仙翁韓」、「仙姑何」、「仙姑麻」降筆，《玉冊金篇》降筆者有「李大白仙翁」、「釋迦摩尼佛」、「南海觀音菩薩」，《喚醒金鐘》「太白仙翁李」、「馬天君」。署降筆神明的詞，其內容與身分亦多有關聯。此外，詞牌訛誤多見，如題為「是日因有惡少在堂外，戲弄一婢釀端，感慨而作」的「小風流」，實為「西江月」。「啟竅星君」降筆的「醉桃源」（即〈阮郎歸〉），雙調四十七字，上片四句四平韻，下片五句四平韻，誤作「醉桃園」。

　　鸞書中的詞以「西江月」最常見，〈西江月〉是唐宋著名的短調之一。詞調最早出現在唐代，取自李白〈蘇臺覽古〉「只今唯有西江月，曾照吳王宮裡人」。西江是長江的別稱，吳王西施的故事。兩宋時〈西江月〉創作達到繁盛，曾元明清乃至民國仍是持續發展的狀態。在鸞書醫藥賦亦喜用〈西江月〉，或許源於六、六、七、六句式易朗朗上口緣故。

四　清領、日治時期的詞人及其作品

　　古典文學在臺灣的傳承和創作肇始於三百五十年前，詩、文與賦的創作代不乏人，以詩、以文、以賦而名於臺灣文壇者，前有遊宦文武、流寓騷人，後有本土崛起的鄉賢、文士，作品見於方志藝文、文

徵者，難以數計。唯獨體製類詩，而篇幅短於文、賦的詞，在光緒以前的方志、別集中寥寥可數。正如戰後十年，賴惠川所謂：「臺灣詩社林立，長篇巨作，美不勝收。至於詞律一道，蓋寥寥焉。」究其原因，如前言所述，當在清代科舉右文重詩，士人無暇深究此道。其次，詞為「小道」、「豔科」的刻板觀念，雖經清人「尊體」的努力，一時猶未扭轉在臺士人的創作選擇。即使偶作，至多與二、三詩友酬答，其餘則藏而不宣，甚至日久湮沒。復次，臺灣環境特殊，言志敘事，擅場於詩文而不利於詞，在在影響臺灣詞壇的發展。本文所談臺灣詞人及其作品，大抵以清代及日治時期兩階段為範圍，戰後迄今亦有詞家，喬大壯、蕭繼宗等人，尤屬質高量豐，本文暫不論。

（一）清領時期

　　清領前期，從康熙（1683）年間，至乾隆之末（1795），臺灣可稽詞者如下：據現存資料，最早的臺灣詞出現於清朝統一臺灣之後，康熙三十四年（1695）高拱乾修《臺灣府志》錄了一闋署名張僊客的〈木蘭花慢·彌陀室避暑〉。彌陀室為府城著名古寺，建於明永曆年間，初稱「彌陀室」。入清以後，屢有重修擴建，更名「彌陀寺」。《臺灣府志·寺觀》載：「彌陀室，在附郭之東。庭宇幽靜，佛像莊嚴；傍植檳篁，名花芬馥，可供遊詠。」詞寫六月盛暑，偕友尋幽佛寺，「選勝遍尋樂國，望彌陀，靜室汗收珠」，扣題「避暑」，不言而喻。

　　施枚，杭州人，大學生，乾隆初（1736）流寓臺灣。存詞二闋，〈滿江紅·讀陶士行傳〉為詠史、〈踏莎行·病鶴〉則詠物。六十七，即六居魯，其人乃隸屬滿洲鑲紅旗。乾隆九年（1744）巡臺，著《使署閒情》、《臺海采風圖考》、《番社采風圖考》各一卷。存詞〈蝶戀花·歲題張司馬三杯草聖圖〉、〈滿江紅·題莊觀察瞻雲愛日圖〉二闋。黃朝輔，臺灣人，乾隆四十五年（1780）舉人，有詞〈滿江紅〉一闋，題曰：「登赤嵌樓懷古」。以上歷更三朝，時逾一百一十餘年，

臺灣詞壇所記僅數人數闋。張僊客詞為登覽紀勝之作；施枚兩闋，其一詠史，另首可算抒懷遣志；六十七兩闋皆為題畫詞；黃朝輔詞猶為登覽懷古。以詞牌論，半數共用詞牌〈滿江紅〉，而如〈蝶戀花〉、〈踏莎行〉則為體制狹小之作。

清中葉以前，臺灣由於種種文化不利，作品保存困難，以致無論詞人、作品，求諸文獻，可謂寥若晨星。上起康熙中期（1695），下迄同、光之交（1874）二百年間，根據今存文獻僅輯得十一位詞人，二十闋詞。

清領後期，從嘉慶初（1796），下逮乙未臺海之變（1895），歷時百年，期間可稽詞者如下：

韓必昌，臺南人。乾隆六十年間（1795）歲貢。嘉慶十二年（1807）參與《續修臺灣縣志》釐訂。存詞〈虞美人・贈林覺廬先生〉、〈踏莎美人・送錢醉竹先生回吳縣〉、〈南鄉子・弔夢蝶園集句〉、〈滿江紅・與同社諸子渡安平，舟中晚眺〉、〈聲聲慢・春日謁五妃墓〉、〈念奴嬌・海會寺懷古〉六闋。

程師憕，生卒里籍不詳。乾嘉年間遊於臺。有詞〈滿江紅・登赤嵌樓懷古〉一闋。

黃鶴齡，字浣雲，嘉應人，道光二十七年（1847）前後理臺灣郡。工詩詞。存詞〈八聲甘州・答門人丁紹儀〉一闋。

唐壎，字益菴，江蘇人。詩文敏捷，屢試不售。道光間（1821-1851）遊臺，曾任巡道徐宗幹（道光二十八年，1828）幕客。咸豐初重來，任書院山長。有詞〈玲瓏玉・綠珊瑚〉、〈鵲橋仙・竹西小築詞〉二闋。

興廉，字宜泉，滿州舉人。咸豐八年（1858），由閩縣擢任鹿港同知，教士如師，愛民如子，比三年頌聲載路。同治三年（1864），復來任；值戴萬生事件，鹿港兵防未撤，月餉費數萬金。興廉廣為設法，義輸不足，則以廉俸彌補之。如是三年，軍無乏用；而善後事

宜，亦無不辦。以實心行實政，民受其益，商旅無怨言。皆興廉之力也。《臺灣通志》有傳。詞〈祝英臺近·自題待月圖〉一闋。

胡傳，原名珊，字鐵花，一字守三，號鈍夫，安徽績溪人。曾追隨揚州著名經師劉熙載研習經史。光緒十八年（1892）任「全臺營務處總巡」，半年中巡察全島，南抵恆春，北至滬尾，深入後山臺東、花蓮、宜蘭，遠達澎湖，考察防務設施及訓練情形。改理臺南鹽務，一掃積弊。光緒十九年（1893），奉委「代理臺東直隸州知州」一職，兼「鎮海後軍各營」統領，大力掃除軍中鴉片，加強後山防務。在臺任職三年餘，任內修《臺東志建置沿革稿》、《臺東州採訪修志冊》。乙未割臺，奉命內渡。翌年八月，卒於廈門，年五十五。有詞〈大江東去·和友人王蔀畇別贈元唱〉、〈疏簾淡月·雁〉兩闋，作於光緒十八年。

王甲榮，字蔀畇，浙江人，舉孝廉。光緒中以朝貴薦於唐景崧，留司記室。存詞〈大江東去·贈行吳佐卿（夢元）廣文〉一闋，作於光緒十八年（1892）。

光緒（1875）以後，下迄日治結束（1945）的七十年間，臺灣詞家密集出現，尤其在甲午敗績，清廷割讓臺灣；乙未年為界，臺海不但輿圖易主，古典文學的發展也同步有著明顯的變化，臺灣詞壇的花果也於焉漸繁，可謂臺灣詞壇的全盛時期。

（二）日治時期

甲午戰後，臺灣淪為日本的殖民地，臺灣志士雖曾接二連三武裝抗日，但是內乏餉械，外罕支持，犧牲慘重，終不能遂其所願。日本當局為了讓臺人歸順，一方面繼續其血腥統治，一方面則籠絡文士，安撫遺老。此時，臺灣文人寫了相關「饗老典」之詞，一如賦篇。然而總體觀之，詞篇在甲午（1894）滿清敗戰，次年臺海鉅變，直至一九四五年臺灣光復，半世紀間是國勢、傳統文運兩衰的時期，臺灣詞

壇在此期有空前的創發：其一是詞家、詞作品數量倍數於前代；再者，此期重要詞家，除少數如一度短暫訪臺的梁啟超，從中國移居的任瑞堯、吳鍾善外，幾以臺籍士人為主；其三是詞的題材豐富，內容和風格變化多樣，部分詞人作品面貌清晰，自成一家。以下試從南、中、北三區及內地區分，概述此期詞人及其作品。

1　北臺詞人

北部有臺北趙一山、粘舜言、洪史臣、市村藏雪、館森鴻、林子楨、施明德、陳用六、高重熙、黃贊鈞、楊仲佐、林述三、陳大琅、潘子香、蘇添璋、陳蓁、吳鍾善、賴仰懷、蔡三恩、黃淵源、黃福林、蘇鏡潭、王少濤、林鶴壽、林長耀、陳明卿、林佛國、林嵩壽、王香禪、林松、王子鶴、汪李如月、郭瓊玖、歐劍窗、李友泉、雪癡山人、高雲娥、李騰嶽、黃梅生、倪登玉、周士衡、黃坤維、呂伯雄、邱坤土、釋慶妙、王霽雯、賴献瑞、李逸鶴、葉子宜、陳鐵厚、黃文生、高文淵、楊雲萍、黃春成、任瑞堯、張碧醇、林錫牙、傅秋鏞（籍貫臺中，但活動地方主要在臺北）等，基隆許梓桑、蔡景福、呂漢生、陳其寅、賴炳煌等，桃園邱光祚、呂鷹揚、林維龍、黃師樵等，新竹蔡啟運、張貞、張鵬、黃潛淵、鄭邦吉、黃旺成、鄭水寶、鄭張寶釵、駱香林、夷陵山人、郭江波、鍾瑞聰、黃竹堂等，苗栗劉穩順、陳瑚、陳貫、王芝麓等，宜蘭汪鳴鳳、江有慶、陳春連、李炳炎、姚鷺鳴等。

其中可再細述者有：林鶴壽，字兵爪，板橋林維德次子。少聰慧好學，博覽經史；工詞章，周旋名士，執禮恭謹而唱和無間。倡組寄鴻吟社，有詩紀《泠梗集》，多不忘故國，悲歌黍離，頗招日人禁忌，乃與諸社友遠遁內地，因攜往滬上於一九二二年付梓，終而散佚。今見詞僅〈壺中天・壽季弟〉一闋，為《沁園詩存・詞鈔》收錄。

呂伯雄，字伯融，臺北縣雙溪人。少幼浸潭翰墨，及長，從明師

習經史，一九二四年內渡習法政，卒業後志復臺疆，籌組「臺灣革命黨」、「臺灣革命同盟會」，與德配石中英馳驅閩贛間，竭力抗日工作。戰後歸來，奉獻教會工作，伉儷偕詠，安享餘年。著有《竹筠軒伯雄吟草》三卷，卷三為《竹筠軒詞草》，收詞三十三闋，作於民國二十至七十五年間。光復前在大陸作品僅存一闋〈卜算子〉，餘皆戰後作品。

　　另外，北部有詞社「巧社」。一九三四年農曆七月七日創設於臺北，故稱「巧社」。臺灣詩社雖多，但詞社少見，依目前可見資料，巧社是最早標榜專門填詞的小組織。主倡者是王霽雯、黃福林、賴献瑞，後參與的社員有林絳秋、鷺村生。王霽雯之作屢刊《詩報》，喜填〈菩薩蠻〉、〈蝶戀花〉。《臺北文物》偶載社員之若干作品，目前可知極少，但作為專門填詞之詞社，在臺灣古典文學史上實有相當的意義。

2　中臺詞人

　　中部有臺中丘逢甲（籍貫苗栗，但活動地方主要在臺中）、張麗俊、傅錫祺、林朝崧、蔡惠如、簡揚華、許天奎、陳雪滄、林載釗、杜香國、許天德、陳錫津、林旭初、江古愚、賴金龍、廖居仁、覺庵、冷秋、蔡朝驀等，彰化洪繻、施梅樵、陳懷澄、林黃裳、潘清潤、魏國楨、尤瑞、鄭商藤、蔡子昭、蔡梓材、李立夫、王養源、王金龍、施濂、葉熊祈、施性湍、王一儂、莊幼岳、王劍香等，南投黃棄民、包尾莊人等。

　　其中除丘逢甲內渡未歸，中臺詞人有詞史洪繻及櫟社詞人值得留意。丘逢甲，號蟄仙，亦號蟄庵，又號仲閼，詩文署倉海君、南武山人、東海遺民，人稱倉海先生。四歲就塾，六歲能屬對、吟詩，師事吳子光。十四歲，以案首入泮。二十五歲中舉，次年連捷三甲第九十六名進士，欽點工部虞衡司主事，以親老告歸。一八九四年中日甲午戰起，奉旨督辦團練。及臺澎割日，奔奏民主國，率紳民抗日守臺。

不遂，奉親返鎮平故里。其後主講潮州韓山、潮陽東山、澄海景韓書院，與弟成立「嶺東同文學堂」，教授日本維新之學。復歷任粵參議、議員、副議長等職。著有《嶺雲海日樓詩鈔》，收詞二闋。

洪繻，名攀桂，字月樵，彰化人。一八八九年舉秀才，文名早著。日治後，改名繻，號棄生，以示不屈於異族。因常藉詩文眷懷宗國，譏評時政，為當局所不容，遂假事端繫獄，終因抑鬱悲憤而卒。前期著作有《寄鶴齋文稿》、《寄鶴齋郡縣觀風稿》、《譴蹇集》，尤以後者最具代表，後期有《寄鶴齋詩集》、《寄鶴齋駢文集》、《寄鶴齋詩話》等，都百餘卷。篇章之富，為全臺之冠。作品多繫三臺典故。舉凡當時的政治措施、社會現象、天災人禍、民生疾苦，無不詳著於章篇，故有「臺灣詩史」之譽。《寄鶴齋詩餘》二卷，存一百一十九闋詞。

林朝崧，字秋岳，一字俊堂，號癡仙，一號無悶，臺中霧峰人。自幼聰慧，工文學。乙未割臺後，曾避亂福建晉江、上海。及返，倡組櫟社，以維繫漢文化自任，專務吟詠，其後詩酒餘生。遺作由詩友輯為《無悶草堂詩存》五卷，六百一十二題；另有詞八十闋，收在《無悶草堂詩餘》、《臺灣文藝叢誌・無悶草堂詩餘》、《無悶草堂詩餘校釋》。

陳懷澄，字槐庭、水心，號沁園，一號心木，彰化人。性聰慧，工詩詞、書畫，為「櫟社」創社社員。一九二九年受命鹿港區長，翌年十月轉任為日治時期首任鹿港街長，旋又出任臺中州協議會會員，主持街政十二年。任內積極維護漢學、解決並改良社會風習、創辦學校，建樹頗多。著有《沁園詩草》、《媼解集》。詞十九闋，收在《沁園詩存》。

蔡惠如，名江柳，號鐵生，臺中人。少習經史，能詩文，櫟社社員。經營米穀、糖業有成，曾任臺中區長。因不滿殖民統治，一九一五年攜眷內渡。又嘗留學東京，倡議成立「臺灣文社」，創刊《臺灣

文藝叢誌》。先後積極參與臺民權益組織如「聲應會」、「啟發會」、「臺灣新民會」、「臺灣文化協會」，並資助《臺灣青年》雜誌、擔任《臺灣》雜誌董事。一九二三年一度因「治警事件」入獄。著有《鐵生詩草》。存詞十七闋，散見《臺灣詩薈》、《臺灣民報》。

　　陳貫，字聯玉，號豁軒，苗栗人。自幼涉獵群書，耽好詩文，櫟社、臺灣文社社員，與兄瑚有一門雙璧美譽。曾任教員、記者、庄長等職，公餘則競逐吟社擊缽。自輯詩詞集《豁軒詩草》一種，存詞二十七闋，另見於《臺灣詩薈》三闋，合計三十闋。

3　南臺詞人

　　南部有嘉義莊伯容、鄭作型、林純卿、黃鴻翔、林玉書、王殿沅、賴惠川、林緝熙、周鴻濤、吳文龍、張李德和（籍貫雲林，但活動地方主要在嘉義）、許然、賴尚遜、林友笛、李笑林、黃傳心、蔡如生、趙清木、朱芾亭、賴柏舟、黃鑑塘、蔡水震、蔡水準、邱萬福、汪敬若等，雲林黃服五、廖煥章、王甘棠等，臺南許南英、李麗川、施士洁、毛受真一郎、趙雲石、林珠浦、胡殿鵬、白劍瀾、楊宜綠、黃拱五、陳渭川、林子章、連橫、謝籟軒、王炳南、林清月、謝國文、石中英、洪坤益、王坤泰、趙劍泉、邱水、李炳煌、譚康英、蔡大樹、許丙丁、洪子衡、韓浩川、許韻梅、蕭子星、盧承基、王吟香、高竧齊、林朝鈞、張聯登、謝源、黃石柳、施清雲、李春華、吳連德、黃凝香、楊萬祥、王博卿、黃登彩、吳光博等，高雄張濟川、楊春元、楊作求、鄭坤五、王開運、高震添、蘇文禎、林鬧長、吳紉秋、蔡月華、王隆遜、劉聲濤、歸鴻、施子卿、許成章（籍貫澎湖，但活動地方主要在高雄）、鄭金鈴等，屏東達順居、陳慶盪、鄭壬麟、古董子、陳慶蘭、陳松榮、萬青軒、鄭樂天、吳冬家等。

　　另澎湖有李黃海、陳春林、蔡旨禪、彭啟明、洪月嬌、彭啟默、蔡子聘、丁鏡湖、陳自軒等。

　　南部詞人主要以臺南、嘉義為主。先述臺南一地，詞人有許南英、施士洁、楊宜綠、連橫、謝國文、石中英諸氏。

　　許南英，號蘊白、允白，又號窺園主人，臺南人，光緒十六年（1890）進士。一八九四年，唐景崧曾聘修《臺灣通志》。乙未役起，任「臺灣民主國」籌防局統領，臺南陷後，舉家內渡。此後，漫遊南亞，並往來兩岸，一九一六年客於棉蘭，次年病卒。有《窺園詞》五十九闋，收在遺著《窺園留草》。

　　施士洁，名應嘉，字雲舫、澐舫，號芸況，又號喆園，晚號耐公、定慧老人，臺南人。光緒三年（1877）三甲進士，點內閣中書，乞養回籍。先後掌教白沙、崇文書院。一八八七年，唐景崧聘為海東書院主講。一八九一年參贊唐景崧布政使幕，駐臺北。乙未年，臺灣淪日，攜眷西渡，歸晉江故里，晚年寄居鼓浪嶼。著有《喆園吟草》、《後蘇龕文稿》二冊、《後蘇龕詩鈔》十一冊、《耐公哭》、《後蘇龕泉廈日記》、《鄉談聲律啟蒙》、《後蘇龕草》二冊、《後蘇龕稿》四冊等。存詞五十三闋，名為《後蘇龕詞草》，其人喜填〈金縷曲〉。

　　楊宜綠，字天健，號癡玉，一號蓬萊客，臺南人。曾任廈門全閩日報、臺南新報記者。一九○六年，與連橫、陳渭川、謝石秋、趙鍾麒等共組南社。其詩詞渾樸古貌，惜隨作隨棄，稿多佚失。詞今見「滿江紅」（吸阿芙蓉）「臺城路」（贈識遲）二闋。前首刻畫社會吸食鴉片之病態；第二首蓋寫當時社會「殉情」公案，作品見於《臺灣省通志》詞部。

　　連橫，字雅堂，一字天縱，又字武公，號慕陶、劍花，臺南人。少年即以詩文為務，兼習史；二十歲赴內地習俄文。及歸，歷任報社記者、主筆，畢生專注於新聞及臺灣文史工作，並盡瘁於臺灣文獻之整理、保存，冀維民族精神於不墜。重要著作有《臺灣通史》、《臺灣語典》、《雅言》等，詩文散作則合刊為《雅堂先生詩文集》。其詞往往隨作隨棄，僅見《劍花室詩集》四闋、《雅堂先生集外集》一闋。

　　謝國文，字星樓，號省廬、醒廬等。臺灣臺南人。少有詩名，一九○六年與叔父謝維巖及趙雲石、陳瘦雲等共創「南社」。其後曾留學東京，返臺後曾參與臺灣議會設置請願運動，並創作白話小說、任《臺灣新民報》學藝部客員，致力臺灣新文化啟蒙運動。其人雅好文藝，多古典詩文作品，尤擅於燈謎。有集《省廬遺稿》，分詩鈔、吟餘、唱和、文稿、燈謎等五集，得詩約三百首、燈謎數百條、文五篇，詞四闋。

　　石中英，字儷玉，號如玉，臺南人。早歲習醫，志在活人。工詩詞，曾設帳「芸香閣書房」授徒，又組「芸香詩社」，招集女子以切磋詩學。一九二九年夏，離臺赴閩，就職漳州地方醫院，旋與臺北呂伯雄結褵，隨夫婿從事抗日工作，馳驅閩贛各地。平居則拈筆吟詠，凡遊蹤所至，即以詩與當地名人志士相唱和。戰後返臺，晚年猶與寓臺文士吟詠不輟，存詩千首，收在《芸香閣儷玉吟草》；詞八十一闋，集為《韞睿軒詞草》。

　　次述嘉義詞人及小題吟會。嘉義詞人有林緝熙、賴惠川、林玉書、張李德和、賴柏舟等人。

　　林緝熙，字荻洲，嘉義人。其人秉性剛毅，於學無所不窺，耽於詩而工於詞。日治間獨守氣節，嘗漂泊湖海二十年，活躍於羅山、玉峰吟社。四十四歲以後，棲隱於鹿滿山，十餘年不履市井，與賴惠川唱和相得，吟詠以終其生，然作品未曾全本刊行。今存《荻洲吟草》，為一九五五年賴柏舟選其詩、詞作品及所撰《仄韻聲律啟蒙》，輯入嘉義詩人作品集《詩詞合超》中所存者，得詞五十七闋。

　　賴惠川，名尚益，號頤園，別署悶紅老人，嘉義人。其人家學淵源，雅工辭賦，作品豐富而各體兼備。著有《悶紅小草》、《悶紅詞草》、《悶紅墨屑》、《悶紅墨瀋》、《悶紅墨餘》、《悶紅墨滴》、《增註悶紅詠物詩》、《續悶紅墨屑》等八種，含括詩、詞、曲、雜文各種體類，風格多變，《悶紅詞草》輯詞一百六十九闋。

　　林玉書，號臥雲，又號香亭，嘉義人。少習舉業，岐嶷敏求；日治後轉習西醫，懸壺嘉義。餘暇則好吟詠，先後創組茗香吟社、羅山吟社，兼擅書畫。著有《醉霞亭集》、〈六一山人讀書筆記〉等手稿（未刊），今存《臥雲吟草》為一九○八年以後作品。存詞二十六闋，輯在《臥雲吟草·詩餘戲筆》。

　　張李德和，字連玉，號羅山女史，琳瑯山閣主人等，雲林人。幼習漢學，稍長，卒業於臺北第三女高，新舊教育完整。廿齡歸嘉義張氏，相夫教子之餘，雅好藝文，參加西螺菼社、羅山吟社，並組織詩會、畫會、詞會、詩鐘社等，不讓鬚眉。作品集有《琳瑯山閣吟草》四卷；三十七闋詞，收在賴柏舟輯《詩詞合鈔》，題為《琳瑯山閣題畫集》。

　　賴柏舟，號秋航，嘉義人。出自書香世家，幼年即受父祖薰陶，頗精詩藝。一九一九年與方輝龍等創「玉峰吟社」，一九二四年改嘉義「鷗社」。戰後，柏舟不遺餘力招募新血，更主編《鷗社藝苑》，兼載前人遺稿遺墨，續成四集。一九五五年，收輯嘉義地區老中青三代及已故詩人三十家作品，總成《詩詞合鈔》，對光復前後嘉義文風提倡及文獻保存，居功厥偉。有詩詞合集《淡香園吟草》傳世，存詞三十闋。

　　嘉義有詞社「小題吟會」，臺灣詞社不多見，詞作品也遠少於詩作品，但嘉義詩人工填詞者不少，一九四三年，由賴惠川、賴柏舟、譚瑞貞三人發起，邀林緝熙、李德和、許蔡堂、吳百樓、蔡水震參加，於元月十一日正式成立小題吟會，詩詞並行，當時詞譜難得一見，末由著手，幸賴柏舟索得詞譜一部，遂由柏舟逐期抄錄詞譜及題目，分給會員，每星期集合交稿，互相傳閱，不分甲乙，抄錄保存，一九四五年盟機轟炸劇烈，會員星散，到各鄉下避難，吟詠中輟，即秋，戰事結束，翌年諸會員吟興勃發，再集合於李德和題襟亭，重整旗鼓，繼續填詞集會，改名曰題襟亭填詞會，專為填詞，不課律絕，

仍由賴柏舟逐期油印，詞譜，分發各會員，直至一九五一年，乃告終止，賴惠川發刊詩詞合抄，將其所填多數編入，滿紙琳瑯。

　　臺灣詩社林立，以日治期間尤盛，間亦有詩鐘社，詞會可聞者，除巧社外，便是小題吟會了。從材料來看，日治時期的臺灣詞學分別集中在北、中、南，與詩社情況相近，但三大詩社中，南部詩社以臺南「南社」為主，詞作品則集中在嘉義地區，有不少詩人以填詞為職志，人數之多亦遠勝於臺灣北部、中部（不過就其藝術性視之，中臺櫟社詩人之詞仍遠勝一籌）。這是有趣值得繼續再探索的議題。

4　其他詞人

　　梁啟超，字卓如，又字任甫，號任公，別號飲冰室主人；廣東新會人。為近代中國政治、學術、思想、文藝大家。與其師康有為在光緒廿四年（1898）曾舉戊戌變法、百日維新。因為變法失敗，一九〇〇年在漢口起義，不遂，亡命日本。一九一一年，應林獻堂邀請來臺，提供林獻堂以平和手段抗日的建言。梁氏偕女公子令嫻來園作客數日，梁啟超辛亥年（1911）二月二十八日抵基隆，盤桓月餘而去。在臺作品詩歌十五題五十二首（含來臺〈舟中雜興〉十首、〈臺灣竹枝詞〉十一首），詞七調十二闋。

　　蘇鏡潭，字菱槎，福建泉州人。光緒十七年（1891）舉人，曾署晉江令三載。性豪放磊落，善詩文，駢體典麗高雅，文壇稱道。板橋林家中表，日治間數度東渡臺灣，久客是地，和林小眉成《東寧百詠》一冊。後歸居泉州，為弢社社員。存詞《臺灣詩薈》三闋、《沁園詩存・詞鈔》一闋。

　　譚康英，字瑞貞，號恤紅，又號浚南生，廣東番禺人。為人寡言笑，頗富才情。來臺在府城外宮後營商，加入南社，時與諸子唱和。有《心弦詩集》、《冷紅室詩鈔》。存詞二十六闋，錄自《冷紅室詩鈔》，見於賴柏舟輯《詩詞合鈔》。

　　任瑞堯，號雪崖，又號真漢，廣東人。民國二年隨親來臺，十三歲入稻江義塾，十四歲隨蔡雪溪學山水人物，並加入淡北吟社。一九二五年習畫廣州，一九二七年赴日本關西美術學院，專攻油畫。一九三〇年爆發中日戰爭，移居香港，改名真漢，並加入抗日行列。戰後來臺，時與李鷺村等唱和。《臺灣詩薈》存其詞七闋，皆一九二五年以前作品。

　　吳鍾善，字元甫，小字燕生，號頑陀，福建晉江人。家學淵源，工詩善詞，曾於一九〇三年舉經濟特科，文名卓著。一九一八年渡海寓臺，林鶴壽聘為西席，結「寄鴻吟社」於板橋林家花園，與臺灣眾詩人唱和。所為吟詠，多干日人禁忌，遂於一九二〇年避走內地，在臺僅前後三年。著有《守硯庵文集》等三十一卷，存詞《荷花生詞》二卷九十九闋，其下卷五十五闋，皆在臺作品。

五　臺灣詞壇特質

　　限於志書選文體例、別集刊行不易諸多因素，甚至知有其人其詞，如光緒十二年（1886）宦遊來臺的李振唐《宜秋館詩詞》，頗多在臺作品，至戰後賴子清猶「冥蒐不得」，可見散佚實多，有關記錄乙未之前臺灣詞壇發展的文獻難徵。從見知作品觀察，僅得詞人十幾人，詞目二十幾條，可見參與者少，創作亦少，題材單調，選調貧乏，個性不顯等結論。直到日治前後，不但詞家遽增，作品豐富；無論題材、選調多樣，同時創作風氣大開，在作品中詞人面目分明。繼臺灣古典文學發展中詩、文、賦豐富的創作之後，詞人於焉開始擅場。尤其有詞集傳世者，如許南英、施士洁、洪棄生和林癡仙皆大家，他們的詞集分別名為《窺園詞》、《後蘇龕詞草》、《寄鶴齋詩餘》和《無悶草堂詩餘》。許南英、施士洁是進士出身，具有相當高的文學修養，二人離鄉內渡，在漂泊困頓中度過餘生；洪棄生絕意功名，

以遺民終老；林癡仙先是內渡後返臺，他們親身經歷了晚清臺灣的歷史風雲和滄桑劇變，特殊的歷史環境和生平經歷又極大地影響了他們創作。

（一）題材豐富

　　清領前期至光緒中的二百年間，題材分布在登臨、弔古、贈答、詠物、題畫，鮮少個人性情、襟懷的抒發。迨日治前後，由於參與者眾，作品數量大增，相對的題材逐漸豐富。不但真實呈現詞人情感，同時也深入探觸社會問題，反映臺灣士人遭遇家國劇變、世道轉移的滄桑感慨；因而擴大了詞的表現領域，使詞的風格多樣，提升詞的藝術成就。戰後，一方面詞人漸為內地撤守來臺的文人取代，另方面本土新崛起的文人創作重心轉向新文學；詞之一道，雖因在臺晚發，僅及在日治前後繁花乍現，隨即逐漸偃息旗鼓。然而從清領全期至日治間臺灣詞壇概況，可稽得因臺灣本土士人文藝養成的成果，及其在傳統古典文學上的開拓與努力，促使臺灣古典文學發展至日治前後，漸臻載體形式多元，題材與內容豐富。以下就此期詞人作品題材的豐富性，舉要說明：

　　《寄鶴齋詩餘》收洪繻詞一百一十九闋，可推創作時間自十九歲起至四十三歲（1185-1908），其中〈玉漏遲·詠懷〉、〈六州歌頭·冬夜〉諸作屬於遣懷述志；〈意難忘〉二闋（感事、感懷）、〈浪淘沙慢·感懷〉則因感觸時局；〈淒涼調〉「何來轆轆」、〈醜奴兒慢〉「奇般異狀」有意反映日人高壓統治下的民生困頓。而〈菩薩蠻·春閨〉、〈憶王孫·寄情人〉則為側寫、模擬閨情，〈沁園春·金陵懷古〉、〈念奴嬌·丹徒懷古〉則為登臨弔古；其他如〈醉春風·旅恨〉、〈漁歌子·夜別〉等抒發離愁別恨，不可不謂豐富多樣。

　　又如林朝崧詞集中，多為其遭逢喪亂之後至仙逝間作品。其遣懷述志作品如〈臨江仙·次豁軒溪邊書感韻〉、〈滿江紅·和豁軒對月有

懷韻〉、〈探春慢·除夕用周草窗韻〉；感觸時局如〈小重山·辛亥九日萊園登高〉、〈湘春夜月·用黃雪舟韻，送獻堂西遊中國〉、〈望海潮·春潮〉、〈蝶戀花·感春次任公韻〉六闋；酬酢贈答〈喜遷鶯·獻堂送其二子留學東京，填此闋贈行〉、〈渡江雲·酒妓〉、〈浪淘沙·淡江留別〉、〈南浦·贈別雲從〉、〈念奴嬌·科山生壙集編成戲題〉、〈青玉案·贈留仙女史〉；另，其酬唱如〈浪淘沙·次留仙女史落花韻〉；詠物託志如〈琵琶仙·題半面美人圖〉、〈瑤花慢·水仙花〉、〈疏影·梅花〉、〈杏花天·詠杏花〉、〈踏莎美人·春草〉、〈柳梢青·酒旆〉；詠史如〈水調歌頭·青城哀〉，弔亡如〈憶舊游·哭蔡啟翁〉、〈瑣窗寒·和豁軒韻〉三闋，可謂無不可入詞者。

　　看花把酒，沉湎聲色之作，臺灣淪日之初，共抒遺黎之痛，如同過江諸人，然而既無力回天，只好流連歌樓酒館、青樓瓦肆，過著酒色爭逐的生涯。在酒色生涯、妓筵唱和之餘，實充滿自棄悲涼的心情，癡仙詞在這方面的表現，並不下於詩，蓋遊宴贈伎，寫閒適愛情，詞毋寧是更適合的。癡仙是多情之人，其用情不但在婦人女子生離死別之間，大而國家之淪胥，小而友朋之聚散或弔古而傷今，或憑高而遠眺，即一花一木之微，一遊一宴之細，莫不有一段深情纏繞心府間。在臺灣割日之後，由於深具苞桑之痛，因此多寄情酒色，絕意人間。這種情形和景琛〈贈澐航宗年伯〉詩之哀情相同：「國事傷心知莫補，婦人醇酒學曹參。」連橫〈林癡仙傳〉：「嘗醉臥美人側，每當意，輒賦詩贈之。北地燕支中，無不知有林子者。」林獻堂說他：「幼即耽詩，為諸生，不日課舉子業而課詩。滄桑之後，詩酒兩嗜，無日不飲，無飲不醉，而亦不醉無詩。」林幼春為《無悶草堂詩存》寫序，提及：「吾輩常見先生於妓筵歡飲中，身不離席，口不絕談。」癡仙詞不時有嚮往隱逸之趣，充滿思歸及醉中求樂之意緒。「判作隨波鷗鷺，身世托漁篷」、「箇是竹林流派，浩歌歸去，兩肩風月無牽掛」、「夢中綵筆，閒來聊寫漁樵話」之期待，「消耗雄心，只要一杯

在手」的無奈，隱逸雲山，蕭散放閒的背後正是猿哀鶴唳的錐心。

　　其唱和、悼亡之作，〈瑣窗寒‧和豁軒韻〉、〈滿江紅‧和豁軒對月有懷韻〉、〈夜遊宮‧中秋霧峰夜宴〉此數闋雖是和豁軒韻，但觀內容，應是悼亡之作。癡仙妻謝氏卒於一九一三年底，詩存有〈哭內子謝氏端〉五古十三首，這幾闋詞殆亦作於是年。撫今思昔，睹物思人，歡情如昨；而別易會難，前塵如夢。鴛衾同臥，今日勞燕分飛，青鳥無憑，珠淚難寄。寫得典雅深婉，悱惻逾上，萬玉哀鳴，極其哀感動人，所以如此，自是其中有夫妻相濡以沫動人之處，貧病交迫，漂泊流離，同命相憐。非一般逢場作戲的豔詞之所能有，讀來悽惻感人。詩酒唱酬，深於交契。賦悼亡，一字一淚，沉摯表達了伉儷間永訣的生死之情。追思往昔，徒增香魂縹緲，人天永隔之悲懷，皆從肺腑中傾出，句句透露刻骨之痛，一般裁紅刻翠之作，無語較短量長。夢回空對明月，尤為悲痛。以上可見癡仙題材之豐富。

　　至如楊宜綠、蔡惠如等，作品數量雖然不多，在有限的詞作品之中，猶能不落窠臼，別出心裁。楊宜綠〈滿江紅‧吸阿芙蓉〉、〈臺城路‧贈識遲〉二詞，分別指陳吸食鴉片之社會病態及當時「殉情」的社會公案。蔡惠如〈鵲踏枝〉等「獄中詞」十闋，即分寄友（〈鵲踏枝〉二闋、〈東風齊著力〉、〈金縷曲〉）、寄內（〈滿庭芳〉二闋）、懷人（〈渡江雲〉）、抒感（〈蘇幕遮〉、〈春從天上來〉）等題材。

　　整體而言，日治前後各家詞作品，題材性質可綜合歸納為：（1）遣懷述志，（2）反映社會，（3）感觸時局，（4）贈答酬酢，（5）登臨憑弔，（6）側寫模擬，（7）詠物託志，（8）詠史寄慨等種種題材，幾乎網羅了歷來詞體創作可包羅的對象，初步達成詞創作上的開創。

（二）選調多樣

　　詞稱倚聲，須按譜填製，創作相對於詩文多了重重限制。賴子清謂時至日治後期，嘉義賴惠川、譚瑞貞、張李德和等「小題吟會」有

志詞社活動，而填詞猶面臨「苦無詞譜，無從著手」的窘境，可見詞學一道，歷來在臺灣士人間切磋傳承，甚為不彰；亦可推測同、光以前，多數詞人所存作品，詞牌集中在〈滿江紅〉一調的原因。日治前後，臺灣詞壇創作開始活絡，許南英、施士洁、洪繻、林朝崧都有較豐富的詞作品出現，而選調多變化，詞牌運用廣泛。如許南英存詞五十九闋，分用詞牌四十調；施士洁存詞五十三闋，分用詞牌二十一調；洪棄生存詞一百一十九闋，分布詞牌六十六調。林朝崧存詞八十闋，分用詞牌四十四調。總計四家詞有三百一十一闋，分布在一百二十四個詞牌。其中除〈滿江紅〉、〈念奴嬌〉（以上四家）、〈蝶戀花〉、〈浪淘沙〉、〈浣溪紗〉、〈高陽臺〉、〈摸魚兒〉、〈菩薩蠻〉（以上三家）為頻見外，其餘詞牌多為各家倚聲嘗試，對各體詞調的探索，可謂不遺餘力。

　　詞作品保存數量較少者，如傅錫祺、蘇鏡潭、任瑞堯等人，雖僅見各寥寥數闋，但傅錫祺存詞六闋，用調六種；蘇鏡潭存詞四闋，用調四種；任瑞堯存詞七闋，詞牌七種。正如上述四家一般，廣用詞律，逐篇翻新詞調的嘗試和用意，亦分明可見。

（三）好用罕見詞牌及以詩韻填詞

　　根據王偉勇研究[7]：

> 臺灣文人填詞之際，除運用已然定調之通行詞牌外，若遇同調異名者，亦好用罕見之名稱，呈現趨新避俗之現象。且善取詞牌字面之意，緣調名賦情，頗有視詞牌為「詞題」之意。甚至較不在意其宮調屬性，而好自創新調名，以應景切情。就詞韻

7　以下引文見王偉勇〈析論清領、日治時期臺灣文人填詞之若干問題〉，《國文學報》第59期（2016年6月），頁123-160。

言之，本文發現臺灣文人，為求合於宋人用韻之實況，乃追隨
清人整理詞韻之從寬派以填詞，如取第六部「真、文」韻、第
十一部「庚、青」韻、第十三部「侵」韻，予以混押，即是其
例。又好以作詩之習性填詞，爰恆以詞韻第3部、第5部、第10
部互屬之韻字，予以混押；或將相鄰兩部之韻字，旁轉通押，
如以第1部與第2部、第3部與第4部、第6部與第7部韻字通押，
皆是其例。（提要，頁123）

又：

臺灣文人填詞之際，若遇同調多異名者，亦常選用罕見之詞牌
名稱，如：許南英（1855-1917）：用〈南樓令〉，不用〈唐多
令〉（唐亦作糖）；用〈十拍子〉，不用〈破陣子〉；用〈賣花
聲〉，不用〈浪淘沙〉；用〈瀟瀟雨〉，不用〈八聲甘州〉。（頁
127）

歸納其研究重要成果，可見：清領、日治時期，臺灣文人填詞在押韻
方面，有以下情形：（一）第6部、11部、13部韻字合併通押；而第6
部「真、諄、臻、文、欣、魂、痕」等韻，與第11部「庚、耕、清、
青、蒸、登」等韻，以及第13部「侵」韻字合併通押，宋詞已然如
此。（二）第3、5、10三部互屬之韻字予以通押；（三）相鄰兩部之韻
字予以旁轉通押；（四）其他特殊現象之押韻。係步宋人押韻之後
塵，絕不可視之為出韻。王偉勇並發現清領、日治時期文人填詞，蓋
以賴以邠《填詞圖譜》及康熙御製《詞譜》為準。如張昇〈離亭宴〉
一調，不見於賴以邠《填詞圖譜》、萬樹《詞律》等詞譜，唯見於御
製《詞譜》，王少濤據以次韻填作一闋，即是其證。又陳懷澄、蔡惠
如、王霽雯所填之〈高山流水〉斷句，全依賴以邠譜，不依《詞

譜》、《詞律》所定格律，亦是一證。以上論點，誠可參考。

此外，蘇淑芬研究亦提及詩詞同作現象：「臺灣詞壇現象，包括同社社友喜愛同題唱和，且愛用長調。因為詞韻與詞譜的缺乏，少數詞人會出現以詩韻填詞，並有少數出韻與出律的情形。詞社之詞人都是不同詩社社友，因志同道合而另組詞社，他們常出現填一首詞，必會同時填多首詩的現象。」[8]此現象在本書確實例子不少，亦難以忽略。

（四）感慨始深

王國維謂詞至李後主，「眼界始大，感慨遂深」，所指乃南唐亡國之後作品，而此論移用在日治間多數詞人作品亦然。詞雖仍不乏尊前花間，風月流連，而其特出之處，卻在國族認同與殖民社會的反映。前此臺灣士人所不曾、不必面對的嚴峻課題，一一卻在眼前，深沉的感慨，前此無詞者，遂傾瀉而出；前此已經有詞者，一改兒女情態，開始以詞吐露遺民哀思、反映生民顑困。

許南英前期頗作豔詞，如「羅巾溼透相思淚，玉璫緘盡相思字」（〈秦樓月〉）、「誰鼓五更天又朗，惘惘為歡愛，淚痕兩」（〈上行杯〉）刻畫兒女私情甚工。其他如〈臨江仙引‧春宵〉、〈南樓令‧閨怨〉、〈菩薩蠻‧即景〉等，善寫閨闈心理，不免予人靡曼柔弱之感。乙未之役以後，詞中如〈明月櫂孤舟‧幽居〉、〈如夢令‧自題小照〉等，一改紅軟翠豔，而鬚眉盡張、英氣自發。其慢詞〈如夢令‧別臺灣〉：

> 望見故鄉雲樹。鹿耳鯤身如故。城郭已全非，彼族大難相與。歸去。歸去。哭別先人廬墓。

8　蘇淑芬：〈日治時代臺灣詞社初探〉「摘要」，《東吳中文學報》第18期（2009年11月），頁185。

臺灣淪陷，詞人內渡大陸後，曾短暫回過臺灣訪故祭祖。再次告別臺灣時，遠望故鄉景物依然如故，可是早已物是人非，只能哭別祖先的基業和墳墓。〈如夢令‧自題小照〉：

> 已矣舊邦社屋。不死猶存面目。蒙恥作遺民，有淚何從慟哭。從俗。從俗。以是頭顱濯濯。

兩闋〈如夢令〉皆充滿了對故鄉臺灣的悲慨，字字看來都是血、都是淚。無獨有偶，施士洁也於光緒三十年（1904）填了一闋〈如夢令‧自題四十九歲小影〉：

> 一樣塵中小謫。田海剎那今昔。回首七鯤身，吹散黑風無跡。逋客。逋客。雙鬢九年催白。（四十內渡，今九年矣——詞人自注）。

滄桑巨變，臺灣已不堪回首，逋客思鄉，竟至頭白。施士洁還在宣統年間作了一闋〈百字令‧和盧坦公司馬〉，歇拍寫道「滄桑回首，至今痛定思痛（謂割臺事——詞人自注）」比前詞更為沉痛。

　　經歷乙未抗日，許南英在臺南「募勇二營」，擔任臺南團練局統領，其起義的雄心，保臺的決絕，充分在詞中宣洩。癡仙佳作如〈望海潮‧春潮〉：

> 春來春去，潮生潮落，年年歲歲相同。鹿耳雨晴，鯤身月上，幾番變化魚龍。海國霸圖空。賸蘋洲鋪練，桃漲翻紅。吞吐江山，軍聲十萬勢猶雄。　　群飛亂拍蒼穹。願楊枝入手，咒使朝東。弱水易沉，蓬山難近，騎鯨枉候天風。萬感倚樓中。恨浪淘不到，塊壘愁胸。判作隨波鷗鷺，身世托漁篷。

此詞殆於臺南鹿門觀春潮之作。鹿耳門為當年鄭成功打敗荷蘭登陸處，詞人登臨此地，不免有詠懷之意。起始即有物是人非之嘆，「幾番變化魚龍」，魚龍，古代雜戲，表演魚化為龍的舞蹈，用以指人事變遷。慨嘆人事幾番變化，鄭成功海國霸業徒然已空，頗有「臺灣山川之奇」和「民族盛衰之起伏變化萬千」之意。「群飛亂拍蒼穹」，說海水群飛，天地動盪不安。「弱水易沉，蓬山難近」，以弱水蓬山說明不易達到的仙境、願望，所以「騎鯨枉候天風」，最後倚樓遠望以解憂仍不得化解，愁情盈胸，頓生江海寄餘生之意。癡仙另有詩〈觀潮〉：「百丈群飛白練寒，酒酣獨立海門看，有靈曾助騎鯨客，惆悵東寧霸業殘。夕陽西下海漫漫，雪滾雷轟勢未安，可惜我無犀弩射，空思斥手挽狂瀾。」對鄭成功有無限緬懷之意，惜其功業未成而身先士卒，子孫難以賡續其霸業。緬懷往昔，也就不免有藉古寓今，感嘆當時臺灣割日之嘆。結句更是感慨遙深，透露報國無門，雄心銳減之悲情。另闋詞〈滿庭芳〉，情感亦近似：

> 如此乾坤，無情風雨，年年搖落江蘺。鴻來燕去，楚客苦思歸。邂近黎渦一笑，心頭鐵、消向蛾眉。風流夢，揚州荳蔻，十載憶依稀。　　垂垂。吾老矣，猶能劍舞，醉倒金卮。倩宛轉歌雲，留住斜曦。百尺危樓極目，正天際、海水群飛。雄心減，陰符一卷，塵蠹忍重披。

「正天際海水群飛」，同前「群飛亂拍蒼穹」。用揚雄《太玄》：「四海不靖，海水群飛」之意，對國家危難而無從挽救的悲哀，十分感慨無奈[9]。其〈水調歌頭・青城哀〉二闋亦是對臺灣政局敵愾中有無限感

9　〔北周〕庾信「周使持節大將軍廣化郡開國公丘乃敦崇傳」：自永安以來，魏室大亂，海水群飛，天星亂動，禮樂征伐，不出於人主。

傷，用李賀〈金銅仙人辭漢歌〉詩意，更是即為沉痛地表現其憂慮。

六　結語

臺灣古典文學的產出，從明、清迄日治近三百年發展中，因師友相承，經歷士大夫雅正文學移植，科舉制藝馴化，在日治間轉向書房、吟社漢詩傳習唱和，藉延斯文一線，崎嶇坎坷，卻也斐然可觀，亦見臺灣當年雖然僻處海隅，卻非不文；其中更可見各時期詩人情志、社會百態、區域民俗風物。

臺灣詞壇晚興。清時期所作，今散見於方志、別集、詞話者，僅十餘人、百餘闋。日治五十年間，略見詞二千六百餘闋，作者四百餘人，幾無而有，而煥然，風氣不可不謂其盛。日治間是家國及傳統文運兩衰的時期，而臺灣詞壇在當時空前的創發，可推測為文學重心的轉移。其一，傳統制度以詩、文取士，文人歷經江山之變，以琢磨詩、文向功名進取無望，而不願拘守舊業者，或轉向文藝創作的開拓，遂開始嘗試填詞。其次，經過大量結社論詩，長期擊鉢觀摩，臺灣士人詩藝已邁進成熟期。詞須倚聲，創作上比詩歌的限制為多。尤其慢詞，往往更需要思力的規摹，特別倚重成熟的藝術手法；在篇章結構、使事用典、聲韻格律掌握自如之後，嘗試新體；「小題吟會」以鈔譜方式填詞，正是典型的事例。

日治前後臺灣的政治氛圍及社會條件，並不利於傳統古典文學創作，臺灣詞壇卻在此期最為活躍。雖然詞人及作品仍不及詩人、詩歌數量，但這些作品代表了臺灣經過清朝長期文教政策的誘導、獎掖，加上宦臺文官的先後提倡，形成臺灣士族的興起、文學風氣的萌發及士人習氣的養成。蓄積既久，在習翫日久的文學體裁之外，另闢蹊徑；由詩入詞，正是自然的發展。在新文學風潮勃興，古典文學消退之際，這些詞人、詞作品的存在，不僅代表臺灣古典文學發展正式邁

入成熟期，也豐富了臺灣古典文學的範疇和內涵。其內容除詞人情志抒發及酬答外，每多風物、時事反映，大出蕙風所謂「君子為己之學」，正如清代彭汝寔視元遺山《中州樂府》為「金人小史」，這些臺灣詞，實具補史之功。

　　臺地作詩者多而詞少，出色的似亦不多，然林癡仙卻是極有細緻精微詞人之心性的人，對詞的美感特質也有一己之體認。繆鉞在〈宋詞與理學家──兼論朱熹詩詞〉[10]一文中說：「宋代理學家中，作詩出色的尚有其人，作詞出色的幾乎無有。」癡仙流連花叢酒筵，固其詩詞兼擅。對詞眇幽微的特美，具有一種領悟與掌握的能力，也可以說他淒婉善感，善於表達心靈中一種柔軟精微的感受。尤其遭遇割臺的挫折和痛苦，悲哀挫辱種種變亂，使得詞更形微妙，寫得更有深度，充分發揮詞的低徊婉轉「弱德之美」。而詞體往往亦能流露詞人真實的性情志意與深蘊的情懷。

---

10 此文原載《四川大學學報》1989年第2期。收入繆鉞、葉嘉瑩：《詞學古今談》（臺北市：萬卷樓圖書公司，1992年），頁44。

四

臺灣詩餘與大陸社團的交流與互動

——以南社、虞社及汪政權為主

一 前言

臺人多移自閩地，富而求貴心態下，習詩赴舉之風漸成，其後詞篇亦為本土詩人所好。日本殖民時期的影響，則舊詩之流動勝於填詞，詞之交流與互動則以江浙社團、刊物為多，其中緣由或與現代報刊興起有關。

閩詞對臺灣之關係自然未中斷，晉江詩人吳鍾善、陳耐充及臺灣板橋林家、臺南施士洁、許南英諸氏都可歸於閩詞源流。當時報刊所載，屬閩地詞人者有許鈞龍（？-？），福建詔安人。與謝琯樵、沈瑤池、吳天章並稱「詔安花鳥四大家」（據《臺灣詩報》）。及梁次君（？-？）、何振岱（1867-1952）、黃孝紓（1900-1964）、陳耐充（1882-1960）。其餘多為江浙詞人，分屬南社（有部分為湘人）、虞社居多。可見臺灣早期與閩地詞人關係密切，但日本殖民時期的臺灣報刊所刊載之作卻以江浙詞人的作品為主。

對於詞的接受與流動偏重江浙，上海、南京、蘇州皆有之，尤其是當時日本的掌控區，因此有多數來自戰時日本官方宣傳雜誌以及偽汪政權的文獻。晚清民國時期報刊舊體詩詞較不受重視，汪精衛政權下的報刊詩詞，因涉及戰後民族主義的立場，諸多要人招致審判，其研究不受重視，自然可以理解。然則這些報刊舊詩詞作為漢文化圈共同文化遺產，對臺灣詩餘的傳播情況，值得進一步審視，以清楚掌握

臺灣報刊轉載引介了哪些社團的刊物？哪些詞人？其內容又是如何？
作為填詞之學習指南或是國策的宣傳？本文將重新凝視在民族、國家
的主題底下，個別詞人詞作的表述方式。

二　交流與互動：臺灣報刊對大陸舊體詞的刊載

　　自清領初期至光緒中期，臺灣詩社林立，詩壇一向活躍，相對於
詞壇則一片沉寂。日治間，詞社興起，詞人相互倡導，詞的創作開始
活絡，詞人間唱和也逐漸增多。如《臺灣省通志‧學藝志》（第三章
詞）所謂：「自本省開創以來，內外詩人雖眾，而能詞者，屈指可
數。迨淪陷中，本省人士相率逃於詩酒，詩社大興；於是亦有設立詞
社者，然隨立隨散，作品殊少。」詞社的組織，如施士洁詞〈氐州第
一〉（帆影）二首，其序謂：「林兵爪碧山詞社題」，可見板橋林鶴壽
曾組「碧山詞社」。至日本殖民時期恰是近代報刊興起風潮，當時臺
灣刊載舊體詩詞小說之報刊，較常見者有《臺灣文藝叢誌》、《臺灣詩
薈》、《臺灣詩報》、《南雅》、《三六九小報》、《詩報》、《風月、風月
報、南方、南方詩集》等。此中《臺灣文藝叢誌》系列所刊詞作除櫟
社詩人、同好的詞之外，也轉刊《迪化》的作品，詞有醉樵〈江城梅
花引‧新秋〉、〈秋宵吟‧秋感　用白石韻〉，春駒〈浣溪紗‧偶成〉，
靈峯〈滿江紅‧春閨〉，漚盧〈浪淘沙‧採蓮〉等。轉刊《小說新
報》的詞有王睫厂〈聲聲慢‧秋柳〉、吳絳珠〈醉花陰‧春閨〉五闋
等。由於署名多用字號、筆名，與臺灣本地之詞夾雜，又未特別標明
來源，以致身分辨識多不易[1]。

---

[1]　如俞鍔，號劍華，其〈滿江紅‧讀史雜感〉詞，署名「劍華」，光憑「劍華」，很難
　　推知作者是南社的俞鍔。《南雅》所署「勁秋」、「野王」、「子夷」、「醉樵」、「天
　　放」、「瘦蝶」、「憩園」、「幼石」、「孟芙」、「葆楨」、「偶非」、「湘孫」、「鑄淚詞
　　人」、「小山」、「萍倩」、「病鶴」、「定一」、「淞」者，如非見過《虞社》之詞，僅憑
　　「偶非」、「小山」、「天放」、「淞」實難辨識真實身分。

　　《臺灣詩薈》所刊則較易辨識，自一九二四年二月起，至一九二五年十月止，連橫主筆《臺灣詩薈》雜誌歷時一年十個月，發行二十二期。雖名為「詩薈」，除收錄各家「詩鈔」、「詩錄」、「詩稿」之外，還刊出「文鈔」、「詞鈔」。尤其闢設「詞鈔」，刊載詞學理論，對詞壇之活絡，有推波助瀾之功。有關詞學挖揚，除第一、第四、第六、第八、第十六號以外，其餘十七期均刊出「詞鈔」部分，收錄作品以臺灣為主，兼及部分大陸詞人，以供觀摩。尤其在第三號（1924年4月）「詞話」部分，摘刊鄭文焯〈鶴道人論詞書〉，蓋節錄鄭氏《大鶴山人詞話》部分詞學入門理論，連橫跋文謂：「今臺灣詩學雖盛，詞學未興，為載於此，藉作指南。願與騷壇一研求之」[2]，用意在推廣臺灣詞學甚明，而臺灣詞壇的創作得以漸成風氣。《臺灣詩薈》內容多樣，材料豐富之外，所刊文本的精確度，常為他本所未及；所收之詞，也往往是他本所未見。

　　《臺灣詩報》（1924-1925）收有中國大陸何振岱、金鶴翔、熊希齡、陳世宜、龐樹柏、王闓運諸氏作品。個別詞作多為一首至兩三首。《詩報》（1930-1944）轉刊不少中國大陸人士之詩文，詞作方面有靳志、陳方恪、胡適、楊錫章、劉麟生、汪隱、項鴻祚、金蓉鏡、潘飛聲、楊杏佛、王豫臚、陳配德、朱祖謀、況周頤、沈宗畸、陳洵、王蘊章、徐珂、崔今嬰、傅熊湘、黃鈞、陳家英、陳家慶、曾傳輅、陸更存、徐天嘯、黃深明、李賢等人。

　　《南雅》（1933-1934），全名《南雅文藝雜誌》，詞人除賴金龍外（實自《詩報》轉載），亦多為中國大陸文士之作，詞人楊圻、沈世德、花景福、朱鎧、高毓澎、俞可師、許瘦蝶、金心齋、陸孟芙、錢定一、錢小山、姚勁秋、程葆楨、鄒萍倩、陸醉樵、陸天放、沈德英

2　〔清〕鄭文焯〈鶴道人論詞書〉，原刊《國粹學報》第66期（1910年4月20日），頁4-7。連橫跋文見《臺灣詩薈》第3號（1924年4月），頁46。

等人。多轉刊《虞社》一九三一至一九三三年之作，如高淞荃〈花犯〉，姚勁秋〈疏影‧花影用玉田梅影原韻〉，楊圻〈醉落魄〉、〈相見歡〉、〈虞美人‧故都雪下憶江南梅訊〉，朱鎧〈虞美人〉、〈浣溪紗〉七闋，陸天放〈霜天曉角‧弔江灣戰區〉，許瘦蝶〈滿江紅‧感事〉。

　　《三六九小報》，由臺南南社與春鶯吟社的成員創辦，趙雅福擔任編輯發行人，昭和五年（1930年）創刊，詞作不多，其中沈纕、孫雲鳳之作，出自一九一二年《婦女時報》。王蘊章之詞作出自一九一三年《華僑雜誌》，距離一九三二、九三四年已有二十年時間。《風月、風月報、南方、南方詩集》（1935.5-1936.2、1937.7-1941.6、1941.7-1944.1、1944-2-3）所刊之詞五十二首，雖數量無法與《詩報》比擬，但《南方》僅轉載《詩報》陳雪滄〈千秋歲〉一首，《詩報》卻多首轉刊自《風月報》，具有文獻補強功能，同時有早期臺灣期刊文化考察的價值。本地詞人有林清月、黃福林、賴獻瑞、陳雪滄、王養源、廖居仁、譚康英、賴柏舟諸氏。該刊出自中國《新東亞》、《國藝》上的詞人有陳耐充、王蘊章、陳方恪。

　　從以上臺灣報刊轉載出處之追蹤，可知兩岸間的文學流動以《迪化》、《南社》、《虞社》、《新東亞》、《國藝》、《藝觳》、《華國月刊》為多，臺灣出現的文人則為洪棄生、李少菴、謝雪漁、蔡北崙。彼此間的交流與互動仍待更多文獻的出現，方能釐清及補足其中的空隙，本文僅先就所知顯露此現象。臺灣報刊載有不少南社、虞社（二社復有重疊）、梁鴻志維新政府及汪精衛政權下詞人之作，於此不能不有所敘述。

　　臺灣各刊物選擇轉刊大陸期刊之緣由，有些可據以推測，有些毫無線索，如與《迪化叢刊》之關聯，則可能是洪棄生、倪軼池及其周遭文友的牽線。《迪化叢刊》，又名《迪化》，一九二二年一月創刊於漢口。江拙宜、盛了厂主編，迪社發行。撰稿人有朱春駒、吳東園、陸醉樵、張乙廬、王承烈、鄔吉人、吳絳珠等。這些撰稿人也經常出

現在倪軼池編輯的刊物，如《友聲日報》、《小說新報》。《迪化》欄目分為經翼、史參、子餘、集匯、附錄五門。內容刊載闡揚先賢潛德之文章，以及有關古代中國哲學、歷史、自然科學等方面的考證史料，還有一些散文、詩詞、小說等文學作品。曾刊臺灣洪棄生之作：〈募浚鹿港溪啟〉、〈跋少作鹿港溪啟後〉、〈禹貢水道解弟三〉、〈禹貢水道解弟五〉，可證彼此之交流與互動。該刊雖創刊漢口，其中編輯、作者倪軼池、陸醉樵、吳絳珠諸氏卻活動於江浙、上海等地。

　　《南社》，民國初年（1912）於上海創刊，由文學團體「南社」不定期發行，迄民國十二年（1923）止，共二十二期。編輯人員有陳去病、高旭、龐樹柏、柳亞子等。報刊內容積極宣傳愛國主義，鼓吹資產階級革命，反對清廷專制，並提倡吸收西方文化，進行詩詞改革，以發揚保護國學。所錄分為文、詩、詞三大類，兼輯有南社社員個人的作品集及南社歷屆雅集攝影。連橫與南社社友多有交情，《臺灣詩薈》時見南社消息[3]。

　　《虞社》，為江蘇常熟「虞社」社刊。民國九年（1920）六月創刊，至民國二十六年（1937）十一月停刊，總計發行二百二十八期。第一屆主任俞鷗侶任職期間，為月刊，翌年改為旬刊。第二屆主任任職時，改回月刊。到第三屆主任任職，又改為雙月刊。直至最後兩屆主任任職期間，又改回月刊。《虞社》以「提倡國學，交換智識」為宗旨，收錄虞社社員聯誼唱酬的作品，並分為詩選、文選、雜俎三類，但實際係以前二者為主。詩選為該刊的重點，一九三〇年前多為唱和酬答、述懷吟詠之作，一九三〇年後著重對家國、時事的關注。文選則有詩文集序、人物傳記、墓誌銘和遊記等。臺灣《南雅》在一

3　如據連橫《臺灣詩薈雜文鈔》所載：南社耆宿高吹萬於一九二五年六月從上海寄書連橫，說彼此相契在十年前，對所寄《臺灣詩薈》已暢讀，認為「甚好，愛不忍釋」，希望惠贈十二集以前各冊，「日前郵寄《叢選》，計此信到時，該書亦可收到□□茲附去商兌會空白入會書一紙，乞照填。」

九三一至一九三三年刊登不少《虞社》作品。相關臺人之詩詞刊《虞
社》者，初步掌握者有王良有〈癸酉小春作客臺灣自題小照應神戶莊
櫻癡君之索〉、〈乙亥元旦：時客臺灣〉、〈閱臺灣新聞感賦〉、〈留別臺
灣二律〉，陸孟芙〈詞錄：浪淘沙：和臺灣李少菴四十書懷〉，李友泉
〈奉懷臺灣施梅樵前輩〉，這些詩人與虞社、南雅的交流情況，值得
進一步追索。

　　《華國月刊》為華國月刊社所編輯發行的刊物，一九二三年九月
十五日創刊於上海，至一九二六年出版第三卷第十四期後停刊。由章
炳麟擔任社長，其弟子汪東任主編兼撰述，另有不少國學造詣頗具功
力者分任撰述和編輯工作，如黃侃、孫世揚、鍾歆、但燾、李健、孫
鏡、田桓、方海客等，志在甄明學術，發揚國光。該刊取材嚴謹，體
裁廣泛，內容綜合文史，包括古今名家書畫、通論雜著、學術研究、
文苑小說、記事通訊、國內外大事記等。胡樸安〈民國十二年國學之
趨勢〉一文云：「《國故》與《華國》及東南大學之《國學叢刊》，皆
《國粹學報》之一脈，而為太炎學說所左右者也。」對當時的國學發
展具有重要影響。汪東、王闓運、俞慶曾之詞多為《臺灣詩報》所轉
載，汪東有〈高陽臺〉之作，王闓運有〈摸魚兒・洞庭舟望用稼軒
韻〉、〈宴清都・和盧蒲江〉、〈夢芙蓉・為王夢湘題匡山戴笠圖〉。俞
慶曾有〈木蘭花慢・和瑟庵韻〉、〈南鄉子・繡罷偶作〉。大抵是《華
國月刊》一九二四年刊，次年一九二五年《臺灣詩報》即轉刊，可見
傳播速度之快。另徐珂之作多首刊《華國月刊》，為臺灣報刊轉載。

　　《藝觳》雜誌由藝觳社發行，蔡哲夫、談月色編輯，於民國二十
一年（1932）六月創刊，十六開本，是綜合性藝術期刊，中西繪畫、
金石、文物都有。並欲與北平之《藝林》、上海之《藝觀》、漢口之
《藝甄》，互通聲氣，嘗謂天下藝人盡入觳中，則吾豈敢。蔡守
（1879-1941），字哲夫，取意《詩經》「哲夫成城」，遂號成城子，別
號甚夥：寒瓊、寒翁、寒道人、茶上人、茶丘生、樗散畫師等。其半

生偶儻，最為艷稱的是與夫人張傾城（取意《詩經》「哲婦傾城」）、如君談月色（又名談溶溶，取晏殊詩「梨花院落溶溶月」）一門並擅「三絕」，均籍隸南社，傳為佳話。一九三六年，蔡哲夫偕談月色到南京任職黨史館黨部，並在故宮博物院考訂金石書畫古物。蔡哲夫諸多作品見於臺灣《詩報》、《風月報》。轉刊《藝觳》之作有陳洵尢叔〈閒中好・孄闌花樣題詞〉、李賢〈湘月・孄闌花樣題詞〉、崔師貫〈減蘭・孄闌花樣題詞〉等。

　　《國藝》，一九四〇年一月十五於南京創刊，為中國文藝協會[4]會刊，編委有張次溪、陳巨來、陳廖士等。〈創刊獻辭〉說：「《國藝》便是在中國的立場上，努力建設東亞新文藝，燦爛的在世界文藝壇站上放一異彩。」在創刊號上還刊登了徵文啟事：「題材：以此次戰爭為作品時代背景，繪述戰亂痛苦，提示未來之新生，作現實生活之描寫。類別：分創作小說，散文。」錄取之徵文，分別發表於《國藝》月刊第二、三期。二月，派代表朱重綠等去日本東京參加東亞操觚者懇談會。臺灣文人與此刊關係密切，如謝雪漁著有《周易探玄》，曾任汪精衛政府行政院秘書處主任的陳寥士有詩〈采風新錄：謝雪漁屬題周易探玄〉，先後刊《國藝》一九四〇年第二卷第四期及《雅言》一九四一年第四期。今川淵、神田喜一郎、林獻堂均有詩〈題謝君雪漁周易探玄〉刊《昭和詩文》一九四二年第二九八期。而江亢虎之作

4　中國文藝協會於一九四〇年一月六日，中國新聞記者俱樂部在南京成立。會長是孔憲鏗、顧澄、張秉祥。發起組織中國文藝協會的陳寥士（行政院簡任秘書）擔任大會主席。參加大會的有政界的張秉輝等，教育界的徐公美等，書畫界的王西神、馬午、馬振麟，體育界的徐英等。協會的行動計畫：出版定期文藝刊物及叢書：介紹文藝作品給各種刊物：不定期舉行文藝和其他有關文藝的座談會；附設文藝作家俱樂部：舉辦各項文化事業。還設立編輯委員會，陳寥士任委員長。參見范泉主編：《中國現代文學社團流派辭典》（上海市：上海書店出版社，1993年），頁95。經盛鴻著：《武士刀下的南京：日偽統治下的南京殖民社會研究》（南京市：南京師範大學出版社，2008年），頁389。

〈雪漁先生古稀大慶即題所著周易探玄〉卻刊《詩報》第二四二號，
一九四一年二月十八日。江亢虎刊《國藝》之詩〈荷花生日壽寒翁壽
寒翁用雪蕉女士元韻〉、〈試闈唱和集（上）試闈遣悶〉、〈俞曲園先生
百二十年生日感賦〉、〈夢囈成吟語多費解豈所謂識者耶〉又為臺灣
《詩報》第二四二號、《風月報》第一一五、一一九、一二〇、一二
八期所轉載。朱鐵英有〈謝雪漁贈菊啟等（四首）〉刊《東社》一九
一六年第三期。謝雪漁隨筆則見於《立言畫刊》。

　　汪政權下尚有《新東亞》，尤其以陳能群（字耐充）為要角。任
汪精衛政權省政府諮議、前述《國藝》月刊編輯委員。與陳方恪、陳
寥士相善，俱是汪政權下傳統文人，民國二十九年（1940）曾參與陳
方恪「茶壽會」，其詞學理論及創作刊載於《同聲月刊》、《國藝》、
《新東亞》，尤以一九三九、一九四〇年《新東亞》所刊最多。其
〈解連環‧陳寥士屬月色作十園秋思圖〉刊《新東亞》一卷六期
（1939）及《國藝》創刊號（1940），《風月報》九十一號（1939年8
月15日）且早刊於《國藝》。此外，《新東亞》題作「題十園秋思
圖」，《國藝》題作「十園秋思圖題詞」，文本流動之際的變化出入，
亦是值得留意。

　　臺灣士人在詞壇活力的呈現，確乎肇始於日本殖民期間。這種活
力的呈現，明顯的由士人間的酬答唱和，從過去全面以詩，轉化為一
部分以詞。同時為了觀摩學習，充實版面，轉刊中國內地詞作有關。
如晉江詩人吳鍾善敘其在臺詞作背景云：「戊午（1928）渡臺，二三
朋好，花間酒邊，行謠坐嘯，導揚幽晦，藻暢襟靈，時一為之」，說
明詞的創作仍僅及「時一為之」，但是從「二三朋好，花間酒邊」，足
以推知唱和切磋的情境，日治時期臺灣詞人唱和之繁見諸《全臺
詞》，事例亦多矣。

三　詞作題材及作品舉隅

　　日治間臺灣詞人，無不深受傳統士大夫養成教育影響，當其身處清末國運、文運劇烈變遷，面對乙未割臺，臺灣淪落日本殖民統治，加上新文化衝擊，傳統文學急遽衰微的鉅變，因政治的陵替與學術的落空，詞中往往傾吐雙重的遺民哀思，寫下一代士人共同的命運。因此，詞作雖仍不乏尊前花間，風月流連，而其特出之處，卻在國族認同與殖民社會的反映。割臺後，士人對故鄉臺灣的悲慨，字字血淚。施士洁光緒三十年（1904）所填〈如夢令·自題四十九歲小影……〉亦充滿滄桑之痛，施氏〈百字令·和盧坦公司馬〉再度寫下「滄桑回首，至今痛定思痛（謂割臺事──詞人自注）」，較諸前詞更為沉痛。

　　除此之外，臺灣詩餘固然亦有不少紅軟倚翠之作，但日治間是家國及傳統文運兩衰的時期，而臺灣詞壇除當時空前的創發，詞風多樣亦是一特色。當時臺灣報刊所載南社、虞社及汪政權下的詞人作品，大抵有哪些詞人？哪些作品？經過蒐羅整理，敘述如下。先說南社，臺灣臺南亦有南社，兩個南社不存在隸屬關係，但當時仍互相通氣、同聲相應，有些詩人互有往來。中國南社詩人的詞，作者有連文澄、陶牧、高旭、柳亞子、吳庠、李叔同、鄭澤、余天遂、傅熊湘、宋一鴻、黃鈞、陳世宜、龐樹柏、王蘊章、陸嶧南、俞鍔、汪東、陳方恪、楊銓、陳家英、范廣憲、蔡寒瓊、談月色等[5]，虞社有朱鎧、陸

5　作品如陶牧（1874-1934）〈淒涼犯·秋感〉，高旭（1877-1925）〈蝶戀花·一夜狂風，紅梅落盡，閒愁偶觸，不能無詞〉，吳庠（1878-1961）〈齊天樂·蟋蟀〉、〈瀟湘夜雨·春感〉、〈水調歌頭·北崟先生將歸臺灣，歌以贈行，即希教正〉，李叔同（1880-1942）〈喝火令〉，鄭澤（1882-1920）〈蝶戀花·步月〉，余天遂（1882-1930）〈訴衷情·聽鄰婦述終身事傷之〉，傅熊湘（1883-1930）〈虞美人·姍闌花樣題詞〉、〈相見歡〉，宋一鴻〈金縷曲·新中秋〉，黃鈞〈更漏子·姍闌花樣題詞〉，陳世宜〈滿路花·感春〉，龐樹柏〈浣溪紗·寒山寺題壁〉、〈玲瓏四犯·巢南席上，贈湘鄉成君琢如〉，王蘊章〈鷓鴣天題南漢芳華苑鐵花盆銘字脫本〉〈燭影搖紅·唐花〉、〈綺羅香·膽瓶中插晚香玉數枝，凌波羅襪，顧影生憐詞以寵之〉、〈清平樂·姍闌花樣題詞〉、

寶樹、許瘦蝶、俞可師、何國瑾、金心齋、陸熊祥、程葆楨、沈世德、沈德英、鄒柳儂、花景福、錢定一等[6]，汪政權下的詞人有王蘊章、陳方恪、陳耐充諸人，其實這三個區塊，彼此有重疊，同時為南社、虞社中人，有些又在汪精衛政權下的刊物發表作品。

以目前所看到的作品為例，感時傷國之作有連文澄[7]〈金縷曲・七夕感舊〉：

> 萬里乘槎客。又匆匆、滿庭瓜果，度針佳節。欲共人間痴兒女，還與天孫訴說。數往事、過雲明滅。六代紛爭今未了，尚沉沙、賸有前朝鐵。人乞巧，我寧拙。　　江南舊事真淒絕。記當時、出門投袂，輕言離別。江上青山人不見，彈罷湘靈錦瑟。正此夜、洞庭吹月。一片征帆東去也，但蒼茫、兩岸簫聲咽。精衛恨，海填石。[8]

以杜牧〈赤壁〉「折戟沉沙鐵未銷」及唐代錢起〈湘靈鼓瑟〉「曲終人

〈阮郎歸・陳寧士屬月色作十圍秋思圖〉，陸嶠南〈羅敷媚・嫺闌花樣題詞〉，汪東〈高陽臺〉，陳方恪〈臨江仙〉、〈虞美人・陳寧士屬月色作十圍秋思圖〉，楊銓〈賀新涼・送蒂煌返蜀〉、〈賀新涼・兆豐公園同棣華文伯訪落花〉等等。

6　朱鎧（約1875-？）有〈虞美人〉。陸寶樹（1876-1940），字枝珊，號醉樵、樵盦，江蘇常熟人，與錢南鐵、俞鷗侶、蔣瘦石等人創立虞社，有〈金縷曲・題甲安先生澤畔行吟圖〉、〈江城梅花引・新秋〉、〈菩薩蠻・夏日有懷〉。俞可師（1884-1945）有〈賣花聲・秋夜〉。金心齋（約1887-？）有〈金縷曲〉，感慨時勢艱難。程葆楨（約1900-？）有〈酷相思・阻風百瀆港口〉。沈世德（1901-1962），字本淵，號偶非，有〈踏莎行・由揚州返里作〉，沈德英（約1902-？）有〈踏莎行・旅邸贈鬻歌二女〉。鄒柳儂（1907-？）有〈菩薩蠻・公園口占〉。花景福（1909-1979），字病鶴，有〈高陽臺・湖上有感〉、〈浣溪沙〉、〈南鄉子・題王季和泍津春眺圖〉，錢定一（1915-2010）有〈西江月〉。

7　連文澄（？-1922），又名文徵、文澈，字夢青、孟青、夢琴、夢惺、明星，號慕秦、小宋、老夢等，筆名憂患餘生，浙江錢塘（今杭州）人。

8　此詞載《臺灣詩薈》九號（1924.10.15）及《劫餘集詞鈔》。《臺灣詩薈》署「夢琴」。

不見，江上數峰青。」感懷家國舊事。又如陶牧（1874-1934）〈淒涼犯・秋感〉：

> 暮煙柳陌。涼風起、山村水郭蕭索。一鉤月淡，孤城夜靜，遠聞殘角。吟懷正惡。看金井桐陰漸薄。畫簾垂、闌干幾曲，銀漏更沉漠。　　燈影和人瘦，怕耐淒清，強思歡樂。舊遊似夢，已芙蓉、隔江搖落。有客聽秋，祇心事鷗盟記著。問湖橋、短艇載酒，待後約。

詞多感事抒懷，抒發國破家亡之痛和思念鄉關之情。多歷患難，憂愁佛鬱之思，時時流露楮墨間。《臺灣詩薈》二十二號（1925年10月15日）所載李叔同（1880-1942）〈喝火令〉，其主題即是哀民心之死也，以比興手法，化用王維詩意及南宋末年文天祥、謝枋得等人殉難故事，託物言志，隱喻家國之痛，期望之切。傷懷感舊之作，復見吳庠（1878-1961）〈瀟湘夜雨・春感〉、陳世宜〈滿路花・感春〉、俞鍔〈滿江紅・讀史雜感〉、陸熊祥〈金縷曲・歲暮感懷〉、花景福〈高陽臺・湖上有感〉。這些作品或用典借古喻今，或直寫以描摹當下，將蕭颯與激壯、哀痛與感憤、風雲氣與蒼涼意緊密融合，令人油然而生沉鬱悲壯之思。

　　感懷之作中，選擇滿江紅詞牌者不少，情思猶如岳飛之滿江紅，如前述俞鍔〈滿江紅・讀史雜感〉，詞一開頭即云：「虎踞龍蟠，剩半壁、斜陽欲墜[9]」，感憤南京剩半壁江山，國家瀕臨滅亡之險勢。亦有以之書寫情場劇變心情，許瘦蝶〈滿江紅・感事〉：「西北高樓沉霧裡，東南孔雀飛天上。者蘭因、絮果費參詳，空惆悵。」飄絮離散的

9　「墜」，《臺灣文藝月刊》6年第4號（1924年5月15日）、《南社》第七期（1912）、《南社詞集》（上海市：開華書局，1936年）三本皆誤作「墮」。蓋此作在詞韻為第三部仄聲，「墮」屬第九部，於韻未合，疑形近而誤。

結局，令人傷懷。有「虞社江郎」之稱的陸熊祥〈滿江紅・題臺灣李
少菴先生贈詩集〉：

> 煙水澎湖，看幾度、滄桑變局。正強仕、盈庭蘭桂，奉親盤
> 穀。萬卷圖書容嘯傲，一簾風月資遊矚。更仁心、綠艾濟群
> 生，三年蓄。　　思鄉夢，吟魂逐。亡國恨，狂歌哭。仰騷壇
> 拔幟，龍泉出櫝。唱和蘇梅才藻富，文章李杜光芒燭。紀瑤
> 篇、聲價重雞林，千秋祝。

陸氏祝賀李少菴詩集價重雞林，在肯定其作品價值極高，作品必然能
流傳廣遠外，亦讚賞其仁心仁術的醫者大愛，同時也透露其詩充溢亡
國歌哭、滄桑思鄉之內容。另一題材是題畫詞，清領時期臺灣詩餘習
以「滿江紅」詞牌書寫圖畫之詞，民國時期亦見，柳亞子〈滿江紅・
題瘦石繪延平王海師大舉歸復留都圖，用岳忠武韻〉、徐珂〈虞美
人・蘭史囑題其副室姜月子虎邱探梅舊圖〉、陸寶樹〈金縷曲・題甲
安先生澤畔行吟圖〉、花景福〈南鄉子・題王季和泚津春眺圖〉。題畫
詞之受重視可見一斑。其中「嬭闌花樣題詞」及「十園秋思圖」尤為
特殊。前者如《詩報》選錄王蘊章〈清平樂・嬭闌花樣題詞〉：

> 花當葉對。著意描蘭佩。寫罷阿侯無聊賴。記與上頭珠戴。
> 圖成乳鑑端詳。中央四角周張。解道鳳雙蝶隻，如何不畫鴛鴦。

朱彊村〈解紅・嬭闌花樣題詞〉：

> 兜月影，熨香時。繡床新樣鴛鴦絲。一袱描成合歡字，同心應
> 和晚春詞。

嬭闌花樣題詞由漢玉雙乳壓宦主錄，《藝彀》一九三二年初集收錄了朱祖謀、況周頤、沈太牟、陳家慶、陳家英諸氏作品。這系列詞之作者，多為南社詞人，如陸更存、俞鍔、徐天嘯、陳家英、陳家慶，另外詞人多廣東人氏，應該是《藝彀》創辦人蔡守哲夫地緣關係。同時，該詞酬唱熱烈，與當初宋嬭闌花樣為蔡哲夫所得，後又為文人話題，一時轟動有關[10]，章炳麟觀看花樣之後，加以考證，有〈宋閨秀嬭闌花樣〉一文，云「闌，襴省，抹胸也，花樣，羅紋紙，淡繭色。……梵天廬叢錄，亦載此品。據留青日札云，抹胸，一名襴裙，自後而圍向前，故又名合歡襴，丹鉛總錄云，抹女人脇衣也。」[11]可知嬭闌即是女性乳胸之內衣。胸衣上繡有花樣，從各家詞的內容觀之，應該是嬭闌畫紙所描為蘭佩上蝴蝶雙雙，而不是鴛鴦圖樣，這從詞題「花樣」亦可知，而花樣字面情思，自然是如花朵綻放般的花樣少女，而嬭闌（肚兜）又是女性身體最能代表性徵的貼身物，在一九三〇年代坊間已經時見刊登西式內衣樣式的介紹，大力推廣解放束乳之風氣，強調女人之美在於自然，無須綁捆乳房、壓迫胸部，同時認為這才合乎健康衛生概念。在這種氛圍下，以嬭闌花樣題詞毋寧也是很自然的事，也可能時代風氣關係，嬭闌花樣題詞似乎未見民國前之詞，或許是這些原因，題材難得，臺灣《詩報》遂悉數轉錄。

　　後者「十園秋思圖」相關詞收入臺灣《風月報》，唱和者多為梁鴻志維新政府時期及汪偽時期的文人，如劉雪蕉、王蘊章、蔡守、陳

---

10 徐珂〈繫裙腰·嬭闌花樣題詞〉刊《詩報》182號（1938年8月4日），《純飛館詞》題作「題宋媛嬭闌花樣」，有序云：「嬭闌，即福襠，亦即襴裙，一曰抹胸。闌為襴之婧文。此花樣以羅紋箋繪之樣二，為菱瓣之圓形，一繪蝶一鳳一；一繪鳳一，蓋未成之草本也。中有斜行『三月十二日侯淑君借珠花一枝』十三字。淑君，宋紹興朝人，父名實，著有《嬭窟詞》。花樣殆即淑君之閨友所繪者也。舊藏屈蕙纕處，張光蕙得之以貽蔡哲夫，哲夫名守，別字思琅，光蕙別字心瓊」。

11 宋朝以後婦女之服飾有「抹胸」、「裹肚」，皆為貼身的衣服。《清稗類鈔》記載：「抹胸，胸間小衣也，一名抹腹，又名抹肚；以方尺之布為之，緊束胸前，以防風之內侵者，俗稱肚兜。男女皆有之。」

寅恪、龍沐勛、江亢虎、陳耐充諸氏。在一九四〇年代前後，南京汪
政權多聘任善於詩詞的文人，或任用名義上的顧問，或任政經方面實
際職務，時間點與臺灣《詩報》、《風月報》相同，又逢大東亞共榮圈
提倡時期，因此這兩種刊物與汪政權下的刊物作品多有流動、傳播之
情形。當時詞壇應陳寥士（道量）之邀請，為其十園秋思圖題詞者不
少，友朋間往來唱酬與人情事理需顧及，於邀請人寓所探梅、雅集唱
和，或赴城南白鷺洲公園賞春，此種種文人雅事自然時有所聞[12]。「十
園秋思圖題詞」或作「題十園秋思圖」，十園即陳寥士，其秋思圖為
談月色所作，諸人多有詩詞記此圖此事。王蘊章〈阮郎歸・陳寥士屬
月色作十園秋思圖〉：

> 飛龍藥店麝塵燒。珠燈隔水飄。閒行種菜壯懷消。月明搖鳳
> 簫。　　簫聲咽，玉情嬌。香濃醒酒潮。秋心一縷夜誰招。寥
> 天鶴夢遙。

陳耐充〈解連環[13]・陳寥士屬月色作十園秋思圖〉：[14]

> 小（《新東亞》作「有」）園名十。正（《新東亞》作「看」）天
> 違尺五，地量弓十。秋意好、都在林泉，但妝（《新東亞》作
> 「裝」）點些兒，百分之十。卻展重陽，細屈指、今朝初十。

12　如龍榆生有〈鷓鴣天・陳寥士生朝召飲秦淮酒家即席，拈得絲字〉，刊載《風月
　　報》79號，1939年2月1日。

13　此詞刊《風月報》91號（1939年8月15日），原刊《新東亞》第1卷第6期（1939年），
　　後刊、《國藝》創刊號（1940年）。

14　《新東亞》題作「題十園秋思圖」，《國藝》題作「十園秋思圖題詞」。又，《國
　　藝》注：「仿獨木橋體」。獨木橋體，首次出現於黃庭堅〈阮郎歸・效福唐獨木橋
　　體作茶詞〉，詞共八韻，中有四韻皆用「山」字，其體不知出處，後人把那些使用
　　同字韻或作為全篇或一半以上韻腳的詞，叫做獨木橋體，又叫獨韻詩、一字韻詩、
　　福唐體。

有（《新東亞》作「便」）黃花紫蟹，拇（《國藝》作「姆」）戰
當筵，一可當十。　　　參透禪關合十。更骰爭（《新東亞》作
「色猜」）全四，觴傾累十。道玉田、能倚新聲，總抹煞秦
黃，詞人朱十。容易韶光，待輪（《國藝》作「論」）到、春風
九十。怎生消、十香十索，李郎十十。

　　詞題之陳寥士（1898-1970），原名道量，字器伯，號寥士、
十園。月色，即談月色（1891-1976）其人，因排行第十，人稱談
十娘。由於與「十」關係密切，此詞選用「十」字為韻，重陽秋
節，三五好友酒宴歡聚，挽袖揮拳、呌五喝六，拇戰暢飲。善用
朱十（朱彝尊）擲骰爭勝負事。耐充此詞形式上，句句皆十字為
韻腳，凡十韻，稱獨木橋體，為詞中用韻險窄之例。足見陳氏在
用韻、造語、立意極盡工夫，才高學博，全詞具有奇趣效果。當
時轉刊此詞，應無國策考量，純是遊藝取悅，調笑逗樂，又不失
為絕妙巧詞。陳能群（字耐充）雖是福建左海（福州別稱）人，
但曾任汪精衛政權省政府諮議、《國藝月刊》編輯委員，時與陳
方恪、陳寥士相善，俱是汪政權下傳統文人。

　　延續清領時期以「滿江紅」題畫者有南社柳亞子題尹瘦石
圖。柳亞子本身即喜用「滿江紅」詞牌，一九四三年時有〈滿江
紅．題瘦石繪延平王海師大舉歸復留都圖，用岳忠武韻〉（四月
一日作）[15]：

　　　三百年來，溯遺恨、到今未歇。真國士、延平賜姓，鏖兵戰
　　　烈。組練晨翻南澳水，艫艘夜醡秦淮月。奈棋差一子局全輸，
　　　攻心切。　　　甘輝恥，未湔雪。蒼水計，成灰滅。憤醜夷狡
　　　儈，長圍潰缺。龍馭難歸滇緬蠻，鯨波還喋臺澎血。看白虹貫
　　　日畫圖中，排雲闕。

15 《磨劍室詩詞集》，上海市：上海人民出版社，1985年。

柳亞子有感於臺灣乃鄭成功從荷蘭侵略者手中奪回，惜清政府無能，甲午之戰又雙手捧送給了日本，憶起往事，回顧現下，臺灣尚在日本手中，領土淪陷，尚未能收復，不禁滿腔憤慨。

　　另在情誼交流方面，有兩位人物經常出現，即蔡北崙（蔡伯毅）[16]、李少菴（李友泉）。由於蔡李均為善詩文之儒醫，又多旅居上海、南京諸處，與當地文士多所交遊。相關詞作可見諸吳庠〈水調歌頭・北崙先生將歸臺灣，歌以贈行，即希教正〉二首、王秀明〈醉太平・贈北崙先生〉、龍榆生〈鷓鴣天・奉贈伯毅先生，即請哂正〉、連橫〈長亭怨・送蔡伯毅之大陸〉（下片脫漏末三句）、陳懷澄〈離別難・送蔡北崙先生歸國〉、何國瑾〈壽星明・壽同社李少菴先生四十，時寓臺灣〉、陸熊祥〈浪淘沙・賀臺灣李少菴四十書懷〉、〈滿江紅・題臺灣李少菴先生贈詩集〉為代表。贈詩文給蔡北崙之大陸人士頗多。劉麟生《春燈詞》中有〈漁家傲・贈臺灣蔡北崙〉，前三句是「破碎山河愁永晝，天涯嘯傲難回首，鄭氏雄風今在否」，愛國憂時之思，充溢字裡行間。蔡北崙，何許人？一九二七年章太炎與太虛和尚等在《申報》聯名啟事，獎榆相士蔡北崙「素研相書」，「吉凶禍福，所言皆能實驗，無一空談。」[17]蔡氏不僅是儒醫、律師，也善勘輿相面卜算，因此在江南一帶契友密友不少[18]。臺灣蔡惠如有〈貂裘

16　蔡伯毅（1882-1964），籍隸福建泉州。字北崙，號頑鐵道人，臺中人，日本早稻田大學畢業曾在上海擔任律師。中國同盟會會員，曾赴廣東參加革命，嗣以母老參病，返臺省視，母逝後再至大陸。曾任勞動大學、法政大學及文化學院教授，並曾在上海執律師、醫師、相士之業。光復後始返臺，在臺中執律師之業。詳見蔡北崙《嚶鳴集自序》。

17　張秀麗：《大儒章太炎》（北京市：華文出版社，2009年），頁87。

18　紙帳銅瓶室主〈臺灣志士蔡北崙有左氏癖〉：「臺灣志士蔡北崙，能文，知醫，治律，善相天下士，吳江名士金鶴望先生，以奇男子呼之，北崙一署崑雲使者，又號頑鐵老人，事變遽起，敵偽欲官之，不受，家人引以為憂，曰如加威脅，則如之何，北崙曰，有死而已，志不可奪也，卒由友好之勸，潛行來滬，韜晦不問世事，惟偶與諸詩文友往還而已。北崙廣交遊，章太炎，蔣竹莊，高吹萬，柳亞子，及方

換酒・送蔡伯毅老弟辭官西渡〉，稱揚其才華及愛國之節操：

> 聞汝辭官去。算臺疆、才華絕俗，幾人而已。君念高堂償願畢。從此掛冠去矣。痛中國、北征南據。黑白輸贏爭一著。正英雄、大展經綸志。兒女事，應休記。　　揚鞭暫向西湖駐。看當年、岳王墳廟，至今奚似。百戰功雖沉獄底。總算忠臣義士。憶今後、故人分袂。咫尺天涯無別語。但清寒、莫戀繁華地。期努力，前途計。

在兩岸詩詞交流、傳播中，有一事需留意，即臺灣當時為日本殖民地，凡觸及中國人事仍有其敏感、忌諱在，因此詞中「痛中國」，在《嚶鳴集》各本皆作「故」。他如陳懷澄〈離別難・送蔡北崙先生歸國〉《嚶鳴集》第十輯題作「送北崙先生歸國」，《沁園詩存》題作「送蔡伯毅之大陸」，《臺中詩乘》題作「送蔡伯毅先生之大陸」，《臺灣詩薈》、《臺中詩乘》題作「送蔡伯毅之中華」。陳貫〈長亭怨・送蔡北崙先生歸國〉，《嚶鳴集》第十輯題作「送北崙先生歸國」，《臺灣詩薈》題作「送蔡伯毅之大陸」，《臺中詩乘》、《臺灣省通志》、《重修臺灣省通志》、《臺灣文獻》題作「送友人之大陸」，《臺灣日日新報》題作「贈別伯毅詞兄之大陸」。可知提到中國二字，多以「大陸」、「中華」取而代之，以母國「故國」、「歸國」視之則將遭來顧忌。在上海期間，交遊不少，孫肇圻（1881-1953），錢基博之表兄，江蘇人，有〈百字令・贈蔡北崙先生〉：

外印光，太虛，皆極推崇之，紛紛投贈詩文，北崙輯為嚶鳴集，行將付梓行世，賣年葉楚傖任報館記者，北崙相之，謂當秉政為顯官。楚傖笑曰：予一窮書生酒糊塗耳，豈有騰達之望哉，不之信，既而果得官，楚傖詫為神奇不置……雖皓然而白，然好學深思，每晚必讀左氏春秋，約一小時，否則便不能入睡，蓋習慣成自然也。又備精裝袖珍本論語一部，隨身攜帶，有暇輒誦閱之，數十年如一日，人服其有恆云。」《新上海》1946年第21期，頁2。

海天空闊，正西風、掀起怒潮如許。回首當年遊釣地，省識河
山非故。誓墓憂深，遺黎淚盡，忍說飄零苦。可憐蕭瑟，江關
惟賸詞賦。　　眼底何限滄桑，湖濱海上，不是桃源路。難得
芝蘭同臭味，好把衷情徐訴。起舞中宵，登高九日，切莫傷遲
暮。群空南國，萬千心事誰語。

有「南社題名最少年」美譽的秦之濟（1901-1970）寫了〈八聲甘州‧
贈蔡北崙先生〉，龍榆生有〈鷓鴣天‧奉贈伯毅先生，即請哂正〉。一
九四六年蔡北崙即將歸返故鄉臺灣，《永安月刊》有友朋相贈詩作，
刊該年第八十、八十一、八十四、八十五、八十八、九十三期，先是
其〈嚶鳴集自序〉、〈自題小影〉，其後有張其淦〈頑鐵道人歌贈蔡君
北崙〉、柳亞子〈北崙兄以近作見示奉題二截〉、周蒼霖〈贈頑鐵道人
蔡北崙先生〉、唐文浩〈贈蔡君北崙序〉、胡樸安〈送蔡北崙歸臺灣〉、
黃炎培〈送蔡子北崙歸臺灣〉諸詩文，可見其所交友幾乎都是文壇名
人。蔡伯毅又曾撰文〈臺灣詩報成立題序〉，與臺灣詩文壇熟稔，兩
岸報刊作品的流動，透過其轉手、介紹，誠有之。北崙先生曾自杭州
復書連橫，云：

東寧歸來，匆匆一載。湖山養晦，報國未能，言之良愧！每月
拜讀詩薈，獲益不尟，欣慰曷已！頃捧手翰並惠佳作，意重情
深，　誦者再。蓋先生之文章有神有眼，能洞見我肺腑也，感
喜兼極！辱寄詩薈第十二號多冊，已代分贈杭垣諸友；閱者驚
異，咸以為婆娑洋文運，何反盛於中華內地！又聞先生獨力提
倡國粹，如此熱心，傾倒莫名！想此後購者必不少焉。此間有
老名宿張峻，字康侯；河間當國時，徵為秘書，現因退隱，專
事著作。頃讀詩薈，尤為擊節歎賞，甚願訂購；請寄交杭州林

司後。而渠亦喜允以舊時詩文，檢出附列。[19]

　　可知當時在杭州可見《臺灣詩薈》，而《臺灣詩薈》也刊載了不少大陸文人（尤其是南社）作品。另一位人士是李少菴，名友泉，原江蘇人，隨父渡臺，定居稻江，開設李保生藥行，瀛社社員。王少濤和李少菴〈四十書懷〉詩，寫有〈壽李少菴〉：「君年才四十，儒醫兩成就。喜寫芝蘭圖，小祝詩人壽。」[20]特別推崇成就在「儒、醫」。由於李少菴原籍江蘇，他與虞社關係密切，在一九三三、一九三四年《虞社》刊物上可以看到李少菴〈題金陵秋色圖〉、〈山行即事〉、〈聞鐘〉、〈秋興〉、〈秋夜〉、〈奉懷臺灣施梅樵前輩〉、〈寄懷神戶莊櫻癡君（時新介莊君入虞社）〉諸詩，另刊其他刊物的，如〈癸酉暮秋奉懷太虛大法師〉（刊《海潮音》1934年）。虞社詩人陸孟芙〈浪淘沙・和臺灣李少菴四十書懷〉、〈滿江紅・題臺灣李少菴先生贈詩集〉，何國瑾〈壽星明：壽同社李少菴先生四十時寓臺灣〉、王良有〈客遊臺灣次李少菴社兄書懷韻（四首錄二）〉書寫李少菴之作，亦見於《虞社》，尤其介紹莊櫻癡入社，可見臺灣詩餘的寫作觀摩與虞社互動密切。

四　結語

　　臺灣詞篇在甲午（1894）滿清敗戰，次年臺海鉅變，直至一九四五年臺灣光復，半世紀間是國勢、傳統文運兩衰的時期，臺灣詞壇在此期有空前的創發：其一是詞家、詞作品數量倍數於前代；再者，此期重要詞家，除少數如一度短暫訪臺的梁啟超，從中國移居的任瑞堯、吳鍾善外，幾以臺籍士人為主；其三是詞的題材豐富，內容和風

19　此書信載連雅堂主編：《臺灣詩薈》第18期，1925年6月15日。又見王雲五主編，鄭喜志編撰：《民國連雅堂先生橫年譜》（臺北市：臺灣商務印書館，1981年），頁172。
20　《臺灣日日新報》第11954號，昭和8年7月17日。

格變化多樣，且部分詞人作品面貌清晰，自成一家。這除了臺灣經過
清朝長期文教政策的誘導、獎掖，加上宦臺文官的先後提倡，宦游詞
人詞篇的傳播閱讀外，日治期間報刊媒體的興起、傳播尤有密切關
係。文學風氣的萌發蓄積既久，在詩歌體裁之外，另闢由詩入詞之蹊
徑，乃是自然不過的事。

　　當時報刊除了刊登臺灣本土詞人外，同時引介了中國大陸不少報
刊所刊的詞人、詞作，而這批詞篇又以江浙一帶為多，尤其是上海、
南京、蘇州地緣與文化底蘊因素，因此南社、虞社有不少詞篇轉刊臺
灣報刊。此外，日治臺灣與中國報刊的關聯，有多數來自戰時日本官
方宣傳雜誌以及梁鴻志維新政府、汪政權地區文獻，比較特殊的是滿
洲國報刊的影響侷限在詩歌。現今討論汪精衛政權的著作雖有增加趨
勢，不過，仍偏向左翼或民族主義立場，以抗日為論述主軸，至於汪
政權控制區的中國文學呈現甚麼生態？所引起的關注仍相當不足，何
況是刊登在臺灣報刊的詞人詞篇探頤？本文遂以南社、虞社及汪政權
為主述評臺灣詩餘與大陸社團的交流與互動，並對所選詞篇略加分
析，可以發現，無論是南社、虞社或汪政權下的文人，都有不少填詞
之作，臺灣報刊的選擇性刊登，自然有唾可得手的機緣性或友朋的援
引介紹，但其中應仍不免有其政治與文化、審美態度之種種考量，尤
其是汪政權下的傳統文人如何表述的問題？此外，可以確認的是，無
論採取怎樣的詞學策略，臺灣報刊共同的努力方向，正是援引大陸詞
篇充實版面，並有著鑑賞學習的初衷，尤其是在選調多樣上，其中除
〈滿江紅〉、〈念奴嬌〉、〈蝶戀花〉、〈浪淘沙〉、〈浣溪紗〉、〈高陽
臺〉、〈摸魚兒〉、〈菩薩蠻〉為頻見外，所轉刊之詞篇，有多闋為臺人
較不熟悉之詞牌，如〈菖蒲綠〉、〈望湘人〉、〈晝夜樂〉、〈減蘭〉、〈閒
中好〉、〈繫裙腰〉、〈滿路花〉、〈玲瓏四犯〉、〈羅敷媚〉、〈關河令〉等
等。這提供了各家倚聲嘗試，對各體詞調的探索用意，分明可見。

　　再者，研究者曾云「臺灣文人填詞之際，若遇同調多異名者，亦

常選用罕見之詞牌名稱，如：許南英（1855-1917）：用〈南樓令〉，不用〈唐多令〉（唐亦作糖）；用〈十拍子〉，不用〈破陣子〉；用〈賣花聲〉，不用〈浪淘沙〉；用〈瀟瀟雨〉，不用〈八聲甘州〉」，此一現象乃許南英個人詞篇特例，在全臺詞裡〈浪淘沙〉出現次數七十次，遠比賣花聲十一次、過龍門兩次為多。郭瓊玖詞三首，〈浪淘沙‧鄉思〉、〈賣花聲‧閨怨〉、〈浪淘沙‧遊鷺山即事〉，同時使用兩詞牌，如綜觀清詞，可知清人也時用〈賣花聲〉，詞牌並不罕見，轉刊的詞篇裡就出現厲鶚（1692-1752）〈賣花聲〉及俞可師（1884-1945）〈賣花聲‧秋夜〉及沈琇瑩在廈門的填詞〈賣花聲‧甲子暮春，菱槎同年自臺歸廈，賦詩道故，酬以詞，即送之香江〉。同時，尚有一特殊現象，《全臺詞》未見使用〈破陣子〉，倒是確實只有許南英使用過罕見的〈十拍子〉兩次。報刊詞篇的存在，有其自身發展與演進的歷程，而文學社團的唱和以及報章的刊載，是舊體詞在臺灣本土流播推廣的途徑之一，彼此之關聯尚期待更精進的爬梳。

卷三
全臺賦

五
臺灣賦作發展衍變之考察
── 《全臺賦》導論

一　前言

　　「臺灣古典文學」近年來漸受重視，探研者後先相繼，相關之學位論文已累積近兩百篇之多。然其研究對象往往側重於詩，至於「詞」、「賦」，卻鮮少受到注意[1]，其中主要原因應是文獻散佚，因而造成研究斷層，然而從目前所蒐羅到的臺灣賦作來看，以地理、名勝、特產為題材的作品顯然占有很高的比率，賦作在臺灣古典文學中仍算得上是極具代表性的文類，值得深入研究。毛一波〈臺灣的文學發展〉謂：「臺灣入清版圖後，宦遊寓公乃至臺人，均喜作詩作賦。

1　有關臺灣詞、賦研究的篇目甚少，此處僅敘述臺灣賦的研究狀況。王學玲〈五十年來臺灣賦學研究論著總目一九四九～一九九八〉一文，尚未見到對臺灣賦篇的研究論述。文刊《漢學研究通訊》第20卷第1期（2001年2月，總77期），頁217-232。近年可見之單篇如：游適宏〈地理想像與臺灣認同──清代三篇〈臺灣賦〉的考察〉，《臺灣文學學報》第1期（2000年6月）；游適宏〈十八世紀的臺灣風土百科──王必昌的「臺灣賦」〉，《國文天地》第16卷第5期（2000年10月）；柯喬文：〈它者的觀看：清代臺灣賦的權力話語〉，第六屆《文學與文化》，臺北市：淡江大學，2002年4月11日；陳姿蓉：〈清代臺灣賦與臺灣竹枝詞之比較研究〉，《中華學苑》第56期（2003年2月）；塗怡萱：《清代邊疆輿地賦研究》，暨南國際大學中文系碩論，2003年；王嘉弘：〈清代臺灣賦的發展〉，東海大學中國文學系碩士論文，2005年6月；吳盈靜：〈賦詠名都尚風流──〈臺灣賦〉一文探析〉，《第一屆嘉義研究學術研討會論文》，2005年10月21-22日；崔成宗：〈臺灣先賢洪棄生賦研究〉，東亞人文學會東亞人文學第九輯（2006年6月）。塗、王二篇之作，尤對本文在清代賦篇的討論有極大啟示。二〇〇六年之後的研究概況，請見筆者〈《全臺賦》的後續效應及輯佚〉，《臺灣文學館通訊》第34期（2012年3月），頁30-34。另參見本書頁396-398。

沈光文即有〈臺灣賦〉。此外，林謙光、周澎、高拱乾、范咸、莊年、
張湄、六居魯、劉良璧、陳璸、陳夢林等，無不有作。蓋詩限律絕，
而賦則比諸古風更可以長言之也。」[2]毛氏所言誠然。溯夫臺灣自納入
清政府統治管轄之下，臺灣方志修纂風氣頗盛，益以清初宦臺官員如
林謙光、高拱乾等人相繼將自己書寫有關臺灣的賦作收入府志縣志，
對清代臺灣賦創作的風氣自有影響。其後修志者編纂藝文志時，即或
多或少收錄宦臺文人或本地文人之賦作，即使是戰後所修的《臺灣省
通志》及《重修臺灣省通志》，以各種理由刪減清代臺灣方志中經常收
錄的文移、稟札、奏疏、序記等文類作品，但於賦篇則未嘗缺收[3]，並
指出賦對認識臺灣地理的效用：「本省之賦，多作於清初，……然其
歌詠本省山川景象者，亦頗多可取者。茲擇其尤者錄之於次。」[4]

　　而方志纂修者欲採錄臺灣詩賦，考量的條件儘管可能包括作品足
以傳世的文學價值，但其中所蘊含的鄉土意識及政治意識（關涉風
土、有關治理、政教），往往更加重要。《嘉義縣志》給予王必昌〈臺
灣賦〉的讚譽即是「詞華富麗，為臺灣風物佳什，足為史乘取資」，
從古人早已體認賦與方志具有類似的功能來看，臺灣方志將臺灣賦之
類的作品選入藝文志，對臺灣風物的呈現、臺灣風土資料的整理，值
得吾人注意。誠如杜正勝所言：「〈臺灣賦〉融合地理、物產、民風和

2　毛一波：〈臺灣的文學發展〉，收入氏著：《文史存稿》（臺北市：川康渝文物館發
　　行，1983年），頁156。引文中范咸誤作「范威」，陳夢林誤作「陳菶林」，宜是排版
　　之誤。清聖祖康熙二十二年（1683）八月，清政府平定臺灣，並於康熙二十三年
　　（1684）四月，劃分臺灣為一府三縣。

3　據廖漢臣所纂《臺灣省通志·學藝志·文徵篇》（南投市：臺灣省文獻委員會，
　　1971年）第一章，即以文移、稟札、奏疏、序記等既為廣義文學，且數量眾多，錄
　　不勝錄，故「僅錄賦、詞、詩三類，其餘均不之采」（頁1）。另戴書訓等所纂：《重
　　修臺灣省通志·藝文志·文學篇》（南投市：臺灣省文獻委員會，1998年）第一章，
　　亦云除另「采錄與本省風土民情有關之散文、新詩若干」外，其餘仍「援照往例」
　　（第1冊，頁1）。

4　《臺灣省通志·學藝志·文徵篇》及《重修臺灣省通志·藝文志·文學篇》，在第
　　二章「賦」中都有這段引言。

歷史於一篇，值得題解之處尚多。」[5]

今觀〈臺灣賦〉「僧衣作賦，沈文開萍蹤坎坷」，即寫沈光文因鄭經施政不當而作賦諷諭，幾罹不測，乃變服為僧，隱居於羅漢門山的故事；「贅婿為嗣，隨婦行止，凡樵汲與耕穫，屬女流之所理」，記載了臺灣原住民部分族群屬於「從母居婚姻型態」的實況；又如「番檨熟於盛夏，西瓜獻於元旦」，句中的「番檨」便是臺灣特產的芒果，「正月貢西瓜」則是乾隆年間一項特別的進貢制度；再如「蛤仔難之產金，寒潭難入。毛沙[6]翁之產礦，沸土重煎」，更指出了臺灣在砂金及硫磺的開採均有悠久的歷史。這些都富有臺灣傳統文化的深刻意義。其他如卓肇昌〈龍目井泉賦〉、〈莿桐花賦〉，陳洪圭〈秀峰塔賦〉，吳德功〈蜜柑賦〉，洪棄生〈九十九峰賦〉及卓肇昌、林夢麟、章甫等人的〈臺灣形勝賦〉，這些臺灣賦篇所鋪寫的特產名勝，也都可以和相關的臺灣漢詩並讀，增進對臺灣風土的認識。

除以上賦作之外，另一批典藏於民間宗教善書中的賦篇，在日治時期的臺灣賦作別具特色，有相當高的文學史料價值。至於戰後之作如鄭坤五在《光復新報》、《原子能報》上發表〈祝抗戰勝利紀念日賦〉、〈追悼抗戰殉難軍民英靈誄〉、〈慶祝國府還都賦〉、〈祝國慶日賦〉、〈恭祝蔣主席花甲延壽賦〉、〈省立屏東女子中學校賦〉、〈光復新報・創刊詞〉、〈原子能報・創刊詞〉、〈丙戌元旦祝詞〉等一系列以「臺灣光復」為主題的文學作品，是「臺灣光復文學」的典型代表作家的賦篇。鄭坤五此一系列作品所蘊蓄的愛國意識，以及鄭氏後來的失望情況皆可自賦作中窺知。

本文所談臺灣賦作大抵以清代及日治時期兩階段為範圍，戰後迄今亦有賦家，溥心畬賦作尤屬質高量豐，本文暫不論。

5　杜正勝：〈臺灣觀點的文選〉，《臺灣心臺灣魂》（高雄市：河畔出版社，1998年），頁256。

6　《續修臺灣縣志》作「少」，誤。

二　臺灣賦發展的背景

有關臺灣賦發展的背景即據清朝、日治時期兩階段論述如下：

（一）清賦背景下的臺灣賦作

臺灣在政權屢次變更的歷史情境下，無可諱言的，其傳統文學源自於中國傳統文學的移植，而逐漸在臺灣生根，因此臺灣傳統文人所創作的文學體裁無論詩、詞、曲、古文、小說等等皆受到中國傳統文學文體的影響，賦也是臺灣傳統文人創作的文類之一，雖然數量遠不及中土，但仍是重要的臺灣傳統文學史材料。因此探討臺灣賦學發展不能不置於清代賦學的背景之下。臺灣賦作的發展背景可言者有四：

1　帝王的提倡獎勵

賦體在康熙帝〈御製歷代賦彙序〉加以推崇後，從而脫離「辭賦小道」說的窘境，康熙帝並思考到「唐宋則用以取士，其時名臣偉人往往多出其中」[7]，欲以賦體網羅人才，將賦體與經世致用結合，因此重新開啟博學鴻詞科考賦的制度，以律賦作為甄才項目，並選用經書史籍的文句命題。當讀書人為了爭取入仕機會而努力練就「穿穴經史」的功夫（游適宏語），也就同時接受了這些書中的政治、倫理等價值觀。政府一面透過科舉律賦塑造知識分子，提升（操控）菁英文化，同時也藉此維繫了權力與組織的穩定。帝王的好尚對整個社會自然有著舉足輕重的影響力，這些措施對清代賦體的復興產生了強有力的推動作用，而對於已經入仕卻遠宦邊陲的臣子，亦設法藉賦作以得到帝王的賞識[8]。

7　康熙帝：〈御製歷代賦彙序〉，載陳元龍《歷代賦彙》卷首。

8　康熙時期，吳兆騫（1631-1684），順治十四年（1657）舉人，以科場案流放寧古塔（今黑龍江寧安）二十餘年，作〈長白山賦并序〉歌頌國土疆域，獲康熙帝賞識，允許其納資贖歸。

　　由文獻可知，臺灣在清代並未刊行賦的「諸家選集」[9]，臺灣賦的正典化可說完全是在官修方志中進行。不過，這並不表示臺灣在清代沒有「賦選」流通。閩臺士子為了應試，必須讀賦、習賦，黃新憲的研究曾提到這些賦選讀物：

　　臺灣士子在赴福州鄉試之前，要閱讀不少的參考書。為滿足這種需要，閩臺兩地的官方與民間都刊刻了許多參考讀物，內容多為科舉考試中的有代表性的答案。官方選刻有：雍正年間巡臺御史夏之芳編的《海天玉尺編初集》和《海天玉尺編二集》……科舉考試就內容而言，又可分為經典詳解、時文選、試帖詩選、賦選、合選、硃卷、性理論選等，所收均為閩臺士子的應試之作[10]。

　　除巡臺御史夏之芳主編《海天玉尺編初集》（雍正六年，1728）、《海天玉尺編二集》（雍正七年，1729）外，由文獻可知，康熙五十年（1711），福建分巡臺灣廈門道陳璸編選《海外人文》，成為出版臺灣士子科舉考試參考用作文範本的濫觴，其後還有張湄選輯《珊枝集》（乾隆六年，1741），以及臺灣知府楊廷理、海東書院掌教曾中立編輯《臺陽試牘初刻》（乾隆五十二年，1787）、《臺陽試牘二刻》（乾隆五十三年，1788）、《臺陽試牘三刻》（乾隆五十四年，1789）。道光末年福建臺灣道徐宗幹蒞臺，「臺郡雖處海外，何地無才？今下車考試，頗有大可造就者。」[11]於是他「按課親蒞，又加小課以訓習之。」[12]「近年以來，似覺鴃音稍變。課卷係署中姪輩校閱，將餘出

9　此據王國璠：《臺灣先賢著作提要》（新竹市：省立新竹社會教育館，1974年）。吳福助：《臺灣漢語傳統文學書目》，臺北市：文津出版社，1999年。

10　黃新憲：《閩臺教育的交融與發展》（福州市：福建人民出版社，2003年），頁120。

11　徐宗幹：〈試院諭諸生〉，《臺南文化》第4卷第3期（1955年4月），頁56。

12　徐宗幹：〈諭書院生童〉，收入《斯未信齋文編》（臺北市：臺灣銀行經濟研究室，1960年），頁84-85。

脩脯贍補貧生。其選刻文字，亦署友代校。」[13]也踵事前賢，著手規
劃出版《東瀛試牘》。道光卅年（1850）臺灣府儒學訓導劉家謀曾受
委任編輯《東瀛試牘三集》。[14]咸豐元年（1851）徐宗幹為《瀛洲校士
錄》書撰序：「今東渡視事未久，歲試屆期，自夏五望至六月朔，竭
十餘日之力，次第局試，糾察防閑，爬羅剔抉，得優等及新補弟子員
如額，仍惴惴於積弊之未盡除，而真才之未盡獲也。……試竣，集諸
生徒於海東書院，旬鍛而月鍊之。解經為根柢實學，能賦乃著作通才，
故考錄制藝雅馴者，已編為《東瀛試牘》。」[15]林文龍〈考季閒話科舉
時代的參考書〉亦言：「賦選，與試帖詩選略同，流傳較少。臺灣最
常見的是《少嵒集》，為道光間夏某的個人選集。……《竹笑軒賦鈔
二集》，道光二十四年春鐫，百忍堂藏版，丹陽孫清達編，不分卷，
一冊。各篇均著明題目的出處，並有圈點、眉批、評語三項。」[16]林
氏在〈科舉下的僵化文體〉一文又再次提及：臺灣地區在賦選上有道
光年間夏思佃編選《少嵒集》、孫清達編選《竹笑軒賦鈔二集》，合選
有《海天玉尺編》、《瀛洲校士錄》、《月考卷青雲》。另外施瓊芳的賦
入選徐宗幹所編《東瀛試牘》之中，唐景崧曾集海東書院院課文字編
為《臺灣海東書院課選》等等[17]，都顯示臺灣在清代後期，重視科舉
文章的範本，開始大量收羅科舉文章，賦作也包括在內。

---

13 徐宗幹：〈覆玉坡制軍書〉，收入《斯未信齋文編》（臺北市：臺灣銀行經濟研究
　　室，1960年），頁78-80。

14 徐宗幹：〈《東瀛試牘三集》序〉，收入《斯未信齋文編》（臺北市：臺灣銀行經濟研
　　究室，1960年），頁133-134。

15 徐宗幹：〈《瀛洲校士錄》序〉，收入《斯未信齋文編》（臺北市：臺灣銀行經濟研究
　　室，1960年），頁120-122。

16 見林文龍：《臺灣史蹟叢編》（臺中市：國彰出版社，1987年），下冊，頁228。

17 林文龍：〈科舉下的僵化文體〉，《臺灣的書院與科舉》（臺北市：常民文化事業公
　　司，1999年），頁206-222。

2　清初的開疆拓土

　　清初武功極盛，三位皇帝康熙、雍正、乾隆在位期間為清之盛世，均有對外開拓疆土之事。康熙武功為平三藩、定臺灣、征討葛爾丹與敗沙皇，簽尼布楚條約等，當時文人或官員的心態都是以武功極盛看待康熙的政績，高拱乾《臺灣府志》自序：「今天下車書大一統矣！我皇上仁德誕敷，提封萬里；東西朔南，莫不覆被。」[18]歌功頌德之作不免，以平定邊疆[19]為題之賦作遂可見。

　　據《清文彙》[20]一書中收錄的清代賦作有潘耒〈平蜀賦〉、〈平滇賦〉和紀鈞〈平定西域賦〉等三篇作品，可知當時以武功平定邊疆的為題目來創作的賦作是受到重視的。潘耒〈平蜀賦〉說明康熙十八年（1679）四川張文德與王屏藩、吳之茂，以三藩之名一起造反之事，後被清軍所滅。而其〈平滇賦〉更是直寫吳三桂帶領廣東福建等兩藩叛清，後被平定之事。而紀鈞〈定西域賦〉是寫康熙平定葛爾丹與雍正乾隆平定準噶爾之事，這三篇賦作與周澎〈平南賦〉的相同處皆是以清朝的武功煊赫來作為題目。

　　清代平疆賦作，作法往往類似，不外乎稱揚頌功，強調軍容盛大、人民拜服聖德等。這類作品為清初辭賦的大宗，也可以推知周澎〈平南賦〉並非只是有感於因臺灣風物民情而作，極有可能是緣於當朝創作的風氣與題材影響所撰。當時甚至有人寫作〈昇平頌〉[21]，將清初所平定或征服的地方一一記載，可見謳歌疆域拓張的功業以迎合上位者的賦篇所在多有。曹明剛《賦學概論》論賦的作用提到：「賦

18　臺灣文獻叢刊第65種，臺灣大通書局印行。
19　清代邊疆大體區分為「東北」（遼寧、吉林、黑龍江）、「北部」（內蒙）、「西北」（新疆）、「東南海疆」（臺灣、海南）等區塊。李麒光〈客問〉曾指出康熙時收納臺灣是中國疆域史上的創舉。
20　高明主編：《清文彙》，臺北市：臺灣書店，1950年。
21　高明主編：《清文彙》，頁394。

所涉及面幾乎籠罩了歷代帝王的一切重要的政治活動，起了美化和維護以帝王為代表的整個封建制度的重要作用。因此，作為一種宣傳形式，賦的頌揚聖德不能不為歷代帝王所大力提倡，從而成為賦在政治方面所起作用中最引人注目的部分。」[22]以此看來，清聖祖康熙的武功不僅為清代臺灣初期賦作所大力頌揚，也是當時文人所喜愛的寫作題材之一，周澎〈平南賦〉極有可能就是在這種風氣下產生，他描繪臺灣希冀清朝統治，即是受到當時國家整體風氣，所謂「普天之下，莫非王土；率土之濱，莫非王臣」的觀念影響而有以致之。與高拱乾《臺灣府志》自序「我皇上好生如天，以普天之下皆吾赤子，奚忍獨遺」的說法如出一轍。

　　文學創作受到讀者（如君王、或之前作家）的影響，但文人也透過書寫滿足了自我的身分或心理需求。地處邊疆的臺灣，隨著愈來愈多文人的深入臺灣，其特殊的臺灣經驗很自然觸動了創作的契機。其處於荒野邊陲的現實情境，與以君王（或中原）為主流者有著相當的距離，產生邊緣化的感受自是必然；而這樣的感受，在經世致用的思潮激勵之下，與邊疆地區本身有待被認識的需求，對絕域海疆臺灣的介紹，可說是位於邊陲的文人展現自我的絕佳方式[23]，而文學類型中，賦體鋪述典雅、體物寫志，與詞采華麗的特質，也最適合這種創作需求，臺灣賦作也因而展開書寫風氣。至清代中、後期以還，臺灣雖然屢遭列強入侵，但歌功頌德、帝國圖像的書寫情形，在臺灣賦中，仍可以見到，只不過表達上，已委婉許多[24]。

22　曹明剛：《賦學概論》（上海市：上海古籍出版社，1998年），頁278。

23　見塗怡萱述「文人的心理需求」，《清代邊疆輿地賦研究》（南投縣：暨南國際大學中國語文學系碩士論文，2003年），頁59。緒論，頁25。

24　如鄭用錫〈謙受益賦〉：「我皇上寶祚初膺，天衢首出，彈慮幾康，精心宵密，固已法紹危微，治符繼述。威遠震於防風，化普及乎出日。然猶令準夏時，書陳無逸。錫九疇於彝倫，宅百揆於輔弼。雖今茲小醜肆虐，時勞丹宸憂勤；而要之文德誕敷，自叶黃裳元吉。」或是吳德功〈澎湖賦〉：「扼重洋以嚴保障，建海國之屏籓；

3　經世致用的思潮與邊疆人文史地的蓬勃

　　從文化與文學的關係加以觀察，可發現賦與地理學具有密切的關係，賦體鋪陳描摹的特色最適宜敘寫山川地理形勝，而清代自然、人文地理學術思潮的勃興，讓處於清代東南一隅的臺灣，其賦作上也隨政治社會變遷及經世致用等思潮而獨具風貌。

　　清初學者在總結明亡教訓的基礎上，深感必須棄虛尚實，矯正學風。《四庫全書總目》說顏元「其說於程朱陸王皆深有不滿，蓋元生於國初，目擊明季諸儒，崇尚心學、放誕縱恣之失，故力矯其弊，務以實用為宗」[25]，這種以實用為宗的學風，也就是他們提倡的經世致用的新學風，他們實事求是，著重調查研究，在這方面可以顧炎武、顧祖禹為其代表。顧炎武可說是清初學者中推崇調查研究的典範。「凡先生之游，以二馬二騾，載書自隨，所至阨塞，即呼老兵退卒，詢其曲折，或與平日所聞不合，則即坊肆中發書而對勘之。」[26]窮一生之功，寫出「務質之今日所可行而不為泥古之空言」的《天下郡國利病書》和「規切時弊，尤為深切著明」的《日知錄》等名著。地理學家顧祖禹（1631-1692）則「舟車所經，必覽城廓，按山川，稽里道，問關津，以及商旅之子，征戍之夫。或與從容談論，考核異同。」[27]這種調查研究之風日為盛行，成為清初學風的一大特點。

　　同時，清代繪製的地圖集也大量出現，如《歷代地理誌圖》、《歷代地理沿革圖》、《歷代輿地沿革險要圖》、《海國圖志》等等，用中國

據要隘以善籌，作中流之柱砥。固苞桑於澎島，億兆姓不患無鳩；奠磐石於臺灣，我國家庶幾有豸。」憂深思遠之識，溢於言表。王嘉弘：《清代臺灣賦的發展》（臺中市：東海大學中國文學系碩士論文，2005年6月）即提到此現象。

25　《存學編四卷》，《四庫全書總目存學編·提要》（臺北市：藝文印書館，1974年），卷97，頁11。
26　全祖望：〈亭林先生神道表〉，《鮚崎亭集》（臺北市：文海出版社，1980年），卷12。
27　《讀史方輿紀要·序》（上海市：上海書店，1998年），頁1。

傳統繪製方法繪製的地圖也不斷湧現，如康熙年間繪製的廣袤七米的
《福建輿圖》，清代的地理學新思想與地理成就，整體而言是頗突出
的[28]。而乾嘉時期的邊疆史地學除了與時地考察學風相關聯，其著述
具有很強的真實性、實用性和系統性外，也體現了宣揚和讚美大一統
疆域的氣概。此種針對邊疆的書寫精神與態度，也影響著邊疆賦作的
書寫包羅著歷史探源、自然景觀、民情物產等豐富內容的鋪陳與詳實
介紹；同時，也凸顯出，清代一統盛世下的賦篇，與漢代盛世下的大
賦如班固的〈兩都賦〉、張衡〈兩京賦〉是異趣的。漢、清之賦作雖
然同樣是讚揚帝國政權與鋪寫實景，但清代邊疆賦作偏重於地區的理
性考證與樸實介紹，漢代都邑賦則著重於對帝王的諷諫而描寫細緻典
雅[29]。郭維森、許結《中國辭賦發展史》：「這種將創作的視野從京都
宮殿、中原山河轉而投向邊陲封疆，對其歲時、風物、禮俗、典故、
方言、俚語、物狀、人情作纖屑畢載而又不失宏博之勢的描繪，為盛
清所獨有。」[30]臺灣賦作於傳統地理志之外，自是別具地理書的重要
地位，而這樣豐富多元的臺灣圖像、融入於賦體文學美物的讚事文本
中，其在清代邊疆地理類書所展現的，則是一種風情並茂、饒富盛世
下地理認識之價值，有如「清明上河圖」般，多采多姿而立體生動的
地理圖志。無怪乎「清高宗南巡，雄郡名邑無不獻『地賦』，……清
代邊疆大臣觀察疆域形勢，往往以賦進呈。」[31]

4　方志編纂的蓬勃發展

　　承繼著明代對於方志編纂的經驗，清代對於方志的編纂臻於全盛，

---

28 吾人由譚其驤主編：《清人文集地理類匯編》（杭州市：浙江人民出版社，1984
　年），即可以窺見清代地理研究的豐碩成果。

29 參塗怡萱：《清代邊疆輿地賦研究》（南投縣：暨南國際大學中國語文學系碩士論
　文，2003年），頁86。

30 郭維森、許結：《中國辭賦發展史》（南京市：江蘇教育出版社，1996年），頁24。

31 陳光貽：《中國方志學史》（福州市：福建人民出版社，1998年），頁34-35。

基於清帝王對於各地志書編纂極為重視，如「康熙二十三年（1618）
下令各道遍設志局，並詔令全國各州縣修志。雍正時更規定各省府、
州、縣六十年修訂一次志。自後修志事業歷久不衰，而且成為一項
必須遵辦的定規。自清朝初至光緒年間，共修成省志、府志、州志、
縣志、廳志、鄉志、鎮志、里志、衛志、所志共五千餘種，八萬餘
卷」[32]，這樣空前的修纂現象當然也涵蓋著，應人清帝國之開疆拓土
所納入之版圖，即包括著邊疆地區的地理方志。方志勃興，當然有其
當時的歷史背景，清政府銓敍的方法，往往以方志作為地方官員陟降
升遷的參考，由是地方官員紛紛積極邀約名家、結合本地文士修志，
這是政治、制度、社會各種因素相結合而形成。這樣的現象，相映著
清代著重經世致用、考據精神的意識型態，與乾嘉時期對於邊疆地區
史地研究的著重，以邊疆為書寫題材的賦作，當然也就順理成章的大
量出現，且呈現自然徵實之特色。經由賦作與地理方志發展的交互參
照，可瞭解邊疆賦作其自然徵實之創作現象與過程。

　　梁啟超認為邊徼地理之研究，大率由好學之謫宦或流寓發其端。
清代邊疆詩的復興，多是出於戍守邊疆的官員、謫宦與流寓之士的經
驗之筆；同樣的，賦作的呈現，也是如此。高拱乾將自己所作的〈臺
灣賦〉收入所編纂的《臺灣府志》開始，撰寫賦作的集體意識就與方
志的編纂關係密切[33]，除了賦家的身分幾乎都與方志的編纂有關，各
地作家以描寫各處輿地現象為主，而將作品收入於所編的方志中，因
此為志書藝文部增色的集體創作目的顯然可見，而遵循著方志所收藝

---

32 任建雲：〈方志源流與縣志編纂〉，《江西社會科學》1997年第11期，頁70。另見自
　 塗怡萱：《清代邊疆輿地賦研究》（南投縣：暨南國際大學中國語文學系碩士論論，
　 2003年），頁131。

33 清領臺灣期間（1684-1895年；康熙23至光緒21年），所修的府、縣、廳志多達四十
　 餘種，其中設立「藝文志」的相當多，請參游適宏：〈地理想像與臺灣認同──清
　 代三篇〈臺灣賦〉的考察〉，收錄許俊雅編：《講座FORMOSA：臺灣古典文學評論
　 合集》（臺北市：萬卷樓圖書公司，2004年），頁189-193。

文包括賦作，必須遵循著有裨於地方的精神，更說明此區賦作為何會以鋪寫歷史景觀、物產民情等輿地內容，作為賦體書寫的主要題材[34]。

　　根據塗怡萱的研究，方志的盛行與邊疆賦作大量出現之間的關係，更耐人尋味的則是以下兩種現象：其一，邊疆方志的編纂與賦作之產生息息相關，這個現象以臺灣地區的賦作最為明顯。臺灣賦篇的作家大多參與方志的編纂，所寫之賦作則多具有敷陳土風、為封邑增色、豐富方志的目的，並多收入於所參與編纂的方志中。這不但間接地促成了臺灣賦作的出現，隨著方志的發展，也呈現出清帝國開發臺灣順序的自然事實；海川山嶼、名勝物產、風俗民情等自然徵實的內容，隨著方志區域而逐漸展開。此外，伴隨著方志編纂而出現的賦作，除了具有豐富方志的意義，賦作本身也隸屬於方志中，因此當這些賦作被放進方志中加以觀察解讀時，這些賦作的意義也就更形明確清晰。其二，有些邊疆賦作的徵實內容與特質，反而使其取代了志書的內容，或成為邊疆地理書的代表作。前者如屠繼善〈游瑯嶠賦〉，此賦在《恆春縣志》中不置於「藝文志」，而被用以作為「卷八‧風俗」之全部內容，來介紹恆春之民情風俗，充分展示著賦體文學之地志性質的徵實價值與功能[35]。

（二）日本統治下的臺灣賦作

　　日本領臺後，對漢文加以利用（見前述），同時也壓抑漢文，其

---

34 柯喬文：〈它者的觀看：清代臺灣賦的權力話語〉提到在當時文化資源有限，出版不易及文獻易散的情況下，主其事、主其編者，將自己的作品附刻在方志之中，是理所當然的事。文刊第六屆《文學與文化》，臺北縣：淡江大學，2002年4月11日。另有藉方志採輯，刻意撰文者，如王必昌〈臺灣賦〉文末云：「謹就見聞，按圖記，輯俚詞，資多識。愧研練之無才，兼採摭之未備。聚敷陳夫土風，用附登於邑志。」該文即是專為《重修臺灣縣志》所作。

35 以上所述，請見塗怡萱「清代方志意識的盛行與邊疆輿地賦的發展」，《清代邊疆輿地賦研究》（南投縣：暨南國際大學中國語文學系碩士論文，2003年），頁131-132。

教育終極目標在於普及日語，進行同化。因此原有的府、縣儒學等官
學全遭廢絕，書院亦多荒廢，或轉以其他形式存在。此間只有培養學
生基礎漢文的書房仍然存在，但也因其數量與學生人數超過日本公學
校，形成日本同化教育的最大障礙，總督府遂採漸進的方式，逐步以
法令約束，進而以質變引起量變，以改變書房教授的學科與教材，使
書房難以生存，最終則禁絕之。一八九八年〈公學校規則〉規定，漢
文只在讀書、習字、作文等課程中教授，教材有三字經、孝經、四書
等，並延聘一些書房教師及學者擔任教席。一九○三年修改公學校規
則，漢文獨立為一科，上課時數五小時，教學時必須用日語解釋。一
九二一年總督府公布〈書房義塾教科書管理法〉，規定各書房所用的
教科書需經各廳長的批准。翌年，〈新臺灣教育令〉公布，公學校的
漢文被改為選修科，此時許多公學校趁機廢除漢文科，許多書房皆遭
取締或禁止。一九三七年中日戰爭爆發，公學校正式廢除漢文科，書
房教育全遭廢絕。

　　早期受儒家和科考薰陶的人們構成了臺灣社會的支持基礎，但晉
身學術系譜或仕壇者畢竟極為有限，各階層間社會流動是愈來愈緩慢，
多數讀書人終其一生只能在自己里鄰發揮其作用，在鄉野間傳布其
（儒家）思想，他們同時也比較具有強烈的民眾性格。等到割臺，科
舉既廢，他們如何因應割臺後的變局，以及其知識的形式如何轉變？
日本統治下將造就了什麼樣知識的世界？他們將如何去因應？很明顯
的一個事實：儒學世俗化及其對民間風教之浸濡成為其一應變方式。

　　在這樣的前所未有的時代變局下，詩社、書房、鸞堂在漢文的存
續上，發揮了一定影響力。宣講善德、教化民眾、研習漢文等等，成
為經常性的活動。彼時鸞堂、孔廟、書院、書房、詩社中人的身分是
流動性的，紳士文人儒生也往往與鸞生身分重疊，鸞堂運作亦常在這
些地方舉行。這些經過扶鸞寫下的乩文，累積至一定的量（通常為鸞
生奉旨扶鸞所預定的量），可編印出版，本書所選之賦作有部分即是

這些鸞書所見。日治時期臺灣鸞堂曾經蓬勃發展，因此所出版的鸞書數量也相當可觀[36]，而鸞書內的詩文賦具有一定的文學性。這是賦學發展史上很特殊的現象。以鸞書之多，相信其中賦作亦不少，《全臺賦》目前僅將蒐羅所得如數呈現，相關的賦作只能期待時間、機緣，冀望他日能補足。

　　扶乩扶鸞是古老的方術，魏晉即已非常盛行。但鸞堂的蓬勃發展要到清中葉後，而鸞書的大量問世，則因印刷技術的改善進步，臺灣另一通俗賦作的出現與此亦有相當關聯，易言之，在近世傳統臺灣知識階層的養成過程中，印刷和相關書籍的傳布為重要的關鍵。而日本執政當局為便於宣揚統治政策，傳達政令，以利於統治，報紙遂成為重要文宣品，報紙中出現的「詞林」、「文苑」、「漢文欄」，更成了日本官紳、臺灣文士發表作品的園地，也是舊文人交流、切磋文藝的場域。雜誌的紛紛出現，也對賦作起了若干催化作用，尤其是許多文人所創辦之雜誌，對賦的進展與茁壯自然有其影響力。當時臺灣賦即多刊於《三六九小報》、《風月》、《南方》[37]、這些漢文雜誌上，這是清

---

36 一九九四年宋光宇所執行的國科會計畫「臺灣現行善書之收集與分析」，共收到六百八十九種，相當值得參考。後來王見川編〈光復1945前臺灣鸞堂著作善書名錄〉，就光復前的臺灣鸞書來說，已是相當完備，不過從筆者的善書收集經驗而言，臺灣的善書其實相當豐富，如能再認真收集，光復前的鸞堂著作可能還會再增加。而四、五十年的鸞賦也還可見到。目前《關聖帝君教你的21堂人生課》，號稱書市第一本鸞文書，開創勵志書籍新格局。宇河文化出版，2006年。

37 為日治末期少數的中文雜誌之一，前身是創刊於一九三五年五月的《風月》半月刊，本為「吟風弄月」而創刊，故關於藝旦、女給的贈詠、寫真便成重點，表現了新興中產階級與舊式文人交混的文化趣味。到了戰爭期（1937），停刊後重新申請復刊的《風月報》，由於徐坤泉加入主編，向現代文藝靠攏，其標語：「是茶餘飯後的消遣品，是文人墨客的遊戲時場」正是刊物精神所在。後來徐坤泉轉往中國發展，編務遂由吳漫沙接手，從一九三九年第九十期開始，吳漫沙就另改標語為：「開拓純粹的藝術園地，提倡現代的文學創作」。自一九四一年七月一日發行第一三三期起，雜誌就更名為《南方》，仍由吳漫沙編輯，一九四三年十月被迫停刊。二〇〇一年南天書局重版。見陳建忠〈風月報〉詞條，許雪姬主編：《臺灣歷史辭典》（臺北市：遠流出版社，2004年），頁618。

代時期未見的現象。

　　隨著近世市民階層的興起，對於休閒娛樂的需要也日益提升，在社會種種現實情形下，迎合大眾通俗品味的報刊雜誌，如《三六九小報》（1930.9.9-1935.9.6）、《風月報》（1937.7.20-1941.6.15）系列（包括其前身《風月》1935.5.9-1936.2.8、後身《南方》1941.7.1-1944.1.1），以及以日語為主的《臺灣藝術》（1940.3.4-1944.11）系列（包括其後身《新大眾》1944.12-1945.2）等刊物，成為中產階級茶餘飯後的消遣。而其中以漢文為主的通俗文學的創作，吸引廣大識字階層，發表於其中的賦作自然也是一個非常特殊的現象。《三六九小報》出現之際，時值新文學雜誌如雨後春筍的情境下，在殖民統治下的文化意識、商業利益的通俗性考量、現代化社會的進步思維等各種複雜因素糾葛下，其創刊及在文藝傳播上值得留意。小報詼諧的話語、情慾感官的享樂及新舊觀念並呈的風格，正如以「小」標榜（諧音臺語「猶」）之詼諧諷喻，但也反映了小報從臺灣新文學運動菁英的宏偉理念、與殖民意識有關的大敘述陣營中脫出，轉入大眾通俗領域的出版文化中。

　　而另一份以生產大眾消費文本為走向的《風月報》，在廢除漢文欄的時期以「全島唯一的漢文（綜合）雜誌」一枝獨秀，發行量保守估計在五、六千以上。[38]中日文並刊的月刊《臺灣藝術》的發行量，從創刊最初的一千五百份，到鼎盛時期的四萬多份，比起發行一千份左右的《臺灣新文學》、一千五百至三千份之間的《臺灣文學》、兩千至三千五百份之間的《文藝臺灣》等純文學雜誌，[39]堪稱天文數字。為了持續刊行，《風月報》不得不以「通俗」為其主要的性質，並且在通俗小說家擔任主編的影響下，通俗的性質昭然若揭，並以驚人的

38　參見河原功：〈雜誌『臺灣藝術』と江肖梅〉，《臺灣文學研究の現在》（東京：綠蔭書房，1999年），頁143-146。

39　參見藤井省三：《臺灣文學この百年》（東京：東方書店，1998年），頁36-45。

發行量，廣泛發行到臺灣、日本、中國、南洋各地。該誌作家群匯聚
了新舊文學界（舊文人、通俗作家、新文學作家）的文人參與，提供
漢詩創作與文言／白話通俗小說園地，有助於詩運的維持與漢文新進
作家的培育，各種不同取向的傳統文人感懷、軍事動員宣傳、聖戰修
辭、共存共榮圖像等國策宣傳文章，其影響力不可輕忽。頗弔詭的
是，這種近世文明的產物，在戰爭方熾的大東亞共榮圈時期，卻說明
了休閒娛樂之必要，及無意中保留了庶民文化與生活記憶。在漢詩、
新文學陷入四十年代皇民文學爭議之際，這些刊登於通俗雜誌的賦
篇，並未朝此方向發展[40]，何以仍一枝獨秀？這留到他日再討論了。
反倒是臺灣剛剛光復之際，賦篇的酬唱，一時又回到清代歌功頌德的
書寫面向[41]。

三　臺灣賦的衍變發展

（一）清代臺灣賦的衍變發展

　　清代臺灣賦作的時間先後可分為三期。第一期（初期）：康、
雍、乾時期，康熙二十二年至乾隆年間。第二期（中期）：乾隆中後
期、嘉慶至咸豐年間。第三期（晚期）：同治至光緒二十一年。此後
至日治時期結束，約五十年間作品歸為日治時期臺灣賦作。
　　以「題材內容」作為分析此類賦作存在現象之闡述方式，這是基

---

40 林錫牙：〈新竹南投兩音樂團來北演奏賦〉一文並非附和，以祝賀日本紀年及歌頌
　前進東亞的殖民政策為掩飾而申請聚會。

41 有關臺灣通俗文學之研究，可參柳書琴：〈通俗作為一種位置：《三六九小報》與
　1930年代臺灣漢文讀書市場〉，《東亞現代中文文學國際學報》創刊號（2005年），
　頁193-226。〈從官製到民製：自我同文主義與興亞文學（Taiwan, 1937-1942）〉，王
　德威、黃錦樹編：《想像的本邦：現代文學十五論》（臺北市：麥田出版社，2005
　年），頁63-90。

於邊疆賦作所能書寫的範疇雖然極為廣泛，包含了一地之歷史事蹟、山川景色、名勝景觀、風俗民情、動物、植物、物產等。然而人類對於生活經驗及文學經驗具有累積與提煉的反映與能力，因此當賦家在書寫此類賦作時，自然的也會形成某些模式與類型，而出現不同的題材意識，這些題材各引領著不同的書寫範疇與情志，而反映著人與世界的關係，也就更能有意義的說明著文學作品存在的現象。臺灣賦作的書寫主題，大致可分為「形勝」、「都邑名城」、「軍事」、「自然景觀（物產）」等四類主題類型的寫作方向。

1　第一期（初期）：康、雍、乾時期，康熙二十二年至乾隆年間

康熙至乾隆初期（乾隆十七年前），這個階段的賦家，除了初期的林謙光、高拱乾、周于仁為來臺之官員，其餘皆為臺灣人。由於臺灣景色奇特，清代初期，漢人剛剛來到臺灣時，所見的自然景觀在清代臺灣賦中自然有所鋪敘歌詠。清代陳源隆所編《御定歷代賦彙》有「地理」一類，所收作品即是以自然景觀為主，包含了與地、山、石、土、塵、海、江、湖、河、川、泉、水、井、冰有關的賦篇，清代邊疆賦作中，承繼著這些對於自然景觀書寫經驗的有〈觀海賦〉、〈臺山賦〉、〈海吼賦〉、〈臺海賦〉、〈臺灣形勝賦〉、〈鼓山賦〉、〈鳳山賦〉、〈三山賦〉、〈秀峰塔賦〉等。

因臺灣四面環海，雍正、乾隆年間有三篇以海洋作為描寫主體的臺灣賦作：周于仁〈觀海賦〉、張湄〈海吼賦〉、陳輝〈臺海賦〉。〈觀海賦〉著重於靜態的描摹澎湖海景；〈臺海賦〉由靜態和動態分別描寫海景；〈海吼賦〉則是專以聲音的摹狀以求表達海浪海濤的景象與聲響並且寓景於情的作品。此三篇賦作都有其特色。

清代初期臺灣賦作中，有關描寫臺灣建築的賦作同樣有三篇：李欽文〈紅毛城賦〉、〈赤嵌城賦〉與陳洪圭〈秀峰塔賦〉。因臺灣氣候宜人，四季如春，所產的花草種類相當繁多，臺灣賦作對臺灣花卉的

描寫，在乾隆年間《重修鳳山縣志》裡，出現了這方面的作品：朱士
玠〈夾竹桃賦〉、林萃岡〈秋牡丹賦〉與卓肇昌〈莿桐花賦〉。其中莿
桐花更是臺灣常見、重要的植物，《重修福建臺灣府志》中記載：「莿
桐（垂陰如梧桐，幹多生莿。臺人栽為籬柵，多者數十株。先花後
葉，二、三月盛開，紅艷如錦，熳爛奪目）。[42]」另外方志中也記載有
關平埔族人以莿桐花記年的習俗。夾竹桃在方志中的記載也很多，但
對牡丹花的記載比較少見。此期另有周于仁〈文石賦〉和卓肇昌〈龍
目井泉賦〉兩篇作品分別描寫泉水與石頭。

　　隨著日益開闢，臺灣地區的賦作所關注的焦點與發展的脈絡，則
是對於各個開闢區域之自然景觀與形勝的呈現，以及對於臺灣形勝之
整合鋪陳。除王必昌〈澎湖賦〉以澎湖島嶼為主題外，對於臺灣本島
的觀察，則是先從南部展開，如林謙光、高拱乾、王必昌的三篇〈臺
灣賦〉、李欽文兩篇書寫赤嵌城的賦作，以及張從政的〈臺山賦〉，即
以今日臺南為中心而向外開展。因此這個期間對於臺灣的觀察，除了
對於赤嵌城這一較具歷史意義的臺灣城樓加以敘寫外，其餘不論是以
地區或自然景觀的書寫主題，就命名觀察，所謂臺灣、澎湖、觀海、
臺海、臺山，賦作多關注在臺灣整體的輿地形貌與特殊的海疆風光，
以呈現何為臺灣，提供臺灣的整體地理形貌，當然，在實質內容上仍
非真能包含全臺，敘說上有著地理空間的論述與想像。此外本期賦作
從自然景觀中，人文環境為素材的創作方向之延續，也自明代賦作傳
統都邑賦中擴展，三篇〈臺灣賦〉、〈赤嵌城賦〉、〈紅毛城賦〉、〈澎湖
賦〉，以至於〈游瑯嶠賦〉、〈瑯嶠民番風俗賦〉等都是具備了此一書
寫趨向。

---

42 劉良璧：《重修福建臺灣府志》，卷6，風俗，物產，木之屬。頁115。

2　第二期（中期）：乾隆中後期、嘉慶至咸豐年間

　　臺灣的教育歷經康、雍、乾三代的經營，嘉慶以後，本土文士的崛起與創作變成為清代臺灣傳統文學創作者的主幹。與康、雍、乾時期，臺灣賦作有一半以上為大陸宦臺之士如高拱乾、林謙光、張湄等人所創作異趣的，這時期的賦作多屬臺灣本地文人的作品，且不再以方志為唯一刊行的載體，反而是大量轉向文人自家文集來刊行。道光以後，臺灣中舉登第的人數大增，文風盛行的情形已經超越康、雍、乾時期。因此臺灣文人除了寫作詩文之外，賦作也間有創作，但是目前所發現數量不多，均以臺灣本地文人自己寫作的為大多數，如鄭用錫、陳維英、曹敬與施瓊芳。這些文人的賦作內容也不再以臺灣形勝為主，而是轉變成以傳統賦作的題材為賦作內容，並且多以抒發自己的情感為主，賦作風格的轉變非常明顯。

　　清代中葉以後，臺灣方志的修纂進入一個轉型的階段，逐漸以噶瑪蘭廳、澎湖廳、淡水廳或是彰化、苗栗與恆春這些新設的縣治為對象來修纂方志。乾隆以前的方志則以臺灣府、臺灣縣與鳳山、諸羅等縣為主。嘉慶以後所修的臺灣方志中的賦，由於前面所修的方志中賦作已經有一定的水準，因此大都加以沿用。為方志刻意作賦的情形在清代中後期已經不多見，除了《噶瑪蘭廳志》、《恆春縣志》二書仍有五篇賦作外，清代中葉以後臺灣方志中已經沒有新的賦作[43]。

　　賦作及內容同樣多是隨著志書的編纂而呈現（除了章甫〈臺陽形勝賦〉例外），其寫作的主題則依序呈現出由南至北的開發現象，從臺南（秀峯塔）、高雄（鼓山），以至於北部（淡水陽明山等），及宜蘭（龜山島）等等。至於寫作的面向，則不再是區域或都城，而是以

43　游適宏：〈地理想像與臺灣認同——清代三篇〈臺灣賦〉的考察〉一文，曾整理出「臺灣方志選錄賦篇一覽表：（31篇）」，見《臺灣文學學報》第1期（2000年6月）。收入許俊雅主編：《講座FORMOSA：臺灣古典文學評論合集》（臺北市：萬卷樓圖書公司，2004年），頁189-193。

自然景觀作為主題，從各區的自然景觀中呈現臺灣的輿地現象。而受到關注的面向有單一地區的風光，如卓肇昌〈鼓山賦〉、陳洪圭〈秀峯塔賦〉，與後期黃學海〈龜山賦〉同科[44]。不同於康、雍時期的發展，乾隆時期對於整體臺灣之山川形勝加以敘寫的，如卓肇昌〈臺灣形勝賦〉、林夢麟〈臺灣形勝賦〉、章甫〈臺陽形勝賦〉等，逐漸從大範圍的描寫臺灣歷史、地理、物產、人物的形式轉變，這樣的主題隨著時間的演變，其所呈現的自然景觀是更形全面的。這三篇賦作所描寫的風景其實跟臺灣八景有密切的關係。大抵而言，此期對於臺灣地區現象的呈現，不論是單區的自然風光或是整體的臺灣形勝，都有更為清晰與寫實的呈現，而對於臺灣景觀的認識也更為完整。

　　臺灣山岳賦作，在雍正、乾隆年間有四篇，分別是《重修臺灣縣志》所載張從政〈臺山賦〉以及《重修鳳山縣志》中卓肇昌〈鼓山賦〉、〈鳳山賦〉、〈三山賦〉。這四篇賦作中，張從政〈臺山賦〉是總論臺灣南路與北路，和人煙罕至的內山山岳；卓肇昌〈鼓山賦〉、〈鳳山賦〉則是以鳳山縣兩座有名的山——鼓山與鳳山來分別創作，鼓山與鳳山為清代臺灣文人所喜愛，有相當多的詩作在描寫這兩座山。而〈三山賦〉則是不專寫臺灣任何一山，而改採用形容與誇飾來呈現臺灣山岳的壯麗。臺灣山岳賦作大多出現在這時期，往後只有清末洪棄生〈九十九峯賦〉仍有創作外，目前暫未發現其他賦作專門描繪臺灣山岳者[45]。

　　從清初康、雍、乾的大陸宦臺文人為主，到乾、隆、嘉慶年間的卓肇昌、陳輝、張從政等人之後，臺灣本地文人才開始因為教育普及

---

44 以上由南至北的開發現象所述，請見凃怡萱「清代『臺灣地區』『邊疆輿地賦』題材內容之演變情形」，《清代邊疆輿地賦研究》（南投縣：暨南國際大學中國語文學系碩士論文，2003年），頁109。

45 《噶瑪蘭廳志》中，黃學海、李祺生的〈龜山賦〉是描寫龜山島，故不列入山岳賦作。

而漸漸成為臺灣傳統文壇的重要創作力量。細讀嘉慶以後的臺灣賦作，便可看出其內容與清康熙、乾隆時期的臺灣賦作迥異，此一時期賦作的內容開始多元化，不再只是單純歌功頌德和描繪臺灣風土，內容也朝向文人個人生活寫照或是針對時事有感而發而有所開展。甚至如施瓊芳〈廣學開書院賦〉，旨在勉勵學子黽勉為學，與曹敬〈業精於勤賦〉類似，都是勉勵後進的，在從事教育的文人賦作中，可發現勉勵後學的用心，也為臺灣賦作從前期的歌功頌德開展出新的意義：就是鼓勵後學上進[46]。

3　第三期（晚期）：同治至光緒二十一年

臺灣在同治年間之後，受到日、法兩國的侵犯。如同治十三年（1874）的牡丹社事件、光緒十年（1884）的中法戰爭、光緒二十一年（1895）乙未割臺之戰等，日、法兩國的滋擾與占領，是為列強入侵的階段。臺灣受到外國勢力的介入之後，軍事與地理位置開始受到清政府的重視。因此清代後期，臺灣的積極開發與建省也和外國勢力的覬覦有很深的關係。

此時期的臺灣傳統文學表現上就顯得跟初期與中期更為不同，最有名的就是對國事憂心，和對清政府所遭內憂外患的感嘆而抒發情感的作品，如丘逢甲所創作的文學作品與〈離臺詩〉等。此期的臺灣賦作有李逢時〈銅貢賦〉，丘逢甲〈窮經致用賦〉、〈澎湖賦〉，吳德功〈澎湖賦〉，屠繼善〈游瑯嶠賦〉，鍾天佑〈庚寅恆春考義塾賦〉，康作銘〈瑯嶠民番風俗賦〉，與洪棄生所寫的三十四篇賦作。吳德功有〈澎湖賦〉。而洪棄生《寄鶴齋駢文集》賦作，可說是目前發現臺灣賦作家中，創作數量最多的一位。其賦作大部分都有標明時間，大約創作於乙未割臺前的幾年間，但也有一些沒有標明寫作時間的作品，

---

46 王嘉弘：《清代臺灣賦的發展》（臺中市：東海大學中國文學系碩士論文，2005年），頁84。

如〈小樓賦〉、〈春江賦〉、〈李白春宴桃李園賦〉、〈李白春宴桃花園賦〉〈春柳賦〉（一）～（四）與〈十九峯賦〉，這些賦作無法判斷為割讓前或割讓後所作，因此暫列入清代臺灣賦作中。至於方志在光緒二十年（1894）完成的《恆春縣志》中，也有三篇賦作，這三篇應是清代臺灣方志所錄時間最晚的賦作。洪棄生的賦作有些是應中法戰爭的背景而生，因此作者雖然對於澎湖的輿地現象多有所鋪陳，卻也凸顯了澎湖軍事地位重要性。而後兩篇賦作所呈現的輿地現象，則都是以瑯嶠的民番風俗作為書寫的主題，凸顯出瑯嶠民番風俗的特色及差異。這些賦作所呈現的風格內容，或同時別有寓託、或僅針對單一地區現象加以敷陳，已與早期臺灣賦作不同。

　　這時期臺灣還出現一篇有趣的諷刺賦，即宜蘭李逢時〈銅貢賦〉，用以諷刺從咸豐以後清代捐官的情形，所用的語言有俚俗化的傾向。當邊疆不再新奇，自然而然的，歌詠的題材漸形萎縮，就後期的發展而言，邊疆賦作的生命力於是隨之逐漸消逝。賦體在臺灣的發展已漸漸產生變化，割臺的刺激，時代的改變，只是進一步加速其流變罷了。

（二）日治時期臺灣賦作的衍變發展

　　一八九五年，臺灣割讓於日本，進入日治時期，此期傳統賦作的創作數量並不亞於清代。尤為特殊者，日治初期有不少民間善書鸞書刊登賦作[47]，到三十年代則多發表於《風月》、《南方》、《三六九小

47　鸞書的著作須由仙佛降旨，鸞堂信眾齋戒沐浴、虔誠地扶出鸞文，再經日累月積的蒐集鸞文刊印成書。鸞書上之賦作亦善於運用賦體的表現技巧，據王見川編：〈光復（1945）前臺灣鸞堂著作善書名錄〉（《民間宗教》第1期（1995年），頁173-194），可知日治時期即使至三十、四十年代仍有不少善書，筆者目前所見之賦大多集中在日治初期（由楊永智提供），因未得見之後的鸞書，未悉是否仍有賦作？但從臺灣古典文學發展脈絡來看，應可想像賦作仍然繼續運作著敬天化民、宣揚聖教之思想。直到戰後，白話文通行，賦體的鸞文才漸漸不見。

報》這些漢文通俗雜誌，因此日治時期臺灣傳統賦作的內容有其通俗性的一面，題材以市井小民、風花雪月的生活為主或是帶有諷刺意味、勸世勉人之作，文字的使用較清代臺灣賦作平易。一些傳統文人如吳德功、洪棄生、林錫牙、賴献瑞的作品仍是以古雅風格為主，陶醉、古先、鄭坤五之作較偏詼諧諷刺。這兩類的刊登性質為清代所無，臺灣賦作的發展至日治時期可說有相當大的翻轉。

　　目前可見的賦體鸞文不少，所謂扶鸞的儀式又稱為扶乩、飛鸞，是一種神人交通的方式。由正鸞生經過請鸞的儀式後，仙佛神靈降附於人身推動筆，或以桃枝在沙盤中寫字，經由旁邊的唱鸞生逐字報出，再由錄鸞生寫成篇章。民間鸞賦基本上是仙佛神靈對民眾的啟示書，其作用主要有二：一為闡明天道真理、二為啟悟人心歸正。[48]作者幾乎都是古人（如漢昭烈帝、李太白）及神明（如李鐵拐、如來尊佛、南宮孚祐帝君呂、指南宮張祖師等等），在賦篇中內容題材甚為特殊。這些作品如〈戒官紳賦〉，宜蘭頭圍喚醒堂在明治二十九年（1896）著造，由張子房登鸞降筆。〈戒刀鎗賦〉，宜蘭頭圍喚醒堂在明治二十九年（1896）著造，由宜邑（今宜蘭）城隍登鸞降筆。〈新枝重設蘭陽賦〉，宜蘭碧霞宮在明治二十九年（1896）著造，由蛾眉山普淨聖者登鸞降筆。〈戒煙花賭賦〉，新竹平林庄奉勸堂在明治三十二年（1899）著造，由九天駕前掌印顏登鸞降筆。〈詠隆東賦〉，基隆正心堂在明治三十三年（1900）著造，由指南宮張祖師登鸞降筆。〈戒貪花賦〉，新竹贊化堂在明治三十三年（1900）著造，由崑崙島淨虛境韓仙翁登鸞降筆。〈士農工商賦〉，新竹贊化堂在明治三十三年（1900）著造，由司禮神登鸞降筆。〈崇德堂賦〉，苗邑崇德堂在明治

---

48 有關鸞書的文化意義，可參閱李豐楙、朱榮貴主編：《儀式、廟會與社區──道教、民間信仰與民間文化》（臺北市：中研院文哲所，1996年）。鄭志明：《臺灣的鸞書》，臺北市：正一善書出版社，1989年。鍾雲鶯：〈臺灣扶鸞詩初探──一種民間創作的考察〉，《臺北文獻》直字128期（1999年6月），頁67-86。

三十四年（1901）著造，由李仙翁太白登鸞降筆。〈詠四湖雲梯書院
賦〉，苗南修省堂在明治三十四年（1901）著造，由李仙翁太白登鸞
降筆。」〈訪土牛感化堂賦〉，竹南感化堂在明治三十四年（1901）著
造，由白鶴仙翁登鸞降筆。〈福善禍淫賦〉，九芎林復興莊飛鳳山代勸
堂在明治三十五年（1902）著造，由漢昭烈帝劉備（玄德）登鸞降
筆。〈賦〉，苗邑二湖庄重華堂在明治三十五年（1902）著造，由韓仙
翁登鸞降筆。〈開堂著書賦〉，澎湖文澳鄉從善堂歸化社在明治三十五
年（1902）著造，由南極仙翁登鸞降筆。〈惜穀賦〉，淡新回善堂在明
治三十五年（1902）著造，由靈官天君登鸞降筆。〈孝於親賦〉，月眉
樂善堂在大正三年（1914）著造，由監壇天君柳登鸞降筆。

　　以上這些作品所涉及的內容有：強調設鸞堂之旨趣在於期勉信徒
正心修身，克己復禮，弘揚仁孝忠信之德，勗勉信徒窮理讀經，以
孔、孟、仙、佛為典範。提醒世人，心存禮義，莫喪廉恥；警惕世信
徒，切戒舞刀弄鎗，鬥狠為惡。呼籲世人及早醒悟，切莫耽溺於煙花
賭（鴉片、美色、賭博），並痛責士紳之妄自尊大，恃權依勢，傲氣
凌人及痛陳庸醫遍存的社會現象。同時也對鸞堂所在地的描繪，如對
蘭陽、苗栗之鋪陳，歌詠其風俗、特殊景觀。詠頌四湖雲梯書院培育
人才、倡導文風之功。這些內容正反映出民間中下層社會大眾對於現
實社會的各種問題及所抱持的態度。其書寫方式亦有其特別之處，如
賦前有詩（或詞）或賦後有詩，或賦前賦後均有詩作歌詠。賦題也時
見以鸞生名字為題並以之為韻的情況，如〈繼文德馨賦〉合劉（繼
文）、許（德馨）兩位作者的名字組成；〈如松占梅〉由鄭如松、許占
梅名字組成，而且以題為韻；〈修德耀呈賦〉由陳修德、許耀呈二人
的名字組成，亦是以題為韻。漢文的傳統在日本殖民時代除了透過詩
社、書房得以保存，據此現象觀之，當時鸞堂亦發揮了相當大的影響
力。今日，這批鸞書不僅提供臺灣賦學發展的流變，也為宗教研究者
提供很好的研究材料。

　　刊登於通俗雜誌上的賦篇，其內容也有奉勸世人切莫耽溺於煙花賭的，如同鶯賦，但寫作手法較不同，林錫牙〈胭脂窟賦〉敘寫貪婪鴇母對詩妓的壓榨行徑。藉由刻畫特種產業華麗背後的黑暗面，呈現出臺灣日治末期的另一種社會現象。耐紅〈詩妓賦〉亦是。可說從日治初期至後期，女性淪為妓女的命運並未改善，這類以女子的日常活動或特殊遭遇題材的作品，廣為《風月報》所收錄。弔詭的是男性賦家一面可憐其身世，一面奉勸勿涉嫖淫，一面引進新思想，一面又擁抱舊思維，這種情形在通俗性雜誌上經常並列呈現。其他內容亦有與鶯賦相近者，如古先〈某大出殯賦〉摹仿唐杜牧〈阿房宮賦〉，諷刺臺灣過度鋪張的傳統喪禮。雖是仿作，但卻題材全然翻新，且含諷諭意味。張振樑〈擲骰子賦〉勸人不要沉迷於擲骰博奕之事，有勸世之思。〈虎尾白丁賦〉以詼諧嘲謔的風格，諷諭那些有錢有勢、自私自利、諂媚阿諛、不行正道的無恥之徒。從內容反映來看，這些題材正是當時的社會現實。

　　此中較特殊的賦篇有林錫牙的〈風月賦〉，他以似曲的形式，口語化的節奏，用賦來表現其人生觀。陶醉〈假曲唱落喉賦〉，本文用閩南語寫成。「落喉」，即下喉，意思是說荒腔走調的樂曲，嚴重破壞音律，對當時社會流行樂曲演唱藝術的衰頹情況，作了淋漓盡致的描寫，表現了尖銳深刻的批評與諷刺。文中「展風神」、「乞食喉」、「狗肉和尚」、「大破布班」、「正港」、「豬母」等，都是閩南語特有的詞彙。在賦體追求高深典雅風格的創作傳統中，本文大量採用方言俚語，充滿民間文學的鮮活趣味，可謂異軍突起，彌足珍貴。賦在中國文學史上是一種獨特而重要的文類，對不同文學體類的形式有所吸收，並相互濡染，從而創新格調，是有積極意義的[49]。

　　另外還有特別的賦作，如〈痘疹辨疑賦〉，說明痘疹的成因、癥

---

49 可參簡宗梧：〈賦與隱語關係之考察〉，《逢甲人文社會學報》第8期（2004年5月）。

候，以及病情輕重之象。題材新穎，亦可窺日治時期臺灣醫學現代化的情形。〈駐色酒賦〉描寫社會新潮，包括男子化妝品、人妖等新鮮題材，可以反映當代的風尚。〈逐客賦〉記述作者觀人不精，誤延某俗客租賃其房屋。最後忍無可忍，憤而作此文，以當逐客令。題材新鮮，幽默風趣。鄭坤五〈假詩醫賦〉是相關「新舊文學論戰」之作，下筆不假辭色，凸顯文戰激切的氣息。〈放屁狗賦〉是新舊文學論戰後期譏刺之作，鄭坤五透過揶揄放屁狗，諷刺對傳統詩大放厥詞的批評者。遣詞用字不避俗辣，用語常故意誇張反諷，用韻諸字將諷刺之意表露無遺。作者或有意以賦體為之，舞文弄字以駁新學之淺白。林錫牙〈第一百期紀念感賦〉是為慶祝《風月報》發行一百期而作。〈新竹南投兩音樂團來北演奏賦〉是寫昭和十五年（1940）三月十五日，林清月邀請新竹、南投樂團，來臺北稻江風月館演奏。這些日治時期的臺灣傳統賦作比起清代臺灣傳統賦作，題材顯得更為多樣，語言使用上也更為俚俗。

　　臺灣在日本結束統治之後，進入光復時期。這時期臺灣賦作數量更是稀少，目前發現的篇數約二十幾篇左右。其中鄭坤五有五篇是在光復之後所創作。其餘光復之後的臺灣賦作，則是分散於臺灣各鄉鎮志之中。

　　光復之後的臺灣賦作，初期有很重的政治氣息。如鄭坤五所寫的四篇賦作〈慶祝　國府還都賦〉（以題字為韻，限各在末字）、〈祝國慶日賦〉（韻用「以建民國以進大同」）、〈祝抗戰勝利紀念日賦〉（韻用「鞭敲金鐙響人唱凱歌還」）、〈恭祝蔣主座花甲延壽賦〉（韻用「龍馬精神海鶴姿」）等，這幾篇賦從篇名、用韻上便可得知，是歌頌國民政府抗戰勝利、國慶普天同慶等內容。在臺灣剛剛光復之時，這類作品於光復的時空背景之下誕生，因此與清康熙時期，歌頌收復臺灣的賦作，以頌德、讚揚為主者，頗有相似之處。

　　這時期有兩篇賦作以寫校園為主，為鄭坤五〈省立屏東女子中學

校賦〉[50]、何伯銘〈正氣八週年賦〉，分別描寫省立屏東女中、嘉義正氣中學兩校。也是臺灣文學中少見的校園賦作。

四　臺灣賦作的內容特色

臺灣，對於以中原文化為主體的文人而言，是一種新的客觀的史地知識與經驗，在清代特有的時代氛圍中，文人是以何種態度與方式來認識與呈現這樣一個內容範疇，正是值得研究注意的。而臺灣割讓日本之後，作為被殖民的島國文人，又如何看待殖民母國？如何自我安命立身？如何應變世局的變化，與當下的時空環境對話？從臺灣賦作也可以略見其端倪。

臺灣賦作發展於清代的大一統盛世，對邊疆的積極開發、經世致用的思潮，以及邊疆人文史地、地理方志蓬勃發展的時代氛圍，結合著作家自身的邊疆遊歷經驗，與文人展現自我心理需求。臺灣賦作題材內容的特色與臺灣被納入版圖及其開發地區之先後是息息相關的。而早期〈臺灣賦〉所呈現的臺灣，以中原為對照而顯示臺灣地區的荒蕪，偏向強調清代的開創意義。然而，隨著邊疆區域的不斷開發，與對於邊疆史地考證的日益重視，文人對於邊疆區域的認識，則是愈趨客觀而能清晰觀察；如開發最早的臺灣地區，在乾隆時就有王必昌的〈臺灣賦〉、〈澎湖賦〉，能對臺灣、澎湖兩處的地區特色加以掌握，並樸實明確的介紹[51]。

塗怡萱認為：光緒年間洪棄生的〈澎湖賦〉、屠繼善的〈游瑯嶠

---

50 鄭坤五〈省立屏東女子中學校賦〉已經在吳福助〈鄭坤五作品中的女子教育理念〉一文中，作了相當詳盡的分析與註解，參考東海大學中文系編：《戰後初期臺灣文學與思潮論文集》（臺北市：文津出版社，2005年），頁62-97。

51 塗怡萱：《清代邊疆輿地賦研究》（南投縣：暨南國際大學中國語文學系碩士論文，2003年），頁77。

賦〉、康作銘〈瑯嶠民番風俗賦〉中，對於地區或以陳述現實、或以議論時勢，也都顯示出對於地區現象的客觀理解。可見文人隨著邊疆區域的開發與邊疆主題的提升，對於「地理區域」書寫中所著重的地區性，其認識的態度是從主觀而愈趨客觀確實的，而這樣的認識也形成此類題材在內容上相當明顯的現象與特色。

中法戰爭波及澎湖後，洪棄生〈澎湖賦〉中對於澎湖的認識，就已經不全然是帝國盛世下的澎湖，其所看到的澎湖已具有邊防的重要意義，這也使其賦中呈現的不再僅是純然的輿地現象[52]。而同時丘逢甲、吳德功的〈澎湖賦〉，雖然同樣是以澎湖作為書寫主題，卻是從敘事、議論的角度以求凸顯澎湖的重要性，已非輿地賦類所能囿限。就丘逢甲的〈澎湖賦〉而論，此賦作於中法戰爭後，其寫作的主要目的，是藉由湖山主人回答有談瀛客的內容，議論澎湖的軍事位置，在歷史事件的論述中強調澎湖地區邊疆設險之重要性，正所謂「王公設險而非虛，善政得民而足重」，所以「當此邊防無遺策」，文人才真能歌舞昇平、騁筆抒情。而吳德功的〈澎湖賦〉則是作於臺灣割讓給日本後，此賦的內容是藉著天涯逸客與澎島主人的對話，呈現臺灣地理位置之險要，所謂「有無形之險莫窮，有形之險難恃。有國者當修我戈矛，屬厥將士，扼重洋以嚴保障，建海國之屏藩……」其雖以澎湖為鋪寫對象，但並非關注於輿地現象，而是藉由敘事而「寓憂國深衷於婉委之中」。

由此可見，對於清代的臺灣賦作而言，其與邊疆「地理區域」的存在意義，其實是奠基於大清一統盛世的情境下，所以隨著清朝由盛

---

52 洪棄生之所以如此強調澎湖的戰備地理位置，乃是因其寫作時間光緒十三年（1887），正值光緒十年（1884）中法戰爭後。在中法戰爭中，法將孤拔（Courbet）曾經率領東艦隊進攻臺彭，造成澎湖不守，臺灣危殆，故在中法和議後，澎湖的地理位置與軍事防守備受重視。而在此時空背景下，也正說明了洪棄生〈澎湖賦〉所關懷的面向。此段話大意見塗怡萱：《清代邊疆輿地賦研究》（南投縣：暨南國際大學中國語文學系碩士論文，2003年），頁74。

而衰等時空氛圍的差異，賦作的內容自然也產生變化。因此在中法戰爭前，王必昌賦作中展現的景觀位置、民情物產，是一呼應皇朝盛世的輿地形貌；而中法戰爭之後，洪棄生賦作中所關注的輿地現象，則較少鋪陳民情物產。而此後丘逢甲、吳德功以敘事、議論為主的寫作趨勢走向，則更說明著澎湖區域的存在意義，已從代表大清的一統盛世，轉向為一個邊防的要地[53]。

至乙未割臺後，臺灣漢文以一種崎嶇獨特的方式延續下來，鸞堂與詩社、書房同樣發揮了延斯文於一線的影響力，尤其是鸞堂與詩社數量之多，都是臺灣社會史上難得一見的奇觀，臺灣的士紳、讀書人以扶鸞降筆的方式教化百姓，形成賦篇作者多為神明依附人身扶鸞降筆之作。雖然清代中葉，中國大陸各地也均有鸞堂出現，至道光庚子年（1840），更由於「救劫論」的宗教思想出現，使得鸞堂蓬勃發展，鸞書大量問世，形成一個全國性的宗教熱潮，這股持續不斷的熱潮，使得梁啟超以「乩壇盈城」稱之。但其間是否有鸞賦刊行，迄今並不知曉。反而是臺灣在日本統治下以此方式反映社會問題、教化人心，並使漢文不致滅絕，此一賦體的表現手法，可謂是獨具特色，與通俗賦篇的表現，成為臺灣賦作發展史上的兩大奇景。其餘可言之特色，復整理羅列如下：

（一）與地區開發之先後關係

臺灣地區的賦作，其描寫的區域，與臺灣的開發方向大致相同。其書寫的區域依序為當時的臺灣（今臺南）、澎湖、鳳山、噶瑪蘭、恆春等地區，此先後順序正與方志收入賦作之現象相合。易言之，甲午戰爭之前臺灣輿地賦所陳列的輿地區域，呼應著清代臺灣開發的現象，康熙二十三年（1684）設臺灣府（臺灣縣、鳳山縣、諸羅縣），

---

53 塗怡萱：《清代邊疆輿地賦研究》，頁75。

雍正五年（1727）臺灣縣分出澎湖廳、嘉慶十七年（1812）設噶瑪蘭廳、光緒元年（1875）設恆春縣。而臺灣賦篇的創作與臺灣方志編纂密切相關，這些賦的撰寫者大多曾參與方志的編纂，或為總裁、總輯、續輯、主修、佐修、校訂、彙校等[54]，這些宦臺的賦家將自己的賦作收入於其所編纂修訂的方志中，正如王必昌在〈臺灣賦〉文末所表示：「謹就見聞，按圖記，輯俚詞，資多識。愧研練之無才，兼採摭之未備。聚敷陳夫土風，用附登於邑志。」說明了為修志而創作的態度，而「敷陳夫土風」的創作內容，則符應著臺灣方志中對於藝文收錄標準的要求，所謂「雜文、詩賦，必於風土有關涉、文足傳世者，始為採入」[55]，「舊志藝文頗繁，今稍為釐訂，擇其剴切詳明，有關政教風土者錄之，亦佐志乘所不逮焉」[56]

　　恆春開發之後，賦作亦因之產生，以針對「瑯嶠」（即今日恆春）作為敘寫主題的賦作為例，有屠繼善〈游瑯嶠賦〉與康作銘的〈瑯嶠民番風俗賦〉兩篇。此二人同為光緒二十年（1894）《恆春縣志》的纂修者，因疆域開發而有賦作，而賦作中歌頌皇恩、為志書增色的現象與目的，也同樣顯而可見；如《恆春縣志卷八·風俗》的內容，就是以屠繼善〈游瑯嶠賦〉一篇作為對恆春風俗的介紹，尤具代表性[57]。

　　至於康作銘的〈瑯嶠民番風俗賦〉，雖然篇幅不長，對於民番風俗的介紹不及前篇賦作的豐富，但是對於瑯嶠收歸清朝的過程，從去留

---

54 塗怡萱：《清代邊疆輿地賦研究》，頁52-53。

55 見王禮主修，陳文達等纂修：《臺灣縣志》〈凡例〉（臺灣銀行經濟研究室，1958年），及《臺灣史料集·清代臺灣方志彙刊》第4冊（臺北市：遠流出版社，2005年）。

56 見劉良璧等纂修：《重修臺灣府志》〈凡例〉，《臺灣史料集·清代臺灣方志彙刊》第6冊，臺北市：遠流出版社，2005年。

57 塗怡萱：《清代邊疆輿地賦研究》：「屠繼善〈游瑯嶠賦〉，此賦在《恆春縣志》中不置於『藝文志』，而被用以作為『卷八·風俗』之全部內容，來介紹恆春之民情風俗。」（頁131）

議論、開闢教化，以至於光緒初年的置縣建設，都有更簡潔扼要的記述。大抵而言，這兩篇賦作對於「瑯嶠」此地區的觀察，都是從民番風俗的角度出發，對於此區民情習俗著墨鋪陳，強調清朝的化育之恩。

（二）自注形式

清代以律賦取士，對於賦體的書寫特重方法，賦體的行文結構標準，一般而言遵循著首段隈括題旨以破題，中幅各段分承題旨，開展鋪陳，末段以詠嘆或頌揚作結的基本模式，這種對形式結構的要求，大致是清代以來賦篇在創作的共同原則，即使是臺灣賦作同樣也依循著此大原則。就整體形式而論，賦體大致有文體賦：如辭賦、俳賦、文賦（包括俗賦、白話賦），詩體賦：如騷賦、詩賦、律賦，而在清代大一統背景下所展現的邊疆賦作，其篇章基本的形式，多承繼著漢大賦的藝術特質，追求以宏大的體制形式，來展示事物的眾妙紛呈，然而隨著賦家的個人喜好，辭賦的問答形式、騷賦的兮字句型、俳賦的工整對偶、律賦的章法結構、文賦「以散御駢，用散為偶」、「用韻廣泛自由，隨在而施」的原質，也都曾出現於清代邊疆的賦作中，此中較為特殊的是，除了賦本文之外，還形成了一種自注的形式。

賦對於注解也十分重視，所注內容也為賦作增添了許多實質的價值。從初期在吳兆騫、紀昀的註解中所展現的原則，仍傳承著賦學傳統中重視文采語言之面向；但隨著邊疆的開發，具有邊疆研究背景的大家如和寧、徐松等人，其賦作則多藉由注解，以豐富邊疆地區人文史地之呈現，就其注解的內容觀察，除了會對字詞意義加以補充與解釋，如對地理環境及現象之方位大小具體介紹等，以促使文本內容更為清晰完整外，這些注解更延伸出許多賦文之外的意義，不論是對邊疆賦作現象的考據成果，或是引述其文化歷史的相關資料等[58]。賦注

---

[58] 參塗怡萱：《清代邊疆輿地賦研究》，頁145。

中對於賦作地區現象的陳述可謂極盡所能的詳贍羅列。據塗怡萱的研究，臺灣地區卓肇昌的〈臺灣形勝賦〉、〈鼓山賦〉皆是如此。大抵而言，賦注內容除了協助文章內容的理解外，賦家本諸見聞經歷、載籍口傳等重視考據徵實的態度，賦注也成為賦家展示自身邊疆輿地知識的方式，這不但讓賦作的主體內容更為豐富而真實，也為認識海疆臺灣提供了許多實際的價值[59]。

（三）歷史的詮釋

根據塗怡萱《清代邊疆輿地賦研究》，臺灣賦作對於歷史事件的呈現，主要有臺灣開發之前本身的歷史，以及清朝平定與開發臺灣的陳述。塗怡萱云：

> 儘管清朝初時為了消滅鄭氏而平定臺灣之初，還曾對於臺灣的去留進行了論辯，認為臺灣乃屬「紅毛之地」、「原屬化外」，而最後在於施琅上疏「臺灣棄留疏」，言明臺灣「棄之必釀成大禍，留之誠永固邊圍」的邊陲要意，聖祖康熙才將臺灣正式納入版圖。但在賦文中所呈現的則與這樣的臺灣認知與政治考量有所差異。在賦文中，臺灣的過去被建構為「非天心之助逆分，蓋刲運之未終」（高拱乾〈臺灣賦〉）之荒蕪落後、海盜逃兵聚集、民不聊生的世界。而對於早期荷蘭人、西班牙人在臺灣的築城，與鄭氏王朝於臺灣的郡縣制度、文教發展（如設立孔廟、學校等）賦家多視而不見、闕而不言，或是以偏蓋全，所謂「天實假手以開創，夫何羨乎紅彝！」「彼將設險為負嵎，自誇不世之良畫。詎知造物有意，復假手於鄭氏，而開天家之澤國。」（李欽文〈紅毛城賦〉）……都順著天意而被合理

---

59 塗怡萱：《清代邊疆輿地賦研究》，頁145。

解釋，而天意這樣的開化臺灣，最終歸結自然是清朝應天而起
的征伐。

塗氏並進而論述：這種應天命而起的認知過程，符應著中國傳統君權
神授的觀點，是在歷史現實之上，更為真實的認同方式與集體認知[60]。
當清朝以外族身分要建立起自己的正統地位時，相較於應天命之所託
的呼告，更為有利的則是證明自己所具有的文化血緣，所承繼的道統
文化，以之跨越種族的分野，來確認自身的正統地位。[61]

就因地及史的書寫方式而言，在邊疆臺灣賦作中所呈現的多為藉
由某一地點，而懷想那些曾經與之相關的歷史事蹟或是相關典故；就
純粹記載歷史事件的部分而言，文人大抵都是記述清代開闢或征伐邊
疆的歷史事件，以宣揚並記錄著清朝拓展邊疆的盛世景況，而對於地
區過去的歷史現象，也許記載其開發經過，或多偏向於清代開發前的
負面現象，如王必昌的〈臺灣賦〉著墨甚多之處還是明鄭時期的歷
史，對鄭氏王朝的批評比林謙光與高拱乾還要激烈：

　　洎乎鄭氏，乃凌險而負嵎。建偽官，開方鎮，萃濱海之逃逋。
　　因利乘便，順風長驅。陷七郡，破潮、粵，犯溫、臺，掠東
　　吳。毒燄所觸，沿海焦枯。熊蹲四世，虎視方隅。

王必昌這樣描寫，其實也跟前面〈臺灣賦〉一樣，都是要襯托出清朝
的強大與仁德，才能擊破鄭氏王朝。所謂：

60　塗怡萱：《清代邊疆輿地賦研究》，頁119、120。
61　關於清初以文化跨越種族血緣的研究，見塗怡萱：《清代邊疆輿地賦研究》，頁74。
　　及王學玲：《明清之際辭賦書寫中的身分認同》（臺北縣：輔仁大學中國文學系博士
　　論文，2001年，指導教授：鄭毓瑜）。

闢四千載之方輿，安億萬姓於畚鍤。慶文教之誕敷，群入學而
鼓篋。或挽車而騎牛，或操舟而理檝。重洋問渡，舸艦帆聯；
樂土興歌，人民踵接。

以前後描寫之差距來凸顯清政府與海盜、荷蘭與明鄭的不同，也以文
學論述來加強清朝統治臺灣的合法性。但就整體而言，不論是從哪個
方向對於邊疆歷史加以敷寫，皆有助於讓邊疆地區所存在的時空意義
更為豐厚，並可凸顯出一地之存在價值，雖然在鋪寫的過程中，清朝
一統邊疆的盛世意義，仍是最為清晰的，然而單就邊疆歷史的寫實紀
錄而言，也為邊疆地區留下了豐富的記憶[62]。

（四）書寫模式

　　大抵而言，賦家在呈現人們所陌生的邊疆區域時，其所依循的方
向有以下幾個基本模式，據塗怡萱之說：其一、由外部而向內深入，
其二、由大範圍概說而趨向單一介紹，其三、順行徑路線而逐步開
展。這些陳述方式，彼此間互不排斥，皆有利於引導讀者閱讀文本。
以張從政〈臺山賦〉為例，說明由外部而向內深入、及由大範圍概說
而趨向單一介紹的鋪陳手法。

　　作者先以臺灣群島外部大體的形勢談起（矚崔巍之駢列兮……勢
自成其巃嵸），進而概述臺灣地區的山形島嶼之現象（蜿蜒蛇蛻……
羅星宿於汪洋），從臺灣外部與中原的關係，建立起讀者對於臺灣位
置之認識，進而從概述臺灣景觀的要點，建立基本空間架構。而於此
段後，作者則從大範圍「試為綜首尾之橫亘兮，道里二千；合遠近而
僕數兮，陵阜萬億……」，而分別對「南方之形勝」、「北路之奇峭」、
「內山荒島」三個部分的風景名勝與景色現象一一加以介紹。以南方

---

62 參王嘉弘：《清代臺灣賦的發展》，臺中市：東海大學中國文學系碩士論文，2005年。

之形勝為例：若夫群巖倚伏，眾岫控扼……則有龜文遙應於鳳彈，猴洞遠望夫馬干。南僊、老佛之境，羅漢、觀音之巒……。

在篇首所建立的臺灣方位與基本空間架構下，再從大區域的劃分中，依序清楚的納入各個景觀名勝，讀者對於臺灣的地理風光之認識，當然也就井然有序了[63]。

而神話書寫的用意，在於藉由自古以來的中原與邊區相接觸的歷史經驗之建構與重新串連，以呼應清代的一統情境。臺灣地區原屬海外之島，在清朝以前，與中原的接觸僅有零星的移民與流人避難來此。因此，其所存在於文人記憶深處而具有代表意義的，反而是古遠的神話印象，即所謂的員嶠、方壺、蓬萊、瀛洲等，作者將其與確實可知的歷史共同結合，而成為傳統中國認知下的完整的時空概念。因此當林謙光在海上見到臺灣的第一眼印象，其所獲得的認知是「神山突出，沃野孤浮。景呈異狀，沙截洪流」（林謙光〈臺灣賦〉），這樣的「神山」，當然就是傳統以來對於海外仙島「實海國之神區」（李欽文〈赤嵌城賦〉）的神話記憶。而這樣的記憶，不僅外來文人（林謙光等）所想像，臺灣本土文人如李欽文、卓肇昌等、黃學海的賦中，同樣也是藉由這樣的神話認同，將臺灣與自身融入於傳統中原的世界，所謂「滄烟浩渺，人遊瓊島壺中；巨浸汪洋，家在蓬萊山下。」（卓肇昌〈臺灣形勝賦〉）或是「豈真員嶠方壺，可望而不可即？儼以俯靈仰繹，載沉而兼載浮爾。」（黃學海〈龜山賦〉）可見不論是外來或是在地的文人，臺灣的存在藉由中原海區神話的記憶而被想像為傳統中國的一部分，藉由中原化的記憶與想像，建構出一個歷史同源的國族共同體[64]。王必昌的〈臺灣賦〉則建構臺灣內部諸山延自於閩浙山脈，而會於雞籠山，巧妙地將臺灣與中原帝國遙相接壤：「其山

---

63 見塗怡萱：《清代邊疆輿地賦研究》，頁142。

64 塗怡萱：《清代邊疆輿地賦研究》，頁117。

則祖龍省會，五虎門東。沿江入海，徑渡關潼。突起雞嶼，崚嶒龍嵷。過南嵌，矗龜崙，煙霏霧結，繡錯雲屯。大武雙高而作鎮，木崗特立而稱尊。」既表達中原正統之心，亦藉山為血脈相連的映襯[65]。當然，除此之外，作者對地區的陌生性，也極可能以所知的虛幻神話來填補認知的空白，同時也藉著想像力的發揮，在精神層面上達到一種自由的狀態。

五　結論

臺灣初納版圖時，罕有文獻可供參考[66]，康熙第一任來臺總兵楊文魁〈臺灣紀略碑文〉僅能如此說明：「臺灣，海邦荒服地也；與閩省對峙，惟隔越重洋。其先輿圖未載，故無沿革可稽。」因對臺灣之

---

65 王氏此一臺灣山脈自中國沿岸延續而來的說法，後來在陳壽祺（1771-1834）的〈平定臺灣為郭參軍庭筠上嘉勇公福大將軍一百韻〉：「鷺島沉煙出，雞籠隔霧窺，三貂恢海甸，五虎拓坤維。」也有「臺山之脈，自福州五虎門蜿蜒渡海而東」的觀念。而直至日據割臺，亦常隱含於詩作中藉以言正統。林景仁〈大屯山歌·寄沈琛生〉：「東寧地脈發閩疆，磅礴渡海勢龍驤。朔首雞籠限，南盡馬磯碭。逶迤起伏、轟軒特拔，不知橫亙其幾千萬里，嗟余措頤挂笏，獨偉大屯之巍邛。」該詩並有自注，依據〈赤嵌筆談〉所云：「宋朱子登福州鼓山，占地脈曰：『龍渡滄海，五百年後，當有百萬人之郡。』今按宋至清初，年數適符。」又云：「福州五虎山入海，首皆東向，是氣脈渡海之驗。」而福州五虎門東向至大屯山五虎崗，這種以山為血脈相連的觀念亦影響日後文學創作。見筆者：〈臺灣文學中的淡水書寫〉，《臺灣文學與文化研究學刊》第1期（臺北市：臺灣學生書局，2002年），頁133。另據柯喬文：「即使在日人統治之下，在漢學文人聚集的《三六九小報》中，此一隱性思維仍深刻影響，所謂『福州三山，龍渡滄海，起伏而來，氣脈雄渾，新高山海拔萬三千尺，為東洋唯一標高』，藉由地理上的聯繫，遙歸中國。」見〈它者的觀看：清代臺灣賦的權力話語〉，第六屆《文學與文化》，臺北市：淡江大學，2002年4月11日。《三六九小報》此文署名「亞雲」（趙劍泉筆名）作〈海上人才〉一文，刊載於「史遺」專欄中，305號，昭和8年（1933）7月9日，第三版。

66 約康熙三十四年來臺的徐懷祖〈臺灣隨筆〉一文，即有「臺灣於古無考」之說。收錄於《臺灣輿地彙鈔》，臺灣文獻叢刊第216種（臺北市：臺灣銀行經濟研究室，1965年），頁3。

陌生，因著視覺「差異」而引發的好奇，再生新成的認識圖像，在在呈顯賦作書寫上的環境特殊性，及觀察者特定時期的文化背景與生活經驗。

　　康、雍時期臺灣賦大多為綜合描寫臺灣風土，乾隆時期則有不少賦作為形勝賦。這些賦作客觀描述早期臺灣地理風貌、民情風俗，具有臺灣自然文學的雛形。不論是以臺灣整體的風光物產、歷史民情為書寫對象的〈臺灣賦〉系列作品，地區性如「澎湖」、「瑯嶠」（恆春）的書寫，或是純以山川海島、名勝風光為書寫主體的〈臺山賦〉、〈秀峰塔賦〉、〈龜山賦〉及「形勝」一類的賦作，乃至於以「赤嵌樓」當時的臺灣名城為書寫主題的賦作，都讓清代的臺灣賦展現出更為豐富多元的文化圖貌、歷史地理的資料，據此亦可以看出早期文人是如何敘寫臺灣的。到了清代中、晚期，臺灣賦作，則是以抒發文人自己的感受與記錄臺灣時事內容為主體，雖然仍有一些以描寫形勝為主，但相對來比較，已經是少數。這是因為清嘉慶、道光之後，臺灣文風隨著教育的日漸普及，臺灣本土文人興起[67]，科舉律賦的寫作風氣普遍，鄭用錫、曹敬、施瓊芳、丘逢甲、洪棄生等人的若干賦作[68]，即是在

---

[67] 黃新憲統計福建舉人進士數量表，有清一代一百一十次科舉中，乾隆以前臺灣舉人有六十七人，而嘉慶以後到光緒二十一年（1895）之後，有二百三十八人。進士在乾隆以前，有二人，嘉慶以後有三十八人。另外在書院的統計上與書院的設置上，乾隆以前有二十六所書院，嘉慶到割讓臺灣前新設三十五所書院。因此不論從教育機構，或是及第士人的數量分布上，整體而言，臺灣士子在嘉慶以後是比乾隆以前還多。轉引自王嘉弘：《清代臺灣賦的發展》（東海大學中國文學系碩士論倫，2005年）。

[68] 從施瓊芳、曹敬、洪棄生等等這幾位文人的賦作中，可以看出專門以科舉考試為目的的賦作。如施瓊芳的賦作有三篇被刊入《東瀛試牘》、洪棄生的〈鯤化鵬賦〉乃應陳太守觀風所做等等，都可以看出這些因為科舉考試制度所產生的賦作，而曹敬曾在八芝蘭（士林）任私塾老師，施瓊芳、洪棄生或是鄭用錫、丘逢甲等等都曾任書院山長，他們的賦作也極有可能是針對當時教學需要，所做的科舉範本。參考王嘉弘：《清代臺灣賦的發展》（臺中市：東海大學中國文學系碩士論文，2005年）。此方面材料（科舉範本），由於文獻散佚，目前尚無法全面蒐得，只能求諸他日機緣。

這種科舉風氣下所產生的作品，因此即使噶瑪蘭、恆春新設縣治的廳縣志中，有似初期的形勝賦作，但文人大量創作的科舉賦已成為這時期臺灣賦的主流，從數量上可以清楚地看出形勝賦的衰退與科舉賦的興起。

這些賦作中，除早期普遍大一統思想之外，主觀的漢民族優越意識也充斥裡頭，遂形成觀看原住民的風土民情有所偏差，這是閱讀時可以留意的。如林謙光〈臺灣賦〉中記道：「則有文身蕃族，黑齒裔蠻：爛滿頭之花草，拖塞耳之木環；披短衣而抽藤作帶，蒙鳥羽而編貝為繫。聞中國異人之戾止，乃跳石越澗以來觀[69]」，或是王必昌〈臺灣賦〉所記：「而其編藤束腰，展足鬥捷；貫耳刺唇，文身為俠。聽鳥音而卜出，配大匏以利涉。……復有傀儡生蕃，鮮食茹血；蒙頭露目，手持寸鐵；伏林莽以伺人，賽髑髏而稱傑。」[70]漢人與其他民族有所接觸時，很容易以大國天朝的眼光來看待其他民族。

由於臺灣割讓給日本後，科舉制度廢除，科舉賦的作用頓時消失，因此日治時期的傳統文人便轉而以賦來描寫風花雪月之事物或是諷刺時事等。因漢文存續、文人創作理念及現代性、殖民性種種關係，登鸞降筆及一般通俗性賦作取代傳統賦作的題材及風格。尤其是賦為典雅文學中重要的體類，日治時期多篇賦作呈現詼諧的趣味性，將雅俗二者結合，因此兩者之間關係之考察，可理解當時雅俗文學的交流互動。綜言之，臺灣賦作的研究，可以加強臺灣傳統文學史料中，對傳統詩以外文類研究的不足，也可看出臺灣傳統文學發展的其他面向。

---

69 高拱乾：《臺灣府志》，卷10，藝文志（臺北市：成文出版社，1983年），中國方志叢書‧臺灣地區‧第1號，頁263-265。

70 王必昌：《重修臺灣縣志》，卷13，藝文志（臺北市：成文出版社，1983年），中國方志叢書‧臺灣地區‧第9號，頁480。

六
談談《全臺賦》、《臺灣賦文集》未收的作品

一　前言

　　大約所有的作家全集或文學總集，不免都有遺珠之憾，二〇〇六年《全臺賦》出版時，我心裡頭就很清楚這是一部永遠無法求全，無法真正完成的「全」集，尤其臺灣賦的範圍及概念，仍駁雜分歧，在草創時仍需披荊斬棘，而臺灣文獻史料的發掘，不僅僅在於臺灣，清領時期曾來臺復又回鄉的文士所出版的詩文集，更是難以全面翻檢，兩岸文獻史料的蒐羅實為不易，記得二〇〇五年六月我在上海停留數天，透過朋友協助，取得南京大學許結教授電話號碼，我特地請教易順豫〈哀臺灣賦〉之出處，但一無所獲，後來又翻讀一些著作，間接得知收在江標所輯《沅湘通藝錄》，經查《百部叢書集成》才取得。至於周嬰〈東番記〉，我在閱讀材料的過程中，得悉大陸中央民族學院教授張崇根教授認為此「賦」（亦稱周賦）是以陳文（指陳第〈東番記〉）為藍本，以之創作而成。張氏〈周嬰《東番記》考證〉[1]，且指出〈東番記〉收入周嬰《遠遊篇》第十二卷中，《遠遊篇》則典藏於北京圖書館（現為國家圖書館）善本部，有兩個版本，一為明末刊本，一為清濯耒亭鈔本。其後李祖基教授〈周嬰《東番記》研究〉[2]

1　刊於《社會科學輯刊》1982年第1期，頁114-120。當年即為中國人民大學書報資料中心編印的《複印報刊資料中國地理》1982年第3期收入。後又收入氏著《臺灣歷史與高山族文化》（西寧市：青海人民出版社，1992年），頁156-165。

2　李文先於首屆「莆仙文化學術研討會」發表，《莆仙文化研究——首屆莆仙文化學

又指出尚有福建省立圖書館和福建師大圖書館庋藏兩種鈔本以及廈門大學圖書館根據省立圖書館鈔本的傳鈔本，但他認為《遠遊篇》「賦」與「記」截然二分，張氏稱〈東番記〉為「周賦」或「周嬰〈東番記〉賦」，明顯與作者原意不符。我因託人複印此書未得，又因納諸賦作與否？一時不敢大意而未及妥善處理[3]。如果再考量來臺日本漢文人之作，則臺、日兩地詩文集都得再全面翻檢，這些都只能求之日後機緣。其他種種，難以盡述。近年則一本初衷，平素閱讀之際有所得則隨手錄之，期待《全臺賦》之續編或補遺，甚或重編。以下臚列目前《全臺賦》、《臺灣賦文集》未收之作，並歸納若干現象予以討論。

二　《全臺賦》、《臺灣賦文集》未收之作

　　《全臺賦》與《臺灣賦文集》所收篇目差異不大，後出的《臺灣賦文集》較《全臺賦》多二十七篇，陳宗賦〈寒食打毬賦〉等賦作二十篇及黃贊鈞〈臺灣神社祭典感賦〉、〈勒題新年雪恭賦〉，吳澤民〈石畫賦並序〉，高文淵〈秋陽賦〉、〈鼓山觀海賦〉，佚名〈讀書人不與賭博僕為對賦〉，中村櫻溪〈石壁潭賦〉。目前個人初步蒐羅整理之臺灣賦作尚有六十餘篇[4]，篇目有：

術研討會論文集》，福州市：海峽文藝出版社，2002年。後刊於《臺灣研究集刊》第1期（2003年），頁72-84、轉92。相關研究者復有李秉乾〈我所見過的周嬰《東番記》〉，呂良弼主編、福建省社會科學界聯合會、福建省五緣文化研究會編：《海峽兩岸五緣論》（北京市：方志出版社，2003年），頁260-267。

3　目前《臺灣文獻匯刊》已收入，學術機關圖書館多有購置，且有資料庫，使用已甚為方便。

4　劍菴主人稿〈戒吃鴉片賦并序〉、〈慶賀豐美汽船開輪賦并序〉為新嘉（加）坡來稿，刊於《臺灣日日新報》1900年12月20、21、27日，暫未列入。另有尤侗等人的賦作尚待整理。

1. 鷗所釣侶〈望海賦〉,《臺灣日日新報》第1401號,1903年1月1日。

2. 黃贊鈞〈秋水懷人賦(以求之而不可得為韻)〉,《臺灣教育會雜誌》第21號,1903年12月25日。

3. 莊鶴如〈梅妻賦(以只因誤識林和靖為韻)〉,《臺灣教育會雜誌》第33號,1904年12月25日。

4. 鷹取田一郎選〈玉皇賦〉,《臺灣日日新報》第4415號,1912年9月13日。

5. 佚名〈戒吃雅片煙賦〉,《臺灣月報》第6卷第12期,1912年12月20日。

6. 郭瓊玖〈中秋月賦(以中秋觀月會為韻)〉,《臺灣教育會雜誌》第139號,1913年11月1日。

7. 縮天〈知事賦(以下民易虐上天難欺為韻)〉,《臺灣日日新報》第5511號,1914年7月6日。

8. 李冠三〈紅蔘花疏水國秋賦(以題為韻)〉,《臺灣愛國婦人》第74期,1915年1月1日。

9. 羅秀惠〈今上戴冠式大典賦(以題為韻)〉,《臺灣日日新報》第5524號,1915年11月10日。

10. 佚名〈諫果賦〉,《臺灣日日新報》第5531號,1915年11月19日。

11. 汪式金〈瓊島春陰賦〉,《臺灣愛國婦人》第77號,1915年3月25日。

12. 施少作〈戒貪花賦(以入迷途為韻)〉,《臺灣愛國婦人》第77號,1915年3月25日。

13. 陳元南〈教書賦(以大半生涯在硯田為韻)〉,《臺灣愛國婦人》第77期,1915年3月25日。

14. 賴佐臣〈春遊芝山巖賦(以題為韻)〉,《臺灣教育會雜誌》第157號,1915年5月1日。

15. 汪式金〈五指山賦〉,《臺灣愛國婦人》第85號,1915年12月1日。

16. 賴佐臣〈奉祝御大禮賦（以祈聖壽無疆為韻）〉,《臺灣教育會雜誌》第163號,1915年12月1日。

17. 陳慶瑞〈不倒翁賦（以題為韻）〉,《漢文臺灣愛國婦人》第78卷,1915年2月27日。

18. 陳慶瑞〈蓮蓬人賦（以題為韻）〉,《漢文臺灣愛國婦人》[5]第79卷,1915年。

19. 黃爾璇〈春山如笑賦（以題為韻）〉,《漢文臺灣愛國婦人》第79卷,1915年。

20. 許子文〈訪夢蝶園故址賦（以題為韻）〉,《臺灣文藝叢誌》1年11號,1919年11月15日。

21. 小芹〈張賦（以弓長為韻）〉,《臺灣文藝叢誌》3年5號,1921年5月15日。

22. 嘯雲〈春閨怨賦（以小姑居處怨無郎為韻）〉,《臺灣文藝叢誌》3年8號,1921年8月15日。

23. 魏潤菴〈日月潭賦〉,《臺灣日日新報》第8389號,1923年9月28日。

24. 雪谷〈入獄賦（仿赤壁賦）〉,《臺灣民報》第3卷第4號,1925年2月1日。

25. 黃贊鈞〈待兔賦（以守株為韻）〉,《臺灣日日新報》第9580號,1927年1月1日。

26. 佚名〈戲代張天師鳴不平賦（以張天師逃出龍虎山為韻）〉,《臺灣日日新報》第780號,1927年2月2日。

5　《臺灣愛國婦人》卷期、刊名有些凌亂,此處據封面及內文目錄作《漢文臺灣愛國婦人》,不著刊行日期,但內文有「始政二十年」及一系列文章,故推斷宜是一九一五年。

27. 林天進〈正識病辨症詳明金玉賦〉,《漢文皇漢醫界》第15、17、18期,1930年1月20日,3月20日,4月20日。

28. 邵葉飛〈新藥性賦〉,《漢文皇漢醫界》第19期,1930年5月20日。

29. 李德馨〈漢醫振興（賦以題為韻）〉,《臺灣皇漢醫界》第27期,1931年4月20日。

30. 金澤之〈傷寒症名要領賦〉,《臺灣皇漢醫界》第35期,1931年9月20日。

31. 陳潭〈討蝶橄賦〉,《詩報》第39期,1932年7月15日。

32. 丘寶融〈石門賦（以勝運無雙圓山第一為韻）〉,《孔教報》第11期,1937年8月30日。

33. 佚名〈賦〉,《詩報》168期,1938年1月1日。

34. 洪大川〈關嶺溫泉小賦〉,《事志齋詩文集》。

35. 〈貪財賦（以題為韻）〉,《濟世清親》,1926年。

36. 〈戒唆人爭訟賦（以題為韻）〉,《覺悟選新》。

37. 〈教書賦（以誤人子弟為韻）〉,《現報新新》。

38. 〈正心福善賦（以題為韻）〉,《醒世新篇》。

39. 〈德馨如松賦（以題為韻）〉,《醒世新篇》。

40. 〈慶月賜川賦（以題為韻）〉,《醒世新篇》。

41. 〈文真江波賦（以題為韻）〉,《醒世新篇》。

42. 〈心田介卿賦（以題為韻）〉,《醒世新篇》。

43. 〈吟水旺咏準繩賦（以題為韻）〉,《醒世新篇》。

44. 〈戒食洋煙賦（以宜痛改為韻）〉,《濟世新編》。

45. 〈洋煙賦（以害業傾家為韻）〉,《明德新篇》。

46. 〈戒飲賦〉,《忠孝集》。

47. 〈戒財賦〉,《忠孝集》。

48. 〈戒勢賦〉,《忠孝集》。

49.〈戒力賦〉,《忠孝集》。

50.〈戒洋煙賦〉,《忠孝集》。

51.〈勸孝賦（以能竭其力為韻）〉,《忠孝集》。

52.〈戒廉賦（以非義莫取為韻）〉,《忠孝集》。

53.〈勸節賦（以心存冰潔為韻）〉,《忠孝集》。

54.〈戒煙花害人賦（以題為韻）〉,《刪增忠孝集》。

55.〈啟明堂賦（其一）〉,《樂道新書》。

56.〈啟明堂賦（其二）〉,《樂道新書》。

57.〈臺灣形勝賦（不拘韻）〉,《警心篇》。

58.〈戒不遵訓誨文（以題為韻）〉,《覺頑良箴》。

59.〈陰律難逃文（以題為韻）〉,《覺頑良箴》。

60.〈樂善堂賦〉,《妙化新篇》。

61.〈勸孝賦〉,

　　另《刪增忠孝集》有九篇缺文存目之賦:〈勸幼學賦〉、〈勸忠賦〉、〈勸仁賦〉、〈勸義賦〉、〈勸禮賦〉、〈勸信賦〉、〈勸智賦〉、〈戒恥賦〉、〈戒嫖賦〉、〈戒賭賦〉等。

　　這些作品大致可以歸納為若干面向,以下就此析論之。

三　日本殖民下的漢文發展與儒學世俗化與鸞文賦體、醫藥賦體

　　日本領臺後,早期受儒家和科考薰陶的讀書人構成了臺灣社會的支持基礎,但躋身學術系譜或晉身仕壇者畢竟極為有限,各階層間社會流動是愈來愈驅緩慢,多數讀書人終其一生只能在自己里鄰發揮其作用,在鄉野間傳布其（儒家）思想,他們同時也比較具有強烈的民眾性格。割臺後科舉既廢,他們如何因應割臺後的變局?日本殖民統

治對漢文的態度，既加以利用，同時也壓抑，其教育終極目標在於普及日語，進行同化。因此原有的府、縣儒學等官學全遭廢絕，書院亦多荒廢，或轉以其他形式存在。此間只有培養學生基礎漢文的書房仍然存在，但也因其數量與學生人數超過日本公學校，形成日本同化教育的最大障礙，總督府遂採漸進的方式，逐步以法令約束，進而以質變引起量變，以改變書房教授的學科與教材，使書房難以生存，最終則禁絕之。一八九八年〈公學校規則〉規定，漢文只在讀書、習字、作文等課程中教授，教材有三字經、孝經、四書等，並延聘一些書房教師及學者擔任教席。一九○三年修改公學校規則，漢文獨立為一科，上課時數五小時，教學時必須用日語解釋。一九二一年總督府公布〈書房義塾教科書管理法〉，規定各書房所用的教科書需經各廳長的批准。翌年，〈新臺灣教育令〉公布，公學校的漢文被改為選修科，此時許多公學校趁機廢除漢文科，許多書房皆遭取締或禁止。一九三七年中日戰爭爆發，公學校正式廢除漢文科，書房教育幾全遭廢絕。

　　在這樣的前所未有的時代變局下，很明顯的一個事實：儒學世俗化及其對民間風教之浸濡成為其一應變方式。此時詩社、書房、鸞堂在漢文的存續上，發揮了一定影響力。傳統文人將宗教視為儒學教化的實踐場域，宣講善德、教化民眾、研習漢文等等，成為經常性的活動[6]。彼時鸞堂、孔廟、書院、書房、詩社中人的身分是流動性的，紳士文人儒生也往往與鸞生身分重疊，鸞堂運作亦常在這些地方舉行。如宜蘭進士楊士芳與喚醒堂關係密切，為《渡世慈航》作序，自稱「鸞下」，又擔任宜蘭孔聖廟主祭。臺北黃贊鈞角色扮演亦如是。這些經過扶鸞寫下的乩文，累積至一定的量，可編印出版，臺灣賦文

6　陳智豪〈宣講要旨〉：「欲止人心，以息邪說，端弊俗而挽頹風。弊俗不能自端，賴宣講以端之；頹風不易於挽，惟宣講可挽之。……互相勸誡，家喻戶曉，則風俗之進步，雖僻處鄉隅，亦可成鄒魯之風。」《臺灣日日新報》第9526號，1926年11月8日第4版。

有很大一部分即是這些鸞書所錄，這是賦學發展史上很特殊的現象。
在此同時，庶民於鸞堂問病求藥方，而主其事者醫儒兼具情況常見[7]，
也形成若干與醫療相關的題材，此外，漢醫藥學受殖民統治的壓抑環
境，促使漢醫藥體的賦作也流通起來。

　　扶乩扶鸞是古老的方術，魏晉即已非常盛行。但鸞堂的蓬勃發展
要到清中葉後，鸞書的大量問世，則因印刷技術的改善進步，於日治
初期為盛，迄一九一五年後衰微。目前蒐羅新增之鸞體賦，時間點亦
在日治初期刊行，同樣強調了設鸞堂之旨趣在於期勉信徒正心修身，
克己復禮，弘揚仁孝忠信之德，勗勉信徒窮理讀經，以孔、孟、仙、
佛為典範。提醒世人，心存禮義，莫喪廉恥；警惕世信徒，切戒舞刀
弄鎗，鬥狠為惡。呼籲世人及早醒悟，切莫耽溺於煙花賭（鴉片、美
色、賭博），並痛責士紳之妄自尊大，恃權依勢，傲氣凌人。同時有
一些諷刺諧謔之作，嘻笑怒罵，針砭時弊。

　　痛陳庸醫遍存的社會現象在鸞體賦不少。古典詩詞曲賦對醫學領
域中許多弊端，如醫之淺薄、好利、庸妄以及藥物誤治等進行了批
評，特別是對那些不學無術、唯利是圖、欺世盜名的庸醫心理及嘴臉
刻畫得入木三分。如清代厲鶚《宋詩紀事》中兗洲人尹穡〈庸醫
行〉，首起四句「南街醫工門如市，爭傳和扁生後世。膏肓可為死可
起，瓦屑蓬根盡珍劑」，寫南街庸醫吹噓自己是古代名醫轉世能使死
人復生，白骨長肉。將「瓦屑蓬根」當作名貴藥材騙人。然而「歲月
轉久術轉疏，十醫九死一活無。」而北市庸醫信口雌黃，皂白不分：
「實則為虛熱為寒，幾因顛倒能全安」，結果殊途同歸，一樣害死
人。詩最後幾句採用直接抒寫手法點明主題，痛斥庸醫謀財害命。收
錄於《夢覺真機》的〈戒庸醫賦〉，由太醫院孫（氏）登鸞降筆。賦

7　李世偉曾舉儒醫江志波創建感化堂之事，見氏著：《日據時代臺灣儒教結社與活動》
　　（臺北市：文津出版社，1999年），頁221。

前有詩：「飛鸞奉詔下紅塵，世界庸醫惹我瞋。誤殺人間無數子，敢誇妙術可通神。」即責備庸醫不解醫書，輕忽《素問》、《難經》等荒謬行徑，不知五行六氣、陰陽脈理，不明藥性醫方，不宗前代名醫，只知謀利，不恤人命，欺世盜名，謬診亂醫，禍世誤人。

　　《全臺賦》收一八九六年至一九一四年間鸞書賦作三十六篇，實際數字自然還在增加中，但如從「儒宗神教鸞堂概況表」統計「著第一本善書年代」[8]，自樂善堂於光緒十七年（1891）至光緒三十三年（1907）省善堂止，十六年間凡二十七間鸞堂，自一九一五年至一九四五年止，三十年間凡三十九間鸞堂。一九四六年至一九八二年則有一百三十九間鸞堂著第一本善書，可見戰後有蓬勃發展之勢。一九一五年之後鸞堂活動雖亦不致中斷，但鸞書刊行減少近一倍，尤其是一九一六、一九一七年皆無鸞堂新增著善書，此一現象或與西來庵事件帶來的衝擊有關，殖民統治政策因之變本加厲。原本日治初期總督府為了安定民心，對於臺灣傳統宗教採取「放任溫存」的態度，並無太多干涉。此時期神社的建造，除「開山神社」及「臺灣神社」外，數量不多，宗教法令亦不完備。一九一五年，余清芳等人以齋堂為據點，藉宗教名義發動武裝抗日，稱「西來庵事件」。事件發生後，總督府開始進行大規模的宗教調查[9]，西來庵因余清芳而遭受魚池之殃，《臺灣日日新報》一九一五年（大正四年）九月二十八日報導「處置西來庵」：

　　　　臺南市亭仔脚西來庵，者番因諸匪徒等，謀為不軌，假藉該廟神靈矯造神勅、神符，以誘惑迷信之徒，且藉為陰謀議會之

8　劉顏寧等編：《重修臺灣省通志卷三住民志宗教篇》（南投市：臺灣省文獻委員會，1992年），頁953-965。

9　請參王見川：〈西來庵事件與道教、鸞堂之關係〉，《臺北文獻》第120期（1997年），頁71-92。

所。當局認為……請將該廟一部充作元會境街派出所，一部充
作六保保甲聯合事務所。聞已蒙准許，不日諸保正籌將醵金致
祭諸神像，然後焚毀。所有中案及棹暨琉璃燈並大鑼雜器等，
由保正蘇神變請移歸岳帝廟應用。經已議妥，遷燬之期大約當
在此一兩星期間也。

林漢章曾發表〈余清芳在西來庵事件所使用的善書〉，論述事件相關
善書，使《警心篇》大受矚目[10]。而《警心篇》所刊的〈臺灣形勝賦
（不拘韻）〉又是相當特殊的一篇作品，可以與卓肇昌〈臺灣形勝
賦〉、林夢麟〈臺灣形勝賦〉到章甫〈臺陽形勝賦〉並觀討論。

---

10 余清芳抗日革命案全檔中，各涉案人口供的有：帝君經、灶君經、玉皇經、顴音
　經、太太陽經、玉皇上帝經、警心篇、宜靈真經、大洞真經、北斗經、高王真經、
　志公祖師、無極聖帝大洞真經等。見《臺灣史料研究》第2號（1993年8月），頁
　117。

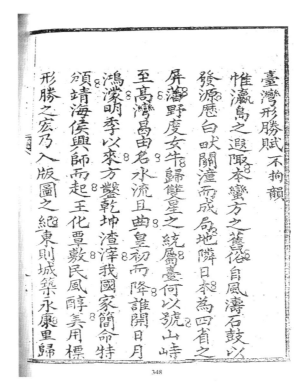

形勝之宏乃入版圖之絕東則城築永康里歸

頌靖海侯興師而起王化置數民風醇美用標

鴻濛朙季以來方鑿乾坤渣滓我國家簡命特

至高灣昌由名水流且曲皇初而降誰開日月

屏瀍野度女牛歸雙星之統屬爾臺何以號山崎

發源歷白畎關瀘而成局地隣日本為四省之

惟瀛島之遐陬本蠻方之舊俗自風濤石鼓以

臺灣形勝賦　不拘韻

348

圖三　〈臺灣形勝賦（不拘韻）〉原文圖影

四　辭賦與臺灣醫療

　　辭賦具有醫療之作用，此由枚乘〈七發〉可見，〈七發〉開首便云：「楚太子有疾，而吳客往問之」，吳客分析楚太子病因、病狀，以七件事（音樂、飲食、車馬、宮苑遊觀、田獵、觀濤、要言妙道）啟發（治療）他，遂使楚太子「汗出，霍然病已」[11]。之後以詩賦形式撰

---

11 枚乘提出了辭賦治病。漢宣帝時，太子患病，症狀是「若忽忽善忘，不樂」，宣帝便　命王褒等辭賦家，至太子宮中，陪侍太子，早晚「誦讀奇文及所造作，」太子病癒，　方又回到宣帝身邊。所謂「奇文」大概指〈僮約〉、〈責髯奴文〉之類的賦體作品。　太子尤其喜愛王褒作〈甘泉〉、〈洞簫頌〉等賦作，「令後宮貴人左右皆誦讀之。」見　《漢書・王褒傳》。

述的醫療之作不少，尤其是漢醫藉辭賦形式進行醫療教育。漢代司馬相如、東方朔、劉向、揚雄、張衡、蔡邕等文人，他們作品中的論醫特點以散論本草與養生為多，間或亦有醫理雜論之辭。如蔡邕論四時月令之雜氣，張衡論生物本草與心理別志都很有時代特徵。兩宋通醫之詩人、詞人主要有蘇軾、陸游、辛棄疾和文天祥等。蘇軾精通醫理，辛棄疾通曉本草，文天祥注重心理，陸游晚年以醫自視。其詩詞中的醫藥內容比比皆是，至於其他作者的詩詞，涉論醫學也為數不少。

　　而有關醫療賦作之興，其因在於中醫古籍浩瀚，文詞古奧，初學者往往不摸門徑，且許多內容需精讀默記，熟稔於心，方可在臨症中靈活運用，得心應手。歷代醫家在長期的醫療實踐中，遂以歌訣辭賦的形式傳授知識，俾收良好效果。

　　而在臺島的漢醫藥與與文人之關係，可溯至鄭成功領臺期間，來臺從事教讀兼以醫藥治人的明太樸寺卿沈光文，另一位在臺行醫，以醫藥活人者為沈佺期（福建南安人），據聞沈氏待病患不分貴賤貧富，癒者頗眾，為人所敬重。居臺二十餘年，有詩文集。另文獻亦載胡蔭臣初習舉子業，鄉試中舉，任儒學訓導附貢等職，尤精眼科。觀夫清官修諸縣志人物志技藝篇即記載了這些流寓臺灣而寄跡於醫，或以儒學而兼施醫藥以濟世之醫家。陳思敬（字泰初），乾隆十八年副榜，素承父志，樂善好施，事繼母孝，「自念雖羈於同，而臺灣為先世起家之地，田園廬墓咸在鳳山，以是頻歲往來。素知醫，所至必具藥鋪，多自採製以療人，於是遠近皆知其名。貧病之家，咸藉以救活。有乞殯具者，無不立辦。」[12]修貢院，設社學，著有《鶴山遺集》[13]。徐恢纘（原名恢元），臺灣府治西定坊醫家。性剛介，不屑逢

---

12 黃典權等編纂：《重修臺灣省通志卷9人物志人物傳篇人物表篇》（南投市：臺灣省
　　文獻委員會，1998年），頁413。

13 陳思敬傳，另可參連橫《臺灣通史·文苑列傳》及陳衍《福建通志·陳思敬傳》、
　　鄭兼才《六亭文集·陳思敬傳》等。或謂父鵬南，為臺邑歲貢生，出就連江訓導。

迎。精岐黃之術，濟人尤多，里黨稱之。[14]。林元俊，字份生，太學生。清同安人，遷居臺灣，善奕精醫，稱為海外國手。時揮毫作竹石及草書，縱橫如意，瘦硬入古。卓夢采，字猰夫，性孝友方正自持，精醫濟人[15]。蔡光任，字仲鄉，澎湖雙頭跨社人也，素習儒兼學醫術，尤善痘科。人招之即應，不索謝。遇孤苦，或以藥資助之，故為鄉里所稱。清代臺灣名醫輩出，除以上所述尚有羅鴻諳、紀耀亭、吳月川、張丙丁、洪鏡湖、黃福元、藍華峰、藩子聯、葉英生、侯皆德、張清燕、陳直卿、陸迪卿、陳自新等。這些醫家們不僅具有精堪的醫術，而且有高尚的醫德[16]，經過入臺醫家的努力，使漢醫藥事業得以在臺灣迅速發展。據光緒二十三年（1897）日本人所作的調查，當時全臺漢醫達一○七○人。其中博通醫書，講究方脈有良醫之稱者二十九人；以儒者而從事醫療的九十一人；稱操有秘方，為祖傳世醫的九十七人；有文字素養，從醫家傳習若干方劑的時醫有八百二十九人；其他包括從外國教會，習得若干西醫術者二十四人[17]。可見日治以前，針灸、把脈等漢醫診治方式仍為臺灣主要的醫療行為，日治初

思敬家居鎮北坊，及長，歸祖籍，補同安庠生，但《六亭文集》謂之「粵人」，與祖籍福建同安有出入，待考。而楊雲萍《臺灣史上的人物》據《六亭文集》衍生「當時粵族在臺灣之文化水準，比較『福佬』（漳泉人）還差」之說詞，恐亦需斟酌。見臺北市：成文出版社，1981年，頁153。

14 伊能嘉矩著，臺灣省文獻委員會編譯：《臺灣文化志中譯本（中）》復提及其人「畫品工絕，山水畫鳥人物，俱為眾人所珍。」（南投市：臺灣省文獻委員會，1991年），頁61。另見陳光偉、周珮琪、林昭庚：〈20世紀60年代前臺灣中醫發展簡史〉，《中華醫史雜誌》第37卷第2期（2007年4月）。

15 《重修鳳山縣志》卷之十有〈卓夢采傳〉，子卓肇昌著作頗多，有〈臺灣形勝賦〉、〈鳳山賦〉、〈鼓山賦〉。

16 相關清代臺灣醫家資料極多，不另贅敘，可翻檢以下資料：肖林榕，林端宜：《閩臺歷代中醫醫家志》，北京市：中國醫藥科技出版社，2007年。上海中醫學院附屬中醫文獻研究館編：《中國歷代醫史》，無出版年月。杜建主編：《臺灣中醫藥縱覽》，北京市：中國醫藥科技出版社，1993年。

17 張炳楠等：《臺灣省通志政事志衛生篇卷三》（臺北市：眾文圖書公司，1972年），頁37。

期漢、西醫人數仍以漢醫為多，著名的漢醫有黃守乾、黃玉階、葉煉金等人。日治初期鼠疫、霍亂等傳染病流行時，漢醫也參與防疫工作。一九○一年，臺灣總督府依照「臺灣醫師免許規則」，舉辦漢醫執照檢定，共有一九○三人通過，取得執照。其後臺灣總督府便堅持不再開放許可，一九二八年，合格漢醫人數銳減為四百二十二人，一九四五年再銳減為九十七人，而西醫則有三四二二人[18]。可見臺灣總督府積極加強整頓近代醫療制度、醫療機關，積極培育西醫，此後漢醫不再是臺灣主要的醫療人力。

　　漢醫面臨的困境，一如日本明治維新時期刻意培植西醫排斥漢醫。一八七五年公布醫師學術考試規則，規定重新開業的醫師必須參加以西洋醫學為根據的考試。促使漢方家與和方家加強聯繫，創立皇漢醫學講習所。臺灣漢醫藥界在一九二八年將「皇漢醫道」引入，邀請日漢醫界南拜山來臺。南拜山乃日本九州福岡縣人，自幼學習漢醫，然因明治日本洋西醫抑漢醫，乃遠渡美國研究哲學，在美九年獲哲學博士後，再赴英國進修兩年。一九○一年返日後，以復興漢醫為己任；一九二七年創立「東洋醫道會」。此一團體是以南拜山為首，結合帝國大學教授藥學博士朝比奈泰彥等數十名有心人士所發起，並於隔年（1928）由陳茂通氏出而組織東洋醫道臺灣支部，同年十一月發刊《漢文皇漢醫界》[19]為言論機關，以發揚漢醫藥學術。一九三○年臺灣支部向日本議會提出「復活漢醫生制度請願書」，並在五月四日召開「東洋醫道全島大會」，南拜山即應邀來臺參加此一活動。會後，南拜山更展開全島巡迴演講，由王添灯擔任通譯。這一系列請願活動仍被當局否決，及後蘇錦全氏承繼該支部殘緒，另設臺灣漢醫藥研究室，續刊《臺灣皇漢醫報》。

18 臺灣省行政長官公署統計室編：《臺灣五十一年來統計提要》（臺北市：臺灣行政長官公署統計室，1946年），頁1249。

19 鼓吹皇漢醫學的《漢文皇漢醫界》，一九三○年改名《臺灣皇漢醫界》，僅發行一期後停刊，復改名《臺灣皇漢醫報》。

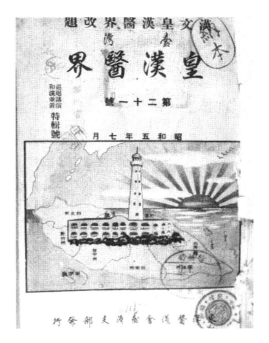

圖四　《漢文皇漢醫界》改題《臺灣皇漢醫界》

圖五　1930年6月1日，皇漢醫藥歡迎南拜山演講紀念會留影。

資料來源：王添灯紀念集

　　臺灣漢醫界通常具儒道背景，有若干人參與了鸞堂、詩社、孔教會，或許因其身分之流動性，他們的賦作流露一些道德教訓，如果本身是醫家，他們也撰就了和醫療、醫病相關題材的賦篇。在《全臺賦》可見〈痘疹辨疑賦〉和〈戒庸醫賦〉等醫病題材之作，在日治重西醫抑漢醫情況下，《臺灣皇漢醫界》出現了幾篇特殊之作，以下將對此加以討論：〈正識病辨症詳明金玉賦〉、〈新藥性賦〉、〈傷寒症名要領賦〉。

　　〈正識病辨症詳明金玉賦〉（簡稱〈金玉賦〉），是明末眼科名家傅仁宇、博維藩父子編著的《審視瑤函》[20]中的重要篇章，全文兩千餘言。本文以詩賦體綜述各類眼科症治中的辨證綱要，是對眼病理論及臨床經驗的概括和總結。辨症是在中醫理論指導下，對病人的臨床資料進行分析綜合，從而對疾病當前的病位、病因、病性及邪正對比等本質作出判斷，並概括為完整症名的診斷思維過程。辨症也是立法處方的主要依據，為中醫診病治病之精華。本文起句即指出眼科識病辨症的重要性：「論目之病，各有其症，識症之法，不可不詳，故曰症候不明，愚人迷路；經絡不明，盲子夜行，可不慎乎？」過往眼科疾病，多以病症分類，簡繁不一，《秘傳眼科龍木論》分七十二症，《症治準繩》分一百六十餘症，《審視瑤函》則摘要刪繁，定為一百〇八症。作者採取八綱與臟腑辨證相結合的方法，根據新出現的症狀，探討臟腑主病及預後。例如：肝膽虧弱目始病，臟腑火盛珠方癰。腫痛澀而目紅紫，邪氣之實；不腫不痛而目微紅，血氣之虛。日

20　《審視瑤函》，石印本又名《大字增圖眼科大全》，清順治元年甲申（明崇禎十七
　　年，1644年）由上海掃葉山房發行。該書共六卷分成二部分，第一部分著重介紹前
　　賢醫案，五輪八廓、運氣學說、眼與臟腑經絡的關係，病因病機，症治概要等。第
　　二部分將眼病歸納為一百〇八種，按病症分節，評述每種眼病的症狀，診斷與治療。
　　對外用藥及手術也很重視。共附圖四十三幅，包括歷代醫家使用的「蒸眼器」、「浴眼
　　器施用圖」。其中「眼球縱橫之想像圖」、「眼球及附著之眼筋圖」、「眼球網膜上物
　　象映照圖」等，與現代醫學生理解剖頗為相似，可見眼科歷史之久遠及進步。

間痛者是陽邪，夜間痛者是陰毒。近視乃火少，遠視因水虛。凝脂翳生，肥浮嫩而易長，名為火鬱肝膽；花翳白陷，火爍絡而中低，號為金來克木。翳有正形，風無定體，血實亦痛，血虛亦痛，須當細辨，病來亦痒，病去亦痒，決要忝詳。紅障凹凸，怕如血積肉堆；白障難除，喜似水清脂嫩，瞳神虧損，有藥難醫；眸子若傷，無方可救等等。臨症中，宜先察明眼部症候的部位形色、根腳淺深，然後按照傳統醫理，若結合上述內容，即可辨知其臟腑病源，包括虛實陰陽，五行生克，經絡通塞，病勢進退，以及治療難易，後果吉凶等等。概括而言，通過辨症識別眼病症候的臟腑虛實陰陽，對凝脂翳（化膿性角膜潰瘍）以肥厚脆嫩四字概括；對花翳白陷（病毒性角膜潰瘍）的形態與病機作詳細的論述。闡述時令邪氣、情志所傷、飲食偏嗜等都是眼病的常見病因。

其文字精練，以簡短的文句概括了深刻、廣泛的內容，讀之朗朗上口，加上內容明確實用，因而對眼病學的理解、記憶、傳播都有相當的影響及作用，為歷代醫家所稱道，但因文體所限，其中不少敘述顯得較為簡約，同時由於年代久遠，輾轉傳抄以及版本不同，所述也常有差異，若干分析見解與原文之意不盡相合，致使初學者無法識其全貌，梅圃林天進先生在將原文所有錯簡訂正，以應讀者一觀之際，說明了他何以對該文「正」之緣由？其言曰：

夫世上，殘疾之人不少，其最可憐者，莫若盲目與啞口，因服毒而致啞口者，百無一二，概因稟自天性，若盲目則反是，或由患者不慎，朝暮易醫，或由醫師悞藥，寒熱錯投，種種原因，難以盡述，而業斯道者，往往視眼科為淺近，既不專門研究，又不潛心講論，一至臨症，模稜兩可，誠屬憾事，不知目為人身至寶，稍有疏忽，喪明立待，可不慎乎，余觀審視瑤函卷一之識病辨症詳明金玉賦，淺明易曉，無微不至，深得眼科

秘訣，若能認明五輪八廓，熟讀此賦，胸自成竹，臨症不致慌亂矣」。

訂正者指出醫者需博覽好學，臨診熟思深慮，辨別陰陽虛實寒熱，熟讀此賦，正確辨症，臨診才不會出現誤診誤治。至於該文起始以「愚人迷路」、「盲子夜行」為喻，生動而頗具匠心，已被譽為名句而廣泛引用。文末則曰「關節於茲而備陳，且當熟讀而深詳，宜潛思而博覽，則症之微甚，皆為子識，目之安危，盡係於君矣，名曰散金碎玉，不亦宜乎？」傅氏自謙本文文論述雖零散而瑣碎，但自信內容均屬金玉之質，與晉陶侃「木屑竹頭，皆為有用之物」之語相比，謙恭得意之情狀，溢於言表。此亦「金玉賦」命名之由來。

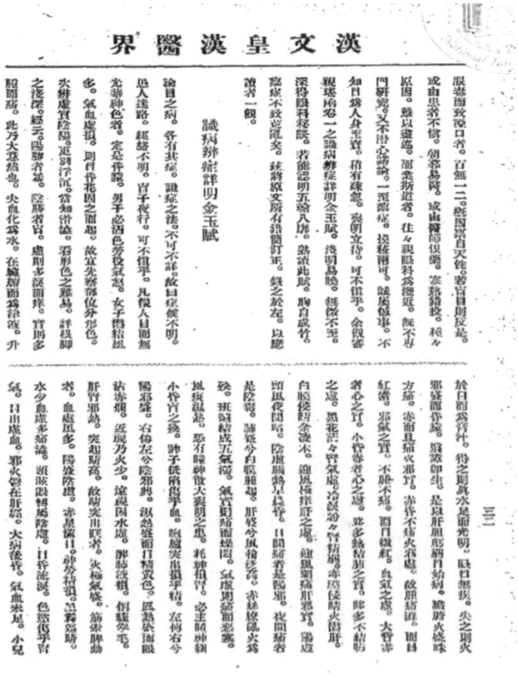
漢文皇漢醫界

識病辨症詳明金玉賦

三

圖六　林天進〈正識病辨症詳明金玉賦〉

刊於《漢文皇漢醫界》

在《臺灣皇漢醫界》第十九期（1930年5月20日）載邵葉飛〈新藥性賦〉，何以謂之「新」？《藥性賦》，原書未著撰人，據考證約為金元時代作品，或謂是李果所撰。全書按藥性分寒、熱、溫、平四類，共述藥二百四十八種。由於是韻文，言簡意賅，朗朗上口，便於誦讀記憶。尤其是對藥性概括精闢，一經銘記在心，受用終生，已為醫家所熟悉，百年來盛傳不衰，為初學者啟蒙必讀之書。《藥性賦》之續作或編註之書不少，南宋李東垣著，南通市中醫院所編之《藥性賦增注》[21]分「藥性賦賦文」、「藥性賦注釋」兩部分。金代鐵名原著《藥性賦白話解》，王可成編著之《新編藥性賦》[22]。然藥物性味功用隨著時代亦有演進及若干之差異[23]，而類分寒熱溫平，藥性混淆者亦多見，加之敘藥物性狀者之作，在浩如煙海的中醫典籍裡仍是寥若晨星，這或許是邵葉飛另新作之由。葉氏此作將兩百多種常用中藥，依藥性分寒、熱、溫、平四類，每藥一句，凸出重點，用韻語編寫成賦體，切合實用，文字精練，易懂易記，便於初學中醫者誦記。

有關邵葉飛其人，僅知殆為江蘇名醫[24]，除〈新藥性賦〉外，另有〈駁陳修園治癆權宜法〉、〈花柳毒證論〉二文刊《三三醫報》（第3期，1926年）及〈邵葉飛治臟燥案〉[25]。

---

21 〔南宋〕李東垣著，南通市中醫院編：《藥性賦增注》，南京市：江蘇人民出版社，1976年。

22 《新編藥性賦》北京市：中國醫藥出版社，1996年。

23 王心好：《藥性賦新補與新解》，編者按語云：「隨著醫學之發展，很多藥物不斷被發現應用，原《藥性賦》已遠遠不能概括臨床常用藥物之全貌，鑑於此，筆者仿原賦之格式，仍按寒、熱、溫、平四性，新增常用藥物一百八十種，命名為〈藥性賦新補〉。於一九八五年發表在《河南中醫函大》第一期。」見鄭州市：中原農民出版社，1994年，頁292。

24 見《近代中國史料叢刊三編（第八十五輯）實業公報三百至三百零五期（民國二十五年十月至十一月）》載有一則實業部指令，可見江蘇無錫邵葉飛其人，但是否同一人？仍存疑。臺北市：文海出版社，1997年，頁8。

25 收入郭奇遠編：《全國名醫驗案類編續編》（上海市：大東書局，1936年），頁385。

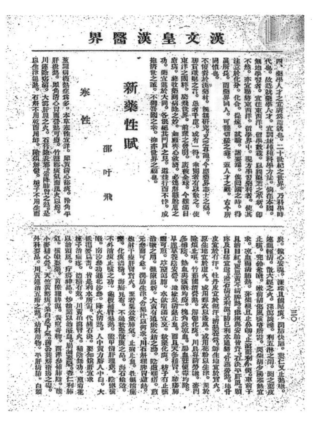

圖七　邵葉飛〈新藥性賦〉

刊於《漢文皇漢醫界》第19期，1930年5月20日

　　《漢文皇漢醫界》另有一篇〈傷寒症名要領賦〉[26]，署名「常熟國醫　金澤之」，從署名觀之，此篇賦原作者金澤之應是江蘇常熟人，是直接投稿《漢文皇漢醫界》或是該刊轉載？並無訊息可確知，但該刊及作者有若干值得留意處，首先是《漢文皇漢醫界》[27]，雖是臺北市東洋醫道會臺灣支部刊行，但其行銷推廣遍及臺日及中國，尤

---

26 刊《臺灣皇漢醫界》第35期，1931年9月20日，頁12。

27 該刊易名三次。鼓吹皇漢醫學的《漢文皇漢醫界》雜誌在昭和三年（1928）12月創刊，昭和八年（1933）改版為《臺灣皇漢醫界》，但僅發行一期即停刊，改名《臺灣皇漢醫界》，同年三月繼續刊行，易名為《臺灣皇漢醫報》。

其上海一地擁有相當讀者，直至今日仍可在上海圖書館查得該雜誌。在《上海市報刊圖書館　中文期刊目錄1881-1949》著錄「《漢文皇漢醫界》臺北市東洋醫道會臺灣支部」[28]條目。在《1833-1949全國中文期刊聯合目錄》[29]亦收錄《漢文皇漢醫界》此刊物。以此觀之，中臺兩地在漢醫藥方面的交流及發揚之心。

　　其二是本文作者「金澤之」宜是手民之誤，誤植「江」為「金」。當時名醫江澤之或其醫案，已為人稱道，迄今在中醫學界，江澤之及其著作仍有一定分量[30]。張澤之善用人參扶養正氣，以涸除疾苦，屬汪石山醫術之餘緒，《江澤之醫案》載有瘧疾、便血、肝氣、肝脹痛、虛損等五十四類病證之醫案二百餘則。現存抄本，藏於上海中醫藥大學圖書館。因醫案研究是今人學習古人臨床經驗的一條捷徑，明代醫家江理在其所撰《名醫類案》中言醫案之研究具有「宣明往範、昭示來學」之特殊價值，作為抄本的醫案研究正可為此注入新的活力，因此在二〇〇一年時，魯兆麟等主編《中國古今醫案類編・外科及骨傷科病類》[31]一書，同時收入江澤之醫案之例若干。至二〇〇四年，其抄本被整理出版，收入《中醫古籍珍稀抄本精選（十五）》[32]，其中《江澤之醫案》共收二百七十二則，依據該書內容介紹：「涉及病證有五十四類之多，以內科為主，兼及婦科、外科及五

28 上海市報刊圖書館編輯：《上海市報刊圖書館　中文期刊目錄1881-1949》（上海市：海市報刊圖書館，1957年），頁70。

29 《1833-1949全國中文期刊聯合目錄》（北京市：書目文獻出版社，1981年），頁277。

30 江澤之，清代江蘇興化縣人。從邑名醫趙雙湖學醫。刻意研究，學粹品端，為人極慎篤。見李雲主編：《中醫人名辭典》（北京市：國際文化出版公司，1988年），古今名醫言行錄入。其他相關介紹另參裘沛然主編：《中國醫籍大辭典》，中國醫籍大辭典編纂委員會、上海科學技術出版社，2002年。

31 魯兆麟等主編：《中國古今醫案類編・外科及骨傷科病類》，北京市：中國建材工業出版社，2001年。

32 另收《雄孝堂醫案》、《王應震要訣》，張再良點校：《江澤之醫案》，上海市：上海科學技術出版社，2004年。

官科。病案中既有外感時病，又有內傷重證，用藥繁簡不一，劑型豐富多樣，基本上能夠較為全面地反映江澤之豐富的臨證經驗及獨到的學術見解。」可見其醫案對臨證提供重要經驗。

　　其三，〈傷寒症名要領賦〉與〈傷寒賦〉之關係宜釐清。在《中醫古籍珍稀抄本精選（十五）》錄〈傷寒賦〉之作，但原作者是王應震，而〈傷寒症名要領賦〉一文有原文及注語，原文與〈傷寒賦〉差異不大[33]，所異者在每句或數句之下的「注語說明」，而本文題目之所以有「症名要領」四字，即針對此而來。因此嚴格說來，江澤之的〈傷寒症名要領賦〉即是對王應震〈傷寒賦〉的箋注補充，然而其症名要領亦以賦體文句書寫，如「寒傷榮，宜發汗；風傷衛，宜實表。在經宜解肌，在府宜攻裡。少陽忌汗吐下，故膽為清淨之府。傳經者，脈沉數而繁熱；直中者，脈沉細而清涼。陽症下早為結胸，陰症下早為痞氣。」他如在「陽毒則面赤而狂斑，陰毒則唇青而厥逆」原文下，注云「陽毒脈洪大，體熱狂叫不定；陰毒脈沉細，膚冷煩躁不安。」在「陰易陽易，皆為危症，犯男女交接之情」原文下，注云「男子病新瘥，婦人與之交，謂之陽易；婦人病新瘥，男子與之交，謂之陰易。」「惡寒喘嗽者、發表自愈」下云「此寒邪在太陽經也」，「惡熱喘滿者、攻裡必寧」下云「此熱邪在陽明經也」凡此種種，皆可見王文及江注二者悉以賦體為之，是一相當特殊的情況。而此賦放在臺灣賦的後續編輯時，亦將面臨若干特殊情境，亦即該文發表於臺灣刊行的刊物，而作者非臺灣籍人士，同時原文與原注分屬二人，原注無法離開原文而獨立成文，日後刊行時勢必得釐清。

33　《王應震要訣》（簡稱《要訣》）又名《王震雲先生診視脈案》，由清代王應震（震雲）撰，清光緒間鶴沙鹿溪傳顏莊抄。王氏生平未詳。僅知明末清初著名醫家李中梓在《醫宗必讀》卷一中曾引用王應震曰：「見痰休治痰，見血休治血，無汗不發汗，有熱莫攻熱，喘生毋耗氣，精遺勿澀泄，明得個中趣，方是醫中傑。」《中醫古籍珍稀抄本精選（十五）》所收〈傷寒賦〉與〈傷寒症名要領賦〉原文有出入，應是〈傷寒賦〉流傳之際產生的版本差異。

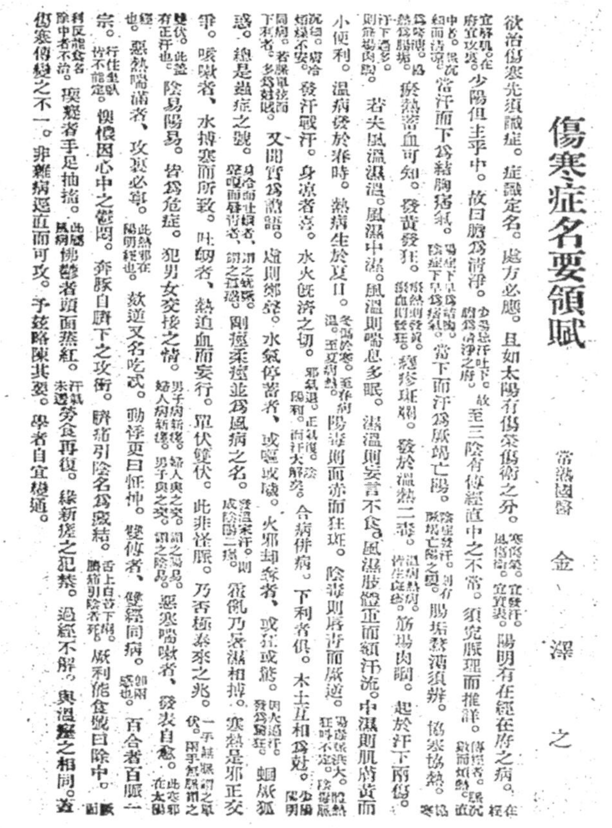

傷寒症名要領賦

常盤國醫　金澤之

欲治傷寒先須識症。症識定名。處方必應。且如太陽有傷榮傷衛之分。陽明有在經在府之病。少陽但主乎中。故曰膽為清淨。至三陰有傳經直中之不常。須究脈理而推詳。當汗而下為結胸痞氣。當下而汗為厥竭亡陽。腸垢鶩溏須辨。協寒協熱。發熱蓄血可知。發黃發狂。纔疹斑爛。發於溫熱二證。筋惕肉瞤。起於汗下所傷。若夫風溫濕溫。風濕中濕。風溫則喘息多眠。濕溫則妄言不食。風濕肢體重而額汗流。中濕則肌膚黃而小便利。溫病發於春時。熱病生於夏日。陽毒則面赤而狂斑。陰毒則唇青而厥逆。發汗戰汗。身涼者吉。水火既濟之切。合病併病。下利者俱。木土互相為尅。又聞實為譫語。虛則鄭聲。水氣停蓄者、或噎或噦。火邪劫奪者、或狂或驚。蛔厥狐惑。總是蟲症之號。剛痓柔痓並為風病之名。霍亂乃暑濕相搏。寒熱是邪正交爭。咳嗽者、水搏寒而所致。吐衄者、熱迫血而妄行。單伏雙伏。此非怪脈。乃否極泰來之兆。陰易陽易。皆為危症。犯男女交接之情。惡寒喘嗽者、發表自愈。惡熱喘滿者、攻裏必寧。欬逆又名吃忒。動悸更曰怔忡。變傳者、變經同病。百合者百脈一宗。懊憹因心中之鬱悶。奔豚自臍下之攻衝。臍痛引陰名為臟結。厥利能食號曰除中。瘈瘲者手足抽搐。拂鬱者頭面蒸紅。勞食再復。緣新瘥之犯禁。過經不解。與溫瘧之相同。傷寒傳變之不一。非雜病逕直而可攻。予茲略陳其要。學者自宜變通。

圖八　署名金澤之〈傷寒症名要領賦〉書影

刊於《臺灣皇漢醫界》第35期，1931年9月20日

以賦為體之作，在漢醫藥醫學上數量極多，如以楊進、王燦輝主編之《溫病條辨臨床學習參考》附一《溫病賦》即錄有〈暑溫、浮暑賦〉、〈濕溫賦〉、〈寒濕賦〉、〈秋燥賦〉、〈瘧病賦〉、〈痢疾賦〉、〈解產難賦〉、〈解兒難賦〉、〈病機賦〉等等[34]。目前在臺所見漢醫藥之賦篇仍較少，不夠多元。

34 楊進、王燦輝主編：《溫病條辨臨床學習參考》（北京市：人民衛生出版社，2000年），頁696-715。

　　除羅東人士李德馨〈漢醫振興（賦以題為韻）〉外，幾篇賦作都
與中國大陸有所關聯（但刊登及讀者都在臺灣）。近閱李時銘〈論臺
灣賦之編纂〉一文，建議納入蕭崇業〈航海賦〉、朱舜水〈堅確賦〉，
此一提議，或可與日治時期若干清代及民初文士賦作刊登臺灣報刊雜
誌者一併考量。蕭崇業〈航海賦〉，雖收入《臺灣文獻叢刊》[35]，但該
文所述為其請纓出使琉球，代表明中央為尚永舉行冊封大禮，其人其
事與臺灣無涉，朱舜水〈堅確賦〉則寫安南（今越南）之事[36]。是否
納入有討論空間。就個人所見目前未收之作，有一些是題材與臺灣無
涉，但投稿或被轉載於臺灣刊行的期刊雜誌或報刊上。縮天〈知事
賦〉以及前述漢醫藥體之賦外，尚有尤侗〈蘇臺覽古賦〉、章太炎
〈木犀賦〉、歐陽鎰〈天山賦并序〉、定洋〈招寶山望海賦〉及數篇屬
性難確認之作：嘯雲〈春閨怨賦（以小姑居處怨無郎為韻）〉等等。

（一）陳元南〈教書賦（以大半生涯在硯田為韻）〉

　　教書賦有二，其一署名旅阿猴鹽埔陳亢南者「以大半生涯在硯田
為韻」一文，刊《臺灣愛國婦人》七十七期，一九一五年三月二十五
日。此賦或為旅居屏東鹽埔，以教書餬口者有感而作。阿猴即現在的
屏東[37]，鹽埔在日治時期屬高雄州屏東郡鹽埔庄，以此觀之，為旅居
臺灣之作無疑，但陳亢（元？）南未悉何人？在目前可見文獻，此賦

35　〈航海賦〉見《使琉球錄三種》，收入《臺灣文獻史料叢刊第三輯44 鄭氏史料續編
　　2》（臺北市：大通書局，1984年），頁142-149。該文復收入《臨安府志》、《蒙自縣
　　志》、《建水縣志》等方志。其人其事可參朱端強〈明代航海家蕭崇業〉一文，刊
　　《雲南教育學院學報》第9卷第5期（1993年10月），頁54-57。〈以廉潔自律的蕭崇
　　業〉，見《史海群英——建水第七篇》，頁203-205。

36　該賦有序，云「按安南供役紀事云：三月三日安南國王遣人寫一確字來問，予意其
　　風之也。聊舉堅確等義為解，遂作賦云。」見《朱舜水全集》（北京市：中國書
　　店，1991年），「卷二賦」，頁3。朱氏僅有賦兩篇，另一篇為〈遊後樂園賦〉。

37　余清芳事件中，主角余清芳即是公元一八七九年出生於阿猴。

又見諸《廣寧文史》及《改良嶺南即事》、《嶺南即事雜撰》[38]，第一、三本書之篇幅較短，《改良嶺南即事》所錄原文則較接近《臺灣愛國婦人》所刊之文，這三本書都是中國大陸所出版，《廣寧文史》及《改良嶺南即事》未交代作者，《嶺南即事雜撰》則署名張帆，但作者生平仍毫無所悉。《廣寧文史》為中國人民政治協商會議廣寧廳縣委員會編輯，張瓊邦蒐集整理此賦時按語曰：「建國前，文化教育事業落後，兒童多入私塾就讀。這篇〈教書賦〉是塾師教書生涯的生動寫照。文章的作者雖已無從考究，但為了讓後人溫故知新，特刊出以饗讀者。」[39]廣寧亦在廣東，從這三本書地緣都與廣東有關來看，

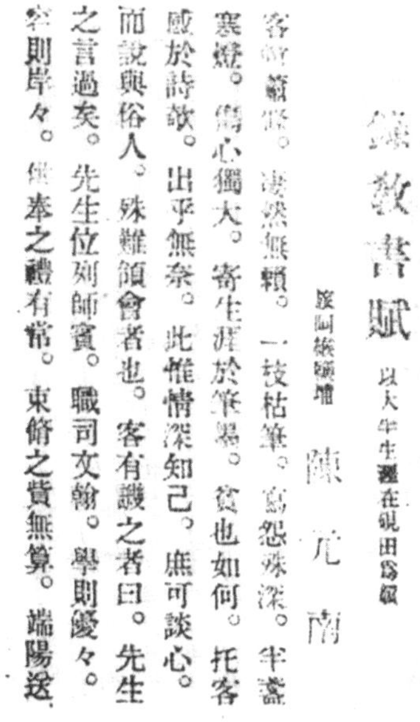

鎮教書賦　以大半生涯在硯田為韻

族嗣孫頌壎　陳元南

客曰嶺南。淒然無賴。一枝枯筆。寫怨殊深。半盞寒燈。傷心獨大。寄生涯於筆墨。貧也如何。托客感於詩歌。出乎無奈。此惟情深知己。庶可談心。師說與俗人。殊難領會者也。客有識之者曰。先生之言過矣。先生位列師賓。職司文翰。學則綽綽。室則岸岸。但奉之禮有常。束修之貲無算。端陽送

圖九　陳元南〈教書賦（以大半生涯在硯田為韻）〉

刊於《臺灣愛國婦人》第77期，1915年3月25日

---

38 未悉出版年月，亦無編纂者，僅署錦章書局出版。所錄教書賦篇幅宜少了一頁，但頁碼連續，未悉何故？

39 中國人民政治協商會議廣寧廳縣委員會編輯：《廣寧文史》（1991年），頁89。

〈教書賦〉應在此地流通，為人所知。〈教書賦〉作者究竟為何人[40]？陳亢南或張帆？是臺灣人還是廣東人？文章所反映的私塾情況、塾師心聲，是針對在臺灣或廣東的呈現？這種種疑惑，目前尚無法解決。但從《臺灣愛國婦人》刊出此作時有一「錄」字，則可能是主編轉錄之作，或者是陳亢南抄錄郵奉。同時吾人從此例，大約可得知中臺兩地當時仍有所交流。

　　除〈教書賦〉此文為跨越中臺流動之例，刊登《臺灣日日新報》[41]的〈知事賦（以下民易虐上天難欺為韻）〉之作亦是，題目下方特別交代是「支那人縮天稿」，可知是從大陸郵寄到臺灣的稿子，當時《臺灣日日新報》時有日本、大陸、新嘉（加）坡等地的投稿[42]，比較值得留意的是〈知事賦〉這篇稿子先投《臺灣日日新報》，隔年（1915）才又投稿於《滑稽時報》第三期（頁五至七），由於《臺灣日日新報》多處字跡漫漶不清，藉由《滑稽時報》得以完整校正模糊之處。「縮天」何許人也？目前能查得的文獻極少，在蔣箸超所編《民族素粹編第一卷》及《第四卷》可見其作品，第一卷載縮天〈客次隱塵寺有感一首〉詩，云：「隱塵真箇不塵沾，雨後雲林畫裡添。塔影高團晨霧陡，鐘聲曲度晚風尖。荒苔半砌青連榻，閒草一窗綠補簾。怪底啼鶯偏起早，朝朝妒我黑鄉甜。」[43]與〈知事賦〉嘲諷嬉笑怒罵之風異。

---

40 〔清〕張廷獻，號笠翁，歲貢生，於章旦設館講學，撰有〈教書賦〉，亦有〈旅懷〉詩：「舌耕原不了，肯負白頭班。」寫其教書謀生情狀。但張氏生於一八二五年，以其年齡觀之，似不太可能於一九一五年投稿於此一特殊性質的《臺灣愛國婦人》月刊。

41 大正3年（1914）7月6日，日刊第43版。

42 新嘉坡劍菴主人稿〈戒吃鴉片賦并序〉、〈慶賀豐美汽船開輪賦并序〉。

43 見蔣箸超編：《民族素粹編　第一卷》，1926年出版（未注出版社），「第一卷第二集詩歌類兩種律詩」，頁43。另《民族素粹編　第四卷》亦有縮天作品，此外另署名「王縮天」所撰的〈十老吟〉（寫老儒、老將、老農、老漁、老樵、老吏、老僧、老妓、老丐、老婢），疑是同一人，文刊《紅雜誌》第39期（1924年），頁1-2。

（二）章太炎〈木犀賦〉

　　考章太炎〈木犀賦〉一作時間，《黃侃日記》一九一三年條，載「九月十八日（新十月十七日）金曜日　晴寒。　得先生十四日書（有〈木犀賦〉一首）。致先生書。」[44]可知黃侃於十七日補記十四日收到業師章太炎信件，信函中附有〈木犀賦〉一首，當時黃侃未及時回函，越三日才致函。而〈木犀賦〉刊登《庸言》一卷二十二期，時間是一九一三年十月一日，易言之，去信黃侃時，〈木犀賦〉已刊出，黃侃此日所記極為精簡，無法讀出更多訊息，比如他是否知道已刊登？致書內容是否回應了〈木犀賦〉，抒其所思所感？或許需進一步查閱章氏書信日記文集等文獻。十二月時，〈木犀賦〉又載《雅言》第一期，及十二月八日的《臺灣日日新報》[45]，但在《太炎先生自訂年譜》[46]只記錄載《雅言》一事，未提及此賦同時在十二月刊登於《臺灣日日新報》，以此觀之，〈木犀賦〉或是十月已刊《庸言》，《臺灣日日新報》再予以轉載。木犀，即桂花，〈木犀賦〉此作藉詠物批判了以假亂真的現象，在詠物賦中別具一格。章念馳評述「章炳麟之文辭」，認為「詩章篇什，本乎風騷」，而〈木犀賦〉與〈哀韓賦〉、〈哀山東賦〉等作，皆「體物瀏亮，窮形盡相」[47]。時人亦評許

44　黃侃：《黃侃日記》（南京市：江蘇教育出版社，2001年），頁16。

45　《臺灣日日新報》第8389號，大正2年（1913）12月8日，日刊第六版。章太炎曾於明治三十一年（1898）戊戌政變失敗之時，輾轉來臺避難。旅臺半年期間，擔任《臺灣日日新報》漢文欄記者，在報紙上發表了五十多篇對清廷批判及對臺灣觀感的文章，同時亦參加了由日人組成的吟社，尤其是館森鴻為友。〈木犀賦〉後收入《文錄》初編卷二。其實章太炎本身亦是一位精通醫理的著名學者，著有《猝病新論》（又名《章太炎醫論》）一書。是書收載醫論38篇，內容廣泛涉及理論探討、病證論述和古典醫著研究等方面。

46　章炳麟：《近代中國史料叢刊‧太炎先生自訂年譜》（臺北市：文海出版社，1971年），頁106。

47　章念馳：《章太炎生平與學術》（北京市：生活‧讀書‧新知三聯書店，1988年），頁48。

該作「攀附楚辭，貌神並似，是楚辭至清末民初，餘脈不絕。」[48]

(三)歐陽鎰〈天山賦并序〉

《彰化崇文社貳拾週年紀念詩文集續集》曾刊歐陽鎰〈天山賦并序〉[49]，此賦以天山為涵泳對象，文氣磅礴，體式上為大賦體制，不惟摹狀天山之峻奇，冰凝冰消之美景，對於山上動植物（果木花草、飛禽走獸）及想像中的仙靈人物都有所描繪，凡所應有，無所不備，虛實相間，絢麗多彩，駢偶句式，對仗工整，而句式自四言至十幾言相對，或人名、地名之對，無不自然妥貼，無生硬之感，具有史乘與文藝價值。《彰化崇文社貳拾週年紀念詩文集續集》予以刊登，是否有何考量，筆者尚無法提出說明，但可與下一篇〈盛京賦〉一起思考。此作署名「嶺南歐陽鎰作，金城邵華清乙圖氏注」[50]，可知所據版本宜是嘉慶三年（1798）刊本[51]。歐陽鎰與曾來臺為官的楊廷理為姻親，俱是柳州人氏。歐陽鎰，字梅塢，官甘肅合水知縣。著有《瀟野吟草》。兄歐陽金，字伯庚，一字柏耕，乾隆二十六年（1761）進士，官山東登州府知府。著有《柏耕詩鈔》。[52] 弟歐陽鎬，乾隆間諸生，著有《寄情軒詩稿》，皆與廷理保持著良好的情誼，自楊廷理詩可觀之。然則在楊廷理詩作中，卻另見贈別王大樞之作，王大樞與楊廷理認識時，其歸期已近（1802），楊廷理遂有王白沙大樞孝廉出所著天山賦、西征記見示，漫賦四律，並以誌別〉詩，則〈天山賦〉作

---

48 許師慎編輯：《有關清史稿編印經過及各方意見彙編（下）》，1979年4月，頁1162。

49 列〈序賦說雜作〉，昭和12年（1937）7月31日發行，頁120-124。

50 《彰化崇文社貳拾週年紀念詩文集續集》注者此處有誤，宜作「金城邵清華乙圖氏注」。

51 此刊本之著錄，見岳峰、周玲華編：《絲綢之路研究文獻書目索引》（烏魯木齊：新疆人民出版社、香港：香港文化教育出版社，1994年），頁194。

52 柳江縣政府修、劉漢忠，羅方貴點校：《柳州縣志點校本》（南寧市：廣西人民出版社，1998年），頁239。

者在當時已被認為是王大樞其人無疑。但或因嘉慶戊午（三年，1798）已有刊本，封面復題為嶺南歐陽梅塢著，金城邵乙園注，書尾有跋文數則，張翹跋說：「丙辰（元年）冬梅塢先生秉篡焉支。」自識謂：「是編脫稿後，未敢示人，戊午秋憂居京師，適皋蘭邵孝廉乙園設帳姑臧，偶出相質，乙園謬謂可存，並為音注，以付諸梓。」邵清華（乙園）跋亦云：「樂為之注。」甚至《三州輯略》又載歐陽鎰〈天山賦〉，因而歷來皆以〈天山賦〉為歐陽鎰於焉支時所作。觀楊廷理詩文所呈現訊息，知廷理於嘉慶八年（1803）三月三日，自綏定城（今霍城縣城）啟程東歸。五月十八日抵平番，下旬抵達蘭州。原以為可與內弟歐陽鎰相見，但相對的卻是東門外義院存放的棺柩，不禁痛哭其英年早逝[53]。由此觀之，一七九八年〈天山賦〉刊行時，歐陽鎰尚在人世，何以作者重出二人？

　　吳丰培論新疆四賦時特別對〈天山賦〉作者有所著墨，他認為此作為王大樞[54]作品無疑，其《西征錄》著錄此作，而且大樞其人在乾隆五十三年遣戍新疆，長住十三年，對新疆地理，頗多考證，而其《西征紀程》，已輯入《甘新游踪匯編　甘肅至新疆站程》中，亦擅長詩文。他做了考證，說：「除個別文字有所增改外，其他主要文

53 劉漢忠：《開蘭柳賢》（北京市：光明日報出版社，2006年），頁89、90。

54 王大樞（1731-1816），字白沙，號澹明，別號天山漁者。安徽懷寧（太湖縣）人。生於清雍正九年（1731，或因農曆年底關係，亦有作1732年），卒於嘉慶二十一年（1816），歷經三朝。少年孤苦，曾築室司空山下，購書萬卷，朝夕苦讀。乾隆三十六年（1771）舉人。五十三年（1788），獲罪朝中權貴，流戍新疆伊犁，行程五千多公里，沿途考察風土人情及山川溪流，有感發即隨記，撰寫《紀行上下》2卷，賦詩46首，其〈邊關覽古〉六十四詠，更是遠近傳觀。居伊犁十三載，著有《西征錄》、《春秋屬辭》、《詩序輯說》，均刻於世。另有《古韻通例考》、《陶詩析疑》、《鴻爪錄》等書。其卒年據太湖縣地方志編纂委員會編：《太湖縣志》載「王大樞墓，位於北里鄉東口村太平架山，係堆土墓，高1.2米，面積5平方米。有碑，高1.2米，上書『嘉慶二十一年立　天山漁者王公諱大樞之墓』。」墓今保存完好。王大樞，本志有傳。」（合肥市：黃山書社，1995年），頁639。

字，包括注文在內，無不盡同，僅序文自述之文有異，王文云：『予荷戈西出，飽玩此山。』而歐陽文則說：『余以嶺外人來宰焉支，攝白亭，客姑臧，日與山對。』是王大樞為遣戍人員，而歐陽鎰則宦遊新地，兩人身分不同，頗難互相抄襲，意大樞旅新也久，嘉慶元年尚未離新，曾遊幕多處，或曾入鎰之記室，代為捉刀，亦未可知。故兩人均作己作而刊佈，今將兩名並列，以待進一步的考證。」[55]吳丰培推論可能是王大樞為歐陽鎰捉刀之作，但仍有一些疑惑待解，歐陽鎰，乾隆四十五年庚子（1780）舉人[56]，王大樞中舉時間乾隆三十六年（1771），舉江左孝廉，揀選知縣。五十三年（1788），獲罪朝中權貴，流戍新疆伊犁，受聘伊犁鎮總兵皁保家，後加入伊犁志局，曾與蔡世恪同纂修《伊犁志》。是否曾入鎰之記室，尚待考。而一八〇二年王大樞赦歸，隔年歐陽鎰卒。而楊廷理誌別王大樞詩，特別提到王白沙大樞孝廉出所著〈天山賦〉、〈西征記〉見示，此時署名歐陽鎰之〈天山賦〉又已刊行，則王氏此舉似另有措意，不便明說力爭著作權。

（四）愛新覺羅〈盛京賦〉

《彰化崇文社貳拾週年紀念詩文續集》在刊行歐陽鎰〈天山賦并序〉後，又登〈乾隆十年秋八月辛丑（盛京賦）〉[57]（以下行文略稱〈盛京賦〉），未署作者，然此賦極富盛名，且觀序文可知為清乾隆帝之作。序文云「乾隆癸亥，恭奉皇太后發軔京師，屆我陪陵。孝思以申，祖武是仰。因周覽山川之渾厚，民物之樸淳，穀土之肥沃，百昌之繁膴，洵乎天府之國，興王之會也。昔豳居相度，召頌公劉，岐宅

55　參吳丰培著，馬大正等整理：《吳丰培邊事題跋集》（烏魯木齊市：新疆人民出版社，1998年），頁205。

56　柳江縣政府修、劉漢忠，羅方貴點校：《柳州縣志點校本》（南寧市：廣西人民出版社，1998年），頁188。

57　列〈序賦說雜作〉，昭和12年（1937）7月31日發行，頁125-128。

作屏，周歌太王，莫不於上帝之監觀、下民之君宗，三致意焉。故物以賦顯，事以頌宣，既見於斯，豈默於言乎？遂作賦曰。」文中癸亥即乾隆八年（1743），當時乾隆東巡盛京，祭祖陵，覽山川，躊躇滿志，連夜書就〈盛京賦〉。此處轉載時篇題誤為乾隆「十年」。

〈盛京賦〉含序、賦、頌三部分，約五千言。盛京，即今之瀋陽，清入關以前定都在此，稱作盛京，入關之後改稱留都。清初於盛京城內設立奉天府，因而又有奉天之稱，是滿族發祥之地強。此賦強了調創業維艱、守成不易，追述滿洲源流，頌揚列祖列宗順天應人，統一區宇，創建大清之業績，並盛讚盛京一帶的壯麗山川、風景名勝與民風淳樸，物產豐富，盛京建築輝煌，引發對佐命勳舊之思念與崇敬。最後以抑揚頓錯、鏗鏘有力的頌詩收束全文。條理清晰，敘議結合，引經據典，文字雅潔，充分顯示乾隆帝漢文學修養之深厚。

五年後，乾隆十三年（1748），〈盛京賦〉以三十二種不同滿篆文體刻印石碑上，乾隆三十五年（1770）復被譯成法文於巴黎出版，震動世界文壇，被譽為「世界的詩篇」，受到法國思想家、作家伏爾泰（1694-1778）的重視。從《大英百科辭典》第十三版以前的各版中，關於奉天歷史、地理的簡要說明，記載著乾隆皇帝所作的奉天之詩由法國基督教神父阿米特（按、漢名錢德明）將其譯成法文後而引起人們的關注可知此作亨負盛名。「奉天之詩」，即是指乾隆帝〈盛京賦〉。到了十九世紀，哈萊茲又將〈盛京賦〉末尾的「頌詞」編入專供外國人學習滿文的佳作選文裡。[58]〈天山賦〉、〈盛京賦〉在一九三

58　相關資料可見〔法〕陳豔霞（Ysia Tchen）著，耿昇譯：《華樂西傳法蘭西》（北京市：商務印書館，1998年），頁172、173。唐英凱〈御製〈盛京賦〉的歷史價值〉，收入支運亭主編：《清前歷史文化：清前期國際學術研討會文集》（瀋陽市：遼寧大學出版社，1998年），頁142-149。王筱雯主編：《遼寧省圖書館藏古籍精品圖錄》（瀋陽市：瀋陽出版社，2008年）。印麗雅、金寶森：〈乾隆皇帝的《盛京賦》與十八世紀東西文化交流〉，收入王鍾翰主編、中央民族大學滿學研究所，瀋陽故宮博物院編：《滿族歷史與文化》（北京市：中央民族大學出版社，1996年），頁178-184。

七年中日七七蘆溝橋事變爆發，禁止中文之際，尚由彰化崇文社於該年七月底編入出版，印贈各地，不可不謂非尋常，此舉或與日本極力拓展東三省、滿洲國有關，崇文社仍不能不有所考量，遂於序文及選文多所措意。

　　至於尤侗〈蘇臺覽古賦〉、定洋〈招寶山望海賦〉亦是當時被選錄刊登於臺灣雜誌上之賦篇，相關問題，留待他日再討論。這些賦篇尚有不少與赤壁游或受東坡前後〈赤壁賦〉影響之作，將再以專文討論之，另詼諧、諧諷之作仍有一定數量的表現，亦是值得留意的現象。

五　小結

　　如就臺灣兩種特殊賦體觀之，鸞體賦、醫體賦之作，彼此間有些關聯及異同。二者都是實用性為主，在表現形式上除了賦之外，尚有詩、詞文類，且或因易記易誦之考量，二者皆喜用「西江月」、「望江南」等詞牌[59]。詩作篇幅多，暫且不論。而漢醫漢方之傳播方式，除賦之外，尚有歌訣、三字經等形式。不過二者的讀者對象有相當大的差異。二者皆傳承自中國大陸，但目前鸞體賦見於臺灣[60]，醫體賦則大陸為多。醫體賦是用古漢語記載，文字古奧難懂，尤其古字通用現象甚為普遍，加上賦文本來就較難懂，醫療賦體之作如果沒有基礎醫學知識，則無異讀天書。鸞體賦則顯得容易些。

　　自一九四九年以來兩岸在傳統文學的發展，畢竟不太一樣，鸞堂從清末傳來臺灣，即使經過日治時期統治，亦然屹立蓬勃發展，甚有

59　清代醫家黃岩編著《秘傳眼科纂要》，全書以詩詞為主體，內有〈眼科證治纂要〉詞作，將眼科臨床常見六十餘種病症，以望江南之調，將病名病因、症候方藥融為一體。另〈眼科藥要賦〉以賦體進行簡要論述，對眼科臨床用藥具有普遍意義。《漢文皇漢醫界》可見以西江月詞牌所填之詞。

60　鸞堂書既自中國大陸傳來，理應亦有相當書刊有鸞體賦作，但或因文革影響，目前暫無法窺見中國大陸方面的鸞書賦篇。或許有待更縝密的田野調查以全面蒐羅。

鸞體賦之刊行，但戰後以來臺灣賦作之書寫，除了來臺的外省人士及本地極少士人有所創作外，老輩凋零後，難以為繼[61]。中國大陸在文革後則仍可見不少今人之賦篇，雖功力遠不及前人，但或因禁制文化帶來之衝擊反撲或緬懷，對於傳統文學形式依舊有一批人進行著，甚或對傳統醫療典籍之整理、注釋疏證之書極多。就歷史發展觀之，臺灣漢醫藥自中國而來，這方面的著述較中國為少。清末民初吾人仍不時可見以賦體創作之醫療漢方之作，如清李朝珠〈藥性賦〉一卷、清鄭作霖〈藥性賦〉六篇；在一九七九年郭靄春、李紫溪所編的《河北醫籍考》一書，著錄了元寶默〈指迷賦〉、〈標幽賦〉各一卷。而一般賦作之創作熱情亦出乎意料，《人民日報》偶爾刊發的〈名城賦〉亦吸引了不少人。以二○○九年中國大陸賦作為例，可見者有鄒克敵〈紡專賦——賀成都紡織高等專科學校七十年〉（刊《成都紡織高等專科學校學報》，2009年第3期），龍協濤〈學報賦〉（刊《蘇州大學學報（哲學與社會科學版）》2009年第5期。此文在不同刊物刊登約有十次），程起峻、羅紫雲〈都蘭賦〉（刊《柴達木開發研究》2009年第4期），胡家虎〈柴達木賦〉（刊《柴達木開發研究》，2009年第5期），路德坤〈蒙山大佛賦〉（刊《記者觀察》，2009年第7期），賀敬平〈瓊財賦〉（刊《今日海南》，2009年第7期），黃天俊〈黔茶賦〉（刊《茶世界》，2009年第7期），陸健夫〈國魂賦：羅榮漢〈中醫賦〉（刊《實用中醫藥雜誌》，2009年第8期）建國六十周年志慶〉（刊《山東人大工作》，2009年第10期），歐陽德彬〈洛陽高新區賦〉（刊《中國高新區》，2009年第10期），洪智生〈祁門賦〉（刊《江淮》，2009年第9期），康丕耀〈包頭賦〉（刊《財經界》，2009年第11期）、董鴻彪〈贛

---

61 周紹賢：〈臺灣賦〉，《海陽文史資料第7輯》（1991年10月），頁138-143。另參簡宗梧：〈賦之今昔〉，《重慶工商大學學報（社科版）雙月刊》第20卷第1期（2003年2月），頁1-6。龔克昌：〈古代賦的興起、繁榮、發展及現代辭賦的創作〉，《遼東學院學報（社會科學版）》第11卷第4期（2009年8月），頁35-46。

江滄桑賦〉（刊《代江西》，2009年第11期），他如〈北京賦〉、〈中華賦〉、〈湘江賦〉、〈國慶賦〉、〈百年國圖賦〉、〈蘇園賦〉、〈杭州灣大橋賦〉、〈漢易園賦〉等等，數量之多，可想像加上二○○九年之前之賦作，其量想必相當可觀。

馬積高在《賦史》評章太炎《國故論衡，辨詩》論賦一段話，深有感慨，章氏云：「自屈宋以至鮑、謝，賦道既極。至於江淹、沈約，稍近凡俗。庾信之作，去古踰遠，世多慕《小園》、《哀江南》輩，若以上擬《登樓》、《閑居》、《秋興》、《蕪城》之儕，其靡已甚。賦亡蓋先於詩。繼隋而後，李白賦《明堂》，杜甫賦《三大禮》，誠欲為揚雄臺隸，猶幾弗及。世無作者，二家亦足以殿。自是賦遂泯滅。近世徒有張惠言區區修補，《黃山》諸賦雖未至，庶幾李、杜之倫。……其道與故訓相倔僵，故小學亡而賦不作。」馬氏認為太炎把賦與文字、訓詁之學聯繫起來，並對李、杜以後的賦幾乎都採取否定的態度，顯然是不正確的。但是歷史的發展有時也有巧合，在綿延二千餘年的賦史上，章氏恰好也是最後一位有特色的作者。「世無作者……亦足以殿」[62]的評語，馬積高藉此評價了章氏之賦。觀諸當今賦作史上確實亦不能不有此感慨。

62　以上兩段引文見馬積高：《賦史》（上海市：上海古籍出版社，1987年），頁640。

附錄

圖十　出版於一九一四年的　　圖十一　《臺灣皇漢醫界》改名
　　　《覺夢真機》　　　　　　　　《臺灣皇漢醫報》

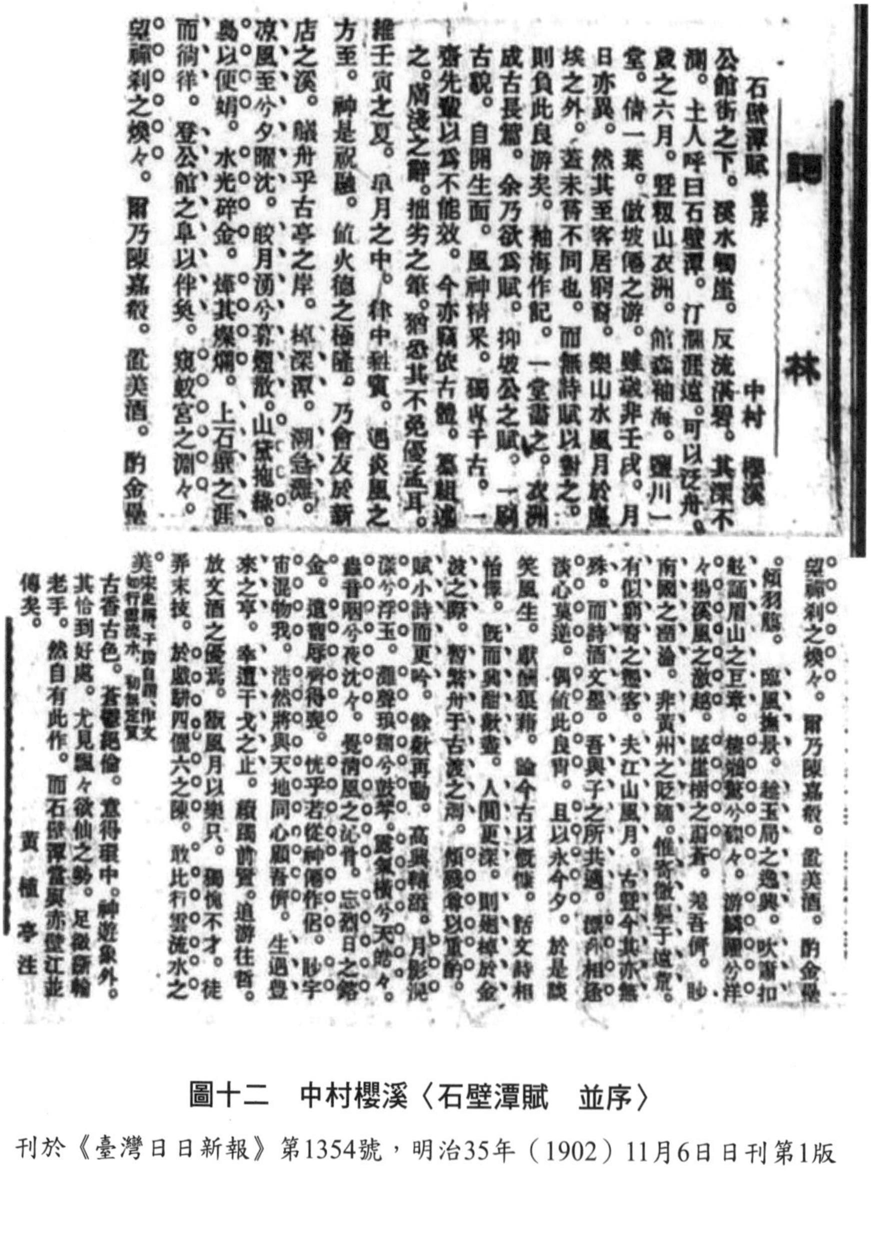

詞林

石壁潭賦 並序　中村櫻溪

公館街之下。溪水嚙崖。反流渫碧。其深不測。主人呼曰石壁潭。汀瀨涯遠。可以泛舟。歲之六月。暨椒山衣洲。館森袖海。鹽川一堂。倚一葉。倣坡僊之游。雖歲非壬戌。月日亦異。然其至客居猶商。樂山水風月於塵埃之外。蓋未嘗不同也。而無詩賦以對之。則負此良游矣。袖海作記。一堂畫之。衣洲成古長篇。余乃欲爲賦。抑坡公之賦。一刷古貌。自開生面。風神精采。獨步千古。一齋先輩以爲不能效。今亦竊依古體。慕組述之。膚淺之辭。拙劣之筆。猶恐其不免優孟耳。

維壬寅之夏。㞢月之中。律中蕤賓。遇炎風之方至。神是祝融。値火德之極隆。乃會友於新店之溪。艤舟乎古亭之岸。棹深潭。溯急灘。涼風至兮夕曛沈。皎月涌兮暮靄散。山黛拖綠。島以便娟。水光碎金。嫜其燦爛。上石壁之涯而徜徉。登公館之阜以伴奐。窺蛟宮之淵々。望禪剎之煥々。爾乃陳嘉殽。置美酒。酌金罍

望禪剎之煥々。爾乃陳嘉殽。置美酒。酌金罍

。傾羽觴。臨風撫景。趁玉局之逸興。吹簫扣舷。誦眉山之巨章。棹溯蕩兮裊々。游鱗躍兮洋々。揚溪風之激越。謳崖樹之蒼蒼。羌吾儕。眇南國之留滯。非黃州之貶謫。惟寄傲于遠荒。有似窮窨之遷客。夫江山風月。古豈今其亦無殊。而詩酒文墨。吾與子之所共適。標舟相逢淡心莫逆。偶値此良宵。且以永今夕。於是談笑風生。獻酬狼藉。論今古以慨慷。話文詩相怡懌。既而與闌歡盡。人間更深。則攜棹於金波之際。暫繫舟于古渡之洲。傾殘尊以重酌。賦小詩而更吟。餘歡再動。高興轉遒。月影混深兮浮玉。灘聲琅璫兮鼓琴。露氣橫兮天皓々。蟲音咽兮夜沈々。覺清風之沁骨。忘烈日之鑠金。遺寵辱齊得喪。恍乎若從神僊作侶。眇宇宙混物我。浩然將與天地同心翺翔。生過豈來之享。幸遭干戈之止。竊躡前賢。追游往哲。放文酒之優哉。翫風月以樂只。獨愧不才。徒弄末技。於戲斯四儷六之陳。敢比行雲流水之美。宋史本傳、干頭自開、作文如行雲流水、初無定質

古香古色。蒼鬱絕倫。意得環中。神遊象外。其恰到好處。尤見飄々欲仙之勢。足徵斲輪老手。然自有此作。而石壁潭當與赤壁江並傳矣。　黃植亭注

圖十二　中村櫻溪〈石壁潭賦　並序〉

刊於《臺灣日日新報》第1354號，明治35年（1902）11月6日日刊第1版

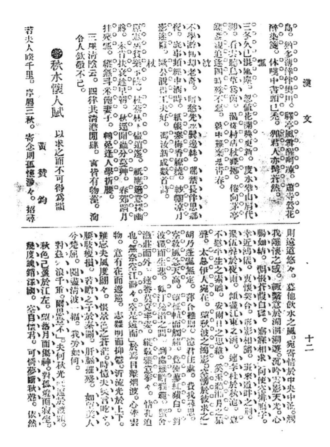

圖十三　黃贊鈞〈秋水懷人賦（以求之而不可得為韻）〉

刊於《臺灣教育會雜誌》第21號，1903年12月25日

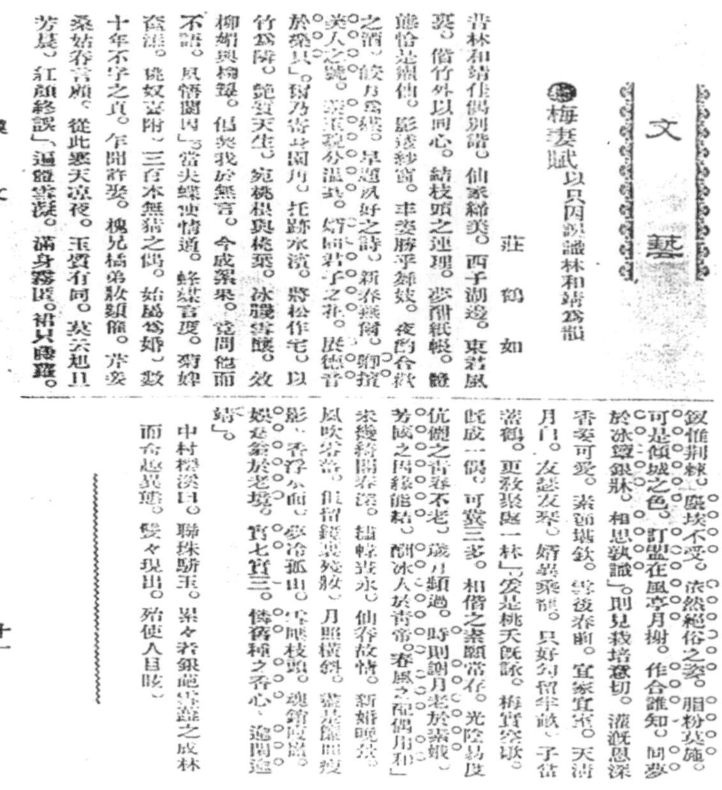

圖十四　莊鶴如〈梅妻賦（以只因誤識林和靖為韻）〉

刊於《臺灣教育會雜誌》第33號，1904年12月25日

知事賦（以下民易虐上天難欺為韻）

（縮天）

既噲吹牛叉工拍馬百計夤緣一官帯且阿堵物果顯神能紈袴兒亦厠民社為大老爺三個字卻不知幾費扃錢得委任狀一紙書好容易學蓋印把為怪衙門權柄到民國何反大哉試看官長威嚴較前清更有甚者生殺權操之在我自非格外行凶金銀鑛取之於民只恐囊中或寡無論刑事民事此心祇解貪殘況有科長科員其手更分上

七　著　諧

索無孔不鑽剝地方之私財已見形凶似盜吞國家之公欵更覺胆大如瞞殊不知民生易虐國法難寬捲欵潛颺劉子敬已行監禁席賓遁殷葆森早飲彈丸請看殷鑒匪遙個中人當知猛省要識吾民甚苦堂上官盍恤艱難

嗚呼誰無血性誰無仁慈而況親民大令行政有司父母官何等名義子孫錢切莫預支須知一人俸百人膏良心上也應發現諺云一代官三代丐因果中大有報施然天下事未可一概觀暴者半而良者亦半大考試究為無益事文可知而行不可知當年我亦政界人一誤何能再誤此日作茲知事賦欺人還以自欺

上海洋場序

（梅鶴）

滬江故郡洋場新埠界分中外地接吳淞襟黃浦而帶蘇河控歐風而引墨雨物華技巧機械奪造化之工人密地稀旅館下客商之榻電桿霧列郵

圖十五　縮天〈知事賦〉

刊於《滑稽時報》第3期

七

《全臺賦補遺》：新蒐臺灣賦篇

　　二〇一四年十月二十日為《全臺賦》校訂、補遺、補遺影像集驗收之日，恰恰在當天我重新翻尋《臺南新報》之際，又陸續從《臺南新報》，發現了「常諦」的〈賞春賦〉、佚名的〈寒士賦〉、「彭」的〈中秋賞月賦〉。早在二〇〇五年已請林肇豐先生協助蒐尋《臺南新報》的賦篇，但當時只能看微（縮）捲，復刻本尚未得見，因此重編補遺時，擬再次過濾的想法，一直在心中盤旋，但諸事既紛紜，又乏人手協助，因此在經過繁瑣的校對，交付三書付梓之後，立即回到資料的再蒐羅。雖然這次出版了補遺，但筆者相信必然還有遺珠之憾，尤其文獻史料的出現，總是帶來驚喜連連，期待日後有心人能再接手續編。唯該套書既甫出版，為免遺憾，筆者於是核校其文字，分析其章句宗旨，索解其詞語事類，依三賦發表的先後順序，試述於下。至於三賦之作者及背景資料，以及尤參（林述三）〈五日觀鬥龍舟賦〉，一併留待他日再述。

　　〈賞春賦（以「春日多佳趣」為韻）〉發表於一九三三年一月四日，此時正值一元復始，萬象更新的初春，其韻字「春日多佳趣」，也正好與題旨的「賞春」相照應。全文依韻分五段，依次敘寫春光明媚，遊人紛紛賞景；正月日暖，爆竹聲喧，喜氣祥光，盈天遍地；詩人遣興，會侶酬和，邀賓醉月，其樂無窮；行香佛寺，散步天街，婦女豔競，遊春趣雅；以及逍遙之士，觀花、賞瀑、撞球、作賦，而自得賞春之樂等內容。第五段末聯寫道：「惟是蒼生不一，風騷其志弗同；豈非人類眾多，情趣之心獨露。」說明世人的品味、喜好，各不相同，因此，其賞春的方式、情懷，自然也就各異其趣了。

附：賞春賦（以「春日多佳趣」為韻）原文

風光明媚，花卉飜新。和融氣靄，瑞彩頻臻。玩觀佳景，樂意芳辰。聽鶯聲而悅性，見蝶舞以怡神。林間萬樹千芳，皆呈秀色；路上三群四黨，盡屬遊人。

對面香風，當頭暖日。青葉重重，紅花密密。寒梅飄雪紗窗，芳草輸香靜室。此終日內，吹春處處頻聞；自早朝來，爆竹家家不失。布出彌天喜氣，人盡欲仙；送來大地祥光，神咸錫吉。詩人遣興，舞女聲歌。憂愁人少，娛樂者多。欲賭金錢，祇怕鐵窗緊密；莫如琴酒，任他法網張羅。最宜會侶吟詩，而對春光亦可；絕好邀賓醉月，以迎勝日云何。節居初春，正是騷人樂事；況當此日，堪為墨客酬和。

或觀遊戲，或說詼諧。行香佛廟，散步天街。自成雅趣，最適幽懷。看來婦女如雲，呈妖嬌而競豔；見得兒童若蟻，展麗服以為佳。斗酒雙柑，可謂遊春之雅；一妻二子，堪稱賞勝之偕。別有一段逍遙，清高獨趣。或好看其山花，或奇觀其瀑布。或嗜慾於撞球，或喜歡於作賦。愛春之景，豈同浪子之遊；惜日之陰，耽誦寇公之句。惟是蒼生不一，風騷其志弗同；豈非人類眾多，情趣之心獨露。

〈寒士賦（以「啼饑號寒」為韻）〉，依韻分四段。韓愈〈進學解〉：「冬暖而兒號寒，年豐而妻啼饑」，此「啼饑號寒」韻字之所本也。雖然本文以「啼饑號寒」為韻字，而且前三段將寒士囊空餅罄，謀生乏術；吞紙販文，聊以充飢；百結鶉衣，窮途落拓的窮苦形象寫得入木三分，困窘不堪。但是第四段「守清白之家風，盜泉拒飲（清廉自持）」；「君子安貧」，「達人知命」云云，卻寫得義正志堅，恢弘豁達。充分體現了孔子「富而好禮」（《論語・學而》），和〈中庸〉

「君子素其位而行……素貧賤，行乎貧賤」（《禮記‧中庸‧14章》）的訓示。真可說是「寒士品高，無欲則剛」了。

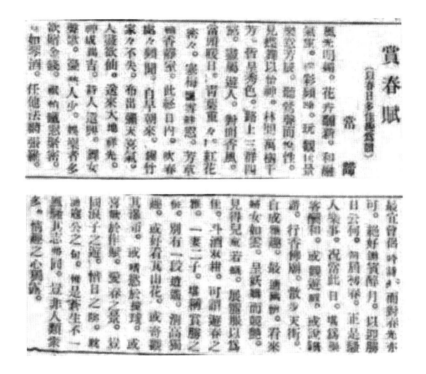

圖十六　常諦〈賞春賦（以「春日多佳趣」為韻）〉
《臺南新報》第11127號，昭和8年（1933）1月4日，第4版

「吞紙」典出《顏氏家訓‧勉學》：「義陽（荊州有義陽縣）朱詹，世居江陵，後出揚都，好學，家貧無資，累日不爨，乃時吞紙以實腹。」「販文」典出《字學》：「王隱君始歌賣文」，下云「段湛賣文」。僅知段湛為寒士，生平不詳。「盜泉」故址在今山東泗水縣。《尸子》一書有言：孔子「過於盜泉，渴而不飲，惡其名也。」《淮南子‧說林》也有「曾子立廉，不飲盜泉」的記載。「素貧賤，行乎貧賤」的意思是貧賤者應做的事，就是不斷地進德修業，豐富其才學，這樣一來，自然很快就會脫離貧賤的處境了。

附：寒士賦（以「啼饑號寒」為韻）原文

命途多舛，時運不濟。無門可貸，無枝可棲。形狀儼同乞丐，現況不亞災黎。友朋遇之遠避，親族逢之相詆。養屋興嗟，只為囊空鉼□（疑作「罄」）；謀生乏術，何尤妻怨兒啼。

爾其金風親體，冷颸入帷。縕袍不暖，冷灶停炊。顏子無此奇窘，范叔無此愴悲。縱教學吞紙之朱□（疑作「詹」），烏能果腹；惟有為販文之段湛，聊以充饑。

無如硯可少種，筆耕空勞。□（疑作「自」）貽戚鄖，愧對兒曹。苦催捐之切切，厭索債之嘈嘈。落拓難逢指囷，窮途誰肯贈袍。百結鶉衣，難免襟□（疑作「捉」）肘見；半間□（疑作「破」）屋，寧堪雨洒風號。

當斯時也，牛衣對泣，淚眼相看。既點金之乏術，又辭穀之無丹。總有長才八斗，難求脫粟一餐。守清白之家風，盜泉拒飲；傷炎涼之世態，珠淚空彈。君子安貧，白屋自甘淡泊；達人知命，窮簷且共歲寒

圖十七　闕名〈寒士賦（以「啼饑號寒」為韻）〉
《臺南新報》第11487號，昭和9年（1934）1月1日，第20版

　　至於〈中秋賞月賦（以「天上清光留此夕」為韻）〉一文，「天上清光留此夕」出自蔡襄〈上元應制〉詩：「……宸遊不為三元夜，樂

事還同萬眾心。天上清光留此夕，人間和氣闢春陰。……」應制，即
奉皇帝之命寫作詩文，三元指農曆正月、七月和十月的十五日。蔡詩
特別說皇帝出遊不是為了節日之夜，而是為了與萬民共同歡樂。〈中
秋賞月賦〉據此為韻分七段，首段「一輪秋滿，萬里色妍」，鋪寫中
秋圓月，光照天地，無比瑩潔。「開懷賞月……極目遙天」，則扣緊題
目陳辭。第二段到第五段，鋪陳姮娥明月緩緩東上之際，賞月的情景
和感懷。作者先寫僧敲寺鐘，客誦詩篇，「顧影高歌，舉杯相向」等
賞月的活動。接著以「光連彩，花並榮，添娟秀，照餘情」凸顯中秋
月色的澄明。然後抒寫賞月情懷的變化：「豪懷未減，逸興偏長。變
幻滄桑，瞬矣將生白髮；無窮懷抱，問誰先覺黃粱。」想到老冉冉其
將至，想到黃粱之夢當醒，真是感慨繫之。然而對此皎月，應快意觀
賞，「胡為感遲暮，年光逝不留？」誠應及時行樂，才不致辜負眼前
的良辰佳景。第六段敘寫「皓魄當空」的光景。只見「素影掠庭，清
輝隱樹」，真是好景無限。然而「我身總是天涯，孰能遣此」，對此圓
月蟾光，不禁令人興起「年年今夜，月華如練，長是人千里」（范仲
淹〈御街行〉）的感慨。到了末段，作者自述盡情賞月之餘，「酣呼酒
宴……狼籍杯盤，不覺留連竟夕」，或許酣飲竟夕，才可暫忘「我身
總是天涯」的憂愁吧。

附：中秋賞月賦（以「天上清光留此夕」為韻）原文

一輪秋滿，萬里色妍。花曾歲歲，月自年年。玉宇無雲，覺爽
幽絕俗；笙歌滿地，真快樂如仙。佳景允推，孰比開懷賞月；
良宵難再，不禁極目遙天。
于時鐘任僧敲，詩由客誦。顧影高歌，舉杯相向。澄瑩如許，
孰謂穿針最難；摸索伊誰，卻笑桁衣不亮。樓臺近水，遊客喋
喋爭先；屋宇連雲，姮娥款款東上。

爾其光連彩，花並榮，添娟秀，照餘情。況當秋三五，更放十
分明。一樣團圓月，今宵氣倍清。

於是爰歌爰舞，載詠載觴。豪懷未減，逸興偏長。變幻滄桑，
瞬矣將生白髮；無窮懷抱，問誰先覺黃粱。滿岸蘆花，偏搖秋
色之影；一泓江水，深浸明月之光。

假此良夕，快我楔遊。光陰過半載，明月正中秋。桂花開已
滿，兔魄圓更幽。胡為感遲暮，年光逝不留。

旋而皓魄當空，煙光□渚。素影掠庭，清輝隱樹。風清浪靜良
時，燕去鴻來換序。到處都為逆旅，未免有情；我身總是天
涯，孰能遣此。

俄而樹梢滅明，波心閃鑠。如撒金珠，如投白璧。酣呼酒宴，
何曾耽溺崇朝；狼籍杯盤，不覺留連竟夕。

　　徵文考獻，每須旁蒐博採，有些時候，似乎又總是得依靠某種機
緣，機緣成熟了，文獻也就得以裒而集之。文物有靈，這或許就是最
佳的說明吧。另藉此機會訂正若干錯誤，《全臺賦補遺》頁一六四，
〈鼓山觀海賦〉〔解題〕第二段，行二引錄謝朓詩：「大江流日駕夜，
客心悲未央」句，「駕」為衍文。謝朓原作為五言詩，應是「大江流
日夜」。《全臺賦校訂》頁一五八，行六：「徙倚臺逐」句，「逐」字，
依《全臺賦影像集》（下）頁三七八，應作「廷」。「徙倚臺廷」與上
聯「徘徊釣處」相對。關於〈賞春賦〉、〈寒士賦〉、〈中秋賞月賦〉這
三篇原文及圖檔，隨文臚列於此，以供讀者參考，並請斧正。（此文
合撰者：崔成宗教授）

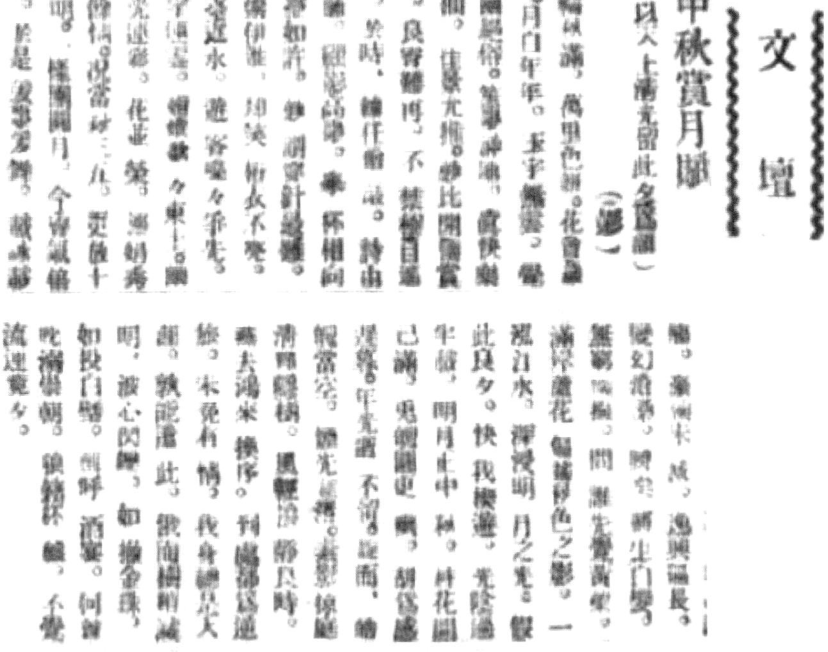
文壇

中秋賞月賦

（以天上清光留此夕為韻）

（彭）

圖十八　彭〈中秋賞月賦（以「天上清光留此夕」為韻）〉

《臺南新報》第12102號，昭和10年（1935）9月13日，第8版

巻四
作家全集

八
歷史的告白
──《巫永福全集　評論卷》的意義與價值

一　前言

　　巫永福先生除了小說、新詩、短歌俳句外，還寫了一百多篇文章，或記述臺灣文學、臺灣社會現象之經歷與觀察，或討論臺灣。這些作品反映了他的文化態度、政治見解、文學取向與社會關懷，從而也透露了與其所處時代、社會的對話，提供了研究臺灣文史的另一類觀點──在官方說詞之外的另一種聲音。透過評論的閱讀，我們深刻感受到文化人生命的可大可久。

　　巫老曾在其全集〈總序〉上說：「隨著年歲的增加，老來常被朋友勸寫回憶錄，想來也有道理，因為我的一生都是坎坎坷坷的路，是在亂七八糟的戰爭年代中過活，但是回想我自一九三二年考進東京明治大學文藝科後至今寫過小說、詩、戲曲、論文、俳句、短歌等，累積起來也有相當的數量。從這些文字中可以瞭解我心路歷程，時代的變遷，所以決定將這些作品收集起來編成一套全書，代替作為我的回憶錄。」[1]這樣的處理方式，自有它的優點，自己的人生由自己述說，自己的故事由自己決定分量，完全能掌握內心深處的感覺，避免了由他人撰寫，可能要緊的成了雞毛蒜皮，不想提的卻大作文章的尷尬。而在全集裡頭最能呈現作者的心路歷程與時代變遷的，新詩與評

---

[1]　巫永福著，沈萌華主編：《巫永福全集・評論卷》（臺北市：傳神福音文化公司，1996年），頁3。

論可說是兩大重鎮，而評論更是直指核心，避開了詩歌中可能有的隱喻以及象徵。就歷史真實的觸及來說，它呈現了閱讀時的暢通感，對不斷斷裂的臺灣歷史有其補綴作用。尤其評論卷所談的幾乎都是以自己的經驗為線索，是一回憶錄式的雜感，它沒有一般學術性論著的枯燥晦澀與單調乏味。這些文章，如果僅是數篇的論述，或許難顯一個時代的歷史現象，但百篇的聚沙成塔，就如荒漠中有了奇花異卉，繁茂而多姿，令人深刻體會到時代感和文化意味。

二　巫永福評論卷的意義與價值

（一）凸顯了臺灣知識分子的精神

　　從日治的反殖民到光復後心靈的幻滅，巫老將他們那一代人的人格風範、價值取向、知識傳統等面貌如實描繪了出來，他們追求理想、關心社會、重義輕利、提攜後進、正直勇敢等等特點，在在令人心嚮往之。它不僅是揭示某種歷史事件的真相，而是凸顯了臺灣知識分子在困躓環境下無與倫比的力量及溫馨之情，提醒了我們對生命的珍惜和尊重。如果臺灣文化人沒有這些高貴的素質，我們就很難想像他們是如何在抗拒不公不義的權力和猥瑣的世俗中掙扎過來的。

　　從巫老作品可追尋臺灣文化前輩無私無我、樂於提攜後進的精神，他記述了張星建樂於助人的事例，巫老說：「名畫家李石樵本是臺北新莊人，其時已結婚生子，負擔沉重又要往來於東京參加畫展，都是靠張星建拉臺中州下士紳畫肖像過活。名小說家張文環本是嘉義梅山人及名雕刻家陳夏雨等在臺中的生活，都是受到張星建無微不至的照顧，真是照耀別人，也是無代價的奉獻。」

　　〈最佳的社會服務〉一文，復論述張氏樂於服務助人之事，足見巫老於此頗有感發。又如山水亭老闆王井泉先生，「喜交文學家、畫家、雕刻家、音樂家、大學教授等，而遇有其生活困難者即伸手幫

助。猶如對傑出的雕刻家陳夏雨大力協助然。又免費供餐給那些窮困的藝術家。」

　　對楊肇嘉之描述說：「對於傑出的奧運級運動家張星賢、林月雲之外的畫家、音樂家都會適時伸出援助，故也聽說過曾援助江文也樂譜印刷費用等。」

　　對羅萬俥之描繪則說：「善用其財，留學生中無論識與不識，常傾囊濟貧困，無吝嗇。」

　　在詮釋臺中之所以為文化城之因，特別提到臺中人之文化理解能力及愛才之精神。他說：「老作家楊逵，……由日本回臺後不在其故鄉生根，卻在臺中市開花，他特別受著作家彰化賴和醫師、霧峯詩人林幼春鼓勵外，多受臺中文化人的愛護至今而成為臺中人。故張文環本是嘉義梅山人，由日本回臺後在臺北創辦臺灣文學的短短期間外，為了生活定居臺中，受了林獻堂、羅萬俥、張星建、吳天賞等之愛顧最多，臺中文化界人士對他亦愛護備至，……李石樵，臺北縣新莊人，學成歸臺後在臺北生活無著，舉家遷住於臺中梅枝町，久居多年，獲楊基先、張星建等人以及其他中部士紳之照顧，生活乃得安定。又名畫家顏水龍是臺南人，他多久居臺中接受吳子瑜的照顧。」

　　對賴和行醫濟世、襄助文友之舉亦多所著墨，而巫老本人亦熱心社會公眾事，擔任《臺灣文藝》行人，創立《巫永福評論獎》，捐贈典藏書畫於圖書館、民俗館之舉，悉可見其人道、愛心之情懷。

　　在太平洋戰爭末期，巫老於智識青年座談會上，極陳日本人對青年不公平的差別待遇，並要求予以改善。任臺中《臺灣新聞社》記者時，對竹內國防議長之面罵欺侮，毅然予以反擊（見氏著〈不看為清淨〉一文）。類此不畏強權，與日人周旋之事實，在巫老作品中尚有不少臺灣先輩亦如是。可看出那一輩的知識分子，不說虛言套語，鄙惡虛偽矯情之風骨，如此真誠率性之漢子，自有其可愛、可敬之處。而對於貧困的人懷抱深切同情，並誠摯幫助他們度過生活難關，這正

是高尚尊貴的心靈始能為之。在評論卷傳來的歌詞即是此一高貴人格、形象之迴響，悅耳而動聽。

（二）重新認識、評價一九二〇、一九三〇年代的臺灣藝文

　　巫老於就學明治大學文藝科時，即曾組織「臺灣藝術研究會」，並發刊《フォルモサ》雜誌，自日返臺後，凡是有關的文學活動，莫不參與。如「臺灣藝術研究會」、「臺灣文藝聯盟」的結成，《臺灣文藝》、《臺灣新文學》、《臺灣文學》之刊行，都與文壇保持密切關係，因此在臺灣新文學運動上，可謂身經百戰，經驗特豐。誠如黃得時先生所言：「他對於臺灣文學運動的過去，瞭如指掌，……跳動著臺灣文學史活生生的脈搏。」[2]

　　今天我們看巫老所陳述的當年文學面貌，雖然有一些幾已是約定俗成、不再新鮮，但時空回到十幾年前，那卻是需要勇氣與膽識，就當時臺灣文學研究風氣、現況來看，更有犁開一片空白天地之功。而某些當時未被普遍傳開之作品，在經過出版全集的全盤整理後，亦時予人柳暗花明的意趣。集中對自己創辦《福爾摩沙》、《フォルモサ》種種的經過、細節，有相當完整的陳述。如走「中間路線」之因等。其中並提及張星建與楊逵間一段往事——《臺灣文藝》分裂，楊逵另創刊《臺灣新文學》。巫老所述不僅是張、楊之間編輯上對稿件取捨意見相左造成嫌隙，他並且認為楊逵退出《臺灣文藝》，是日本人田中從中煽動所導致。田中其時任《臺灣新聞報》副刊主任。由於「臺灣文藝聯盟」是當時文學運動最大團體，故為日人所忌，而企圖加以破壞，製造分裂以削弱反抗力量。巫老認為楊逵可能並未自覺到日人此一企圖，以致扮演了分裂者的角色[3]。

2　黃得時：〈活生生的文學史——評巫永福風雨中的長青樹」〉，原刊《自立晚報》，1987年1月18日，復收入《巫永福全集：評論卷III》，頁248。

3　參巫永福：〈日據時臺灣代新文學運動與楊逵〉、〈臺灣文學與中央書局〉、〈日據時代的臺灣文學經驗〉等文。見其全集評論卷收錄。

　　此一論述雖不乏忖想臆測之詞，但可作為文學史料之參考。尤其對兩刊物作家群的分析來看，巫老之說自有其理由[4]。

　　又如對曾石火之介紹，書中雖略有四、五次，但資料珍貴，且對照互見，時有樂趣。在〈思想起〉一文中，巫老說：

> 曾石火，南投市內轆人，是臺中一中第九期的先輩，與謝東閔副總統同期，東京帝國大學法文學系的高材生，掛著無緣的眼鏡，皮膚白皙，是個苦讀用功的模範書生，穿著黑色的大學制服，很有氣概，雖不太講話我們都稱他為語言天才。他河洛話、日語之外，客家話、英語、法國語、西班牙語、德國語樣樣都會。聽說他家境不太好，故非常節儉，住於東京帝大附近的一個三疊的小小房間，除了書籍、桌椅之外就不能容人，所以不讓我們進入，如果要與他面會就得約他出來在他宿舍附近的巷路上談話，他在「福爾摩沙」發表的法語譯短篇小說就是這樣由蘇維熊、張文環與我三人約他出來催生的。他畢業後也結了婚，可惜大志未酬，一世天才即早逝。回憶起來也真使我嗟嘆天之無情。（頁31）

在〈悼張文環兄回首前塵〉一文中：

> 就讀東京帝國大學法國文學系的曾石火，南投縣南投鎮人，綽號卷毛仔，因為他的頭髮是卷毛，所以被朋友這樣稱呼之。他戴一無框的金色眼鏡，是個典型的白面書生，他精通日本、法國語外，亦擅長英語、中國話（現時的國語）、西班牙語、德國語、義大利語等多國語文，真是不可多得的人才。他畢業

4　見巫永福：〈日據時代臺灣新文學運動與楊逵〉一文。

後，日本政府曾有意延攬，使其服務於日本駐美國的大使館，
但做一個外交官，除非家庭富裕，就較難混過去。石火兄家庭
並不富裕，因此聽說曾要求其富裕的岳父幫助，因不得其諾而
作罷。其後在不得志之中早故。他是我臺中一中的先輩，與臺
灣省政府謝東閔主席是同學。至今如想到此事，尤覺悵
然。⋯⋯為了取得原稿，我常與維熊兄、文環兄同訪於東大附
近的石火兄。與石火兄見面的都是在其宿舍附近的巷路。石火
兄終不給我們踏入他的宿舍，什麼原因我不知道，這件事使我
印象特別深。（頁84-85、87）

在〈臺灣文學的回顧與前擔〉一文中：

曾石火是南投市內壢人，他受法國近代的思潮影響甚深。（頁
171-172）

合觀此三則引文，雖有重複敘說的地方，但也有相互發明、印證、補
充之處，如綽號卷毛仔；「大志未酬」所指之事；思想啟迪之源；與
友會面於巷路，而不在其宿舍之因⋯⋯等，至於籍貫「內轆」殆為
「內壢」之訛。類此情形，同樣見諸林幼春、蘇維熊、賴和、施學習
諸氏。如對林幼春之介紹，見於〈光復節談賴和先生〉一文：

擇日與張星建相約專程到霧峯下厝探訪慕名已久的林幼春了卻
心願。其時他瘦弱多病，兩眼炯炯，有氣品不凡的文人氣質，
穿臺灣衫褲，年紀比我去世的父親還要大，是我父執輩的人，
著有《南強詩集》，詩才曾獲梁啟超賞識，譽為南海的才子。
他投資過臺灣人唯一的輿論機關《臺灣民報》、中央書局，參
加臺灣文化協會而坐過牢，資助過臺灣最早的文藝雜誌《南

音》，也資助作家楊逵及其所主辦的《臺灣新文學雜誌》等，對
於臺灣新文學運動有過莫大的貢獻。我至今還留著李石樵為他
所繪的肖像相片以為紀念。（頁133-134）（書名號為筆者所加）

在〈詩魂醒吧！一併悼吳濁流先生〉一文中說：

臺灣的所有詩人中濁流先生最推崇霧峯林幼春，號南強先生
（一八七九～一九三九年），為第一人，著有《南強詩集》，清
末之梁啟超先生最賞識其詩才。日據時為爭民權為日人所拘，
仍不屈其威。（頁59）

在〈臺灣文學與中央書局〉一文中說：

中央書局的重要股東，有傑出的詩人林幼春，名資修，字南
強，號幼春、老秋。一八七九年正月生於福州衛前街寓所，一
八八二年隨父母回霧峯，父名朝選，母親福州人，也是前清林
統領朝棟之一族。梁啟超譽為海南才子。一八九五年日本占臺
時十六歲，即與漢詩人叔父朝崧、號癡仙，避亂泉州。一九○
二年二十三歲時，隨癡仙於霧峯，得苑裡陳聯玉，名貫，著有
《豁軒詩草》。潭子傳錫祺鶴亭、鹿港陳槐庭、神岡呂厚庵等
名人贊助成立櫟詩社，為臺灣詩結社之始。一九○五年又與傳
鶴亭、林獻堂、蔡惠如、林子瑾、鄭少冷創立臺灣文社，發行
臺灣文藝叢誌，發行七年。一九一四年為私立臺中中學校（現
省立臺中一中）創立捐資人之一。一九二一年臺灣文化協會成
立在林獻堂總理之下任協理。一九二二年四月在東京發行的
《臺灣青年》雜誌，改題為《臺灣》。後於一九二三年六月在
臺中成立臺灣雜誌社股份有限公司，出任董事長。

在〈日據時代的臺灣文學經驗〉一文裡：

> 從日據時代的文學運動來看，有一部分屬於舊文學的範疇，這
> 以在一九〇二年霧峯林幼春先生組織的「臺灣文社」，以及以
> 詩歌為主的「櫟社」為代表。當時的「櫟社」可以說是臺灣最
> 大的詩社，優秀的臺灣詩人非常多。梁啟超來臺灣的時候，還
> 曾經讚揚過林幼春先生和臺灣詩社的成就。這裡值得一提的是
> 林幼春先生對臺灣文化的貢獻。記得在一九一四年創立臺中一
> 中時，就是由林幼春和林獻堂、林烈堂等人出錢，並且到處募
> 款而成立的。……林幼春和林獻堂同樣姓林，但兩者間是頂厝
> 和下厝的關係，林幼春的祖先林朝棟在劉銘傳曾任臺灣的軍司
> 令，所以下厝的林家出的武將較多。

觀之這四則引文，可說各有所重，第一則所述之形象、穿著，資助楊
逵創辦《臺灣新文學雜誌》，為其他三則所沒有。第二則透露了吳濁
流先生最推崇的臺灣詩人是林幼春。第三則特對其字號、出生地、出
任臺灣雜誌社董事長有所記述。第四則對其祖先稍作補充。可說重出
之際，仍有新見。有關林幼春的事蹟在評論卷出現次數相當多，最詳
細的當為〈臺北新公園四像評議〉一文之記載。此文所述，異於前四
文者在於生平為「一八八〇年」，而此說方為正確之資料。這五則資
料共同的錯誤在於「臺灣文社」創設時間，誤為一九〇二、一九〇五
年，其正確時間應為一九一八年。本文舉曾石火、林幼春之例，其餘
可類推得知，如蘇維熊、施學習、張深切、張文環諸氏，在評論中時
見，或補充資料或說法稍異，排比合觀之後，吾人可發現其優劣妍媸
之所在。

　　集中對臺灣藝文之介紹，不侷限於音樂、美術、文學之常識，而
視之為歷史的另一種敘述法。因而所論述者，著重與時代產生互動關

係的藝術家、作家與作品。易言之，巫老之作可說是把臺灣文學藝術
放進臺灣過往歷史的洪流中共同翻滾，使得屬於臺灣人的歷史，是一
部有血有淚的歷史。藝術家們的生命菁華透過其筆觸一朵朵地綻放
開，陳澄波、郭雪湖、江文也、黃土水、李石樵等人一生嚴謹努力、
堅守崗位、熱愛藝術、心懷家鄉，其風采事蹟，無不觸動閱者對生命
的反省、對時代的反思。以這樣的角度來觀照，臺灣美術、文學、音
樂之形成遺音，令人覺得十足地光彩。

（三）補史料之不足

　　日治臺灣作家有不少人屢更筆名，猶如放了炮就跑，因而年代稍
遠遂有筆名難以歸屬之情形。透過評論卷，大致可整理出較罕見或未
見經傳之說，如「疑雨山人」為陳逸松之筆名；「淳光」為邱淼之筆
名；「青萍」為黃啟瑞之筆名；「半仙」為羅萬俥之筆名；「兆行」、
「史民」實為吳新榮；「郭天留」乃劉捷；「秀湖生」為許乃昌；巫老
本人亦曾化名為「田子浩」。此外，對「赫若」筆名之緣由，他在
〈呂赫若的點點滴滴〉一文中說：「赫若說：『我的本名石堆很粗俗，
故以赫若為號並為筆名。』針對他的筆名，我說：『很有朝鮮名小說
家張赫宙的味道。』赫若一聽大笑起來答道：『是啊，我比張赫宙年
輕，所以名赫若，日本語的若是年輕的意思。』巫老對於賴和「安都
生」之筆名亦說：「賴和有一個非常有趣的筆名，有如模仿西歐模式
的安都生，由這也可見賴和相當受著西洋文學的影響。」在文學史料
不足的情況下，這些「筆名」之確定對文學研究有其幫助。

　　此外，如對陳炘其人其事之記錄，實多為人所未見，主要原因是
巫老曾為陳炘之部屬，因此有關陳炘之文，如〈三月一日憶陳炘先
生〉、〈「悲哀的臺灣人陳炘」的前言〉二文，迄今仍是最重要的參考
史料之一。李筱峯撰《林茂生、陳炘和他們的時代》一書，對於陳炘
之探討，有不少地方借助於巫老口述歷史及相關文章，即為明證。前

文對其家世有詳細載錄，後文對陳炘遇害之陳述，牽連大東信託公司
被華南銀行合併之經緯。巫老此文說：

> 陳炘一生貢獻於臺灣金融經濟發展的重要事業臺灣信託公司，
> 有集合臺灣民族資本對抗日本的歷史意義，臺灣各地都有分公
> 司，養成很多如王金海、陳逢源等臺灣人的銀行人才，資產遠
> 大於由板橋林熊徵出資幫助日本人經濟侵略中國華南，在臺灣
> 沒有分公司，沒有臺灣人才的買辦華南銀行。陳逢源與劉啟光
> 勾結將臺灣信託合併於華南銀行實在罪過，應該是臺灣信託合
> 併華南銀行才是道理。至於戰後所創的大眾公司臺灣大公企業
> 公司，我與親朋戚友很多都是股東，自被陳逢源接管後數十年
> 來從不開股東會，也是天下少有的事例。

　　臺籍菁英陳炘的冤死與大東信託被併入華南銀行，真相究如何，
尚難遽下論斷，但不失為重要的參考史料，尤其透過大東信託被併之
事實，可推知其背後玄機，「那就是：其一、陳逢源在接任臺灣信託
公司籌備處主委，或臺灣信託被併入華南銀行時，陳逢源與劉啟光必
然知道陳炘已經死亡，否則他們若敢率爾行事，萬一陳炘活著回來，
將作如何交代？而他們確信陳炘已死的訊息，可能來自軍統出身、與
軍統局臺灣站站長林頂立關係密切的劉啟光；其二、臺灣信託公司被
併入華南銀行，陳逢源是關鍵者。」[5]巫老對陳逢源頗有指責：

> 總之對臺灣有所貢獻的臺灣第一位經濟專家陳炘是天生的領導
> 者，卻在深愛的青天白日旗下以壯年死於非命，死後所遺下的

5　李筱峯：《林茂生、陳炘和他們的時代》（臺北市：玉山社出版事業公司，1996
　年），頁301。

臺灣信託公司及臺灣大公企業公司都毀滅於其一生所提拔的陳逢源之手，真無天理，哀哉。（全集評論卷II，頁114。）

　　如細觀陳逢源詩集《溪山煙雨樓詩存》，可發現其中收錄追思友朋、同窗前輩詩友之作頗多，而以他和陳炘之關係，又備受陳炘之栽培，對陳炘之屈死，竟無半首追弔之詩作來看，此中消息固引人遐思，而巫老之指責豈無由哉！

　　在評論卷中巫老記錄了幾則秘聞，亦值得留意，如陳炘之愛才，〈「悲哀的臺灣人陳炘」的前言〉一文敘及陳逢源當年往事：

　　　　日治時代中部的大資產家楊子培為子女教育遷居日本東京時，將其臺灣所有的財產、田地、房屋、有價證券、股票等委託大東信託會社管理，總經理陳炘即交陳逢源掌管。是時臺中盛行期米交易，而陳逢源有賭期米之癖，不幸在期米賭盤上虧本，乃將其保管的楊子培股票盜賣度難關。事經楊子培發覺，即委託時在臺中開業辦護士（律師）事務所的楊律師，先以存證信函警告陳炘與陳逢源要求善處，否則訴諸公庭。使陳逢源大為狼狽，哀求陳炘代為購還。陳炘一為愛其才，二為怕信託會社信用受損，乃請楊基先律師諒解之下，私人和平解決，使陳逢源免受刑責敗壞名譽，可見陳炘的愛才與對大東信託的負責態度。

　　閱巫老評論卷時有令人驚喜之處。又如轉述李石樵欲赴日本深造之故事，悉為典籍所未載錄。他轉述了王新嬰之語：

　　　　我與李石樵是臺北師範同學，畢業時同時獲入選省展，李石樵希望臺北師範畢業後再進東京美術學校深造，卻得不到小本經營土壟間的父親首肯，乃托李梅樹、陳植棋、王新嬰三人到新

莊說服其父。可是其父親非常堅持其理由，因其弟無讀上級學
校，只有石根畢業師範，應該就職養家，何況再去日本要花
錢，也要賠政府的公費，對其弟不公平。但陳植棋口才較好，
經過很久的談判後終使其父親提出二個條件答應。一、為與其
兄弟公平起見，留學日本後要放棄與其兄弟分財產的權利。
二、要與其童媳婦（即現今的太太）結婚。要石樵同意即可，
故石板答應這條件，才去日本深造。（〈美國行腳〉）

在〈未寫的黎明前〉一文，巫老特別提到張深切去世前一年，送給他
一份計畫撰寫的《黎明前》一書之大綱，此書雖來不及完成，而僅存
目錄，但由各標題可瞭解張深切心目中多位臺灣文化人之言行與事
蹟，如「《臺灣青年》被禁惱怒林獻堂」、「彭華英英勇博得美人心」、
「林獻堂派被擠出文協」、「賣間毆打林獻堂陳炘智壓日人」、「林茂生
拒絕出賣靈魂」等，都可能對臺灣史、中國現代史有所補充。惜天不
假年，未能如願寫就此部書。此外，巫老〈文化先仔張星建〉一文抄
錄了張星建履歷書，對瞭解張星建其人其事有一定的幫助。對《臺灣
新聞》當時漢文欄主其事者有所述。對楊逵《臺灣新文學》停刊之
由，提出雖與中日戰爭期近有關，但也與林幼春的年老久病有關。對
戰後臺灣日文作家停筆之因多方說明；對二二八事件發生之原因及臺
灣人對祖國孺慕之情轉變之探討等等，皆一一加以揭發伏藏，酣暢而
淋漓。

　　總之，臺灣文史仍有太多的空白，還有許多基礎工作，值得努力
以赴的。有系統性的開發史料，實為當務之急，評論卷之作，啟發了
我們應如何善用隨感回憶錄式文章。

（四）洞窺作者本人的思想與立場

　　作為臺灣文學重要作家之一的巫老，理應被注目與關懷，而此全

集將是瞭解作家的重要寶藏，透過全集的閱讀，尤其是評論卷中的成長記憶、歷史反思等等，都提供了瞭解作家的終極起點。

　　集中巫老特別將臺灣話說成「河洛話」，以為是身為臺灣人之自尊，他也不諱言日治時代對祖國的嚮往，然而歷經戰後種種壓抑、挫折，他深刻地省思到文化中國是根源，而政治中國是祖國嗎？講河洛話是文化的淵源，但對政治的選擇、對臺灣的定位，他有明顯的論述立場，縱不以獨立國視之，亦是一如假包換的政治實體。在〈臺灣獨立為什麼不好〉及詩歌〈省思〉一作，可窺其心靈告白：

> 從前我曾夢想大陸是我的祖國，
> 但光復後的種種經驗看開了，
> 深深體會到生長的臺灣
> 才是我們落根的所在，才有溫暖。
> 這是事實，臺灣才是祖國啊！（《臺灣文藝》第104期）

評論卷中敘及自己的二二八經驗，也交代歷經時局裂變，臺灣人生命史上的重要轉折，有不少知識分子走出神話國，回到人間，回到臺灣這一塊土地上。

　　一九八九年五月巫老有大陸之行，旅途中見北京、廣州一大群學生向中共當局要求民主自由的大規模改革運動。巫老以早年文化記者生涯訓練出來的靈敏觸覺，小中見大，洞燭其背後隱藏的多層面因素，預感暴風雨之來臨。觀其五月三十日撰就的〈我的大陸行〉及六月十四日完成的〈六四天安門慘案的省思〉二文，可見作者清晰的理路與豐沛的感情，直觀與思辨的相輔相成，在〈我的大陸行〉一文，早有先見之明，洞澈鉅變之難免，而中共之狼虎其行，果為巫老不幸言中，他說：「我擔憂運動結局會如何，因為中國傳統的獨裁政權都會以武力摧殘鎮壓，是不是會重演有如臺灣光復後我三十多歲時親身

經歷及所見，臺北市民要求民主自由改革運動蔓延至全省的臺灣二二八事件，……預感至此使我難受，結束了我的大陸之行。」又說「內心感覺事態嚴重而擔憂事件的結局，會不會發生不幸。……預感中國傳統獨裁政權如中共，必有一番殘酷可怕的大規模武力鎮壓。」(〈六四天安門慘案的省思〉)在在證明了他是位目光如炬、經驗豐富的作家，故能感悟預見。

集中〈美國行腳〉、〈加州史蹟公園雲林廟〉、〈中國人的監獄──天使島〉、〈奮鬥、愛、生活〉等記遊散文，巫老以臺灣人立場，深入透徹地觀察異國風景，以自然不矯情的筆調，深深刻畫出當地的人文風貌，特殊的歷史、藝術等景觀，傳達了他對名勝古蹟的維護用心，呼籲臺灣在經濟發展之餘，應鼓勵人民瞭解及實踐愛與生活的真義，並對中國移民的苦難辛酸史，寄予無限同情、感慨。這些文章對人的精神心靈具有洗滌之作用，也是巫老熱愛臺灣的流露。雖然「事如春夢了無痕」，但透過其筆墨的用心，回憶文字的娓娓敘說，見證了他一生不虛度及精神心靈之豐富。其沾溉後學者誠多矣，只要我們能處處留心，必可尋繹出大量寶貴的創見。

三　結語

巫老個人所處時代及生活的曲折多變，是下一代所沒有的經驗，因而筆端觸及的，自有他人未能言及之處，許多題材在其筆下如春雪解凍般一一浮現。從這些文字有長有短，分量有重有輕，前後歷時二、三十年近三十萬字的評論卷，吾人可對巫老一生經歷、思想知其梗概，看到他對臺灣文學藝術及自己民族歷史之用心和深情，看到他對歷史政治黑幕下冤死靈魂的深沉追思；看到他對不合理的社會架構，毫不苟且地憤怒聲討；看到他在卑瑣潮流下努力追求道德、追求理想的意志與情操；因而儘管年逾八旬，他仍奮猛精進，無法真正放

下手中的筆。平淡而有味地緩緩湧現，如細水長流般掘地無窮。可說作者的筆調所抒發的，不僅是個人的追憶雜感，而成了民眾記憶的一部分──隨著其筆端遊走於那個世代臺灣人的生活記憶與歷史空間，洞窺了臺灣文史發展的脈絡和軌跡。

　　另方面，作者巫老對臺灣文學、歷史、藝術的人、事、物所進行的爬梳，有意無意之間已為臺灣文化的重新詮釋，提供了不少素材，在膠彩畫、二二八事件、河洛話……中這類訊息比比皆是。汲汲於思索生命、探求臺灣的人，必可以透過書中近百位影像，尋到智慧、光環與成長。

九
疑義相與析
——《黃得時全集》編纂商榷

一　不滅的文學身影

　　一九七七年時，我在高雄女中就讀，當時國文老師教到韓愈〈祭十二郎文〉一課，在補充作者介紹時，提到韓愈是否因風流病而死的爭議正紛擾不休，而韓愈後人打起「誹謗」官司哩。隱約記得「黃得時」的名字第一次進入我腦海，他認為韓愈不致如此不堪，這件事已經三十幾年了，我始終沒有忘懷。不意十年後，我因撰寫碩士論文得以當面向黃得時先生請益，大約是一九八六年十月時，我帶了一盒進口蘋果，前往黃老師給我的地址：臺北市中山北路二段雙城街二十八巷七號，從幽幽庭院穿過廊上牆角堆溢的群書。老師和藹可親，認真專注為我解惑，不過，返家之後，我非常惶恐且驚懼，因先生劈頭第一句話就說日治時期古典詩沒有「寫實詩」的說法，而我的碩論已經寫了四個月，頭已經洗一半了，只能硬著頭皮去完成。當時我還似懂非懂，直到往後資料看得多了，才比較理解老師的意思。由於這些因緣，我在二○○○年時持續編輯先生的生平及著作年表，大約二○○四年完成，二○○六年出版，對於先生的著作還算瞭解，因此今年（2013）年初《黃得時全集》出版，我迫不及待想翻讀一過，在期末監考時，我的視線飄來飄去，時而看學生作答，時而偷瞄幾頁內容，還胡思亂想先生會不會從書上魂兮躍來，只是我不知道[1]。寒假時稍

1　「你的『阿芸』來了沒？」這句話常浮在我腦海，那是黃先生初任臺大教務長兼教

有空檔，翻讀《全集》後，覺得可以為先生做些事，因此將個人對全集編輯的疑惑指出，避免若干資料的一再延誤，並期待更完善《全集》的出現。

　　先生曾在〈日本文學之探討——第二次「翻譯人茶會」〉[2]，讚美林文月女士「對於翻譯抱了一種非常慎重的態度，對於每一個字、每一句話，都不輕輕放過去，必須經過一番很細心的考慮之後，才把它翻譯出來。這種憑良心做事，很值得欽佩的。」然後又很含蓄的說：「日本有一位非常著名的作家叫谷崎潤一郎。他在日本文壇的地位，比川端康成還要高。尤其是文章寫得那麼流利，而且能夠發揮傳統美的，他是首屈一指的。他在此次大戰之前，曾經用現代日本語翻譯『源氏物語』，被稱為『谷崎源氏』。戰後又重新翻譯一次，二十年以後又翻譯一次，一共翻譯三次，命名為『新新源氏物語』。像這樣，他雖然第一次翻好了，但是還不滿意，經過兩次改訂，才算定稿。林女士花了五年工夫才翻好了。五年前的筆致跟五年後的筆致恐怕不一樣，所以我希望林女士將來找一個機會，從頭到尾，加以澈底的修訂，以期到達完善的地步。」對此，讀者必然會心一笑，先生從譯作讀到了前後筆致不一，遂以谷崎潤一郎故事勉勵林女士。我想先生一生為學做人也是抱持「憑良心做事」、「非常慎重的態度」，如他地下有知，對於其身後《全集》必然也是如此，不論是他文章自身的疑義或《全集》編輯的問題，大概也會自我期許，像谷崎潤一郎那般，一次、兩次、三次不停的修訂，直到滿意為止方定稿。因而筆者謹從《全集》的體例、分類、編排及漏收幾個方面補充說明。

　　大一國文時，本地生不會說國語，他用大家熟悉的閩南語教讀《浮生六記》，學生反應極佳，還互許將來娶妻定要像芸娘這樣的女子。後來學生們聚會，總是問「你的『阿芸』來了沒？」。

2　此文討論林文月翻譯的《源氏物語》，為座談發言記錄，《全集》未收。見胡子丹編：《翻譯藝術》（臺北市：翻譯天地雜誌社，1979年），頁83-98。

二　《黃得時全集》的商榷

（一）《全集》的體例、分類

　　《全集》「編輯體例」第一條云：「全集分冊名稱以及部分卷名為編者視需要所加，俾便讀覽」，第二條：「《全集》共十一冊，包括『創作卷』六冊，『論述卷』五冊」。意即《漢詩、中文隨筆》、《日文隨筆（上、下）》、《臺灣文學隨筆》、《兒童文學（上、下）》凡六冊為「創作卷」；《中國文學研究》、《臺灣文化（上、下）》、《日本漢學研究（上、下）》凡五冊為「論述卷」。

　　但分類上恐怕問題不少，編者將「隨筆」分為中文與日文，由於「隨筆」定義不明，且有太過寬泛之嫌，所收之作不免引人疑惑，如第一冊的《創作卷一：漢詩、中文隨筆》，其「中文隨筆」列入三種專欄及一般隨筆。平實而言，一般列「創作」的隨筆，大概不會將「論述」類之文列於此，何況《全集》尚以內容分類為臺灣文學、臺灣文化、中國文學、兒童文學、日本漢學研究？因此專欄的「中國國民性和文學特殊性」（《全集》目錄及正文皆誤作〈中國的國民性和文學的特殊性〉）、《達夫片片》，似乎列入《中國文學研究》或《臺灣文學》卷為宜。「一般隨筆」中的〈「科學上的真」與「藝術上的真」〉、〈卷頭語：民間文學的認識〉、〈小說的人物描寫〉、〈讀郭沫若先生著《屈原》〉、〈老子與孔子〉、〈郁達夫先生評傳〉、〈中國文學史書目〉、〈老子與青年〉、〈陽關三疊曲〉、〈枸杞與唐宋詩人〉、〈略述孔子對於真善美聖的看法〉、〈承先啟後的光榮傳統──字姓與燈號〉、〈光復節談三字經〉、〈重訂中國文學史書目〉、〈三種永曆大統曆〉、〈編寫兒童讀物注意點〉、〈臺灣文化鬥士輓林呈祿老先生〉、〈普通字典和常用字字數〉、〈幾部要籍的單字數〉、〈近代電報、打字及印刷常用字數〉、〈國字知多少〉、〈產語的時代〉（與王叔岷合撰）、〈清代文學評論史

序文〉、〈筆會名稱中譯溯源：兼談扶輪社和獅子會譯法〉、〈躍龍門‧
射石虎〉、〈《唐代的詩人們》序文〉〈天經、地義、民行——從《孝
經》及《論語》談孔子之孝道〉、〈《白蛇傳》之形成〉、〈南宗畫‧北
宗畫——從《畫禪室隨筆》看董其昌畫論〉、〈『臺灣文藝書志』和
『民俗臺灣』——光復前兩項有意義的合作〉、〈人生四書〉、〈郁達夫
來臺灣〉、〈《標準國字小學生辭典》初版序〉、〈國慶特刊與光復號〉、
〈郁達夫與臺灣　日據時訪臺唯一<u>的</u>中國作家〉[3]、〈野臺戲〉（陳浩
洋作，黃得時譯）、〈國姓爺北征中的傳說〉等，以上篇章接近評述、
知識敘述者應移到其他卷，尤其黃得時在民間文學方面的成就宜加以
凸顯，將相關的傳說、民俗彙編一起[4]。隨筆所收應是比較接近散
文、雜文等性質的文字。

　　而第二、三冊之「日文隨筆」，情況如同第一冊「中文隨筆」，尤
其第二卷極為蕪雜，其因在於納編「新詩」、「劇本」為隨筆，而日文
「隨筆」又納入座談發言、論述之文，真正隨筆性質僅兩三篇。以下
茲據此略述之。〈雞肋〉雖是日文，但性質是座談會發言，篇幅亦
短，不宜列入日文隨筆。其他二十幾篇皆是中文論述，非「日文隨

3　《全集》目錄、正文標題誤作「郁達夫與臺灣日據時訪唯一大陸作家」。原文刊周
　　玉山編：《當代世界小說家讀本——郁達夫》（臺北市：光復書局，1987年）。筆者
　　認為編輯應加按語，說明日據時中國訪臺作家有多人，如梁啟超、辜鴻銘、江亢
　　虎、江庸、王亞南等人，黃得時用「作家」，可能是著眼於現代文學作家，因此用
　　「唯一」。

4　《臺灣文化卷（上）》【臺灣文化散論】收〈劍潭一帶的傳說奇聞〉、〈保生大帝的傳
　　說〉與第一冊收入中文隨筆的〈國姓爺北征中的傳說〉，分類上即不一，筆者認為
　　可以列入臺灣文學中民間傳說類。至於〈野臺戲〉非屬先生「創作卷」，應列「翻
　　譯卷」。而〈國姓爺北征中的傳說〉列「一般隨筆」最末篇，亦排序錯亂，主要是
　　因《全集》採用一九八九年龍文出版社印行的《臺灣民間文學集》。然而此文早收
　　入一九三六年六月出版的《臺灣民間文學集‧故事篇》中，版本極易取得，且有電
　　子掃瞄版。第三冊的「日文隨筆」〈敬惜字紙と聖蹟亭〉原刊《民俗臺灣》一九四
　　一年一月，如依其體例，理應排在前面，但卻置全書最末，亦因自譯文刊一九九五
　　年六月《漢聲》第七十八期所致。綜觀各冊篇目分類及排序，可謂問題重重。

筆」，這從目錄編排即知，凡是日文之作，皆請人翻譯，目錄先列日文，緊接是中文譯文篇目[5]，但「日文隨筆」出現了一九六六年之後的二十幾篇中文，且非「隨筆」性質，這些篇章如下：

> 1966年5月6日-7日，〈日本四大文豪誕生百年紀念〉刊《中央日報・中央副刊》第6版。
>
> 1966年12月10日，〈日本建國記念日——結束十餘年來日本朝野之論爭〉刊《臺灣新生報・新生副刊》。
>
> 1968年11月1日-2日，〈川端康成其人其事〉刊《中央日報・中央副刊》第9版。
>
> 1971年2月27、28日，〈日本文士自殺列傳〉刊《中國時報・人間副刊》第10版。
>
> 1972年8月〈雪國、千羽鶴、古都——從諾貝爾獎獲獎作品看川端康成之文學〉《中外文學》第1卷第3期「川端康成專號」〈川端康成簡明年譜〉刊於《中外文學》第1卷第3期「川端康成專號」。
>
> 1976年4月17日，〈白樺派和人道主義——日本元老作家武者小路實篤逝世〉刊《聯合報・聯合副刊》第12版。（案：作於1976年4月10日。）
>
> 1976年4月26日，〈石川達三其人其事——出席作家會議之日本代表〉刊《中央日報・中央副刊》第10版。（案：作於1976年4月21。）
>
> 1976年4月29、30日，〈芥川賞與直木賞——四十年來日本作家的成名之路〉刊《中國時報・人間副刊》第12版。

5　如以其體例，日文者皆列此卷，然而像〈保生大帝の傳說〉（刊《民俗臺灣》第1卷第4號，1941年9月10日），於一九五五年又自譯為中文〈保生大帝的傳說〉（刊《南瀛文獻》第2卷第3、4合刊號），並未列入「日文隨筆」，自然此文歸屬列為隨筆亦不宜，見注4。筆者謹以此提醒編者留意分類問題。

1976年12月1日，〈日作家北條誠二三事〉刊《聯合報・聯合副刊》第12版。

1977年1月12日、13日，〈日本審判查泰萊案發行人與翻譯者均判罪〉刊《中國時報・人間副刊》第12版。

1977年5月17日，〈日本作家的收入〉刊《臺灣新生報・新生副刊》第12版。

1977年11月26日，〈丹羽文雄榮獲文化勳章：日本古今文壇散記〉刊於《中央日報・中央副刊》第12版。（按、漏掉「丹羽文雄」四字，《北臺灣文學5 評論集》有「丹羽文雄」，頁232）

1979年3月22日，〈外籍學人在日本〉刊《中央日報・中央副刊》第10版。

1979年9月27日，〈中日學位之比較〉刊《中央日報・中央副刊》第10版。

1981年1月〈日本國會九十週年：從新舊憲法看政治之動向〉刊《中國與日本》239期。

1982年8月1、2日，〈日本的文化財保護法與我國文化資產保存法比較〉刊《中央日報・中央副刊》第12版。

1982年10月9日，〈日本之文化勳章〉刊於《中央日報・中央副刊》第12版。

1982年11月26日，〈早稻田大學建校百年記〉刊《中央日報・中央副刊》第12版。

1986年11月4日，〈文學和宗教的溝通：簡介遠藤周作其人其事〉刊《中央日報・中央副刊》第12版。

如果將這些論述類歸到其他卷，則第一冊可以更清楚收入：漢

詩、小說[6]、隨筆、新詩、劇本總歸為創作卷一冊，如此亦可避免將日文新詩、劇本編入《日文隨筆（上）》。座談會一類視為「隨筆」的做法，筆者建議可仿效《楊逵全集》另編一冊「資料卷」，收錄演講、口述作品、訪談、筆談、座談會記錄、年表、作品目錄、索引。《全集》將他人訪談列入創作、論述卷，恐非得當。座談會列入「隨筆」亦需斟酌，如首篇即列〈《臺灣文藝》北部同好者座談會〉，以其體例而言，應列出日文，但未見日文。第二篇〈臺灣文學界總檢討座談會〉、末篇〈談臺灣文化的前途〉亦皆為座談會。《全集》對於座談會的整理較隨意性，因此疏漏極多，筆者所知先生參與之座談會如前述〈日本文學之探討──第二次「翻譯人茶會」〉外，尚有一九五〇年代多次參加臺北市文獻會主辦的座談會，如「大龍峒耆宿座談會」，座談記錄見《臺北文物》第二卷第二期，一九五三年八月十五日。「大稻埕耆宿座談會」，座談記錄見《臺北文物》第二卷第三期。「城內及附郊耆宿座談會」，座談記錄見《臺北文物》第二卷第四期。「錫口耆宿座談會」，座談記錄見《臺北文物》第三卷第一期。「北部新文學、新劇運動座談會」，座談記錄見《臺北文物》第三卷第二期。「美術運動座談會」、「音樂舞蹈運動座談會」、「臺北市詩社座談會」等等，座談記錄分見《臺北文物》第三卷第四期、第四卷第二期、第四卷第四期。一九八〇年代前後參加聯合副刊舉行的「光復前的臺灣文學」座談會、「光復前臺灣文學中的民族意識與抗日精神」座談會、〈臺灣光復四十年文藝發展座談〉及聯合文學主辦的「文人與藝旦」座談會、皆有發言記錄稿可查，進而瞭解其文學看法，尤其參與《臺灣新民報》為歡迎郁氏在鐵道飯店所主辦的文學座談會，及前述〈日本文學之探討──第二次「翻譯人茶會」〉都是相

6　目前《全集》收小說〈橄欖〉一篇，據悉黃先生另有小說〈七星洞〉刊《臺灣新民報》1933年8月4日，但中島利郎捐贈的一九三三年下半年報紙，恰巧缺八月份一整個月。

當重要的文獻。對談亦可列於此，如《創作卷四臺灣文學隨筆》列〈山地研究與宗教調查──跟臺灣大學客座教授宮本延人先生一席談〉，其性質是兩人的對談，不屬於創作隨筆。

　　此外，第二卷隨筆收入〈大文豪魯迅逝く──その生涯と作品を顧みて〉，由黃得峰及葉石濤譯，但葉石濤漢譯的題名不用「大文豪魯迅逝世」，而用「文人相重」，兩篇中譯文本相同，但標題不同，目錄並排又無簡註說明，愚意中日文標題並列形式，可以仿效《龍瑛宗全集》，譯文題目低一格，以示區別。筆者認為在分類上無須再區分為中文或日文隨筆，疑慮已如前述，可以直接分創作及論述卷，並且重視先生之翻譯成績，另立「翻譯卷」[7]，同時考慮將照片、書信[8]、座談、訪談、後人研究篇目等等另立「資料卷」。

　　在內容分類上除留意文類、發表時間先後，亦可依時間、性質再度整理其研究論述中有幾類出現頻率極高者，方便呈現先生對某些議題的關注，如前述有關臺灣風土、民俗、歌謠、諺語、傳說等文章彙編一起，凸顯黃得時在民間文學方面的成就。又如對儒家、孔子、孝

7　黃先生極重視翻譯，一九七〇年六月十八日且有報導〈我國小說多而不著黃得時「譯」而不作〉刊於《自立晚報》第二版。從一九三七年十二月五日翻譯《水滸傳（日文）》在《臺灣新民報》開始連載，直至一九四二年十二月七日，刊完，前後五年。後又翻譯〈臺灣荷蘭時期的史料〉刊《臺灣文獻》第十五卷第三期。一九六九年六月發表〈清代文學評論史序文〉（青木正兒原著，鄭淑女譯，黃得時譯序文）。一九七〇年六月十九日，〈筆會名稱中譯溯源：兼談扶輪社和獅子會譯法〉刊於《中央日報‧中央副刊》。一九七六年七月四日，〈美國獨立宣言之漢譯〉刊於《中央日報‧中央副刊》。一九七六發表〈『金瓶梅』之日譯與歐譯〉。一九八四年發表〈中日比較文學から見た日文小說の中文翻譯〉。尚有〈回憶語言學大師趙元任先生〉、〈諸橋轍次其人其書〉、〈野臺戲〉（陳浩洋作）、〈現階段的敦煌學〉（藤枝晃著）、〈「金瓶梅」之日譯與歐譯〉（小野忍著）、〈日本小說の中國語譯〉（自譯）及東方出版社、光復書局多本譯寫之作，足以另立「翻譯卷」。

8　目前可見書信有致葉榮鐘、朱介凡、向陽……等人。在林海音《剪影話文壇》的〈諺語之夜〉，寫朱介凡，文末附了張照片，可見黃得時其人身影。二人因諺語同好，頗有書信往返。由書信可見其人，黃得時曾去信致謝朱介凡，云「荷蒙寵召飯後並以汽車送回謝謝／當晚所付車資由司機找回四元謹奉／上郵票五張敬請查收」。

經之研究，有〈臺北孔子廟與其釋奠儀式〉、〈臺北孔子廟碑文彙
釋〉、〈清代教育與臺灣之儒學〉、〈孔子的文學觀及其影響〉、〈孔子與
青年〉、〈略述孔子對於真善美聖的看法〉、〈從論語看孔子的教學
法〉、〈天經、地義、民行——從《孝經》及《論語》談孔子之孝
道〉、《孝經今註今譯》、〈孝經與其作者〉、〈杜甫詩中的儒家思想〉、
〈儒學在日本思想上之地位〉、〈日本近世之儒學與其派系〉、〈日本江
戶時代儒家派系〉，可列入臺灣文化卷、中日漢學研究卷。在對「光
復」的態度上，先生亦寫過極多作品，彙編一處之後，即可清楚瞭解
他在此議題的態度。這些篇目有：

〈刀痕：光復前後二三事〉刊《徵信新聞報》1963年10月25日
　　第11版。
〈光復節談三字經〉刊《中央日報‧中央副刊》1966年10月27
　　日第9版。
〈臺灣光復前後的文藝活動及民族性〉刊《新文藝月刊》第
　　190期1972年1月5日。
〈百年樹人話光復：三十年來本省教育之進步〉刊《臺灣教育
　　輔導月刊》第26卷第11期，1976年11月30日。
〈從開羅宣言到受降典禮：光復前後富有歷史性的幾件事〉刊
　　《中央日報》1980年10月21日第10版。
〈光復前後富有歷史性的幾件事〉，《中國文選》第179期1982
　　年3月。
〈臺灣光復前前後後〉刊《國語日報‧書和人》第419期1981
　　年7月11日。
〈歸還祖國脫離暴政〉刊《青年戰士報》1981年10月23日。
〈慶光復談往事〉刊《中央日報》1981年10月24日第10版。
〈從血緣看臺灣與大陸：異族統治下永不忘是中國人〉（「臺灣
　　與大陸」特輯）刊《中央日報》1981年10月25日第15版。

〈教育的光復人格的光復〉刊《聯合報》1981年10月25日。

〈三十六年的振奮歷久彌新〉刊《中國時報》1981年10月25日
　　第14、15版。

〈感激蔣公對臺灣光復的安排〉刊《自立晚報》1981年10月31
　　日第14、15版。

〈蔣公計劃光復臺灣〉刊《自立晚報》1982年4月5日第14、15
　　版。

〈雨過天青話臺灣光復：永恆不變歷久彌新的感奮〉刊《中外
　　雜誌》第32卷第5期1982年11月。

〈臺灣光復史話〉刊《時代文摘》第72卷第3期1983年。

〈記三十八年前臺灣光復時之真況〉刊《藝文志》第219期
　　1983年1月。

〈國慶特刊與光復號〉刊《臺灣新生報‧新生副刊》1985年10
　　月10日第7版。

此外，先生還參與過多次光復前臺灣文學（文壇）的座談會或訪談，
這些篇目有不少為《全集》所遺漏，大凡這類文章，多出諸報刊編輯
請託，是否因此先生自己並不在意、不重視。當時楊雲萍先生亦有多
篇光復節文章，二人的書寫技巧及應對於此可見，黃先生老實，楊先
生慧黠。

　　依據體例、分類，作品排序以出版先後為序，但《全集》有多篇
宜標示時間者未標，或誤標，或根據文意可推得時間者未據以考訂，
以致錯亂難免。因所占篇幅較長，另於第二點舉例說明。

（二）出處誤植

　　先說《創作卷一》「乾坤袋」誤植出處的情況。〈電話的吃虧〉著
錄時間是《臺灣新民報》一九三三年十月十日，經查是第九五三號一

九三三年十月十五日。〈學士的轉落〉著錄時間是《臺灣新民報》一
九三三年十月十三日，經查是第九六一號一九三三年十月二十三日。
〈作家的怪癖〉著錄時間是《臺灣新民報》一九三三年十月二十五
日，經查是第九六七號一九三三年十月二十九日。〈假面具〉未著錄
時間，經查是《臺灣新民報》第九八五號一九三三年十一月十六日。
其餘數篇可能跨到一九三四年刊出，但一九三四年的《臺灣新民報》
報刊今日未能見到。緊接著的是〈中國國民性和文學特殊性〉三十八
回，《全集》誤作〈中國的國民性和文學的特殊性〉，由於一九三三年
上半年報紙未能得見，僅能從五月六日的「第23回」開始看到刊登的
原文。由於全集編者在本文結論，即最後一回加上按語：「根據黃得
時的剪報，本文自昭和八年三月十二日起開始於《臺灣新民報》連
載。」然而當筆者翻到「第一編　中國國民性」（第一章結束），其著
錄時間卻是昭和八年五月二日、第二章是五月八日、第三章是五月十
日、第四章是五月十六日、第五章是五月十九日、第六章又是五月十
九日、第七章是五月二十日、第八章又是五月二十日。第二編是「文
學的特殊性」，時間是五月二十七日，第二章又是五月二十七日，第
三章是五月三十一日，第四章又是五月三十一日，第五章未著錄時
間，第六章是六月三日，第七章新文學的一瞥（一）是六月五日，新
文學的一瞥（二）是六月七日，新文學的一瞥（三）是六月九日，新
文學的一瞥（四）是六月十日，新文學的一瞥（五）是六月十日，第
七章新文學的一瞥（結論）未著錄時間。

　　可見從第一回自五月二日開始即與三月十二日首刊時間衝突，其
後又屢見二度重複的刊登時間，不能不讓人起疑，筆者遂一一翻閱一
九三三年五月開始的《臺灣新民報》，發現〈中國國民性和文學特殊
性〉三十八回的刊登時間全被誤植。其第二編「文學特殊性」開始的
正確刊登時間應是：

文字的文學（下），《臺灣新民報》第792號，昭和八年（1933）
　　　5月6日。

道德的文學（上），《臺灣新民報》第794號，昭和八年（1933）
　　　5月8日。

第二章　道德的文學（下），《臺灣新民報》第802號，昭和八
　　　年（1933）5月16日。

第三章　政治的文學，《臺灣新民報》第805號，昭和八年
　　　（1933）5月19日。

第四章　自然文學（上），《臺灣新民報》第806號，昭和八年
　　　（1933）5月20日。

第四章　自然文學（下），《臺灣新民報》第807號，昭和八年
　　　（1933）5月21日。

第五章　神仙文學，《臺灣新民報》第808號，昭和八年
　　　（1933）5月22日。

第六章　酒的文學（上），《臺灣新民報》第811號，昭和八年
　　　（1933）5月25日。

第六章　酒的文學（中），《臺灣新民報》第813號，昭和八年
　　　（1933）5月27日。

第六章　酒的文學（下），《臺灣新民報》第816號，昭和八年
　　　（1933）5月30日。

第七章　新文學的一瞥（一），《臺灣新民報》第817號，昭和
　　　八年（1933）5月31日。

第七章　新文學的一瞥（二），《臺灣新民報》第820號，昭和
　　　八年（1933）6月3日。

第七章　新文學的一瞥（三），《臺灣新民報》第822號，昭和
　　　八年（1933）6月5日。

第七章　新文學的一瞥（四），《臺灣新民報》第824號，昭和
　　　八年（1933）6月7日。

　　第七章　新文學的一瞥（五）《臺灣新民報》第826號，昭和八
　　　　　　年（1933）6月9。

　結　論　《臺灣新民報》第827號，昭和八年（1933）6月10日。

原文僅作「結論」，並非全集的「第七章新文學的一瞥（結論）」，結
論末尾有作者自署的寫作時間：「一九三三、三、五於樹林」，可見是
全篇完稿之後再於報紙連載。連載時間從三月十二日至六月十日，約
三個月時間。全集誤從五月二日始，而最終一回時間不詳。再其次，
所刊專欄是〈達夫片片〉，但各篇皆無出處（另見本文「三　關於郁
達夫來臺灣」）。同冊的「新詩」〈相思樹〉亦未交代發表出處，且未
分行排列[9]，錯字亦多，如「伐蔗夫、戴笠攜鐮歸」誤作「代蔗夫、
戴笠攜鎌歸」。其中又有文字出入，宜加註說明。此詩原刊《翔風》
十一期，臺灣高等學校刊物（現址為臺師大），一九三二年十二月五
日。詩作如下：

　　黑潮打、南風吹、吹動路旁有樹名相思。
　　花開金粟粟、葉茂影離離。
　　採茶女、佩籃歸去夕照時、行一步、一相思。
　　伐蔗夫、戴笠攜鐮歸、三又三、五又五、三五先後唱相思。
　　誰知一朝樵者至、伐去燒炭名相思。
　　長相思、短相思。
　　任是枝葉成灰亦相思。

9　《全集》對新詩未留意分行的現象，又如第一冊頁237，沈尹默〈人力車夫〉。古典
　　詩之排列亦需留意，如頁278，〈宿建德江〉一詩，原文另起一行排列，與隔兩行的
　　《詩經‧關雎》一首相同形式。頁405引《史記‧老莊申韓列傳》約兩百字，但雜
　　入正文，亦無引號，第二冊頁143有五行引文變成正文，或者正文與（聯副）「編
　　者」文字未區分，如〈文人相重——回顧魯迅的生涯與作品〉。單引號「」內依舊
　　用單引號未改為雙引號『』，類此情形不少，不再一一類舉。

　　誰云臺灣是仙島？偏生此樹惹相思。

　　相思葉！相思枝！

　　到底這樣相思都為誰？

很明顯可以感受到黃得時在每句句末，有意用了情感悲沉的齊齒音，除了思、離、枝、誰，還有三、四句句中的時、歸。

　　至於黃清順、李知灝、吳東晟負責的「漢詩」編纂，則是《全集》中較嚴謹的部分，在編者按的注語中，處處可見用心。但筆者欲求完善，仍舉出若干處以供參酌。此中未交代刊登時間者有「手稿」[10]之作，然有些詩作實已發表，如〈賀陳基六先生花甲〉列手稿，而此詩曾題作〈祝陳基六先生花甲〉刊《臺南新報》第八八三五期，一九二六年九月十二日，首句「泣鬼驚神」改作「久羨生花」，一九二六年適陳基六花甲之年。〈鶯喧〉第二首刊《臺南新報》第九〇五八期，一九二七年四月二十三日，「幽簧音韻清」改作「笙簧韻轉清」，「惹得詩人遊興甚」改作「惹得騷人遊興好」。由於某些詩作未追索出處，以致各詩排序出現錯亂，愚意漢詩部分仍須重新排序及增加注語。如手稿〈觀音織雨〉、〈張子房〉分別標二年二月十日及十二日，時間早於〈不倒翁〉、〈斐航遇仙〉、〈雪夜訪戴〉，宜移前。〈悼亡妻桂花女士四首〉見黃得時〈醫術・文學・鄉土・吟詠——屹立的燈塔、多彩多姿的一生——〉一文，收入於《震瀛追思錄》，其中文句出入，如「禍患」、「禍福」，「留徽」、「遺徽」，「竟斷緣」、「更斷緣」。此文為《全集》漏收，事實上此文也同時保留了吳新榮以詩慰唁四首詩作。

　　標目【報紙】者，所收有雜誌《文藝臺灣》、《臺灣文藝》所刊之詩作，欄目宜再加「雜誌」。首列〈題雪鴻淚史三首〉，並有編者按

10　黃得時手稿不少，有些還是多份的自傳手寫稿，《全集》編纂時，未全部納入手稿、未定稿，研究者宜再根據臺灣文學館對作家手稿掃瞄的「數位典藏」，瀏覽黃得時的手稿。

語[11]，但此組詩又刊《臺南新報》一九二六年七月十四日，詩題分別作〈題徐枕亞玉梨魂（夢霞）〉、〈題徐枕亞玉梨魂（梨影）〉、〈題徐枕亞玉梨魂（筠倩）〉，第二首「熱血」、「潸淚」出入，第三首「痛惜一生膚未襯，空留小冊倍淒涼」又作「痛惜此生無一會，空留小冊助淒涼」。〈脈脈五首〉已有編者按語，然此五首先刊一九三六年四月十日《媽祖》，一九四〇年再度刊《文藝臺灣》。至於〈中華藝苑七週年社慶〉，創作時間可考，該社刊始自一九五五年三月，原名「中華詩苑」，至一九六一年適為七週年。〈壽楊肇嘉先生七秩〉，創作時間一九六一年，楊氏一八九二年生。此部分詩作排序亦需再調整。「瀛社創立六十週年紀念集」，〈料峭〉第四、五首，曾刊《詩報》第三十三期，一九三二年四月十五日。【零星手稿】其詩題多有時間暗示，如〈送次女黃梅珍于歸趙人若君〉、〈倪登玉詞兄八秩榮壽詩以祝之〉、〈瀛社創立八十週年感賦〉、〈輓胡適聯〉、〈恭祝神田夫子六十榮壽〉、〈敬祝久松潛一博士八秩榮壽〉、〈奉和麓保孝博士甲寅生辰感賦瑤韻〉、〈住劉兼善八秩〉，其時間分別是一九六六、一九七八、一九八九、一九六二、一九五六、一九七三、一九七四、一九七五年，詩作排序亦應再調整。手稿二〈陽明山公園賞花〉，其中詩句「曲水流觴人已渺」、「日人栽種華人賞」見於〈春遊陽明山公園十首〉，宜加註說明。〈敬次上山蔗菴督憲瑤韻〉一詩亦宜加註，此詩依次和其韻，而上山滿之進〈任臺灣總督書感〉詩云：「遽拜恩綸荷顯榮，樓船破浪向南瀛。摩天阿里山容秀，扼海澎湖島影橫。已以微躬膺重寄，只當一念竭精誠。糟糠內子今無在，欲整衣冠暗淚生。」原載《臺灣日日新報》一九二六年八月二十一日。上山滿之進為第十一任臺灣總督，任期自一九二六年七月十六日至一九二八年六月十六日，任內因

---

11 此處宜加按語，《雪鴻淚史》、《玉梨魂》皆徐枕亞相關之作，《玉梨魂》先於《雪鴻淚史》且較有名，詩作正式刊登時改為〈題徐枕亞玉梨魂〉。

發生韓人趙明河持短刀欲危害在臺檢閱軍隊的陸軍大將久邇宮，上山以戒備不周自呈辭表，掛冠而去。黃得時〈敬次上山蔗菴督憲瑤韻〉一詩刊登出處《臺灣時報》第八十三期，一九二六年十月十五日。其後的〈官邸即事〉，一九二四年九月五日刊，亦宜將此詩移前。

　　從首冊出處即一連串的失誤及漏列出處，筆者認為這是《全集》較嚴重的疏失，不得不辨。此外，著錄出處，其體例時有疏忽，日文譯為中文之後，其出處本應相同，或者著錄方式不宜有出入，但這種現象充斥《全集》各冊，且有將昭和十七年擅改為民國三十二年[12]，與日文版明顯有出入。僅舉若干著錄形式不一之現象如下，以見有統一體例之必要。

　　　　《文藝臺灣》，第5卷第1號，1942年（昭和十七年）十月，頁29
　　　　～38。（《臺灣新文學雜誌叢刊》28）（筆者按：中文僅選黃得時
　　　　發言部分，未交代出處）
　　　　《臺灣新文學》，第1卷第2號，1936年（昭和11年）3月3日，
　　　　頁74～80。

　　〈關於臺灣語中的「仔」〉：

12　小野純子譯：〈晴園讀書雜記〉，日文寫「昭和十七年」，未知是譯者所加或編者所加？日治時期不可能使用民國年號，且換算後的年號亦錯誤，昭和十七年是民國三十一年，公元一九四二年。另篇〈盃玫考〉完稿於昭和十九年，亦擅改作「民國三十三年」。此處，再針對此文的譯者注提出注意，該文的「進入臺北高等學校」，譯者注：「相當於現在的高中」，更正確的譯注應說明為今國立臺灣師範大學原址。接下的顧實所編的《支那文學史》，應加按語，正確書名是《中國文學史大綱》。汪馥泉：〈一團糟的顧實先生底「中國文學史大綱」〉，《新學生》1931年第3期，頁247-250。沈達材：〈顧實著中國文學史大綱〉，提到該書是民國十五年十一月，上海商務印書館初版。《圖書評論》1933年第4期，頁77-79。

　　　　日文出處作：《《臺大文學》，4卷4號，臺北：臺灣大學，1939年
　　　　　　9月，頁27～36。
　　　　中文出處作：《《臺大文學》，4卷4號，臺北：臺灣大學，1939年
　　　　　　（昭和14年）8月10日。

〈娛樂としての布袋戲〉：

　　　　日文出處：《文藝臺灣》第三卷第一號，1940年（昭和15年）
　　　　　　10月20日。中文出處：未標示。

〈新しい布袋戲〉：

　　　　中日文出處皆未標，宜是《旬刊臺新》一卷五號，1944年9月。

〈關於臺灣的文學書目〉：

　　　　中日文版本皆未標出處，宜是《愛書》第14輯，1941年5月10日。

〈新聞記事の常用語〉：

　　　　中日文版本皆未標出處，宜是《國語臺灣》創刊號，1941年11
　　　　月1日。（筆者按、其刊登時間晚於〈臺灣語の「仔」につい
　　　　て〉、〈娛樂としての布袋戲〉，排序宜移後）。

其他又如：

　　　　《臺灣文學》第1卷第2號，1941年5月27日，頁110～111。

《臺灣文學》第一卷第二號，1941年5月27日，頁110～111。

《臺灣文學》第三卷第三號，昭和十八年（1943）七月，秋季
　　特輯號，頁110～111。

《臺灣文學》第四卷第一號，昭和十八年（1943）十二月春季
　　特輯號，頁60～69。

《臺灣文學》第二卷第四號，昭和十七年（1941）十月十九日，
　　頁2～15。

《漢聲》，第78期，臺北：《漢聲》雜誌社，1995年6月，頁133
　　～134。

《中央日報・中央副刊》第六版，1964年12月10～11日。

《中央日報・中央副刊》，1977年6月3日

《中央日報・中央副刊》，1979年3月22日，第10版。

《中央日報・副刊》，1979年9月27日，第10版。

《中央日報・中央副刊》，1982年11月26日，10版。

《中央日報》，1986年11月4日，第2版。

《中央日報・長河副刊》第十七版，1988年8月2日。

（《中華日報》，第2版，臺北：《中華日報》社，1972年7月23
　　日）

（《臺灣文獻》，第27卷第1期，臺北：成文，1975年10月，頁
　　224-245）

（《自立晚報・自立副刊》，第10版，臺北：《自立晚報》社，
　　1987年11月23日。

——《臺灣新聞》十八版，民國85年2月6～7日。原刊於《自
　　立晚報》，民國73年11月27日～12月1日。

　　最後一則是〈輓近臺灣文學運動史〉，此文應移至〈臺灣文學
史〉序說、第一章、第二章之前。中文版的〈輓近臺灣文學運動史〉

出處著錄方式用破折號，但之前或用括號或不用，頗有令人眼花撩亂
之慨。著錄形式不一尚不致問題太大[13]，訊息錯誤則需嚴肅以對，除
前述首冊出處錯誤情況外，其他冊亦存在這種現象，如頑固生〈黃得
時1932年臺灣文藝檢討的檢討〉刊《詩報》第五十三號，一九三三年
二月十五日，頁二十六、二十七。《全集》第四冊誤作「《臺灣新民
報》，1933年1月27日」，文稿末說「寫於一九三三、一、二七日」，時
間上不可能完稿當天即刊出。緊接著的〈文藝時評〉亦誤作「《臺灣
新民報》，1923年10月2日」，1923年時尚未改稱《臺灣新民報》，正確
時間應是一九三三年。

（三）重複收入的現象

　　「《全集》對於重見的作品，內容不同者，仍予收入；相同者則
擇其最早者納編，並加註說明。」此體例本無疑義，但卻有不慎重複
誤收情況。〈天經、地義、民行：從孝經及論語談孔子之孝道〉刊於
《大華晚報》一九七七年四月五日第十三版。第一冊《漢詩、中文隨
筆》接續收入二文，第二次再度收入時，是誤刪主標題，出處又寫為
《大華晚報・總統　蔣公逝世紀念特刊》，事實上此文僅發表一次，
時間皆是一九七七年四月五日，《全集》所收二文，其內文完全相
同，並非是重見之作而內容不同。「中國文學史書目」三見，後兩次
標題作《（重訂）中國文學史書目（1966）》、《（重訂）中國文學史書
目（1967）》，《全集》標示此二文刊登處皆是《幼獅學誌》第六卷第
一期，一九六六年十一月三日。但不可能一九六七年之序文反刊於前

---

13 但仍是需留意，如「《臺灣文獻》第27卷第1期，臺北市：成文」，即不夠精確，《臺
　　灣文獻》刊物出版單位並非是成文出版社，之所以如此著錄，應是成文出版社曾將
　　各縣市文獻彙整再出版，如《南瀛文獻》、《雲林文獻》、《高雄文獻》等。〈人海中
　　的勵志舵手〉，交代該文後收入當年十月的《九歌》，篇名易為〈陳火泉是人海中的
　　勵志舵手〉。所謂《九歌》是一大張的書訊，此處即易誤解為專著。

一年一九六六年，且內容原文四十六頁完全相同，唯一差異的是一九
六七年的序文多了一行文字交代：「專研究一人一書或一小問題之著
作，因數量過多，除叢書成書者外，暫未著錄。」之所以出錯，在於
此文原刊一九六七年九月的《文壇》第八十七期，篇名是〈三訂中國
文學史書目〉。如以版本而言應收入一九六七年的三訂之文，並加註
說明與第一、二次之出入。此外，此文序文為梁容若所撰，作者也是
梁容若為先，是二人合編之作，《全集》對此未加註說明，恐亦不
宜。又如〈胡承珙與《東瀛集》〉與〈儀禮古今文疏義與毛詩後箋：
胡承珙兩部巨著〉，分刊一九六八年三月《臺灣文獻》及四月《孔孟
學報》，但前文所述胡承珙與儀禮古今文疏義與毛詩後箋八頁篇幅幾
乎相同，所異者在〈胡承珙與《東瀛集》〉以《東瀛集》為主，羅列
了約七十首詩作，後者列六首詩結束本文。此亦宜加按語說明。至於
文字重複之情況亦見於其他單篇，編者均需對此加註說明。

（四）校勘（對）宜更謹慎，宜編「勘誤表」補救

全集體例六：「原抄本有誤植訛文而未經前人圈改者，依文意校
改，在原字後以楷體字標示於【】內，供作參考。」但《全集》多處
校改之文字，宜更嚴謹以對。如「毛登男和尖端女」，指出「毛」應
作「摩」，事實上「毛登」、「毛斷」為當時譯音通行語，不需視為錯
字。「除起」不需改為「除去」、「彫刻」同「雕刻」、「女壻」不需改
為「女婿」，「壻」是本字；擯棄、摒棄，豫定、預定，發見、發現，
宛轉、婉轉、酒尊、酒樽，蒐集、蒐集，《聊齋「志」異》[14]亦皆無須
視為錯字。反倒是文中錯字或漏字漏行未能校正者不少。如第一冊頁
三二三倒數第六行、頁三二四第四行、頁三三二第十一行都漏掉一行

---

14 編者改作「誌」，但早先刊本即作「志」。倒是《臺灣文藝叢誌》作「志」，未即時
　檢出。

文字。施士洁誤為施士「浩」、沈從「文」誤作沈從「夫」、葉「靈」
鳳誤作「血」、曾「璧」三誤作「壁」、賴「科」誤作「賴和」、龍
「瑛」宗誤作「瓊」、連「震」東誤作「耀」、王詩「琅」誤作
「瓊」、鄭「鵬」雲誤作「鄘」、開明書「店」誤為書「站」、思想
「史」誤作「始」、揶揄誤作揶「掄」、「分」手誤作「金」手、「的」
誤作「約」、沈「尹」默誤作「伊」、五「卅」事件誤作「州」、不
「用」文言誤作「同」、篇名「創造十年」誤作「創造社十年」。廣
「州」誤作廣「來」、「薈」萃誤作「拿」萃、郁先「生」誤作
「笠」、約「束」誤作「東」、一週「間」誤作「問」、發「言」誤作
「完」、而「已」誤作「己」、舊「曆」誤作「歷」、《阿Q正傳》誤
為「《把阿Q正傳》、《小說月報》誤作「日」報、《明日》誤作《明
治》、《清秋》誤作《春秋》、《謔蹻集》誤作《謔蹻集》、《臺灣文化
志》誤作《臺灣文化歷》、才「會」誤作才「合」、高談「闊」論誤作
「閣」、一九三「六」誤拆成三字「、一八」、諸「侯」誤作諸
「候」、臺「日」誤作「曰」等等，或者漏字，如「郁先生的書齋的
小」宜作「小窗」、「純文學雜誌」宜作「純粹的文學雜誌」、「清釚」
宜作「清徐釚」。歌仔冊簿的文字習用俗字，今日視之多有錯字，編
者指正原文錯字時，應加按語說明。另外，引用時若干原文模糊但可
查得原文者，亦應加以查證，如巖谷小波曾編輯之雜誌、文庫[15]。單
篇篇名作《》者極多[16]，而中日文引文的文字亦時有出入，如引蔣陳

---

15 類此查證工夫，建議從其文集或他人文集都可進一步更完整蒐羅黃得時作品，如
　〈爆竹、屠酥、春聯〉自述：「如林的濟安宮、木柵的指南宮都有我寫的對聯」。在
　古典詩方面，吾人可從他人的回憶得知黃得時有不少詩作刊《大同》雜誌，但《全
　集》未據此加以蒐集校勘。

16 如作《臺灣竹枝詞》（十二首）、《土番竹枝詞》（二十四首）、《章太炎之行述》、〈經
　國美談〉、〈佳人之奇遇〉、〈冰點〉，這類錯亂宜訂正。誤加書名號者如「甘得中先
　生的《回顧錄》」、郭沫若《屈原》一書的「離騷今言譯」，SIL ENT公司，譯作賽連
　特社，誤加書名號。亦有書名保留原引號「」或" "。或者遇書名完全不標者，如林

錫序文評述孫元衡詩作，文字即有出入，其後又引張實居序文，中文的引文低三格排列，標點符號亦改，但皆無按語。又如〈臺灣文學史序說〉誤言趙翼有《十字詩注》，葉石濤翻譯時亦沿用，此誤已經楊雲萍指出，《全集》理應加註按語，避免錯誤一再沿用。〈中日比較文學から見た──日文小說の中文翻譯〉，先生當時已退休，任教於淡江大學，作者身分署名為「東方語文學系專任教授」，中譯本卻改為「國立臺灣大學教授」，又未交代出處，中文譯本常缺出處，本來日文本已標示，依據原貌再標一次即可，但《全集》體例不一，如〈唐代文化與空海〉即未標。

　　有些宜加註，如〈日本文士自殺列傳〉，介紹到芥川龍之介的《支那遊記》改為《中國遊記》（第三冊，頁351）又如〈詩鐘之起源及其格式〉一文，後來從事〈對偶的研究〉，有相當多的篇幅納入此文。〈章太炎在臺北的地址〉引述王成聖文，提到在《臺灣日日新報》連載小說寫山地姑娘的戀愛故事，即應加按語，指出為〈蠻花記〉，類似座談發言的，尚有前述的〈日據時代臺灣新文學運動〉，提到一篇鶯歌石的小說，即是指〈國姓爺北征傳說〉，由於疏忽，誤加書名號成為〈鶯歌石的小說〉。〈《臺灣文藝》北部同好者座談會〉逸生談話有一處〈善訴的故事〉，亦是編者誤加單篇符號，此為賴和作品〈善訟的人的故事〉，一九六五年六月〈梁任公遊臺考：從「海桑

紓一系列著作，另誤標者尚不少，如座談會發言說一篇鶯歌石的小說，全集誤加為單篇，事實上是指〈國姓爺北征傳說〉，而非〈鶯歌石的小說〉。他如學位研究論文，臺灣光復前的白話小說、吳濁流的文學研究，在原刊時並未有今日《》符號，今日編纂時一律加書名號時，尤其需查證正確與否。這種不一現象在《全集4》極輕易可檢出，如前述作《臺灣光復前的白話小說》、《吳濁流的文學研究》（頁599），到了另一篇又作《光復前的白話文學之研究》《吳濁流文學之研究》（頁612），甚至頁676又提到，加上《》，當然是錯誤的，因為是口語且當時原文也沒書名號，因此編者宜查證後加按語說明原論文名稱、作者、畢業時間等，方是比較嚴謹的全集編纂之道。

吟」看他對臺民的影響〉刊於《國家長期發展科學委員會年報》。此篇刊登多次，題目亦稍異，宜釐清。

（五）漏收之作品

　　本來「全集」就從未有過「全」，多半是漏收，但也有作者或家屬不願收入某篇某書的情況，不論事實如何，作為「全集」，總離不開讀者的期待，一心朝向全部蒐羅的路子走。《黃得時全集》疏漏多篇重要的與臺灣文壇交往人物的文章，如張文環、吳新榮、葉榮鐘、王詩琅，皆是其摯友，理應補上。謹將個人比對後，得知的漏收篇目（含座談、翻譯，前述已列者不再列出）羅列如下：

> 1967年12月1日〈梁任公論學詩及治學：民前一年在日本寫給林獻堂的一封信〉刊於《傳記文學》第11卷第6期。
>
> 1969年8月9日，黃得時寄給葉榮鐘的信件，在信中載錄了黃得時祝賀葉榮鐘七十大壽的詩作一首：〈少奇兄古稀壽宴席上口占〉。
>
> 1969年12月1日，〈洪炎秋、黃得時、林適存、童尚經談「跳」〉刊《文藝月刊》156，文藝月刊社。
>
> 1976年4月26日，論述〈石川達三的自由論〉刊《聯合報・聯合副刊》。
>
> 1977年3月27日，〈醫術、文學、鄉史、吟詠〉收於《震瀛追思錄》，臺南佳里：瑯琊山房，頁78。
>
> 1978年5月6日，在臺大歷史系「臺灣史研討會」演講〈日治時期臺灣文學中的民族意識〉演講內容見《臺灣史研討會記錄：中華民族在臺灣的拓展》，臺大歷史系，1978年9月6日。
>
> 1978年7與15日，〈張文環氏與臺灣文壇〉收於張良澤、張孝宗編《張文環先生追思錄》，頁33-50。寫於5月4日。

1979年3月，〈辛酸五十年，淚血寫滄田——我與民族鬥士葉榮
　　鐘先生〉，《臺灣文藝》第63期。

1979年6月20日，〈作家明信片 26 工作·寫作·生活〉刊《聯合
　　報·聯合副刊》。

1979年12月7日，〈煙雨濛濛憑弔珍珠港——日軍偷襲珍珠港三
　　十八週年〉刊《聯合報·聯合副刊》。

1980年10月24日，〈寶刀未老光仍亮——代序〉刊《聯合報·
　　聯合副刊》。

1980年1月1日，〈自強是永久性的〉刊《聯合報·聯合副刊》。

1981年10月25日，〈慶祝臺灣光復三十六年特刊　重溫歷史·
　　奮發自強　教育的光復·人格的光復〉刊《聯合報·
　　聯合副刊》。

1981年10月25日〈三十六年的振奮歷久彌新〉刊《中國時報·
　　人間副刊》。

1981年12月5日，聯副筆談〈文建會快馬加鞭我們的期望讓傳
　　統文化在工業社會生根〉刊《聯合報·聯合副刊》。

1981年1月1日，〈雞鳴〉刊《中國時報·人間副刊》。

1984年5月20日，〈人生　里程碑〉刊《聯合報·聯合副刊》。

1984年9月4日，〈一萬二千天的光輝〉刊《聯合報·聯合副刊》。

1986年11月，〈青年人站起來研究臺灣文學〉，收入王曉波編
　　《被顛倒的臺灣歷史》，帕米爾出版社。

1994年6月，〈美麗島〉（黃得時作詞，朱火生作曲），收入《臺
　　灣歌謠鄉土情》，臺灣的店經銷。

1996年3月，〈日本統治臺灣五十年之歷史年表〉（衛藤俊彥著，
　　黃得時譯），收入《臺灣歷史影像》，藝術家出版社。

2005 年7月，〈我聞蔣君死〉，收入《蔣渭水全集增訂版
　　（下）》，海峽評論出版。

除以上各篇，漏收最多者為《東方少年》及一九八一、一九八八年光復書局出版的一系列《圖說世界的歷史》、《彩色世界童話全集》，有多本為黃得時改寫，但《全集》兒童文學卷僅收《小公主》、《小王子》、《千里尋母記》、《聖經故事》四本，作者生平著作目錄對於這一系列改寫之作，未予著墨。先述漏收《東方少年》文章的篇目有臺灣歷史故事三十多篇，如〈藺相如〉、〈張良〉、〈屈原〉等，表列如下：

《東方少年》中的黃得時作品

序號	篇名	卷期	日期
1	藺相如	第1卷第1期	1954年01月
2	孟嘗君	第1卷第2期	1954年02月
3	河伯娶婦	第1卷第3期	1954年03月
4	雙頭蛇	第1卷第4期	1954年04月
5	張良	第1卷第5期	1954年05月
6	屈原	第1卷第6期	1954年06月
7	平原君	第1卷第7期	1954年07月
8	朱買臣	第1卷第8期	1954年08月
9	梁鴻	第1卷第9期	1954年09月
10	緹縈救父	第1卷第10期	1954年10月
11	承宮	第1卷第11期	1954年11月
12	陸羽	第1卷第12期	1954年12月
13	陶侃	第2卷第1期	1955年01月
14	王勃	第2卷第2期	1955年02月
15	王羲之	第2卷第3期	1955年03月
16	顧愷之	第2卷第4期	1955年04月
17	李太白	第2卷第5期	1955年05月

序號	篇名	卷期	日期
18	韓信	第2卷第7期	1955年07月
19	田單	第2卷第8期	1955年08月
20	張釋之	第2卷第9期	1955年09月
21	范式	第2卷第11期	1955年11月
22	信陵君	第3卷第1期	1956年01月
		第3卷第2期	1956年02月
23	弄玉吹簫	第3卷第3期	1956年03月
24	聶政	第3卷第4期	1956年04月
25	拋繡球	第3卷第5期	1956年05月
26	孔雀東南飛	第3卷第6期	1956年06月
27	晏子	第3卷第7期	1956年07月
28	娘子軍	第3卷第8期	1956年08月
29	管鮑之交	第3卷第9期	1956年09月
30	飛將軍李廣	第3卷第10期	1956年10月
31	豫讓	第3卷第11期	1956年11月

　　這些故事，多由李應彬插畫，圖文並茂，獲致相當高的迴響[17]。日治作家（如王詩琅、楊雲萍、黃得時）於戰後關注兒童文學教育，當時有多位在《東方少年》、《學友》、《良友》、《學伴》撰稿，此一現象我在談楊雲萍時已提過，不再贅述。另漏收的書目有以下各書：

---

[17] 《東方少年》曾刊苗栗大成中學初三學生黃爐珍來信，讚美道：「我自初一以來，最喜歡看歷史故事，『東方少年』有一篇黃得時先生寫的『孟嘗君』真是好極了。我們初三國文課本也有一篇『馮煖客孟嘗君傳』卻是用文言文寫的，所以看完了『東方少年』的我，在上課期間，老師還未解釋之前，我都懂得很清楚，同學們也喊說：『東方少年』裡寫得很清楚呀！老師也說『對啊！……這本月刊，對於你的閱讀和寫作，很有幫助呀！』」，見第1卷第3期（1954年3月），頁131。

《彩色世界童話全集 11 布來梅的樂隊　怪物的三根毛髮》，格林著，黃得時改寫。

《彩色世界言論全集 12 幸運的漢斯　一次打死七辦》，格林著，黃得時改寫。

《彩色世界童話全集 14 森林中的三矮人　白蛇》，格林著，黃得時改寫。

《彩色世界童話全集16灰姑娘　藍鬍子魔王》，貝格著，黃得時改寫。

《三劍客》，大仲馬（Alexandre Dumas）原著，黃得時編譯。

《乞丐王子》，馬克‧吐溫（Mark Twain）原著，黃得時編譯。

《巴爾街風雲》，蒙納爾‧菲蘭茲（Ference Moln）原著，黃得時編譯。

《勇敢的船長》，拉第雅特‧吉普林（Rudyard Kipling）原著，黃得時編譯。

《苦兒流浪記》，霍克特‧馬羅（Hector Malot）原著，黃得時編譯。

《環遊世界八十天》，久爾斯‧貝倫（Jules Verne）原著，黃得時編譯。

《川端康成》[18]，〔日〕川端康成撰，小林秀雄編輯，黃得時解說。

《四姐妹》，路易莎‧奧爾柯特（Louisa May Alcott）原著，黃得時編譯。

《灰姑娘‧藍鬍子魔王》，貝洛原著，黃得時改寫。

---

18 關於川端康成，黃得時有多篇文章提到，川端自殺後，《中外文學》亦策劃刊登中譯小說及編有年譜。另外黃得時為環華百科出版社出版的百冊《諾貝爾文學獎選集》翻譯委員會委員，其第四十冊《川端康成》可能為黃得時所譯，但百冊選集全未列出譯者。此書譯者可能也有鍾筆政，但未見鍾老提起。

《布萊梅的樂隊　怪物的三根毛髮》，格林原著，黃得時改寫。

《亞瑟王的故事》，黃得時編譯。

《賓漢》，黃得時編譯。

《圖說世界的歷史 3 亞洲諸國的發展》，黃得時譯，1981年2月。

《圖說世界的歷史 7 亞洲的民族主義時代》，黃得時譯，1981年
　　6月。

《人類的遺產》，黃得時，游禮毅同譯。

關於黃得時的「兒童文學」，在對中國、世界文學的改寫成績上，自
然難以忽略，連對岸中國希望出版社，二〇〇五年都曾出版（盜
版？）黃得時編譯的《苦兒流浪記》、《巴爾街風雲》、《湯姆叔叔的小
屋》等一系列作品。而《黃得時全集》既然收入《小公主》、《小王
子》、《千里尋母記》、《聖經故事》，如因篇幅考量，亦應於導讀、年
表略加著墨。至於《水滸傳》有改為日譯本的版本，及戰後改寫版，
關於這些作品是否收入，見仁見智，但至少需說明原因，愚意《全
集》應列「翻譯卷」，如日譯的《水滸傳》即收入全文，方便現今日
對治末期的翻譯研究，而此一課題極重要，當時對中國古典小說的翻
譯熱潮，正是基於「認識中國」之必要，且臺日人士彼此較勁之意
味。兩千年時，彭小妍主編《楊逵全集》即透過報刊蒐羅楊逵翻譯的
《三國志演義》。

關於全集的建議，總結以上所述，最後再提一項建議：應該編製
作品目錄及索引。檢索、研究上方有其便利性，尤其《全集》各冊書
眉只有左側的《黃得時全集》、右冊的各冊分類，而完全不見篇名，
使用上極為不便。

三　關於郁達夫來臺灣

　　郁達夫來臺灣一事，由於黃得時當時親身參加盛會，又多次撰文介紹郁達夫及其在臺活動，因此被視為最熟悉最適合的報導人選，其數篇相關郁達夫之論述亦為時人看重，並加以引用。此數篇文章分別是刊於《臺灣新民報》的〈達夫片片之一〉至〈達夫片片之十九〉，及〈郁達夫先生評傳（一）～（三）〉，刊於《臺灣文化》第二卷第六～八期，一九四七年九～十一月。〈郁達夫來臺灣〉刊於《聯合報・聯合副刊》一九八四年六月三十日第八版。〈郁達夫與臺灣──日據時訪臺唯一大陸作家〉，未悉發表處，時間是一九八七年十月十三日，應是演講報告之文。如果並讀此四文，即可發現回憶文章，不免因記憶模糊而有誤，甚或彼此矛盾，全集編輯時理應加註說明這些問題。由於〈達夫片片〉僅見於黃得時留存的剪貼簿，改為日刊後的《臺灣新民報》難得一見，而《全集》對〈達夫片片〉十九回的每一回刊登時間沒有說明，以致沿襲既有的錯誤，亦錯失訂正的機會。《全集》最後一冊（即第十一冊）附上「黃得時生平及著作年表簡編」，一九三六年十二月條下云：「為歡迎中國作家郁達夫訪臺，開始在《臺灣新民報》撰寫〈達夫片片〉日文隨筆，共十九回。」（頁697）甚至全集「導讀」亦沿用這說法（頁20）。

　　然而從十九回內容觀之，〈達夫片片〉宜是郁達夫離臺後數日方執筆，文中處處可見痕跡，此錯誤之緣由，可能是因黃得時戰後曾自述「郁達夫要來臺灣的消息早就傳到臺灣來。當時尚在臺北帝國大學中國文學科的我，鑑於日本統制下的臺胞，不但不識郁達夫其人其事，亦不諳中國新文學運動情形，故寫了題目叫做〈達夫片片〉的文章，刊在當時由臺灣人創辦的唯一報紙《臺灣新民報》前後連載二十

回介紹郁達夫的生平，……」[19]。這段文字跳躍較快，以致產生誤解，黃得時參加郁達夫歡迎會時，適為臺北帝大文政學部文學科學生，這從照片可以看到，黃得時身著帝國大學學生制服。翌年（1937）三月大學畢業，並進入《臺灣新民報》文化部門服務，主編學藝欄，由於參與了郁達夫訪臺盛事，不僅在鐵道飯店所主辦的文學座談會中發言熱烈，會後繼續向郁達夫請益，甚至「屢蒙賜信鼓勵」[20]，這自然是撰寫〈達夫片片〉的動機之一。其時間是一九三六年年底至一九三七年二月，這在〈緣起　達夫片片之一〉、〈福建參議　達夫片片之十五〉、〈創作態度　達夫片片之十六〉、〈文化提攜　達夫片片之十九〉都有相當多的暗示文字，如「徐君寫了一篇〈達夫印象記〉」、「連載中的《靈肉之道》」（筆者按：1937年6月出版單行本）、「郁先生滯在臺北，不過前後四天而已」、「（論語）現已出到一百五期」（筆者按：105期的時間是1937年2月1日）、「在座談會上，我有詳細問他」、「昨年十一月，受我國外務省文化事業部的招聘，到我東京來」（筆者按：即1936年）、「去年十二月十九日由神戶出發歸福州的途中，取路本島來的時候」（筆者按：即1936年），這些文句說明了此文發表時，郁達夫已經訪臺，黃得時且參與了座談會，其寫作時間點可確認是從徐坤泉〈達夫印象記〉之後，到一九三七年二月間[21]，意即郁達夫剛離臺兩個多月。從〈達夫片片〉緣起所述，起筆時間是徐坤泉主編《臺灣

19　見《全集一》，頁743。在〈日據時期臺灣的報紙副刊──一個主編者的回憶〉又說「連載二十多天」（《全集四》，頁621），可見十九回、二十回、二十多天（回），皆出自黃得時不同時間點的文章，記憶模糊導致後人的錯認。

20　〈郁達夫先生評傳（一）・獻詞〉，頁406。

21　在〈緣起　達夫片片之一〉及〈福建參議　達夫片片之十五〉，皆提到現（就）任福建參議，但一九四七年〈郁達夫先生評傳〉介紹到「福建參議」時，省略原先的四行，另改寫兩行半文字，其中有一段關鍵性文字：「七七事變勃發後，郁先生離開福建到武漢」。一九四七年，黃得時已確知一九三七年七七事變爆發，郁達夫離開了福建，到了武漢、新加坡，而其「文學活動可以在這裡作一個結束」，因此才刪去前述〈達夫片片〉這段文字，補敘後續的活動。見《全集》，頁331、339、430。

新民報》學藝欄時期，所以才會託黃得時一定要寫關於郁達夫先生的事。徐氏在一九三七年三月離職，四月由剛自帝大畢業的黃得時接任，黃得時還為此前往彰化請教賴和如何編輯學藝欄？從種種跡象觀之，〈達夫片片〉完成時間是一九三七年春。

　　〈達夫片片〉一文還透露了一些訊息：一是〈達夫片片〉有說是十九回或二十回、二十多回的說法，連黃得時自己都曾說「前後連載二十回」[22]。但目前從剪報來看是十九回，有意思的是，當〈達夫片片〉再次面世，吾人才恍然大悟一九四七年的〈郁達夫先生評傳（一）～（三）〉，即是〈達夫片片〉的改寫及添寫，其差異並不大。可惜《全集》對此毫無著墨，因此筆者在此略舉數點說明之。二文最明顯之差異，是將大正、昭和年號改為民國。其次是二文刊出時間背景不同，〈達夫片片〉以郁達夫提倡「文化提攜」、「日華親善」結束，回應了當時政局的氛圍，到了一九四七年，局勢已改變，因此〈郁達夫先生評傳〉完全刪除此回，改以胡愈之的報導，說明郁達夫在一九四五年九月十七日被日憲兵鎗殺，以「蓋棺論定」結束了此文。三是從〈達夫片片〉以來的數篇有關郁達夫訪臺的文章，彼此即有不一致的衝突現象。〈達夫片片〉緣起說「郁先生，果真於十二月十九日，由神戶乘朝日丸向臺灣出發了」。〈郁達夫先生評傳〉獻詞說：「民國二十六年春頭，在臺北辱承先生的好意」，「先生在臺灣勾留的時間不過十幾天」。〈郁達夫來臺灣〉一文說：

　　　歸途於十二月二十二日坐船從基隆港登陸，是夜在臺北鐵道飯
　　店（在臺北火車站前……）應臺灣日日新報社之請，以日語作

22　頁743。黃得時著《評論集》，由編輯部編的「黃得時年表」且云：「十一月，郁達
　　夫受臺灣新民報之邀來臺訪問，黃得時……撰寫『達夫片片』專論，共二十餘
　　回。」（板橋市：北縣文化局，1993年。未編頁碼）其中時間、邀請者、回數三者
　　都錯誤。

一次演講，題目是「有關中國舊詩的問題」……第二天（筆者案：指23日）出席當時臺灣人所創辦唯一日晚報的報館「臺灣新民報社」舉辦之座談會，談「中國之新文學運動」的問題，參加座談的有：林呈祿、陳逢源、劉明朝、黃純青、葉榮鐘、黃得時……等二十多人。當天晚上（筆者案：指23日晚），與今臺灣大學之前身臺北帝國大學文學院部分師生聚餐。翌日（筆者案：指24日）一路南下，在臺南曾會晤郭水潭氏等所謂「鹽分地帶」的諸作家。二十六日從高雄港乘船回返一福建省政府。（頁732）

〈郁達夫與臺灣——日據時訪臺唯一中國作家〉一文的敘述，羅列如下：

（「臺灣日日新報社」）……其預告即於二十一日刊載該報大作宣傳。

《臺灣日日新報社》主辦的郁達夫演講會是在二十三日下午七時半在鐵道大飯店餘興場舉行。……講演「中國文學的變遷」。

十二月二十四日晚間受臺北帝國大學東洋文學科師生的歡宴。……翌日（筆者案：指25日）郁達夫由神田喜一郎教授陪同，參觀臺北帝國大學以及其他文化機構。翌二十四日南下臺中。……翌日（筆者案：指25日）郁達夫經由嘉義上阿里山，翌日（筆者案：指26日）下山，南下到臺南，二十八日受臺南作家莊松林、林占鰲、趙歷（筆者案：宜作「櫪」）馬三人來訪。……郁達夫只在臺灣停留一個禮拜（自十二月二十二日至十二月二十九日）之後從臺南坐船。……

綜合以上所述，可見來臺時間、在臺活動日期、講題及離臺時間（26或29日）、地點（臺南或高雄）、在臺停留時間（一週或十幾天），皆有所出入，筆者不逐句指其誤，謹綜合當日報導以釐清。郁達夫來臺消息是從《臺灣日日新報社》十二月五日開始，標題：「郁達夫氏　二十二日に著臺　二週間の豫定で巡遊」、「寫眞は郁達夫氏」，二十日刊「郁達夫氏來臺“躍進臺灣を正視しに”」，二十二、二十三日「郁達夫氏を迎へ　本社が公開講演會　廿三日夜鐵道ホテル餘興場で」，二十四日「文學を通じて　日支親善を說く　きのふ本社主催の講演會で　郁文士熱辯を振ふ」、「郁達夫氏今夜ホテルで講演　島內視察日程も決定」，二十五日刊「郁達夫氏　けふ南下」、「二見長官代理　郁達夫氏を招待」、「郁氏講演支那文學　年末聽眾溢於餘興場外　講演後續開有志懇談會」，二十六日刊「臺南／籌備歡迎」，二十七日刊「郁達夫氏を圍み　座談會　廿五日嘉義市で」，翌年一月十四～十五日刊〈支那文學の變遷〉。綜合這些報導及《吳新榮日記》、《陳逸松回憶錄》、郭水潭〈憶郁達夫訪臺〉、尚未央（莊松林）〈會郁達夫記〉諸文，郁達夫訪臺日程，應是如下所述：

　　12月22日下午2時30分，乘朝日丸抵達基隆，下榻臺北車站邊鐵道飯店。

　　23日，「上午八時。即到臺北大學。閱覽圖書。驚嘆漢籍之臺大圖書館豐富。為不減於東大圖書館云」，十一時臺灣總督小林躋造召見，由總督府翻譯官越村陪同。下午三時出席臺灣民報社於鐵道飯店舉辦的座談會，參加者有林呈祿、楊雲萍、郭秋生、陳逸松、陳逢源、許乃昌、葉榮鐘、陳紹馨、劉明朝、黃得時等人，五時結束。羅萬俥代表新民報於蓬萊閣設宴招待。七時半出席臺灣日日新報社於鐵道飯店餘興場舉辦的講演

會，演講支那之文學，論及詩文學之變遷。演講後續
開「有志座談會」。

24日，中午十二時半於警務局長官官邸接受八高前輩二見代理
長官接見，並共進午餐。下午六時，參加臺北帝大東
洋文學會在鐵道飯店舉行的郁達夫歡迎餐會，與該校
教授、漢學家神田喜一郎及臺高教授評論家島田謹二
與學生吳守禮、黃得時等人交流。

25日，九時五分乘快車離開臺北至臺中，會見了張深切、張星
建。下午五時由臺中抵達嘉義，出席有志者於宜春樓
舉辦的座談會，當夜宿嘉義。

26日，乘火車離開嘉義到阿里山，當天夜宿阿里山。

27日，從阿里山返回嘉義市乘火車，下午三時三十九分到臺南。

28日一早，莊松林、林占鰲、趙櫪馬直奔鐵道飯店，竟見到郁
達夫。白天郁達夫到安平、烏山頭視察，晚上吳新
榮、郭水潭、徐清吉等人訪郁達夫。

29日，從臺南到高雄港搭福建丸離臺。

筆者所以不憚其煩詳細論述，實是過去的論述過於粗疏，當事人也因
記憶模糊而有時間混淆之誤，以致後人不免有各種出入的說法，令人
疑惑連連。

四　結論

《黃得時全集》歷經十年，期間辛勞凡是編輯過全集的人，都可
以深刻理解，正是沒有功勞也有苦勞，何況這種吃力不討好的事，在
目前學術送審著作的作業流弊中，且不列入學術著作，筆者所編注
《梁啟超林獻堂往來書札》即為我校學術編審會定位為珍貴資料，但

不屬於學術著作。因此筆者雖然在本文提出很多不同的意見，似有所指瑕，但對於《全集》所付出的心力，仍應予以肯定，《全集》的出版，也正是研究展開的時機，沒有《全集》的彙編整理，黃得時的研究終究是不足的。我在閱讀《全集》之刻，同時感受到先生有很多卓見早已提出而未被看到，願意在這裡再次強調。當楊逵〈送報伕〉被定位為抗日小說時，先生在主講〈日據時代臺灣新文學運動〉即云「楊逵並不是大家所講的抗日英雄，他的作品並不是抗日，而是階級鬥爭，是階級解放的作品。這個話不是現在楊逵過世我才講，他在的時候我就這樣說。」之後，他又說「就寫作能力而言最高的應該是張文環」[23]，其後，我在〈張文環氏與臺灣文學〉[24]，讀到彼此的友誼也是深深動容，當語言的環境轉換，張文環放棄了寫作，甚至要求黃得時介紹他時：「千萬別說我是文化人，曾經寫過小說的」，還指著白色觀音菩薩像，說自己「每天早上誦經入佛門」，張文環意氣消沉的舉動，讓黃得時心痛不已，返家後不久立即寫信勉勵張文環，這段文字是多麼的誠懇，充滿真摯的關懷，作為讀者的我，也禁不住潸然落淚，正因這封信，讓張文環重拾文筆，每日清晨三時起床，寫兩小時無日間斷，終於完成長篇小說《在地上爬的人》。在本文結束之前，我想引用黃得時給張文環的信作結：

> 像你這樣真正有文學天分的人，看破一切，天天誦經念佛，是你自己白白糟蹋自己的才能，實在太不像話，應該提起精神起來，恢復從前那樣實幹勁幹的勇氣，把你多彩多姿的經驗和精闢透切的觀點結合起來，必能寫出不朽的名作。如果不能用中

---

23 《黃得時全集4》，頁684。

24 《黃得時全集》漏收，此篇極其重要，該文還附上了張文環給黃得時的信。黃得時說「張文環氏除了這封信之外，很少講自己關於『在地上爬的人』的出版經過。因此這封信可以說是很珍貴的資料。」黃得時此文當然也是很珍貴的文獻資料。

文寫，不妨用日文寫，寄到日本去發行，然後託人翻譯中文，還不是一樣嗎？你這樣無聲無息地把自己的才能埋沒下去，實在太可惜！不但是你自己的損失，同時也是整個臺灣文壇的一大損失。

附錄

一　〈——屹立的燈塔、多彩多姿的一生——〉、〈張文環
　　氏與臺灣文壇——從「福爾摩沙」「臺灣文學」到「在
　　地上爬的人」〉書影

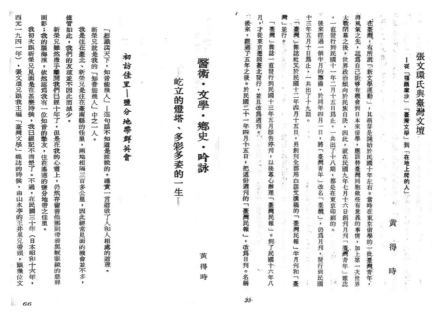

圖十九　黃得時寫吳新榮、張文環二文

二　〈石川達三的自由論〉全文

　　石川達三先生——他是日本長老作家之一，今年七十一歲，曾任
日本文藝家協會會長，現任筆會會長，這次遠路前來出席亞洲作家會
議，使該會議生色不少。

　　石川先生在四十年前，三十歲的時候，曾經獲得第一屆芥川獎，
而進入文壇之後，不斷發表長短篇小說，目前由東京新潮社所出版的

《石川達三作品集》共達二十五卷之多，除了最後一卷為評論之外，其餘二十四卷都是小說，各種作品，依照發表的先後編排，分為：（一）蒼氓、日蔭之村（本卷含有戰時中被日本政府禁止之問題小說〈活著的兵隊〉），（二）結婚的生態，（三）並非無望，（四）人生畫帖，（五）幸福的限界，沾上泥濤，（六）受風顫動的葦草，（七）古泉傍邊，（八）薔薇和荊棘的小路，（九）惡的愉快，（十）四十八歲的抵抗，（十一）在自己的穴中，（十二）人間之壁（上），（十三）人間之壁（下），這是石川先生最大的長篇，描寫抵抗教育界惡條件的一女性之奮鬥經過，（十四）骨肉的倫理，（十五）青春的蹉跌，（十六）瘡痍滿目的山河，（十七）愛的終止時，（十八）俏皮的關係，（十九）充實的生活，（二十）被約束的世界、被解放的世界，（二十一）開得過大的門扉，（二十二）年輕時的倫理，（二十三）黑暗的、嘆息之谿谷，（二十四）經驗的小說論，書齋的憂鬱。石川先生一向被稱為風俗小說家，但是他並不單單描寫風俗而已，他的每一篇小說，都含有非常濃厚的社會色彩和極其明確的時代背景，如他的代表作品《蒼氓》、《活著的兵隊》、《四十八歲的抵抗》、《人間之壁》等，都是富有很深刻的社會性和時代性而獲得文壇一致的好評。

　　石川先生除了寫小說之外，很早以前就對於「自由」的問題感覺興趣，在個人的自由、男性的自由、女性的自由、言論的自由、行動的自由、性表現的自由、性解放的自由、享受的自由……等等，各人以各人的立場和方便，解釋自由，如果把這種自由意識擴大起來，社會的義務、秩序、道德是不是會崩壞呢？石川先生非常關心這個問題，特於本年二月寫成《為了生存的自由》一書，由新潮社發行，立刻受到了廣大的民眾之愛讀和歡迎，未及一個月，即印行再版，到目前，銷售已達四萬本之多。

　　石川先生在本書裡面，分為：（一）遠古的自由，（二）男性的自由和女性的自由，（三）德川時代（註：明治元年以前約二百七十年

間，史稱德川時代）的自由，（四）明治、大正時代的自由，（五）對於憲法的疑問，（六）對於婚姻自由的疑問，（七）性解放的輕薄，（八）言論表現的自由和憲法，（九）性表現的自由，（十）性解放的弊害，（十一）關於自由的處理，（十二）自由和義務和秩序，（十三）家族、血族和自由之關係，（十四）愛是甚麼？（十五）只有一個自由……。

　　由於上列的篇目，我們可以知道石川先生對於各種自由，面面顧到，闡述他很精闢的看法和獨特的見識，目前在日本作家之中，對於「自由」這個問題，這麼關心，花費了這麼大的腦筋去思考，只有石川先生一個人罷了。

　　石川先生在《為了生存的自由》這本書的序文裡頭，提到了戰後的自由說：「第二次大戰終結後不久，全世界捲起了要求自由的狂潮，這也許是由於大戰中，自由被抑壓的一般民眾反作用的要求也說不定，從某種意義上說來，是必然的結果，起初從先進諸國掀起來的這種要求，終於擴大到了後進諸國，開始各殖民地的獨立和各種民族的獨立運動，目前開放自由的呼聲，已經成為全世界民眾的共同標語。」繼而石川先生說：「自由本來是被支配者、被壓迫者等的所謂弱者的要求，後來竟成為支配者、強權所有者的防戰或鬥爭的對象。」那麼，「自由是甚麼？」石川先生說：

　　　　儘管很多論者，不斷議論自由，但是對於自由，無論支配者或被支配者，都未能很正確地掌握其主體，人們在自由的呼聲氾濫當中，探尋自由，因此，如瞎子摸象一樣，發生百般的誤解，有人感覺自由如壁，有人認為自由似繩，我們應該想盡辦法，早日探出這隻自由的大象之全形和性質，我們不應該把支配階級所看的自由跟被支配階級所想的自由，分開來看，而應該打成一體，繪出自由的輪廓來。

可知石川先生所要研究的自由，是超越階級性的自由，而且他又很明顯地說：「我沒有資格討論國家和國家、社會和社會、組織和組織的自由問題．我只是想研究一些私生活和個人生活的自由。」

石川先生又在「只有一個自由⋯⋯」那一篇說：「所謂自由，是存在於我們的生活裡頭，除此之外，沒有自由，因此，怠惰過了一生的人，即使他活到八十歲，也許很幸福、很平和也說不定，但是我不認為他是過著自由的生活，怠惰之中，沒其自由，自由是指如何過自己的人生，如何奮鬥而言，在自己的生涯中，如何活下去──一度也沒有體驗到這種奮鬥的人，是不會理解自由的，自由不在外界，自由是自己的生活方式，自由是形成自己生命的骨格。

那個骨格，就是自己，自己就是自由，對於言論的自由，石川先生引用中國春秋時代的「崔杼弒其君」的史實說：「為了擁護言論自由被崔杼殺害的兩個太史的鮮血，現在仍然流著，而第三位的太史，值得自豪，其擁護自由之氣魄，永遠發出燦爛的光輝。」石川先生在本書的最後一頁，提出結論說：

> 真正的自由，不是國家所賜與的，也不是憲法和法律所給與的，而是由自己創造出來的，把這種自由，當做自己的義務，同時也可以在自己的生涯當中，感覺自豪，自由是靠自己養育長大的樹木，隨著樹木的長大，在其周圍，形成了美麗的綠蔭，然後成為良材，成為支持社會的棟樑，在這種意義上，一個很大的自由，就是人格本身，就是生命本身。

要之：石川先生所主張的自由，是存在於人心、存在於人格、存在於生命而不受時間和空間的影響，也不受外界各種現象的支配與控制，這樣，才可以使自由永恆存在，如果受外界的更動而發生變化，那麼就失去自由的獨立性，成為外界的附庸了。（六五年四月二十一日）

《聯合報》1976年4月26日第12版

三　日本文學之探討──第二次「翻譯人茶會」（僅錄黃得時發言）

　　翻譯天地社於一九七九年二月二十一日在臺北市舉行第二次「翻譯人茶會」，出席人計有：林文月、林柏燕、周增祥、吳大誠、宣誠、侯健、胡子丹、高友工、張正新、彭鏡禧、黃文範、黃得時、顧獻樑等人。

　　黃得時：《源氏物語》是日本平安時代的才女紫式部所作。紫式部自少聰慧過人，擅長和歌與日文，對於漢文學，也有極高的造詣。新婚未久，即丈夫逝世。因此，她在寂寞哀傷的心情之下，開始寫《源氏物語》。隨即成為侍候一條天皇的中宮（后妃）叫彰子。終於在日本長和三年（1014）前後，即相當於中國宋真宗大中祥符七年左右，寫成《源氏物語》。《源氏物語》一共分為五十四帖。「帖」等於中國的「章」或「回」。各帖取其內容與和歌有關係的優美詞句，作為題目。從第一帖到四十一帖，是描寫主人翁光源氏燦爛的生涯。其次的三帖，是敘述光源氏死後以及其子薰源氏的成長。其餘之十帖，以宇治為背景，描寫薰源氏的一生。因此，又叫作「宇治十帖」。

　　全作品的內容，貫穿四帝七十餘年間，是有三百多人登場的一大長篇小說，用井井有條的構想加以統一。無論自然、人、事、以至人物的性格和心理描寫，都非常優異。這些渾然融合，全篇流露出「もののあはれ」（mono no aware，物之哀）的情趣。加上文筆秀麗，把綿綿的情楮，很巧妙地描寫出來，同時由於滲雜餘韻復裊裊的和歌，達到描寫的美妙之極致。《源氏物語》成立當初，即極博好評。以後作為著名的古典，不但對於後世的物語以及和歌，就是對於一般的文化，也給予很大的影響。

　　關於《源氏物語》的中心理念或本質，有些人認為是要闡發佛教、或儒教、或老莊思想而執筆的。可是江戶時代的著名國學者本居

宣長（1730-1801）卻主張《源氏物語》是紫式部為了要展開「もの
のあはれ」為目的而寫的。他從《源氏物語》中抽出此語作統計、論
斷《源氏物語》的本質是「もののあはれ」，同時此種精神，也是整
個日本文學的精神。

　　那麼，什麼是「もののあはれ」呢？這不但用中國語無法說明，
就是用日本語說明，也不容易。也就是所謂「可以意會，不可以言
傳。」大體講起來，可以把它翻譯為「物之哀」。這是日本平安時代
的文學和由其文學所產生的貴族生活的中心理念。也就是外界的客觀
對象與內心的主觀感情一致時，所產生的情趣之世界。具體說，那就
是優美、纖細、沉靜等的觀照式理念。

　　《源氏物語》是將近一千年以前的小說。當時全世界還沒有一部
小說。像《源氏物語》那樣長，而且用寫實的方法，寫得那麼好。今
天我們所看到的西洋的著名長篇小說以及中國的章回小說，像《西遊
記》、《水滸傳》等，都是比《源氏物語》很晚才出現。因此《源氏物
語》可以說是世界最早的長篇寫實小說。

　　跟紫式部同時代另有一位才女叫清少納言。她侍候一條天皇的皇
后定子，與中宮彰子相對立。她寫了一本散文集叫《枕草子》，一共
有長短三百篇的文章，表示平安時代的另一個理念叫「をかし」
（Okahi）。這是不用情感捉住對象，而是用客觀的銳利的直覺以及批
評性眼光來觀察對象，換句話說：「もののあはれ」是以情趣為中
心，而「をかし」是以知性為中心，觀察對象。而這兩種精神，好像
車子的兩輪，代表平安時代的文學理念。

　　黃得時：關於翻譯，我們可以舉出清末民初的思想家嚴復（1853-
1921）所說的一句話。他認為最理想的翻譯，必須做到「信、達、雅」
三點。「信」是對於原文忠實，也就是對於原文的意思，有充分的瞭
解；「達」是翻譯出來的文章，明白而達意，讓人家都看得懂。「雅」

是翻譯出來的文章要流暢優雅。站在這種觀點來看，林文月女士所譯的《源氏物語》可以說幾乎到達這種地步。這是由於林女士中日文都很好，加上對於翻譯抱了一種非常慎重的態度，對於每一個字、每一句話，都不輕輕放過去，必須經過一番很細心的考慮之後，才把它翻譯出來。這種憑良心做事，很值得欽佩的。

　　日本有一位非常著名的作家叫谷崎潤一郎。他在日本文壇的地位，比川端康成還要高。……所以我希望林女士將來找一個機會，從頭到尾，加以澈底的修訂，以期到達完善的地步。（見本書頁230）

　　目前臺灣翻譯外國小說的風氣很盛，幾乎每個禮拜，都有新翻譯的書出版。不過，有一個很不好的現象，是書店為了要搶時間的關係，用極其粗糙亂作的手段，請人翻譯。例如他們一聽到在國外有某種小說非常暢銷，就千方萬計，託人用航空寄來，立刻把它割裂分為幾本（假如五百頁，割裂為五本，即每本一百頁）請幾個人用噴射式的速度於幾天之內把它譯完，然後將稿子湊一湊就印出來。而譯後部的人，根本沒有看過前部，譯前部的人，也沒有看過後部，以致筆致和語調都不統一，甚至連人名和地名的譯音也不一致。這種只顧賺錢而埋沒良心的作法，實在要不得。

　　其次，談到中國人的作品翻譯外文，並不是沒有，可是為數太少，比起外國作品翻譯中文在數量上，相差得太多。今後對於這方面要多加努力，使文學作品的「入超」，變為「出超」。川端康成的作品，都是用日文寫成的，而竟然能夠獲得諾貝爾文學獎，完全是由於有好的英文翻譯，讓世界文壇認識他的作品之價值。

　　至於日人的作品之中文翻譯，也相當多。這當中翻譯得很不錯的也有，可是翻譯得一塌糊塗，令人捏一把汗，不敢卒讀的，也不在少數。這是一來，由於翻譯人的日文瞭解程度不夠，二來被「同文同種」的想法所誤，認為日人既然跟我們一樣的使用漢字，那麼就望文生義，把日人所用的句子照樣移轉過來，而翻譯人洋洋得意，想不到

他卻犯了很大的錯誤，令人啼笑皆非。

　　例如：「親於」的日語，是父親（或母親）和兒子。不是親生的兒子的意思。「無鐵砲」是魯莽、不顧前後、不考慮後果。不是不帶武器；「心中」是男女一同自殺或情死。不是內心、內意；「怪我」是受傷，不是懷疑我；「用心棒」是保鏢，不是小心拿棒子。諸如此例，不遑枚舉，所以翻譯的時候，要特別慎重，千萬不要望文生義，搞出大錯來！

　　中國現代文學被翻成日文的，自五四以來，除了魯迅的作品之外，並不是沒有，但並不多見，而且翻譯的人，都是日本人，幾乎沒有中國人。現在的臺灣也是一樣的。這是因為中文翻日文，比日文翻中文為難。因為日文的語彙，較中文細膩精密，加上外國語言沒有的助詞，如「は」「が」「に」「を」「へ」，以及語尾詞「わ」「よ」「だ」「わ」等，在日語運用上，占有很大的作用。又日本所謂「敬語」特別多。世界的語言，沒有一種語言，像日文那麼頻繁使用敬語。同是第一人稱，中文只用一個「我」，英文也用一個 I 就可以。可是在日文，就有十五、六種以上的說法。看看你的年齡、性別、地位、教養不同，用法就不一樣。第二人稱、第三人稱也是一樣，都有十種以上的說法。尤其是男女的對話，最不好寫。我曾於抗戰中，在《臺灣新民報》把《水滸傳》翻成日文，在該報天天連載，達五年之久。所以備嘗中文翻成日文的甘苦。

　　黃得時：中國人對於性，即色情的描寫或亂倫的小說，採取非常嚴厲的態度，把它看作像洪水猛獸一般，不但不准描寫，甚至也不准閱讀。例如《金瓶梅》，本來是一部價值很高的社會小說，能夠把當時社會上的種種腐敗、矛盾，以及一些惡霸地痞勾結貪官，在當時作威作福的情形，用寫實的手法，一一加以深刻的描繪，其觀察之精細，運筆之高妙，沒有出其右者。但是一般因為書中有色情描寫，就

加上淫書的「烙印」，認為該書違反倫理道德，遂抹殺了真正的價值，而加以禁止。外國人對於這方面的想法，卻非常寬大而自由。他們認為某種作品（包括小說、繪畫），如果有真正很高的文藝價值，即使違背倫理道德，也不去管它。例如《源氏物語》有亂倫的描寫，並不因此而削減它的價值。又如川端康成的《雪鄉》、《千羽鶴》、《古都》三部作品之中，《千羽鶴》也是描寫亂倫而獲得諾貝爾文學獎。諸如此類，不遑枚舉。我們對於藝術和道德應該分開，不要強調道德而扼殺藝術的價值，致使阻礙藝術的發展。

D・H・勞倫斯寫的：「Lady Chatterleys」（1928），在日本出版。日譯本之小山書店被判罪，而在英國，譯者和出版者均無罪。我個人認為勞倫斯對於色情的描繪，極其冷靜而客觀。他既不減筆、不誇大，跟其他寫景和敘事一樣，應該寫到什麼程度，就寫到甚麼程度。好像畫家畫女人的裸體一樣，用寫實的手法，加以客觀的描寫。這樣寫法，如果寫得有很高的藝術價值，應是可以准許的。所以我認為，各位要對倫理道德與藝術價值在中國文學上的問題，多多提出意見，說明我國文學日後該走的方向。

黃得時：作者寫小說，寫到「色情」地方不必去誇大，也不必畏縮，應該怎樣寫就怎樣寫，這才是真正寫作者的態度。

胡子丹編：《翻譯藝術》，臺北市：翻譯天地雜誌社，1979年

十
補遺與補正
──《楊雲萍全集》編纂述要

一　前言

楊雲萍曾在〈發潛德之幽光〉說：

> 我們臺灣過去也有許多完全沒留下痕跡的先哲，每想到此事，
> 我的內心就充滿悲哀。……若先哲天上有靈知，我有小小的祈
> 願，希望你們體諒我一片赤誠之心，給我保佑。

這是一九三九年四月二十八日刊載在《臺灣日日新報》的一段肺腑之言，以三十四年輕之齡即抱著恢弘之志，驗之未來的六十年，他果真全力以赴發揚臺灣先哲之潛德幽光。因此當二〇一一年歲末年終之際，《楊雲萍全集》終於出版，且在二〇一二年一月十八日舉辦新書發表會時，我感覺兩位主編：成功大學林瑞明教授、中央研究院臺史所許雪姬教授也是以一片赤誠之心發潛德之幽光，克服各種困難，歷經十年將《楊雲萍全集》（國立臺灣文學館出版）一套八冊出版，諸多珍貴重要的文獻史料得以面世，既是承繼其恩師之遺志，也是對臺灣文史的重大貢獻。

作為一名臺灣文學的愛好者及研究者，起步之初遠在一九八〇年代中，初期的私淑啟蒙自然是賴和、楊雲萍、楊守愚等等作家，但二十幾年來我總是納悶楊雲萍的研究確實過於零星了，他以小說〈光臨〉與賴和〈鬥鬧熱〉同刊一九二六年的《臺灣民報》第八十六號，

之後在小說、新舊詩、臺灣民俗、歌謠（歌詞）、兒童文學等各領域也都有璀璨的表現，但楊雲萍顯然是寂寞的。他很早就編白話文學刊物《人人》，很早就寫小說，很早就翻譯泰戈爾的詩，很早研究臺灣史、開授臺灣史課程，很多的「很早」，為臺灣文史開創了開闊的視野與空間，但先行者畢竟是落寞的，無怪乎在他文章的字裡行間中，流露著自負自信與不為人知的寂靜之感。我在讀完《楊雲萍全集》之後，也興起發潛德之幽光的一分心願，期待全集可以更完整呈現他一生學術研究、文學創作的成績，體現文史雙棲者楊雲萍豐富的面貌。因此撰就本文，擬從全集之補遺與補正著手，尤其標舉他在歌詞填寫及兒童文學方面的成就，同時修正全集訛誤之處。個人編輯過若干種全集、選集，其中艱辛自然能體會，何況所有的全集從來就不「全」，總是留下可努力的縫隙，讓更多人有獻曝之忱的機會，使全集更趨美善。

二　補遺：有關漏收之文

　　《楊雲萍全集》凡八冊，文學之部有兩冊，第一冊收入楊雲萍主編之《人人》、《山河》詩集、詩作、小說，第二冊收入散文雜論及文學評論。這兩冊還可收入屬於歌詞、兒童文學、散文等四、五十篇。

（一）「歌詞」、「歌謠」部分

　　在《聯合報》「音樂界的百家春第一屆當代中國樂展小輯」，呂泉生寫〈我的歌〉[1]一文，提到中廣舉行中國現代音樂作曲家的作品演奏會，〈芒果〉的歌詞是臺大教授楊雲萍先生於日治時代（民國三十二年，出版《山河》詩集中的一首小詩。他非常喜愛這首詩，當時與

1　《聯合報・聯合副刊》1981年11月28日第8版。

楊先生並不相識，到光復之後才在文化協進會常見面。有次聊天請楊
雲萍先生把〈芒果〉翻譯成中文以譜曲。後來楊雲萍先生到中廣廣播
室試聽，直誇獎說沒想到他的小詩會變成這麼好聽的歌。從此以後常
和楊先生有來往，並繼續把楊先生的詩作譜成好幾首歌曲。從全集第
八冊收錄的呂氏另一篇追念文〈總是我嘸著——懷念詩人楊雲萍〉[2]
亦可知二人在歌謠方面的結緣及友情，這篇文章提到了四首楊雲萍作
的歌詞〈芒果〉、〈鄉居小唱〉、〈小小司馬光〉、〈總是我嘸著〉。另外
莊永明先生〈總是我不着〉[3]說這首歌是上乘的兒歌作品，全曲詼諧
逗趣，以車鼓調的旋律來詮釋鄉土味的合唱曲。他也附上歌詞，並提
到一九五三年呂楊二人合作了兩首歌曲，另一首是〈孔子頌〉，比較
道統：「仰之彌高，鑽之彌堅，……大哉孔子，大哉孔子。」從這幾
篇文章來看，楊雲萍確實從事了歌詞的填寫[4]，可惜這份幸運遠不如
王昶雄〈阮若打開心內的門窗〉騰播眾口，個人期待全集主編繼續挖
掘蒐集楊雲萍歌詞篇，說不定下次可以舉辦一場楊雲萍的演唱會哩。
這裡謹列兩首歌曲如下，以供有心人吟唱：

2　《楊雲萍全集》，第8冊，頁381-383。

3　莊永明：〈臺灣歌謠記事　總是我不着〉，《中國時報》1995年1月4日第34版。後又
　　收入氏著：《臺灣歌謠》（臺北市：遠流出版社）。

4　楊雲萍亦有〈搦搦曲——為作曲家某君作〉，《民報》1946年6月1日第2版。全集未收
　　入。

圖二十　　《臺灣歌謠鄉土情》收錄楊雲萍歌詞〈總是我不着〉

圖二十一　　楊雲萍歌詞〈村居小唱〉

　　至於童謠，目前所知有〈金葫蘆·銀葫蘆〉、〈早上〉、〈大象和老虎〉、〈小雞喝冰水〉和〈桃子大〉五篇。這五篇刊載於《東方少年》（另後述），呈現了楊雲萍童心、詩心的一面。為符合兒童閱讀能力及提高吸引力，語詞極淺白，並配合推廣提倡注音符號，每首文字旁加上注音符號，同時選取小朋友比較熟悉的動物、生活事物為主角，引發兒童注意及興趣，達到語文學習的效果。

圖二十二　　〈金葫蘆·銀葫蘆〉、〈童謠兩首〉

分別刊《東方少年》第5卷第3、5期，1958年3、5月

（二）兒童文學部分

　　日治新文學作家在戰後初期及一九五〇年代投入兒童文學者不少，王詩琅、洪炎秋、黃得時、楊雲萍都是不可忽視的重要作者[5]。

5　多年前讀過莊永明先生介紹鄭世璠捐贈「我樂多齋」收藏給吳三連史料基金會，特別提到捐贈書目中有一般圖書館找不到的《學友》、《東方少年》（按，國圖有《東方少年》），從中可讀到楊雲萍、王詩琅、廖漢臣、蔡德音、陳君玉等臺灣新文學作家的作品。這些刊物影響了他、張良澤及很多人。另參邱各容：〈東方出版社——臺島文化的縮影，兒童文化的先驅〉，《出版界》第86期（2009年4月），頁36-39。

楊雲萍悼念王詩琅一文就提到《學友》、《大眾之友》，難得的是他特別舉例王詩琅主編《大眾之友》時每出奇招，每期刊登〈名人對談錄〉，楊雲萍也被「動員」，和于右任院長對談[6]。這篇對談文章自然也被全集遺漏了，但最重要的可能還是遺漏了前述的《東方少年》童謠五首及《臺灣古今奇談》十八篇、舊詩新釋八首、新伊索寓言二十篇，這些遺漏之作足以再出一本補遺。

　　戰後初期楊雲萍擔任《臺灣文化》雜誌編輯組主任和主編，刊物由東方出版社總經銷，由此可知臺灣協進會與《東方少年》雜誌關係密切。楊雲萍是《東方少年》的重要作者，執筆時間達七年之久，他的參與歷程見證了雜誌的興衰史，不僅是對《東方少年》有相當的貢獻，他所創作的一系列作品，對於臺灣固有文化的傳承更是貢獻良多，尤其是從臺灣兒童、青少年時期灌輸培養起。他的文學創作形式豐富，執筆的《臺灣古今奇談》系列以臺灣文化的立場來書寫臺灣，以發生在臺灣各地的傳奇故事為背景，觸及到的相關史實內容，由於他本身是歷史學家，所以也具有一定的歷史信度。

　　舊詩新釋的作品，有〈江亭〉、〈絕句〉、〈獨坐敬亭山〉、〈贈汪倫〉、〈九日〉、〈送別〉、〈送元二使安西〉、〈觀獵〉共八首。全集已收入六首（其中缺〈江亭〉、〈送別〉二首），但列在第七冊「資料之部（一）」，並視為「未發表手稿」。其實在新釋杜甫〈絕句〉一詩時，楊雲萍就寫著「上期（八月號）本誌刊登了杜甫的一首詩」可見八月號已刊登過一首，這一首即是杜甫的〈江亭〉。在介紹〈絕句〉之後，又介紹了李白兩首詩、王維三首詩，中間又插入杜甫的〈九

6　楊雲萍〈王詩琅先生追憶〉，《楊雲萍全集4歷史之部（二）》（臺南市：臺灣文學館，2011年），頁315-317。黃得時〈編寫兒童讀物注意點〉，曾自述：「十幾年前，我曾創辦了《東方少年》，三年之間賠了二十多萬元，到現在這筆帳還沒有還清。其他如《學友》、《良友》、《學伴》，也都是在同樣的條件之下停刊了。」《臺灣新生報》，1967年12月22日，兒童讀物專版。

日〉。楊雲萍極喜杜詩，曾答聯合報記者正在讀的書是杜詩（全集），「已讀了好幾遍了，對杜甫的人格與風格極推崇。」[7]這八首舊詩新釋發表時間從一九五七年八月至一九五八年四月，其中一九五八年三月改刊〈金葫蘆‧銀葫蘆〉。楊雲萍用淺近白話文注解舊詩，不僅講詩的大意，也對詩人生平、詩的美感欣賞深入淺出交代，以兒童熟悉親切的口吻來講解，如此的書面語真讓人大為驚嘆。由此亦可得知楊雲萍深受祖父的教導栽培，在日文環境下依舊有深厚的國學素養。

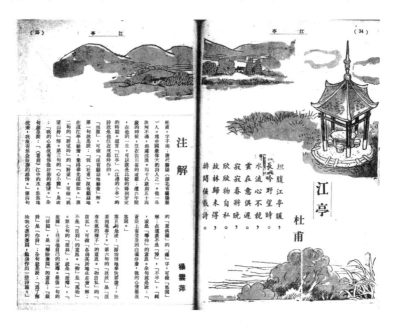

圖二十三　〈江亭〉

刊於《東方少年》第4卷第9期，1957年8月

7　陳辛採訪：〈當代丰采臺灣史「國寶」楊雲萍〉，《聯合報》1992月4月30日第23版「讀書人專刊」。李霽野：〈入臺出臺及其前後〉也提到「編譯館同仁我不能不想到楊雲萍。一次在聯歡會上，他朗誦杜甫的《春望》……他朗讀古詩的聲調，同我在私塾所學的很相似，聽起來十分親切。同他交談我才知道他的祖父精通中國文學。曾在他幼小時教過他，杜甫這首詩，在日本強占臺灣後，他祖父讀這首詩痛哭流淚的情形，在他還記憶猶新。」《李霽野文集第2卷散文》，天津市：百花文藝出版社，2004年。

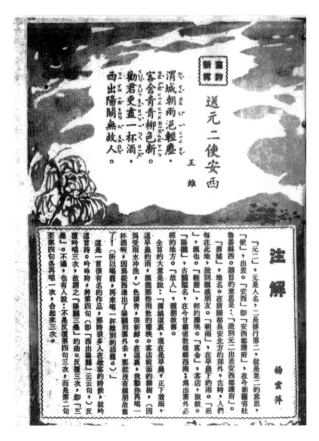

圖二十四　〈送元二使安西〉

刊於《東方少年》第5卷第2期，1958年2月

　　新《伊索寓言》，顧名思義，是將著名的伊索寓言重新改寫，賦
以新意。從一九五八年七月至一九六〇年二月，每月（期）刊一則，
共有二十篇，有的以散文詩形式表現，便於誦讀。從〈老鼠給貓繫
鈴〉、〈烏龜和白兔〉等篇的改寫，可知楊雲萍思緒靈活，對於兒童創
造力、想像力的培養啟迪，展現了開創的新風格。主編許雪姬在「導
讀」裡強調這些故事都有不同的結局，每則各具巧思，藉此教導小學
生基本道德。而這一系列改寫新創的作品被誤植到第七冊「未發表手
稿」這一卷。

圖二十五　〈老鼠給貓繫鈴〉

刊於《東方少年》第5卷第7期，1958年7月

圖二十六　〈烏龜和白兔〉

刊於《東方少年》第5卷第9期，1958年9月

　　至於《臺灣古今奇談》有十八篇：〈打皷山〉、〈安平怪物〉、〈蛇
首人〉、〈三星夜墜〉、〈海上仙山〉、〈鳳山怪石〉、〈平安病〉、〈古橘之
家〉、〈澎湖奇花〉、〈地生毛〉、〈劍潭女鬼〉、〈壓神符簿〉、〈孝女祈
神〉、〈照鏡山〉、〈紅毛偷寶〉、〈金鴨母石〉、〈鬼女買粽子〉、〈節婦祈
雨〉，從一九五四年一月創刊號開始至當年六月。〈打皷山〉敘述海盜
林道乾之妹將兄長所搶奪的金銀珠寶埋於打皷山上，日後竟長出奇花
異果，味道異常甘美，入山砍柴的人如欲多採取回家，必定迷路。作
者藉此傳聞來警惕貪欲的禍害，勸人要知足。〈澎湖奇花〉詳細介紹
了澎湖八罩島的大嶼山上一種奇特的花：葉子又細又嫩；經過冬天，
也不會枯萎。花朵兒好像茉莉，每次總是開七蕊，顏色是深藍的；開
過了一個月才謝；謝了七天又再開。寫得神奇有趣，也教導了大自然
的知識。另有士林芝山巖〈孝女祈神〉的故事，與父親相依為命的女
子，無法親自前往芝山巖聖殿祈求父親病體痊癒，但是女子在家為父

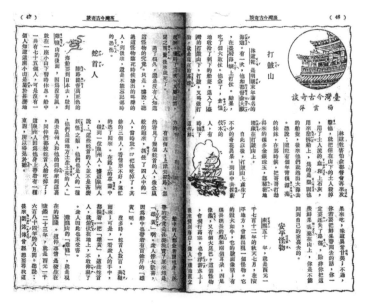

圖二十七　〈打皷山〉、〈安平怪物〉、〈蛇首人〉

刊於《東方少年》第1卷第1期，1954年1月

設香案祈求十個鐘頭的虔誠孝行，使父親獲得芝山巖開漳聖王的庇佑，以之傳遞孝心感天的故事給兒童，又如臺中大甲的傳說〈節婦祈雨〉，就今日觀念視之，稍有隔閡。但多半是有趣深刻的故事，如〈紅毛偷寶〉和〈金鴨母石〉，顯示荷蘭人極度聰明的才智，但也對其不義之行多所諷刺。看完禁不住要說：楊雲萍是說故事的高手，能寓教於樂。

（三）散文、評論

陳慧坤為《東方少年》插畫，相信同為《東方少年》寫稿的楊雲萍與其是熟識的，一九六二年五月十四日楊雲萍便發表〈陳慧坤的歐遊作品〉[8]，此外楊雲萍還有一些散文為全集所遺漏，一併羅列篇目於此，以供參考。

〈讀書偶錄〉，《民報》1947年1月1日，藝文3版。

〈卷頭語：文化的交流〉，《新新》第2卷第1期，1947年新年號。

〈省立圖書館特藏圖書偶記〉，《臺灣新生報》1947年11月29日，頁4。

〈光復前後〉，《中國一周》235，1954年10月25日，頁7-8。

〈連雅堂與臺灣光復〉，《中央日報》1956年10月25日，頁7。

〈臺灣歷史文物圖片展覽觀後〉，《中國一周》398，1957年12月9日，頁6-7。

〈臺灣的新年及其他〉，《中國一周》355，1957年2月11日，頁8。

〈文史薈刊（第一輯）〉，《國立臺灣大學考古人類學刊》13/14期，1959年11月，頁133。

8　《聯合報》1962年5月14日，第8版「新藝」。

〈臺灣光復憶先祖〉,《中國一周》914,1967年10月30日,頁7。

〈李玄伯的追憶〉,《中國時報》1974年6月1日第12版。

〈明代宮廷的新年〉,《中國時報》1975年2月17日第12版。

〈「讀到之見」與「反覆論證」——敬悼總統蔣公〉刊《中國
時報》1975年4月15日。

　　主編許雪姬在《楊雲萍全集 5 歷史之部（三）》的「導讀」特別
提到一篇〈客觀的傾向與主觀的傾向〉,交代此文是應「徵信新聞報」
為慶祝「總統八秩華誕之徵文」而寫,寓有深意,編入全集似乎有些
不搭調,但祝壽文中沒有諂媚,卻是直指當時社會弊病的木鐸。而另
一篇全集漏收的〈「獨到之見」與「反覆論證」——敬悼總統　蔣公〉
亦是應《中國時報》（「徵信新聞報」前身）哀思「總統蔣公」之作,
同樣是深具言外之意,顧左右而言他,結尾時說:「我們各人要有獨
到之見（不要人云亦云。）,但此『獨到之見』之見,一定要有理由,
要有證據,就是要『反覆論證』！而更要堅定我們反偽善、反俗惡的
精神和行動。」二文寫作手法如出一轍。鄭清文曾自述經驗談,謂中
正紀念堂峻工之際,報社要他對此寫篇文章,他沒創作動機,就一直
拖拉著沒寫,後來時間逾期了,雖然終究沒交稿,但心裡頭還是有些
擔憂。大意約是如此。我想楊雲萍先生當時的情境應近似。以下謹列
數篇原文方便讀者閱讀:

1　《霧峰林家的興起——從渡海拓荒到封疆大吏（1729-1864）》〈序〉文

　　我十七、八歲很年輕時,就受知於臺中霧峰灌園林獻堂先生。先
生時年四十二、三歲,為臺灣民族運動、文化運動的領袖,可說名滿
天下。每次造訪霧峰,均承先生以賓客相待（我睡在梁啟超可能也睡
過的大眠床）。在用過早餐後,我們常在「景薰樓」的會客廳對談,

題材大半是現代文學、日本與西歐文學或中國詩詞。有時先生談起林家的歷史、故事，使我深深瞭解遠在清代，霧峰林家已是臺灣的重要家族。有一次談到來臺始祖林石公的故事。

據說林石攜帶安放著父親骨骸的「金斗」來到臺灣中部地方。日暮了，又舉目無親，不得已將「金斗」放置在一處「田頭」上，便借宿一農家。天明要去拏走「金斗」時，才發現一夜之間，「金斗」都變成蟻窩，只見無數的螞蟻還在運土築巢。林石不敢移動「金斗」，再加土沙覆蓋，造一小塚乃離開。自此「林家」即飛黃騰達，人們以為是得到了「好風水」所致（獻堂先生卻不信此）。

這個故事有其「象徵性」，可看出當時自大陸來臺移民的艱難困苦，以及過海外出也要攜帶親人「骨骸」的「倫理」觀念。

此次，黃富三教授的大著《霧峰林家的興起》的完成，實是學界的盛事。這不僅是研究臺灣某一地方的某一家族，也是研究臺灣歷史極其重要的某一部分、某一階段，而其成果更將貢獻於中國歷史及中國民族、家族的研究。

此大著值得注意的，第一就是其「資料」。除一般史料之外，另有保存在林家的資料，如文件與地契等，以及故宮博物院收藏的有關檔案。國立編譯館新刊連雅堂《臺灣通史》，囑我作一新序，我說「通史」將與臺灣的河山同其不朽，但我不得不指出「通史」資料的不完備，如各種檔案，以及日、荷原始檔多付闕如。但此乃由於「時代所囿，固不能苛求」。比較連雅堂先生，黃教授實在幸福。

第二就是他的「方法」。黃教授曾攻西洋經濟史，又在英研讀多年，「方法」的正確、純熟，自不待言。

第三就是著者對此研究主題、對象的熱忱。一開始，著者就感覺問題的重要、史事的曲折，以及資料的豐富，不知不覺對其付出鉅大的精力。在臺灣大學歷史研究室看到他時，每聽說：「昨天到霧峰去過」，或「今天下午要去霧峰」。

《霧峰林家的興起》一書現在已經完稿、付梓，再幾天，因「國科會」之助，著者要到美國作研究，在此祝福他順利！

愉快！

楊雲萍　序於國立臺灣大學歷史研究所

第二研究室

時年八十有一

2　歷史之部的臺灣歷史上人物有〈臺灣的寓賢沈光文〉[9]一文

一　小引

中國的各種地方誌裡面，每每有所謂「流寓」一目，專以記述來自各地而流寓該某一地方的人士之事蹟，何以要特設此「流寓」之目呢？當然有不少的理由，例如：為景仰這些流寓人士的「高風亮節」；不過，最重要的理由，我以為是這些流寓人士，是文化的「傳播者」；中國因為「地大」，及其他的原因，文化不甚普遍於各地方，而各地方得浴些「文化之光」的，往往是由於這些流寓人士所傳播的；所以記述該地方的「流寓」之事蹟，也就是記述該地方的文化之傳播，發展的情形之重要部分。

當然，一地方的文化的傳播、發展，不一定全由於流寓人士所造成的；可是，假如該地方愈邊僻，則流寓人士所占的重要性愈高，臺灣過去是一「遐荒窮島」，其文化之傳播、發展，有賴於流寓人士者尤多。現在擬略述一下流寓臺灣的人士的事蹟，亦即擬略述一下臺灣的文化的傳播，發展的概略情形。臺灣文化之由來、傳統，或得約略於茲窺見。

9　楊雲萍撰，收於侯中一編：《近代中國史料叢刊續輯731沈光文斯庵先生專集》，臺北市：文海出版社。

二　沈光文

要敘述流寓臺灣的人士，首當舉出沈斯庵；所謂「從來臺灣無人也，斯庵來而始有人矣。臺灣無文也，斯庵來而有文矣。」（季麒光：〈題沈斯庵雜記詩〉，見《諸羅縣志》卷11）

沈斯庵，名光文，字文開；斯庵乃其別字（一作：號斯庵）。浙江之鄞縣人，生於萬曆四十年（1612），歿年現不可考，大略在康熙三十年（1691）之前後。

全祖望撰《鮚埼亭集》卷二十七〈沈太僕傳〉云：

> （斯庵）以明經貢太學。乙酉（按：即弘光元年，清順治二年，西元一六四五年）豫于畫江之師，授太常博土。丙戌，浮海至長垣，再豫琅江諸軍事，晉工部郎。戊子，閩師潰而北，扈從不及，聞粵中方舉事，乃走肇慶，累遷太僕寺卿。辛卯，由潮陽航海至金門，閩督李率泰，方招徠故國遺臣，密遣使以書幣招之。公焚其書返其幣。時粵事不可支，公途留閩，思卜居於泉之海口，挈家浮舟，過圍頭洋口，颶風大作，舟人失維，飄泊至臺灣。

斯庵到臺灣的年代——這是一相當重要的問題，因為自一方面說，臺灣文化史要從是年開始——驟然讀到上引全氏所記，斯庵似是在「辛卯」此年，即永曆五年（清順治八年，1651）來到臺灣的。黃叔璥撰《臺海使槎錄》卷之四，亦記云：

> （斯庵）辛卯從肇慶至潮州，由海道抵金門；當事（按：郎李率泰）書幣邀之不就。七月，挈眷買舟赴泉，過圍頭洋，遇颶風，飄泊至臺。

　　據此，沈斯庵之到臺灣，則在辛卯之七月矣。可是，經檢斯庵之遺作，在辛卯仲冬，他確尚在金門島上，是年之七月，斯庵不會飄到臺灣的。細閱全氏所記，辛卯乃斯庵由潮陽航海至金門之歲，似不是說在是年，就飄到臺灣；蓋此間還有一段：「時粵事不可支，公遂留閩」的期間。《諸羅縣志》卷之九，〈沈光文傳〉云：「順治辛卯，（斯庵）自潮州航海至金門，灣督李率泰聞其名，陰使以書幣招之，辭不赴。後移家泉州，過圍頭洋，遇颶風漂入臺灣。」據此，辛卯之歲，也不一定就是沈氏飄到臺灣的年代。黃氏「使槎錄」的記述似有脫誤。

　　沈斯庵到臺灣的年代還有二說，一為永曆三年說（連雅堂，林小眉氏等），一為永曆十六年說（即據《臺灣府志》（范氏、余氏）所載沈氏〈東吟社序〉）；可是，三年說之誤甚明；十六年說，殆因「府志」之刊誤所致，蓋永曆十六年乃鄭成功克臺之翌歲，是歲五月，成功殂於臺灣，而據各種記載，沈氏確在鄭氏到臺之前，已在臺灣也。

　　關於斯庵的到臺年代，我曾作過小考。（參看《民俗臺灣》第三卷第三號，日本昭和十八年三月刊，所載〈民俗採訪之會〉記事。）我的推論是：沈斯庵之渡臺，當在永曆六年（壬辰），即清順治九年，西元一千六百五十二年。自以為此推論，雖尚須繼續研討，可是，比較上列諸說，似值採取。（推論過程，且不再備記。）如上文說過：斯庵到臺的年代，在臺灣文化史上，是一相當重要的問題，故略述之，而不以為辭費。

　　斯庵到臺的時候，臺灣還在荷蘭人占據之下。他不僅置身異地且置身異族之間，「旅人之困」，是可以想像的。全氏《傳》又記云：

　　　　辛丑（永曆十五年，清順治十八年，西元一六八一年），成功
　　　　克臺灣，知公在，大喜，以客禮見，時海上諸遺老，多依成功
　　　　入臺，亦以得見公為喜，握手勞苦。成功令麾下致餼，且以田
　　　　宅贍公，公稍振，已而成功卒，子經嗣；頗改父之臣與父之

政，軍亦日削。公作賦有所諷，乃為愛憎所白，幾至不測，公
變服為浮屠，逃入臺之北鄙，結茅於羅漢門山中以居。或以好
言解之於經，得免。山旁有目（按：「目」，史氏刻本作
『曰』，今據小樓藏舊抄本改）加溜灣者，番社也。公於其間
教授生徒，不足則濟以醫。

斯庵遺作，有〈曉發目加（溜）灣即事〉五言律一首，前半云：
「濃霧不為雨，乘朝向北行。此中長有恨，回首意難平！」可以想見
是時斯庵的悲憤。他又有〈至灣（按：即目加溜灣）匝月矣〉七律一
首，有句云：「羈栖塵市依人老，檢點詩書匝月閑。」雖在困苦之中，
他還是沒有忘記「檢點詩書」的！「教授生徒」，日人伊能嘉矩著《臺
灣番政志》，謂乃教讀番童（卷中），似須待考，蓋當時，在目加溜灣，
可能亦有漢人居住的。不過，其「傳播文化」於臺灣，則一。

康熙二十二年，鄭氏亡；臺灣歸屬清廷。全氏記云：

時耆宿已少，而寓公漸集。（斯庵）乃與宛凌韓文琦、關中趙
行可、無錫華袞、鄭延桂……結社，所稱福臺新咏者也。
（按：「福臺新咏」社，一作「福臺間（閒）咏」社，後改東
吟社。所列社員，全氏所記和斯庵的〈東吟社序〉黃氏《臺海
使槎錄》等所記，頗有異同，余別考有，現不備記。）尋卒於
諸羅，葬於縣之善化里東堡。（按：據說：即現在的善化鎮坐
駕里。）

全氏《傳》論之曰：「公居臺三十餘年，及見延平三世盛衰。前
此諸公述作，多以兵火散佚；而公得保天年於承平之後，海東文獻，
推為初祖。所著花木雜記、臺灣賦、東海賦、檨賦、芳草賦、古今體
詩；今之志臺灣者，皆取資焉。」

　　據范氏，余氏《臺灣府志》所著錄，斯庵的著作：有《臺灣輿圖考》一卷、《文開文集》一卷、《文開詩集》一卷、《臺灣賦》一卷、《草（全氏作花）木雜》記一卷、《流寓考》一卷；只是，現在除散見於府縣志等書之外，多散佚不傳。我曾做過輯錄斯庵的著作工作，計得詩約百首，數量還是不多，可是，方之連雅堂氏所得（《臺灣詩薈》連載《斯庵詩集》），多近五成之譜。

　　全氏又說：「嗚呼，在公自以為不幸不得早死，復見滄海之為桑田，而予則以為不幸中之有幸者。咸淳人物，蓋天將留之，以啟窮徼之文明！」全氏的話，確是說得沒有錯。

3　座談會發言記錄

　　全集亦收入座談會發言記錄，此部分可補充者，如聯副舉辦的日據時期新文學座談會（1978年10月22、23日，記錄：黃武忠）。這裡謹錄上資料較難得之文：〈對郁達夫諮詢會〉[10]。一九三六年十二月郁達夫從日本回國時，途經被日本帝國主義所占領的臺灣，十二月二十三日出席了臺灣新民報社舉辦的文藝座談會。會上就當時國內文藝界的某些重大問題發表了看法。《新民報》十二月以《對郁達夫諮詢會》為題分（一）至（六）連載報導。原文為日文。郁達夫於一九三六年十二月下旬順道來臺一事，臺灣學界已有所討論，羅詩雲碩論亦與此有關，但由於一九三六年十二月份《臺灣新民報》難得一見，因此該文從未被引述，由於資料難得，茲檢出相關資料，以見楊雲萍當時的學識思想深度及文學閱讀情形，並供讀者參考。原文節錄相關者如下：

　　座談會的主要出席者：郁達夫。府視學官大浦。府翻譯官越

10　《郁達夫文論集》（杭州市：浙江文藝出版社，1985年），頁900-910。

村。臺灣大學教授神田。府水產課長劉。府評議黃純青。大阪朝日新聞分局長蒲田。大阪每日新聞分局長平野。蔡式穀、陳逸松、陳紹馨，郭秋生，楊雲萍，黃得時。本社林主筆，記者許、葉、徐、陳、林。

國防文學之目的在國民意識之強化

平　　野：國防文學的內容是含有所謂法西斯的意義吧。

郁達夫：照剛才所說的內容並不含有法西斯意義。

劉明朝：是所謂國家主義吧。

郁達夫：是的。以文學助政治之用，以文學供大眾教育之用，這就是它的內容。

楊雲萍：對這種傾向，你的意見怎樣？

郁達夫：我是不贊成的。我個人的意見：不管是古典主義、浪漫主義，無產階級文學，或其他任何文學，只要在藝術上成功，就是出色的文學。和政治關聯也無妨，但並非一定非關聯不可。迄今所謂中國的新文學，連篇口號，以為沒有口號就不能生存似的。在無產階級文學極盛時期，全以口號寫成作品。但我總以為好的文學作品必須表現事實。

楊雲萍：國防文學主張政治和文學相結合，但此種結合決非融合，可以稱為附加的或機械的結合。日本已經越過這一關，政治是政治，文學是文學，兩者區別開來，而中國現在還在重複。

郁達夫：可以認作為機械的，但未必一定是重複日本所經過的道路。這在上海文藝作家協會中，也成為一個大問題。

神田：文藝作家協會是國防文學的一派嗎？

郁達夫：大致是如此，但另有「民族革命戰爭的大眾文學」一
　　　　派。

郭秋生：聽說最近這兩派已經統一。

郁達夫：自從魯迅死後就有這種說法。

郭秋生：不過有此說法，但思想上能統一嗎？

郁達夫：想來思想上能夠統一的。

楊雲萍：據說前者是國民黨，後者是共產黨。

中國農村疲弊是社會大問題

黃得時：中國傳統的文學思想，是道德和文學聯在一起，即所
　　　　謂文以載道。使道德和文學分離，讓文學獨立，這是
　　　　文學革命的根本思潮。但現在由於提倡國防文學，使
　　　　文學和政治相結合，不是又使文學取消獨立性嗎？

郁達夫：照你所知道的，林語堂在《論語》雜誌上關於這個問
　　　　題，也談過同樣的意見。古人的所謂道與今人之所謂
　　　　政治，其內容是不同的。

陳逢源：作為文學，也不僅是國防文學。在一般文學中，最近
　　　　有什麼值得注意的作品嗎？

郁達夫：茅盾的《子夜》是最近二、三年來一般所承認的。內
　　　　容抓住上海灘上的資本家和金融界的人物的心理而加
　　　　以暴露，立場當然是左傾的。還有寫出幽默文學好作
　　　　品的老舍，他的代表作是《趙子曰》。文藝雜誌中以
　　　　《論語》為代表。在《宇宙風》雜誌中所載的作品的
　　　　作者亦多有左傾的傾向。歐陽山、沈從文等人的作品
　　　　讀者亦多，給人以好印象。

楊雲萍：成仿吾現正怎樣了？

郁達夫：他在蘇區參加文化事業。我這次出國後，報上曾報

導，他已被殺，據說被同伴殺害的，共產黨向西移動
時，成仿吾堅決不跟他們一起走而被殺的。

陳逢源：魯迅在日本非常受歡迎，在中國也受歡迎嗎？

郁達夫：也受歡迎。近來他常寫短篇雜感，也都受歡迎。他以
精煉的文筆，深刻批判各種簡潔的問題，為一般青年
所喜愛。左傾青年都以魯迅為指導人物而崇拜之。

......

楊雲萍：巴爾巴克夫人的小說《大地》，你覺得怎樣？

郁達夫：是部有趣的小說，是西洋人所看到的中國。「寧可賣
掉女兒，不肯賣掉田地。」祖先傳下來的財產不肯
賣，不得已還是賣去親生的女兒。這種有執著性的國
民，一經注意才覺得確是如此，同樣，只要我們加以
注意，西洋人亦未始不是這樣。他所描寫的當然有對
的地方，也有許多不對的地方。

中日文化的提攜

許乃昌：初期創造社和你共事的人，郭沫若和張資平等，最近
的情況如何？

郁達夫：郭君還在日本，那時以後他埋頭研究國敵。他的《中
國古代社會史》已被世界所公認。仍採取唯物史觀
的立場。張資平的專門是地質學，現任上海交通大學
教授，在創造社以外的一位鄭振鐸，在真茹暨南大學
教書。

楊雲萍：福建省政府參議和作家生活，哪方面有趣？在生活上
不感覺矛盾嗎？

陳逢源：從前談偉大的文學家就是偉大的政治家，但現在的日
本，文學和政治關係不深。

郁達夫：我認為文學和政治等離開，是不太好的。

黃得時：魯迅和閣下不曾聯合，在創造社內說是由於個人的感情，有種種說法，不知到底如何？

郁達夫：我的態度迄今不變。我不喜歡搞宗派等等，也並沒有和創造社吵過架，不過由於趣味關係，一會兒離開，一會兒又合在一起。有人攻擊我是個人主義者，我也不以為意。實際上當時的創造社中以青年左傾分子居多數。

三　補正：全集之訂正與建議

全集亟需訂正之處，在於將已刊稿誤為「未發表手稿」，愚意多數篇目皆是已刊之稿，宜分別歸入文學或歷史之部。〈《春泉夢》序〉是為吳定葉（筆名吳熙晃）《春泉夢》長篇小說所寫的序文，根據《2007年臺灣作家作品目錄》，吳定葉於一九一五年七月十七日生，臺北成淵中學畢業。日本大學肄業，日治時期曾任職於臺灣總督府總務局、礦務局，光復後任臺灣行政長官公署編輯，省府祕書處編輯及研究員。創作文類以小說為主。一九七七年曾於《自立晚報》連載其歷史小說〈洞天福地〉，可惜未集結成冊，而長篇小說《春泉夢》為其唯一「出版」的作品，內容描寫日治臺灣青年男女抵抗不合理的殖民統治，並且在苦難中追求自由與愛情。〈鹿港許氏詩集合刊序〉是應許常安之邀，為許劍漁、許幼漁《鳴劍齋遺草》所寫，此書於一九六○年由高雄大友書局出版。另外如〈《臺灣小說選》中對賴和的簡介〉（見下圖）、〈劉家謀與《海音》〉亦是已刊稿，是楊雲萍在戰後初期出任《民報》編輯時，經常重刊臺灣文學之作所寫的前言、介紹，還有一些作品如〈湖畔〉已刊《民報》，等等。

　　如將《楊雲萍全集7資料之部（一）》，頁九十三，比對《民報》所刊〈臺灣小說選　辱（一）〉，可知「編者記」即楊雲萍所記，此文非「未發表手稿」，文刊於一九四五年十二月四日第五十六號。

　　　　圖二十八　〈臺灣小說選　辱（一）〉及〈湖畔〉書影

　　〈湖畔〉一篇亦非「未發表手稿」，文刊《民報》一九四六年六月十五日。

　　另外的建議，如各冊篇目之排序，未依照時間先後者極多，顯得凌亂。此外，譯文版本的選擇可盡量使用楊雲萍的自譯本。如日文《山河》詩集的中譯由葉笛先生執筆，但楊雲萍亦自行翻譯了幾首，建議有作者自譯的版本宜改用抽換，如呂泉生說「有一天和雲萍先生聊天，談到他的詩時，就請他把『芒果』翻譯成中文交我譜曲。」則〈芒果〉的中譯直接使用作者楊雲萍的翻譯即可，又如〈新年志感〉[11]一首，楊雲萍亦重新翻譯如下：

　　　　我之詩篇散在世上
　　　　我之考據文字，與先哲同其久遠。
　　　　觀碧空無礙於驚濤駭浪之彼方，
　　　　信惟有道義千古不滅。

　　　　今茲癸未元旦，
　　　　陽光明麗。
　　　　梅花之槎枒，
　　　　古枝新幹，最多著花。

附記：此詩以日文作於一九四三年，時作者三十八歲。登載某日文雜

11　《中國時報》1983年1月1日第14、15版。楊雲萍「附記」謂范泉譯文頗多錯誤，又將題目改為「序詩」。然查對原文，范泉亦作〈新年志感〉。譯文「頗多」錯誤之多，可能也有作者本人的標準。謹將范泉譯文錄之如下：「我之詩篇散在世界上／那文字的生命就和先哲一樣久長。／從奔濤駭浪裡，可以看到碧色的天空，／惟有道義，是千古不滅無始無終。／／如今，在癸未陽曆的元旦，／初昇的太陽發射出美麗的光輝。／梅花槎丫，古枝新幹，／那上面增添了更多的花卉。」范泉譯文明顯著意於聲音的協韻（上、長，空、終，旦、幹，輝、卉），文意也還不至於太離譜。

誌，後收載於小詩集《山河》的卷首。范泉先生曾為之中譯，載《文藝春秋》第六卷第四期（民國三十七年四月十五日出版，上海）。譯文頗多錯誤，又將題目改為〈序詩〉。今新自譯之，近四十年的歲月，恍如昨日。「習靜樓」花木漸老，而作者的疏狂如舊，憂思未已。

四　餘論：張我軍致楊雲萍信函

一九四六年五月十二日，張我軍在上海給楊雲萍寄了一封信，這封信收入《楊雲萍全集》，讀這封信備加感受到一位離家二十年的臺灣遊子，那種熱切盼望返鄉的心情，我的思緒凝結在這封信上，信上說：

雲萍：那一年在京都別後不久，報載由門司開往臺灣的一隻船被水雷炸沉，當時我計算日程，你應該是搭乘在那一隻船的，我想：雲萍殆矣！焦急了好久。後來接到你自臺灣寄來的詩集，才知道天佑善人，你是平安到家了。我放心了，我謝天了，但是沒有接到你的信，終嫌美中不足。我的精神往往馳騁於士林外雙溪。臺灣光復的消息傳出之後，使我一再想起當年在外雙溪半山腰你的家裡吃炸白薯的味兒。我很想趕快跑回別了二十年的故鄉，再上你家裡，一邊望著白雲一邊吃炸白薯。但是交通隨著停戰而被破壞了，海上沒有船隻，飛機輪不到我們小民，於是只好耐著性等，直等到三月上旬，纔來到上海。來到這裡以後，為全家生活計，不得不謀一點小生意，至今整整兩個月還沒有頭緒。所以臺灣還是去不了。不過來到這裡，臺灣的消息就多了。無奈我所接到的，都盡是令人失望、寒心的消息！我很想知道光復後的臺灣怎樣地映在詩人眼中？你若有時間，請你給我一封信。我大約六月上旬，或者會到臺灣

去。家眷全部留在北平，老幼均安，請你放心！只有我一個人
在上海過著清淡而孤獨的生活，事事不便，日日無聊，自覺十
分可憐耳，哈哈！祝你健康。

張我軍啟　五月十二日

（去年以來新取了一個號叫「四光」）[12]

這封信透露了幾個訊息，張我軍與楊雲萍在一九四三年於京都相逢，
信中提到「那一年」「報載由門司開往臺灣的一隻船被水雷炸沉」，我
看了《楊雲萍全集》主編許雪姬教授的「資料之部導讀」，才知是楊
雲萍赴日參加第二回東亞文學者大會，回程時「所乘船遭美軍魚雷擊
傷，不能復駛，故在沖繩上陸，數日後才回臺。這期間楊教授曾有簡
單的逐日記載，彌足珍貴。」[13]這次二人相見是在一九四三年八月二
十五日到二十七日舉行的「第二回東亞文學者大會」，代表臺灣參加
者是楊雲萍、長崎浩、齋藤勇、周金波四人，張我軍與楊雲萍久別重
逢，大會結束之後，返臺的楊雲萍於十一月由臺北清水書店出版了日
文《山河》詩集，為其設計封面及扉頁的是民俗畫家立石鐵臣[14]。信
中「後來接到你自臺灣寄來的詩集」，應即是這本《山河》詩集。在
未看《楊雲萍全集》之前，這封信給我很大的疑惑，因為過去提到一
九四〇年代的船難，必然想到的是高千穗丸在一九四三年（昭和十八
年）三月十九日，由門司航向基隆的途中，在基隆外海彭佳嶼東北方
遭到美國潛艦 Kingfish（SS-234）攻擊沉沒，超過八百名乘客罹難一

---

12 信函原件見《楊雲萍全集7資料之部（一）》（臺南市：臺灣文學館，2011年），頁
　198。從此信亦可知張我軍另一筆名「四光」，因與其育有四子有關，四子之名依序
　為張光正、張光直、張光誠、張光樸。

13 由於校對的關係，許文提到時間時被誤植為「1994年8月赴日參加第二回大東亞文
　學者大會」。

14 立石鐵臣與楊雲萍頗有交情，發表在《民俗臺灣》的〈士林之月〉即是寫在士林楊
　家過中秋月的情景。此篇實可收入全集的「資料之部」。

事。那次船難事件中折損了很多優秀人才，當中包括擔任臺北帝國大
學副教授東嘉生、藝術家黃清埕及多位臺灣菁英，呂赫若還因此寫了
〈嗚呼！黃清埕夫婦〉一文，發表於於五月十七日的《興南新聞》，
巫永福也有〈脫衣的少女〉一篇，都觸及這次的船難。因船難事件是
在第二次「大東亞文學者大會」之前的三月發生，至八月下旬二人即
相逢，並無需等到十一月後收到詩集才確認其平安抵家。這個疑惑一
直到《楊雲萍全集》出版，我才釋疑，由此可見全集在資料蒐集整理
及解讀上，具有相當的價值及意義。

　　我們從此信可知張我軍與楊雲萍早在一九二○年代即相識，才恍
然於楊雲萍《人人》雜誌第二期（1925年12月31日發行），何以收入
了一郎〈亂都之戀〉？下村作次郎、中島利郎認為楊雲萍是認識張我
軍的，一九二五年十一月末，張我軍曾去楊雲萍家；「體現臺灣新文
學運動的理論」等等說法在這封信中更得以落實。當時情景是「一邊
望著白雲一邊吃炸白薯」，此情此景，讓張我軍精神上往往馳騁於士
林外雙溪，二十年後仍常駐心頭。如果我們回到《人人》雜誌的「編
輯雜記」，楊雲萍寫道：「我的心友一郎哥、時常教我、這乃我所感激
也。這回他對我說要糾合同志、組成一臺灣文學研究會。我思想起
來、此會之必要及不必要已經沒有討論之餘地了！為著我臺島之文學
界、我們不可不及早提攜團結起來！願有心同志互相奮起！」[15]楊雲
萍生於一九○六年，張我軍一九○二年生，年長四歲，因此楊雲萍以
「哥」稱呼。文中說「時常教我」，看來當時並非一兩面之緣。張我
軍信上告訴楊雲萍，說他「大約六月上旬，或者會到臺灣去。家眷全
部留在北平。」這封信印證了孫康宜〈浮生至交〉一文所寫的：「原
來，當時張我軍先生帶我們去臺灣，他並沒帶他自己的家人一道上
船，因為他打算獨自一人先去臺灣找事，等有了著落之後，才要慢慢

15　《人人》，大正14年（1925年）12月31日，頁8。

把妻子和孩子們從北京接到臺灣。」「張光直和他的母親一直到該年
（按、指1946）十二月底才到臺灣，他們是從天津上船的，一共坐了
三個月的船才終於抵達基隆碼頭。」[16]〈浮生至交〉描繪了孫家通過
張我軍的幫忙，順利從上海黃浦江登上輪船，越洋安抵臺灣的一些細
節，及孫張兩家交往的過程，表面上是生活瑣事，但卻生動而深刻的
體現了動亂時代的患難真情，個子不高的張我軍顯得高大而神聖，那
純誠的理想及對人深切真誠的關懷，讓人為之動容。

　　閱讀《楊雲萍全集》資料卷的書信，不僅是看到珍貴有價值的史
料被保存下來，理解了楊雲萍在南明史研究的成就、詩藝、小說的感
人，然則最動人心懷的恐怕是其耿介情操、崇高人格的光輝力量[17]，
我因之低徊不已，期待也能為楊雲萍先生做一些很小很小的事。

---

16 孫康宜提到當時來臺時間是一九四六年春季，依張我軍此封信來看，宜是五月後之
　　事。

17 在此另提一件事，足見李敖年輕時之狂，在董大中著《臺灣狂人李敖》記載一九五
　　七年胡適在臺大歷史系的演講：「5月27日，『午後在會議室聽胡適講《什麼是證
　　據》。講後楊雲萍發言，說得牛頭不對馬嘴，此公真是笨蛋。』」（廣州市：花城出
　　版社，2002年），頁90、91。依據〈十七天的校園生活〉，《李敖大全集》第23卷。

附錄：補充之文章書影及照片

書影

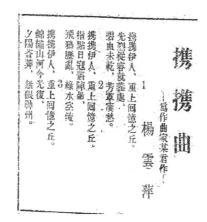

攜攜曲

——爲作曲家某君作——

楊雲萍

1

攜攜伊人、重上回憶之丘。
先烈從容就義處、
碧血未乾、芳草凄愁。

2

攜攜伊人、重上回憶之丘。
指點日寇築陣壘、
飛鴉歷亂、綠水空流。

3

攜攜伊人、重上回憶之丘。
錦繡山河今光復、
夕陽蒼莽、無垠神州。

圖二十九　〈攜攜曲——為作曲家某君作——〉

刊《民報》1946年6月1日

讀書偶錄

楊雲萍

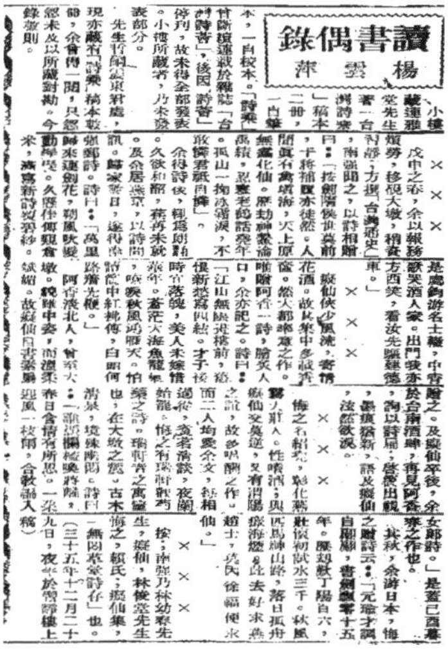

圖三十　〈讀書偶錄〉

刊《民報》1947年1月1日

圖三十一　　〈陳慧坤的歐遊作品〉

刊《聯合報》1962年5月14日，第8版「新藝」

圖三十二　　〈李玄伯先生的追憶──「去年之雪」之二〉

刊《中國時報・人間副刊》1974年6月1日第12版

圖三十三　〈明代宮廷的新年〉

刊《中國時報・人間副刊》1975年2月17日第18版

圖三十四　〈「讀到之見」與「反覆論證」〉

刊《中國時報》1975年4月15日

我們對於年月的推遷和飛逝，必須有正確的認識和關心。（民國七三、二、二〇）■

價值的存在

／楊雲萍

人類用以記錄事物，表現事物，圖形是先於文字的。有的文字是由於圖形而來。不過，人類之畫畫圖形，所用道具主要的不過是木頭、石頭，後來用筆、刷子之類。老實說，不是有點簡單嗎？

照相機的發明，以至電影攝影機等的使用，大大改變人類的記錄，表現事物的方法；也因而改變想法。我不知道人類發明照相機，拍出多少個「鏡頭」，但可斷言的，一定是比海邊的砂粒更多。

我是讀歷史的，我以為「歷史」的存在是價值（wert）的存在，經過選擇、評價的存在。「歷史鏡頭」，就是從「比海邊的砂粒更多」的「鏡頭」評價、選擇出來的「鏡頭」。例如：二次大戰，美軍占領日本的琉璜島，幾位大兵把美國國旗「星條旗」升起來的鏡頭。美國占領琉璜島在此大戰的軍事的、政治的意義，日軍的猛烈抵抗和美軍的苦戰等，均是此「鏡頭」的歷史價值。

不過，「歷史鏡頭」不一定全是如上述的「戲劇的」鏡頭。記得美國總統艾森豪住院檢查時，「生活」（Life）雜誌在某一期的扉頁，登出一個窗子的「鏡頭」。而說世界的眼睛，都集中在這窗子。因艾氏住在這窗子裡面的房中，而艾總統的健康情形，會影響全世界的歷史。故此，窗子的鏡頭，成為「歷史鏡頭」。

此次聯副新闢專欄「歷史鏡頭」，將有何種「歷史鏡頭」出現？期待的，當不僅是我，個人。

（七十三年二月二十日）■

圖三十五　〈存在的價值〉

刊《聯合報》1984年5月20日，第8版「聯合副刊」

歷史鏡頭 75

史學俊彥

●楊雲萍

這張照片是民國四十六年，台灣大學歷史學系謝師會時，在台大校園攝的。胡適之先生第一次從美國回來，在台大演講，特別提到台大歷史學系師資陣容之堅強，說是前所未曾有的。照這張照片時，據我的記憶，和胡先生所說的好像沒有太多出入（還有幾位教授不在這裏）。

從右起（敬稱略）：陳荊和（越南史、華僑史），余又蓀（日本史），張貴永（西洋史），李玄伯（中國上古史、清史），沈剛伯（西洋史），錢思亮校長（此時錢校長縱在百忙中，必參加各系的謝師會；他雖不說他有「愛心」，但從這些地方，可看到他如何愛學生。），劉崇鋐（美國史），姚從吾（遼、金、元史），勞榦（秦、漢、唐史），楊友濂（雲萍）（明史、南明史、台灣史），吳相湘（中國近代史），吳俊才（印度史）。

上述教授，現在大半已經凋謝，健在的亦多已離開台大，只有楊友濂一人還繼續執教（研究所博士班）。所幸現在同仁，由我們這一批人栽培出來的，個個青出於藍，均不阿世，不曲學，卓然自立，各有成就。

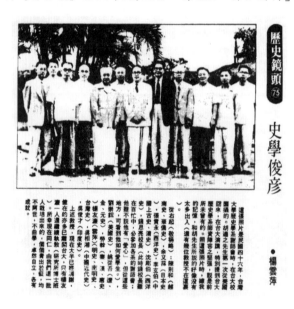

圖三十六　〈歷史鏡頭75　史學俊彥〉

刊《聯合報》1984年8月20日 第8版

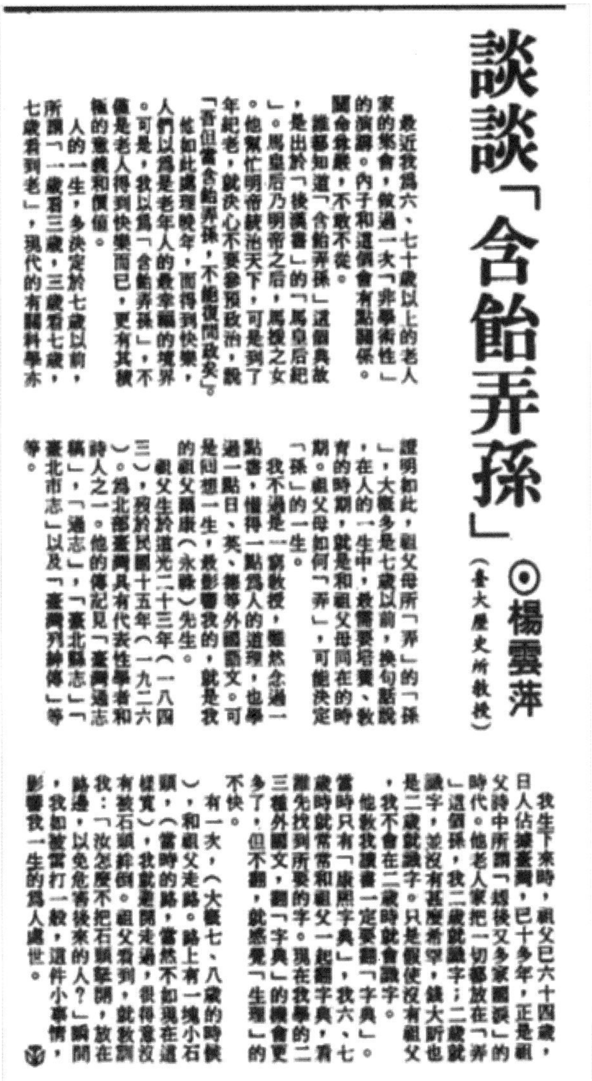

談談「含飴弄孫」

⊙楊雲萍（臺大歷史所教授）

最近我爲六、七十歲以上的老人家的聚會，做過一次「非學術性」的演講。內子和這個會有點關係，閫命難嚴，不敢不從。

誰都知道「含飴弄孫」這個典故，是出於「後漢書」的「馬皇后紀」。馬皇后乃明帝之后，馬援之女。他幫忙明帝統治天下，可是到了年紀老，就決心不要參預政治，說「吾但當含飴弄孫，不能復問政矣」。

他如此處理晚年，而得到快樂，人們以爲是老年人的最幸福的境界。可是，我以爲「含飴弄孫」，不僅是老人得到快樂而已，更有其積極的意義和價值。

人的一生，多決定於七歲以前，所謂「一歲看三歲，三歲看七歲，七歲看到老」，現代的有關科學亦證明如此，祖父母所「弄」的「孫」，大概多是七歲以前，換句話說，在人的一生中，最需要培養、教育的時期，就是和祖父母同在的時期。祖父母如何「弄」，可能決定「孫」的一生。

我不過是一窮教授，雖然念過一點書，懂得一點爲人的道理，也學過一點日、英、德等外國語文。可是回想一生，最影響我的，就是我的祖父顯康（永祿）先生。

祖父生於道光二十三年（一八四三），歿於民國十五年（一九二六）。爲北部臺灣具有代表性學者和詩人之一。他的傳記見「臺灣通志稿」、「通志」、「臺北縣志」「臺北市志」以及「臺灣列紳傳」等等。

我生下來時，祖父已六十四歲，日人佔據臺灣，已十多年，正是祖父詩中所謂「蛾後又多家國誤」的時代。他老人家把一切都放在「弄」這個孫，我二歲就識字；二歲就識字，並沒有甚麼希罕，錢大昕也是二歲就識字。只是假使沒有祖父，我不會在二歲時就會識字。

他教我讀書一定要翻「字典」。當時只有「康熙字典」，我六、七歲時就常常和祖父一起翻字典，看誰先找到所要的字。現在我學的二三種外國文，翻「字典」的機會更多了，但不翻，就感覺「生理」的不快。

有一次，（大概七、八歲的時候），和祖父走路。路上有一塊小石頭，（當時的路，當然不如現在這樣寬），我就避開走過，很得意沒有被石頭絆倒。祖父看到，就教訓我：「汝怎麼不把石頭踢開，放在路邊，以免危害後來的人？」瞬間，我如被當打一般，這件小事情，影響我一生的爲人處世。

圖三十七　〈談談「含飴弄孫」〉

刊《中央日報》1986年8月20日

相片

圖三十八　楊雲萍與文友合影

後立右一楊熾昌，前坐左起：王昶雄、龍瑛宗、
楊雲萍、林芳年、郭水潭。

圖三十九　一九七八年十月聯副舉辦「光復前臺灣文學座談會」

前排左起：郭秋生、杜聰明、楊雲萍、王詩琅。後排左起：黃武忠、
王昶雄、劉捷、黃得時、楊逵、郭水潭、龍瑛宗、瘂弦、廖漢臣。

圖四十　文建會接待藝文人士

前排左四起楊雲萍、杜聰明、黃得時、巫永福、龍瑛宗、
鍾肇政。後排左二起：林衡道、王昶雄、劉捷。

圖四十一　楊雲萍與林海音

他說：「我記得那時班上只有你一個女生。」指一九五一年八月
臺灣青年文化協會主辦「夏季鄉土史講座」。
（林海音《剪影話文壇》，純文學出版社，1984年8月。）

十一
良知的凝視
──《新編賴和全集》小說卷導讀

一　新編小說卷的篇目內容

　　一九二六年一月一日，《臺灣民報》第八十六號刊登賴和小說〈鬥鬧熱〉，到一九三五年十二月《臺灣新文學》創刊號上〈一個同志的批信〉，賴和共發表小說十七篇，另外還有一些未曾發表的手稿，在林瑞明編的《賴和手稿集新文學卷》可以看到若干篇可歸諸小說的作品。然而賴和小說總數有多少，牽涉到對小說文類的認識與理解，尤其介於小說、散文、劇本之間，界義不是那麼絕對的作品。

　　在文獻蒐羅不那麼方便的時期，一九七九年三月，李南衡主編「日據下臺灣新文學・明集1」《賴和先生全集》，其中賴和「小說創作集」收入十四篇，這十四篇作品依序是：〈鬥鬧熱〉、〈一桿「稱仔」〉[1]、〈不如意的過年〉、〈蛇先生〉、〈彫古董〉、〈棋盤邊〉、〈辱？！〉、〈浪漫外紀〉、〈可憐她死了〉、〈歸家〉、〈惹事〉、〈豐作〉、〈善訟的人的故事〉、〈赴了春宴回來〉。一九九一年二月，張恆豪編《賴和集》，收入二十篇，多出的六篇作品是：〈前進〉、〈一個同志的批信〉、〈未來的希望〉、〈赴會〉、〈不幸之賣油炸檜的〉、〈阿四〉。一九九四年十月，施淑編《賴和小說集》收入二十一篇，較張恆豪編的《賴和集》多出〈富戶人的歷史〉一篇，這與一九九一年十二月《文

1　本文提及的〈一桿「稱仔」〉，在賴和小說集尚有多種寫法，如〈一桿「秤仔」〉、〈一桿「稱仔」〉，本文將視實際情況使用。

學臺灣》創刊號刊登林瑞明新發現的賴和遺稿有關，到了二〇〇〇年
六月林瑞明整理的《賴和全集》正式出版，其中小說卷總共收了二十
八篇（〈善訟的人的故事〉兩版本算一篇），較施編又多出八篇，此八
篇為〈僧寮閒話〉、〈盡堪回憶的癸的年〉、〈醉人梓舍之哀詞〉、〈新時
代青年的一面〉、〈不投機的對話〉、〈補大人〉、〈我們計劃的旅行〉、
〈未命名（洪水）〉，除了〈補大人〉是刊本，發表在《新生》第一集
（1927年7月）外，七篇皆出自賴和手稿，但未收施、張所編入的
〈前進〉一篇，而改收於氏編的《賴和全集（二）新詩散文》，歸屬
「散文」。此後視〈前進〉為散文，幾乎已是學界共識。〈前進〉初於
一九四〇年收入李獻璋編的《臺灣小說選》，此書同時收入賴和其他
四篇小說〈棋盤邊〉、〈辱?!〉、〈惹事〉、〈赴了春宴回來〉（已知是楊
守愚之作）。

　　此次《新編賴和全集・小說卷》收入三十篇，列入正文的有二十
四篇，附錄有六篇。與林瑞明所編《賴和全集・小說卷》之出入，新
編本〈一日裡的賢父母〉列在小說，殘稿〈元氣精神已盡消〉放在附
錄。林編〈《賴和手稿影像集》序〉謂「介於小說及戲劇文體的〈一
日裡的閒父母〉」（閒，宜作賢），林編並未收入。新編以賴和對話體
小說之特色，將〈一日裡的賢父母〉移入小說卷，另〈醉人梓舍之哀
詞〉移出小說卷[2]。〈元氣精神已盡消〉，從形式而言雖亦是對話體，
但有布幔、後場、丑角設計，應為戲劇作品，所以放在附錄。林編及
新編這兩個版本也都收入了發表在《東亞新報》新年號的〈赴了春宴
回來〉一篇，此文署名懶雲，自然收入賴和小說行列，但根據《楊守

2　計畫主持人蔡明諺教授在二〇一八年十二月十四日來信說：「〈醉人梓舍之哀詞〉之
　　哀詞（並敘）」，這篇作品雖然以前都被歸類為小說，但是如果看賴和手稿的狀態，
　　我有點懷疑這應該是後面的『詩五首』的『敘』，也就是說這篇作品和後面的詩
　　五首合起來才是『醉人梓舍之哀詞（並敘）』」，其判斷甚是，因此移入漢詩卷。於
　　此亦可見賴和此敘文之特殊，以白話體故事呼應後面五首詩。

愚日記》（彰化縣立文化中心，1998年）所記載，該小說為他所代
寫。新編本因之置於卷末作為「附錄」。再者，新編賴和全集計畫主
持人蔡明諺教授新查得《現代生活》第二號（1930年11月1日）〈讓
步〉，屬於新「出土」的賴和小說，此發現大快人心，為賴和小說添
增了一篇瓌寶。蔡明諺同時查得《現代生活》第三號有散文「重
陽」，以及小說「赴會」。這兩篇過去有手稿，但沒有見過刊本，因此
本次新編小說〈赴會〉多了刊本，可以之比對手稿本。以〈惹事〉兩
刊本為例，發表於《南音》及李獻璋編《臺灣小說選》，其原於一九
三二年發表於《南音》的小說主人公為第一人稱「我」，《臺灣小說
選》改為第三人稱「阿根」。《善訟的人的故事》亦列兩種刊本，收錄
於李獻璋編《臺灣民間文學集》（1936年5月）與較早發表的《臺灣文
藝》（1934年12月）版，可見大段刪改。雖然兩篇內容相近，李本一
開始就進入故事主體，而《臺灣文藝》本在前面有三頁篇幅長的一段
論述。戰後初期，楊逵印行《善訟的人的故事》（民眾出版社，1947
年1月），底本採用《臺灣文藝》版，結尾添加一句非賴和所撰的句
子：「但這也是人民自主團結纏得爭取來的。」

　　以上是對賴和小說各版本收入情況做一簡單的回顧，同時交代本
次新編收入的篇目。如果再仔細觀察其異同，尚有各篇發表、寫作時
間的考量與判斷，比如前述〈赴會〉，林編時只有手稿，創作日期不
詳，林氏在編按說：「本文可能是在描述一九二六年五月十五、十六
日，文化協會於霧峰召開理事會的情形」，因此將〈赴會〉放在〈補
大人〉之前。而今有了刊本之後，刊登時間很明確可知是在一九三〇
年十一月十七日，必須放在〈棋盤邊〉、〈讓步〉之後。〈阿四〉這一
篇帶有自傳體味道的小說，林編本放在〈一個同志的批信〉後面，新
編本則以該文結尾提及主人公在斗六的演講（1925年6月及11月），並
寫於《臺灣民報》稿紙上（1930年3月26日起改名稱為《臺灣新民
報》），推測其寫作時間約在一九二五年夏到一九三〇年春之間，因此

置諸〈蛇先生〉之後。此外，還有題目不盡相同，篇幅長短不一，但
內容卻有相近、雷同的，如〈新時代青年的一面〉與〈不投機的對
話〉、〈盡堪回憶的癸的年〉與〈歸家〉。

二　賴和及其小說研究概況

　　因政治環境的不同，賴和及其小說研究概況可分就日本殖民統治
時期及國民黨政權接收臺灣後略加敘述。起初對賴和的敘述多在於其
作品與想像其人之落差，從而肯定其大智若愚、具臺灣精神的人。一
九二六年張我軍〈南遊印象記〉，一九三四年毓文〈諸同好者的面影
（一）〉，一九三六年朱點人〈賴和先生的人及其作品〉、楊逵〈臺灣
文壇的明日旗手〉、王錦江〈賴懶雲論——臺灣文壇人物論（四）〉、
劉捷〈臺灣文學の史的考察〉、宮安中〈開刀〉、徐瓊二〈賴和氏「豐
作」批評と我再出發の辦〉、徐玉書〈臺灣新文學創社及「新文學」
第一、二、三期作品的批評〉[3]，及一九四三年黃得時〈輓近臺灣文
學運動史〉、〈臺灣文學史序說〉諸文，形構出賴和人道主義者的形象
及作為臺灣新文學之父（母），在臺灣文學史上之位置。另外，根據
下村作次郎的研究，中村哲「臺灣の賴和氏」和「臺灣人作家の回
想」兩篇文章，把對賴和的印象比為魯迅。中村所記述對賴和的印象
是這樣的：

　　　　令人感到悠然的風貌，好像是把魯迅與野坂參三綜合在一起那

3　徐玉書此文談郭秋生小說的臺灣話書寫，並提及賴和小說要謀大眾化的寫作問題，
　　他說：「這篇（指女鬼）我曾重讀過了好幾回，可是有很多地方的文句讀不
　　懂。……女鬼的作者，同灰氏（指賴和）一樣地要謀大眾化，我們是很感佩，可是
　　要謀大眾化，反以不能大眾化，故我很望此後，長於用臺灣白話描寫的作者，要考
　　慮讀者是否能讀得懂，要不然，要謀大眾化，好像緣木求魚。」《臺灣新文學》第1
　　卷第4號（1936年5月），頁97-102。

樣的人。其言語雖不多，但是使人覺得親切。（臺灣の賴和
氏）第一次見面時，使我聯想到魯迅。因為想到他是醫生以及
其短小風貌之悠然樣子。[4]

　　當一九四三年賴和因病去世時，同仁等曾編輯「賴和先生悼念特
輯」。此時期的文獻，以精簡評述概括其人及文學，並已將賴和與魯
迅連結介紹。

　　外在環境的改變，如解嚴後，本土化、民主化的追求、人民對本
土認知的需求等，都直接或間接的影響學術，引起學術界的關心，促
使知識分子作深刻的反省。戰前的賴和論述，到了戰後初期有了轉
變，楊守愚〈賴和〈獄中日記〉序〉、楊雲萍重刊賴和〈辱?!〉，強
調了賴和不妥協、抗議的精神。楊逵〈紀念林幼春・賴和先生臺灣新
文學二開拓者：幼春不死！賴和猶在！〉、王詩琅的〈臺灣新文學運
動史料〉及〈臺灣新文學運動史稿〉、吳新榮〈賴和在臺灣是革命傳
統〉，凸顯其氣節及臺灣文學的存在與特殊性。然而，隨著一九五
○、一九六○年代的白色恐怖，臺灣作家被迫噤聲、失語，臺灣文學
的論述幾近空白，僅見少數文章，王詩琅〈半世紀來的臺灣新文學運
動〉和〈臺灣文學的重建問題〉，《臺北文物》季刊（第三卷第二期）
有楊守愚〈赧顏閒話十年前〉、黃得時〈臺灣新文學運動概觀〉、廖漢
臣〈新舊文學之爭（上）〉、楊雲萍〈「人人」雜誌創刊前後〉、一剛
（王詩琅）〈懶雲做城隍〉、黃邨城〈談談「南音」〉、施學習〈臺灣藝
術研究會成立與福爾摩沙創刊〉、廖毓文〈臺灣文藝協會的回憶〉、曹
介逸〈日據時期的臺北文藝雜誌〉、吳瀛濤〈臺灣新文學的階段〉等
文。第三卷第三期，除承襲上期編輯方針，刊載上期續稿外，實則

4　下村作次郎：〈日本人印象中的臺灣作家・賴和——從戰前臺灣文學之歷史性記述
　中思考起〉，收入林瑞明編《賴和全集　六・評論卷》（臺北市：前衛出版社，2000
　年），頁261。

「這兩期根本就是一部，不過因為限於頁數的關係，才分為兩期罷了。」這一期刊載的文章有：郭千尺〈臺灣日人文學概觀〉、龍瑛宗〈日人文學在臺灣〉、廖毓文〈臺灣文字改革運動史略（上）〉、賴明弘〈臺灣文藝聯盟創立的斷片回憶〉等等。這些論文都是當事者親身經驗談，參考價值甚高，自然無法迴避賴和及其作品，但到了一九五八年，賴和突然被以有共產黨嫌疑被請出了忠烈祠，此後，到一九七〇年代初期，賴和的研究幾乎停擺了。

　　到了一九七〇年代末期，由於鄉土文學論戰的關係，本土文獻文學資料的發掘和研究方有了進展。《大學雜誌》、《中外文學》、《文季》、《夏潮》等，對臺灣文學及賴和作品予以介紹並轉刊，一九七六年九月，梁景峰〈賴和是誰？〉喚醒了臺灣人的失憶症，一九七八年，林邊（林載爵）〈忍看蒼生含辱：賴和先生的文學〉一文，可謂是戰後首度較正式的賴和文學論述文章。一九七九年三月，李南衡出版了《日據下臺灣新文學・明集1　賴和先生全集》，同年七月，遠景出版社刊行了《光復前臺灣文學全集・一桿秤仔》，張恆豪對賴和作品做了精要的解說。此時刊印了賴和為數不少的作品及論述材料，開啟了往後賴和研究的契機，不過在一九七〇年代的政治氛圍下，臺灣作家作品多以抗日情懷詮釋，即使是左翼作家楊逵的〈送報伕〉，仍不敢凸顯其無產階級的色彩，而冠之以抗日小說。進入一九八〇年代，對賴和的研究才有更細緻且開闊的研究視野。一九八三年一月，《臺灣文藝》推出「賴和專輯」，刊出花村〈從舊詩詞起家的臺灣新文學之父——賴和〉、陳明台〈人的確認——試論賴和先生的人本意識〉、施淑〈稱子與稱錘——論賴和小說的思想性〉，不久，賴和先生平反，重回忠烈祠，葉石濤寫了〈為什麼賴和先生是臺灣新文學之父？〉[5]，成大歷史系的林瑞明陸續發表〈賴和與臺灣新文學運動〉、《賴和的文

5　收入葉石濤：《沒有土地，哪有文學？》，臺北市：遠景出版社，1985年。

學與社會運動之研究》、〈賴和的文學及其精神〉[6]，為賴和研究做了很好的示範。到了一九九三年，將數十年研究心血，結集出版《臺灣文學與時代精神：賴和研究論集》，對賴和與臺灣文化協會、與臺灣新文學運動、與魯迅關係及〈前進〉、〈富戶人的歷史〉、〈獄中日記〉諸作品，有堅實的史料及文本細膩分析，形構了賴和文學與時代精神的真貌。之後，他又投入大量精力於賴和遺稿的整理，在二○○○年出版了《賴和全集》。在一九八六年三月時，日本天理大學下村作次郎發表了〈賴和的〈豐作〉──一九三六年「朝鮮・臺灣・中國新銳作家集」〉載《天理大學學報》，後收入《從文學讀臺灣》[7]。

　　至一九九○年代，賴和研究更迅速地往前推進，相關論述極為豐富多元。先是林瑞明〈關於賴和研究的幾點說明〉，一九九一年發表〈重讀王詩琅〈賴懶雲論〉〉，同年，張恆豪編《賴和集》，有〈覺悟下的犧牲──賴和集序〉，九月，林瑞明發表〈石在，火種是不會絕的──魯迅與賴和〉，十二月，又發表〈〈富戶人的歷史〉導言〉；一九九四年六月，賴和紀念館編《賴和研究資料彙編》，十一月，舉辦了「賴和及其同時代的作家：日據時期臺灣文學國際學術會議」，有馬漢茂〈從賴和看日據時期代臺灣小說的孤島狀態──兼論方才起步的西方研究和翻譯〉、鄭穗影〈賴和文學的現實與理想──臺灣文學語言和精神之根源的思索〉、陳芳明〈賴和與臺灣左翼文學系譜──殖民地作家的抵抗與挫折〉、呂正惠〈賴和三篇小說析論──兼論賴和作品的社會性格〉、胡民祥〈賴和的文學語言〉諸文。一九九五年，陳偉智撰述了〈混音多姿的臺灣（文學）──賴和〈一個同志的批信〉的閱讀與詮釋〉一文；一九九六年，陳萬益發表〈從民間來，到民間去──賴和的文學立場〉，後來又有〈啟蒙與傾聽──論賴和

6　出處分別是《國立成功大學歷史學報》12號（1985年12月）。臺南市：久洋出版社，1989年。《臺灣風物》第39卷第3期（1989年9月）。

7　下村作次郎著、邱振瑞譯：《從文學讀臺灣》，臺北市：前衛出版社，1997年。

小說的人民性〉、〈臺灣魂──論賴和文學的抗議精神〉、〈賴和的小說藝術〉諸篇，對賴和小說的民間性、啟蒙議題、對臺灣話文的思維，有發人深省的論述。一九九八年的《民間文學與作家文學研討會論文集》所收的論文，又進一步見到若干篇與賴和小說關係的論文，游勝冠〈日本殖民進步主義與本土主義的文化抗爭──本土主義發展脈絡中的民間文學〉、陳建忠〈民間之歌，民族之詩──日據時期民間文學採集與新文學運動之關係初探〉、張恆豪〈賴和、張文環小說中的民間素材與作家文學經驗──以〈善訟的人的故事〉、〈夜猿〉為例〉，及前述陳萬益〈啟蒙與傾聽──論賴和小說的人民性〉。這一年還有陳昭瑛〈一根金花：論賴和的〈一桿「稱仔」〉〉，特別凸出「金花」在小說的作用及隱喻。徐世賢〈從賴和到呂赫若：一桿「稱子」與牛車之比較〉，析論賴和小說〈一桿「稱子」〉結尾的暗示性藝術技巧。廖淑芳〈理想主義者的荊棘之路──賴和左翼思想兼探〉，標舉賴和左翼思想。一九九九年，林秀蓉發表〈賴和〈蛇先生〉寫實意識探析〉，陳建忠又發表了〈啟蒙知識分子的歷史道路──從「知識分子」的形象塑造論魯迅與賴和的思想特質〉一文。研究者林瑞明、陳萬益、張恆豪、陳芳明、游勝冠、陳建忠等都已發表重要論文，對二○○○年後的賴和研究及學位論文撰述的風潮有極大影響。同時，此時期賴和小說〈豐作〉選入國立編譯館國中國文選修教材，賴和作品首度進入教材，開啟了日後民間版的高中國文亦選錄〈一桿「稱仔」〉、〈前進〉[8]。

　　進入千禧年，林瑞明編輯了《賴和全集·評論卷》，選入十篇具代表性的賴和研究論著；游勝冠陸續發表論文，寫了〈啊！時代的進

8　筆者參與國立編譯館編寫委員，編國中國文教材時，圈選賴和作品〈一桿「稱仔」〉、〈豐作〉供討論，因〈一桿「稱仔」〉結尾是主人公憤而殺警的描寫，委員認為給國中生閱讀有所不妥，因此選擇了〈豐作〉。又，關於高中教材方面的討論，可見翁聖峰：〈八四課程標準高中《國文》賴和教材試論〉，收入林明德總策劃：《彰化文學大論述》，臺北市：五南圖書出版公司，2007年。

步和人們的幸福原來是兩回事——賴和面對殖民現代化的態度初探〉，二〇〇二年又有〈我生不幸為俘囚，豈關種族他人優——由歷史的差異性看賴和不同於魯迅的啟蒙立場〉一文刊《國文天地》，同期有陳建忠〈反殖民文學的文學形式——論賴和小說中的對話性敘事〉，同一年，陳建忠再次撰述〈反殖民戰線的內部批判——再探「賴和與臺灣文化協會」〉、〈解構殖民主義神話：論賴和文學的反殖民主義思想〉，這些論文後來為其博士論文的主要內容架構。二〇一一年臺灣文學館推出《臺灣現當代作家研究資料彙編》，最早一本即是請對賴和研究投入極多心力的青壯學者陳建忠主編，並撰寫研究綜述〈賴和及其文學研究評述——一個接受史的視角〉，彙編對賴和研究評論資料目錄、作家生平、作品評論專書與學位論文的整理相當全面，值得參考。不過，距今又十年，賴和研究又產出不少論文及評論彙編，如二〇一六年，施懿琳、蔡美端編《賴和文學論》（晨星出版），二〇一七年蔡明諺發表〈土地正義與文學技藝——重讀賴和小說〈善訟的人的故事〉〉（《臺陽文史研究》第二期），同時學位論文研究賴和或與他人比較的論文未曾停歇，對賴和及其文學的研究做出大小不一的貢獻。

　　至於中國方面的研究，則因政治考量，多以抗日作家來定位賴和，或論斷其與中國、魯迅文學的密切關係，相關論文如粟多桂〈臺灣抵抗作家的一面光輝旗幟——賴和〉、黃重添〈臺灣新文學的「奶母」——賴和〉，相關研究者有武治純、莊明萱、包恆新、白少帆、汪景壽、古繼堂、朱雙一、楊劍龍、劉紅林等人。日本學者則以下村作次郎、中島利郎、河原功等人用力最深。

　　在賴和研究史中，林瑞明《臺灣文學與時代精神——賴和研究論集》（允晨，1993年）尤有開山之功，當多數學者對日治作家的研究，強調作者抗日精神之際，他以歷史學者治史的功力與精準判斷，投入長期而細密的研究，尋訪彰化賴和遺族，運用與發掘被人忽視的

漢詩、日記、舊照片、手稿，建立賴和一生的清晰圖貌，並透過史料分析架構日治一九二〇、一九三〇年代政治經濟社會的圖像，與賴和的文學作品建立密切聯繫。其後陳建忠博士論文《書寫臺灣，臺灣書寫：賴和的文學與思想研究》，試圖為賴和「文學」與「思想」展開全面性研究，凸顯賴和對日治時期重大議題的關注。陳建忠的研究指出賴和文學的反殖民思想，「主要呈現在『種族主義批判』、『法律與警察暴力批判』與『殖民教育批判』；而賴和從立基於臺灣本土建構據以反殖民的思想體系時，可以看到他接引啟蒙主義的思想外，也提出以追求文化主體性的本土主義抵抗殖民，以及由臺灣歷史與政治運動發展的現實啟示傾向於左翼思想。」「賴和文學無疑是架構在這種反殖民、啟蒙主義、本土主義與左翼思想之間相互交織、作用的思想體系之下的『反逆文學』」。與小說論述相關的章節，主要是第五章小說臺灣：賴和小說與臺灣反殖民文學傳統的建立，分「賴和文學的階段性發展與小說主題分析」、「反殖民文學的文學形式：賴和小說的批判現實主義與對話性敘事」、「南國之音：賴和小說語言的主體性與本土性」、「殖民者與被殖民者：賴和小說的人物塑造與殖民地的權力關係」，對賴和小說的主題與題材分析，鄉土性、對話性敘事、人物的基本類型、知識分子的自我定位、群眾的面貌都有精闢的闡釋。

三　賴和小說的內容思想與藝術技巧

賴和小說寫了什麼樣的故事？他又是如何以小說傳達其思想？從其題材可知賴和小說從生活出發創作，反映當時生活本質的時代精神，因此格外關注種族、法律、教育問題，特別在武裝抗日已經被鎮壓的一九二〇年代，賴和所從事的就是解構殖民主義話語及其實踐的邏輯，並且呼喚群眾對民族主體的護持與追尋，臺灣色彩是非常強烈和鮮明的。

　　首先就批判國家機器的暴力而言，有不少是警察執法暴力的描寫。賴和對「法」的諸般定義與思考應與親歷「治警事件」有關。在其小說中批評或暗諷法律的小說就有多篇，如〈不如意的過年〉、〈蛇先生〉、〈阿四〉、〈讓步〉、〈赴會〉、〈辱？！〉、〈浪漫外紀〉、〈可憐她死了〉、〈富戶人的歷史〉、〈善訟的人的故事〉。先是施淑的研究對〈一桿『稱仔』〉加雙引號，說明其象徵性，後來又引錄賴和〈不如意的過年〉（1928年1月）、〈蛇先生〉（1930年1月）文字，證明「法」的公平性是賴和關心的主題。〈一桿『稱仔』〉小說描述身為佃農後代的秦得參，在製糖會社的剝奪下，租不到田地，不得不轉為菜農，只因巡警索賄不成，平時賴以維生的稱仔也被折斷，還被以違反度量衡規則入罪，秦得參在遭到種種羞辱後，深感生存的悲哀，乃抱必死的覺悟，選擇與巡警同歸於盡。小說強烈批判了日本殖民體制對臺灣庶民的經濟掠奪，並指控日警欺凌善良百姓的的殘酷行徑，對弱者寄予無限的同情，甚至暗示受壓迫的同胞，挺身對抗殖民不公不義的統治。小說的時代背景是十九世紀末期、二十世紀初期臺灣淪為日本近代殖民地時半封建半資本的社會，日本當局為使臺灣由封建形態轉變為資本主義化，自一八九七年後臺灣總督府便陸續推行「貨幣法」、「臺灣地籍規則」、「臺灣度量衡條例」等，將臺灣推入資本主義化，而殖民主義的民族問題及內部社會問題也日漸尖銳化。秦得參即是資本主義下層的勞動菜農，在面臨資本主義的「法」或殖民主義的「法」時，永遠只是弱勢而渺小的，被統治者置之罔顧，法之所以為法，不過是殖民者自欺欺人的騙局。

　　「稱仔」是「法」的象徵，在小說中有線可尋。當秦得參買得生菜想去鎮上販賣時，「他妻子為慮萬一，就把新的『稱仔』借來。」「因為巡警們，專在蒐索小民的細故，來做他們的成績，犯罪的事件，發見得多，他們的高昇就快。所以無中生有的事故，含冤莫訴的人民，向來是不勝枚舉。什麼通行取締、道路規則、飲食物規則、行

旅法規、度量衡規紀，舉凡日常生活中的一舉一動，通在法的干涉、取締範圍中。」可見一般老百姓「感到這一官廳的專利品」的「稱仔」即代表「法」，他們並未感受到「法」是保障生活權益的，反而視之為「干涉」、「取締」，主要的緣故即在於執法的日警以之作為高昇的利器。這桿稱仔被巡警打斷擲棄，不僅說明了失去賴以謀生的工具，也象徵法律原本應有的公正客觀遭到毀壞，由於毀壞者代表立法的日本官方，因此凸顯了立法者自毀其法的荒謬。又由於立法的目的並不在保障人民的權益，而是鞏固執法者的不法統治，因此「稱仔」的毀壞無形中也就拆穿了執法者實際上是披法而違法、亂法。小說題目的稱仔，特別加上雙引號，其深意由此可見。〈豐作〉裡的磅仔也跟一桿『稱仔』一樣，都具有象徵之意義，並可擴及法度之問題。

陳建忠特別指出在作家「手稿」與「發表稿」的比對中，看到賴和作為一位殖民地作家如何在累積、強化他自己作品的反殖民能量。賴和〈一桿『稱仔』〉小說中關於「殺警」的暗示，在另一篇沒有發表的小說〈新時代青年的一面〉就坦然無隱了，透過法官與新時代青年的對話，被責以用「暴力」刺殺巡警的青年，說出了要用「鮮血」來「淘洗」巡警的話：「我認定他的罪惡，不管他的位置，在他所留下的罪惡。比到在高位的還更重大，用我一滴滴的血，洗去多麼大的罪惡，不是很光榮嗎？」更重要的是，新時代青年要求在判辭中寫說自己是受到「××力」的屈服，而不是受到「法」的制裁，因為「法」的後面還有一種「力」的支配，「現在汝們所謂法不是汝們做的保護汝們一部份的人的嗎，所謂神聖，這樣若是能無私地公正執行也還說的過去，汝們在法的後面，不是還受到一種力的支配嗎？」陳建忠進而指出賴和從法朗士那裡看到，所謂「國家」、「法律」、「警察」，「已形成一種鞏固統治秩序的三角關係，法律是國家制訂來維持社會秩序的，警察為國家執行法律，國家的則權威具現在警察的權力之上，為了統治秩序的確立，警察的權威也被『上綱』到無可懷疑的地步，這

就是近代資產階級統治的特點。」其小說觸及警察或補大人的就有〈不幸之賣油炸檜的〉、〈盡堪回憶的癸的年〉、〈補大人〉、〈阿四〉、〈讓步〉、〈辱?!〉、〈浪漫外紀〉、〈可憐她死了〉、〈豐作〉、〈歸家〉等。

賴和在〈蛇先生〉中，一語道出：「法律的營業者們，所以忠實於職務者，也因為法律於他們有實益。」直陳殖民統治者對於法律「保有專賣的特權」，賴和另於〈辱?!〉這一篇小說中，假藉一個小老百姓之口說：「法是要百姓去奉行的，若是做官的也受到拘束，就不敢創這多款出來了啊。」在賴和小說中，處處可見日本殖民統治者執法不公，玩弄把戲的場面。賴和在〈蛇先生〉一文又說：

> 法律！啊！這是一句真可珍重的話，不知在什麼時候？是誰個人創造出來？實在是很有益的發明，所以直到現在還保有專賣的特權。世間總算有了它，人們才不敢非為，有錢人始免被盜的危險，貧窮的人也才能安分地忍著餓待死。因為法律是不可侵犯，凡它所規定的條例，它權威的所及，一切人類皆要遵守奉行，不然就是犯法，應受相當的刑罰，輕者監禁，重則死刑，這是保持法的尊嚴所必須的手段，恐法律一旦失去權威，它的特權所有者——就是靠它吃飯的人，準會餓死，所以從不曾放鬆過。像這樣法律對於它的特權所有者，是很有利益，若讓一般人民於法律之外有自由，或者對法律本身有疑問，於他們的利益上便覺有不十分完全，所以把人類的一切行為，甚至不可見的思想，也用神聖的法律來干涉取締，人類的日常生活、飲食起居，也須在法律容許中，纔保無事。

的確，日治時期臺灣人在統治者所定極不公道的法令下，只有戰戰兢兢的生活，如果一不小心觸犯法網，必然動輒罰鍰，並拘留二十九天。這段話透露了「法之為法」只是使人不敢為非，讓貧窮的人安分

等待餓死,「法」不是人民有力之保障,而是執法者最佳謀生之途,「法」甚而成為弱者礙手絆腳的桎梏,因而荒謬的悲劇因之產生,秦得參的自殺、寡婦的含冤莫白、小孩無辜被遷怒挨打,阿金背負一身不平跌落河中等等,其中又與製糖會社之勾結、地主之壓迫息息相關,可見賴和對「法」的思考,最終指向一個批判的目標:資本家與統治者。殖民者之「法」具有的階級性與欺罔性,根本上瓦解了「法」具有的公平、正義等價值。

　　其次,就陳萬益的研究,作為知識菁英的賴和,如何在啟蒙與傾聽、民間性的歸屬上自我批判、省思?賴和接受最先進的現代醫學教育,受過近代思潮的洗禮,在一九二○、一九三○年代的文化社會運動中扮演了啟蒙者的角色,但他與魯迅極大差異處,恐怕在於其出身和民間屬性濃厚,因此賴和能親近一般群眾,傾聽人民心聲,並很早意識到殖民地知識菁英所隱含的思想上的危機,歷史的發展也確實證明了他的疑惑及先見,這些思考反映在他的小說裡。陳萬益〈啟蒙與傾聽──論賴和小說的人民性〉,肯定賴和「民間的」文學立場,探討賴和小說敘述者在啟蒙與傾聽之間的位移,所顯現的賴和對人民心理和期待的深刻把握,及其個人心靈的內在轉換。論文指出:

　　　　賴和的小說作為啟蒙的話語,讀者可以清晰地感受到他以先覺的志士,昂揚的語調,深刻的思維,由上而下喚醒群眾;但是,也有不少的篇章,賴和小說的主人公由上位的被仰望的說話人轉換成在下的自慚形穢的被批判的對象和傾聽者。賴和作為啟蒙者的角色,向來為論者所知,然而他一生在彰化行醫,鄉下醫生的角色,使他更接近人民,更能夠傾聽人民的心聲,從肉體的病痛到心靈的苦楚,從個人的生活到地方的故事,傾聽所得成為他創作的泉源,「傾聽」也正是賴和其人及其文面對人民所處的位置和採取的角度。

陳文也指出國民性的問題，最能展現賴和的啟蒙主義思想，因此對於處於封建制度下的臺灣人及對所謂的民俗風情、破除宗教迷信的思索，都得回到臺灣人民族性格的原點上尋找答案，並非僅以批判一詞即可簡單概括。

他接受現代化，但也清楚看出現代化的陷阱，不曾失去臺灣人的立場。他苦思焦慮如何去除封建化之餘又能保有本土化的精神，不落入殖民者以「文明」之名行「殖民與同化」之實的社會進化論陷阱中。小說生動地描述其間的文化過渡性，〈一桿「稱仔」〉中的農民秦得參在現代法律與度量衡標準的矛盾，〈鬥鬧熱〉中眾人對中斷十五年的鬥鬧熱傳統習俗持各種正反不一的看法，〈歸家〉的兩個小販對於現代醫學和日本教育的否定，知識分子對於破除迷信的欣喜，〈赴會〉中的知識分子對於燒金客既懷疑其迷信又肯定宗教信仰給人的撫慰力量。賴和最終看清「時代的進步和人們的幸福原來是兩回事」，他在許多小說裡提到「幸福」，〈僧寮閒話〉：「人生幸福，須是自己創造，不是別人惠與的，是平等普遍的，不容獨占或過分享受」，在〈不幸之賣油炸檜的〉結尾只能發出無力的祝福：「他含兩眶淚，依依地沿城腳走了。我心裡迷惘了，看她去的遠，終說一聲：『小兄弟──祝汝幸福無窮──』」，在〈一桿「稱仔」〉多次提到秦得參失去了幸福。〈不如意的過年〉、〈阿四〉、〈棋盤邊〉、〈可憐她死了〉、〈惹事〉、〈善訟的人的故事〉、〈一個同志的批信〉都觸及「幸福」二字，在〈赴會〉甚至反省臺灣文化協會真的能替人民謀得幸福嗎？小說的對話說：「講文化的？若是搶到他們，就會拍拼也無定著。」「他們不是講要替咱謀幸福嗎？」他在〈棋盤邊〉透過老許某乙的對話，批評了吃鴉片的無一個無幸福。

現代化未必帶來幸福，島民庶民的性格與迷信也將幸福推得遠遠的，對於處於半傳統、半資本社會形態中的臺灣眾庶，其性格一方面是牛步化的守舊、愚昧、迂腐、迷信，另一方面又貪財拜金、諂媚阿

諛、自私自利。他在批判之餘，同時承受來自民族情感的隱痛。他在散文〈隨筆〉診斷臺灣人性格說：「我們島人，真有一個被評定的共通性，受到強權者的凌虐，總不忍摒棄這弱小的生命，正正堂堂，和他對抗，所謂文人者，藉了文字，發表一襲牢騷，就已滿足，一般的人士，不能借文字來洩憤，只在暗地裡咒詛，也就舒暢，天大的怨憤，海樣的冤恨，是這樣容易消亡。」在〈不如意的過年〉裡描寫日本人推行的陽曆新年，雖然街上冷清毫無節日氣息，但是「島民」最先想到的就是賭錢，「那些以賭為生的人，利用奉行正朔的名義，已在十字街路開場設賭，用以裝飾些舊曆化的新年氣氛而已。」賴和藉此批判「嗜賭的習性，在我們這樣下賤的人種，已經成為構造性格的重要部分。」在賴和小說裡對於島民性格及所謂的「迷信」、「習俗」，是他一再於小說思考的議題，除了小說〈鬥鬧熱〉、〈蛇先生〉、〈赴會〉、〈歸家〉、〈善訟的人的故事〉等篇外，其散文中涉及民俗內容的描寫也不少，如〈忘不了的過年〉中小孩子拜年討掛領錢，〈無聊的回憶〉裡私塾生給先生送節儀薦盒，〈我們地方的故事〉描寫本地迷信鬼神的風俗。賴和小說對風俗不僅僅是細節描寫，常是小說基本結構的基礎，其中不少直接以民俗文化內容為素材，像〈鬥鬧熱〉、光看篇名就知道與民俗、慣習有關。這部分題材與魯迅有相近之處，魯迅也對「迎神賽會」「祭祀」的〈五猖會〉、〈迎神與咬人〉、〈破惡聲論〉諸篇的描寫活動中，挖掘潛藏著的民族性格與價值觀，批判中國人性格中愚昧、野蠻、迷信、落後的一面。而賴和小說在描寫中不僅僅是俯視的啟蒙，人道同情的角度，也呈現了平視、仰視角度，如〈赴會〉中的知識分子對於燒金客的態度。

　　本來很多民俗都帶有理想民族性格的象徵色彩，如祭拜媽祖、王爺，有其感激謝恩之思，但禮儀習俗成了模糊是非的天然氛圍，民族性格中的某些劣質（如好面子、講究排場……）在此一風俗中得到延續、繁衍的機緣。因之為了建造各種神廟，舉行慶典不惜貸款或賣子

者頻見。迎神賽會的鋪張、婚喪禮俗的奢侈，幾乎可使中下階層的人傾家蕩產。賴和〈鬥鬧熱〉就是以近代知識分子的觀點，批評封建舊社會，迎神賽會無謂的鋪張浪費。並藉著寫小城居民，因為媽祖慶典而回憶往昔地方上拚熱鬧的風光，側面說明了日本占領前的時代已一去不復返，沒有城牆保護下的臺灣人民，隨著城牆拆除失去光彩、災禍連連。表達了作者期盼文化革新與社會進步之思。兩庄村民為了在媽祖生日的祭典中比賽那邊熱鬧，而不惜一擲千金的行徑，賴和說：

> 「實在是無意義的競爭，」丙喝一喝茶，放下茶杯，慢慢地說，「在這時候，救死且沒有工夫，還有閒時間，來浪費有用的金錢，實在可憐可恨，究竟爭得什麼體面？」

對於發起「鬥鬧熱」而奔走的學士、委員、中學畢業生和保正等「有學問有地位的人士」，賴和加以諷諫。對於迫使窮人典當衫被、耗盡老本以迎合舊俗的陋習，亦提出反省。賴和為彰化人氏，信徒於北港天后宮、鹿港新祖宮及大甲媽祖廟進香之盛況，自為其所熟悉，〈鬥鬧熱〉、〈赴會〉皆記載了香火鼎盛之情況、宗教本在淨化人心，藉著齋戒祭祀的活動，冥冥中堅定了民眾奮鬥進取的信念，撫慰了民眾其忐忑不安的心靈。但由於為廣大群眾所信奉，其庸俗化與迷信化，遂為不可避免的趨勢。賴和在〈赴會〉一作中有一段話足以令人省思：

> 我靠近車窗坐下，把眼光放開去，無目的地眺望沿途風景，心裡卻想到適纔所見的事實。「這須向此次的會議提出」，我默默地打算著，「要選用那一方面做題目」，我又自問著，「迷信的破除？」這是屬於過去的標語。啊！過去！過去不是議決許多提案，究其實在，有那一種現之事實？只就迷信來講，非僅不見得有些破除，反轉有興盛的趨勢。啊！這過去使我不敢回憶。

而且迷信破除也覺得不切實際，使迷信真被破除，將提供什麼？
給一般信仰的民眾，像這些燒金客，可以賜與他們心靈上的慰
安。這樣想來我不覺忙〔茫〕然地自失，漠然地感到了悲哀。

迷信的觀念或行為，的確須加以破除，但在低水準的生活、農業為主
的社會、教育不普及的情況下，民間所建立的生活秩序、社會倫理、
道德行為種種，即以神教觀念為基礎，它仍有溫暖民眾心靈，淨化人
們精神生活的作用。如一味的破除其信仰行為、斥責其迷信觀念，我
們將如何去安慰他們在浩劫、挫敗與空虛中的生命？如何提升他們在
平安快樂中對人生的滿足與感動？賴和在反思中感到失落及悲哀，李
獻璋說賴和的一生是：「臺灣人在臺灣政治命運上所負荷的重十字
架，他以一個無術可遁逃的作家的心情，自己一個人承擔起這個負
荷，替我們寫下了精神食糧。賴和和其他人不一樣，他以臺灣人的苦
惱為自己的苦惱，而生存下去，這是他作品中的歷史意義。」

　　那麼，賴和對殖民統治、社會現象、人民生活及自我生命的種種
思考，如何以小說來表現，表現的技藝好不好？其小說的意義又在哪
裡？賴和小說的獨特藝術手法，可從對比、對話、嘲諷手法及人物生
動傳神的語言數方面說明。〈不如意的過年〉、〈一桿「稱仔」〉，安排
過春節和過元旦的節日氣氛下卻發生悲劇的情節，以喜襯悲，更凸顯
「悲喜」對比的藝術效果。鮮明的對比也能讓衝突白熱化，進一步拓
展主題內涵，〈豐作〉中，一開始添福的歡喜微笑，經過會社的層層
剝削苛扣後，希望破滅而轉為失望憤怒的悲哀。〈不幸之賣油炸檜
的〉賣油條小孩的楚楚可憐與查大人的凶神惡煞形成鮮明的對比。

　　此外，賴和小說中的對話性敘述也是一大特色，賴和小說有一篇
〈不投機的對話〉，篇名就用了「對話」。他的許多小說裡，內在與外
在的對話，都是表達思想的一種形式，往往比小說的內在情節來得更
精彩更重要，不同的各種對話、不同的聲音、不同的語調，共構講述

同一個故事，對話就是主要的表現形式，故事情節只是幕後英雄，多
重的對話關係反而是舞臺前耀眼驚豔的主角。林瑞明在談賴和是否向
魯迅學習？他以曾轉載於《臺灣民報》的〈犧牲謨〉為例，這一篇收
於《華蓋集》，向來皆被視為雜文，但他認為這是一篇形式創新的小
說。題目是仿《尚書》〈大禹謨〉、〈皋陶謨〉而命名，「謨」原是記君
臣謀略的，魯迅在〈犧牲謨〉中刻意起了副標題：「鬼畫符」失敬失
敬章第十三，來達到諷刺的效果。〈犧牲謨〉一文中有情節：

> 以一個一無所有的「同志」向舊日「同志」求援開始，而遭到
> 對方刻薄的消遣，最後被趕出去，還要他爬著出去。全文採用
> 會話體，更特別的只有單邊會話（消遣人的一方），語言極盡
> 刻薄之能事。另一方是隱藏性的角色，對話沒寫出來，然而一
> 直留在場景中，因此講話的一方並非是獨白而已，在行文中可
> 以充分感受另一方的話總是被打斷，在段落的轉折之間，構成
> 了情節。全文有對話（雖然只以單邊會話出現）、有情節，已
> 充分構成小說的條件。這樣的表現形式，極具前衛性，魯迅是
> 最多樣的文體家，又是一例證。賴和新文學創作生涯中最後的
> 一篇小說〈一個同志的批信〉，全篇以臺灣話文寫作。其情節
> 是以獄中同志向舊日同志求援開始，然而已經從政治運動撤退
> 的一方，過著紙醉金迷的生活，捨不得寄錢給對方，最後在官
> 方募捐的壓力下，將捨不得寄出的款項挪用捐給官方，置獄中
> 同志於不顧。賴和在呈現情節方面，多了一些敘述，而全文有
> 三分之二以上皆採用單邊會話體，內容則同樣是同志遺棄同志
> 的情節。[9]

9　林瑞明：〈石在，火種是不會絕的——魯迅與賴和〉，《國文天地》第7卷第4期（總
　　76期，1991年9月），頁18-24。

賴和小說在語言文字方面最大的特色，是在白話行文中穿插臺灣話，尤其人物對話，這樣就使得對話生動具體、真實可感，符合人物的身分和當時的狀況，並具有濃厚的臺灣色彩。這方面的小說極多，如〈僧寮閒話〉寫兩位朋友在寺廟法會之後與和尚的對話，三個人對於惡人之淪落是否予以照顧，世俗與宗教的觀點有所差異，但對於統治者的法律問題的譴責，及不願作「順良民」卻有相同的的覺悟。和尚所說：「現大千世界裡，有何法律，但有維持特別階級之工具而已，亦不過一種力的表現罷。」即是賴和借和尚之口表現了他對「法」的想法。〈一桿「秤仔」〉後半即以幾場對話進行，巡查與秦得參的對話，秦得參與市場攤販的對話，以及最後一幕的法庭訊問對話，傳達巡查大人的可惡及司法的黑暗。對話也呈現了秦得參具有反抗的理想性格，他所理解的世界是理想的，老者則是真正理解「現實的」社會。〈鬥鬧熱〉全篇則如同戲劇對話般，讓街頭上的人各自講話爭論「鬧熱」繼續鬥下去，是否有好處？小說中出現的人物沒有名姓，只有甲、乙、丙、老人等，對話都圍繞在鬥鬧熱主題上，或贊成或反對，或現實考慮，從對話中可判斷發言者對此事的態度，以此推動了情節發展，並透露賴和的思考。〈歸家〉通過敘述者「我」與兩個小商販的對話，批評日本統治下臺灣人出路的無望。〈不幸之賣油炸檜的〉以「我」、賣油炸檜的小孩、警察三人間的對話，寫活了警察的兇狠殘暴、小孩的痛苦無告、我的同情與無所作為。〈赴會〉和〈富戶人的歷史〉在內容和形式有諸多近似之處，除了皆以一段旅程作為情節發展的主軸外，兩篇皆有相當的篇幅以對話方式記錄路途中的聽聞。〈赴會〉透過作為文協會員的「我」在赴霧峰開會途中聽聞的談話，表現了「我」對當時知識分子與勞動群眾間存在的階級矛盾的看法，小說提到文協時說：「一派以社會科學做基礎，主張階級利益為前提，一派以民族意識為根據，力圖團結全民眾為目的」，雖然「我」並沒有在文中直接表態，但一路傾聽勞動者的對話當中，已透

露了「我」較傾向勞動階級的左翼立場,「我」的寫照有很大成分即是賴和本人的形象,可見其在文協分裂前的立場。對話體產生了特殊的逼真感,如果再看人物語言,在對立爭執的情景下,則更是具體生動。對話性的衝突,明顯是賴和小說的特色之一,往往是對話結束前都尚未達成某種妥協,甚至是衝突最激烈之際,小說突然終止。〈盡堪回憶的癸的年〉寫道兩位小販和歸鄉知識青年針鋒相對之際,最後以一聲令人驚恐的「巡查!」結束。這可說是小說高明的結束手法,讓讀者有更多想像空間參與閱讀[10]。

　　賴和小說的諷刺手法,運用得相當高明。他不直接去寫諷刺的對象,而是讓人物自己去表演,而讀者自然心領神會。〈不如意的過年〉中的查大人,心中不滿年禮減少,閒坐辦公室裡憤怒想著:

> 「這些狗,不,不如,是豬,一群蠢豬,怎地一點點聰明亦沒有?經過我一番示威,還不明白!官長不能無些進獻,竟要自己花錢嗎?怪事,銀行貯金,預計和這次所得,就可湊上五千,現在似已不可能了。哼!可殺,這豬!」他唾一空口沫,無目的地把新聞扯到眼前,忽地覺有特別刺眼的字:「剛〔綱〕紀肅正」,他不高興極了。

　　那「綱紀肅正」的描寫真是諷刺極了,後來查大人在默許賭錢的日子去抓賭,沒抓著,竟施虐於一個無辜的孩子,敘述者不動聲色地說「查大人為公心切,不惜犧牲幾分鐘快樂。」嘲諷之意深刻。〈一日裡的賢父母〉頗似戲劇場景,分保長的家裡、莊口迎接、與民同樂

---

10 陳建忠以「對話性敘事」概念分析賴和小說,藉由巴赫金的理論,他特別談到賴和小說的對話可以呈現一種「相對真理性」,特別是呈現普羅大眾的心聲,使知識分子居於傾聽者的地位,接受民間的聲音。見《書寫臺灣‧臺灣書寫:賴和的文學與思想研究》(高雄市:春暉出版社,2004年),頁205-233。

三幕，主要人物是區長、署長、保長，時間是冬季某天早晨到午後，場景分別是保長家中、莊口、溪邊。小說篇名用「賢父母」極盡諷刺，賢父母官來此莊一日，即把莊民賴以生存的魚一網打盡，而且還要年年如此，情何以堪？再者，官們坐在船頭，丁壯下到水中，官們吃魚喝酒，丁壯穿著濕衣在冷風中發抖，官們拿走了全部大魚、好魚，剩下的才賞給大家。賴和最後又以「與民同樂」再度諷刺這群「賢」父母。

四　餘論

從以上分析，足見臺灣「正格的」、「現代小說」的形式在賴和手上完成，他的小說具有廣闊的社會視野，並具有敏銳的歷史感，所以能夠從不同的社會階層的人物思想看到社會轉型的具體變化，而不受知識分子的觀點和價值判斷所侷限。關於賴和小說的評價，陳建忠之說值得重視，他說：「作為一個主流而能夠表達殖民地問題的『實用性』文類，同時標示著新文學運動進入一個具有『新典範』的『時代性』文類，賴和小說可說是任何人都無法忽略的『源頭』」[11]。

二〇一一年《臺灣現當代作家研究資料彙編1賴和》出版時，收入一〇四三條研究篇目（含二十九本學位論文），林瑞明、陳建忠等學者的研究且極全面深入，在這樣的研究條件下，賴和研究還可能有空間嗎？這一提問，事實上不問自明。學術上的討論，永遠是無止盡的，也是文學史迷人之所在，如以〈善訟的人的故事〉為例，早期研究者或認為是賴和虛構的一篇小說，或視之為民間傳說，不以小說視之，後來陳益源〈賴和〈善訟的人的故事〉的故事來源〉，先梳理故事版本來源，進而尋找彰化東門外石碑，解決了小說的故事來源。二

11　陳建忠：《書寫臺灣‧臺灣書寫：賴和的文學與思想研究》，頁444-445。

○一七年時，蔡明諺又發表了〈土地正義與文學技藝──重讀賴和小說〈善訟的人的故事〉〉，提出諸多新意，豐富了小說文本的閱讀縫隙。該文指出賴和小說〈善訟的人的故事〉內容有兩個主要來源，除陳益源的研究已經指明外，另外來源之一是當時「清塚」的事件，賴和借東門外石碑傳說，「傳諭」為了擴大遊園地、開鑿自動車山路，造成地方民眾大規模遷葬的殖民政府。他充分運用史料（一九三一年彰化街長楊吉臣父子在八卦山上強迫民眾「清塚」、總督府「退官者拂下土地」政策），連結了當時政治社會現實，因此得以進一步指出小說的隱喻，小說的核心概念是在土地正義。此外，又對賴和設計的底層的「乞丐」人物，作為「善訟」的極致表現，指出其中恐怕還有階級的意味在裡面。就如同賴和設計「林先生」可能是「番社中人」，或者是「生番的後裔」一樣，這個人物設定同樣蘊含了對原住民身分的肯定，用以應對世俗觀念對「生番」的歧視[12]。

　　這次新編賴和全集小說卷的出版，因各種因緣聚合，較諸之前的賴和小說創作又增加些新作、稿本、刊本，期待日後研究能綿延不絕，後出轉精，或可就手稿比對揣摩其修訂深意，或就小說、散文、劇本文類區分予以探究，或就小說內容形式更進一步闡釋。小說卷完成了，門打開了，相信賴和及其文學光芒將繼續照亮人心。

---

12 蔡明諺：〈土地正義與文學技藝──重讀賴和小說〈善訟的人的故事〉〉，《臺陽文史研究》第2期（2017年），頁41。

十二
臺灣的故事
──《鄭清文全集》導讀

一　前言

　　一九九八年六月，臺北麥田出版公司推出《鄭清文短篇小說全集》六冊及別卷一冊，編輯委員由王德威、李喬、李瑞騰、梅家玲、許素蘭、陳芳明、齊邦媛組成，除由齊邦媛撰寫總序外，六卷各有以上舉足輕重的編委撰寫序論，評介其作品。雖然此時作家創作時間已有四十年，但從臺灣文壇或者臺灣學術界來看此一現象，仍是極為罕見的創舉，是對作家的致敬，也是對臺灣文學史建構的前瞻遠見。次年，鄭清文的《三腳馬》英文版（*Three-Legged Horse*）在一九九九年美國哥倫比亞大學出版，旋即獲得美國舊金山大學環太平洋中心所頒的「桐山環太平洋書卷獎」（Kiriyama Pacific Rim Book Prize），是臺灣獲此殊榮的第一人，其作品獲得肯定已無庸置疑。過了二十年，二○一七年十一月，鄭清文過世，臺灣文學館很快啟動《鄭清文全集》的編纂計畫，在二○二○年初步大功告成，意義重大。在當代臺灣作家中，很少人像他鍥而不捨地創作六十幾年，除了高壽外，最重要的是堅持的毅力及創作的自我突破，文學生命乃能源源不絕。

　　《鄭清文全集》的完成，絕對可促成學術研究臻達另一高峰，因為過去的研究較侷限在小說、童話，甚至讓人誤解、相信他很少寫散文、隨筆[1]，他自己說過小說本身就有散文的形式。或者不清楚他也

1　這一方面是因為他如果有寫作材料時，往往寧願拿來寫小說，另一方面則和他對散

寫過很多評論，全集將這些作品分類集中後，我們才驚覺他除了撰寫
小說外，文化、文學評論及隨筆與詩，竟然高達四百多篇，不比小
說、童話少，而且彼此經常有互文補充的密切關係。此外，他翻譯川
端康成、志賀直哉、國木田獨步、夏目漱石、契訶夫、普希金、托爾
斯泰、赫曼‧赫塞等人的作品，閱讀托爾斯泰《安娜‧卡列妮娜》、
《戰爭與和平》、杜思朵也夫斯基《罪與罰》、《卡拉馬索夫兄弟》及
《俄羅斯三人集》等，他稱許契訶夫「文學只做見證，不做裁判」的
說法及其對人類的憐憫之心；推崇海明威的「冰山理論」，認為「因
為簡單，所以它可以含蓄得更多」，海明威教他如何省略，福克納教
他大膽取材，要以相等的眼光去看善與惡；羅素教他多懷疑；卡繆教
他如何正視生命；吳爾芙教他文章是有音樂性的。而《鄭清文全集》
讓我們認識了鄭清文這個人的人格與文品，看他為什麼要寫？寫了什
麼？如何去寫？他又如何透過文學表達了他的思想？他的生活態度以
及藝術審美的手法？他寫熟悉的人與事，也寫熟悉的一草一木，重視
細節的正確性和豐富性，表達了對人生社會和時代的看法。

　　在〈我的筆墨生涯〉他夫子自道其作品有點像拼圖。不以局部取
勝，要看到拼好的結果，才算完整。喜歡用簡單的文句，卻有比較完
密的結構。他的小說寫得沉，寫得像拼圖，不僅作者有自己的拼圖，
讀者也需一一撿拾去完成拼圖[2]，讀者可能不知如何拼？因此有些人

　　文的看法有關。鄭清文說，其實寫小說的人就不必寫散文了，因為小說創作本身就
　　已包括了散文創作。就像他的小說中也有很多散文，例如〈春雨〉和〈水上組
　　曲〉。鄭清文覺得〈春雨〉的景就是一段一段的散文，並不需要另外寫散文。他說
　　自己最近寫了一些報紙的專欄文章，比較接近散文，但散文寫寫又覺得應該寫一些
　　文學的事情，因此仍會以創作小說為主。
2　鄭清文在〈雪茄與手錶〉一文說：「我在〈雪茄盒子〉的選後感指出，袁哲生是用
　　拼圖的手法。拼圖就是將最後的一片放進去之後，才能看到完整無缺的圖。拼圖遊
　　戲做得最徹底的一位是美國的作家福克納。《聖堂》便是一個很好的例子。也許，
　　袁哲生是五百片的拼圖，福克納是五千片。規模不同，用心卻是一致的。福克納的
　　作品是出名的難懂。有人問福克納，說讀他的作品三遍，還是不懂，怎麼辦？福克

讀後懵然，不理解作品主題，有些人認為作者歧視摒棄臺灣女性，但更多的是對其文學作品的肯定。李瑞騰〈衝突，化解，或者更形惡化：我讀鄭清文近期小說〉說「鄭清文通過筆下的小說人物不斷指陳社會的進步與紊亂，價值觀念的固執與變異，人性的墮落與提升，這種種的對立產生衝突，能否化解或更形惡化？這對作者來說正是挑戰。」[3]其實這也是讀者、評論家的挑戰。當然，這裡所做的導言簡介，也只是筆者個人的閱讀經驗及想法（或認同某一評論家的觀點），因為鄭清文作品的含蓄深沉、隱現茫迷、恬淡寧靜的獨特藝術風格，作品本身就含攝各種可能，每位讀者將完成各種不同的狀態，而這正是鄭清文作品迷人之處。

　　不過，我們也應該累積廣泛的閱讀經驗及文學素養，方不致天馬行空，胡言亂語，無的放矢。透過作品認識鄭清文，是一條可行的道路。他曾自剖不是一個悲觀的人，但「始終認為人生是一種痛苦」，他不相信一枝筆有多大力量，寫小說只為了尋找自己、尋找人生，他也期待能帶給讀者「尋找自己、尋找人生」的生命自覺。他又自陳文學就是人生，是人生的寫照，人生的展示。文學寫人的成長和衰老，人的喜悅和悲哀，人的愛與恨，以及人的生與死。因此面對死亡的夢魘、社會的暴戾之氣、情愛糾葛衍生的貪嗔癡恨等種種複雜的人生處境，如何勇敢面對並化解超越人生的挫敗與失落，或者心靈療養，或者自我救贖，或者轉化放下，我們看到的是作者以悲憫的信念探索人生，在在令人低徊不已，感動不已。正如他所強調的，他「願意多用

納回答說，請讀第四遍。袁哲生的作品沒有那麼複雜，也沒有那麼難懂。不過，它們還是有所省略和跳躍。臺灣的讀書界喜歡熱鬧，臺灣的讀者也比較缺少耐性，不大可能讀三遍、四遍，這也是袁哲生的作品反應比較沉靜的原因之一。」似乎也是他自己作品的寫照，也有讀者讀不懂他的作品，問他怎麼辦。不過，筆者認為鄭清文的作品也可視為是創造性的積木拼疊，充滿創意的解讀。

3　收入鄭清文：《鄭清文短篇小說全集卷六·白色時代》（臺北市：麥田出版社，1998年），頁3。

一些心力去闡述人與人的善良關係，……人與人的關係，是建立在信賴與愛，而不是建立在懷疑和恨的基礎上。這個基礎，同時也是人類能期待更美好將來的基礎。」此次全集凡二十八冊，蒐羅整理極費心力，但向來全集就是個不斷完善的過程，不可能畢其功於一役。此處謹就筆者個人閱讀心得依小說、童話、評論隨筆、翻譯四種文類略加著墨，拋磚引玉。

二　鄭清文文學

鄭清文自一九五八年在聯副發表〈第一票〉[4]至二〇一七年過世，一直持續創作不斷，在這漫長的六十年裡，發表了兩百多篇短篇小說，長篇小說有《峽地》、《大火》、《舊金山──一九七二》、《紅磚港坪》（遺作）及長篇童話《丘蟻一族》，短篇童話約五十九篇及評論隨筆四百多篇，其中多數結集出版了《臺灣文學的基點》、《小國家大文學》、《多情與嚴法──鄭清文評論集》，此外尚有譯作多種。他任職華南銀行四十多年，卻利用閒暇從事寫作，豐沛的質量，讓人格外佩服。

4　〈第一票〉刊一九五八年一月十八日《聯合報》副刊，過去以〈寂寞的心〉視為鄭清文第一篇小說，連他自己都忘了還有更早的一篇小說〈第一票〉，他在〈懷念文壇奇女子〉自陳：「我的第一篇小說〈寂寞的心〉，便是發表在她主編的《聯副》。」文壇奇女子指的是林海音。〈兩位編輯〉一文也有同樣的說法：「我還記得，我的第一篇作品〈寂寞的心〉郵寄之後，四、五天就登出來了。我翻開報紙，真的不敢相信自己的眼睛。」在〈閱讀與小說寫作〉說他「在大四那年，我發表了第一篇作品。」〈時代與永恆〉：「我的第一篇小說，發表在民國四十七年三月十三日的聯副。當時，我寫文章還在起步，把稿子寄了出去，心裡也不敢存有很大的期望。過了三、四天，早上翻開聯副一看，忽然看到了自己的名字和文章。我實在不敢相信，我的驚異是雙重的。我的文章登出來了，而且在那麼短短的時間裡。郵寄和排印，就需要這些時間的吧。這給我很大的鼓勵和信心。就是現在回想起來，依然是一件意外的驚喜。」（1981年9月14日《聯合報‧副刊》）從刊出時間點來看，一九五八年三月十三日所刊的小說即是〈寂寞的心〉。

（一）關於小說

　　鄭清文幼時生活在農村與城鎮之中，後因緣際會在都市工作，因此小說多以其故鄉舊鎮及現代工商社會為背景，以深邃的生命智慧微視紛繁複雜的人間百態，描繪驚心動魄的浮世悲歡。其中小說人物的描寫、戰爭殖民經驗的創傷及政治迫害的悲劇、小說對話、小說敘述觀點與敘述時間的安排等等，都是閱讀鄭清文小說可留意的面向[5]。

1　人物描寫

　　鄭清文小說較少直接描寫女性的外貌（〈相思子花〉例外），雖然女性外貌著墨不多，但是有相當多篇描述女性，及女性自我的抉擇與承擔所帶來的身心壓力，或勇敢活下來，散發出女性的尊嚴與高貴。〈局外人〉的秀卿母親，〈秘密〉中的妻子淑芬，〈寄草〉、〈堂嫂〉、〈髮〉、〈水上組曲〉諸篇，莫不觸動生命之弦。當然，男性也是小說描寫的對象，但相較之下，鄭清文筆下的男性角色，往往作為女性角色的陪襯，即使是男主角，也大多無法尋得內在的超越力量，而呈現衰弱無力的形象，因此，其小說中的女性毋寧是較受重視的研究議題，也是小說核心價值的載體。

　　悲憫、尊重、正視生命意義，是他小說的重要主題之一。〈我要再回來唱歌〉，小說中的阿媽年輕時喜歡唱歌，卻受到舊時代社會觀念的限制，只能無奈地壓抑自己的歌唱才華。但丈夫瞭解她，夫妻倆常偷偷躲在棉被裡唱歌。丈夫去世後，阿媽逐漸失去了唱歌的興趣，直到老年，才在一個偶然的機會下重新唱起歌，也因此重溫了與丈夫

5　另許素蘭提出「簸箕谷」與「大水河」兩組意象是鄭清文文學的重要原型，分別形塑了鄭清文小說中的理性思考與情感內涵，很深刻的見解，導讀不再重述。〈走出簸箕谷‧走向廣闊的世界──論鄭清文小說中的「山谷」意象及其變衍〉，收入江寶釵、林鎮山主編：《樹的見證──鄭清文文學論集》（臺北市：麥田出版社，2007年），頁101-121。

相知相惜的美好回憶，積極面對未來，展現了女性強韌的生命力。除了表面故事外，這篇也可能有女性殖民的隱喻，被日本、國民黨的殖民的臺灣人被迫沉默，再度回來唱歌，也就有了想掙脫殖民統治、渴望自由之心。〈又是中秋〉，媳婦有斷掌，婆婆認為這將給家裡帶來噩運。媳婦燒紅鐵絲，想燒掉掌紋，不小心燒死一隻螞蟻，她很難過。但連誤殺一隻螞蟻都難過的女人，後來自殺了。評論家葉石濤、林瑞明、李喬都提到鄭清文擅長探索悲劇，李喬強調鄭清文喜以客觀手法，冷靜呈現現代人的悲劇，而這恐怕也是他人生觀的反映，他曾說：「我覺得人本來就是一種悲劇角色，最基本的，人會死，死是一種悲劇……我寫悲劇，不在渲染，而是對著內心的感觸。」小說〈清明時節〉的兩個女人都因不讓步，造成了悲劇。但鄭清文處理得很好，有人死了，是悲劇，但不是終點，有時反而是起點，從那裡走了出來。兩個女人走出來的方式並不同，一個是自己走出來了，另外一個是已經死去的以前替她割墓草的老農人幫助她。自己走出來的，以告別的方式前來，她的離去，不是為了忘記，而是以不同的方式記憶他。面對困境，人如何做選擇，如何用自己的意志去做選擇，是他眾多小說中的共同關懷主題。

　　由於現代化、都市化的氣息加速物化和異化的蔓延，農村價值觀與都市價值觀經常有衝突。〈雷公點心〉這一篇小說的作者鄭清文以臺北都會為背景，捕捉了現代人在都市生活的面影，並且透過母親與兒媳對食物用品觀念的差異，呈現新舊時代人們價值觀念的改變，以即因這改變帶來的親情衝突，作品深具時代精神與社會意義。小說中的老婦人十分節儉，她的思維一直是有用的東西不能扔，可吃的食物不能丟，但對兒子來說，在都會生活，東西多而空間狹小，沒有辦法，只好扔掉。她到兒子經營的餐廳，看廚師對一條魚只取那麼一點肉感到不忍，她把佣人扔掉的菜又幫忙挑回來，種種被扔掉的情景讓她不忍、不捨。因此當她看到被顧客動了幾筷就「遺棄」的雞腿，就

挺心疼的一把抓進手裡。她做不到暴殄天物，端回來的大蝦子趕緊順手塞到口裡。老婦人的極度節儉為兒媳帶來尷尬與不便，在兒媳眼裡，她的舉止顯得很怪異，她的出現只是徒然礙手礙腳，並影響餐廳的生意。這裡頭沒有絕對是非可言，是時代變了，人民的思維也跟著變了，老婦人覺得餐廳哪需花幾萬元去裝飾？她覺得可吃的東西就應該吃掉，怎能扔到餿桶裡去？農婦樸實的想法，哪裡能理解城市居民的生活方式在總體上正從節儉型向消費型轉變，人們對生活品質和衛生健康的意識明顯增強的道理？尤其工商社會大張旗鼓地鼓勵消費，以刺激經濟，維持充分就業的觀念正瀰漫著，做兒子的進入都會求生存，自然也慢慢改變了過去的想法，跟著時代前進。但是老婦人仍然堅守傳統觀念，這就造成母子兩人或者說上下一代之間的代溝。〈五彩神仙〉也是以過去傳統女性節儉的習性，對比出現代人浪費的習性。小說中「我」看到他的同學陳咸興和女友，花高價點了鱒魚，卻只吃了一點，覺得很可惜，令他回憶起從前在鄉下時，祖母最討厭有人浪費食物，即使看到一粒米掉在地上也會大叫，並撿起來吃。這兩篇小說題目及老婦人形象都很生動。

　　綜言之，其小說揭示了在臺灣特殊的歷史情境下，女性經歷傳統社會貧苦的生活，在困境中突圍而出的故事，記錄了在經濟起飛的年代裡，女性跨越傳統時代舊思想，接受現代社會新思潮，並呈現在過渡轉型社會中，價值觀的衝突與對生命抉擇承擔的故事。

2　戰爭殖民經驗的創傷與政治迫害的悲劇

　　日本及國民黨政府對臺灣的統治，鄭清文寫了不少作品，尤其解嚴之後，禁忌寬鬆解除了，他為歷史作見證，用文學來述說。〈三腳馬〉是名篇，寫日治時代臺灣警察曾吉祥借日本人的權勢欺侮臺灣人，戰後畏罪逃匿，失去妻子，刻三腳的馬贖罪的故事。三腳馬的主角中的曾吉祥，從兩個隧洞之間的山谷走出去之後，卻只做到狐假虎

威的日本警察，他沒有走進更廣大的世界。他從「被害者」搖身一變為「加害者」的典型，鄭清文另篇〈寄草〉更早寫到這樣的角色轉換，不同的是曾吉祥有其反省，重新尋找「自贖」之路，清海則繼續沉淪。〈寄草〉，寫一位本來可以平凡過一生的木匠清海，因戰爭使他變成對妻子施暴、吃軟飯的暴君。家庭也受到傷害，六個孩子多半送了人，只剩下三個，妻子也只能以賣淫的皮肉錢來維持家計及供他揮霍。這個南洋歷劫歸來的倖存者清海，本來是寄草父親木器店裡的學徒，沒被徵調前，是個肯學肯做的年輕人，戰爭結束，才回來後沒多久，在寄草父親死後，開始賭博、喝酒、打老婆。他喜歡對人談他的戰爭經驗，比手畫腳、口沫橫飛的誇示。他脫離不了軍國意識的無知，他以激烈的外在行為掩飾他內心的自卑。他原是戰爭的受害者，卻因殘留的「英雄」夢幻，使他變成一個動輒施展暴力的施虐者及加害者，甚至認同戰爭的意義，受此拖累的寄草與子女，也無辜拜殖民者所賜，同樣成為戰爭下的犧牲者。小說書寫了戰爭對殘餘者及其周圍家人的傷害是長久而滲透的，無所遁逃於天地之間。

　　真正經驗過戰爭的人，戰爭絕非止於單一事件，它既包含事發當時所有生活的記憶，也蔓延更改了日後所有生活的感覺。戰爭的恐怖只是所有故事的開端。

　　另篇〈二十年〉，敘述者「我」帶回好友陳吉祥的一撮短髮、一點指甲屑。在戰地時，陳吉祥常常把妻子美珠的事情講給「我」聽，他們常一起看著美珠寄來的信，甚至女兒玉雲的名字，也是他倆望著北方的天空，看到低徊在遙遠地平線上的白雲而命名的。「我」的心裡遂有一個感覺，好像跟美珠很熟稔親密，對美珠充滿遐想與愛慕。甚至逃亡時，「母親替我求來的神符，也在這期間給遺失了。留在我口袋裡的竟是一個沒有見過面的女人的照片。」命運就這樣將這一對母女與敘述者「我」拉近了。後來不堪日軍凌虐的臺灣兵逃亡山中，在食物極度缺乏的情況下，屍身成為食物的來源，最後人也成為獵

物。很不幸的，陳吉祥竟被飢餓的逃難士兵射殺，他的肉被做成湯，在一種非常恐怖非常不得已的情況之下，敵人還強迫「我」喝了一口肉湯。回鄉之後，在美珠多次的追問下，「我」說出了那段經過，美珠聽到這樣慘絕人寰的事後，她崩潰瘋掉了。「我」本來是不願說的，在一次不得已的情況下說出的這件事，其實包含頗多的寓意，「我」回來以後生了滿身的毒瘡，是因在山間的十幾個月，能放進口裡的東西都吃下去了，尤其是喝下好友陳吉祥的肉湯。吃人的隱喻意義，恐怕是殘酷、罪惡、痛苦和荒謬這些字眼都不能道盡一切的。所以「我」在之前一直有所保留，自我隱瞞，不去碰觸那傷口，這「隱瞞」隔離他對戰爭的罪惡和痛苦的一切回憶，藉此築起一個自我防衛的機制。可是當他把喝人湯的事說了出來，而且是說給一位他非常關懷在意的人以後，他自己的毒瘡竟霍然而癒，而美珠卻瘋掉了，不但她瘋掉了，連她的女兒玉雲後來也瘋掉了，這是非常沉痛的。戰爭的痛苦和罪惡感由「我」轉遞給她以後，有的人較脆弱，柔軟的心靈無法承擔，於是心神徹底崩潰，進入精神病院，瘋狂變成是一種治療。戰爭遺留的痛苦，並未隨戰爭結束而終結，也未隨美珠的發瘋死去而切斷，美珠的女兒繼續步上母親的後塵，小說以暗示手法，強調戰爭迫害的延續性、擴散性；而「我」不敢再提及我的記憶，對於這樣的歷史，就像不可言說一樣，塵封在個人的內心深處與崩潰的心緒中。不是受難者的指控，也不是施虐陣營的懺悔，而是戰爭倖存者飽受私密的戰爭記憶所苦，卻無能述說的，必須與可怕的經歷共存一生。

〈蛤仔船〉敘述日本殖民時代，豬肉採配給制度下，有福師夫妻的悲劇，有福師被訊問行刑灌水，不久便死了。有福嬸失去活下去的意志。〈舊書店〉描寫戒嚴時代，殖民者為了箝制人民的思想，實行報禁書禁的政策，雖然後來主角得以出獄，回到舊書攤繼續賣書，一家人團圓，然而有更多白色時期的故事，卻是令人聞之辛酸的。〈來去新公園飼魚〉及〈五色鳥的哭聲〉也是戒嚴時期，母親思念兒子的

故事。〈來去新公園飼魚〉福壽姆的兒子在白色恐怖時代被捕，雖然她花盡積蓄讓兒子活下來，但卻一直見不到他，三十多年前的半夜，警察和憲兵把兒子從床上拖下來的情景，烙印在她的心底，自此，她聽到郵差的腳踏車軋軋聲、有人按門鈴聲，或是後來的電話聲，她都感到害怕，深怕傳來的是兒子的死訊，有好長一段時間，她不斷的夢到兒子的影像，不敢看信箱，看到警察也感到害怕，看到椰子樹上的窟窿，以為是槍痕。〈五色鳥的哭聲〉敘述的是孫太太的兒子在軍中死亡，死因不明，傳說被活活打死，也有說法是被槍打死，孫太太悲痛不已，但不管她如何傷心、對兒子日夜牽掛，卻連兒子屍體也無法見到，只領到骨灰。但她仍承擔更多的悲痛。如影隨形的恐懼，抹不去的痛苦記憶，深刻傳達受害者母親動人形象，讓人不忍。〈楓樹下〉、〈贖畫記〉小說中的時空背景為國民政府遷臺前後。因為政治因素，導致母親與兒子的分離，〈楓樹下〉的母親對兒子的別離充滿不捨，殷切思念著兒子，直到生命結束，依舊見不到兒子。〈贖畫記〉描寫國軍剛撤退來臺，軍中的紀律不佳，常有軍人撞死人民的事，因此軍中下令，任何撞死人的軍人一律槍斃。作者以國畫作引線，抽絲剝繭故事中的故事，揭露一個外省家庭的女性，在經歷丈夫冤死後，內心的悲戚與痛楚。此篇有別於其他作家以本省人為平反的對象，可謂在白色戒嚴時代，本省、外省女性都同樣無法逃離政治牢籠。

　　進入二十一世紀，鄭清文寫了一系列以石世文為主角的小說，其中多篇便涉及了對女體的描摹，其中〈乳房記憶〉白寫色恐怖事件的故事，讀來驚心動魄。「女的很年輕，大概只有二十歲出頭。她穿著白色的襯衫，上面是淡紫色的毛衣，襯衫和毛衣上面的幾個扣子已鬆開，襯衫和毛衣上有血跡，因為沾了雨水，已濡開。她穿黑色長裙，有一邊撩起拉高，露出了一半的大腿。大腿是雪白的。從衣領間可以看到她上胸部的皮膚，一邊的乳房已露出來了。乳房是白色的，也沾了些污泥和草屑，也可以看到乳暈和乳頭。乳暈的顏色和嘴唇一樣，

是紫色，不過淡一點。」這是高中生石世文到槍決現場看到的震撼畫面，剎那間他成長了。

3　小說對話

　　鄭清文的小說少用敘述，多由人物自己來敘述，作者不必出來長篇大論，他喜歡用日常生活的語言來推展情節，他發現對話可以作為情節轉換的潤滑劑，可以隨興所至，東聊西聊。我們在公車上聽到別人講話，從健康食品，一下轉到補習班。你一點也不感到突然。小說的對話，可以把情節轉來轉去。也可從對話的內容和語氣，看出人物的性格。〈花與靜默〉是以對話為主的小說。作者自述寫作企圖是弱者用緘默抗議強者。他讀過法國作家維爾克的《海的沉默》。德國占領法國，德國軍官駐進民宅，那裡只有母女兩個。軍官向她們說話，她們自始至終沒有開口。（見〈我與俄羅斯文學〉）只是一個意念的影響，創作手法極新穎，透過這個陳述，小說對話的運用策略才豁然開朗，瞭解了玉虹的緘默的深層原因。

　　方瑜曾提到鄭清文小說的特色在藉對話來處理情節，常常把衝突安排在對話中。〈黑面進旺之死〉小說結局中，進旺在躲避警方追捕中欲強暴一女子，那女子與他最後有這樣的對話：「我陪你死，不管怎麼死，我都比你年輕得多。」「你？」「你那樣，東躲西藏也不是辦法。」「你真的要陪我？」「把手榴彈給我……我們要抱在一起。」「沒有別的辦法了？」「有，可是不比這好，對你對我都是如此。」進旺與女子擁抱而死，「生下來沒哭」的他「眼角上含著一點淚水」，從未與別人有溝通的進旺以此表達了他對與人溝通的渴望」和「對一切人際關係所產生的重壓的最徹底的解脫」，小說用了兩個我。一個是「文章的敘述者」，他記述「故事的敘述者」所說的故事。因為故事裡面，有一對男女在碉堡裡自殺，他們有很長的對話，敘述者的我，對講故事的我發出疑問，在碉堡裡面，只有兩個人，他（屁叔）

怎麼可能知道碉堡裡的對話？誘導黑面進旺同意自殺的情節？作者很喜歡這個對話的場面，表達一個美麗的女人的自負、勇氣和智慧。因在碉堡裡是不可能有第三人在場的，作者才採用了破綻疑惑方法[6]。

〈屋頂上的菜園〉、〈土石流〉、〈青椒苗〉、〈大和撫子〉，都能看到作者最擅長的對話處理，讓筆下的人物因此而能演出動人心弦的劇情。除了小說情節中的對話，發表於一九八〇年的〈花園與遊戲〉這一篇甚至從頭到尾全是對話[7]。從對話的內容和語氣，讀者就能看出人物的性格。鄭清文還說對話是避免寫文章少用敘述的方法之一。不僅是人物性格，對話也會流露很多不為人知的事情，巴西作家維里西莫有篇小說〈垃圾〉，通過一男一女兩個鄰居的對話，從相互觀察對方的垃圾，分析判斷對方的生活、感情、身體、家人狀況，人生秘密全在不起眼的垃圾洩露，對話的運用透示了觀察垃圾也可以是很好的寫作題材。鄭清文小說特殊的風格形成和他借助對話及以客觀手法呈現有密切關係。

4　敘述觀點與時間的安排

鄭清文對敘事觀點特別留意，也體現在他評論他人小說時的觀察，他對李喬《恍惚的世界》裡的作品，歸納出大部分是利用第一人稱與第三人稱的限制觀點，並一一說明緣由及所獲致的藝術性。評讀鍾理和〈菸樓〉時，也特別舉出雖用第一人稱，但不是作者鍾理和本身的生活，提醒敘事者「我」的小說不等同作者的故事。他也以自身寫作經驗為例，說用「我」來敘述的，大概不是我。「我有一篇〈堂嫂〉，敘述者是我，不過仔細看，那個我是女性，顯然不是我。」（見〈我與小說〉）學者蔡源煌曾撰〈鄭清文的第一人稱小說〉，析論極深

6　蔡源煌〈鄭清文的第一人稱小說〉，《中外文學》第8卷第12期（1980年5月），頁67。

7　鄭清文在〈長話、短話〉一文對〈花園與遊戲〉的對話有剖析。

入。他說：「寫小說就是在講故事。觀點乃是說故事的人——敘述者——透視事態的角度。敘述者所採用的觀點，必是作者認為最能充分而有效地傳達故事之立場。」[8]鄭清文小說確實善選敘事觀點，無論是第一人稱（如〈二十年〉、〈髮〉等）或第三人稱（如〈龐大的影子〉、〈報馬仔〉等），都寫得極好。〈紙青蛙〉採第三人稱的主角觀點來寫，主角內心刻畫精細，呈現了國中生陳明祥所見、所為、所思、所感。這樣的觀點，可讓讀者詳細瞭解發生在陳明祥身上的事，隨著主角內心的思維以及外在實際的舉止行為，我們很清楚地感受到他有所感懼，然後他在磨練中獲得啟示、領悟，最後認識自我，確定了方向。如果採取第一人稱自知觀點，效果必然打折扣。同時，如果受限於兒童的「幼稚觀點」，作品易流於童騃式的描寫，無法觀察到更大的時空。本文讓敘述者回到國中，再回來觀察他小學三年級時的生活，就較可解決幼稚觀點的限制。

　　另外，鄭谷苑曾分析〈堂嫂〉的敘事觀點及時間安排，切中小說核心，她說：「在四十年後重逢，小說中時間顯然是有深刻意涵的。鄭清文曾經說過，他在這裡特別用女性，又是小孩子的『我』作為敘述的觀點，其實是有寫作策略上的原因。用第一人稱，可以讓作家和故事中的角色保持一定的距離，提高故事的真實性。我在讀這篇文章時也有同感，因為『我』當年是小孩，現在已經成家。在這段期間，由『我』的角度來看堂嫂生命的變化（或是沒變化），角色中那種看似認命的，但是經過那麼長的時間，所證明出來的價值，可能更有說服力。」[9]鄭清文筆下的女性風貌，較少透過第一人稱女性的「我」來書寫，〈堂嫂〉敘述者「我」是位女性，算是比較特例。但是其他第一人稱男性的「我」來說女性故事，其小說中女性的溫和柔弱，反

8　同注6，頁64。
9　鄭谷苑：《走出峽地——鄭清文的人生故事》（臺北市：麥田出版社，2007年），頁219。

而以一種無言的抗議表達更大張力，這些女性生命過程中所釋放出的感動，讀者的心弦很容易被撩起而產生共鳴。像〈秋夜〉一開頭就說：「這是發生在五十年以前的事」，寫當年「我」的表姨背瞞著婆婆，趕夜路，懷著掙扎和驚恐的心情，勇敢走夜路為先生過生日。

　　以第一人稱敘述觀點寫作是鄭清文所擅長的，也經常與時間安排有關聯，如前述的〈堂嫂〉。其他尚有《簸箕谷》之作，小說以敘述者「我」離鄉多年後重返故鄉，追憶往事的心情。〈三腳馬〉第一段說明「我」去找工專時的同學，大家在二十多年後才再相見。〈秋夜〉一開頭就說：「這是發生在五十年以前的事」。時間錯置可隱喻人事變遷，滄海桑田，也可讓具有因果關係的事件因之得到連結，更加凸顯人物性格。值得再留意的是，鄭清文小說中的時間安排，往往有推理解密的效果，讓疑惑得以一層一層解迷，〈堂嫂〉、〈二十年〉、〈髮〉、〈三腳馬〉、〈秘密〉無不如此。

（二）關於童話

　　鄭清文開始寫童話，大約是在一九八〇年代，起因於黃春明說：「我們要為小孩寫作品。」李喬也對他說過日本人在封筆之前，會為兒童寫作品。他開始寫第一篇〈燕心果〉，寄給林懷民，時間是一九八二年。他自陳為什麼寫童話？有幾個理由：一、臺灣沒有童話。二、我應該寫。三、我能寫。四、我要寫臺灣。五、童話是文學作品，希望能增加一些臺灣文學（〈為什麼寫童話？〉）。他在多篇文章敘述臺灣缺少童話，只有翻譯和改寫，而改寫的童話故事也都是中國傳統價值觀，他感到不足。臺灣四周圍是海，內部有三分之二是山，有著美麗的森林。但因山禁、海禁的關係，臺灣人普遍對山海陌生，因此他要創造以臺灣山海鄉土為主體的童話。童話來自森林，來自海洋。一般文學也如此。和海洋文學一樣，臺灣的森林文學，也早已誕生了。森林和海洋是臺灣文學故鄉，也是臺灣人的心靈故鄉。在寫出

〈燕心果〉之後，他感覺自己有不少題材，他能寫童話。後來陸續寫了數十篇，包括〈荔枝樹〉、〈鬼姑娘〉、〈紅龜粿〉、〈蜂鳥的眼淚〉、〈麻雀築巢〉、〈鹿角神木〉、〈松雞王〉、〈松鼠的尾巴〉、〈泥鰍和溪哥仔〉、〈飛傘〉、〈斑馬〉、〈火雞密使〉、〈夜襲火雞城〉、〈生蛋比賽〉、〈恐龍的末日〉、〈白沙灘上的琴聲〉、〈石頭王〉、〈十二支鉛筆〉。一九八五年，結集出版童話集《燕心果》，以〈燕心果〉作為書名。這一篇寫燕子不想失信，把自己的心吐出來給海狗吃，感動了很多讀者。很奇特的是，他當初有點迷惘，是想到了日本作家芥川龍之介的作品〈尾生の信〉給他的觸發，最後寫了燕子如何信守承諾的動人故事。李喬曾言，由於鄭清文長於小說技巧，因此該書也有小說般的嚴密結構，加上鄭清文的文學是根植在臺灣的鄉土與現實，因此該書也能呈現出臺灣的族群生活與文化特色，且鄭清文擁有純淨的童心，又可以深入人性的本然，故《燕心果》實為一本與生活經驗氣息相連的現代寓言。

　　他寫了《鹿角神木》、《燕心果》、《天燈・母親》、《採桃記》、《丘蟻一族》五冊童話。在評論隨筆卷有多篇文章陳述童話寫作相關問題，比如〈童話寫作經驗〉、〈童話與動物的讀者〉、〈童話和我〉、〈為什麼寫童話？〉、〈擔柴入內山——兼評老舍的童話《寶船》〉、〈臺灣童話寫作的一個新動向〉、〈批判與創作〉、〈談臺灣文學的外文翻譯——從《三腳馬》說起〉、〈山川草木〉、〈大象的鼻子〉、〈〈清明時節〉上舞臺〉諸篇，都觸及到他對童話的認知、寫法及價值判斷。讀者將這部分隨筆對照他的童話創作閱讀，對於作者的童話創作手法、思想內涵可以更周全掌握，當然在不同的時間、不同的讀者，仍然可以讀出作者未提及的想法。他也說：「我寫童話，也有意給大人讀，給各種年齡的人讀……由於童話的寓意性強，它可以闡釋人生的各種情況。」（〈我對臺灣兒童文學的看法〉）他認為好的童話，故事最重要，好的故事自然有讓人深思的東西在裡面，不應該低估兒童的能力

而將童話寫得簡單，甚至不該只侷限在兒童讀者。也正因此他的童話，各不同年齡層的人可有不同感受，有的讀得淺些，有得看得深些，能讀出弦外之音。如果略為歸納童話內容，約可從四方面來看：一、鄉土自然與生態倫理的書寫，二、成長啟蒙與生命教育的反思，三、民間故事的再創作，四、政治社會問題的關注。

1　鄉土自然與生態倫理的書寫

鄭清文的童話是臺灣文學的里程碑，他以臺灣的海洋、山水、動植物、農村、民間傳說和農村習俗、孩童為元素，用童話超現實世界的奇幻形式呈現，彰顯出臺灣文化特色之所在，及童話書寫的藝術性。作品中的鳥類和昆蟲，青笛子、火金姑、斑甲（山鳩）、烏秋、白頭殼、晚冬稻子、雲雀、老鷹是臺灣常見的，釣魚、摸蝦、搖金龜、釣青蛙、抓蛇、抓竹螟、牛浴水、抓蝴蝶、抓蜻蜓也是早期臺灣農村孩童常見的嬉玩。農村榕樹、茄苳、樟樹、欒樹都是常見景觀，各種不同顏色、味道、樣態的樹都是孩子玩樂天地，有時自己做玩具，把瓦片磨成輪狀，在斜立的磚塊上滾動玩。有時撿龍眼子、橄欖子玩樂。他以臺灣常見的動植物為主角的故事不下一、二十篇，鹿、羌、黑熊、山豬、百步蛇、雨傘節屬於臺灣的動物都會成為他的題材。他在《小國家大文學》中說過：「臺灣有海、有山、有河川、有森林。臺灣也有許多的動物，這裡面充滿著生動的材料。其實，寫自己所熟悉的事物是更能得心應手的。不但如此，由這裡面所產生的故事，可以使小孩接近自然，喜歡自然。由這裡瞭解自己的鄉土，喜歡自己的鄉土，這是非常重要的。」[10]關於這方面的描寫，年輕早逝的學者陳玉玲談到鄭清文的第二本童話《天燈‧母親》時說：

10　鄭清文：《小國家大文學》（臺北市：玉山社，2000年），頁136。

在阿旺故鄉的地圖中，有栩栩如生的農村生活記錄，以此作為
童話故事的背景，令人對鄭清文的童年回憶產生聯想，以史實
的角度視之，這具有保存臺灣農村生活歷史的價值，以文學的
角度視之，這使作品不只限於童話的趣味，也具有濃厚鄉村的
景致，進一步透露出鄭清文內心世界是以臺灣的農村作為永遠
的故鄉[11]。

這以臺灣農村作為題材的長篇童話，作者特別從五種感官的角度去感
受農村，並著力於已經消失或即將消失的臺灣風物，比如簸箕、笒
仔、落笒（捕魚器）這些竹器已看不到了，傳統臺灣農村水牛背上的
白鷺鷥或烏秋畫面，也可能很快完全消失，因犁田機替代了水牛。時
間流轉，很多美好的東西將失去，鄭清文藉著童話書寫，保留住珍貴
記憶。

　　同時他也關心環保問題，因為無知自私的心態破壞了環境，他寫
〈白沙灘上的琴聲〉，描寫一群鯨要到南海島上聽白沙灘上的白沙發
出的優美聲音，但沙灘被猴子弄髒了。群鯨冒著擱淺的危險，想把海
灘洗乾淨，恢復會奏出美麗琴聲的沙灘。牠們開始用尾巴用鰭去潑
水、去洗刷。沙灘洗好了，乾淨了，又能發出美妙的歌聲，不幸的是
卻有一些鯨，在退潮時來不及退回海水裡，以致擱淺了。其餘的鯨，
一邊聽著從沙灘上發出的琴聲，一邊懷著悲傷的心情，離開擱淺的小
鯨群，繼續牠們的旅程。作者說〈白沙灘上的琴聲〉中沙灘會發聲的
部分是取自日本《文藝春秋》的〈卷頭隨筆〉，這也是作者一向非常
注重的作品中的聲音描繪[12]。愛護海岸整潔的鯨魚與岸上喧鬧破壞的

---

11 陳玉玲：〈論鄭清文的《天燈‧母親》〉，收入鄭清文《天燈‧母親》（臺北市：玉山
　　社，2000年），頁202。

12 鄭清文很重視聲音的描寫，比如寫多種鳥的聲音，雌雄斑甲的叫聲不同，是農村聲
　　音的風景之一，〈春天‧早晨‧斑甲的叫聲〉寫得很生動，他觀察到斑甲總是成雙

猴子，形成強烈對比。作者認為最聰明、最接近人的動物是猴子，我們時常在臺灣的人身上看到了聰明的猴子。那些弄髒污染沙灘的猴子，其實是人。猴子在他的作品中出現的頻率也比較高。〈萬寶山〉出產寶石，各種飛鳥走獸會去吃寶石，以使自己的羽毛、皮毛更美麗。吃紅寶石，皮毛會變紅，吃藍寶石會變藍。猴子喜歡紅寶石，卻不吃它，把它放在屁股下，所以猴子的屁股像紅寶石那麼紅，那麼美麗。〈憨猴搬石頭〉寫兩群猴子，一群住在溪邊，一群住在山上。住在溪邊的猴子把石頭搬到山上。住在山上的猴子問牠們。牠們說要蓋房子，要避風雨，要避開強烈的陽光。住在山上的猴子笑牠們說，猴子不需要房子，牠們就把石頭搬回溪邊。從高而下，本來石頭是可以由山坡滾下去的。溪邊的猴子還是規規矩矩，把石頭一塊一塊搬下去。之後，牠們越想越不對，認為猴子還是需要房子，所以又把石頭一塊一塊搬上山。他寫環保的故事，也對人定勝天的想法提出質疑，「蓋水壩是一個想法，蓋核子發電也是一種想法，蓋水壩，有一天，水壩會變成瀑布。核電廠的危害，以日本為例，更要命。人定勝天，未必。」（〈為什麼寫童話？〉）他寫〈松鼠的尾巴〉，從另一個角度，提出對「人定勝天」的看法。童話顯現作者高瞻遠矚的視野和環保觀念，而冒險奇幻的過程讀來讓人趣味盎然。

2　生命教育與成長啟蒙的反思

　　臺灣過去由於傳統的父權文化、威權的政治體制與僵化的灌輸教育，雖然我們每個人都經歷過成長，但大部分的人始終未正面注視過成長，對孩童的內心世界、情緒表達多予漠視。鄭清文的童話、少年

成對的飛。叫聲較長的是公鳥，較短的是母鳥。公的先叫，母的隨後回應著。這篇童話還寫到屋後的雜木林裡，全是鳥。有青笛仔，有白頭殼。青笛仔的叫聲，細弱而清晰，白頭殼的，粗啞有力。唧——唧——唧——唧——咭咯、咭咯、咭咯咯。樹林裡有霧，霧氣在枝葉間慢慢流動著。咕、咕、咕——咕。

小說，很注重孩子遇到困難要靠自己解決，生命才有機會成長，他尊重獨立、自主、自尊的生命，他不喜歡老舍的〈寶船〉，寫〈擔柴入內山〉、〈濫用法力〉批評〈寶船〉，指出其缺失，諸如王小二這個小孩完全沒有重要性，像給紙船、醫治公主的病，把皇帝變成大野獸，全都依賴老爺爺。忽略了以小孩子為中心的作品，小孩子就應該扮演較有分量的角色，像《小王子》、《頑童流浪記》都如此。鄭清文自己的長篇童話《天燈・母親》出現的大人，只是站在協助的位置，不須為孩子解決各種問題，孩子須自己面對，這樣才能啟開小孩的心智。其次是他認為老舍受佛教六道輪迴的影響，將生命分出高低。把皇帝和宰相變為獸類，作為懲罰。這是將獸類看成低等的生命。一般的童話，動物都做擬人的表述，雖然有好有壞，和人是站在同樣地位的，不是將動物視為畜生，是低等、劣質的。還有一點，是法力的濫用。因此，他努力擺脫舊的，不合情理的想法，在童話書寫上，不使用「魔法」、「寶物」，而以「夢」為手段，像〈金螞蟻〉、〈雨後天晴〉、〈石頭王〉、〈精靈猴〉等等，情節的推動都與夢有關。

　　成長故事的教育啟示，如〈鬼姑娘〉、〈紅龜粿〉、〈紙青蛙〉等篇。〈鬼姑娘〉這篇的鬼姑娘是善惡同體。白天，她是白姑娘，是好鬼。晚上，她是黑姑娘，是壞鬼。傳統的想法，鬼是惡的，也是小孩最害怕的。但小孩為救白姑娘，努力克除害怕心理。作者把重點放在救善，不在除害去惡。因為殺伐容易製造英雄，但培養理性的氣質應重視。除了這篇作品，另外〈紅龜粿〉主角阿和很膽小，為了愛而自告奮勇把紅龜粿放到墓臺上，描寫得很生動。最後下埔的人都很高興，讚譽阿和不但是全下埔最有膽子的人，恐怕也是這十六個村莊中，最有膽子的人，以前沒有，以後恐怕也找不到。〈紙青蛙〉描寫膽小害怕青蛙的孩子，如何在挫折裡克服種種困難、認識真實世界，認識自我、肯定自我，在酸楚中蛻變成長的過程。主角陳明祥終於克服恐懼心理，其最根本的關鍵在於欲救青蛙的不忍人之心，這是對生

命的尊重與同情，不忍見青蛙不停的送死，這才真正激發了他勇敢克
服恐懼青蛙的心理。誠如作者所說我寫這些童話，是對生命的尊重[13]。

　　他將民間傳說中的「鬼故事」，用生動有趣的筆法，塑造出許多
具有人性的動物角色，使故事內容更加豐富，並利用超現實和高度幻
想性的童話文體，將現實世界幻化成非現實，寄託背後的教育意義或
嚴肅議題。李喬為《採桃記》撰序時說：「《燕心果》在技巧上，『短
篇小說』的味道很濃。在文學思想上，他是很人文、人本的，所以作
品的主要旋律總在『人的成長』焦點上，而成長來自不斷接受挑戰試
鍊，終而提升。……《天燈‧母親》基調仍是《燕心果》的，但『作
者自己』毫不猶豫地加入其中。那是作者反身凝視『那個我』的生命
原點，尋覓檢視種種留痕。……《採桃記》是作者剝下自己的種種，
也放下外在世界的投影，回到『自然』，以自然的一分子呈顯『自
然』。」《採桃記》序文標舉童話新境、生命新景，李喬以之稱頌臺灣
童話讀者的福氣，並讚美鄭清文童話的人生新境界[14]。

3　民間故事的再創作

　　關於童話，他非常清楚有創作，也有改寫。創作的代表是安徒
生。蒐集和改寫，最有名的是格林兄弟。現在，可能還要加上卡爾維
諾。他改寫義大利童話集，還提到改寫的人，不加點什麼，就不夠完
美了。不然，何必多此一舉呢？這表示改寫也是一種創作（再創
作）。他認為改寫故事，貴在保存原貌，改得越少越成功。最理想
的，只在文字上做一點修飾。但他不認同臺灣民間故事中的傳統的價

---

13 對堅強生命力的撼動，在〈蠱〉、〈溪哥與泥鰍〉都提到泥鰍的生命力。溪哥要乾淨
　的水，相對，泥鰍的生命力非常強。上面提過，故鄉有一條圳溝，是灌溉用的，到
　了冬天農閒期就要放掉水來修補，那時候鎮民就會去抓魚。魚差不多被抓光了，水
　也臭了，但泥鰍還活著。

14 李喬：〈成長的寓言〉，《燕心果》（臺北市：玉山社，2000年），頁163-164。李喬：
　〈採桃記‧序〉，《採桃記》（臺北市：玉山社，2004年），頁6。

值觀，因此進行必要的改寫。〈民間故事的改寫〉及《採桃記》後記
都可瞭解他對臺灣的民間故事改寫的想法。他把吳瀛濤先生所編《臺
灣民俗》中的七十一篇「民間故事」讀了一遍，發現臺灣民間故事內
容相當貧乏，民間故事使用高山、森林、河川、大海題材的相當少。
傳統的文化中認為最好的報酬多是財物名位，高中狀元、做大官、賺
大錢、娶美女為妻為妾。因此他寫童話，期許應該有種寬廣的想法。
雖然有些童話有民間故事改寫的殘影，但基本上鄭清文的童話全是創
作。他在〈為什麼寫童話？〉附記說：「發表這篇演講時，垂水千惠
老師問我，創作和改寫的問題。我的童話，全部是創作，除非有特別
註明『改寫』」。

　　他將《臺灣民俗》中〈身長鴨毛〉兩百多字的故事改寫成將近兩
千字的〈鴨人〉，偷鴨的阿進發誓他沒偷鴨，如果有偷火旺叔的鴨子，
他將會變成鴨子還給火旺叔殺。後來果真長出羽毛翅膀、腳蹼，完完
全全變成了一隻鴨。村人相信責罵可以解除賭咒，村中老阿祖、阿祖、
母親都加入責罵阿進，責罵越大聲，羽毛才漸漸掉落，變成人的樣子。
鄭清文增加了不少故事性，情節安排發人深省。又如〈水鬼做城隍〉
這個故事，他把城隍廟高懸大算盤的事實也寫進去。執法要公正，就
必須用算盤，把善惡計算清楚。〈好鼻師〉這一篇，主角不但對實際
上的氣味，比別人敏感，也可以聞到貪官的金銀的臭味。貪官 A 錢，
是中國文化的最大弊病。由重利到貪瀆，是文化惡質化的過程。這也
是臺灣必須擺脫的污點，這是他改寫民間故事的想法及重點。

4　政治社會問題的關注

　　鄭清文在雜文裡說：「有人說，政治童話不能寫，因為危險。有
人說，政治童話不必寫，因為它和生活無關。有人說，政治童話，不
是童話，會傷害兒童的身心。臺灣的問題是很多人不關心政治，不
敢，也不懂。」（〈為什麼寫童話？〉）但他認為政治問題，也是社會

的問題。臺灣最大的社會問題，也是政治問題，就是說謊的問題。每個政治人物，都在說謊[15]。所以他寫過一些碰觸到政治題材的童話，〈松雞王〉、〈泥鰍和溪哥仔〉、〈火雞密使〉、〈夜襲火雞城〉、〈斑馬〉、〈石頭王〉等等都富有政治寓意。〈松雞王〉這則童話中的松雞，就如現在很多政治人物，都是倒過來飛的鳥，不照本位走，還為了一點小成就沾沾自喜，也藉此批判了臺灣選舉的荒謬性。〈泥鰍和溪哥仔〉隱喻了本省臺灣人與一九四五年之後撤退來臺的外省人在臺灣的處境。同為漢民族，彼此卻產生極大的鴻溝，外省人不習慣臺灣生活，一心想返回大陸，又歧視臺灣人，又因貪瀆詐取資源，導致了二二八事件。作者在故事結尾中暗示了不認同自己所居住的土地，未來是要被吞噬的。〈火雞密使〉、〈夜襲火雞城〉是姊妹品，寫愛美的孔雀群與愛啼叫的火雞群，相互纏鬥，極為誇張逗趣。孔雀美麗卻聲音難聽、火雞醜陋卻聲音高亢，兩者都有所缺點，牠們緊咬對方缺點攻擊，結尾最後是火雞得勝。李喬曾經暗示這兩篇童話宛如一道謎題，有待「讀者好好思索」，他說：

> 這兩篇點出極發人深省的主題：人人有缺點，族群也有共同缺失；此共同缺失是很難發覺的。所以文化反省是十分艱難卻是極為重要的課題。至於在「火雞」、「孔雀」攻防戰中隱約寓意則是另一值得尋味的「謎」，讀者好好思索吧[16]。

---

15 鄭清文在〈中正紀念堂命案〉即是處理臺灣政界人物說謊的普遍性及嚴重性。小說描寫敘述者聽說在中正紀念堂發生了命案，電視臺和報社就派人去採訪。有一對男女朋友，是不同媒體的記者，男的一直沒有發現殺人現場，寫不出報導。女的很輕鬆說「我寫好了。」還說：「我的報導可以給你。」男的問「那妳自己呢？」女的說「我再寫一篇就是了。」臺灣有些記者，把新聞報導，當作小說在寫，充滿虛構、謊言。

16 李喬：〈兒童文學的文化角色——兼評鄭清文「燕心果」童話集〉（下），《首都早報》，1989年8月30-31日。

根據鄭清文的說法，這則故事影射當年共產黨與國民黨之間的內戰。
當年國民黨被打敗，撤退來臺，卻仍舊想以臺灣作為反攻大陸的根據
地，未料還是無法如願，可見「火雞」、「孔雀」攻防戰中隱約的寓
意，很清楚就是嘲諷國共內戰的可笑的場面。〈斑馬〉寫黑馬和白馬
額頭原有長著一支又長又利的角用來打仗，但黑馬和白馬卻因為毛色
不一樣，互相嘲笑、互相爭辯，最後由吵架演變成戰爭，又中了獅子
唬弄反間，騙取到牠們的角。這不也是人的寫照嗎？他對動物型態的
解釋很有想像力，斑馬因之失去犀角，而獅子騙取的犀角被犀牛撿去
安在自己的鼻頭上。〈石頭王〉此篇有著想打擊獨裁者洩恨的心思，
《燕心果》的日譯者岡崎郁子這樣解釋〈石頭王〉：

> 「石頭王」是指臺灣的國民黨獨裁者蔣介石。受過日語教育一
> 代的臺灣人，在背後用日語叫蔣介石為「石頭」。正如字面所
> 示，意味著他是個硬石殼的老頑固。蔣介石的腦袋又比較方，
> 也有譏笑他的意味。中國話裡的石頭就是石頭，「石頭王」也
> 不是什麼奇怪的題目，但是以日語讀「石頭」時，就另有含意
> 了。用腳去踢權力者，也是人民洩忿的方式吧。

另外，像〈麗花園〉（和立法院音似），也是充滿弦外之音，麗花園是
羊的園地。一般的羊吃草，麗花園的羊卻吃花，那裡養的是少數有特
權的吃花羊。這七隻羊是統治者，輪流做主席。做主席要有表徵物，
像皇冠、權杖，牠們想到了狼皮。狼的屍體漂流到羊國，羊把狼皮剝
下來，做成標本，作為永久的警惕。有人想到將狼皮披上，顯示無
限、可怕的威嚴。有一天，有一隻羊不肯脫下狼皮，有人反對，牠就
把反對的羊咬死。有一天，狼皮黏在那隻羊身上，再也脫不下來了。
羊變成了狼。站在海邊，大聲嗥叫，牠要回去狼國，認為那才是牠的
家國。很明顯是對來臺的蔣介石及國民黨將官的諷刺，說明了歷史是

會重演的（〈為什麼寫童話？〉）。〈精靈猴〉寫一條水流湍急的溪流，兩邊各有一座山，虎山住的都是虎，猴山住的都是猴子。猴子專門吃水果，猴山的水果已被吃光了。而老虎不吃水果，所以滿山都是水果，水果香飄到猴山來。老虎向猴子建議，要猴子在兩座山之間搭一座橋。後來贊成的猴子偷偷把橋建造起來了，老虎過橋來就吃光了猴子，這篇為虎搭橋的猴子，引狼入室，結局可悲，其中也有影射意味，人的世界也很多這樣的故事。

　　至於鄭清文《丘蟻一族》長篇童話，即是用說謊做題材，偽裝只能改變外表，說謊才能改變自己。他以荒漠中的動物為主角，憑著豐富的自然生態知識及無遠弗屆的想像力，營造一個在無情的荒漠中，怪誕而詭譎的丘蟻世界，諷刺當今臺灣的政治與社會現象，充滿作者對臺灣深切的憂心與關懷，足以媲美喬治‧歐威爾的經典之作《動物農莊》。鄭谷苑〈變形願望〉[17]說：

> 我們在臺灣也看到，很多人想變形，很多人在變形，人，因為變形得到好處。……用這個「變形，不變性」的原則來看鄭清文的《丘蟻一族》也很有趣。……變形只要用力說謊，不用工作，來追求自身最大的利益。眾蟻趨之若鶩。變形已經是一種集體的意識了。為了這個集體的最大利益，謊言變成大洪水，四處氾濫，漫無目的，無法終止。……過去的作品，變形者往往是被有權者（神）用法力變成動物、植物、石頭等等。《丘蟻一族》很不相同，是低階的丘蟻本身在尋求變形。丘蟻追求

---

17 鄭谷苑：〈變形願望〉，收入鄭清文：《丘蟻一族》（臺北市：玉山社，2009年），為其父親所寫的序文，切中核心，論述很精彩。另有一篇〈給八歲到八十八的讀者──從童話談鄭清文的文學思考〉可一併參考，《新地文學》第6期，2008年。鄭清文在〈童話寫作經驗〉一文自道：「童話不一定是兒童讀的。從九歲到九十九歲都可以讀，不同的年齡有不同的領悟，也有不同的愉悅。榮格學派的心理醫生，還用童話去醫治病人。」

變形，並不是要提升，不是要進步。丘蟻和天馬突破各種時空的限制，和物理的原則，上天下地，無所不在，無所不變。目的就是權和利。

好的童話不僅是一個有趣的故事，也能隱藏著多方面的意涵，諸如以上所述社會學、政治學、歷史、宗教等領域，適合兒童，也適合成人閱讀，鄭清文童話總是讓人看出一些道理，而不同的人，會有不同的體會。

（三）關於評論隨筆

全集評論隨筆與詩卷，主要收錄了評論、隨筆及若干難得一見的詩評、詩作，如寫王白淵、鄭德昌《練習詩》序、新詩〈棉被〉。評論隨筆收錄內容有文學評論、書評、散文、隨筆、詩、序文、演講稿等。這部分有四百多篇，可以瞭解鄭清文在小說之外，其實寫了很多評論、隨筆，雖然有些人認為他不寫散文，這應是他身為傑出的小說作家，以致讓人忘記他也是一位很重要的評論者（互見前言）。以下略分幾個面向陳述：

1　中國、臺灣文化文學之差異

評論隨筆卷與他小說的含蓄節制、樸實無華風格不同。他透過小說間接表達想法[18]，但評論多明白指陳。主要傳達了他對臺灣文化、文學的關懷及對友人的情誼，以及補充說明其小說中的人物，他自己所受的文學養分淵源，對文學作品鑑賞的眼力，這都有助於讀者更深入的理解其人其作。臺灣未解嚴之前，鄭清文自然也有些顧忌，若干

---

18 他說：「我雖然認為文學作品應該有作者的想法，我卻不直接將這些想法寫出來。我是用展示的方式，而不是用告訴的方式。我是透過故事，透過人物，或者某種情況，間接表達出來的。」

雜文寫得較含蓄，但在一九八七年解嚴之前的政治氛圍已有些鬆動，可以說從一九八〇年代至二〇一七年，他寫了大量與政治、文學相關的評論文字，在他逝世那一年，他還留下〈政治問題是文學的大主題〉。由於早期臺灣教育站在以中國為基盤的立場，中國文化、語言、文字、歷史、地理充斥教材裡，在生活中，臺語被禁止，處處強調中國文化而矮化、污衊了臺灣文化、臺灣文學，讓人覺得臺灣的文化全部來自中國，臺灣沒有自己的文化。因此鄭清文一再力爭、澄清臺灣文化（文學）與中國文化（文學）之差異，強調臺灣文學受到政治箝制，文學秧苗不容易成長和茁壯，但也正因此，應更加珍惜和愛護。

　　關於臺灣文化，他書寫了社會上一些似是而非的說詞，在〈中正紀念堂命案〉：「臺灣，最不足的就是沒有文化。不要說別的，臺灣連一個神也沒有。媽祖、關公，統統是大陸來的。你知道嗎，現在蔣總統已成神了。他叫『興漢尊者』。順便告訴你，國父也成神，叫『復漢使者』。蔣總統也是大陸來的，不過他是在臺灣成神的。這是臺灣人的福氣。你知道嗎？」他在〈鬱卒黃靈芝〉：「有人說，蘇俄的作家納布可夫（1899-1977）是語言的魔術師。他用英文寫成的《羅麗達》，英文之美，連英美人都嘆為觀止。但是他自己都說，喪失俄國語言，就像魔術師被奪走了小道具那樣。黃靈芝的鬱卒，應是他日文造詣之高，使中文相形失色吧。但是，時間會證明，他選用自己最拿手的語言創作，將更有利於確保較好的作品品質。」他在〈臺灣哪有文學？——文學素養（三）〉、〈臺灣史料的重現——關於《明臺報》〉、〈臺灣文學的統派〉、〈中國文化在臺灣檢討會〉，又多次提起一九七〇年代，岡崎郁子在臺大求學，臺大中文系教授、系主任、研究所所長告訴她臺灣哪有文學？但臺灣真的沒有文學嗎？臺灣文學的水準，真的那麼低落嗎？對這種不讀文學作品，卻一口咬定臺灣沒有文學的人，他認為這不僅是懶惰，也是一種矇騙、一種中傷。他對大學生不讀臺灣作家作品忍不住說了不合他本性的話，要學生讀讀他的小

說。在這篇〈興外方——臺灣沒有文學嗎？〉說：「臺灣一直有一個怪現象，臺灣有那些好東西，要別人來告訴你。文學似乎也是這樣。……如果作家和讀者對自己的文學作品都沒有自信，又何必辛辛苦苦去從事文學呢？」可見鄭清文追求自主、自尊、自信的文化與文學，他自己本身即是有自主、自尊和自信人格的作家，這是一種稀有而可貴的品質。

　　他認為中國文化有著僵硬的人際關係、重形式的假面文化、倒帳文化和歪哥文化[19]、口號文化種種。他說小時候，有一次代父親去參加喪禮。在新莊，送葬的人只送到海山頭出街的地方，一般人送到那裡就轉頭回來了，他卻看到一位從日本回來的長輩，送到那裡，雙腳並攏，雙目注視漸漸遠去的出殯行列，而後深深的一鞠躬。這個形式和內心一致的印象，後來他把它寫在〈最後的紳士〉裡面。他在〈噴鼓吹的小孩〉，舉了李喬小說〈婚禮和喪禮〉，文中只列行事和時刻，沒有人物。他看出李喬把這種只顧形式，沒有人也沒有心的荒謬性發揮到極點，是一篇獨創性、諷刺性很高的作品。這些文化積澱其實影響深遠，不能不反省，因此在〈僵硬的人際關係〉，他說「小說所寫，主要是人際關係。人物是小說作品的靈魂。複雜的人際關係，容易造成龐大的架構和富有變化的情節。李喬有一短篇〈婚禮和葬禮〉，裡面只寫程序，沒有人物，這是例外，也是叛逆。」「人際關係

---

19 他甚至在小說〈里美11：倒帳〉借題發揮：「水災，地震發生了，有人捐款。捐款和救濟物品都被挪用了，錢也被吞沒了。教育捐，防衛捐，勞軍款也都有類似的情況發生。一個人賺錢不容易，很多人幫你賺錢就快，就容易多了。募款是一種方式。捲款和貪污是一種事的兩種方式。一樣是拿了不是自己的錢。倒帳文化和歪哥文化，是一體兩面。」〈解讀戰後〉一文提出了貪瀆案件的問題。石川達三的《金環蝕》描寫建造水庫，官商勾結交征利的現象。裡面的人物，還有吉田茂一脈的佐藤榮作、池田勇人等首相級的大人物。他們為了特定廠商能順利得標，還使用「最低標」的限制辦法。這本小說，使人起了尹清楓和軍購案，也想起了核四存廢的大爭論。這些事背後，都牽涉到數以億計的私人利得。臺灣因為有一段漫長的戒嚴時期，使人無法下筆揭發社會瘡疤。他希望解嚴了，應該以小說形式寫出來。

的僵硬，是中國傳統文學的弱點之一。嚴厲的倫理規範，容易使人物的性格規格化和單調化。在這裡，人所關心的是位階，卻不問是非，這也使文學作品無法發揮。」人倫關係與文學的關係，他進一步就西方文化、文學加以比較：

> 中西文化的不同。文藝復興，使西方文化有根本的改變。最重要的是提倡人文思想，強調人的價值。這也帶來宗教改革，以及現代的文學藝術思潮。人的基本價值是自由和平等。中國社會，儒家強調五倫，使人際關係僵化。但在西方，除了君臣以外，如親子、夫妻、兄弟、朋友，可說都未特別強調垂直或上下關係。就文學作品而言，大家所熟悉的《茶花女》（一八四八），父親不贊成兒子和茶花女的結合，是用勸說的方式，而不像《紅樓夢》是以長輩的權威去處理的。

> 至於夫妻，以及一般男女關係，更是在充分的自由和平等之下進行的。十九世紀是小說文學的完成期，幾乎所有的作品都在描述這種關係。男女關係，不管是離合，都是完全平等的。（〈春江水暖鴨先知〉）

人與人的關係，其實非常複雜，人性本身就很複雜。由於儒家用道德倫理規範了人的行為和想法，中國傳統文學也很重視這種天理，所以在中國無法產生《李爾王》、《伊底帕斯王》一類的作品。西方文學由人出發，中國傳統文學卻透過規範把人加以分門別類。鄭清文的閱讀經驗告訴他「人」的複雜性，因此《基督山恩仇記》裡主角的想法和行動，是不容易捉摸的，其複雜的性格塑造出生動的人物。杜斯妥也夫斯基的作品，《罪與罰》、《卡拉馬助夫兄弟們》或其他作品，都不難發現作品中的許多人物，都是善惡混合體，具備神性和魔性，是不

容易用二分法劃分清楚。鄭清文的文學創作，基本上受西方文學的影響，對中國文化多所保留。他也指出中國文化與臺灣文化的差異。李喬的《寒夜》與吳濁流〈波茨坦科長〉，賣命賣力的墾荒與談笑風生的接收，正是臺灣文化和中國文化之差別。不幸的是這種中國文化，越來越優勢，隨時都有淹沒臺灣文化的可能。

　　他認為文化不但是傳承，也是創新。沒有創新，哪來傳承？但中國人太會炫耀過去的輝煌文化，因而忘記創新，探索新文化。而在威權政治時代，強調的是傳統的繼承，文化創新則是一種挑戰，甚至是一種反抗或叛逆。他以別於中國文學傳統的寫作技法來說故事，並創新、挑戰說故事的方式。有人問他為什麼寫小說？為什麼讀小說？他以摩洛哥作家塔哈爾・卞──哲倫的短篇小說集《最初的愛總是最後的愛》日譯者在〈譯後記〉提起作者的話代為解答：

> 　　我喜歡講故事。這是我的故事，也是我的熱情。我可以透過故事，講一些和事實不同的事物。文學的根本原理，不管什麼時候，是《天方夜譚》的原理。「妳講故事，不然我殺妳……。」我們受殺身的威脅，不得不講故事。沒有小說家的社會，沒有創作者或故事作家的社會，是已經死亡的社會。

是的，一個社會沒有講故事的人，也沒有聽故事的人，這一個社會能不死亡嗎？臺灣人需要更多的人來講講自己的故事，也聽自己的故事。他強調臺灣文化文學裡的山與海，講述了山海故事。他很清楚生活在哪裡，文學就在哪裡。呼籲大家不要輕視小島，要正視小島四周的大海。海是臺灣人民生活的寶藏，只要認真生活，自然會為臺灣文學走出一條壯美的大道。他說人有不滿，會聚眾遊行抗議，還一邊喊口號。〈樹靈碑〉樹木不會遊行，卻會怒吼。整片山林怒吼狂嘯的景象，直是撼天動地。而伐木人在動手鋸一棵樹木之前，要先向那棵樹行禮。

那是對生命的認同和尊重。要建立臺灣文學，應如何看待中國文化和中國文學，點出中國文學的困境，成為他評論文學的主軸之一[20]。

2　解說小說中的人物及交代細節

鄭清文寫作非常注重內容及細節的正確性，因為失去細節的正確性，容易失去故事的真實性。他寫〈春雨〉，在貓空步行，看到菅芒春天開花。在日本，菅芒是秋天才開花。因此上山三次，確定有小部分的菅芒，確實在春天開花（〈我與小說〉）。他以小說〈髮〉為例，戰時的鄉下，物資缺乏，一個女人生了小孩，沒有奶水，偷了人家的雞。她發誓她沒偷雞，如果她偷雞，願意被殺頭。結果查出來，就是她。她丈夫把她壓在地上，用菜刀斬掉她的頭髮。結果電視劇將斬頭髮的場面省掉了，這個細節省掉非常可惜。當他現身說法時，讀者或以後影視改編時就能更加掌握小說的精髓。

或許為了讓讀者更加瞭解作者寫作歷程的思維，他寫作了多篇小說中的人物，〈五色鳥的哭聲〉中的孫太太，無情世界裡一對悲痛夫妻和妻的深情。孫太太為什麼替孫先生喝半杯酒呢？他們不是對飲。是兩個人獨飲。孫太太只是想分擔，因為想分擔，結果把更大的重量加在自己身上。〈〈局外人〉的秀卿的母親〉，用推理的手法寫成的殺人故事。他想起海明威的短篇小說〈一個清潔而明亮的地方〉。〈局外人〉男主角離開的時候，坐公路局班車，這是男女主角定情的地方。但是，他把她父親給他的地址和電話號碼放在汽車的窗框上，讓風吹走。本來，他們可以成為夫妻，現在，他已完全是一個局外人了。〈相思子花〉的阿鳳〉，一個相當普遍的小說題材，男女兩人相遇，

---

20 這方面文章極多，諸如談文學，談文學與宗教、文學素養、文學記憶、文學語言、文學地圖、文學的另一種聲音、文學和傳道、臺灣文學的路、臺灣文學的異端、臺灣文學的統派、臺灣文學的鄉土文學、臺灣文學之路、臺灣文學必須擺脫中國文學等等。

又分手了。那裡充滿著無奈，也充滿著相思。除此，還有〈林中之死〉的老農婦、〈花枝、末草、蝴蝶蘭〉的秀涓〉、〈秋夜〉的表姨〉、〈黑面進旺之死〉——保正的媳婦〉、〈小說中的「我」〉。尤其〈秋夜〉的表姨〉，作者說有人問我，最喜歡哪一篇作品，這很難答覆。不過，如果有人問我，喜歡哪個女人，我會回答，〈秋夜〉中的表姨。一片月光，一條路，一個女人，一顆心。這篇小說，景和人屬臺灣農村，有些情節，像愛情，像恐懼，是世界共同的感情。除了談自己小說的人物，他也對名作的人物書寫他的閱讀心得，諸如〈苦的蜜月〉中的西莫娜〉、〈窄門〉的阿麗莎〉、〈給艾蜜莉的玫瑰〉中的艾蜜莉〉、〈《卡門》中的卡門〉、〈《莎樂美》的莎樂美〉等，美學鑑賞觀點由此可見。如〈〈給艾蜜莉的玫瑰〉中的艾蜜莉〉女主角艾蜜莉是一位非常奇特的女人，這小說寫的是殺人不需要償命的女人的故事，是一則非常強烈的題材，也呈現非常不凡的手法。安德森〈林中之死〉的老農婦，用她那卑微的方式，飼養各種活物。她是一位很好的飼養者，另一種形態的母親。鄭清文尊重生命，也思考生命有分大小嗎？《採桃記》的〈樹靈碑〉，寫伐木工人的故事。樹也是一種生命，被伐前，生命要受到尊重和重視。〈放生〉寫新公園有人在池塘裡放毒，毒死了很多魚，但也有人救魚。同樣是人，差異很大。男人、女人、小孩，脫下鞋，撩起褲裙，一起下去池塘救魚。有人救小魚，一個小孩，忽然大聲喊著，那裡有一尾大的。這個故事他在〈樹的見證〉、〈為什麼寫童話？〉都提到，他想得很遠，我們的社會在各方面還在分大小，他舉例鐵達尼號沉船了，是先救有錢人嗎？還是先救大官呢？中國的歷史故事，像《封神榜》，小將先打，被打死了，再由上方的出來。這種影子，還留在社會裡。

3　閱讀與評論文友作品

　　鄭清文喜歡寫小說，因為可以從較多的角度去表達自己，有時，

甚至可以用別的人，或與自己不相干的事，去表達自己。他雖然不是
一位學者，但他熱愛文學，對文學涉獵很廣，理解也很透徹，再加上
自己豐富的創作的經驗和心得，已養成很出色的批評眼光，剖析作品
往往能各方面連結綜合比較，做出精到而公正的價值判斷。事實上，
他也是一位傑出的評論家。他詮釋〈浦島太郎〉裡龍宮公主送漁夫寶
盒的故事，可以看到他對文本的解讀眼光，豐富而深刻[21]，也符合他
小說創作的意蘊餘味。

　　從評論卷可見他閱讀之廣之深，因此他不免感慨臺灣文學評論
界、學術界的一些奇特現象，就是不大讀作品。不讀作品，如何寫評
論？如何去論斷呢？鄭清文對文學上的雜質和假象，都能明察秋毫，
也關心文學作品的社會性與藝術性。評論的作家作品有吳濁流小說
〈菠茨坦科長〉、〈幕後的支配者〉、《臺灣連翹》，李喬〈人球〉、〈修
羅祭〉，鍾肇政〈阿枝和他的女人〉，讀《魯冰花》，讀齊邦媛《千年
之淚》，讀葉石濤〈獄中記〉，讀鍾鐵民的小說、讀呂赫若的作品，讀
林海音《金鯉魚的百襇裙》和《燭》，讀索忍尼辛的《癌症病房》、溫
煦的人性光輝——評《尼爾斯奇遇記》，評論張大春〈我妹妹〉，黃靈
芝的小說和俳句，評論隨筆有不少是為作家朋友寫序或書評，含括以
上所列，其評論對象可見者有呂赫若、賴和、王詩琅、鍾肇政、鍾理
和、李喬、陳千武、黃娟、袁哲生、張大春、林建隆、黃武忠、洪醒
夫、東方白、鍾鐵民、林海音、施明正、黃靈芝、季季等等。

　　他寫了不少評論，提到的一些說法讓人耳目一新，他談文學也是
歷史，舉林建隆小說《刺桐花之戰——西拉雅臺灣女英雄金娘的故

21　「寶盒裡裝的是浦島的歲月。龍宮的歲月，和地上是不同的。天上用天算，地上是
　　要用年算了。浦島在龍宮的歲月，都收藏在寶盒裡面。公主送他寶盒，只是把他的
　　歲月歸還他。她叫他不要打開，是善意，他打開卻是宿命，人是要老死的。」他不
　　忘說這是他自己的一種想法，讀者也可以做不同的解釋。《燕心果・後記》（臺北
　　市：玉山社，2000年）。

事》，林建隆闡述的重點不只是男人會打仗，也不只是漢人會打仗，
而且從容就義。女主角金娘的幾個特色，女人、西拉雅族人，英勇善
戰，而且多情多義。林爽文不是敗於清兵，而是敗於協力者。協力者
有不同的形態，有臥底者，有告密者，有直接投敵者，有引狼入室
者。還有一種人，就是轉向的人。他有很多透闢的見解，但卻也長久
沒被閱讀沒被注意到，我在重讀這些作品之後，不免有感慨，因此特
別標舉出這些敏銳前瞻的見解。他說賴和「覺悟下的犧牲」，覺悟是
日文用法，表示面對危險的一種決心，而不是一般意指的「覺醒」，
而是一種不畏不懼的精神，但是這種精神，並沒有成為臺灣的傳統，
星星之火，並沒有燎原。（白雲深處）林海音的《金鯉魚的百襇裙》
和《燭》兩篇作品都寫姨太太。一篇是寫姨太太難於翻身，一篇是寫
大太太的失寵和失落。都是站在失敗者的立場去寫作的，點出林海音
已具備新的感覺和技法。而黃靈芝的小說〈董さん〉是寫二二八，同
時把噍吧哖事件寫進，用兩個故事同時進行的手法。他說王詩琅從各
種角度去寫臺灣歷史。從歷史可以看過去，但是更重要的是未來，是
河水的流向。很遺憾的是，學界在編臺灣現代作家作品資料彙編時，
鄭清文眾多評論都被疏忽了，這可能緣於他發表得太早，臺灣文學研
究起步又晚，很多報刊未能被後來研究者閱讀到。

　　另外，中文學界對比較文學多持反對意見，他就時常以比較文學
的方法來評論臺灣與國外的文學作品，甚至以之進一步凸顯臺灣文學
與中國文學之差異。。他在多篇文章批評中國大作家老舍的童話〈寶
船〉，以之說明中國文化的思考模式，及與他不同的臺灣文化、童話
的思考方式。〈寶船〉的主要人物是小孩，但每回小孩碰到困難，全
由老人用法力解決。他非常在意這件事，就如同前述岡崎郁子想研究
臺灣文學被告知臺灣沒有文學那樣，他耿耿於懷，碰到機會就要說一
下。中國傳統文化停滯不前，在臺灣國民黨政府的執政下更是難以起
死回生，鄭清文在〈擔柴入內山──兼評老舍的童話《寶船》、〈批判

與創作〉、〈大象的鼻子〉、〈童話與動物的讀者〉、〈我與小說〉、〈我對兒童文學的看法〉、〈濫用法力〉、〈臺灣童話寫作的一個新動向〉、〈為什麼寫童話〉、〈童話與動物的讀者〉諸文，舉老舍《寶船》的不足。中國文化有一定的成就和影響力，但停滯不前的卻是中國文化的致命傷。他期待臺灣的社會，是一個前進的社會，不是一個停滯的社會。由於臺灣以前的禁制及不當的教育，讓人在混水中沉浮而不自覺。而那些人成為大人、父母、教師後，還要帶著小孩，繼續沉浮下去。他看到臺灣的危機，他寫童話，不僅是為兒童而寫的，寫給兒童看的，也是為了大人而寫的，特意寫給成人看的，因為即使到現在，還有不少大人，正矇著眼睛為小孩帶路，狹隘的價值判斷，容易導致小孩的思考力的僵化。

　　他讀書能觸類旁通，經常有過人的見識。他發現西洋文學中的母子關係是一個永遠解不開的結。到了莎士比亞的《哈姆雷特》，更捲入了權勢和地位的爭奪，使問題更複雜，也使情節更錯綜，再加上險惡和齟齬的比重，母親的形象也受到無情的損傷（見〈白雲黃山〉）。而這母子關係的描寫題材在中國文學很罕見。這是文學上的差異，也是文化上的差異。此外，中國傳統文學沒有愛情，有一個重要的原因，「女人沒有社會地位。女人占人口的一半，卻幾乎不能成為文學的題材。男女的事，也成為禁忌。女人無才便是德，使女人沒有表達自己的能力。自然，女人也沒有發言權了。有一半的人沒有聲音，自然也只產生蹩腳文學了。」（〈沒有花的花園〉）一種沒有愛情，或缺少愛情的文學，便是一種沒有花的花園。他比較巴金的《滅亡》與屠格涅夫的《處女地》，《滅亡》學習了《處女地》，但《滅亡》的題詞是：「最先起來反抗暴力的人，滅亡一定會降臨到他的身上。」不如《處女地》的題詞：「開墾處女地，不能用輕掘表皮的鋤頭，必須使用翻開深土的犁。」這兩句話，都含有革命思想，差別是，巴金的是口號，而屠格涅夫的是詩。而且，他很不喜歡用「命運已注定」來寫

革命家。之後，他又舉了自己一次閱讀經驗，一九七二年在唐人街的一家小圖書館裡，發現到一套《中國現代文學大系》二十大冊，非常興奮。他發願一定要在留美期間內，找時間讀完它。結果，只讀了第一篇，是茅盾的作品，就讀不下去了。這些經驗及感受，他寫了〈臺灣文學必須擺脫中國文學〉。

（四）關於翻譯

1　翻譯與創作關係

鄭清文讀過很多國外文學作品，從這次全集所收文章，可看出他不僅能閱讀英日原文，後來他也翻譯名家作品，最後他的創作也被翻譯到國外。翻譯與他的創作關係非常密切。他翻譯契訶夫《可愛的女人》，在「譯者的話」說：

> 這一本選集的小說，從分量而言，一半是以前所譯，另一半是最近加譯的。最近加譯的是〈六號病房〉、〈父親〉、〈變色龍〉、〈小官吏之死〉及〈瓦尼卡〉。其他都是在民國四十五年至四十七年之間所譯。當時，我還在大學讀書，利用課餘零星翻譯出來刊登在我做事機構的刊物上。當時，我的中文、英文和日文都未成熟，譯契訶夫是因為我喜歡他的作品，可藉翻譯的機會來做進一步的瞭解，也可以學習和提鍊文字，又可以拿些零星的稿費，換取所喜愛的書籍。

如果合觀〈我與俄羅斯文學〉一文，引文所言「利用課餘零星翻譯出來刊登在我做事機構的刊物上」，其所指即是他在華南銀行工作時的刊物《華銀月刊》，他說開始投稿時，都是短文，後來也翻譯了契訶夫的作品在那裡發表。譯作發表時間比起他創作的時間還早，在一九

五六至一九五八年間翻譯了〈歌女〉、〈胸針〉、〈吻〉、〈貞操〉、〈醫
生〉、〈未婚妻〉、〈可愛的女人〉，與目前所知的第一篇小說〈第一
票〉早了快兩年。他喜歡契訶夫的作品，創作也受契訶夫的影響，多
次在文章強調契訶夫創作經驗談：有重大的事，就輕輕的提一下[22]。
雖然他學習了契訶夫，也受其影響，尤其是對弱勢者的關懷、同情、
憐憫，從弱者的角度去寫文學，以及「文學只做見證，不做裁判」種
種的省略、精簡手法，但最後能血脈融為一體，已看不出痕跡[23]。他
自述讀過契訶夫〈山谷〉（有時寫《峽谷》），「峽谷」是具有象徵意義
的，對他影響較明顯，「影響我的，不是內容，是『山谷』這個意
象。……一九五九年，我寫了一篇短篇叫〈簸箕谷〉，一九六五年，
我的第一本書也叫《簸箕谷》。另外一篇作品〈吊橋〉也有山谷的意
象。我曾經看過，工人在山谷間架橋。橋是通往外界的途徑。〈三腳
馬〉的主角小時候，走到鐵路邊，看到兩端的隧道。他想，有一天他
要走出隧道，去看廣大的世界。另外，我有一部長篇小說，書名就叫
《峽地》。」可見契訶夫文學對他的意義。再者，〈我與俄羅斯文學〉
觸及小說〈堂嫂〉，他說：「心中一直想擺脫〈可愛的女人〉。有人在
比較研究〈堂嫂〉與〈可愛的女人〉的同和不同，也想從這裡找出我
的文學的一些特質。」〈可愛的女人〉是他所譯的契訶夫小說之一，
後來還以〈可愛的女人〉用做書名。他認為契訶夫文學重視寫實。基
本上，寫實還是小說文學的重要的一個重心，臺灣也還是有一些社會
現狀，可以用這種角度去看的。但鄭清文在二〇〇九年寫了篇小說，

22　諸如〈童話寫作經驗〉：「在寫作方法，寫小說，我很重視俄羅斯小說家契訶夫的一
　　句話，『你有重大的事，就輕輕的提一下。』這裡說出省略和含蓄的道理。」〈素材
　　豐富，態度真誠──評〈童女之舞〉〉：「俄國作家契訶夫說過，你有一個很動人的
　　故事，最好若無其事地寫出來。」〈如何寫得獎作品‧二〉：「我深信俄國作家契訶
　　夫的說法，當你碰到一件重大的事，你就輕輕的提起它。」
23　〈尋找自己、尋找人生〉「他們的作品都已變成我的養料，變成我的血肉，已變成
　　我這一個人成長過來，在我的作品中，再也看不到他們的影子。」

寫「市長去公園掃廁所，沒有看到銅像。銅像很生氣，晚上從臺上下來，在公園裡走來走去。」銅像怎麼可能在在公園裡走來走去？這是魔幻寫實的寫法，內在真實的想法透過外在表面的寫實表現出來，可說是更為寫實的手法，已與契訶夫寫實文學有區別，鄭清文認同「由寫實出發，附加各種技法，這是增加作品廣度和深度的重要手段。」事實上，他的作品也早已脫離純寫實手法，小說一出手時就已是結合了現代主義的技法，在臺灣鄉土作家裡是特殊的秀異存在。

　　契訶夫和海明威是他所喜歡的作家，他讀了很多海明威的作品，受海明威影響最大的是一再提起的「冰山理論」（省略工夫、簡單含蓄），寫小說只寫水面上的八分之一，把八分之七留在水中[24]。另外，海明威說過，寫作靠經驗。沒有經驗，就來發明[25]。在〈從李喬小說談臺灣文學如何建立〉，他再次提及：

　　　　外國也可以是一種鄉土。海明威到處漂流，到處當做自己的

24　在〈《清明時節》上舞臺〉、〈我對臺灣兒童文學的看法〉、〈童話寫作經驗〉、〈我與小說〉諸篇及演講談話中，均多次提及海明威的「冰山理論」。冰山，只有八分之一在水上，八分之七在水面下。海明威的方法就是少用形容詞和副詞。在〈什麼才是好小說？〉：我是重視生活語言，觀念語言，典故的使用越少越好。海明威的文章簡化到只有名詞（或代名詞）和動詞，少用形容詞和副詞。

25　〈退休5年〉：寫作靠經驗，但是經驗有限。海明威說過：有經驗寫經驗，沒有經驗靠發明。這就是寫作的一個祕密。讀書是製造經驗的方法。讀書本身就是一大樂趣，也可以增加水庫的水量。寫小說，最好讀小說。〈退休第八年，兼記UCSB二個月〉：我就自己的幾篇文章，講寫作經過，或許可以提供一些參考價值。我引用海明威的一句話，「有經驗寫經驗，沒有經驗就發明。」這對小說寫作，尤其重要。不過，我加了一句話，發明飛機、要飛機能飛上去才算數。〈採桃記・後記〉：「海明威曾經說過，寫作靠經驗。沒有經驗，就來發明。寫童話，真的讓人感覺到發明的快樂。」海明威沒有經驗就設法去發明，包括透過想像、觀察來補足，鄭清文在〈入微的功夫〉特別提到海明威寫了一本鬥牛小說《午後之死》，還附編一部鬥牛用詞的小辭典，親自到過西班牙，看了不少鬥牛，也交結了不少鬥牛士的朋友。要達成這種入微的功夫，有許多條件。銳利的眼光，豐富的想像力，細微的心機和驚人的記憶力。但更重要的，還是在賦作品以生命的熱情。

家。他到義大利，寫義大利，而後寫西班牙、法國，也寫古
巴，讀者一點也不感覺到陌生和迷惑。⋯⋯海明威說，有經驗
寫經驗，沒有經驗就來發明。對於新和奇的追求，也是發明者
的原動力。

可見他對虛構、想像的肯定，而這不僅是他創作的祕密武器，也是他
評論作家的切入點之一，他在〈重讀鍾理和的短篇小說〉毫不隱諱評
述鍾理和是一個樸實而誠實的作家，但「他無法瞭解杜斯妥也夫斯基
的詭異和深邃；他是一個熱心而周到的人，也無法了解海明威的冷漠
和隱藏。他說海明威沒有風格。其實海明威正是一個創作獨特風格的
作家。這也是海明威的最大成就。他不了解省略的工夫，也是一種風
格。我們讀一個人的作品，尤其是名家，並不一定百分之百的接受
他。但是，我們必須設法去了解他。這是一個作家成長的條件。」又
說「海明威是一個最會利用自己經驗的作家。這一點，鍾理和和他有
點相似。但是，有一個重要的不同，就是海明威能跳出自己。海明威
不是一個狹窄的經驗主義者。海明威會把和作品沒有關係的經驗割
掉，把虛構的部分加進。現在的作家，幾乎每一個人都了解，作者不
等於作品人物，作者必須和作品人物保持距離。這也就是說虛構的重
要性。虛構使作品更豐富，也更完整。虛構不是說謊，也不違反誠實
的原則。虛構是創造真實。在小說的製作中，虛構幾乎和創作同義。
這一點，他的兒子鍾鐵民了解更深，也做得更好。」在〈讀鍾肇政短
篇小說札記〉同樣也列舉了海明威的寫作，他說鍾肇政的〈輪迴〉用
了十分之九的篇幅去描寫老人之死，其效果卻被最後十分之一的部
分，孩子之生所掩蓋。他肯定的是〈輪迴〉最後十分之一的部分「可
能是他的文章中，最精采的一段吧。」而其中有關生與死的對比，他
想起海明威的〈印地安人的營地〉，〈輪迴〉中有關孩子之生這一段，
是印象的創造寫法，比海明威寫得更鮮烈。

　　他的小說也把海明威寫進去，小說人物裡的日常生活對話常寫到海明威，〈任乃蓉〉這一篇小說的人物對話（何醫師與石世文）：

　　　「呃，我知道，我知道。你是綠黨，重視生命，重視環保。我是三 W 黨，和海明威一樣，就是美國的作家海明威，他強調三 W，W 是酒、女人和戰爭。」

　　　「你喜歡戰爭？」

　　　「不，不。沒有人喜歡戰爭，除了軍閥。我看，海明威喜歡冒險，卻不一定喜歡打戰。有一部電影，《再見武器》，他那個主角是個逃兵。再見武器，就是再見戰場，對不對？」

　　　石世文看過那部電影，叫《戰地春夢》，聽說應翻成《告別武器》。

　　　「石世文，這小魚味道不錯吃。要畫魚嗎？」

　　　「我，我想想看。」

　　　「那你平時畫什麼？」

　　　「我畫靜物，像水果、青菜、番薯、花卉、茶壺、酒瓶，也畫人物，包括人像，也畫風景，山和水，最近畫樹木。」

　　　「你畫玉米？」

　　　「沒有畫過。」

　　　「畫玉米，有一種聯想，海明威的聯想。」

　　　「呃。」

　　　「你看過《老人與海》的電影吧。」

　　　「有，有看過。」

　　　「好像沒有女人。很奇怪吧。」

　　　「嗯，好像沒有女人。」

　　　「這個愛女人的作家，作品中卻沒有女人。」

　　　「也許，別的作品有寫女人吧。像《告別武器》就是追求女人，而放棄戰爭。不是嗎？」

鄭清文強調閱讀對經驗的重要，他對海明威的喜好及閱讀其作印象之深，在自己創作時，竟然一再融入小說裡，他說海明威的《告別武器》的序幕，就改寫了三十多次。〈中正紀念堂命案〉又寫道：「你不是說過，海明威說，沒有經驗，自己發明？這便是寫作的奧祕。」他在寫〈局外人〉時，心裡有想到海明威的短篇小說〈一個清潔而明亮的地方〉。那是一個酒吧，一個八十歲的老人喜歡去的酒吧。酒吧裡有兩個酒保，一個年輕人，一個中年人。老人去酒吧喝酒喝到深夜，不想走開。年輕的，急著回家，不再賣酒給他，中年人有同情，也瞭解老人的心境。老人曾經意圖自殺，被姪兒救回來了。這個故事，和老、死有關。老人是不是在找一個適合人生終點的地方？那就是這樣一個清潔而明亮的地方。(《〈局外人〉的秀卿的母親》)足見海明威對他的影響，但同樣是他所喜歡的兩位作家，他翻譯了《可愛的女人：契訶夫選集》，卻沒有翻譯海明威的作品，可能是機緣，也可能是海明威作品多為長篇的關係，當時臺灣文壇出版界也已有些翻譯，因政治因素，在臺灣的英文作品翻譯較多。但鄭清文對寫長篇有理想也自我期許，在〈退休5年〉雜文中說其作品「以短篇為主，也寫過三篇長篇，不過不很滿意。在我的寫作計畫中，我想寫一篇長篇童話，以及一篇長篇小說。我喜歡契訶夫，契訶夫幾乎沒有寫過長篇小說，我倒希望我能突破。」

2　國外及本土作家的翻譯成績

除了前述翻譯俄國契訶夫《可愛的女人：契訶夫選集》外，還有普希金《永恆的戀人：尤金‧歐涅金》、托爾斯泰《婚姻生活的幸福》。他喜歡俄國文學，經常提到《俄羅斯三人集》的契訶夫、果戈里和高爾基，尤其是契訶夫之作。他也閱讀托爾斯泰《安娜‧卡列妮娜》、《戰爭與和平》，杜思朵也夫斯基《罪與罰》、《卡拉馬索夫兄弟》，也為俄羅斯文學家萊蒙托夫、果戈里的新譯本撰文解說，是戰

後少數廣泛閱讀俄國文學的譯作，且進行中譯的作家。其他翻譯如德國赫曼‧赫塞《生活與人生》、美國傑克‧倫敦《荒野之狼》，也推薦比較有代表性的美國作家給大學生閱讀，如愛倫坡《黑貓》，安德森《森林之死》，海明威《印地安人的營地》、《殺人者》以及福克納《愛蜜麗的玫瑰》，史坦貝克《菊花》。日譯本則有川端康成〈化妝〉、〈妻的遺容〉、〈飛燕號的女孩〉，夏目漱石《草枕》，志賀直哉〈清兵衛與葫蘆〉，國木田獨步〈春之鳥〉，松本清張〈假瘋子凶殺案〉，古谷綱武《人生的春天》（署名谷嵐譯）等[26]。至於臺灣日文世代的本土作家的日文作品，鄭清文在一九七〇年代翻譯了日治臺灣作家的短篇小說，緣由是遠景託羊子喬、張恆豪、林瑞明編纂《光復前臺灣文學全集》（1979年出版），鍾肇政、葉石濤掛主編，他受鍾肇政的委託，翻譯了呂赫若〈財子壽〉、〈合家平安〉、〈風水〉及陳清葉〈寄生蟲〉、巫永福〈慾〉等五篇小說。陳清葉〈寄生蟲〉寫了姨太太在丈夫死後想盡心力扶養女兒，卻被大妻聯合律師設計，以致人財兩失，只能蒙受委屈，被不公平對待。這個姨太太的形象並不負面，在日治當時的小說風格來看，貼近人性來書寫，尤其所想所做無不關愛女兒未來著想，她的遭遇讓人憐憫。對於弱勢者的書寫，也是鄭清

---

26 鄭清文在〈一個心願〉裡提到曾想將日本作家所寫的中國方面的小說翻譯。他說：「我曾私自許下一個心願，要收集日本人所寫，以中國為題材的文學作品，並選擇一部分，把它翻譯出來介紹給國內讀者。」「戰前派有不少作家有相當的漢學基礎，有的甚至於可以閱讀原文，但以文言文為多。這些人的作品，以古代的題材為主，他們似有看不起近代中國人的跡象。」戰前派作家中「以中島敦最為專情。他的最有名的作品〈李陵〉、〈弟子〉、〈山月記〉，都以中國為題材。此外，如芥川龍之介、佐藤春夫、谷崎潤一郎等名家，也都留下精采的作品。」戰後派作家中「以井上靖最為突出，《蒼狼》、《敦煌》、《樓蘭》、《楊貴妃傳》等，是想借古代中國的材料，追求一些已消失的地平線。」雖未見譯本，但其閱讀之廣可以想見。文章最後說「十多年來，我想讀日本作家所寫有關中國的小說的心願一直沒有變，但是我讀書的態度可能已有不同了。我似乎更急於知道，日本人和中國人對中國的看法，有什麼根本的不同，而不同的理由又是什麼？」

文一向關心的。至於所譯巫先生小說〈慾〉，據云當時他拿日文和譯文去請教並問了幾個問題，包括語言和意旨，巫先生答以「就是這樣。」他從〈慾〉文已見巫先生有經營事業的傾向及企業能力[27]。

　　一九七四年七月以「莊園」之名翻譯了西丸四方的《精神分裂歷程》，雖是受楊青矗的高雄文皇出版社之託，但與他的寫作也關係密切，想必有翻譯興趣的動機。他在封面內頁撰寫〈文皇書摘《精神分裂經歷》簡介〉，一九八六年五月由楊青矗另一教理出版社再度出版，並更改書名為《青澀的孤影　精神分裂經歷》，正文之前附加〈孤獨的深思與領悟——譯者序〉一文，內容同〈文皇書摘〉，只在文末後加上：「本書可使讀者（誤作書）瞭解一個人的夢與現實，幻想與潛意識的心理糾葛，現代文學應用的意識流、心理描寫，都與精神分析有關，本書可以讓你欣賞小說，再參閱精神醫生的分析，獲得這些知識。」鄭清文小說中的意識流、心理描寫，或許也從譯作過程獲致若干靈感。像一九七九年七月撰寫的《檳榔城》即是一篇心理分析小說，鄭清文對洪月華內心深處感情細流的剖析描寫極為細膩，可謂此篇小說藝術精華所在。問題起點是洪月華本來家住北部的大城市，何以會在離校返家之前，登上南下列車去探望陳西林？洪月華對陳西林到底有沒有感情，有什麼樣的感情，作品沒有明寫，給讀者留下了遐想的空間。

3　對世界童話的翻譯、改寫

　　除了以上所述譯作外，他對世界童話的翻譯、改寫也值得注意。

27　二〇一一年五月三十日巫永福文學創作國際學術研討會，我的論文提到〈昏昏欲睡的春杏〉（亦譯作愛睏的春杏）受契訶夫〈渴睡〉（亦作瞌睡）的影響，五月三十一日座談會，鄭先生亦提及〈瞌睡〉、〈愛睏的春杏〉兩篇小說的關聯，之後他寫了〈談巫永福先生的小說創作〉，刊於《臺灣文學史料集刊》第一輯（2011年10月）。此文可見他對契訶夫作品之熟悉，及對作品閱讀極為細膩，具見在作家作品評論上的專業及見識。

根據賴慈芸、王惠珍的研究，可以掌握鄭清文譯寫根據的版本，賴慈芸的研究說：

> 1981年光復書局出版了一套30冊的「彩色世界童話全集」，每冊兩則童話，包括安徒生、格林、貝洛等童話，精裝大開本，插圖非常精緻美麗。一看譯者群，包括黃得時、鄭清文、朱佩蘭，都是日文譯者，就知道一定又有日文源頭。光復的「彩色世界兒童文學全集」（1977）是採用義大利 Fabbri 插圖，日本小學館的文字；這套童話也是義大利 Fabbri 出的，我一心以為也是小學館的，找了好久都沒有結果。後來以圖蒐尋才知道自己一廂情願：義大利版是1973年出版的，日文版則是在1977年，由ティビーエス・ブリタニカ（TBS-Britannica）出版。
>
> 後來這套書又流傳到大陸去，1987年文聯出版社直接用光復的版本，把正體字改簡體字，把30冊拆為60冊出版。但簡體字和日文一樣橫排，可能是編輯不夠細心，聽說出了一些圖文錯位的問題。1995年北京的海豚出版社也出了一次，跟日文版和光復版一樣，都是兩則童話一本，共30冊。2012年新世界出版社重出，特別聲明他們是根據義大利文版排版，不會再有圖文錯位的問題。其實他們大概不知道臺灣光復版是從日文翻譯的。如果他們一開始就參考 TBS-Britannica 的日文版，那麼日文跟簡體字一樣都是橫排，就無需調整，根本不會有圖文錯位的問題了[28]。

---

28 參見賴慈芸「翻譯偵探事務所」，網址：http://tysharon.blogspot.com/2015/06/blog-post_7.html，檢索日期：2020年11月26日。另外在2005年9月，中國大陸太原希望出版社引進（版權頁註明由臺灣光復書局企業股份有限公司提供中文簡體字版權），叢書名為「繪本外國兒童文學名著」，其中鄭清文編譯改寫的篇目大抵存真，改變不多。

　　鄭清文所譯為《11 毛希康族的末日》、《24 荒野之狼》、《25 獅王李察》。王惠珍的研究則指出此三冊「分別從小學館版的《8 白い牙》、《18 モヒカン族の最後》、《22 獅子王リチャード》譯出。小學館版的《18 モヒカン族の最後》的原著詹姆士・菲尼莫・庫巴，譯者坂齊新治，再由西沢正太郎改寫，全書共二十五段。鄭清文未刪減段落，依序譯出全文並改寫小原広忠的〈作品案內：北米大陸の『神話』《モヒカン族の最後》〉。在〈作品解說〉的最後一段，在日文原文未見，應是鄭清文增添的閱讀感想」[29]。關於《毛希康族的末日》，中國希望出版社將「毛希康族」改為「莫希干族」，篇名改為〈最後一個莫希干族人〉，〈作品解說〉中的「後裔」改為「戰士」，還有一些字句的微調。另一鄭譯本《荒野之狼》，中國希望出版社參考日譯本〈白い牙〉，改作《白牙》，但內容仍採用鄭清文編譯本。

　　另有一九八五至一九八六年的《世界童話百科全集》二十冊，改寫者有朱佩蘭、李雀美、藍祥雲、高明美、廖清秀、李英茂、林立、傅林統、林鍾隆、文心、丁羊及鄭清文。版權頁有註明義大利FABBRI 公司授權。鄭清文所譯的作品是《2 七隻鴿子》（其中收錄了南斯拉夫民間故事〈國王的耳朵是驢耳朵〉、巴吉雷的〈七隻鴿子〉、西班牙民間故事〈士兵和六巨人〉）和《18 愛麗絲夢遊仙境伊索寓言》。賴慈芸不辭辛勞終於追索到日譯本源頭，乃出自一九五四年創元社世界少年少女文學全集的南歐編。「這本書收錄了《義大利童話集》、《西班牙童話集》及《唐吉訶德》三部作品，後兩部作品的譯者都是西班牙語教授及譯者會田由（1903-1971），顯然是從西班牙文直譯的。」[30]王惠珍針對中文譯本的出處追索，得悉「這套譯本

29　王惠珍〈譯寫之間：論戰後第二代省籍作家鄭清文的翻譯閱讀與實踐〉，《東華漢學》第31期（2020年6月），頁126。

30　參見賴慈芸「翻譯偵探事務所」，網址：https://www.facebook.com/FanYiZhenTanShiWuSuo/posts/907699135986984/，檢索日期：2020年11月26日。

的底本應也是小學館的《國際版少年少女世界童話全集》（全20卷），
但在文末配合選本，編輯部設計了『童話小百科』單元。相較於前兩
套全集，光復書局的這套全集所使用的書名與小學館版底本相同的只
有《10小飛俠》（《10 ピーター・パン》）、《17 會飛的木箱》（《19 空
とぶかばん》）、《18愛麗絲夢遊仙境》（《6 ふしぎの国のアリス》）三
本，其它的中文譯本重新選譯內容，再以重組的作品重新命名。」可
以看到確認出處頗費一番功夫。其中「《18愛麗絲夢遊仙境》譯出收
錄於《6 ふしぎの国のアリス》的〈愛麗絲夢遊仙境〉（ふしぎの国
のアリス）和〈伊索寓言〉（イソップのおはなし）四則中兩則〈青
蛙和牛〉（かえると牛）、〈龜兔賽跑〉（うさぎとかめ）。小學館原著
收錄「世界の民話」皆未被譯出，插圖與小學館的插圖如出一轍，光
復版將小學館版的圖片說明皆以塗抹、裁剪的方式刪除，也未放入
『作品解說』單元。」[31]

　　光復書局於一九八七年又出版《彩色世界童話全集》（30卷），王
惠珍的研究，認為其根據是「《國際版少年少女世界童話全集》的安
徒生、格林等世界著名童話，依照國情改寫而成，插畫版權仍由義大
利 FABBRI 公司授權，但未見『作品解說』單元。」其中鄭清文所譯
冊數是「《21 火絨匣；牧羊人和公主》中貝伊修達恩（Bechstein,
Ludwig, 1801-1860）〈牧羊人和公主〉（源自：小學館版『12やぎかい
と王女』）、《30 魔桌；夜鶯》中貝伊修達恩的〈魔桌〉、《22 三顆檸
檬；瞎眼的酋長》巴吉雷（Giambattista Basile, 1575-1632）的〈三顆
檸檬〉（〈三つのシトロン〉）、《10 白玫瑰和紅玫瑰；愚笨的巴布耶
羅》（〈白玫瑰和紅玫瑰〉是源自《1 しわゆきひめ》中選錄的〈ゆき
しろとばらべに〉）、巴吉雷的〈愚笨的巴布耶羅〉。這套書收錄了相

---

31 王惠珍：〈譯寫之間：論戰後第二代省籍作家鄭清文的翻譯閱讀與實踐〉，《東華漢
　　學》第31期（2020年6月），頁128。

當多世界各地的民間故事，包括俄國、非洲、西班牙、南美、義大利、中國、挪威、波蘭、愛斯基摩人、印度尼西亞等地區。」[32]

這些童書翻譯都由光復出局出版，後來光復出局又向日本購買小學館的《国際版少年少女世界傳記全集》的版權，其中五十位偉人更換了十位，光復所出版的《世界兒童傳記文學全集》凡二十五冊，一冊收兩位偉人，後五冊抽換為中國偉人，21 孔子、孟子，22 李白、杜甫，23 班超、郭子儀，24 張衡、詹天佑，25 孫中山、鄭成功。鄭清文負責改寫《4 席頓·杜南》、《17 愛迪生·達爾文》、《19 李文斯頓·伽利略》的〈席頓〉、〈達爾文〉、〈伽利略〉[33]。

傑克·倫敦的《荒野之狼》（白牙），描寫了狼犬由散發著野性而進入文明的過程。一開始牠不相信任何人或事物，只知道棍子和命令，甚至從貪婪、殘忍的史密斯那兒，更學會了憎恨，但是，自從遇到威頓·史各脫之後，因得到充滿愛心的照料，終於拋棄了憎恨和疑懼，使它的心中充滿了愛，成為一隻人見人愛的狼犬。這部以北方的阿拉斯加為背景的文學巨著，的確充滿了豪邁、壯美，在逐頁的閱讀中，每每強烈地震撼著讀者，並無時不令人遐思與唧歎。這一類充滿神奇想像和幻想力的美的情愫和美的意境的童書翻譯改寫，其所蘊涵的美好的愛心和人性魅力，正是鄭清文所把握的童話書寫精神。這些編譯改寫的經驗，對他的童話書寫帶來什麼樣的衝擊，顯然值得進一步予以研究。此外，回歸翻譯本身，鄭清文的譯作是否呼應他自己的理想？他的翻譯成就如何？這應是日後可以繼續深入展開的議題[34]。

---

32 王惠珍：〈譯寫之間：論戰後第二代省籍作家鄭清文的翻譯閱讀與實踐〉，《東華漢學》第31期（2020年6月），頁129。合冊中的《格林》、《白玫瑰和紅玫瑰》是謝武彰改寫。《夜鶯》是周山山改寫。

33 席頓由鄭清文改寫，杜南改寫者駱梵。王惠珍作杜南改寫者是鄭清文，宜一時筆誤。

34 他在〈「文星」雜憶〉記述：「梁實秋批評魯迅的『死譯』，讓我知道一些翻譯的道理。從現在的觀點看，『死譯』是行不通的。現在，翻譯作品最重要的是可讀性，譯喬伊斯的作品，也要重視可能讀懂，能讀下去。」

三　結語

　　綜觀鄭清文六十年的創作經驗，可以看到他一直在追求文學藝術的極致。他節制內斂、樸實無華的書寫風格，在臺灣文壇上獨樹一幟。因為簡單，所以它可以含蓄得更多，在看似平淡無奇的文字背後，卻往往涵蘊深層的思想與耐人尋味的哲理。他藉寫作尋找自己，尋找人生；真誠而懇切，平實而堅持。他用筆記錄下臺灣早期的農村生活、農耕活動及臺灣社會的變遷，從桃園到新莊，到商業急遽發展的臺北都會，再到解嚴後的政治族群，人間百態、浮世悲歡，在時間洪流中讓人黯然銷魂。他以悲憫為基調，面對眾生的挫敗與失落，不斷思索挖掘人性與死亡課題，表達人性光明與黑暗、善與惡、自我救贖各種課題。

　　他不受中國文學主流左右，受西洋文學影響，卻又能跳脫成規，一開始從文壇出發，即展現了寫實與現代的融合，以其獨特的心理分析、含蓄、簡潔的小說語言，書寫富於臺灣精神特質、臺灣人生活面貌、各種階層的命運流動，衝突與因應、悲劇與救贖、死亡與超越、時間與記憶，種種在逆境中掙扎的悲情人生。

　　他說「臺灣並不是停止不動的。我年輕時，有些特殊的經驗，這些經驗應屬於與我同一時代的人。或許，由於語言和文字的障礙，許多人無法寫它。至於比我年輕的人，可能又不知詳細。」又說：「我每次回鄉下，除了駛牛的工作，幾乎所有的農事都做過。播田、刈稻不必說，我還做過拗稻子和踩稻頭的工作。」（〈偶然與必然──文學的形成〉）這些難得的生活經驗，我想在以後的文學作品裡將很難再看到吧，踩水車、種稻、刈稻、巡田水、曬穀子、風鼓、搓草、牛犁、割耙及抓斑鳩、叉魚、烏秋攻擊、劈蔑子、抓鱸鰻、打麻雀、殺豬場景等等，如果沒有實際生活經驗，如何去描寫細節？他在〈圓仔湯〉中詳盡描寫木器店的三落空間、工具與擺設，還有師傅的習性與

動作即可瞭解土水及木匠之差別。他能寫出細節，小說也就靈動生
色：「舊式的眠床，因蚊帳是由外面罩住，眠床要『修尖』就是向上
收縮，用面天箱住，所以眠床上面的山水美人畫和鏡的玻璃都不是長
方形，而略呈梯形，一般人的眼睛是看不出來的。」

　　閱讀鄭清文全集，臺灣早期農事生活的日常描寫，恐怕也將愈來
愈罕見，時空的隔閡，及缺乏農村生活經驗，往後牽涉歷史、文學書
寫的作品，恐不容易寫，鄭清文的小說或將提供寶貴記錄。鄭清文文
學是臺灣珍貴的資產，期待作家全集的出版，除讓作品溫暖人心外，
能有力地推動海內外鄭清文研究的發展和深入。[35]

---

35 本文為《鄭清文全集》所做的導讀，由於全集當時尚未出版，因此涉及鄭清文作品
　 時，僅標示篇名，謹此說明。

結論

一　總集全集輯佚補遺之必要

　　從本質上講，蒐集、整理和編纂文獻史料本身就是一項學術研究活動，是學術研究的基礎或有機組成部分，其重要性絕難以等閒視之，因此史料和文獻歷來為嚴謹的學者所重視，尤其是作為文學研究直接對象的作家作品，更是研究者必須全面、準確掌握的第一手資料。

　　然而也正因為這些文獻蒐集整理在臺灣是首次進行，缺漏便在所難免。而所謂「總集」、「全集」，亦從來沒有過真正的「全」，這自然有種種原因，或者是作者精品意識的考量，或者是家屬憂心政治忌諱有所取捨，但多數是文獻史料的漏失，其中的輯佚補遺有時靠機緣，我個人參與過的總集、全集編纂都有這樣的經驗（下述）。在中國文學作家全集的編纂現象亦是如此，以最早出現作家全集的郁達夫而言，全集出版過多次，直到二〇〇七年十一月，浙江大學出版社又推出了更為完備的《郁達夫全集》，其中增補不少，小說有〈圓明園的秋夜〉，散文有〈上海的茶樓〉、〈看京戲的回憶〉，雜文〈假使做了亡國奴的話〉、〈戰時的文藝作家〉等，詩詞卷新增了七絕〈癸酉夏居杭十日，梅雨連朝〉、〈寄題龍文兄幼兒墓碣〉首，書信有致孫荃的五封，以及後期致王映霞的〈閩海雙魚〉、〈戰地歸鴻〉和致夏萊蒂的〈南洋來的消息〉等八封，為更全面地研究郁達夫提供了新的材料。但新的《郁達夫全集》依然不全，中國現代文學界依舊繼續努力發掘，復有了《郁達夫全集補》，在雜文、書信、詩詞和題詞等，都有

新的發現與增補，這都有利於郁達夫研究的深入。[1]《全臺賦》的輯
佚也與《郁達夫全集補》的現象雷同。

（一）《全臺賦》

　　《全臺賦》出版後，個人即有補遺的想法，只要輯佚相當的分量
就應續編出版，後來隨著資料的開放，後續再蒐集到的則有陳祚年
《篃竹遺藝》及期刊《臺灣教育會雜誌》、《臺灣月報》、《臺灣愛國婦
人》、《漢文臺灣愛國婦人》、《漢文皇漢醫界》、《孔教報》及《覺悟選
新》、《醒世新篇》、《明德新篇》、《現報新新》、《樂道新書》、《覺頑良
箴》等鸞書為主。初步蒐羅輯佚臺灣賦則有近百篇，除陳祚年賦作二
十篇外，另外尚有黃贊鈞〈臺灣神社祭典感賦〉、〈勒題新年雪恭
賦〉、〈秋水懷人賦（以求之而不可得為韻）〉，吳澤民〈石畫賦並
序〉，高文淵〈秋陽賦〉、〈鼓山觀海賦〉，佚名〈讀書人不與賭博僕為
對賦〉，中村櫻溪〈石壁潭賦〉，鷗所釣侶〈望海賦〉，莊鶴如〈梅妻
賦（以只因誤識林和靖為韻）〉，佚名〈戒吃雅片煙賦〉，郭瓊玖〈中
秋月賦（以中秋觀月會為韻）〉，縮天〈知事賦（以下民易虐上天難欺
為韻）〉，李冠三〈紅蓼花疏水國秋賦（以題為韻）〉，羅秀惠〈今上戴
冠式大典賦（以題為韻）〉，佚名〈諫果賦〉，汪式金〈瓊島春陰賦〉、
〈五指山賦〉，施少作〈戒貪花賦（以入迷途為韻）〉，陳亢南〈教書
賦（以大半生涯在硯田為韻）〉，賴佐臣〈春遊芝山巖賦（以題為
韻）〉、〈奉祝御大禮賦（以祈聖壽無彊為韻）〉，陳慶瑞〈不倒翁賦
（以題為韻）〉、〈蓮蓬人賦（以題為韻）〉，黃爾璇〈春山如笑賦（以
題為韻）〉，許子文〈訪夢蝶園故址賦（以題為韻）〉，小芹〈張賦（以
弓長為韻）〉，嘯雲〈春閨怨賦（以小姑居處怨無郎為韻）〉，魏潤菴
〈日月潭賦〉，雪谷〈入獄賦（仿赤壁賦）〉，黃贊鈞〈待兔賦（以守

1　參陳子善著：《梅川序跋》（上海市：文匯出版社，2020年），頁225-226。

株為韻）〉，林天進〈正識病辨症詳明金玉賦〉，邵葉飛〈新藥性賦〉，
李德馨〈漢醫振興（賦以題為韻）〉，金澤之〈傷寒症名要領賦〉，陳
篆潭〈討蝶檄賦〉，丘寶融〈石門賦（以勝運無雙圓山第一為韻）〉，
佚名〈賦〉，洪大川〈關嶺溫泉小賦〉，高文淵〈秋陽賦（以秋日懸清
光為韻）〉，鷹取田一郎選〈玉皇賦〉，以及二十餘篇鸞體賦作：〈貪財
賦（以題為韻）〉、〈戒唆人爭訟賦（以題為韻）〉、〈教書賦（以誤人子
弟為韻）〉、〈正心福善賦（以題為韻）〉、〈德馨如松賦（以題為韻）〉、
〈慶月賜川賦（以題為韻）〉、〈文真江波賦（以題為韻）〉、〈心田介卿
賦（以題為韻）〉、〈吟水旺咏準繩賦（以題為韻）〉、〈戒食洋煙賦（以
宜痛改為韻）〉、〈洋煙賦（以害業傾家為韻）〉、〈戒飲賦〉、〈戒財
賦〉、〈戒勢賦〉、〈戒力賦〉、〈戒洋煙賦〉、〈勸孝賦（以能竭其力為
韻）〉、〈戒廉賦（以非義莫取為韻）〉、〈勸節賦（以心存冰潔為韻）〉、
〈戒煙花害人賦（以題為韻）〉、〈啟明堂賦（其一）〉、〈啟明堂賦（其
二）〉、〈臺灣形勝賦（不拘韻）〉、〈戒不遵訓誨文（以題為韻）〉、〈陰
律難逃文（以題為韻）〉、〈樂善堂賦〉、〈勸孝賦〉等，因此在經過六
七年之後再次啟動補遺的工作，於二〇一四年出版重新校訂及補遺之
《全臺賦》。這批作品除延續《全臺賦》傳統都邑、自然景觀及宗教
鸞書性質的賦篇，以庶民生活為主的題材，時帶諷刺意味及勸世勉人
之作外，特別是發現有關醫療的賦作，臺灣漢醫界通常具儒道背景，
有些同時參與鸞堂、詩社、孔教會，或許因其身分之流動性，他們的
賦作流露一些道德教訓，如果本身是醫家，也會撰寫與醫療、醫病相
關題材的賦篇。

　　從《全臺賦》的蒐集整理編纂，我們才發現鸞體賦、醫體賦二者
皆傳承自中國大陸，但目前鸞體賦見於臺灣，醫體賦則以大陸為多。
醫體賦是用古漢語記載，文字古奧難懂，尤其古字通用現象甚為普
遍，加上賦文本來就較難懂，醫療賦體之作如果沒有基礎醫學知識，
則無異讀天書。鸞體賦則顯得容易些。從輯佚過程瞭解了鸞體賦、醫

體賦以及詼諧之風的作品與唐代俗賦、清末民國以來報刊雜誌的詼諧之作（詩、文、賦都有）有相當關係，甚或有些賦作直接從上海報刊轉載，因此提醒了輯佚補遺作品，無法忽略中國大陸的典籍文獻，也從追索過程中，吾人可以更清楚掌握當時兩岸文學文化的流動狀況。同時，更深刻意識到研究臺灣古典文學，不能罔置中國大陸資料於不顧，詩詞賦的蒐羅輯佚皆是如此。因此我個人主編《全臺賦》時曾特別留意大陸方面的文獻，收錄易順豫《哀臺灣賦》，其餘作品則讀得片言隻字或僅知書名而未見其作，以致無法載錄全文。如章式之《臺灣獨立賦》，只存末段文字。據《清朝野史大觀》「卷四清朝史料・臺灣獨立賦」云：「甲午後，臺灣割歸日本，外間有造作讕言者，謂劉永福如何如何，人皆信之。章式之且為賦以紀之。記其末段云：『赫赫岩疆，堂堂奧府。二百年奉我冠裳，十八省視為門戶。直與長河東岱，並占雄圖；庶幾漢水方城，同居要堵。而乃隋函不守，誤委強鄰；遂難灌郫來歸，重逢故主。獨有人焉，不受羈銜，別張旗鼓，要收中外攸分，自有雌雄可睹。抗制誠非，設心亦苦，信足快鹿之譚，起聞雞之舞。只算圓球變局，重經滄海桑田，願招絕島孤臣，一訴皇天后土。』」[2]此作反映甲午之役、乙未割臺，雖有數書提及此事，但皆僅錄末段，未能一窺全豹。又如陳漢才《康門弟子述略》一書敘及康有為弟子潘之博因一八九五年乙未割臺一事，義憤填膺，揮淚寫下《哀臺灣賦並序》，控訴日本帝國主義倒行逆施，將兩岸「阻隔于關山海水」，復得悉潘氏卒後，其師康有為彙刊其與麥孟華之作為《粵兩生集》。其他如為科舉應試刊行的讀物抄本《東瀛試牘》、《臺灣海東書院課選》，時文選《閩嶠小題文約》、《月考卷青雲》，以及林知義《百發百中》等等，亦是僅知其書名而無緣目睹全書。而在《全臺

2　《清朝野史大觀・卷四　清朝史料》（上海市：上海書店，1981年），頁116。根據中華書局1963年版複印。

賦》續編出版，又立即發現有漏收，撰文補充之後的不久，又再度發現佚文，從這種種現象來看，「全」只是一種理想，可現實總狠狠打臉，不時會冒出未收之作，持續輯佚補遺自是刻不容緩的工作[3]。

（二）《全臺文》

　　至於臺灣散文史料所見諸的《全臺文》，共七十五巨冊，計收清治、日治時期各種文集、報刊和未刊本之古典散文，分為文集、雜記文、奏疏文及報紙文四類。其文章涵蓋面很廣，文類上，以姚鼐《古文辭類纂》的古文分類（含論辨、序跋、奏議、傳狀、碑誌、雜記、辭賦、哀祭）為依據。內容多樣，「或顯露文人的氣度，或反映仁人民胞物與的胸襟，或關心民眾物質生活，或介紹臺灣的地理山川，或記錄人們的物產與民俗，或傳記他人的事蹟，或寫風花雪月，或寫遊戲文字」，在文章表達方式上，「或議論，或紀事，或寫景，或抒情，或嬉笑怒罵而形文章」[4]。所蒐羅之臺灣古典散文，有若干為難得之史料，如楊浚《冠悔堂駢文鈔》、《冠悔堂賦鈔》、《揚文會策議文集》、《崇文社文集》等，有助於文學史料的保存及開展推進臺灣散文之研究。不過，日治報刊諸多文章尚須辨析，在文獻的判斷及蒐羅上留下可再求善的空間。《全臺文》關乎日治報刊、文集之作，多在六十幾冊至七十五冊，誤收之例亦最多。略舉數例說明如下：如《全臺文》第七十三冊所收《三六九小報》諸文，多為中國報刊作者，其中〈釋獄〉一篇，《全臺文》編輯將署名「蕉」，自行括號標示即「羅秀惠」，是嚴重疏誤。此文實則作者為「江紅蕉」，見《江紅蕉說集》，

3　《全唐詩》、《全唐文》亦是不斷在糾補。陳尚君說：「清輯全唐詩文已經兩三百年無數學人的糾補，現在還不斷有新材料和新問題的提出，怎麼可能要求更晚近而存世作品也更豐富複雜的宋以後文獻編纂，一次就達到完美具足呢？」參《星垂平野闊》（北京市：商務印書館，2017年），頁181。

4　全臺文互動百科，網址：http://www.baike.com/wiki/%E5%85%A8%E5%8F%B0%E6%96%87

大東書局，一九二七年出版。其中有多篇亦見於《臺灣日日新報》，皆是自中國報刊轉載。再者，因不悉原出處，以致臺灣報刊有模糊漫漶之處，無法以之比對補上訛誤、缺漏之文字。其一之例，如：梅〈孩芳館隨筆〉，完整訊息應是冷生〈孤芳館隨筆〉，《三六九小報》在第四○七期（1934年12月26日）即刊另篇〈孤芳館諧談〉，可見「孤芳」為確，「孩芳」語意不通[5]。

　　他如《風月》所刊之文，〈建築源流拾遺〉，此篇實《申報・自由談》所登，作者李文華。《風月》第十號〈文字與遊戲〉，亦原《申報・自由談》（1935年5月10日），作者稜磨。《風月》所刊〈梅伶為日華親善者，茲述其關係及生平〉，言梅郎安徽人，字畹華，漏字「畹」，另有缺字「滬」，原文作「王瑤卿盛時，蘭芳摹效瑤卿，得其神似，後乃過之，迨由滬歸後，又拜陳德霖為師」，迨由滬歸後改作「前年由□歸後」，該文原是上海中華一九一八年版的《梅蘭芳》上編，《風月》第三十四期刊出時間為一九三五年十月二十五日，擅改為「前年」，時間變成一九三四年，造成錯亂矛盾，顛倒史實。梅蘭芳於一九一九年四月二十一日率團赴日，五月一日在東京演出。一九二四年再度訪日，為日本關東大地震賑災義演，募捐善款，受到日本人民的愛戴，再次名揚日本。當局利用梅蘭芳之聲望，以「日華親善者」視之，鼓動東亞聯盟。刊於《風月報》昭和十五年（1940年）第一一三期七月號（下卷）的一葦〈張勤果公夫人〉，內容描述張勤果公得固始令女為妻之緣由與其懼內之軼事（頁20-21）。但此文原署名「劍秋」，登《女子世界》一九一五年第五期「譚叢・弄脂餘瀋」。可見「一葦」為冒名[6]。至一九四○年代改名《南方》後，曾刊載了一

5　梅冷生撰，潘國存編：《梅冷生集》（上海市：上海社會科學院，2006年），頁201-203。附錄二則，今僅見《甌海潮》1917年第6、9期，餘則未見。〈三六九小報〉的轉載無意間保存了梅冷生文章。先生名雨清（1895-1976），筆名孤芳，浙江溫州人。

6　孫蘇玉，字劍秋、嘯秋，無錫人。作品累見《女子世界》，著有《自怡吟草》。

系列《夜譚隨錄》（劍靜藏稿），如一九四二年六月起的〈崔秀才〉、〈香雲〉、〈蘇仲芬〉、〈蕭倩兒〉、〈余白萍〉、〈三官保〉、〈韓越子〉、〈設計欺人〉、〈邱貢生〉等。但同系列的《夜譚隨錄・卷三玉公子》不收入該出版社另一叢書《日治時期臺灣小說彙編》（實則亦是誤收），而另判斷為傳記文言，另收入《全臺文》七十四冊，頁二八五至二九〇。此作在文類、籍屬皆是誤收。其他非屬全臺文者，不勝細數，復如江庸《趨庭隨筆》，小蝶〈醉靈軒讀畫記〉及第七十三冊約五分之四悉非臺灣散文之作。

林淑慧著力臺灣旅遊文學文化研究，也取得相當可觀研究成績，但在散文的選擇上有一時不察之情形。其〈儒學社群遊記的地景意象──以《臺灣文藝叢誌》與《詩報》為例〉云：「《詩報》也收錄翻譯的遊記，如張若谷〈碧藍海岸的尼斯〉一文，即是再現法國尼斯的古蹟和自然景緻。」[7]唯此文並非「翻譯」遊記，出自《申報》，昭和九年（1934）三月二十日，第十六版，二一八八一號。「歐羅巴洲巡禮」連載第二回。後又收入張若谷著《遊歐獵奇印象》[8]。介紹法國南部的港口城市尼斯，尼斯地處馬賽和義大利熱那亞之間，四季如春，冬暖夏涼，為「碧藍海岸」地區的首選度假勝地，常見富豪名流們的蹤跡。尼斯在人工建物方面，保留著許多古羅馬帝國的建築，還有十五世紀的教堂古堡，近代則建有許多歌臺舞場、豪華旅館，世界最大的賭場「蒙德加羅」Monte Carlo，距離尼斯亦僅數小時路程。論文又提棠雲閣主〈西湖遊記〉、仲麟〈孤山探梅記〉等，俱非臺灣文人作品。個人在編纂《全臺詞》、《全臺賦》時對非臺灣人之作，亦不曾到過臺灣，所寫亦非臺灣題材，但刊登於臺灣報刊之作，皆移作全書之附錄，即是憂恐這些作品被誤認，造成論述偏離失焦。以上所述為臺灣古典文學總集在出版後，雖然瑕不掩瑜，但依舊有漏收、誤收之篇

7　《臺灣文學研究學報》第17期（2013年10月），頁103-141。
8　張若谷：《游歐獵奇印象》（上海市：中華書局，1936年），頁129-131。

目，因此輯佚補遺在臺灣古典文學依然是迫切工作。

　　另未用總集、全編的《日治時期臺灣小說彙編》四十六冊，多數研究生、學者以之研究日治臺灣小說，在研究的方便性上，有其文獻整理之功，然則除李逸濤、謝雪漁、魏清德、佩雁（白玉簪）、西洲伯輿等為臺灣文人外，本套書所收多為清代民國文人之作，臺灣文人之作極少，以此視為「日治」、「臺灣小說」，恐怕存在問題。加上當時報刊雜誌多有訛誤，及報刊年久造成文字漫漶不清的普遍惡況，以致重新打字又校對未精的錯誤數見，因此此套書重新編校再版有其必要性及急迫性，尤其目前日治臺灣漢文、雜誌、報刊研究的二三十篇學位論文及學者之單篇論文，亦多誤視為臺地文人之作，以致衍生過度推論或時空語境錯亂情況。

（三）作家全集

　　除了總集輯佚外，作家全集已出版之作，情況雷同，仍不免有錯訛或疏漏之處，筆者在討論黃得時、楊雲萍全集時針對此現象已有說明，不再贅述。此處僅就《周定山全集》略舉誤收之例。周定山全集收錄了《一吼居綴錄》手稿本作品，但「綴錄」一詞本有抄寫、謄寫、記錄、採納、採取、連結、裝飾諸種意涵，早期《奮齋瑣綴錄》、《北隅綴錄》、《清代掌故綴錄》、《廣東風俗綴錄》諸書即有鈔存之例，《廣東風俗綴錄》云：「自己丑迄乙未數年，曾鈔存吾粵詩人總集序文例言目錄甚夥，用備校讎。」因而《一吼居綴錄》可能就有不少是鈔存之作，並非是周定山的創作。其中《一吼居綴錄》中的《咀嚼錄》收有四篇作品：（一）誠真獨語——黑暗之壓迫、（二）誠真獨語——巨大之怪物、（三）紅花轎——黑棺材、（四）月光——誠真獨語。全集收入為第二卷小說散文卷，而此四文正是抄錄自張水淇〈阿門獨語〉中的四則，而且〈阿門獨語〉其餘的「和平」、「阿門入世」、「偶像」「狂狗」、「你有你的你」，並未抄錄，其考量、檢擇標準

是什麼，並未說明，但所抄錄的四則作品出自《一般》一九二六年第
一卷第四期、一九二七年第二卷第一期、第二卷第二期，由於抄錄時
並未依原刊刊登的時間先後，可見抄錄當下同時有三期雜誌，其後的
第二卷第三期、第四期的文章有可能周定山並未看到。

　　與周定山同時代的黃旺成讀書，經常是向友人借閱，甚至周的老
師洪棄生也有借閱讀書的情形，定山本家境貧困，借書抄讀學習知識
應該是自學的方式，何況過去對讀書講究「四到」，周定山對胡適著
作亦有涉獵，對胡適提倡的讀書四到應該也熟悉，讀書單靠眼到口
到、心到還不夠，必須還得自己動手動腳，才能有所得。最主要的應
該是直接摘抄或者是寫讀書筆記，寫寫讀書感想、書評、批注等，手
到是相當重要的。在「一吼居綴錄」引言，周定山強調「讀書是文化
生活的不離，學問乃社會改造的指南針，要來實現我們的理想，是不
可沒有充分的準備。」、「互相教益為精神，以達吾人知識交換、學術
研究的純真前提，營養我們的腦饑和志餒，也許是拋磚引玉的益處
呢。」（全集，頁269）在引言裡提到兩次知識交換。圖書的流通互
借，自然也是知識交換的路徑之一。他所抄錄的文章，可能不僅自己
閱讀學習，也可與同好共賞或教學時作為教材，因此抄寫過程難免有
各種因素而改動，比如題目〈阿門獨語〉改作〈誠真獨語〉，其原因
應該就是「阿門」即「誠真」之意，但誠真較為易懂，不致產生疑
惑，畢竟「阿門」一詞當時漢語詞彙不普遍。從阿門改為誠真，亦可
知周定山抄錄所根據的文章確實為張水淇的〈阿門獨語〉。張水淇在
〈黑暗之壓迫〉文末添加了「註」，說：

　　阿門為埃及神名，而在希伯來語其意為誠真。祈禱之終必尾以
　　阿門者，蓋誓言所語誠也，乃希伯來語之音譯。……文章中
　　語，則全為水淇之制作。頗有人疑此為譯文，故特記之，以示
　　非抄襲陳言者。

可見張水淇在發表〈阿門獨語月光〉一文後，由於「阿門」之語，受
到讀者質疑為譯文，他特別在第二篇〈黑暗之壓迫〉文末予以澄清。
作為讀者的周定山與作者張水淇的身分、位置不同，而且他將〈月
光〉放在最後的第四則，註語又有「水淇」之名，這個註語並不適合
直接抄錄，直接將「阿門」改為「誠真」，或許是最能避開糾葛之道。
釐清「一吼居綴錄」此四篇來源之後，可知「誠真」並非是周定山的
化身。這四篇作者皆是張水淇。其他失誤如筆名誤認或漏失某一筆
名，可能就是一、二十篇作品的數字，篇幅累積一定數量，自然也應
該再出輯佚或補遺本。如《全臺詞》所收《臺灣文藝叢誌》五年六號
（1923年6月25日）署「漚廬」的〈浪淘沙・採蓮〉其作，釐定作者
是李維源（1868-1948），字崧圃，號漚舫、漚廬，別號味淵，廣東省
嘉應州（今梅州）人，著有《南歸詩草》、《漚廬詩存》。但在一九二
二年中國的《小說日報彙訂》也有署名「漚廬」的，清廩生金炳南，
字昆生，別署漚廬，樂清虹橋人。但這二者卻都錯了。筆者在《全臺
詞》出版不久，即看到《迪化》第四集漚廬〈浪淘沙・採蓮〉詞，經
前後檢核刊物，證實漚廬是俞鷗侶，《全臺詞》則誤識為李維源。凡
此種種，不得不令人更加謹慎作者之歸屬。可見全集出版後，不僅僅
是輯佚補遺，同時也透過研究得以校勘糾誤，有重新再編再出版之
必要。

　　過往筆者曾主編《黎烈文全集》，當時在筆名考證上，尚未見
「綠岑」、「黎綠岑」、「舟中人」、「黎六曾」、「藁影」、「鑄瑛」署名，
在《黎烈文全集》出版七八年後，才無意間讀到一篇〈東京情殺事
件〉，信寄給「雪邨」先生，文末署「弟黎烈文上　十一月十六日」，
舟中人《最近留東學界之情殺》又刊《申報・自由談》，二文雷同，
「舟中」又是黎烈文短篇小說集書名，二文俱未收入《黎烈文全
集》。未幾，又讀到〈獨幕趣劇：貧賤夫妻〉作品題下署名作者是
「黎烈文」，但在劇本前言交代〈貧賤夫妻〉創作緣由，並署名「綠

岑」，可知「綠岑」為黎烈文的筆名。此筆名最早見於〈一幕悲劇的回憶〉，刊於《民眾文學》一九二三年第三卷第三期。而此文後來收入黎烈文小說集《舟中》，題目依舊作〈一幕悲劇的回憶〉，內容亦相同，因此「綠岑」是黎烈文筆名無疑，有時冠上姓氏，署名「黎綠岑」。此種情況一如「六曾」、「黎六曾」筆名用法。全集出版時，尚未見「黎六曾」之作品，之後發現以此筆名發表之作品極多，諸如：〈法國近事〉、〈比國兩大博覽會略紀〉、〈最近德國政潮之解剖〉、〈選舉前之德國政黨〉、〈英國失業工人增加之內幕〉、〈羅馬教廷對於中國禮俗之異議〉、〈戰後波蘭之內政〉、〈芬蘭農民之反共運動〉、〈英飛船 R 一零一號在法遇險詳記〉。又如「藁影」、「鑄瑛」之筆名，經過考證皆可證明。法國美里美作、藁影譯的〈方形堡的攻克〉先登《申報》，時隔十二年再刊《改進》，原作者譯名改作「P・梅里美」，文末署名黎烈文譯，較刊《申報》時多了三個註解。可見「藁影」即黎烈文。「鑄瑛」筆名，則從〈熱情的小孩〉推知，原刊《申報》時作者署「哥茫與塞作」，收入黎烈文選譯《法國短篇小說集》時署「哲恩・哥茫、加密爾・塞合作」，譯文相同，可知「鑄瑛」即黎烈文。在該書序文，黎烈文說：「這裡面未婚夫、晚風、菫色的辰光、他們的路、一個大師的出處、熱情的小孩等六篇，都是亡妻嚴冰之選的材料，由她翻過頭道，再由我根據原文加以詳細的訂正，然後發表了的，發表時的署名，因為當時的便利，有的寫著她的名字，有的寫著我的名字，有的則隨便寫著一個筆名。」[9]「鑄瑛」筆名應屬後者隨意所取。不過，在一九四三年黎烈文再度使用「鑄瑛」筆名翻譯（蘇）卡爾瑪作〈高爾基與瑪耶珂夫斯基〉，刊《改進》第七卷第五期，此篇全集亦漏收。全集尚漏收《改進》第八卷第六期〈文藝：走

9　黎烈文選譯：《法國短篇小說集》（上海市：商務出版社，1936年），頁1。文學研究
　　會世界文學名著叢書。

在前面的人〉,（蘇）科哲尼可夫作,林取譯（即黎烈文）。作為第一次首編的《黎烈文全集》,經過筆名的追索考證,因之補輯了十幾篇作品,就研究而言,再出補遺可對黎烈文討論更周備,研究方能有所突破與創新。

二　總集全集在學術文化上之意義

總集、全集的重要性不僅在於網羅放佚,使零章殘什,並有所歸,更為當前研究者提供翔實的原初資料,辨章學術,考鏡源流,奠定可靠的縱深研究基礎,讓研究有所突破與創新,尤其作為首次的文獻史料之編纂出版,臺灣新舊文學的承繼和傳播,在學術研究上尤具劃時代的意義和影響。總集之例,茲以《全臺賦》及影像集與《全臺詞》、《全臺文》的出版說明,作家全集之例以《周定山全集》、《鄭清文全集》說明。

（一）《全臺賦》

《全臺賦》出版的後續效應非常明顯,初次出版時間是二○○六年十二月,很快就引發了學界對臺灣賦的研究,升等改聘及學位論文、單篇論文利用該書作為研究素材的不乏其人。大陸學者詹杭倫〈臺灣賦論略──評《全臺賦》〉（2007）一文就《全臺賦》的分期、範圍、體裁、題材、校點、價值提出批評討論,二○○八年吳炳輝有專著《清代臺灣古典詩賦中的史蹟與名勝》,二○○九年游適宏《試賦與識賦──從考試的賦到賦的教學》內收:〈《全臺賦》所錄八篇應考作品初論〉、〈研究物情與褒贊國家──王必昌〈臺灣賦〉的兩個導讀面向〉二文,與臺灣賦相關。之後張高評〈海洋詩賦與海洋性格──明末清初之臺灣文學〉對周于仁〈觀海賦〉、張湄〈海吼賦〉、陳輝〈臺海賦〉、周澎〈平南賦〉予以探討,游適宏〈文石的「應」度:

試論周于仁〈文石賦〉作為高中國文教材範文的適切度〉，建議高中
國文教材編選時考慮〈文石賦〉。吳福助、吳蘊宇有〈〈駐色酒賦〉考
釋〉、陳瑤玲〈日治時期的「臺灣賦」中的「色／戒」書寫〉一文則討
論日治時期三篇（呂溪泉〈羅山彩雲歌妓賦〉、賴献瑞〈胭脂窟賦〉、
耐紅〈詩妓賦〉）「青樓賦」的書寫，並檢日治時期的另類書寫──
「登鸞降筆賦」中的「戒色觀」。此外，簡宗梧、林美清、韓學宏、
梁淑媛、歐天發諸教授都是在《全臺賦》出版之後，利用該書作為研
究的素材，長庚大學通識中心人文藝術科集體推動的「整合型計畫」
且以「《全臺賦》研究」為議題，甚至在二○一○年四月二十二日主
辦了「臺灣賦學術研討會」，並集結成會議論文集，內收十六篇有關
臺灣賦的研究。編纂校勘之討論有李時銘〈論臺灣賦之編纂〉與陳姿
蓉〈臺灣賦用韻考──校勘篇〉兩篇，李時銘比對《全臺文》和《全
臺賦》兩者的賦篇，兼評《全臺賦》一書內的編輯和標段等問題，並
建議納入蕭崇業〈航海賦〉、朱舜水〈堅確賦〉。陳姿蓉則考察《全臺
賦》韻腳使用的情形。作家論的研究有王學玲〈晚清易氏兄弟之臺灣
凝望與蹈海奮戰──從易順豫〈哀臺灣賦〉談起〉一篇，探討易氏兄
弟的家庭、學養與作品之發韌，兼探討清末亂世的氛圍與有關政治書
寫的作品之間的關係。鸞賦方面有簡宗梧〈臺灣登鸞降筆賦初探──
以《全臺賦》及其影像集為範圍〉和梁淑媛〈眾神花園中善意的缺
席──《全臺賦》中的「藏名賦」析論〉、林翠鳳〈廿世紀初期臺灣
鸞賦觀察──以《全臺賦》為例〉。另有鳥禽書寫、園林書寫、詠
物、放逐、神話、諷刺、自然景物等面向。如許惠玟〈美不殊於陸
橘，味較勝於胡柑──由《西螺柑賦》看臺灣在地物產書寫的衍變〉、
韓學宏〈臺灣賦中的動物書寫──以「鳥類」為視域〉、歐天發〈臺
灣風刺賦的表現形態〉（又刊《寧夏師范學院學報》）、李知灝〈清代
臺灣賦作海洋書寫中的神怪想像──以《全臺賦》為研究中心〉等
等，陳慶元教授指導學生涂敏華研究〈歷代都邑賦研究〉（福建師範

大學博士學位論文，2007），認為臺灣賦所描寫之都邑人文景觀頗能令人耳目一新。幾本專書的出版，都是以相關臺灣賦的研究作為升等改聘的著作，二○一一年有韓學宏《鳥類書寫與圖像文化研究》專書，二○一二年林淑媛亦出版《飛登聖域：臺灣鸞賦文學書寫及其文化視域研究》一書。《全臺賦》在二○一四年又再次修訂並補遺，其後林葉連發表〈《全臺賦》校訂本及補遺本的文字校訂商榷〉（2018年）。

　　從上述的研究成果，足見臺灣古典文學中的「賦」體，具有相當豐富的議題可以討論，臺灣賦的研究視野也日漸加深拓展。由於《全臺賦》的蒐羅出版，方得以發現其時鸞文賦體之作，在臺灣賦學發展史上相當特殊之現象。此外，與醫療相關的賦文，刊載於臺灣的報刊雜誌，其創作背景及特色不同於傳統賦文，而從這些賦作又可進一步觀知兩岸文學之流動現象。蒐羅過程可見不少轉載之作，如轉載《教書賦》、《木犀賦》等，透過比對，可收集佚、校勘之功。又如對早期《盛京賦》的轉載，則透露出日本極力拓植東三省（黑龍江、吉林、遼寧）、滿州國的時代背景。至若辭賦具有醫療之作用，此由枚乘《七發》可見。《七發》開首便云：「楚太子有疾，而吳客往問之」，吳客分析楚太子病因、病狀，以七件事（音樂、飲食、車馬、宮苑游觀、田獵、觀濤、要言妙道）啟發（治療）他，遂使楚太子「汗出，霍然病已」。之後以詩賦形式撰述的醫療之作不少，尤其是漢醫借辭賦形式進行醫療教育。漢代司馬相如、東方朔、劉向、揚雄、張衡、蔡邕等文人，他們作品中的論醫特點以散論本草與養生為多，間或亦有醫理雜論之辭。如蔡邕論四時月令之雜氣，張衡論生物本草與心理別志都很有時代特徵。兩宋通醫之詩人、詞人主要有蘇軾、陸游、辛棄疾和文天祥等。蘇軾精通醫理，辛棄疾通曉本草，文天祥注重心理，陸游晚年以醫自視，其詩詞中的醫藥內容比比皆是。至於其他作者的詩詞，涉論醫學的也為數不少。而有關醫療賦作之興，其因在於中醫古籍浩瀚，文詞古奧，初學者往往不摸門徑，且許多內容需精讀

默記，熟稔於心，方可在臨症中靈活運用，得心應手。歷代醫家在長期的醫療實踐中，遂以歌訣辭賦的形式傳授知識，俾收良好效果。

本來臺灣賦文就有不少描寫「庶民」於鸞堂問病求藥方，鸞生起乩扶鸞之作，如見收於《夢覺真機》的《戒庸醫賦》，由太醫院孫登鸞執筆。賦前有詩：「飛鸞奉詔下紅塵，世界庸醫惹我瞋。誤殺人間無數子，敢誇妙術可通神。」即責備庸醫不解醫書，輕忽《素問》、《難經》等荒謬行徑，不知五行六氣、陰陽脈理，不明藥性醫方，不宗前代名醫，只知謀利，不恤人命，欺世盜名，謬診亂醫，禍世誤人。《全臺賦》除《戒庸醫賦》外，尚可見《痘疹辨疑賦》等醫病題材之作，《臺灣皇漢醫界》仍刊出了幾篇特殊之作，可見在日治重西醫抑漢醫的情況下所作的努力。

（二）《全臺詞》

關於《全臺詞》之出版效應亦如同《全臺賦》，王偉勇發表了〈析論清領、日治時期臺灣文人填詞之若干問題〉，並指導博士生許仲南〈清代臺灣詞研究〉，其他由筆者指導的學位論文，有潘美芝〈日治時期及戰後初期嘉義文人詞作析論〉及簡嘉〈交流與互動——民國詞與日治臺灣報刊研究〉。總集的出版對於校勘學、版本學的研究甚有裨益。如楊浚《冠悔堂集・詞稿》（福建省圖書館藏手稿本）即解決若干問題，其〈大江東去・題孫壽卿司馬曾經滄海圖兼送榮行〉刊於《臺灣詩報》六號（1924年7月10日），但詞題在更早的《冠悔堂詞》題作「送孫夢九之官粵東」，前者為題畫之作又兼送行，後者則僅是送行之作，對作品內容之理解自然有相當的關係。再者，詞文本身得據《冠悔堂詞》校勘，如「聞道捧檄珠江，揚驪行矣」句，其中「捧」，原誤作「棒」，「揚」，原誤作「楊」，據《冠悔堂集》改。《臺灣詩報》六號（1924年7月10日）另首〈滿江紅〉亦題「題孫壽卿司馬曾經滄海圖兼送榮行」，《冠悔堂集》題作「贈孫夢九」。《臺

灣詩報》所載詞文原作亦多有出入或訛誤，如「空懷馳逐」之「空懷」，原誤作「壯懷空」。「問如今若箇」之「問如」，原誤作「聞於」。「簪纓成臭河山毒」之「成」，原誤作「或」。這些例子比比皆是，研究者透過《全臺賦》、《全臺詞》的作品，在版本校勘上可取得較好的學術成果，同時熱絡臺灣詞賦學研究區塊。

（二）《全臺文》

　　至若《全臺文》收文集類、奏疏類、記敘風物山川的雜記類及報紙文類。其中明末清代的作品是他們到臺灣任官所撰寫，有些是旅行途中所寫，作者除有安徽、湖南、山東各省，與福建關係尤密切。黃哲永在《全臺文》序文論及文化移植意義上的角色云：「首先，《全臺文》的作者有不少與泉州、廈門、同安、漳州等地有直接或間接上的關係，如：盧若騰、林樹梅、吳德功等是同安人，李春生是廈門人，楊浚、施琅是晉江人，林鶴年是安溪人，鄭用錫、藍鼎元是漳浦人，鄭坤五是漳州人，施士洁後寄居逝於廈門，周凱駐廈門三年，楊浚歷主漳州丹霞、廈門紫陽等書院，林鶴年於廈門鼓浪嶼築園以居，這種淵源，說明了閩南文化移植的關係。其次，《全臺文》的作者群，有些就是前仆後繼為臺灣建立典章制度的先賢，如謝金鑾、鄭兼才、六十七、徐宗幹、楊浚、鄭用錫、鄭用鑒、吳德功、蔣師轍、林豪等，凡最早的《臺灣縣志》、《臺灣府志》、《淡水廳志》、《噶瑪蘭方志》、《鳳山縣志》等，幾乎都由這些先賢們參與修成的，所謂『有不享，則修文』，《全臺文》不收方志，但方志卻是由《全臺文》的作者們所纂修，因而，《全臺文》的文化意義是多重的，從這個角度上看，《全臺文》的作者們對臺灣文化的貢獻是顯著的。」[10]透過這些古典散文，呈顯了臺灣四百年來在文教、洋務、商貿、農漁、兵事、政治、

---

10 黃哲永、吳福助主編《全臺文》，臺中市：文听閣圖書公司，2007年。

人物、自然、山川、風土、民情以及早期臺灣原住民社會圖像，其意
義可謂重大。

　　《全臺文》第三部分（第49冊至66冊）為雜記文，包括遊記、日
記、筆記與雜記。其中值得留意的是日治時期報刊所刊的筆記，雖然
《全臺文》所收不多，但因此也給予提醒，報刊散文有不少對中國歷
朝筆記的轉載與傳承之作，由於筆記文獻往往具有內容駁雜、不便利
用的特點，故而一向被視作小道，其價值易被忽視。其實，筆記文獻
多有考證史實、史籍、考訂名物、訓釋典籍、考訂音韻、輯佚舊文、
品評歷史人物、考證典章，又記有傳聞逸事、閭巷之內容，對經書內
容的心得闡釋，如能利用得宜，可以稽典故，可以廣聞見，可以證訛
謬，可以膏筆端，是經史考證的重要資料。臺灣報刊湧現大量考據筆
記，內容廣博，兼綜四部，雖然有駁雜零散的缺點，但仍然是研究中
國社會、政治、經濟、文化背景等方面的重要資料。而從日治下的臺
灣報刊刊載如此多的中國筆記，尤其是清末民初的筆記，這或許與日
本帝國主義進一步擴張所需的瞭解中國有關，與〈盛京賦〉的刊行用
意相同。

（三）作家全集

　　現代作家全集則是作家研究的基礎性史料之一，能提高現代文學
研究整體學術的品質。前述《周定山全集》誤收之例，因之得知作者
為張水淇，及尼采、「獨語」體在中國文壇的流變。張水淇，筆名洗
桑。一九二四年留學日本，就讀福岡明治工業專門學校，曾與滕固、
方光燾等人組織獅吼社，出版《獅吼》半月刊[11]，著有〈希臘人之哀
歌〉刊《小說月報》（第18卷第2期）、〈險惡的日本社會相〉刊《申報

---

11 臺大圖書館楊雲萍文庫有上海獅吼社出版的《獅吼》半月刊，可見日治時期的楊雲
　萍也接觸了中國一九二〇年代的文學雜誌。獅吼社的介紹可參《中國大百科全書》。

月刊》（1932年），編著則有《三民主義與共產主義》（1928年民生書店）、《日本明治維新前史》（1941年南京國立編譯館，1971年文海出版社），資料極少，其人幾乎被遺忘了。他最主要的貢獻應該就是寫下了〈阿門獨語〉，這是一部《查拉圖斯特拉如是說》式的作品，他以散文詩形式表達其強烈的個體存在思想，已略接近存在主義的思維，並開啟日後「獨語」式的寫作。在五四運動前一個月，傅斯年引用尼采的「讓每件東西的價值都能重新決定」的主張，鼓勵「『進步的美術家』須得提著燈籠沿街尋『超人』，拿著棍子滿街打魔鬼」以反駁那些反對新文學創造的論調，不久，田漢在《少年中國》上詳細介紹了尼采的〈悲劇之誕生〉指出「人生越苦惱，所以我等越要有強固的意志」去鬥爭。緊接著沈雁冰在《解放與改造》上發表了尼采的《查拉圖斯特拉如是說》中最富批判性的兩章〈新偶像〉和〈市場之蠅〉的譯文，並讚揚「尼采是大文豪」。

　　一九二〇年九月《新潮》第二卷第五期發表了魯迅譯的《查》書的序言，並附魯迅的解說。一九二三年，郭沫若又翻譯《查》書第一部和第二部若干部分，分三十九期連載在《創造週報》上，足見在五四及一九二〇年代，具有獨立不羈的個性風采和激越豪邁的浪漫文風的尼采在此時的中國文學界受到很大的歡迎，這或許與他提倡的「價值重估」、「破壞偶像」和反對奴隸道德的思想有關，與五四反傳統的思想解放運動以及當時普遍的浪漫熱情和少年英雄氣概契合。

　　在張水淇寫「獨語」體之前的文章，目前僅知郁達夫的〈骸骨迷戀者的獨語〉（《文學週刊》1925年第4期），張水淇在一九二七年發表獨語後，「獨語」體並未立即引起共鳴，這與一九二〇年代末及一九三〇年代時代氛圍有關，階級鬥爭和民族危機日趨惡化，各種集體主義思潮取代了個性主義思潮。在這種情況下，尼采等個體本體論思想不被特別倡導，但文學界中仍然有人對存在主義保持著濃厚的興趣的（如馮至），因此一九三〇年祖正發表〈對話與獨語〉、〈讀獄中獨語

有感〉[12]，此後河上肇〈獄中獨語〉、何其芳〈獨語〉、夢鷗〈獨語一章〉、于賡虞〈靈之獨語〉、石鴻〈夢後獨語〉、武者小路實篤〈獨語〉、俞平伯〈獨語〉等等，「獨語」體在三十、四十年代歷久不衰。其實在戰後臺灣文壇，依舊看到很多作家詩人以此為題，如覃子豪〈獨語〉一直發揮其影響，二○一五年嘉義新舞風推出的《獨語》概念即源自詩人覃子豪的現代詩。此一誤植全集的發現，提供了對臺灣文壇的尼采受容現象的關注，除了周定山、賴和相關外，可再追索尚有哪些作家作品，進而論述其意義、影響。

　　至於《鄭清文全集》在學術上的意義可從幾方面說明。一是新蒐作品促成研究的深化與廣度。作家作品經常有修改的幾種版本，以及來不及發表或者其他考慮，讀者、研究者無法觸及到的作品。未發表作品如〈阿子轉生〉、〈搬家〉或者早年編輯出版社擅加改動文字的《峽地》，或者作者修改前作並改篇名的〈灣角〉、〈險路〉，透過版本比較可以研究作家的想法及寫作藝術的改變等等。由於過去的研究較侷限在小說、童話，甚至有些人認為他不寫散文，或很少寫散文、隨筆。全集的出版，收錄的評論隨筆與詩卷，有四百多篇，內容有文學評論、書評、散文、隨筆、詩、序文、演講稿等，甚至有難得一見的詩評、詩作，如寫王白淵、鄭德昌《練習詩》序、新詩〈棉被〉。全集出版讓人可以瞭解鄭清文在小說之外，其實寫了很多評論、隨筆。此外，是鄭清文的翻譯文學，瞭解其翻譯與創作關係。鄭清文讀過很多國外文學作品，從這次全集所收文章，可看出他不僅能閱讀英日原文，後來他也翻譯名家作品，最後他的創作也被翻譯到國外。翻譯與

12　河上肇〈獄中獨語〉。後來《國聞週報》刊出譯文，第10卷第30期（1933年），頁1-2。河上肇對中國左派影響很大。〈獄中獨語〉是他為了爭取緩刑而寫了要退隱書齋，但他也堅持「在隱退於書齋後，余將依舊為信奉馬克思主義之一學者」。此外，他在監獄之中，雖然體力精神備受折磨，但是仍舊不願意以「轉向」換得釋放，即使面對很多曾經日本共產黨黨魁的轉向也不為所動。對於真理的堅持，使得河上風骨以及精神超越絕大多數人，迄今其帶有殉道者的精神感召力仍舊動人。

他的創作關係非常密切。譯作發表時間比起他創作的時間還早，在一九五六至一九五八年間翻譯了〈歌女〉、〈胸針〉、〈吻〉、〈貞操〉、〈醫生〉、〈未婚妻〉、〈可愛的女人〉，與目前所知的第一篇小說〈第一票〉早了快兩年。透過全集的蒐羅整理，對日後鄭清文全面的研究有相當大的意義。二是瞭解他的散文、隨筆、文學評論與小說童話彼此經常有互文補充的密切關係。評論隨筆卷與他小說的含蓄節制、樸實無華風格不同。他透過小說間接表達想法，但評論多明白指陳。主要傳達了他對臺灣文化、文學的關懷及對友人的情誼，以及補充說明其小說中的人物，他自己所受的文學養分淵源，對文學作品鑑賞的眼力，這都有助於讀者更深入的理解其人其作。三是他的作品提供了很多往後作品難以再現的特殊生活經驗。臺灣早期農事生活的日常描寫，恐怕也將愈來愈罕見，時空的隔閡，及缺乏農村生活經驗，往後牽涉歷史、文學書寫的作品，恐不容易寫，鄭清文的小說或將提供寶貴記錄。

三　瞻望總集全集續編之遠景

　　總集、全集重編續編情況並不少見，《全唐詩》、《全唐文》亦多有底本為據，整編而成。《全唐詩》有胡震亨《唐音統籤》、季振宜《唐詩》，而今人又繼續增補。《全唐文》之編纂，據嘉慶皇帝自陳，內府原有「繕本唐文一百六十冊」，因不如人意，遂敕重編，後增補不少資料，從一萬多篇收文超過兩萬篇，凡一千卷。唯官方教化意向，刪落不少唐傳奇小說。其後，清末陸心源獨立編成《唐文拾遺》、《唐文續拾》凡八十八卷，增補二千餘篇文。唐圭璋所編《全宋詞》較清代官修《歷代詩餘》增加了近一倍的量。而唐氏以後又有孔凡禮《全宋詞輯補》，僅是從《詩淵》所輯就達三四百首宋詞，《全臺賦》亦在八年後補遺，其後更待再補遺。可見總集的編纂過程除前人

努力外，後人更要堅持毅力，接棒後持續前跑，才可能後出轉精。總集全集的出版創舉，是對作家的致敬，也是對臺灣文學史建構的前瞻遠見，絕對可促成學術研究臻達另一高峰，因此就現有出版成果其個人編輯校點、校勘經驗，提出若干淺見，期待臺灣文學在總集全集的蒐羅編纂上，日新又新，完整呈現臺灣文學風貌。

　　一是全集應該名實相副，盡可能地收進作家的全部著作，努力做到不遺漏。梁實秋在臺編輯《徐志摩全集》時就說：「既稱全集。當然應將作者已刊、未刊諸稿悉數收入，但於此時此地很難做到。」[13]在實際編纂過程，自然有各種因素影響是否收入全部作品，或是由於戰亂，或是由於自然災害，或是由於報刊保存方面的問題，或是作家筆名過多造成蒐尋困難而失收，或是目錄有蹤跡可尋，卻查無下落，不見原書，作品存亡難以遽論。還有可能是作者生前意思，也可能是家屬因政治忌諱或為賢者諱而捨棄，個人主編的《黎烈文全集》即未收入小說《舟中》，以其自傳成分多，牽涉大家族成員隱私，作者悔其少作。但就研究者而言，必然盡可能全面詳盡地蒐集、閱讀有關作家的全部作品，方展開研究，只要公開發表過的作品，就有可能被發掘。《舟中》先刊報刊，後來又結集成書，因此今日找《舟中》諸篇閱讀，並不困難。有時作者生前就因一些因素捨棄刪除某些作品。編輯應嚴肅認真地對待編纂工作，盡量減少缺失錯漏以及辨別上的失誤，避免對讀者、研究者的誤導。之所以說「盡量減少」，實因全集、總集都很難做到「全」，標點、校勘上也很難完全無誤，從前述黎烈文筆名的甄別，可知筆名繁多的作家要編其全集具有相當難度，這在《全臺詩》、《全臺詞》或《魯迅全集》都能體會筆名、字號的增加確定，就是至少一篇作品的增加，累積多了就是數量可觀的佚文。

---

13 楊迅文主編：《梁實秋文集》，編輯委員會編：《梁實秋文集‧第3卷‧散文》（廈門市：鷺江出版社，2002年），頁172。

從收錄整理全部作品延伸的問題，是包括哪些作品？目前各全集、總集編法不太一樣，除了作者各別寫作文類不同，也牽涉編輯的主觀看法。如除收其文學作品外，作家的譯詩、譯文、譯寫、日記、書信、演講、座談會記錄、訪談是否收入全集？全集是否附相關影像照片手稿？各種全集的編法不同，主編除就作者作品實際情況說明外，不嫌龐雜巨細兼收，盡量保留片言隻字，對於研究者可提供更方便的資料，展開更深入的研究。如鄭清文參與座談會發言、文學獎評審（書面評審語或經本人認可的發言記錄整理稿）不少，如收入的話，即可見其文學批評態度[14]。又如黃得時參與林文月《源氏物語》「翻譯人茶會」，這個聚會是由「翻譯天地」，和「中外文學」於一九七九年一月二十一日召開，黃得時會上發言稿，即是非常珍貴的資料[15]。至於魏清德作為臺灣傳統詩壇的重要文人、漢文記者，對時人詩作的評語極多而精要，同時常為他人詩集做序，如能收入，對臺灣詩評、詩話、序文研究當有助益，可以重新評估及展開另一文學面向之研究。

　　二是「全集」所收作品，對於作家改動情況必須注明，或者並列改動版本出以注腳，在楊逵、王昶雄全集都有作品改寫的現象。又如鄭清文修改前作並改篇名的〈灣角〉、〈險路〉。對自己文章、作品反

---

14 鄭清文的評審說：「我覺得《千江有水千江月》寫得很好。第一很自然，第二很豐富。……這篇作品還有一個特色是很仔細，很多細節作者都注意到了。我想寫小說有個困難，就是能把細節準確的描述出來。像寫閹豬的笛子，看起來雖然不是什麼重要的事，在書中幾次出現，不但先後能夠互相照應，而且還可以賦予不同的意義，可說細膩而精心。像寫外祖父避開偷瓜人的那一段，那是一種很厚道的想法。這一段用筆不多，卻久久打動著讀者的心。文學本來就有一種反叛性。這篇小說，沒有那種反叛性，寫的都是一些善良的人，順著時間在移動，卻能寫得那麼自然，這篇作品誠然是一部很難得的優秀作品。」

15 參見本書〈疑義相與析──《黃得時全集》編纂商榷〉一文。至於改寫作品是否收入？黃得時全集並未收入，而在中國大陸卻再三出版黃得時的改寫本《水滸傳》（濟南市：明天出版社，2014年）。對全集而言，在體例、分類及收錄與否，時有兩難的情況，但隨著時間的流逝，現在沒收錄，他日再蒐尋則靠機緣。

覆修改及小改後重複發表的事實宜掌握材料。匯校本對這些更改作具體細緻的對照說明，澄清不同版本造成的歧異和混亂，這些將有助於作品前後的變動所提供的作家思想藝術的改變，避免因為所依據的版本不同而判斷失誤。而手稿本身也是對作品的修改，如有手稿則可考慮放在影像集，可提供研究者對手稿的詮釋研究。另外，早期很多作品刊登報刊或出版時經常被主編、出版社擅加改動文字，有時因政治考量或文學審美觀點等考量，如黎烈文譯著被志文出版社編輯妄加改動，因一九三〇年代白話文遣詞用字與臺灣的一九六〇、一九七〇年代有異，編輯遂直接刪寫認為不通的文句。鄭清文長篇小說《峽地》文字亦被修改。編者如能把多種版本珠聯璧合，並校勘後影印出版，將是作者之幸，學林之幸。

　　三是「全集」或「總集」的分類、排序。現代文學受西方文學及其觀念影響，文類上有時很難分類，小說、散文、新詩有時也難截然二分，散文寫得像散文詩、小說的不少，有些散文像雜文、隨筆，小說有時也像散文，遇到這種情況，編者最好有導論交代或訂下嚴謹體例。作品的先後排序也是相當困擾的事，有的缺寫作的年、月、日，有的缺刊名及卷期，有的刊物難以查到，尤其是被禁或刊數不多的刊物，編輯工作的難度更為添加，有才學和智慧的編者，正可從中體現解決問題的學識功底，盡可能從作品內外資訊來判斷。此外，需對作品校勘和考訂，除豐富學養外，勤於查閱各種文獻也能彌補誤判誤收的錯謬，這在全臺詩詞賦的編纂尤其如是。詩文中異體字、通同字以及報刊手民之誤或當時的用字習慣。吊、弔，拆、折，已、己，……諸字，在日治臺灣視為正確的字，到了現在就變成錯字。現代文學作品亦是，倒、到，狠、很，原來、元來在早期也都並非錯字。

　　至於誤收情況不能不謹慎以對，尤其全臺詩詞賦的編纂，到了日本統治期，報刊從中國轉載了不少作品，需加以辨識，移作附錄。《全臺賦》初版時即誤收龔廷賢編〈痘疹辯疑賦〉、芹芬〈秋蟲賦〉、

仰霄〈賭鬼賦〉、芹芬〈秋蟲賦〉、闕名〈駐色酒賦〉。

　　又如《日治時期臺灣小說彙編》，所收作品在時空、作者身分上與書名多違逆。這已經需要進行史料的考證、辨偽，相互參照和反覆核對作品，以揭開事實的真相，糾正原有的謬誤。《日治時期臺灣小說彙編》尤為臺灣目前所有的總集編纂亟需重編續編的大工程。萬分期待臺灣也能提升古籍整理出版的層級，從重點規劃，立項到出版，有堅實的團隊來主持編輯，視為學術研究的一環，而不是僅視為文獻整理，非關學術。因為史料是學術研究的基礎，是從事研究的必要前提和依據，唯有收集完整、考訂精當、體例嚴謹的作家全集、總集，方是推升穩固學術研究的重要基墊。

參考文獻

一　方志（依姓氏筆畫排序）

《臺灣輿地彙鈔》　《臺灣文獻叢刊第》第二一六種　臺北市　臺灣
　　　銀行經濟研究室　1965年

丁曰健　《治臺必告錄》　《臺灣文獻叢刊》第十七種　臺北市　臺
　　　灣銀行經濟研究室　1959年

王國璠　《臺北市志・人物志》　臺北市　臺北市文獻委員會　1980年

王瑛曾　《重修鳳山縣志》　《臺灣文獻叢刊》第一四六種　臺北市
　　　臺灣銀行經濟研究室　1962年

王　禮　《臺灣縣志》　《臺灣文獻叢刊》第一〇三種　臺北市　臺
　　　灣銀行經濟研究室　1961年

余文儀　《續修臺灣府志》　《臺灣文獻叢刊》第一二一種　臺北市
　　　臺灣銀行經濟研究室　1962年

吳振漢　《大溪鎮志・人物篇》　桃園市　大溪鎮公所　2004年

李元春　《臺灣志略》　《臺灣文獻叢刊》第十八種　臺北市　臺灣
　　　銀行經濟研究室　1958年

李丕煜　《鳳山縣志》　《臺灣文獻叢刊》第一二四種　臺北市　臺
　　　灣銀行經濟研究室　1961年

沈茂蔭　《苗栗縣志》　《臺灣文獻叢刊》第一五九種　臺北市　臺
　　　灣銀行經濟研究室　1962年

周元文　《重修臺灣府志》　《臺灣文獻叢刊》第六十六種　臺北市
　　　臺灣銀行經濟研究室　1960年

周鍾瑄　《諸羅縣志》　《臺灣文獻叢刊》第一四一種　臺北市　臺
　　　　灣銀行經濟研究室　1962年

周　璽　《彰化縣志》　《臺灣文獻叢刊》第一五六種　臺北市　臺
　　　　灣銀行經濟研究室　1962年

林　豪　《澎湖廳志》　《臺灣文獻叢刊》第一六四種　臺北市　臺
　　　　灣銀行經濟研究室　1963年

柯培元　《噶瑪蘭志略》　《臺灣文獻叢刊》第九十二種　臺北市
　　　　臺灣銀行經濟研究室　1961年

胡　傳　《臺東州采訪冊》　《臺灣文獻叢刊》第八十一種　臺北市
　　　　臺灣銀行經濟研究室　1960年

范　咸　《重修臺灣府志》　《臺灣文獻叢刊》第一〇五種　臺北市
　　　　臺灣銀行經濟研究室　1961年

倪贊元　《雲林縣采訪冊》　《臺灣文獻叢刊》第三十七種　臺北市
　　　　臺灣銀行經濟研究室　1959年

孫爾準　《重纂福建通志臺灣府》　《臺灣文獻叢刊》第八十四種
　　　　臺北市　臺灣銀行經濟研究室　1960年

浙江省人物志編纂委員會　《浙江省人物志》　杭州市　浙江人民出
　　　　版社　2005年

高拱乾　《臺灣府志》　《臺灣文獻叢刊》第六十五種　臺北市　臺
　　　　灣銀行經濟研究室　1960年

張天祿　《福州人名志》　福州市　海潮攝影藝術出版社　2007年

張永堂　《續修新竹市志》　新竹市　新竹市政府　2005年

張炳楠等　《臺灣省通志卷三：政事志衛生篇》　臺北市　眾文圖書
　　　　公司　1972年

陳光貽　《中國方志學史》　福州市　福建人民出版社　1998年

陳國瑛　《臺灣采訪冊》　《臺灣文獻叢刊》第五十五種　臺北市
　　　　臺灣銀行經濟研究室　1959年

陳培桂　《淡水廳志》　《臺灣文獻叢刊》第一七二種　臺北市　臺
　　　灣銀行經濟研究室　1963年

陳朝龍　《新竹縣采訪冊》　《臺灣文獻叢刊》第一四五種　臺北市
　　　臺灣銀行經濟研究室　1962年

廖漢臣　《臺灣省通志‧學藝志‧文徵篇》　南投市　臺灣省文獻委
　　　員會　1971年

廖漢臣　《臺灣省通志稿‧學藝志》　南投市　臺灣省文獻委員會
　　　1983年

臺灣省文獻委員會　《臺灣省通志‧學藝志》　臺北市　臺灣省文
　　　獻委員會　1971年

臺灣省文獻委員會　《重修臺灣省通志‧藝文志》　南投市　臺灣省
　　　文獻委員會　1997年

臺灣省文獻委員會　《重修臺灣省通志‧人物志》　南投市　臺灣省
　　　文獻委員會　1998年

劉良璧　《重修福建臺灣府志》　《臺灣文獻叢刊》第七十四種　臺
　　　北市　臺灣銀行經濟研究室　1961年

蔣師轍　《臺灣通志》　《臺灣文獻叢刊》第一三〇種　臺北市　臺
　　　灣銀行經濟研究室　1962年

蔣毓英　《臺灣府志》　北京市　中華書局　1984年

鄭鵬雲　《新竹縣志初稿》　《臺灣文獻叢刊》第六十一種　臺北市
　　　臺灣銀行經濟研究室　1959年

魯鼎梅　《重修臺灣縣志》　《臺灣文獻叢刊》第一一三種　臺北市
　　　臺灣銀行經濟研究室　1961年

盧德嘉　《鳳山縣采訪冊》　《臺灣文獻叢刊》第七十三種　臺北市
　　　臺灣銀行經濟研究室　1960年

薛志亮　《續修臺灣縣志》　《臺灣文獻叢刊》第一四〇種　臺北市
　　　臺灣銀行經濟研究室　1962年

薩　廉　《噶瑪蘭廳志》　《臺灣文獻叢刊》第一六〇種　臺北市
　　　　臺灣銀行經濟研究室　1963年

二　詩詞文集

〔清〕鄭兼才　《六亭文集》　上海市　上海辭書出版社　2014年
《清代詩文集彙編》（清光緒二十二年刻本）　上海市　上海古籍出
　　　　版社　2010年
丁紹儀　《聽秋聲館詞話》　《續修四庫全書》第一七三三冊　上海
　　　　市　上海古籍出版社　2002年
丁紹儀輯　《國朝詞綜補》　《續修四庫全書》第一七三三冊　上海
　　　　市　上海古籍出版社　2002年
六十七著　陳漢光校訂　《使署閒情》　臺北縣　臺灣風物雜誌社
　　　　1957年
六十七　《使署閒情》　《臺灣文獻叢刊》第一二二種　臺北市　臺
　　　　灣銀行經濟研究1961年
王士禎　《花草蒙拾》　《詞話叢編》　北京市　中華書局　1986年
王少濤著　吳福助、楊永智主編　《王少濤全集》　臺北縣　臺北縣
　　　　政府文化局　2004年
王亞南著　沈雲龍輯　《游臺吟稿一卷坿蓬萊飲涺集一卷》　《近代
　　　　中國史料叢刊》第九十二輯　臺北縣　文海出版社　1973年
王亞南　《王亞南遊臺詩文集》　《臺灣先賢詩文集彙刊》第八輯
　　　　新北市　龍文出版社　2011年
王　松　《友竹行窩遺稿》　《臺灣先賢詩文集彙刊》第二輯　臺北
　　　　縣　龍文出版社　1992年
王雨露輯　《芸香室主人花燭詞》　彰化市　出版社不詳　1929年
王炳南　《潛園寓錄》　臺南市　國立臺灣文學館藏手稿本　出版時
　　　　間不詳

王開運　《杏庵詩集》　《臺灣先賢詩文集彙刊》第六輯　臺北縣　龍文出版社　2009年

王開運著　施懿琳、陳曉怡主編　《王開運全集》　臺南市　臺灣文學館　2009年

丘逢甲　《嶺雲海日樓詩鈔》　南投市　臺灣省文獻委員會　1994年

石中英　《芸香閣儷玉吟草》　《臺灣先賢詩文集彙刊》第二輯　臺北縣　龍文出版社　1992年

旭瀛書院編　《故孝廉江蘊玉先生記念帖》　廈門市　旭瀛書院　1923年

朱芾亭　《雨聲草堂吟草》　《臺灣先賢詩文集彙刊》第九輯　新北市　龍文出版社　2011年

朱景英　《海東札記》　《臺灣文獻叢刊》第十九種　臺北市　臺灣銀行經濟研究室　1958年

吳紉秋輯　《東寧鐘韻》　《臺灣先賢詩文集彙刊》第九輯　新北市　龍文出版社　2011年

吳幅員　《臺灣詩鈔》　《臺灣文獻叢刊》第二八〇種　臺北市　臺灣銀行經濟研究室　1970年

吳鍾善　《守硯庵詩稿荷華生詞合刻》　宗元印書館晉江吳氏桐南書屋藏版　出版時間不詳

吳鍾善著　陳支平主編　《守硯庵詩稿荷華生詞合刻》　《臺灣文獻匯刊》第四輯　廈門市、北京市　廈門大學出版社、九州出版社　2004年

呂伯雄　《竹筠軒伯雄吟草》　《臺灣先賢詩文集彙刊》第二輯　臺北縣　龍文出版社　1992年

呂敦禮　《厚菴遺草》　《臺灣先賢詩文集彙刊》第三輯　臺北縣　龍文出版社　2001年

李如月　《團卿詩集》　《臺灣先賢詩文集彙刊》第九輯　新北市　龍文出版社　2011年

李伯元著　薛正興點校　《南亭四話》　南京市　江蘇古籍出版社
　　2000年

李騰嶽　《李騰嶽鷺村翁詩存》　《臺灣先賢詩文集彙刊》第一輯
　　臺北縣　龍文出版社　1992年

李霽野　《李霽野文集第2卷散文》　天津市　百花文藝出版社　2004
　　年

沈　驥　《沈傲樵父子詩詞選集》　臺北市　慈廬主人出版　1979年

兒玉源太郎編　《慶饗老典錄》　臺北縣　臺灣總督府　1900年

周植夫　《竹潭詩稿》　《臺灣先賢詩文集彙刊》第五輯　臺北縣
　　龍文出版社　2006年

易順鼎著　陳松青校點　《易順鼎詩文集》　長沙市　湖南人民出版
　　社　2010年

林友笛著　鄭定國主編　《林友笛詩文集》　臺北市　文史哲出版社
　　2008年

林述三　《礪心齋詩集》　《臺灣先賢詩文集彙刊》第三輯　臺北縣
　　龍文出版社　2001年

林純卿　《曙村詩草》　《臺灣先賢詩文集彙刊》第六輯　臺北縣
　　龍文出版社　2009年

林清月　《仿詞體之流行歌》　出版地不詳　大東南印刷廠　1952年

林陳琅　《先考林俊堂公遺蹟彙纂》　林陳琅先生藏本　書未出版

林景仁輯　《菽莊主人四十壽言》　廈門市　菽莊吟社　1914年

林景仁　《林小眉三草》　《臺灣先賢詩文集彙刊》第一輯　臺北縣
　　龍文出版社1992年

林朝崧　《無悶草堂詩存》　《臺灣文獻叢刊》第七十二種　臺北市
　　臺灣銀行經濟研究室　1960年

林朝崧　《無悶草堂詩存》　《臺灣先賢詩文集彙刊》第一輯　臺北
　　縣　龍文出版社　1992年

林朝崧著　許俊雅校釋　《無悶草堂詩餘校釋》　臺北市　國立編譯
　　　館　2006年

林欽賜編　《瀛洲詩集》　臺北市　光明社　1933年

林爾嘉　《林菽莊先生詩稿》　臺北市　文匯印刷　1973年

林緝熙　《荻洲吟草》　《臺灣先賢詩文集彙刊》第三輯　臺北縣
　　　龍文出版社　2001年

林錫牙　《讀父書樓詩集》　《臺灣先賢詩文集彙刊》第九輯　新北
　　　市　龍文出版社　2011年

施士洁　《後蘇龕合集》　《臺灣文獻叢刊》第二一五種　臺北市
　　　臺灣銀行經濟研究室　1957年

施士洁　《後蘇龕合集》　《臺灣先賢詩文集彙刊》第一輯　臺北縣
　　　龍文出版社　1992年

施梅樵　《梅樵詩集》　《臺灣先賢詩文集彙刊》第三輯　臺北縣
　　　龍文出版社　2001年

施懿琳主編　《全臺詩》一～五冊　臺北市　遠流出版社　2004年

施懿琳主編　《全臺詩》六～七十五冊　臺南市　臺灣文學館　2008-
　　　2015年

柳亞子主編　《南社詞集》　上海市　開華書局　1936年

柳亞子　《柳亞子詩詞選》　北京市　人民文學出版社　1959年

柳亞子　《磨劍室詩詞集》　上海市　上海人民出版社　1985年

洪繻著　胥端甫編　《洪棄生先生遺書》　臺北市　成文出版社
　　　1970年

洪　繻　《寄鶴齋選集》　《臺灣文獻叢刊》第三〇四種　臺北市
　　　臺灣銀行經濟研究室　1972年

洪　繻　《洪棄生先生全集》　南投市　臺灣省文獻委員會　1993年

胡　傳　《臺灣日記與稟啟》　《臺灣文獻叢刊》第七十一種　臺北
　　　市　臺灣銀行經濟研究室　1960年

孫克強等　《清人詞話》　天津市　南開大學出版社　2012年

徐　珂　《純飛館詞》　《叢書集成》第二〇九冊　臺北市　新文豐
　　　出版公司　1989年

馬積高著　《賦史》　上海市　上海古籍出版社　1987年

張仲炘　《瞻園詞》　臺北市　國立臺灣師範大學圖書館藏線裝本
　　　1905年

張宏生主編　《全清詞》　南京市　南京大學出版社　2012年

張景祁　《新蘅詞》　《續修四庫全書》第一七二七冊　上海市　上
　　　海古籍出版社　2002年

張景祁著　郭秋顯、賴麗娟主編　《張景祁詩詞集》　《清代宦臺文
　　　人文獻選編》第七種　新北市　龍文出版社　2012年

張達修著　林文龍主編　《張達修全集》　臺中市　張振騰發行
　　　2007年

張達修　《漱齋詩草》　《臺灣先賢詩文集彙刊》第九輯　新北市
　　　龍文出版社　2011年

張麗俊著　許雪姬、洪秋芬編纂解讀　《水竹居主人日記》　臺北
　　　市、臺中縣　中央研究院近代史研究所、臺中縣文化局
　　　2000-2004年

梁啟超　《飲冰室合集》　上海市　中華書局　1936年

莊幼岳　《紅梅山館詩草》　《臺灣先賢詩文集彙刊》第九輯　新北
　　　市　龍文出版社　2011年

莊幼岳　《紅梅山館詩草續集》　《臺灣先賢詩文集彙刊》第九輯
　　　新北市　龍文出版社　2011年

許天奎　《鐵峰山房唱和集》　《臺灣先賢詩文集彙刊》第六輯　臺
　　　北縣　龍文出版社　2009年

許丙丁編　《蓮心集》　《臺灣先賢詩文集彙刊》第八輯　新北市
　　　龍文出版社　2011年

許成章　《高雄市古今詩詞選》　高雄市　高雄市文獻委員會　1983年

許成章　《許成章作品集》　高雄市　春暉出版社　2000年

許俊雅、吳福助主編　《全臺賦》　臺南市　臺灣文學館籌備處
　　2006年

許俊雅編校　《梁啟超遊臺作品校釋》　臺北市　國立編譯館　2007年

許俊雅、簡宗梧主編　《全臺賦補遺》　臺南市　臺灣文學館　2014年

許南英　《窺園留草》　《近代中國史料叢刊》第八十輯　臺北縣
　　文海出版社　1972年

許南英　《窺園留草》　《臺灣先賢詩文集彙刊》第一輯　臺北縣
　　龍文出版社　1992年

許南英　《窺園留草》　《臺灣歷史文獻叢刊》　南投市　臺灣省文
　　獻委員會　1993年

連　橫　《臺灣詩乘》　《臺灣文獻叢刊》第六十四種　臺北市　臺
　　灣銀行經濟研究室　1960年

連　橫　《劍花室詩集》　《臺灣文獻叢刊》第九十四種　臺北市
　　臺灣銀行經濟研究室　1960年

連橫著　鄭喜夫輯　《雅堂先生集外集》　臺中縣　鄭喜夫發行　1976
　　年

連　橫　《臺灣詩薈》　臺北市　成文出版社　1977年

連　橫　《連雅堂先生全集》　南投市　臺灣省文獻委員會出版
　　1992年

陳季同著　錢南秀整理　《學賈吟》　上海市　上海古籍出版社
　　2005年

陳　貫　《豁軒詩草》　《臺灣先賢詩文集彙刊》第二輯　臺北縣
　　龍文出版社　1992年

陳　瑚　《枕山詩鈔》　《臺灣先賢詩文集彙刊》第二輯　臺北縣
　　龍文出版社　1992年

陳錫如　《留鴻軒詩文集》　《臺灣先賢詩文集彙刊》第六輯　臺北
　　　　縣　龍文出版社　2009年

陳懷澄　《沁園詩存》　《臺灣先賢詩文集彙刊》第四輯　臺北縣
　　　　龍文出版社　2006年

陸　游　《陸游集》第五冊　北京市　中華書局　1976年

傅錫祺　《鶴亭詩集》　《臺灣先賢詩文集彙刊》第二輯　臺北縣
　　　　龍文出版社　1992年

彭國棟　《廣臺灣詩乘》　臺中市　臺灣省文獻委員會　1956年

黃宗彝　《婆梭詞》　聚紅榭刻本　出版地不詳　1854年

黃旺成著　許雪姬主編　《黃旺成先生日記》　臺北市　中央研究院
　　　　臺灣史研究所　2008-2016年

黃臥松編　《彰化崇文社貳拾週年紀念詩文續集》　嘉義市　蘭記書
　　　　局　1937年

黃拱五　《拾零集》　《臺灣先賢詩文集彙刊》第六輯　臺北縣　龍
　　　　文出版社　2009年

黃洪炎編　《瀛海詩集》上下　《臺灣先賢詩文集彙刊》第五輯　臺
　　　　北縣　龍文出版社　2006年

黃贊鈞　《大同要素》　《臺灣先賢詩文集彙刊》第八輯　新北市
　　　　龍文出版社　2011年

黃鶴齡著　劉榮平、江卉點校　《黃鶴齡集》　廈門市　廈門大學出
　　　　版社　2014年

黃鑑塘　《臺灣一週遊記吟草》　《臺灣先賢詩文集彙刊》第九輯
　　　　新北市　龍文出版社　2011年

楊　圻　《江山萬里樓詩詞鈔》　上海市　上海社會科學院出版社
　　　　2004年

楊　浚　《冠悔堂集》　福建省　福建省圖書館藏手稿本　出版時間
　　　　不詳

楊嘯霞　《網溪詩文集》　《臺灣先賢詩文集彙刊》第六輯　臺北縣
　　　龍文出版社2009年

葉恭綽編　《全清詞鈔》　臺北市　河洛圖書出版社　1975年

葉融頤　《融齋詩詞梗概》　彰化縣　鹿港文教基金會　1984年

壽峰詩社編輯　《壽峰詩社詩集》　《臺灣先賢詩文集彙刊》第七輯
　　　臺北縣　龍文出版社　2009年

壽峰詩社編輯　《壽峰詩社續集》　《臺灣先賢詩文集彙刊》第七輯
　　　臺北縣　龍文出版社　2009年

趙一山　《劍樓先生吟稿》　黃哲永先生藏　李麗川抄本　出版地不
　　　詳　出版時間不詳

趙尊嶽著　趙文漪編　《珍重閣詞集》　新加坡　東藝印務公司
　　　1981年

劉家謀著　郭秋顯、賴麗娟主編　《劉家謀全集彙編》　《清代宦臺
　　　文人文獻選編》第六種　新北市　龍文出版社　2012年

蔡月華著　孫曉鐘編　《夢桂軒詩草蔡月華詩詞創作全集》　臺北市
　　　三民書局　2010年

蔡旨禪　《旨禪詩畫集》　《臺灣先賢詩文集彙刊》第三輯　臺北縣
　　　龍文出版社　2001年

蔡伯毅　《林祖密家藏稿──嚶鳴集》　臺北市　中央研究院人文社
　　　會科學聯合圖書館特藏手稿影本　1923-1950年

蔣師轍　《臺游日記》　《臺灣文獻叢刊》第六種　臺北市　臺灣銀
　　　行經濟研究室　1957年

賴子清　《臺灣詩醇》　臺北市　賴子清印行　1935年

賴子清　《臺海詩珠》　臺北市　賴子清印行　1982年

賴子清編　《臺灣詩海》　《臺灣先賢詩文集彙刊》第五輯　臺北縣
　　　龍文出版社　2006年

賴柏舟編　《鷗社藝苑初集》　《臺灣先賢詩文集彙刊》第七輯　臺
　　　北縣　龍文出版社　2009年

賴惠川　《悶紅館全集》　《臺灣先賢詩文集彙刊》第四輯　臺北縣
　　　龍文出版社　2006年

駱香林　《駱香林全集》　花蓮縣　花蓮縣文獻委員會　1980年

駱香林　《駱香林全集》　《臺灣先賢詩文集彙刊》第一輯　臺北縣
　　　龍文出版社　1992年

繆鉞、葉嘉瑩著　《詞學古今談》　臺北市　萬卷樓圖書公司　1992年

謝國文　《省廬遺稿》　《臺灣先賢詩文集彙刊》第二輯　臺北縣
　　　龍文出版社　1992年

謝章鋌著　沈雲龍輯　《賭棋山莊全集》　《近代中國史料叢刊續
　　　編》第十五輯　臺北縣　文海出版社　1975年

謝章鋌著　劉榮平校注　《賭棋山莊詞話校注》　廈門市　廈門大學
　　　出版社　2013年

謝道隆　《小東山詩存》　出版地不詳　國立臺灣大學圖書館藏本
　　　1974年

謝籟軒　《謝籟軒詩集》　《臺灣先賢詩文集彙刊》第九輯　新北市
　　　龍文出版社　2011年

簡楊華　《棲鶴齋詩文集》　臺中市　臺中市鄉土文化學會　2012年

譚康英　《心弦集》　出版地不詳　臺灣文學館藏本　1939年

三　傳記及論述專書

〔明〕朱之瑜　《朱舜水全集》　北京市　中國書店　1991年

〔法〕陳豔霞著　耿昇譯　《華樂西傳法蘭西》　北京市　商務印書
　　　館　1998年

〔清〕王應震　《王應震要訣》　北京市　人民衛生出版社　2000年

〔清〕趙履鼇　中醫古籍珍稀抄本精選（十五）　上海市　上海科學
　　　技術出版社　2004年

〔清〕顏元　《存學編四卷》　《四庫全書總目存學編・提要》　臺
　　　北市　藝文印書館　1974年
〔漢〕班固　《漢書・王褒傳》　《漢書補注》　臺北市　藝文印書
　　　館　出版時間不詳
《巫永福全集評論卷III》　臺北市　傳神福音文化公司　1996年
《讀史方輿紀要・自敘》　北京市　中華書局　2005年
上海中醫學院附屬中醫文獻研究館編　《中國歷代醫史》　出版地不
　　　詳　出版時間不詳
下村作次郎著　邱振瑞譯　《從文學讀臺灣》　臺北市　前衛出版社
　　　1997年
天臺野叟著　《大清見聞錄上史料遺聞》　鄭州市　中州古籍出版社
　　　2000年
王心好　《藥性賦新補與新解》　鄭州市　中原農民出版社　1994年
　　　見《近代中國史料叢刊三編849實業公報三百至三百〇五期
　　　民國二十五年十月至十一月》　臺北市　文海出版社
王國璠　《臺灣先賢著作提要》　新竹市　臺灣省立新竹社會教育館
　　　1974年
王雲五主編　鄭喜志編撰　《民國連雅堂先生橫年譜》　臺北市　臺
　　　灣商務印書館　1981年
王筱雯主編　《遼寧省圖書館藏古籍精品圖錄》　瀋陽市　瀋陽出版
　　　社　2008年
王詩琅　《日本殖民地體制下的臺灣》　臺北市　眾文圖書公司
　　　1980年
王曉波編　《臺胞抗日文獻選編》　臺北市　帕米爾書店　1985年
吳丰培著　馬大正等整理　《吳丰培邊事題跋集》　烏魯木齊市　新
　　　疆人民出版社　1998年
吳毓琪　《臺灣南社研究》　臺南市　臺南市文化中心　1999年

吳福助　《臺灣漢語傳統文學書目》　臺北市　文津出版社　1999年

巫永福著　沈萌華主編　《巫永福全集評論卷 III》　臺北市　傳神
　　　福音文化公司　1996年

李世偉　《日據時代臺灣儒教結社與活動》　臺北市　文津出版社
　　　1999年

李海瑨　《南社書壇點將錄》　蘇州市　蘇州大學出版社　2012年

李　敖　《李敖大全集‧卷二十三》　北京市　中國友誼出版公司
　　　2010年

李雲主編　《中醫人名辭典》　《古今名醫言行錄》　北京市　國際
　　　文化出版公司　1988年

李筱峯　《林茂生、陳炘和他們的時代》　臺北市　玉山社出版事業
　　　公司　1996年

李豐楙、朱榮貴主編　《儀式、廟會與社區：道教、民間信仰與民間
　　　文化》　臺北市　中研院文哲所　1996年

杜正勝　《臺灣心臺灣魂》　高雄市　河畔出版社　1998年

杜建主編　《臺灣中醫藥縱覽》　北京市　中國醫藥科技出版社
　　　1993年

沈立東　《中國歷代女作家傳》　北京市　中國婦女出版社　1995年

肖林榕、林端宜　《閩臺歷代中醫醫家志》　北京市　中國醫藥科技
　　　出版社　2007年

卓克華　《從寺廟發現歷史臺灣寺廟文獻之解讀與意涵》　臺北市
　　　揚智出版社　2003年

周玉山編　《當代世界小說家讀本──郁達夫》　臺北市　光復書局
　　　1987年

孟祥才　《梁啟超傳》　北京市　北京出版社　1980年

岩崎潔治　《臺灣實業家名鑑》　臺北市　臺灣雜誌社　1912年

岳峰、周玲華編　《絲綢之路研究文獻書目索引》　烏魯木齊市、香
　　　港　新疆人民出版社、香港文化教育出版社　1994年

林文龍　《臺灣史蹟叢編》下冊　臺中市　國彰出版社　1987年

林海音　《剪影話文壇》　北京市　中國友誼出公司　1987年

林進發　《臺灣官紳年鑑》　臺北市　民眾公論社　1933年

邵迎武　《南社人物吟評》　北京市　社會科學文獻出版社　1994年

侯中一編　《近代中國史料叢刊續輯第731卷・沈光文斯庵先生專
　　　集》　臺北市　文海出版社　出版時間不詳

柳江縣政府修　劉漢忠羅方貴點校　《柳州縣志點校本》　南寧市
　　　廣西人民出版社　1998年

柳無忌、殷安如編　《南社人物傳》　北京市　社會科學文獻出版社
　　　2002年

胡子丹編　《翻譯藝術》　臺北市　翻譯天地雜誌社　1968年

范泉主編　《中國現代文學社團流派辭典》　上海市　上海書店出版
　　　社　1993年

郁達夫　《郁達夫文論集》　杭州市　浙江文藝出版社　1985年

翁聖峰　《日據時期臺灣新舊文學論爭新探》　臺北市　五南圖書出
　　　版公司　2007年

高明主編　《清文彙》　臺北市　臺灣書店　1950年

張子文等　《臺灣歷史人物小傳──明清暨日據時期》　臺北市　國
　　　家圖書館　2003年

張玉春主編　《百年暨南人物志》　廣州市　暨南大學出版社　2006
　　　年

張秀麗　《大儒章太炎》　北京市　華文出版社　2009年

張崇根　《臺灣歷史與高山族文化》　西寧市　青海人民出版社
　　　1992年

曹明剛　《賦學概論》　上海市　上海古籍出版社　1998年

曹培根、翟振業主編　《常熟文學史》　揚州市　廣陵書社　2010年

盛鴻著　《武士刀下的南京：日偽統治下的南京殖民社會研究》　南
　　　京市　南京師範大學出版社　2008年

章念馳　《章太炎生平與學術》　北京市　生活‧讀書‧新知三聯書
　　　店　1988年

章炳麟著　《近代中國史料叢刊‧太炎先生自訂年譜》　臺北市　文
　　　海出版社　1971年

許俊雅編　《講座 FORMOSA 臺灣古典文學評論合集》　臺北市
　　　萬卷樓圖書公司　2004年

許俊雅編注　《梁啟超與林獻堂往來書札》　臺北市　萬卷樓圖書公
　　　司　2007年

許師慎編輯　《有關清史稿編印經過及各方意見彙編下》　臺北市
　　　中華民國史料研究中心　1979年

許婉婷編輯　《澎湖研究第十二屆學術研討會論文輯澎湖地方知識的
　　　探索與建構》　馬公市　澎湖縣政府文化局　2013年

許雪姬主編　《臺灣歷史辭典》　臺北市　遠流出版社　2004年

許雪姬　《樓臺重起──林本源家族與庭園歷史》　新北市　新北市
　　　文化局　2011年

郭奇遠編　《全國名醫驗案類編續編》　上海市　大東書局　1936年

郭維森、許結　《中國辭賦發展史》　南京市　江蘇教育出版社
　　　1996年

陳百齡　《石碑背後的家族史新竹近代社會家族研究》　新竹市　新
　　　竹市文化局　2015年

陳侃、蕭崇業、夏子陽　《使琉球錄三種》　收入《臺灣文獻史料叢
　　　刊第三輯44鄭氏史料續編2》　臺北市　大通書局　1984年

陳建忠　《書寫臺灣，臺灣書寫：賴和的文學與思想研究》　高雄市
　　　春暉出版社　2004年

陳美蓉、何鳳嬌編　《固園黃家──黃天橫先生訪談錄》　臺北市　國史館　2011年

黃乃江　《東南壇坫第一家──菽莊吟社研究》　《中國現代文學社團史研究書系》　武漢市　武漢出版社　2011年

黃典權等編纂　《重修臺灣省通志卷九：人物志人物傳篇人物表篇》　南投市　臺灣省文獻委員會　1998年

黃得時著　江寶釵主編　《黃得時全集》　臺南市　臺灣文學館　2012年

黃新憲　《閩臺教育的交融與發展》　福州市　福建人民出版社　2003年

楊雲萍　《臺灣史上的人物》　臺北市　成文出版社　1981年

楊雲萍　《楊雲萍全集7資料之部（一）》　臺南市　臺灣文學館　2011年

楊護源　《丘逢甲傳》　南投市　臺灣省文獻委員會　1997年

葉石濤　《沒有土地哪有文學？》　臺北市　遠景出版社　1985年

董大中　《台灣狂人李敖》　廣州市　花城出版社　2002年

裘沛然主編　中國醫籍大辭典編纂委員會編　《中國醫籍大辭典》　上海市　上海科學技術出版社　2002年

臺灣文藝協會發行　李獻璋收錄整理　《臺灣民間文學集‧故事篇》　臺中州　臺灣新文學社　1936年

臺灣省行政長官公署統計室編　《臺灣五十一年來統計提要》　出版地不詳　臺灣行政長官公署統計室　1946年

臺灣新民報調查部編　《臺灣人士鑑》　臺北市　臺灣新民報社　1934年

劉紹唐主編　《民國人物小傳》第七冊　臺北市　傳記文學出版社　1985年

劉筱雲　《黃君祝蕖先生傳》　臺北市　劉筱雲出版　出版時間不詳

劉漢忠　《開蘭柳賢》　北京市　光明日報出版社　2006年

劉顏寧等編　《重修臺灣省通志卷三住民志宗教篇》　南投縣　臺灣
　　省文獻委員會　1992年

鄭志明　《臺灣的鸞書》　臺北市　正一善書出版社　1989年

鄭谷苑　《走出峽地：鄭清文的人生故事》　臺北市　麥田出版社
　　2007年

鄭清文　《鄭清文短篇小說全集：卷六・白色時代》　臺北市　麥田
　　出版社　1998年

鄭清文　《小國家大文學》　臺北市　玉山社　2000年

鄭喜夫　《連雅堂先生年譜》　臺北縣　臺灣風物社　1975年

魯兆麟等主編　《中國古今醫案類編・外科及骨傷科病類》　北京市
　　中國建材工業出版社　2001年

盧嘉興著　呂興昌編校　《臺灣古典文學作家論集》　臺南市　臺南
　　市藝術中心　2000年

賴慈芸　《翻譯偵探事務所》　北京市　生活・讀書・新知三聯書店
　　2023年

錢南鐵　《虞社社友錄》　常熟市　常熟開文社　1931年

龍楡生　《龍楡生詞學論文集》　上海市　上海古籍出版社　1997年

魏　泰　《東軒筆錄》卷五　揚州市　江蘇廣陵古籍刻印社　1984年

藤井省三　《臺灣文學この百年》　東京都　東方書店　1998年

譚其驤主編　《清人文集地理類匯編》　杭州市　浙江人民出版社
　　1984年

譚嗣同紀念館等編　《譚嗣同研究資料彙編》　長沙市　政協長沙市
　　委員會文史資料研究委員會　1988年

關聖帝君、鸞文簡火土　《關聖帝君教你的21堂人生課》　臺北市
　　宇河文化出版公司　2006年

鷹取田一郎　《臺灣列紳傳》　臺北市　臺灣總督府　1916年

四　單篇論文（依姓氏筆畫排序）

《星雲大師全集》編輯委員會　〈《星雲大師全集》簡介〉　《人間
　　　佛教學報藝文》第9期　2017年5月

下村作次郎　〈日本印象中的臺灣作家・賴和——戰前臺灣文學之歷
　　　史性記述中思考起〉　《賴和及其同時代作家：日據時期臺
　　　灣文學國際學術會議》　新竹市　清華大學臺灣研究室　1994
　　　年11月

方　亮　〈巡臺御史夏之芳考論——關於家世、生平及其宦臺詩〉
　　　《揚州教育學院學報》第2期　2013年6月

方美芬　〈《戴國煇全集》別卷在文獻學上的意義〉　《全國新書資
　　　訊月刊》第155期　2011年11月

毛一波　〈臺灣詞話〉　《臺灣文獻》第6卷第2期　1955年6月

毛一波　〈臺灣文學史談〉　《臺北文物》第7卷3期　1958年10月

毛一波　〈臺灣的文學發展〉　《文史存稿》　臺北市　川康渝文物
　　　館　1983年5月

王見川　〈光復(1945)前臺灣鸞堂著作善書名錄〉　《民間宗教》第
　　　1期　1995年12月

王見川　〈西來庵事件與道教、鸞堂之關係〉　《臺北文獻》第120
　　　期　1997年6月

王建竹　〈臺灣中部詞人及其作品〉　《臺灣文獻》第30卷第1期
　　　1979年3月

王　彥　〈花蓮詞選〉　《花蓮文獻》第3期　1955年4月

王偉勇　〈析論清領、日治時期臺灣文人填詞之若干問題〉　《國文
　　　學報》第59期　2016年6月

王惠珍　〈譯寫之間論戰後第二代省籍作家鄭清文的翻譯閱讀與實
　　　踐〉　《東華漢學》第31期　2020年6月

王雅儀　〈縱然相見未相識──隱身在《臺灣文藝叢誌》內的詩人們〉　《東海大學圖書館館訊》第148期　2014年1月

王雅儀　〈創作或抄錄？──《窗下唾餘編》手稿再探〉　《東海大學圖書館館刊》第8期　2016年8月

王詩琅　〈李騰嶽先生事略〉　《臺灣風物》第25卷第3期　1975年9月

王詩琅　〈日據初期的籠絡政策〉　《臺灣文獻》第26卷4期、第27卷第1期合刊　1976年3月

王學玲　〈五十年來臺灣賦學研究論著總目一九四九～一九九八〉　《漢學研究通訊》第20卷第1期　2001年2月

王曉波　〈實現對蔣渭水先生在天之靈的承諾──「蔣渭水全集」編後記〉　《海峽評論》第94期　1998年10月

王禮主修　陳文達等纂修　〈凡例〉　《臺灣縣志》　臺北市　臺灣銀行經濟研究室　1958年

未署名　〈以廉潔自律的蕭崇業〉　《南疆鄒魯──建水》　西安市　三秦出版社　2003年1月

任建雲　〈方志源流與縣志編纂〉　《江西社會科學》第11期　1997年11月

全祖望　〈亭林先生神道表〉　《鮚崎亭集》　臺北市　文海出版社　1980年

印麗雅、金寶森　〈乾隆皇帝的《盛京賦》與十八世紀東西文化交流〉　收入王鐘翰主編　中央民族大學滿學研究所瀋陽故宮博物院編　《滿族歷史與文化》　北京市　中央民族大學出版社　1996年

向麗頻　〈《後蘇龕詞草》研究〉　《東海大學文學院學報》第48卷　2007年7月

朱宥勳　〈罕有人至的心靈礦脈──「全集」的一些觀察角度〉　《閱：文學──臺灣文學館通訊》第80期　2023年9月

朱端強　〈明代航海家蕭崇業〉《雲南教育學院學報》第9卷第5期　1993年10月

江慶柏　〈《清人詩文集總目提要》近代部分作者生卒年補考〉　《古籍整理出版簡報》第3期　2003年

羊子喬　〈光復前臺灣新詩論〉　《蓬萊文章臺灣詩》　臺北市　遠景出版社　1983年

余美玲　〈鹿港詩人施梅樵詩歌探析〉　《國文學誌》第8期　2004年6月

余美玲　〈日治時期瀛社詩人王少濤的書畫活動與藝術探析〉　《臺灣文學研究集刊》第7期　2010年2月

余曉雯　〈五十七位作家重新捏出臺灣的圖形──「臺灣作家全集」出齊的意義與爭論〉　《新新聞》第286期　1992年8月30日-9月5日

吳南圖　〈《吳新榮日記全集》出版後記〉　《臺灣文學評論》第7卷第4期　2007年10月

吳品賢　〈無端惹得多情淚彼是瀟湘一後身──王香禪及其詩淺探〉《臺北文獻》第136期　2001年6月

吳炳輝　〈王必昌〈臺灣賦〉臺灣風土書寫之研究〉　《明新學報》第34卷第2期　2008年8月

吳盈靜　〈賦詠名都尚風流──〈臺灣賦〉一文探析〉　《第一屆嘉義研究學術研討會論文》　2005年10月21-22日

吳毓琪　〈「南社」詩人──趙雲石〉　《臺南文化》第56期　2004年4月

吳福助　〈鄭坤五作品中的女子教育理念〉　東海大學中文系編《戰後初期臺灣文學與思潮論文集》　臺北市　文津出版社　2005年

吳德元　〈《吳新榮日記全集》新書發表後記〉　《臺灣文學館通訊》第18期　2008年2月

吳興文　〈從《鄭清文短篇小說全集》到「臺灣大眾文學系列」——
　　　　八十七年七月~八月〉　《文訊》第155期　1998年9月

吳蕙芳　〈許梓桑與日治時期的基隆中元祭〉　《國立政治大學歷史
　　　　學報》第37期　2012年5月

呂泉生　〈我的歌〉　《聯合報・聯合副刊》第8版　1981年11月28日

呂興昌　〈林亨泰全集〉　《彰化藝文》第2期　1999年1月

李名媛　〈臺灣傳統文人林玉書之詞作探析〉　《興大人文學報》
　　　　第50期　2013年3月

李知灝　〈清代臺灣賦作海洋書寫中的神怪想像：以《全臺賦》為研
　　　　究中心〉　《臺灣古典文學研究集刊》　第3期　2010年6月

李秉乾　〈我所見過的周嬰《東番記》〉　呂良弼主編　福建省社會
　　　　科學界聯合會、福建省五緣文化研究會編　《海峽兩岸五緣
　　　　論》　北京市　方志出版社　2003年11月

李建興等　〈喜賦臺灣光復的舊詩〉　《臺灣風物》第15卷第5期
　　　　1965年12月

李時銘　〈論臺灣賦之編纂〉　《臺灣古典文學研究集刊》第3期
　　　　2010年6月

李　喬　〈兒童文學的文化角色——兼評鄭清文「燕心果」童話集〉
　　　　《首都早報》　1989年8月

李　喬　〈成長的寓言〉　《燕心果》　臺北市　玉山社　2000年

李　喬　〈採桃記・序〉　《採桃記》　臺北市　玉山社　2004年

李瑞騰　〈《柏楊全集》的補充說明——謹以此文悼念柏楊先生〉
　　　　《明報月刊》第43卷第6期（總510）　2008年6月

李遠志　〈林朝崧《無悶詞》析論〉　《花蓮教育大學學報》第24期
　　　　2007年5月

李騰嶽　〈巧社〉　《臺北文物》第4卷第4期　1956年2月

李騰嶽　〈趙一山先生與劍樓吟社〉　《臺北文物》第4卷第4期
　　　　1956年2月

汪淑珍　〈個人作家全集研究——以《李喬短篇小說全集》為例〉
　　　　《藝見學刊》第3期　2012年4月

汪淑珍　〈臺灣地區文學作家全集出版意義探析〉　《嘉大中文學
　　　　報》第8期　2012年9月

汪淑珍　〈《詹冰詩全集》編輯月意義探析〉　《育達科大學報》第
　　　　32期　2012年9月

汪淑珍　〈「臺灣現當代作家全集」出版型態分析〉　《藝見學刊》
　　　　第4期　2012年10月

汪淑珍、白乃遠　〈「臺灣文學作家全集」演化之探析〉　《空大人
　　　　文學報》第21期　2012年12月

汪淑珍　〈《楊逵全集》編輯結構分析——兼論臺灣地區「文學作家
　　　　全集」編輯結構〉　《漢學研究集刊》第17期　2013年12月

汪淑珍　〈個人作家全集出版意義探析——以《劉吶鷗全集》為例〉
　　　　《高雄師大國文學報》第26期　2017年6月

汪淑珍　〈文學的生產與傳播——以《張秀亞全集》為研究對象〉
　　　　《漢學研究集刊》第32期　2021年6月

汪毅夫　〈文學的周邊文化關係——談臺灣文學史研究的幾個問題〉
　　　　《福建師範大學學報（哲學社會科學版）》第1期　2004年1月

汪毅夫　〈臺灣文學研究：選題與史料的查考和使用——以《詩畸》
　　　　為中心的討論〉　《閩臺文化交流》第3期　2007年9月

汪馥泉　〈一團糟的顧寔先生底「中國文學史大綱」〉　《新學生》
　　　　第3期　1931年

沈達材　〈顧實著中國文學史大綱〉　《圖書評論》第2卷第4期
　　　　1933年12月

周定邦　〈古典文人見證時代變遷——《魏清德全集》新書發表會〉
　　　　《臺灣文學館通訊》第42期　2014年3月

周紹賢　〈臺灣賦〉　《海陽文史資料》第7輯　煙臺市　山東省蓬
　　　　萊縣蘆洋印刷廠　1991年10月

林文龍　〈科舉下的僵化文體〉　《臺灣的書院與科舉》　臺北市
　　　　常民文化事業公司　1999年

林佩蓉　〈《吳新榮日記全集》及《龍瑛宗全集》日文卷〉　《臺灣
　　　　文學館通訊》第20期　2008年8月

林佩蓉　〈填補心靈與藝術饑餓的作家-劉吶鷗及《劉吶鷗全集增補
　　　　集》〉　《臺灣文學館通訊》第29期　2010年12月

林佩蓉　〈詩人・史家・出土・再現——關於楊雲萍及其全集〉　《臺
　　　　灣文學館通訊》第32期　2011年9月

林佩蓉　〈數位人文從土地到雲端〉　《臺灣文學館通訊》第50期
　　　　2016年3月

林佩蓉　〈典藏與分享——記《林鍾隆全集》出版〉　《臺灣文學館
　　　　通訊》第54期　2017年3月

林佩蓉　〈作家全靈光與全歲月〉《閱：文學——臺灣文學館通訊》
　　　　第80期　2023年9月

林明德　〈〈韓國漢文小說全集〉自序——整理、編印韓國漢文小說
　　　　全集緣由〉　《華學月刊》第107期　1980年11月

林美清　〈清代臺灣賦中的放逐意識〉　《長庚人文社會學報》第4
　　　　卷第1期　2011年4月

林瑞明　〈賴和與臺灣新文學運動〉　《國立成功大學歷史學報》第
　　　　12號　1985年12月

林瑞明　〈石在火種是不會絕的——魯迅與賴和〉　《國文天地》第
　　　　7卷第4期（總76期）　1991年9月

林葉連　〈《全臺賦》校訂本及補遺本的文字校訂商榷〉　《漢學研
　　　　究集刊》第27期　2018年12月

林漢章　〈余清芳在西來庵事件所使用的善書〉　《臺灣史料研究》
　　　　第2號　1993年8月

林翠鳳　〈廿世紀初期臺灣鸞賦觀察——以《全臺賦》為例〉　《宗
　　　　教哲學》第62期　2012年12月

河原功　〈雜誌『臺灣藝術』と江肖梅〉　《臺灣文學研究の現在》
　　　　東京都　綠蔭書房　1999年

邱各容　〈東方出版社──臺島文化的縮影兒童文化的先驅〉　《出
　　　　版界》第86期　2009年4月

邱若山　〈行動的詩人趙天儀──從《趙天儀全集》管窺其作品與學
　　　　問的世界〉　《臺灣現代詩》第68期　2021年12月

邱清麗　〈清代臺灣形勝賦與漢代「散體大賦」體裁的比較〉　《東
　　　　海大學圖書館館訊》第130期　2012年7月

邱輝塘　〈《全臺詩》之大醇小疵〉　《臺灣學研究》第3期　2007年
　　　　6月

金澤之　〈傷寒症名要領賦〉　《臺灣皇漢醫界》第35期　1931年9
　　　　月20日

封德屏　〈關於作家全集的編輯與出版〉　《中央月刊文訊別冊》第
　　　　143期　1997年9月

封德屏　〈臺灣現代作家全集的回顧與前瞻〉　《2005臺灣文學年
　　　　鑑》　臺灣文學館　2006年

封德屏　〈永不凋謝的三色堇──關於《張秀亞全集》〉　《臺灣文
　　　　學館通訊》第7期　2005年4月

施懿琳、陳曉怡　〈日治時期府城士紳王開運的憂世情懷及其化解之
　　　　道〉　《臺灣學誌》第2期　2010年10月

施懿琳　〈《全臺詩》的過去現在與未來〉　《臺灣文學館通訊》
　　　　第34期　2012年3月

柯喬文　〈它者的觀看──清代臺灣賦的權力話語〉　第六屆《文學
　　　　與文化》　臺北市　淡江大學　2002年

柯榮三　〈《全臺詩》蔡廷蘭《請急賑歌》之商榷──以版本及典故
　　　　為主的考述〉　《臺灣研究集刊》第92期　2006年6月

柯榮三　〈「開澎進士」蔡廷蘭與閩臺名流詩家的交往──以《香祖

詩集》所見為主要考察範圍〉　《泉州師範學院學報》第5
期　2015年10月

柳書琴　〈從官製到民製自我同文主義與興亞文學（Taiwan1937~
1942)〉　收入王德威、黃錦樹編　《想像的本邦：現代文
學十五論》　臺北市　麥田出版社　2005年

柳書琴　〈通俗作為一種位置《三六九小報》與1930年代臺灣漢文讀
書市場〉　《東亞現代中文文學國際學報》創刊號　2005年
8月

洪素萱　〈特藏葉榮鐘全集文書及文庫數位資料館〉　《國立清華大
學圖書館館訊》第53期　2007年3月

胡巨川　〈詩酒奇人吳永遠〉　《高市文獻》第15卷第3期　2002年
9月

胡巨川　〈鄭坤五與太瘦生〉　《南臺文化》第4期　2002年12月

胡巨川　〈壯志雄才李漢如〉　《硓𥑮石》第76期　2014年9月

唐力行　〈胡適之父鐵花先生評傳〉　《安徽史學》第1期　1985年3月

唐英凱　〈御製《盛京賦》的歷史價值〉　收入支運亭主編　《清前
歷史文化清前期國際學術研討會文集》　瀋陽市　遼寧大學
出版社　1998年

徐慧鈺　〈賦寫園林見真趣：《全臺賦》所賦之園林及文人審美生活
之研究〉　《臺灣古典文學研究集刊》第4號　2010年12月

紙帳銅瓶室主　〈臺灣志士蔡北崙有左氏癖〉　《新上海》第21期
1946年5月

翁聖峰　〈八四課程標準高中《國文》賴和教材試論〉　林明德總策
劃　《彰化文學大論述》　臺北市　五南圖書出版公司
2007年

袁志成　〈論近代閩中詞學的地域表徵〉　《廈門理工學院學報》第
17卷第1期　2009年3月

高惠琳　〈有關「作家全集」的調查報告〉　《文訊》第155期　1998
　　　　年9月

高嘉謙　〈殖民與遺民的對視洪棄生與王松的棄地書寫〉　《臺灣文
　　　　學研究集刊》第4期　2007年11月

崔成宗　〈臺灣先賢洪棄生賦研究〉　《東亞人文學》第9輯　2006
　　　　年6月

張良澤　〈編後記──談日記《吳新榮日記全集》中最大的懸案〉
　　　　《臺灣文學評論》第7卷第4期　2007年10月

張俐璇　〈臺灣文學的一座山──《葉石濤全集》新書發表會側記〉
　　　　《臺灣文學館通訊》第19期　2008年5月

張高評　〈古代編纂別集全集的體例和意義〉　《文訊》第155期
　　　　1998年9月

張崇根　〈周嬰《東番記》考證〉　《社會科學輯刊》第1期　1982年

張　震　〈坐起忽驚詩在眼隔城青送數山來──學者朱劍心的學術及
　　　　藝術〉　《收藏家》第4期　2012年4月

梁淑媛　〈眾神花園中善意的缺席：《全臺賦》中的「藏名賦」析
　　　　論〉　《臺灣古典文學研究集刊》第3期　2010年6月

梁淑媛　〈傾聽神諭：臺灣「宣化」鸞賦的倫理向度探析〉　《臺灣
　　　　文學研究集刊》第10期　2011年8月

梁淑媛　〈清末日治臺灣民間鸞賦的敘事聲口：以〈分曲直賦〉(以
　　　　題為韻)與《西遊記》的互文性探討為中心〉　《臺灣文學
　　　　研究集刊》第14期　2013年8月

莊永明　〈臺灣歌謠記事　總是我不著〉　《中國時報》第34版　1995
　　　　年1月　收入氏著《臺灣歌謠》　臺北市　遠流出版社　出版
　　　　時間不詳

許丙丁　〈五十年來南社的社員與詩〉　《臺南文化》第3卷第1期
　　　　1952年6月

許俊雅　〈臺灣文學中的淡水書寫〉　《臺灣文學與文化研究學刊》
　　　　第1期　臺北市　臺灣學生書局印行　2002年

許俊雅　〈江亢虎《臺游追記》及其相關問題研探〉　《文與哲》第
　　　　17期　2010年12月

許俊雅　〈少潮、觀潮、儀、耐儂、拾遺是誰？──《臺灣日日新報》
　　　　作者考證〉　《臺灣文學學報》第19期　2011年12月

許俊雅　〈知識養成與文學傳播《黃旺成先生日記》1912-1924呈現
　　　　的閱讀經驗〉　《東吳中文學報》第27期　2014年5月

許素蘭　〈走出簸箕谷·走向廣闊的世界──論鄭清文小說中的「山
　　　　谷」意象及其變衍〉　江寶釵、林鎮山主編　《樹的見證──
　　　　鄭清文文學論集》　臺北市　麥田出版社　2007年

許雪姬　〈評《王詩琅全集》──兼論臺灣人物表的做法〉　《書評
　　　　書目》第90期　1980年10月

許惠玟　〈由〈西螺柑賦〉看清代至日治臺灣在地物產的書寫〉
　　　　《臺灣古典文學研究集刊》第3號　2010年6月

許然、賴子清　〈學海網珊〉　《嘉義文獻》創刊號　1961年10月

連　橫　〈文苑列傳〉《臺灣通史》　臺北市　臺灣通史社　1920年

連　橫　〈臺灣詩社大會記〉　《臺灣詩薈》第4號　1924年5月

郭誌光　〈張麗俊之認同探微以《水竹居主人日記》為觀察中心〉
　　　　《臺灣古典文學研究集刊》第3期　2010年6月

郭嘯舟　〈淪陷當時寓北日文士〉　《臺北文物》第4卷1期　1955年
　　　　5月

陳世慶　〈臺灣詞話綜補〉　《臺灣文獻》第6卷第4期　1955年12月

陳世慶　〈星社〉　《臺北文物》第4卷第4期　1956年2月

陳玉玲　〈論鄭清文的《天燈·母親》〉　收入鄭清文著　《天燈·母
　　　　親》　臺北市　玉山社　2000年

陳光偉、周珮琪、林昭庚　〈20世紀60年代前臺灣中醫發展簡史〉
　　　　《中華醫史雜誌》第37卷第2期　2007年4月

陳百齡　〈從歷史人物到地方社會網絡皇恩碑史料蒐集與呈現〉　《竹塹文獻雜誌》第44期　2009年12月

陳百齡　〈日治時期的新竹詩人──黃潛淵〉　《竹塹文獻雜誌》第46期　2010年11月

陳辛採訪　〈當代丰采臺灣史「國寶」楊雲萍〉　《聯合報》第23版　1924年

陳　明　〈歐劍窗與北臺吟社〉　《臺北文物》第5卷第2、3期　1957年1月

陳青松　〈前大同吟社社長陳其寅及其著作〉　《臺北文獻》第147期　2004年3月

陳俊啟　《晚清現代性開展中首開風氣的先鋒陳季同（1852-1907）》　《成大中文學報》第36期　2012年3月

陳姿蓉　〈清代臺灣賦與臺灣竹枝詞之比較研究〉　《中華學苑》第56期　2003年2月

陳姿蓉　〈臺灣賦用韻考：校勘篇〉　《臺灣古典文學研究集刊》第3期　2010年6月

陳萬益　〈現階段臺灣文學的建設工程──談日據時代作家全集的編纂〉　《文訊》第155期　1998年9月

陳萬益　〈「龍瑛宗全集」蒐集、整理、翻譯、出版計劃〉　《客家》第110期　1999年8月

陳瑤玲　〈日治時期「臺灣賦」中的「色／戒」書寫〉　《臺灣文學評論》第1卷第4期　2010年10月

陳韻琦　〈一寸芳心萬丈愁──臺灣女詩人蔡旨禪大我社會關懷詩之初探〉　《臺灣文學評論》第7卷第2期　2007年4月

陳驚癡　〈天籟吟社與林述三〉　《臺北文物》第2卷第3期　1953年11月

陸　欣　〈以筆為槍的南社詩人〉　「梧州日報多媒體數位報刊平臺」　2011年10月

傅林統　〈他山之石──日本兒童文學全集讀後感〉　《中國語文》
　　　　第30卷第3期　1972年3月

彭小妍　〈談臺灣作家全集的編纂〉　《文訊》第155期　1998年9月

彭瑞金　〈臺灣文學灘頭堡的建構──解嚴前後的作家個人全集〉
　　　　《閱：文學──臺灣文學館通訊》第80期　2023年9月

曾進豐　〈許天奎《鐵峰詩話》述論〉　《高雄師大學報》第21期
　　　　2006年12月

游適宏　〈地理想像與臺灣認同──清代三篇〈臺灣賦〉的考察〉
　　　　《臺灣文學學報》第1期　2000年6月

游適宏　〈十八世紀的臺灣風土百科──王必昌的「臺灣賦」〉
　　　　《國文天地》第16卷第5期　2000年10月

游適宏　〈《全臺賦》所錄八篇應考作品初論〉　《逢甲人文社會學
　　　　報》第15期　2007年12月

游適宏　〈洪繻律賦〈西螺柑賦〉候選高中國文教材範文芻議〉
　　　　《臺灣古典文學研究集刊》第4期　2010年12月

游適宏　〈文石的「應」度：試論周于仁〈文石賦〉做為高中國文教
　　　　材範文的適切度〉　《人文社會學報》第7卷第3期　2011月
　　　　12月

游適宏　〈《全臺賦》所收江夏杏春生〈痘疹辯疑賦〉考述〉　《人
　　　　文社會學報》第8卷第3期　2012年9月

游適宏　〈題聚一唐：清代臺灣賦涉納唐代詩文的書寫趨向〉　《人
　　　　文社會學報》第9卷第4期　2013年12月

黃　仁　〈記「劉吶鷗全集」出版〉　《文訊》第189期　2001年7月

黃文車　〈談林清月《仿詞體之流行歌》之相關臺灣歌謠創作──從
　　　　七字仔到白話流行歌曲的過渡〉　《民間文學研究通訊》第
　　　　2期　2006年7月

黃文虎　〈臺北謎學史〉　《臺北文物》第4卷第4期　1956年2月

黃水沛　〈大龍峒小志〉　《臺北文物》第2卷第2期　1953年8月

黃水雲　〈從臺灣博弈觀論〈賭鬼賦〉與〈擲骰子賦〉〉　《中國文
　　　　化大學中文學報》第23期　2011年10月

黃師樵　〈聚奎吟社〉　《臺北文物・臺北市詩社專號》第4卷第4期
　　　　1956年2月

黃得時　〈編寫兒童讀物注意點〉　《臺灣新生報》　兒童讀物專版
　　　　1967年12月22日

黃得時　〈活生生的文學史——評巫永福「風雨中的長青樹」〉　《自
　　　　立晚報》　1987年1月18日

黃麗月　〈遣春日之情思，踵南朝之遺韻：洪棄生春思賦作研究〉
　　　　《臺灣古典文學研究集刊》第5期　2011年6月

楊　建　〈兩個十二年——「楊逵全集」編輯與楊逵紀念館籌備現
　　　　況〉　《臺灣文藝》第160期　1998年1月

楊　翠　〈「楊逵全集」編輯現況〉　《臺灣文藝》第160期　1998年
　　　　1月

楊雲萍　〈携携曲——為作曲家某君作〉　《民報》第2版　1946年
　　　　6月

楊雲萍　〈王詩琅先生追憶〉　《楊雲萍全集4 歷史之部（二）》　臺
　　　　南市　臺灣文學館　2011年2月

楊積慶　〈詞人吳庠和他的《望江南》〉　《丹徒文史資料》第十二
　　　　輯　鎮江市　丹徒縣政協學習、文史委員會　1997年

廖漢臣　〈揚文會〉　《臺北文物》第2卷4期　1954年1月

趙瑞華　〈清代臺灣研究資料整理的新成果——評劉榮平、江卉點校
　　　　《黃鶴齡集》〉　《湖北科技學院學報》第34卷第6期　2014
　　　　年6月

劉良璧等纂修　〈凡例〉　《重修臺灣府志》　《臺灣史料集・清代
　　　　臺灣方志彙刊》第6冊　臺北市　遠流出版社　2005年

劉榮平　〈從黃鶴齡《不暇懶齋詩鈔》看道咸年間臺灣社會之狀況〉
　　　　《臺灣研究集刊》第119期　2012年2月

劉德玲　〈臺灣先賢曹敬賦作析論〉　《輔仁國文學報》第31期　2010年1月

劉篁村　〈倪希昶、王雲滄詩文選〉　《臺北文物》第10卷第2期　1961年9月

蔡明諺　〈土地正義與文學技藝——重讀賴和小說〈善訟的人的故事〉〉　《臺陽文史研究》第2期　2017年1月

蔡源煌　〈鄭清文的第一人稱小說〉　《中外文學》第8卷第12期　1980年5月

鄭文焯　〈鶴道人論詞書〉　《國粹學報・文篇》第66期　1910年4月

鄭谷苑　〈給八歲到八十八的讀者——從童話談鄭清文的文學思考〉　《新地文學》第6期　2008年12月

鄭谷苑　〈變形願望〉　收入鄭清文著　《丘蟻一族》　臺北市　玉山社　2009年

鄭清文　〈巫永福的小說創作〉　《臺灣文學史料集刊》第一輯　臺南市　臺灣文學館　2011年10月

鄭喜夫　〈劫餘集詩鈔暨詞鈔著者慕秦連橫非臺南連雅堂〉　《臺灣文獻》第43期別冊　2012年12月

鄭喜夫　〈略談連夢青其人其事〉　《臺灣文獻》第43期別冊　2012年12月

盧嘉興　〈開臺唯一父子進士施瓊芳與施士洁〉　《臺灣研究彙集》第1期　1966年12月

盧嘉興　〈清季流寓臺灣的大詩人楊浚〉　《臺灣研究彙集》第2期　1967年4月

盧嘉興　〈清末臺灣的詩文大家胡南溟〉　《臺灣研究彙集》第5期　1968年3月

盧嘉興　〈民初臺南抗日詩人楊宜綠〉　《臺灣研究彙集》第6期　1968年8月

盧嘉興　〈記日據時期著「仄韻聲律啟蒙」的林珠浦〉　《臺灣研究彙集》第8期　1969年7月

盧嘉興　〈臺灣日據末期著「拾零集」的黃拱五〉　《臺灣研究彙集》第9期　1970年1月

盧嘉興　〈臺灣名女詩人張李德和女史的家世〉　《臺灣研究彙集》第9期　1970年1月

盧嘉興　〈清末遺儒臺南謝氏昆仲文武秀才〉　《臺灣研究彙集》第12期　1972年8月

盧嘉興　〈前清流寓臺南的藝術家謝琯樵〉　《臺灣研究彙集》第14期　1974年6月

盧嘉興　〈著「仄韻聲律啟蒙」的林珠浦〉　《臺灣研究彙集》第14期　1974年6月

盧嘉興　〈記臺南府城詩壇領袖趙雲石喬梓〉　《臺灣研究彙集》第15期　1975年9月

盧嘉興　〈熱愛祖國提倡燈謎保存國粹的謝國文〉　《臺灣研究彙集》第15期　1975年9月

盧嘉興　〈抗日護臺的邱逢甲〉　《臺灣研究彙集》第18期　1978年8月

盧嘉興　〈協防臺南抗日的許南英〉　《臺灣研究彙集》第18期　1978年8月

盧嘉興　〈臺灣的偉大史學連雅堂〉　《臺灣研究彙集》第18期　1978年8月

賴子清　〈瀛社〉　《臺北文物》第4卷第4期　1956年2月

賴子清　〈臺灣古代詩文社一〉　《臺北文物》第8卷第2期　1959年6月

賴子清　〈古今臺灣詩文社一〉　《臺灣文獻》第10卷第1期　1959年9月

賴子清　〈臺灣古代詩文社二〉　　《臺北文物》第8卷第3期　1959年
　　　　10月

賴子清　〈臺灣古代詩文社三〉　　《臺北文物》第8卷第4期　1960年
　　　　2月

賴子清　〈臺灣古代詩文社四〉　　《臺北文物》第9卷第1期　1960年
　　　　3月

賴子清　〈古今臺灣詩文社二〉　　《臺灣文獻》第11卷第3期　1960
　　　　年9月

賴子清　〈臺灣古代詩文社五〉　　《臺北文物》第9卷第2、3期
　　　　1960年11月

賴子清　〈臺灣古代詩文社六〉　　《臺北文物》第9卷第4期　1960年
　　　　12月

賴麗娟　〈道、咸年間寓臺詞人黃宗彝在臺詞作考〉　　《成大中文學
　　　　報》第14期　2006年6月

錢錫生　〈夢路何由到海東──唐宋詞在日本的傳播和接受〉　　《中
　　　　國比較文學》第4期　2011年10月

繆　鉞　〈宋詞與理學家──兼論朱熹詩詞〉　　《四川大學學報（哲
　　　　學社會科學版）》第2期　1989年5月

謝崇耀　〈《崇聖道德報》及其時代意義研究〉　　《臺灣文學研究學
　　　　報》第5期　2007年10月

鍾怡彥　〈串連家族三代的《鍾理和全集》與《鍾鐵民全集》編輯〉
　　　　《閱：文學──臺灣文學館通訊》第80期　2023年9月

鍾雲鶯　〈臺灣扶鸞詩初探：一種民間創作的考察〉　　《臺北文獻》
　　　　第128期　1999年6月

韓學宏　〈臺灣賦中的古典自然書寫──以「鳥類」為視域〉　　《長
　　　　庚人文社會學報》第4卷第1期　2011年4月

簡宗梧　〈賦之今昔〉　　《重慶工商大學學報（社會科學版）》第20
　　　　卷第1期　2003年2月

簡宗梧　〈賦與隱語關係之考察〉　《逢甲人文社會學報》第8期　2004年5月

簡宗梧　〈臺灣登鸞降筆賦初探——以《全臺賦》及其影像集為範圍〉　《長庚人文社會學報》第3卷第2期　2010年10月

蘇淑芬　〈清領時期遊宦人士張景祁筆下的臺灣——以張景祁臺灣詩詞為例〉　《輔仁國文學報》第29期　2009年10月

蘇淑芬　〈日治時代臺灣詞社初探〉　《東吳中文學報》第18期　2009年11月

蘇淑芬　〈臺灣閨秀詩人——汪李如月及其傷悼詩研究〉　《臺北文獻》第174期　2010年12月

蘇淑芬　〈日治時代《臺灣日日新報》所刊載之詞研究〉　《東吳中文學報》第21期　2011年5月

蘇淑芬　〈戰後題襟亭填詞會與鷗社詞作研究〉　《東吳中文學報》第22期　2011年11月

蘇淑芬　〈日治時代臺灣醫生廖煥章在上海的焦慮書寫——以詩詞為例〉　《東吳中文學報》第28期　2014年11月

顧敏耀　〈建構文學地景與召喚地方感受：臺灣賦作中的山岳書寫〉　《臺灣古典文學研究集刊》第3期　2010年6月

顧敏耀　〈藍鼎元傳記資料考述——兼論其〈紀水沙連〉之內容與意涵〉　《成大中文學報》第42期　2013年9月

顧敏耀　〈概述臺灣文學館所推動之大型研究與出版計畫——從作家全集、詩人選集到研究資料彙編等〉　《東海大學圖書館館刊》第51期　2020年5月

龔克昌　〈古代賦的興起、繁榮、發展及現代辭賦的創作〉　《遼東學院學報社會科學版》第11卷第4期　2009年8月

龔顯宗　〈凌雲健筆意縱橫——論胡南溟詩〉　《文學新鑰》第8期　2008年12月

五　學位論文依姓氏筆畫排序

王文顏　《臺灣詩社之研究》　臺北市　政治大學中國文學系碩士論文　1979年

王玉輝　《日據時期高雄市詩社和詩人之研究——以旗津吟社為例》　高雄市　中山大學中國文學研究所碩士論文　2003年

王惠鈴　《丘逢甲、「詩界革命」及其與日治時期臺灣傳統詩界的關係》　臺中市　東海大學中國文學研究所博士論文　2005年

王嘉弘　《清代臺灣賦的發展》　臺中市　東海大學中文系碩士論文　2005年

王學玲　《明清之際辭賦書寫中的身分認同》　臺北市　輔仁大學中國文學系博士論文　2001年

向麗頻　《施士洁及其文學研究》　臺中市　東海大學中國文學研究所博士論文　2006年

江昆峰　《《三六九小報》之研究》　臺北市　銘傳大學應用語文研究所碩士論文　2004年

吳怡慧　《陳貫《豁軒詩草》析論》　彰化市　彰化師範大學國文研究所碩士論文　2005年

吳毓琪　《臺灣南社研究》　臺南市　成功大學中文研究所碩士論文　1998年

李筱涵　《陳懷澄及其文學作品研究》　臺中市　中興大學中國文學研究所碩士論文　2010年

周美雲　《鄭坤五《九曲堂時文集》與二二八前夕的臺灣社會研究》　臺中市　東海大學中國文學系碩士論文　2008年

林建廷　《臺南士紳王開運社會活動與文學作品研究》　臺南市　成功大學臺灣文學研究所碩士論文　2012年

林素霞　《賴惠川《悶紅詞草》研究》　臺中市　東海大學中國文學研究所碩士論文　2010年

林翠鳳　《施梅樵及其漢詩研究》　高雄市　中山大學中國文學研究所博士論文　2009年

柯喬文　《《三六九小報》古典小說研究》　嘉義縣　南華大學文學研究所碩士論文　2003年

張馨心　《跨時代的女性菁英——張李德和研究》　臺北市　臺灣師範大學歷史學系碩士論文　2012年

許薰文　《日治時期櫟社四家詞析論——林癡仙、陳貫、陳懷澄、蔡惠如》　臺北市　臺灣師範大學臺灣文化及語言文學研究所碩士論文　2009年

陳婉琪　《張純甫儒學思想研究》　臺北市　政治大學中國文學系碩士論文　2004年

陳淑美　《施士洁及其《後蘇龕合集》研究》　臺北市　政治大學中國文學系碩士論文　2007年

曾正男　《田中蘭社研究》　嘉義縣　中正大學臺灣文學研究所碩士論文　2010年

曾蘊華　《易順鼎生平與詩學活動考論》　臺北市　臺灣師範大學國文學系博士論文　2014年

黃美玲　《連雅堂文學研究》　高雄市　中山大學中國文學研究所博士論文　1999年

黃美蓉　《黃旺成與其政治參與》　臺中市　東海大學歷史學系碩士論文　2008年

黃琪惠　《日治時期臺灣傳統繪畫與近代美術潮流的衝擊》　臺北市　臺灣大學藝術史研究所博士論文　2012年

黃福鎮　《戰後高雄地區傳統詩研究》　高雄市　中山大學中國文學系碩士論文2009年

黃震南　《臺灣傳統啟蒙教材研究》　臺北市　臺灣師範大學臺灣文化及語言文學研究所碩士論文　2011年

塗怡萱　《清代邊疆輿地賦研究》　南投縣　暨南國際大學中文系碩
　　　　士論文　2003年

楊明珠　《許南英及其詩詞研究》　臺北市　中國文化大學中國文學
　　　　研究所碩士論文　1999年

楊美滿　《施梅樵及其《鹿江集》研究》　彰化市　彰化師範大學國
　　　　文研究所碩士論文　2008年

潘美芝　《日治時期及戰後初期嘉義文人詞作析論》　臺北市　臺灣
　　　　師範大學國文學系碩士論文　2017年

劉淑娟　《駱香林文學研究》　臺中市　逢甲大學中國文學系在職專
　　　　班碩士論文　2010年

劉慧婷　《趙鍾麒及其詩學研究》　臺中市　東海大學中國文學系碩
　　　　士論文　2012年

劉　繁　《楊浚及其著述與交遊考論》　福州市　福建師範大學中國
　　　　古典文獻學系碩士論文　2010年

劉麗珠　《臺灣詩史——洪棄生詩與史研究》　臺中市　東海大學中
　　　　國文學系碩士論文　2000年

鄭鳳雀　《黃純青及其詩作研究》　臺北市　東吳大學中國文學系碩
　　　　士論文　2014年

賴恆毅　《張麗俊及《水竹居主人日記》之文學作品研究》　臺北市
　　　　臺北教育大學臺灣文學研究所碩士論文　2007年

賴筱萍　《許南英及其窺園留草研究》　臺中市　逢甲大學中國文學
　　　　研究所碩士論文　2002年

藍惠宜　《屏東里港藍鼎元在臺家族的發展》　臺南市　長榮大學臺
　　　　灣研究所碩士論文　2013年

顏育潔　《石中英、呂伯雄其人其詩探究》　高雄市　中山大學中國
　　　　文學系碩士論文　2005年

簡　嘉　《交流與互動——民國詞與日治臺灣報刊研究》　臺灣師範
　　　　大學國文學系碩士論文　2021年

魏筱雯　《許成章漢詩研究》　高雄市　高雄師範大學國文學系碩士
　　　論文　2007年

羅琬琳　《傅錫祺及其《鶴亭詩集》研究》　臺中市　中興大學臺灣
　　　文學研究所碩士論文　2009年

六　報刊雜誌

《三六九小報》（複印本）　臺北市　成文出版社　1975年

《小說月報》　上海市　上海商務印書館　1910-1931年

《小說新報》　上海市　小說新報社　1915-1923年

《天籟》　臺北市　礪心齋同學會　1948-1952年

《孔教報》　臺中市　孔教報事務所　1936-1938年

《申報》　上海市　申報館　1872-1949年

《佛學半月刊》　上海市　佛學半月刊社　1930-1944年

《亞光新報亞之光》（複印本）　《臺灣宗教資料彙編》第一輯　臺
　　　北縣　博揚文化事業公司　2009年

《東方雜誌》　上海市　商務印書館　1904-1937年

《社會月報》　上海市　社會出版社　1934-1935年

《南社》　上海市　南社　1912-1919年

《南雅文藝》　基隆市　文藝雜誌南雅社　1933-1934年

《南瀛佛教會報》　臺北市　南瀛佛教會　1923-1942年

《迪化》　漢口市　迪社　1922年

《風月、風月報、南方、南方詩集》（複印本）　臺北市　南天書局
　　　2001年

《海潮音》　杭州市　覺社　1920-1949年

《國風報》　上海市　國風報館　1910-1911年

《國聞週報》　上海市　國聞週報社　1924-1937年

《國藝》　南京市　中國文藝協會　1940-1942年

《婦女時報》　上海市　有正書局　1911-1917年

《專賣通信》　臺北州　臺灣總督府專賣局　1928-1933年

《崇聖道德報》（複印本）　《臺灣宗教資料彙編》第二輯第12、14、
　　29-44、46、51-54、58、61-63、66-69號　臺北縣　博揚文化
　　事業公司　2010年

《華國月刊》　上海市　華國月刊社　1923-1926年

《華僑雜誌》　上海市　上海華僑聯合會　1913-1920年

《新東亞》　南京市　南京行政院　1939年

《虞社》　常熟市　虞社旬報社　1921-1937年

《詩報日治時期臺灣傳統文學大成1930-1944》　臺北縣　龍文出版
　　社　2007年

《詩經》　上海市　大夏詩社　1935-1936年

《臺南新報》（複印本）　臺南市　臺灣歷史博物館、臺南市立圖書
　　館　2009年

《臺灣文藝月刊》　臺中市　臺灣文社　1924年

《臺灣文藝旬報》　臺中市　臺灣文社　1922年

《臺灣文藝叢誌》　臺中市　臺灣文社　1919-1923年

《臺灣日日新報》（複印本）　臺北市　五南圖書出版公司　1994-
　　1995年

《臺灣民報》（複印本）　臺北市　東方文化書局　1994年

《臺灣佛教新報》　臺北市　萬華龍山寺　1925年

《臺灣皇漢醫界》　臺北市　東洋醫道會臺灣支部　1930-1933年

《臺灣教育》　臺北市　臺灣教育會　1912-1943年

《臺灣教育會雜誌》　臺北市　臺灣教育會　1901-1911年

《臺灣愛國婦人》　臺北市　愛國婦人會臺灣支部　1908-1916年

《臺灣新民報》（複印本）　臺北市　東方文化書局　1974年

《臺灣詩報》　臺北市　臺灣詩報社　1924年

《臺灣詩薈》（複印本）　臺北市　臺北市文獻委員會　1977年

《臺灣藝苑》（複印本）　高雄市　春暉出版社　2015年

《黎華報》　臺北市　東瀛黎華新報社　1925年

《藝觳》　廣州市　藝觳社　1932年

《藻香文藝》　臺北市　藻香文藝社　1931-1932年

《鐵路協會會報》　北京市　北京鐵路協會本部事務所　1913-1928年

《鷗盟》　嘉義市　鷗社　1936-1937年

《靈泉月刊》（複印本）　《臺灣宗教資料彙編》第一輯　臺北縣　博
　　揚文化事業公司　2009年

七　鸞書

《七支因果》　《臺灣宗教資料彙編》第一輯　臺北縣　博揚文化事
　　業公司　2009年

《玉冊金篇》　高雄州　旗山郡廣善堂　1936年

《宗教講習會資料》　《臺灣宗教資料彙編》第一輯　臺北縣　博揚
　　文化事業公司　2009年

《治世金針》　《臺灣宗教資料彙編》第一輯　臺北縣　博揚文化事
　　業公司　2009年3月

《救世良規》　臺北縣　三芝鄉智成堂　1919年

《清心寶鏡》　臺北縣　三芝鄉智成堂　1996年

《喚醒金鐘》　澎湖廳　澎湖廳馬公街陳金星　1936年

《繼世盤銘》　《臺灣宗教資料彙編》第一輯　臺北縣　博揚文化事
　　業公司　2009年

《覺世金篇》　《臺灣宗教資料彙編》第一輯　臺北縣　博揚文化事
　　業公司　2009年

《覺悟選新》　《臺灣宗教資料彙編》第一輯　臺北縣　博揚文化事
業公司　2009年

八　電子媒體

日治時期日人與臺人書畫數位典藏計畫　http://www.lib.nthu.edu.tw/
library/project/cpjtt/

日治時期期刊全文影像系統　http://stfj.ntl.edu.tw/cgi-bin/gs32/gsweb.
cgi/login?o=dwebmge&cache=1420772297198

日治時期圖書全文影像系統　http://stfb.ntl.edu.tw/cgi-bin/gs32/gsweb.
cgi/login?o=dwebmge&cache=1454133436376

全國報刊索引　http://218.1.116.100/shlib_tsdc/index.do

全臺詩博覽資料庫　http://elib.infolinker.com.tw/cgi-bin2/Libo.cgi?

智慧型全臺詩知識庫　http://xdcm.nmtl.gov.tw/twp/index.asp

漢珍知識網臺灣日日新報＆漢文臺灣日日新報　http://elib.infolinker.
com.tw/login_rrxin.htm

臺灣人物誌　http://tbmc.ncl.edu.tw:8080/whos2app/start.htm

臺灣文學期刊目錄資料庫　http://dhtlj.nmtl.gov.tw/opencms/search.html

臺灣文學辭典資料庫檢索系統　http://tld.nmtl.gov.tw/opencms/introduc
tion.html

臺灣文藝叢誌資料庫　http://140.125.168.94/literaturetaiwan/WenYi/ma
in.html

臺灣日記知識庫　http://taco.ith.sinica.edu.tw/tdk/%E9%A6%96%E9%A
0%81

臺灣史檔案資源系統　http://tais.ith.sinica.edu.tw/sinicafrsFront/index.jsp

臺灣民報資料庫　http://taiwannews.lib.ntnu.edu.tw/

臺灣記憶 Taiwan Memory　http://memory.ncl.edu.tw/tm_cgi/hypage.cgi

臺灣新民報檢索系　http://sinmin.nmtl.gov.tw/opencms/sinmin/intro.html?
　　　　rdm=1445483421292
臺灣漢詩資料庫　http://140.125.168.94/literaturetaiwan/poetry/index.htm
臺灣瀛社詩學會　http://www.tpps.org.tw/forum/
賴慈芸　「翻譯偵探事務所」　網址：http://tysharon.blogspot.com/2015/
　　　　06/blog-　post_7.html　檢索日期　2020年11月26日

作者簡介

許俊雅

　　臺灣師範大學國文研究所文學博士，現任臺灣師範大學國文系特聘教授。曾任荷蘭萊頓大學、日本大學文理學部訪問學人。著有專書《日據時期臺灣小說研究》、《臺灣文學論：從現代到當代》、《島嶼容顏：臺灣文學評論集》、《見樹又見林——文學看臺灣》、《瀛海探珠——走向臺灣古典文學》、《低眉集：臺灣文學／翻譯、遊記與書評》、《足音集：文學記憶・紀行・電影》、《日治臺灣小說源流考》等二十多種。編有《無語的春天——二二八小說選》、《臺灣小說・青春讀本》、《王昶雄全集》、《黎烈文全集》、《巫永福精選集》、《梁啟超林獻堂往來書札》、《臺灣日治時期翻譯文學作品集》、《全臺賦》（合編）、《全臺詞》（合編）及國文教材等百冊。

本書簡介

　　本書旨在探討臺灣古典文學總集《全臺詩》《全臺詞》《全臺賦》及作家全集（黃得時、楊雲萍、賴和、鄭清文）之編纂過程及其學術價值與意義。總集、全集的重要性不僅在於網羅放佚，使零章殘什，並有所歸，更為當前研究者提供翔實的原初資料，辨章學術，考鏡源流，奠定可靠的縱深研究基礎，讓研究有所突破與創新，尤其做為首次的文獻史料之編纂出版，臺灣新舊文學的承繼和傳播，遂具有劃時代的意義和影響。

福建師範大學文學院百年學術論叢·第八輯 1702H13

鯤洋探驪——臺灣詩詞賦文全編述論

作　　者　許俊雅

總 策 畫　鄭家建　李建華

發 行 人　林慶彰

總 經 理　梁錦興

總 編 輯　張晏瑞

編 輯 所　萬卷樓圖書股份有限公司

　　　　　臺北市羅斯福路二段 41 號 6 樓之 3

　　　　　電話 (02)23216565

　　　　　傳真 (02)23218698

發　　行　萬卷樓圖書股份有限公司

　　　　　臺北市羅斯福路二段 41 號 6 樓之 3

　　　　　電話 (02)23216565

　　　　　傳真 (02)23218698

　　　　　電郵 SERVICE@WANJUAN.COM.TW

香港經銷　香港聯合書刊物流有限公司

　　　　　電話 (852)21502100

　　　　　傳真 (852)23560735

ISBN 978-626-386-099-5

2024 年 6 月初版二刷

定價：新臺幣 680 元

國家圖書館出版品預行編目資料

鯤洋探驪：臺灣詩詞賦文全編述論/許俊雅著.
-- 初版. -- 臺北市：萬卷樓圖書股份有限公司, 2024.06 印刷

　面；　公分. -- (福建師範大學文學院百年學術論叢. 第八輯；1702H13)

ISBN 978-626-386-099-5(平裝)

1.CST: 臺灣文學 2.CST: 文學評論 3.CST: 文集

863.07　　　　　　　113006012